Màrius Serra

La dona més pintada

Proa

Proa
A Tot Vent

Primera edició: març del 2023

Disseny de la coberta: Planeta Art & Disseny
Imatge de la coberta: «Noia amb vestit vermell», 1974 © Maties Palau Ferré / Institut Municipal Reus Cultura. Fotografia de l'Arxiu fotogràfic del Museu de Reus

Drets exclusius d'aquesta edició:
Raval Edicions, SLU, Proa
Diagonal , 662-664
08034 Barcelona
www.proa.cat

ISBN: 978-84-7588-998-6
Dipòsit Legal: B. 2.630-2023
Composició: La letra, S.L.

PEFC
PEFC/14-38-00305
Certificat PEFC
Aquest llibre procedeix de boscos gestionats de forma sostenible i fonts controlades
www.pefc.es

A VPJ

Taula

7101

Rei, sota, cavall.

Fa mesos que jugues al solitari. Cada matí, a l'hora del cafè, et passes una bona estona buscant el consol de les cartes. Són el teu solaç.

Vuit, nou, set.

Aquest set el pots col·locar a la columna de les copes, i quan el treus veus que el nou d'oros també encaixa al seu lloc segons les regles del joc que segueixes, però la tercera carta és el vuit de bastos i encara no té lloc a la columna bastonera, perquè aquí només has baixat fins a la sota i hi faltaria el nou.

Tres, dos, set.

Res, és un set d'espases i la seva columna encara no s'ha començat ni a formar, presidida per l'as com una estalactita sense degoteig. Fa uns mesos que tens la sensació de protagonitzar un soliloqui desolador. Massa dies de solecismes, arrossegant els peus pel mateix pedregar, sense cap esperança de poder posar la vida en solfa. Cartes de solitari, cafè soluble, quefer insoluble i cap a la feina, com una formigueta sol·lícita que ha d'acumular aliments per quan vingui l'hivern.

Vuit, sota, tres.

Res, de copes però un número massa baix, perquè de moment l'última gota que ha fet créixer l'estalactita copera és el set i n'haurien de caure unes quantes, abans. D'ençà que va començar el que t'amoïna, la feina et sembla un pou assolellat de parets sense pintar i les hores són pinzells que es mouen sols per crear imatges solipsistes. Tant se val que, quan treballes al taller, et sembli veure la llum del sol al final del túnel en ple solstici d'hivern. Tard o d'hora et tornes a quedar a les fosques. Treballes de sol a sol i a la nit surts, mig solsit, a contemplar les estrelles per trobar el camí que t'alliberi de l'esclavatge diari.

Cinc, vuit, sis.

Una altra copa salvadora! Poses el sis sota el set de copes, destapes el vuit d'oros que encaixa a l'estalactita àuria sota el nou que penja d'abans i ho remates amb el cinc, que també és de copes. Ara sí que avances, de tres en tres! Resols que ja deus ser a prop, però quan mires amb ulls de mussol les columnes d'espases i bastos et descoratges, de tan escarransides com les trobes. Et sembla que el pou té unes parets que no s'acaben mai. Cada matí és sant tornem-hi: cartes de solitari, cafè soluble, quefer insoluble i el plomissol dels pinzells rossolant per les parets del pou insondable.

Cinc, set, rei.

Ep! El rei d'espases tot ho desencalla, i darrere un set d'oros oportú. En col·loques dues més. Potser sí que un dia resoldràs el conflicte que t'amoïna, sortiràs del pou i el deixaràs enrere, transformat en un mausoleu. O potser un matí trobaràs obsolets els pinzells, miraràs pou avall i t'hi deixaràs caure a plom, com un pèsol de pedra. Mentre col·loques les cartes tens la intuïció que si no trenques aviat aquesta rutina insolent cauràs en la desolació més absoluta. Ara hi ha nits que te'n vas a dormir entotsolat, amb la sensació que cada cop et costa més trobar consol en res. Però també hi ha matins bons, com avui, durant els quals et bressoles entre senyals inequívocs que semblen anunciar una solució solvent, ni que només sigui el bon auguri d'acabar el solitari. De moment, el que s'acaba és la pila de cartes que tenies a les mans. Recomences amb les sobreres i es fa la llum.

Dos, sota, cavall.

Ara sí, Maties! El cavall i la sota d'espases estiren l'estalactita més bèl·lica cap a la zona inferior que podria ocupar una estalagmita incipient i la resta de cartes comencen a trobar el seu lloc a taula. Envaït per l'eufòria, no t'estàs d'emetre crits comprimits en l'aerosol de la teva loquacitat glossolàlica que s'enlairen insolents cap al sostre del bar, com si sols et calgués dessoldar l'escala del pou per poder-t'hi enfilar cap a la llum del sol exterior, fora del captiveri soldadesc. Fa mesos que pintes girasols amb els pinzells llogats, Maties, però avui els sols s'alineen i fan un solo a un pam dels teus ulls. Les quatre columnes del solitari en la baralla espanyola es completen soles al bar España,[1] soldant estalactites i estalagmites, i t'inciten a aixecar els braços com si fossis el teu admirat Luis Ocaña guanyant una etapa del Tour.

Els pocs parroquians que esmorzen al bar a aquestes hores soliues et victoregen. L'amo del tros es posa a aplaudir.

—I ara què, Maties —et demana—, a treballar una mica?

Tombes el coll amb parsimònia i alces la barbeta abans de respondre amb unes paraules que es faran cèlebres a Montblanc.

—Només treballa qui no sap fer res més![2]

Després surts, convençut que l'alineació sobtada de les cartes del solitari és un senyal. Avui mateix engegaràs el Peirats a dida.

7201

El pintor Maties Palau Ferré i el promotor Miquel Peirats Fenollosa han partit peres a destralades. Després d'anys de relacions mercantils satisfactòries, un bon dia es declaren la guerra. El primer talla el subministrament de quadros amb què anava pagant, a terminis i en espècies, una casa i dos terrenys. El segon decideix denunciar-lo per incompliment de contracte al jutjat de primera instància número 2 de Reus. Un detonant són les reconsagrades escriptures, que l'ígnia picardia del promotor i la desidiosa ingenuïtat de l'artista havien mantingut inèdites. En descobrir que els béns immobles no estan lliures de càrrega, el comprador acusa el venedor d'intencions innobles i es nega a lliurar-li cap més obra. A instàncies de la part demandant es practicaran les proves de confessió en judici, testifical, documental i pericial cal·ligràfica, i a instàncies de la part demandada la de confessió en judici, documental i testifical.

Abans d'arribar als tribunals el cas ja ha tingut tant de ressò als diaris que el periodista Enrique Rubio, especialitzat en estafes i altres delictes, convenç el seu cap de secció a *Solidaridad Nacional* per publicar-ne una sèrie de reportatges.[1] Confia que la proverbial lentitud de la justícia li doni marge i adopta l'estratègia del mitjancer altruista que busca un acord entre les parts.

La seva insistència convenç demandant i demandat de rebre'l. Primer visita el demandat al seu estudi de Montblanc i, tot seguit, fa cap a Reus per parlar amb el demandant. L'adreça que li facilita el Peirats és tan imprecisa com la del pintor. L'un li ha donat de referència la carretera del monestir de Poblet i l'altre el cita a la carretera de Tarragona, en un mas anomenat Carpa.

Com que el constructor l'ha citat a l'hora del cafè, decideix dinar a Reus. Tria un local a tocar de la plaça de Prim i, d'entrada, demana un vermut per obrir la gana. Rubio entén el periodisme com l'art de preguntar.

—Això és Plim? —demana, assenyalant els dos gots plens d'un líquid vermell que un dels cambrers porta en safata cap a la terrassa—. No l'he tastat mai. És bo?

El cambrer de la barra li canta les excel·lències del Plim, una beguda refrescant amb gust de banana que es fabrica a Reus. S'absté de fer cap broma entre el Plim i el general Prim.

—No ha vist mai l'anunci?

—A mi, Plim! —es llueix, reproduint l'anunci del Reus Deportiu.

Abans de qualsevol visita es documenta per tenir temes de conversa amb els cambrers i les porteres, dues de les fonts bàsiques del periodisme que practica. També cuida especialment els taxistes, els serenos i els quiosquers. En el seu repertori reusenc d'avui, a banda del Plim, hi figuren altres localismes com *acabar al Pere Mata* per *perdre la xaveta* o *creure's que això és cal Boule* per *demanar massa*, en relació amb una família rica local. Té pendent de treure l'entrellat de la dita que assegura que a Tarragona manxen i a Reus enganxen. Li han dit que té origen ferroviari, però no ho ha acabat d'entendre.

El vermut arrossega patates, olives i lluç arrebossat que el Rubio es cruspeix amb delectança. Amb la dèria d'apuntar-s'ho tot, a l'estudi de Palau Ferré no ha picat res del que li oferia el pintor i ara el cuc de la gana comença a demanar-li a crits que el mati. Mentre mastega escolta amb interès les converses dels cambrers amb la clientela, hi fica cullerada discretament i, quan li sembla que ja ha teixit prou complicitats, demana indicacions per anar al Mas Carpa. El cambrer fa cara de no saber on para, però tan aviat com el Rubio pronuncia el cognom Peirats la cosa canvia.

—Diu que va a cal Peirats!

La resta de cambrers també el coneixen, però de seguida s'adona que la popularitat no li ve del litigi amb el pintor. De quadros ningú no en sap gran cosa, però tots li parlen de comprar i vendre.

—Comprar i vendre, menjar i beure, ficar i treure —cantusseja un dels cambrers—, però vigili amb el Peirats que li agrada molt fer el gegant índio.

Aquesta no se la sap, però el gest que fa el cambrer parant la mà mig d'amagat li dona una pista.

—Així he d'anar amb compte?

Els cambrers parlen del Peirats com si fos un potentat que s'encén els puros amb bitllets de cinc-centes pessetes. No diuen clarament com, però insinuen que té moltes influències amb un seguit d'interjeccions que tampoc costen gaire de desxifrar. Un client afegeix que ha presidit algun club esportiu de la ciutat, sense especificar quin.

—És tot un prohom —assegura.

El periodista s'apunta en un paper les indicacions per arribar a casa del prohom Peirats i, havent dinat, s'hi planta.

El Mas Carpa primer va ser una granja de gallines i conills, però ara sembla un xalet d'estiueig i al seu jardí hi ha més de tres-cents rosers.[2] Veu un Dodge Dart aparcat davant de la casa. El Rubio arriba una mica abans de l'hora prevista i enxampa el Peirats fent una becaina. Després d'una estona una mica més llarga del que un convidat esperaria, li obre la porta en silenci. Només li badalla a la cara i fa el gest de fer-lo passar al saló sense tornar a badar boca.

—Gràcies —llança el Rubio a l'aire mentre el segueix.

Amb la mà li indica que segui en una butaca, sota una gran pintura de Palau Ferré. Fins que no el sent parlar, el periodista dubta si no se les heu amb un majordom.

—Qui l'envia? Ell? —li dispara el Peirats, sense preàmbuls, assenyalant el quadre—. No acabo d'entendre el seu interès per aquest assumpte.

El Rubio se'l mira, mut i fascinat. Peirats Fenollosa s'assembla a Palau Ferré. Per un instant li passa pel cap que potser és un germà bessó de l'home que l'ha rebut a Montblanc aquest matí. Calbeja una mica més que el pintor, amb dues clapes de cabells castanys que tot just li cobreixen les temples abans de confluir al clatell, però llueix les mateixes patilles i vesteix igual que l'artista, amb una camisa blanca coronada per dos botons descordats. El periodista sap que, de tant escriure sobre estafadors, pateix la deformació professional de la malfiança, però de seguida li sembla que ha tingut una idea peregrina. Peirats i Palau poden ser les dues cares d'una mateixa moneda, però no són germans.

—Dos no es barallen si un no ho vol —diu, per sortir del pas.

La dita té la virtut de desconcertar l'amfitrió i el Rubio ho aprofita per desplegar el seu pla diplomàtic. Es presenta com un home bo, un terme sinònim de negociador en cas de conflicte, de mitjancer. És la seva manera de dir-li que no està a favor de l'artista, com gairebé tothom que ha escrit a la premsa sobre el cas, i que ve disposat a escoltar-lo per mirar de resoldre el conflicte sense haver de dependre d'uns senyors amb toga. De mica en mica, les paraules del periodista vencen les reticències del promotor. Tot i així, el Peirats escolta amb cara de pocs amics els arguments que el Rubio esgrimeix per justificar la visita.

—Vinc d'entrevistar Palau Ferré i em penso que m'he fet càrrec de la situació —assegura—. Després de parlar-hi una estona llarga, crec sincerament que li interessarà conèixer algunes de les inquietuds que m'ha transmès.

La paraula *inquietud* sempre li funciona. És una d'aquelles cartes que posen nerviós qui les rep.

—Està bé, acompanyi'm —li ordena l'amo del tros—. Així podrà comprovar que tot plegat és un muntatge d'aquell aprofitat.

A tocar del xalet hi ha un taller. El Peirats es posa les mans a la boca i xiula, com qui crida un gos. Després, el convida a beure.

—Un whisky?

El promotor torna a cridar el gos invisible. Li demana que porti tres gots llargs amb gel i rebusca en un armari ple d'ampolles. Just quan n'acaba de triar una, apareix un home més alt, amb bigoti i perilla leninista, cabells negres i ulleres de pasta. Tragina els tres gots plens de glaçons.

—Li presento l'escultor Ortiz Serra —li diu, assenyalant l'artista—, treballa aquí al mateix taller on havia treballat abans Palau Ferré i també Morató Aragonés.

El Rubio encaixa amb l'escultor. No pot evitar pensar en els àrbitres de futbol, coneguts per tothom pels dos cognoms, sense nom de pila, una pràctica relativament recent. Quan, cinc anys enrere, va començar a arbitrar a primera divisió el col·legiat Ángel Franco Martínez algú va advertir el dictador del perill homonímic. Es podia donar el cas que el tal Franco tingués una mala actuació o, encara pitjor, cometés un error arbitral gravíssim que propiciés titulars de diari ofensius contra Franco. Des del Pardo van posar la bena abans de la ferida i van ordenar que a partir d'aquell moment tots els col·legiats fossin anomenats públicament amb els dos cognoms.

—Encantat.

—Tots treballen aquí sense contracte i sense pagar-me cap lloguer...

Ortiz Serra assenteix mentre el Peirats recita els seus mèrits amb avidesa de mànager. Presumeix d'artista resident.

—És l'autor del famós Via Crucis simbòlic de Funes, al mont Gurugú navarrès —sil·labeja el promotor, posant ullets de venedor, mentre acaba d'omplir els gots de whisky—, i el seu famós retrat de Muhàmmad V el transforma en un dels pocs artistes que ha tingut accés al rei del Marroc.

El periodista castellanomanxec, que durant la guerra va simpatitzar amb la causa republicana, serra les barres mentre pensa en la guàrdia mora de Franco. Fa tants anys que es mossega la llengua que ja no nota el dolor. No s'imagina que el Peirats es va estar prop d'un any a Argelers.

Digue-li a aquest periodista tots els llocs on has exposat.

—Doncs a Casablanca, Rabat, Tànger, la Nacional de Barcelona, Belles Arts...

—Aquí on el veu, té obra escampada per tot el món, fins i tot a la Xina!

—La Xina? Carai, quin atreviment! —exclama el Rubio, que comença a divertir-se.

—La Xina nacionalista —fa l'escultor—, no la comunista.

—Ja ho veu —salta el Peirats—. Jo soc així. M'agrada ajudar els artistes, i sense condicions de cap mena! Després, si els ve de gust, em paguen amb alguna obra seva... O alguns, amb un disgust, com molt bé sap.

El periodista fa un glop llarg de whisky, satisfet. Ja comencen a estar a punt per parlar del tema. Rumia quina pot ser la millor pregunta per obrir la llauna, però just quan comença a formular-la, abans d'enfilar tres síl·labes seguides, l'escultor l'interromp.

—Això que diu el senyor Peirats és ben cert. Es porta molt

bé amb mi, sense que tinguem cap contracte signat! De tant en tant li regalo alguna obra, tot de manera voluntària...

El Rubio assenteix. Palau Ferré també s'ha mostrat hospitalari, però no s'havia preparat la visita. Aquí l'envaeix la sospita que han assajat com el rebrien amb un guió detallat. Intenta imaginar-se quines paraules deu haver pronunciat el Peirats per donar instruccions al seu patrocinat. S'oblida de la pregunta que anava a fer i decideix tornar al seu paper de mitjancer, d'home bo. Ja tindrà temps per fer de periodista.

—Ja li he dit, senyor Peirats, que vinc en qualitat d'home bo, d'home que intenta suavitzar el desencontre per veure si poden arribar a un acord amistós que tregui el conflicte dels tribunals.

—Doncs que em pagui el que em deu amb bitllets de mil, i llestos.

—Què li deu, el senyor Palau Ferré?

L'amfitrió surt de la sala un moment i torna amb una carpeta plena de documents.

—Milers i milers de pessetes. Aquí ho té tot, contractes, escriptures...

Barrejats amb els papers oficials, hi ha retalls de les informacions aparegudes a la premsa: *El Alcázar, Arriba, Ya, El Correo Catalán, El Noticiero Universal...*[3]

—Prengui's el temps que calgui per informar-se a fons.

El periodista les fulleja sota l'atenta mirada dels dos homes. En llegeix fragments, passa pàgina i es deté en algun paràgraf, com si busqués una dada. Quan ja ha comprovat que no hi ha cap retall del diari que li paga, li sembla veure una gota de suor a la calba del Peirats.

—M'ho hauria de mirar amb calma.

—El solar, que avui val tres-centes cinquanta mil pessetes, l'hi vaig vendre contra disset metres quadrats d'obra. Li he proposat d'estripar el contracte i quedar en paus, tal com vam fer amb el primer, però ara no vol. Pel segon xalet li proposo que, en comptes de pagar-me'l amb els metres quadrats de pintura firmada que em deu, em pagui les dues-centes cinquanta mil pessetes equivalents. I després ja només quedarà el terreny. Ja l'hi pot dir.

El Rubio treu la seva llibreta Miquelrius[4] i hi anota totes aquestes dades. El Peirats fa que tot sembli molt més senzill del que diuen els diaris, però això el Rubio tampoc no ho troba estrany. Ha treballat en molts mitjans de comunicació, alguns tan truculents com *El Caso*, i sap que les coses només són fàcils en la ment dels criminals.

—Però, a veure, senyor Peirats. Quants quadres li ha entregat Palau Ferré fins ara?

—Pintats a l'oli, uns quaranta-cinc. La resta són dibuixos al pastel.

—Quaranta-cinc olis? Els té aquí a casa seva?

—Ningú no n'ha de fer res, d'on són —replica el Peirats, apujant el to—. Amb el que és meu faig el que vull.

Només el dring dels glaçons trenca el silenci. Ortiz Serra aixeca el cap com si anés a fer un solo de trompeta, s'empassa el poc whisky que li quedava i es concentra en la fredor que li transmet el glaçó que ha topat amb el llavi superior.

—Vol veure els dibuixos?

El Rubio ha aguantat la mirada del Peirats fins ara.

—Doncs acompanyi'm al cobert.

Tots tres s'encaminen en silenci cap a una mena de magatzem que hi ha al fons del jardí. Una vintena de dibuixos degudament signats i emmarcats comparteixen espai amb més de quaranta caixes de whisky escocès. Les belles dones dels dibuixos els miren fixament, entre flors, galls i síndries. El Rubio s'enamora de cada cara i es pregunta si no és sempre la mateixa dona en circumstàncies diferents. La curiositat l'empeny a acostar-s'hi com si fos en un museu, però la foscor més aviat li fa pensar en una presó. El Peirats li deu llegir els pensaments, perquè busca un altre interruptor i il·lumina una mica més la sala.

—L'artista diu que vol recuperar les obres —afirma el Rubio molt seriós, sense deixar de mirar els ulls ametllats de la dona dibuixada—, estripar els contractes i tornar-li els dos xalets i el solar.

—Això és una reacció infantil! —replica el Peirats, irat—. I comodíssim! Com que no m'agrada el que vaig firmar, ara ho estripo! De cap manera! Les obres me les quedo jo. Miri, ja li pot ben dir al senyor Palau Ferré què ha de fer si vol que retiri la demanda. Com que sembla que li dolgui pintar més per a mi, que liquidi el deute trinco-trinco i llestos. Però de tornar les obres ja entregades, res de res!

El Peirats apaga el llum. Un senyal clar.

—Un altre whisky?

La segona ronda els estova les galtes. Ortiz Serra explica una anècdota escatològica del rei Muhàmmad i el Peirats es relaxa. Ja li ha dit a l'emissari de Palau Ferré el que li havia de dir. Però el Rubio no en té prou. Emergeix el periodista, el bloc de notes a les mans i la curiositat encesa.

—En què es va basar per valorar tan poc el metre quadrat de pintura firmada per Palau Ferré?

—Què cony vol dir, tan poc? Ell l'any seixanta-quatre venia a unes quatre mil peles el metre quadrat i jo l'hi vaig valorar a deu mil dues-centes. I encara es queixa!

El Rubio ho apunta tot. Ja paladeja el reportatge que n'escriurà. Ha tractat amb molts estafadors i el que més li agrada és l'argumentari que despleguen per justificar les seves estafes. Totes les víctimes s'assemblen; cada estafador ho és a la seva manera.

—En aquella època em va comprar un xalet Morató Aragonès, un altre gran pintor, i en va pagar cinc-centes mil pessetes, trinco-trinco! Palau Ferré va acceptar de pagar amb quadres. Va ser ell, que va voler pagar així! I no una, sinó tres vegades, com sant Pere! Si no tenia diners, quina culpa en tinc, jo?

—El molesta, tot l'enrenou que ha sortit a la premsa?

—Moltíssim. Si analitza objectivament la seva conducta arribarà a la conclusió que el molt espavilat ha aprofitat aquests contractes per muntar una operació propagandística tan eficaç que des del 1964 que vam començar a tenir tractes fins ara els seus quadres han multiplicat per quatre el valor de venda.

El Rubio pren nota amb cara de no creure-s'ho. Mentre reomple els gots de whisky, el Peirats s'esplaia en la seva tesi.

—Al principi, quan parlava bé de mi, l'originalitat dels nostres tractes li va servir per donar-se a conèixer. Els diaris en van començar a parlar i fins i tot va sortir per televisió. Presumia que la pintura li obria totes les portes, fins i tot les de les cases. Els tractes no han canviat, però quan li ha convingut, els ha començat a fer servir per denigrar-me. La qüestió és que es parli d'ell.

—Però és vostè qui l'ha denunciat.

—Sí, per incompliment de contracte! Per què els va firmar, si no pensava complir-los? Vull que es faci justícia. Hi tinc dret.

Quan el periodista li demana per les escriptures el Peirats canvia de tema. En teoria els immobles estaven lliures de càrrega, però després ha resultat que les escriptures estan hipotecades.

—Per això diu que vol recuperar les obres i tornar-li els xalets. No seria just, això?

—De cap manera! Vol les obres perquè, gràcies a mi, ara es cotitzen molt més. Tinc testimonis! Li he portat clients a cabassos. N'hi va haver un que li va pagar al comptat cent cinquanta mil pessetes per un quadre, davant meu. Com ja deu saber, al contracte hi ha una clàusula que em dona dret preferent a tot el que produeixi, sempre al preu estipulat. Jo me'l podia haver quedat per deu i després vendre'l a cent cinquanta, però hi vaig renunciar. Perquè ara em pagui d'aquesta manera!

—Però el gran perjudicat ha estat ell! —li replica el periodista—. Aquesta situació li impedeix exposar des de fa molt de temps!

—No exposa perquè no vol. Miri, quan es va començar a queixar, jo li vaig proposar que fes una exposició amb totes les pintures que em donava per pagar-me. Li vaig dir que les vengués al preu que ell volgués, que en deduís les deu mil dues-centes pessetes per metre quadrat que em pertoquen i que es quedés la resta. Doncs va dir que no. Cregui'm, el seu únic interès és que parlin d'ell.

Ortiz Serra se serveix un altre whisky i torna a tapar l'ampolla, sense oferir-ne. L'escultor ja ha complert el paper encomanat i fa estona que ha desconnectat de la conversa. El Rubio continua guixant el bloc de notes amb les paraules del promotor. El Peirats recupera la carpeta i en rescata alguns retalls.

—Coneix el seu col·lega Javier de Montini?

El Rubio assenteix.

—Doncs miri què diu en aquest reportatge: «Para Palau Ferré, su moneda es la pintura. Con cuadros ha comprado un par de chalets cerca de Salou. A base de pintura ha adquirido unos terrenos en Reus. He visto que le ofrecían un automóvil de lujo a cambio de un par de obras. De ahí que él mismo diga muchas veces que no tiene dinero. Ni lo necesita. Puede vivir a base de otra moneda: la moneda de su pintura».[5] Què li sembla?

El Peirats conserva retalls de diari que donen suport a la seva tesi. Els advocats els han inclòs entre la documentació en presentar la denúncia contra Palau Ferré al jutjat de primera instància número 2 de Reus. La gran novetat del recent Mundial de Mèxic ha estat que els àrbitres han estrenat les targetes d'amonestació, grogues i vermelles. El Peirats, que és molt futboler, branda la carpeta mentre crida «targeta vermella». Després la deixa caure sobre la taula de la sala d'estar. Pam.

A la tele fan futbol.

7202

El Peirats ha pres la decisió de denunciar Palau Ferré per culpa de la premsa. D'entrada, quan l'artista li comunica, sorrut, que no li lliurarà més pintures, el promotor només l'amenaça de portar-lo als tribunals. Confia que ensenyar una mica les dents serà suficient perquè s'ho repensi. Està avesat a exercir pressió. Té força experiència negociadora i sap que la clau és trobar la barreja perfecta entre temps i desig. Els últims anys s'ha enfrontat amb un munt de propietaris de terrenys, regidors corruptes i compradors neguitosos. Però també sap que hi ha moments que cal saltar al coll de l'enemic i fer servir les dents per mossegar-lo, encara que només sigui marcant la queixalada, com fan els llebrers ben entrenats. L'atzar i el seu costum de llegir la premsa local per conèixer notícies susceptibles de generar negoci, bàsicament vendes i defuncions, fan que topi amb una pàgina sencera dedicada a l'artista.

El titular és: «Palau Ferré, un pintor que ya se codea con los grandes».[1] El precedeix, en lletra més petita, un prometedor «Quiere ser el número uno» i també l'acompanyen uns subtítols destinats a enllaminir el públic local: «La crítica internacional, incluida televisión, viene a verle a su estudio en Montblanc». D'entre els diversos destacats amb declaracions de l'artista el més cridaner és «El mundo artístico me da asco». En la lectura d'aquesta humil entrevista que tracta Palau Ferré de glòria local el promotor troba la motivació per trucar al seu advocat i proposar-li de tirar endavant la demanda. La culpa la té un adverbi. L'entrevistador li demana si és un pintor gaire cotitzat i Palau Ferré ho relativitza. Respon que una cosa és el preu a què ell ven l'obra i una altra de ben diferent la cotització al mercat. Llavors el periodista s'arrisca: «¿En alguna obra suya de cierta envergadura, de ciertas proporciones, se puede hablar de millones?» La pregunta queda impresa a la part inferior de la pàgina dreta. El Peirats gira full amb avidesa per llegir-ne la resposta. La primera frase de la pàgina esquerra: «No. Eso es todavía un sueño».

—*Todavía*, diu! —crida, escandalitzat, sol a la imponent sala d'cstar dcl Mas Carpa—. *¡To-da-ví-a-no!* El molt crctí no em vol acabar de pagar perquè es pensa que aviat li donaran milions per les seves dones pintades!

En aquell mateix instant decideix que portarà Palau Ferré als tribunals. Despenja el telèfon i convoca el seu advocat amb urgència.

L'endemà els lletrats Colet, pare i fill, dinen a Mas Carpa. L'àpat és un monòleg atropellat entre masticacions apressades. El Peirats engoleix a correcuita per seguir escopint improperis contra l'artista. Menjar i beure, comprar i vendre, ficar i treure. L'última entrevista culmina la carpeta plena de retalls de premsa sobre Palau que ha anat atresorant amb laboriositat de col·leccionista, en un principi destinada a reforçar la cotització de les seves inversions pictòriques.

—Mireu això. Feu el favor de llegir l'últim paràgraf i ja veureu que soc un visionari.

El Peirats els acosta el retall d'un reportatge de fa dos anys, signat per Montini. Els fragments subratllats parlen de publicitat i de les habilitats comercials que tenien alguns genis de la pintura espanyola, com Goya o Velázquez. A instàncies de son pare, el Colet petit agafa el retall i el llegeix en veu alta i clara:

—«Palau Ferré es un pintor de los que quedan en la historia. Su pintura es esperada en Nueva York con el convencimiento de que se pagará como merece. Y no hay que olvidar que los norteamericanos, en su mayoría, compran pintura no para decorar la casa sino como inversión. Palau Ferré es a juicio de los listos americanos una buena inversión».[2]

—Què us sembla? —fa el Peirats, satisfet—. Jo m'ho prenc com un elogi. Sempre me n'he declarat un fervent admirador. Tinc nas per als negocis o no?

Els Colet assenteixen, servils. Els tres grans olis de Palau Ferré que decoren el menjador del Mas Carpa en confirmen l'admiració. El Peirats continua amb el sermó. Barreja els seus mèrits de caçatalents amb els arguments que han d'apuntalar la demanda. De la carpeta de retalls en surten moltes declaracions de l'artista que el poden perjudicar davant d'un tribunal.

—La gràcia és que tot està publicat! No ens hem d'inventar res!

Els Colet tornen a assentir. Des del primer moment els sembla clara l'estratègia jurídica per neutralitzar la possible defensa de l'artista si argüeixen condicions abusives per part del seu client: fer veure a tothom que en realitat el pintor vol aprofitar el judici per fer-se publicitat.[3] Consideren que si juguen bé aquesta carta de la imatge se'n sortiran. Tota la resta els va a favor. Hi ha contractes signats per la mà excelsa de l'artista que estableixen els termes de mutu acord d'una manera diàfana. Dins de la llei, tot. Fora de la llei, res. El règim és molt clar en això, i estan convençuts que no canviarà ni quan mori Franco. El Movimiento ha generat una ingent literatura jurídica per cobrir totes les eventualitats i cap artista amb ínfules de grandesa no s'hi pot oposar.

—Brindem amb la boca molla per l'artista bocamoll —crida el Peirats, alçant una copa de xampany.

Colet pare i Colet fill l'imiten. Després, el promotor fa espai al centre de la taula per poder obrir millor l'àlbum dels retalls. Cada vegada que Palau Ferré apareix a la premsa el Peirats fa el mateix que la família de l'artista: retalla les pàgines que en parlen amb escrupolositat de documentalista i les guarda en una carpeta. Poc que es pensava que les despreocupades declaracions sobre l'art i el comerç precipitarien la demanda. La ressaca de l'èxit indiscutible de l'exposició a la Biblioteca Nacional de Madrid ha fet que el pintor es despatxés més a gust que mai parlant de comerç.

—Palau Ferré, grandes éxitos —anuncia el Peirats mentre gira fulls, buscant algun exemple que il·lustri la seva promesa—. Aquí el teniu, ploriquejant a *El Alcázar*.

El vell Colet, que havia estat procurador a les Corts franquistes, fa la salutació militar al diari del seu cor.

—«No soy comerciante, soy muy artista —llegeix el Peirats—. Si pudiera, no vendería ningún lienzo. Cuando alguien me compra un cuadro, un dibujo, una escultura, me siento triste».[4]

—Ui sí, pobret! —se'n foten, entre rialles.

El Peirats està acostumat que li riguin les gràcies. El jove Colet riu molt sorollosament. Fa punts.

—En canvi, la tristor li desapareix de cop quan l'acusen de ser comercial i ell es defensa dient que això és cosa dels genis. —Rebusca en un altre dels retalls, localitza el fragment i el llegeix—: «Velázquez y Goya fueron comerciantes excepcionales»![5]

Els advocats celebren l'ocurrència. El Peirats reomple les copes de xampany i agafa un parell d'olives. El Colet gran pren la iniciativa. Fulleja l'àlbum amb posat de detectiu.

—Els que més ens serviran al judici són aquests dos. Aquí que diu «Mis cuadros valen hoy la mitad que el año que viene» i, sobretot, aquesta entrevista del José Martí Gómez, quan li pregunta si és més important pintar o tenir un bon marxant, i diu «Lo importante es saber vender caro».[6]

El Peirats aplaudeix. A la tele fan toros, però cap dels tres no hi para atenció. Estan concentrats en el cas més important que han viscut, tant el demandant com els advocats. Res del que han tingut mai abans entre mans no ha sortit als diaris. En canvi, com més retalls de premsa llegeixen més segurs estan que la demanda que interposaran contra el pintor Maties Palau Ferré omplirà pàgines i pàgines.

—I què me'n dieu d'aquesta descripció que Juan José Porto va fer a l'*Arriba*? —diu el Peirats, posant un altre retall al capdamunt de la pila—. Estaria bé cridar a declarar alguns d'aquests periodistes, no?

Els Colet fan que sí amb el cap. Un sí a tot sense condicions. Ja s'hi veuen, desmuntant la imatge de víctima del demandat.

—Au, xic, llegeix això —ordena el Peirats—, és del dos de maig del setanta.

El Colet petit s'aixeca per llegir-ho com qui declama un poema.

—«Palau Ferré tiene toda la traza de un negociante aventajado, las maneras de un alto directivo y la mirada de un político, y sus pinturas son bonos de alta cotización en todo el mundo».[7]

—«Negociante aventajado» —repeteix el Peirats—. Qui es podrà creure que tot un *negociante aventajado* com ell no sap què firma quan li posen un contracte sota el nas?

Tres dies després, Don Luis Colet Panadés[8] formula demanda per judici declaratiu de menor quantia. En el seu escrit, exposa en el castellà hiperbatònic del llenguatge jurídic espanyol el que abans han parlat en català.

Que el demandant va adquirir diverses obres produïdes pel demandat l'any 1963. Que en aquella data era un desconegut i les seves obres no es cotitzaven. Que, tot i això, al demandant el van entusiasmar i el va ajudar, adquirint-ne directament i recomanant-lo a amics seus. Que el pintor venia les obres fixant el preu segons la mida, a ics pessetes el metre quadrat. Que l'any 1963 el preu era de 3.000 pessetes per metre quadrat, de vegades menys.

Que el senyor Palau Ferré, encantat amb l'ajuda del senyor Peirats i un cop resolts els seus problemes econòmics, l'any 1964 va proposar-li l'adquisició del solar 56 de la urbanització Mas Carpa per 200.192 pessetes. Que el senyor Peirats va acceptar la proposta. Que el pagament s'havia de fer amb obres pictòriques a l'oli, emmarcades i a 10.200 pessetes el metre quadrat, un preu tres vegades superior al que llavors percebia el senyor Palau Ferré.

Que el contracte privat es va subscriure el 29 de febrer de 1964, però que el 3 de desembre de 1965 es va deixar sense efecte per signar-ne un de nou davant del notari de Reus Baudilio Pagés Quer pel qual el senyor Palau Ferré adquiria el xalet 8 i el magatzem de la urbanització Grupo Arcapesa de Reus, valorat en 500.000 pessetes, a pagar de la mateixa manera que l'anterior.

Que, a proposta del senyor Palau Ferré, el 8 de març de 1968 van subscriure un altre contracte privat pel qual el demandat adquiria el xalet número 7 i un magatzem de la mateixa urbanització, valorat en 510.000 pessetes, a pagar de la mateixa manera però en un termini de 28 mesos des de la data del contracte. Que aquell mateix dia van signar un contracte privat que van denominar de permuta, pel qual el solar descrit es cedia a canvi de 17,125 metres quadrats d'obra pictòrica, que hauria de ser lliurada en el termini de 26 mesos.

Que, a petició del senyor Palau Ferré, l'11 de desembre de 1967 es van atorgar escriptures públiques autoritzades pel notari de Reus Don Baudilio Pagés Quer de compravenda del xalet 8 i el terreny corresponent, i una altra carta de pagament.

Que fins a finals del 1969 el demandat no va manifestar considerar-se perjudicat, sinó tot el contrari, perquè des dels primers contractes el senyor Palau Ferré ha buscat i aconseguit gran publicitat per les seves originalitats en aquests tractes.

Que ara es presenta com un comerciant poc menys que esclavitzat, cosa que no és certa, tal com ho demostren els retalls de premsa adjunts, en els quals es pot comprovar que el demandat no estava gens decebut pels tractes, sinó que els trobava esplèndids i ho aprofitava per fer-se propaganda, tal com ara no dubta gens d'ofendre greument qui el va protegir i ajudar, tot refusant complir les condicions del contracte.

Que, per tot això, el senyor Peirats es veu en l'obligació de sol·licitar empara judicial per rescabalar-se'n, atès que només la primera operació ha quedat liquidada. De la signada el 8 de març de 1968 resten per percebre 25,355 metres quadrats a l'oli, amb la signatura del demandat, a més dels 17,125 metres quadrats convinguts en la contraprestació del solar. Per tant, supliquem que es dicti sentència condemnatòria que obligui el demandat a entregar al demandant pintura a l'oli de la seva producció, signada, fins a un total de 42,460 metres quadrats de superfície i a comparèixer davant de notari a atorgar les escriptures corresponents, tot amb imposició de costes.

5902

—*Le réalisme est le problème.*

Ho havia sentit feia poc en una conferència a l'École Nationale Supérieure des Beaux-Arts, però els pits de la model ho desmentien. El Maties feia escultura a l'Académie du Feu que László Szabó dirigia a la Rue Daguerre.[1] Després d'analitzar la Venus de Milo, els havia demanat que concentressin tots els esforços en el tors nu d'una model. El mestre escultor n'havia convocat una de les més experimentades, amb la idea d'investigar com l'absència forçosa de braços influïa en la percepció de la resta del tors.

La model estava dreta, dalt d'un pedestal, al costat mateix d'una reproducció de la Venus en guix, i l'única indicació que en Szabó li havia donat era que n'imités la posició deixant caure els braços amb naturalitat, però sense intervenir-hi.

—A pes? —havia demanat la model, i el mestre, que era hongarès i no havia acabat d'entendre la pregunta, li havia dit que sí.

El Maties suava. No era la primera sessió de nu que feia, però el fet que l'exercici se centrés tan directament en unes mamelles de dona l'havia atabalat. Intentava fixar els ulls primer en la pedra i després en la carn, saltava de l'una a l'altra sense passar per la cara. Ho intentava, però li costava no abastar en un mateix pla els mugrons i els ulls verds de la model, les rodoneses de la carn trèmula dels pits amb les de les galtes.

Hauria desitjat que la noia portés la cara tapada amb un vel o una màscara de carnaval, com si les parts obscenes fossin les faccions de la fesomia i no pas el mamellam. Hauria volgut saltar dels pits de pedra als de carn sense passar per enlloc més, però la fesomia de la model distorsionava la trajectòria, i els ulls s'hi encallaven.

A cada camí el Maties hi embarrancava més, fascinat pel clotet de la barbeta que rematava les rodoneses de les galtes, amb el nas discret presidint un llavi superior perfilat com un adorn floral. Els ulls ametllats estaven fits en un punt indeterminat del fons de la sala, immòbils i apagats, com si la mirada de la model hagués quedat segrestada per un somni que començava a ser el malson del retratista de mamelles, incapaç de concentrar-se en res més.

Just quan començava a témer que mai més no en podria apartar la mirada, va sentir una vibració que al principi li va semblar un timbre exterior, fins que va intentar identificar-ne la font i va descobrir, esparverat, que no existia. Res del voltant no generava aquella monòtona remor ni ningú més no semblava sentir-la. Es va moure a banda i banda del seu bloc de pedra, el va encerclar com qui el vol observar complet abans de tornar-lo a atacar, amb l'única intenció de descobrir d'on venia el so. Fins i tot se'n va allunyar tres passes. Fuig fuig. Debades. El zumzeig empipador l'acompanyava pertot. Es va convèncer que el portava dins del cap, cada cop més molest, com un mosquit empipador just abans de picar.

Desesperat, el Maties es va tapar les orelles i se les va prémer fort amb el palmell fent ventosa, però va ser pitjor. La vibració persistent encara borinava més, com si l'obstacle carni de les mans la fes rebotar endins. Al cap d'una estona, el mestre hongarès es va adonar que li passava alguna cosa. Li va demanar si es trobava malament en un francès precari i el Maties no va ser capaç d'articular paraules que expliquessin el que sentia, ni en francès ni en cap altra llengua. Ho va ventilar repetint *désolé* unes quantes vegades en veu inaudible i el mestre escultor li va indicar per gestos que podia abandonar la classe, si ho volia.

Dit i fet. Sense treure's la bata ni remirar la model, va girar cua i se'n va anar al carrer amb l'única obsessió de silenciar aquell eco interior que el destarotava. Es va posar a caminar sense rumb i, de mica en mica, el so ambiental de la ciutat va silenciar el zum-zum. Però no es podia treure del cap els seus ulls. Verds. Ametllats. L'havien enlluernat tant que el perseguien com dues taques fosforescents que se superposaven a tot el que mirava. Era com passejar pels carrers de París amb una brossa refulgent a l'ull.

Al principi d'haver-s'hi instal·lat amb la beca li semblava que tothom sabia moure's per la ciutat menys ell. Encara bo que els bons oficis del seu paisà Andreu i Abelló li havien permès entrar en contacte amb la comunitat d'exiliats republicans. El polític de Montblanc l'havia portat al negoci de pintures dels germans Castelucho a Montparnasse, on vint anys enrere Picasso havia encarregat el llenç del *Guernica*. A Casa Castelucho havia conegut Palau i Fabre,[2] que era amic de Picasso, i altres exiliats catalans que l'havien acollit amb els braços oberts. Però no s'hi feia gaire. La seva companyia el reconfortava i l'intimidava alhora. Simpatitzava amb la causa republicana, però no era un exiliat. Era un estudiant becat amb ganes d'aprendre i l'ambició de prosperar en el món de l'art. La seva beca tenia un límit temporal. I després, cap a casa.

París el desbordava. Venia de viure uns anys a Barcelona, però les dimensions eren unes altres i el tragí urbà també. El pas de Montblanc a Barcelona havia estat més senzill. Poc temps després d'instal·lar-s'hi ja sabia orientar-se per arribar al seu pis del carrer de Girona des de qualsevol racó de la ciutat. Molts vespres compartia una bona part del camí amb algun company de classe, sobretot quan va començar a fer-se el trobadís amb la Maria Rosa Seix[3] i al final mig quedaven. El laberint barceloní no era tan embolicat com semblava. Encara que hi havia un munt d'autobusos i aquella mena de cuc sorollós anomenat metro, la distància fins a la feina al matí i des de l'escola al vespre no li impedia de moure's a peu i, a més, poc o molt, a la Barcelona dels cinquanta la gent de peu pla parlava català i quan es perdia preguntava.

Aquí, a París, vivia molt més lluny de l'escola i, per no fer tard, es va haver d'acostumar a agafar el metro de bon matí. Al capvespre, com que no tenia pressa, s'estalviava el bitllet i tornava xino-xano, encara que trigués un parell d'hores. La beca li deixava prou temps lliure per dedicar-se al vagareig. Només quan perdia de vista els quatre referents que li permetien orientar-se per la ciutat buscava una boca de metro per mirar de refer la ruta i, en cas extrem, es palplantava al mig de les escales de sortida i cridava si hi havia algú que parlés català com un nàufrag que envia missatges de socors a les onades que el neguen, amb l'esperança que rere la bromera que les corona aparegui una mà salvadora.

—Que hi ha algú que parli català?[4] —repetia a crits, amb veu de venedor ambulant. El Maties parlava prou francès, però les hores de classe li gastaven les ganes d'expressar-s'hi i es delia per poder xerrar una estona en llengua materna.

—Que hi ha algú que parli la meva llengua? —cridava enjogassat a contracorrent, paladejant les mirades de sorpresa, curiositat o desaprovació que recollia. Li agradava posar a prova la seva timidesa.

—Que hi ha algú que parli català?

La boca de metro de Cardinal Lemoine, prop de Notre Dame, escopia una multitud de bípedes consemblants que tornaven de la feina, carregats amb sacs invisibles de preocupacions que es feien evidents a les fesomies. Sortien del subsol capcots i bocaclosos, al ritme que els marcaven les passes dels altres, sense cap ganes d'atendre els crits estrafolaris d'aquell jove venedor que els oferia un producte incomprensible.

—Que hi ha algú que parli català? —escandia el Maties com qui diu un vers i s'hi encalla, entotsolat.

Quan ja feia una estona que interpel·lava les masses, sense cap èxit, es va adonar que un home de la seva edat se l'escoltava en silenci, a poca distància, amb discreció d'espia, un mer reflex a l'aparador ple de maniquins d'una botiga de roba. Es va aturar a mirar-se'l. Podia ser ell mateix perquè no movia ni un dit, però la posició del cos una mica avançada reflectia interès. El Maties es va fixar que l'espia duia descordat l'últim botó de l'abric i el coll tirat endavant, com si volgués crear un espai acústic que li permetés escoltar alguna frase de vital importància. Tornà a demanar per enèsima vegada si hi havia algú que parlés català sense treure-li els ulls del damunt i va veure que els llavis del maniquí humà repetien l'última paraula com un eco al seu clam, pura ecolàlia. Català, va llegir que mormolava.

—Català —va repetir el seu reflex amb veu alta i clara—. Del dret i del revés és català a l'atac.

Sentir-li dir aquest palíndrom va bastar perquè el jove becat deixés d'interpel·lar les multituds emergents de sota terra i s'acostés al seu eco capicua. Com ja s'esperava, va resultar que, més enllà de dir-ne el nom del dret i del revés, l'home sabia parlar-lo, i ben aviat van descobrir que allò no era l'única cosa que compartien. El Maties el va abordar amb un soc-artista adelerat. Potser per això tot seguit va afegir i-em-dic-Palau-

Ferré, fonent en un tetrasíl·lab els dos cognoms amb què firmava els quadres. A l'home de l'aparador li va fer tanta gràcia que el va anomenar PalauFerré per sempre més, així, tot junt, com la signatura 3alauFerré que estampava als llenços, i quan li va tocar correspondre, va deixar anar que ell es deia com el president Macià, però que tothom el coneixia com el Semita.

—El mite? —se'n va voler assegurar Palau Ferré.

—El Semita.

Quan el va entendre li semblà que li creixia el nas fins a tenir-lo més gros del compte, semític, i es va convèncer que ja mai més no el podria anomenar de cap altra manera. Semita. A més, que l'any 1957 a París algú parlés del president Macià només podia voler dir una cosa. No va trigar ni dos carrers a saber que tots dos enyoraven la república catalana que l'Avi havia somiat i que ara s'esllanguia en un exili cada cop més somort. Van parlar d'Andreu i Abelló, tot un referent que anys enrere havia estat un dels fundadors del Front Nacional de Catalunya. Tot i que no li agradava pintar algú sense poder deixar via lliure a la imaginació, PalauFerré s'havia compromès a fer-li un retrat.

—És del meu poble i ha estat el meu protector —es va justificar, sense que ningú li'n fes retret.

PalauFerré i el Semita van recórrer junts el llarg camí que separava la parada de Cardinal Lemoine del pavelló neerlandès de la ciutat universitària on s'allotjava el montblanquí, i s'hi van presentar com un sol home.

5903

D'entrada ja van saber que serien cul i merda. El Semita va caldejar la solitud que havia enfredorit els primers temps de la beca a París i el Maties li va obrir el seu catàleg d'enyorances sense reserves. Montblanc, les síndries, la Maria Rosa... Cada vespre, després de les classes d'escultura amb László Szabó, passejaven per carrers diferents. Sempre era el Semita qui traçava el rumb, però el menys important era la destinació final. De vegades visitaven el professor Claudi Castelucho a l'establiment de Montmartre. Andreu i Abelló li havia obert aquella porta perquè sabia que la butxaca no li permetria anar gaire sovint als cafès on es coïen les tertúlies més interessants. Casa Castelucho tenia molt de predicament entre els estudiants d'art estrangers que poblaven París i allà podia xerrar amb coneguts i saludats, com Palau i Fabre o Grau Sala. De franc.

Es van fer inseparables amb el Semita perquè només gastaven saliva i sabata. Aiguabarreig i vagareig. Parlaven de tot i de res, però sobretot del bé i del mal. D'egos i alter egos. Segons per on transitaven era clar que la ciutat tenia unes altres prioritats, però això no els afectava gaire. Anaven a la seva, per amor a l'art, perquè l'art era el centre de tot i el Semita va resultar un devessall inesgotable de propostes teòriques, l'exemple màxim de creador oníric que mai no passa del pensat al fet. PalauFerré es delectava amb aquella pluja d'idees i mirava d'imaginar-se-les realitzades.

El principal motor que feia rodar la sínia era Picasso i les seves pintures cubistes. Les cases d'Horta, tan properes a les de Montblanc, eren cantelludes. Quadrats, rectangles i triangles que duia clavats a la retina com taques solars. Les cares esmitjades de dona el motivaven a buscar una nova manera de pintar les fesomies.

—L'ordre del món depèn dels hàbits que ens han inculcat —va dir el Semita, que tendia a voler desbordar qualsevol límit—. Si aquí a París encara anessin amb tartana, tots aquests ciclistes serien els més ràpids dels carrers i no haurien de jugar-se la vida com ara.

Es referia a un barbut molt llargarut que tot sovint veien recórrer els bulevards dalt d'una bicicleta rònega. Una vegada fins i tot l'havien ajudat a aixecar-se de terra tan llarg com era després que hagués clavat una roda en una via del tramvia.

—El codi de circulació és un intent colossal de posar ordre al moviment —va filosofar el Semita, fascinat pel trànsit intestí de les vies parisenques.

PalauFerré intentava comparar-les amb els carrers de Barcelona, però aquí se sentia molt més inclinat a submergir-se en el subsol metropolità gràcies al qual havia conegut el seu alter ego, i sovint circulava pels intestins ferris de la ciutat sense cap rumb, amb l'esperança de reconèixer un desconegut als reflexos de les finestres de metro, transformades en miradors discrets. A Montblanc sempre era de dia i aquí sempre de nit.

—L'ordre és una convenció com qualsevol altra —va repetir el Semita— i la gent d'ordre són els porucs que no saben com afrontar el desert, que és la falta de límits.

—Hum —va assentir.

No sempre comprenia els pensaments del Semita, però no tenia cap recança a fer-los seus. Se sabia especial des de petit, quan amb vuit anys havia estat a punt de morir asfixiat per la mala combustió d'una estufa i s'havia alçat del llit de prostració amb la idea clara d'un futur esplendorós en el qual seria artista pintor, dit així, primer artista i després pintor.

Trenta anys després vagarejava per París becat per l'Institut Francès de Barcelona, assistia a les classes de l'escultor Szabó i discutia amb la seva ombra sobre el bé i el mal. Estava en el bon camí per aconseguir el que havia somiat de nen en aquell llit. L'ordre era cosa dels altres. Ell només aprenia a suportar-lo sense prendre mal, a circular per la retícula subterrània del metro de París com si no fos la xarxa de clavegueram per on s'escolaven molts dels somnis de tota aquella gent grisa que hi viatjava cada matí, cada vespre, cada dia de cada dia, sempre buscant un reflex inesperat al finestral sense vistes que transitava entre murs de pous cecs.

Aquell vespre el Semita el va portar a Au Lapin Agile, una taverna que havia freqüentat Picasso mig segle enrere. En aquell fred curs del 1959 el malagueny ja era una figura indiscutible, però els inicis havien estat difícils i aquelles quatre en foren testimoni.

—Un dia que no tenia diners —va explicar el Semita— el jove Picasso va pintar un quadre per pagar-se el menjar i el beure en aquest tuguri. El Père Frédé, que era el renom amb què tothom coneixia el polifacètic amo del local, va acceptar-lo com a moneda.[1]

La pintura mostrava un arlequí amb barret napoleònic que acaronava una copa amb una mà i tenia l'altra a la cintura, al costat d'una dona amb la mà a la barbeta, cos roig, cara blanca i toca blava, tots dos amb les mirades perdudes en un pany de paret, mentre escoltaven el guitarrista que seia eixancarrat al fons de la imatge.

—Abans de vendre'l a preu d'or, l'amo del tuguri el va tenir uns quants anys aquí penjat, exposat al fum dels cigars.

Cobrar en espècies? Allò sí que era un avenç, va somiejar PalauFerré, que ja es veia pels carrers de Montblanc comprant qualsevol cosa que hagués de menester a canvi d'un dibuix o una peça de ceràmica. L'escenari de la barata li alimentava l'ambició.

—Els artistes hauríem de poder pagar les coses amb les nostres obres —va dir, abans d'enfilar-se—, perquè... qui vol diners?

—Fas cara de Banque Nationale de Paris —li va dir el Semita, satisfet.

I abundaren en la idea, no pas com una martingala d'artista ni com el que en segons quins ambients se'n deia una francesilla, sinó com una regla general.

—Tothom hauria de poder comprar sense diners —es va engrescar— intercanviant les coses, és a dir, fent barata.

—T'has fixat que la barata surt bé de preu? —va riure el Semita, sempre sorneguer.

—Ara mateix, m'aniria molt bé poder bescanviar tots els exercicis que en Szabó ens fa fer a la classe d'escultura per plasenteries.

I van enfilar desitjos en llarguíssimes llistes de coses tangibles i intangibles.

—Podríem convidar alguna model en exclusiva —el temptà el Semita.

No calia dir cap nom per saber que es tractava de la dona més pintada. PalauFerré no sabia ni com es deia, però des del mateix instant que l'havia coneguda els seus ulls verds havien substituït els de la Maria Rosa. Tampoc els pits no admetien comparació. Tot el portava a la dona més pintada, semblava una conxorxa.

El Semita va començar a explicar una història truculenta

protagonitzada per la dona de l'arlequí. Va dir que també era una model i el *també* se li va clavar al cor, un adverbi punxegut que es va voler arrencar tornant a parlar de Picasso. Admetia la gran influència del cubisme i valorava el malagueny per damunt de tota la resta d'artistes vius i morts, amb l'única excepció de Zurbarán,[2] però defugia identificar-s'hi.

—No vull ser Picasso segon sinó PalauFerré primer —repetia després de lloar els rostres angulosos dels quadres cubistes i contraposar-los a les imatges del romànic català que valorava des de ben petit.

El Semita va tornar a l'època blava i explicà la tràgica història del pobre Casagemas, que s'havia suïcidat d'un tret a la cara just després d'intentar matar la dona que l'engelosia, que era la mateixa que després apareixeria al quadre de l'arlequí.

—Va disparar-li —va assegurar el Semita—, però va esquivar el tret per poc.

Es limitava a repetir el que Manolo Hugué havia explicat a Pla anys enrere perquè el fes parlar per escrit en primera persona. Eren set a taula al cafè de l'Hippodrome, dues dones i cinc homes. Dues models, tres artistes, un crític i un industrial col·leccionista. Convidava el despitat Casagemas, en l'última nit que es faria dir Charles abans de tornar a Barcelona i després de deixar el pis que compartia amb Hugué i Pallarès. Incapaç de matar amb el primer tret la dona que el feia patir, l'inepte poeta romàntic es va suïcidar amb el segon davant dels nassos dels sis companys de taula.[3] El Semita semblava conèixer tots els detalls macabres d'aquell dia llunyà del 1901, vint anys abans del naixement de PalauFerré, i es rabejava en el relat de les circumstàncies que van propiciar l'època blava de Picasso. També coneixia al detall la vida de la model, Germaine Gargallo, que en pocs anys va ser retratada pel suïcida, pel seu amant Picasso i pel seu marit Ramon Pichot.

—Entre el bé i el mal, em quedaré sempre amb el bé —va concloure PalauFerré després d'una llarga disquisició moral sobre la influència del mal en la creació artística, aclaparat per la imatge del suïcida—. Prefereixo fer el bé —va rematar quan van ser a la vora del Sena.

El Semita s'aturà mentre feia que no amb el cap.

—La bonhomia perjudica l'artista —va assegurar—. Està molt bé ser bona persona, però ser bo bo vol dir *bobo, bobo.*

Després de repetir la síl·laba dues vegades va inspirar fort abans de concloure que la bondat podia ser un antídot de l'art. PalauFerré es va sacsejar. No havia vist mai l'art com un verí i es negava a fer-ho.

Ja feia estona que se les tenien. Després de rabejar-se en la història del suïcida Casagemas, el Semita li havia proposat d'anar a veure el pont dels suïcides. Hi havia insistit perquè, deia, qualsevol aspirant a artista ha de conèixer com pot acabar, encara que l'hagin d'enterrar fora del recinte sagrat, una idea que treia PalauFerré de polleguera.

—Però el mal no aporta cap valor a l'art —va argüir mentre avançava al pas que li marcava el Semita.

Feia estona que mastegaven la presumpta fascinació que els artistes senten pel mal i el menyspreu per la bona gent. De camí van començar a posar exemples d'artistes de tots els temps en relació amb el bé i el mal. Es tiraven els plats pel cap. Si l'un adduïa que Miró era una bona persona, l'altre li contraposava Dalí.

—Dalí és una gallina que canta als quatre vents que ha post un ou —va vomitar, enrabiat—, com si el món només hagués d'estar pendent del que fa.

Però quan el Semita hi contraposà Picasso PalauFerré es va negar a acceptar-ho.

—Picasso és un batraci que no para de pondre ous i per

això no li cal cloquejar com una gallina per anunciar al món que n'ha post un de nou.[4]

—I això què té a veure amb la bonhomia? —li va retreure el Semita.

—En canvi, entre el coneixement i l'art sí que em quedo amb l'art —va respondre, per canviar de tema.

—L'artista és molt millor que no sàpiga gaires coses, perquè en l'exercici artístic no les ha de relacionar d'una manera raonable, sinó arbitrària i canviant. Per això no comparteix la noció de progrés. És veritat —va concedir el Semita— que un artista vol agradar.

—Oh, és que si no agrada no podrà continuar explorant els camins de l'art, perquè bé cal menjar cada dia.

—Sí, però això no vol pas dir que hagi de repetir el mateix de sempre. Qui no s'arrisca, no pisca!

De mica en mica, sentir les facècies del Semita s'havia convertit en un hàbit i ja gairebé era una veu interior que l'acompanyava de nit i de dia, una consciència en la qual emmirallar-se. A més, es complementaven. El Semita aportava a la conversa idees abstractes que requerien una aproximació intel·lectual complexa i PalauFerré replicava amb algun record d'infància degudament passat pel sedàs de la seva habilitat com a narrador.

7203

El Maties va viure a París tres cursos sencers i, després de tornar-ne ara fa deu anys, ha rodat més pel món que la majoria dels seus conveïns de Montblanc. Li agrada dir, sorneguer, que com a pintor n'ha vist de tots colors, però mai no havia trepitjat cap jutjat. Fins avui, que hi compareix per la demanda que li ha interposat el Peirats. A la cèdula de citació hi diu que és el Juicio de Menor Cuantía 15-72, però quan li demana al seu advocat a partir de quina quantia es passa de menor a major no en treu l'aigua clara. Comença a fer-li l'efecte que l'Huguet no dona la talla. L'únic que li ha fet gràcia és que a la cèdula, rere l'adreça del jutjat —calle General Sanjurjo, 21— hi consti entre parèntesis el nom que tenia el carrer abans que tot anés a mal borràs —(antes Sardà)—.[1] Han passat trenta-tres anys des de la victòria dels nacionals i el record d'aquell món on aquest carrer es deia Sardà és tan borrós com el que el Maties guarda del rostre del pare. Si almenys l'hagués pogut retratar bé! La Nati en guarda alguna fotografia però la imatge és tan fosca que encara emboira més el record. El procurador Don Juan Torrents Sardá, en nom dels advocats del seu demandant, ha sol·licitat la seva confessió en judici, juntament amb una prova testifical que conté un plec de preguntes i una llista de testimonis, una prova documental i una pericial cal·ligràfica per si el demandat no reconeix la signatura que figura als dos contractes.

L'acusació només li demana dues coses en qualitat de demandat. Al Maties li costa d'entendre que això són preguntes, perquè el procurador les anomena *posiciones*. La fórmula que li fan repetir en castellà per dir que jura dir la veritat tampoc no s'assembla gens a les dels judicis de pel·lícula americana, però al capdavall és un jurament. El fa i, tot seguit, el procurador Torrents li demana si reconeix els dos contractes que branda un funcionari dels jutjats i, sobretot, si reconeix les signatures que hi figuren al dors. Literalment Torrents li demana «si son de puño y letra del confesante». El primer que el *confesante* Maties reconeix és el paper esgrogueït que guarda a casa des de fa quatre anys, però que no s'ha tornat a mirar més, coronat per dos segells amb sengles àguiles, un de gris d'una pesseta i l'altre rogenc, de tres.

Al dors, al final de totes les clàusules, hi ha un gargot de Miquel Peirats i un inequívoc ʒalauFerré. Li resulta impossible negar que és la seva signatura d'artista. Allarga el moment per buscar l'única clàusula que recorda, la que compromet el futur dels hereus. Quan la localitza, pensa que li agradaria poder-la llegir ara en veu alta i comença a sil·labejar-la sense fer vibrar les cordes vocals, en veu de missa: «En el improbable y menos deseable caso de que el adquiriente del terreno o solar falleciese o quedase imposibilitado para la plasmación de su arte, a elección del sr. Peirats, se podría aplicar una de las dos soluciones siguientes...».[2] Abans que pugui acabar-la de llegir el procurador Torrents li repeteix la pregunta i Palau Ferré ha d'admetre que la signatura és seva.

—Sí, es mi firma.

Mentre ho confessa Peirats el mira impertorbable i el procurador esbufega alleujat, com si acabés d'aconseguir una gran victòria. Li agraeix la col·laboració i el convida a tornar al seu seient, una cadira rònega al costat de l'advocat Pedro Huguet, que el rep amb un copet a l'esquena.

—Ara l'interrogaran a ell? —li demana amb veu de missa.

—No. Ara els testimonis de l'acusació —li explica—. Més tard ja tindrem la possibilitat de defensar les nostres posicions, però ara hem d'escoltar i callar.

El llenguatge jurídic li resulta més incomprensible que l'art abstracte. Mentre el procurador Torrents interroga els testimonis triats, el Peirats seu al costat del seu advocat, el senyor Colet. Quan abans s'han creuat el demandant ha buscat el demandat amb la mirada i el Maties l'hi ha mantinguda tres segons amb tota la feresa de què s'ha vist capaç. N'hi ha hagut prou perquè un raig roig travessés la sala fins al crucifix del fons. Encara no li ha sentit la veu, però l'odi que li atribueix pren forma verbal cada cop que un dels testimonis de l'acusació sosté que el senyor Palau Ferré s'ha beneficiat de la notorietat pública que li han donat els contractes que va signar amb el denunciant sense coacció. Tots l'anomenen senyor Palau Ferré, com si tinguessin la consigna de no esmentar mai el seu nom de pila, potser per no humanitzar-lo, i parlen amb una seguretat envejable.

El Maties sospita que ho han assajat, perquè totes les respostes semblen tallades pel mateix patró: comencen afirmant que «es cierto» per donar la raó a l'acusació i després afegeixen algun element particular.[3] Quan li pregunten si el demandat ha augmentat els preus de la seva obra d'ençà que va firmar els contractes amb el demandant, Don Francisco Mercadé Segués sosté que ho sap del cert perquè ha estat al seu taller més d'una vegada i ho ha pogut comprovar. El Maties no recorda haver-lo vist mai per casa i fa el gest de protestar, però el seu advocat li diu que ara no és moment de dir res. Els altres testimonis els té més presents. Don Antonio Martra Solé declara que diversos amics seus li han comprat quadros últimament i assegura que molts compradors, espanyols i estrangers, visiten el seu taller per comprar-ne, atrets per la fama que ha adquirit aquests últims temps. Per acabar-ho d'adobar, en Martra assegura haver presenciat com el senyor Palau Ferré mesura els quadros amb un centímetre abans d'establir-ne el preu, tal com li demana el procurador Torrents Sardà en una de les preguntes aparentment innocents que figuren al plec acceptat pel senyor jutge.

—Recony de Martra —remuga el Maties entre dents—, si mai de la vida no s'ha gratat la butxaca per comprar cap quadro!

Abans de baixar de l'estrada, encara afegeix que en una ocasió el senyor Palau Ferré li va proposar de quedar-se una Hasselblad de la seva botiga de fotografia a canvi d'un quadro seu, i que si no van arribar a tancar la transacció va ser perquè al seu pare no li va agradar la pintura.

—Menteix més que no respira! —protesta el Maties alçant la veu.

El jutge l'amonesta i l'advocat Huguet demana al seu client que s'abstingui de fer cap mena de comentari. Els testimonis desfilen un rere l'altre. Don Antonio Baigés Baldira diu que fa poc temps un amic seu ha comprat un quadro al senyor Palau Ferré i li ha comentat que els havia apujat molt de preu. En Baigés toca d'oïda, però no deixa camp per verd. Poc o molt, tots els testimonis diuen el mateix. L'industrial Jaime Oriol Barberá, que ha estat sempre un bon client, també passa per l'estrada. D'entrada li fa la gara-gara, com tothom, però de seguida subratlla que si ara es cotitza tant és gràcies a la publicitat que li han donat els contractes que va firmar lliurement amb el Peirats i remata la jugada corroborant que els seus quadros varien de preu segons la mida. I no d'ara. Diu que mai no n'ha pintat de dimensions extraordinàries, però que els més grans els ha pagat sempre més cars que els petits, la qual cosa troba lògica i natural.

—Oi, Maties?

Un gest de l'advocat Huguet frena la resposta del seu client, però testimoni i acusat s'aguanten la mirada una bona estona, mentre el primer es declara un gran admirador de la pintura del segon i afegeix, sense que ningú no l'hi demani, que quan va començar la discòrdia entre Palau Ferré i el Peirats —obre els braços per assenyalar-los amb les mans obertes, com si anés a proferir una pregària— els va oferir de reunir-se a casa seva per arribar a un acord, però que l'acusat mai no li va respondre. El Maties abaixa la mirada. Ara ja és massa tard.

Després criden a declarar l'escultor Ortiz Serra, que també comença cada resposta amb un «es cierto», com tota la resta. Diu que el senyor Palau Ferré és l'artista que ha augmentat més la cotització en aquests últims anys. L'ensabonada precedeix el xarop de bastó. Afegeix, sense mirar-lo en cap moment, que en art tot és relatiu i de vegades els artistes es veuen obligats a fer «determinados arreglos». La cosa empitjora quan el procurador Torrents li demana si coneix cap cas en què l'acusat hagi canviat quadros per altres objectes. L'escultor relata que un dia va acompanyar el senyor Peirats a recollir els quadros que li corresponien segons contracte i que l'acusat es va negar a donar-li una sardana amb un pretext sorprenent.

El Maties somriu. Li ve al cap l'excusa que es va inventar per no desprendre's d'aquella sardana pintada a l'oli: que l'havia de lliurar a un altre senyor com a pagament per uns terrenys a la Costa Brava. Assegut al banc dels acusats, recorda aquell moment com si fos ara. La Costa Brava li va sortir com un rampell per fer-se valdre i perquè va pensar en Dalí, però era fruit de la seva portentosa imaginació. Mai abans no havia intentat comprar cap terreny amb els pinzells. Està temptat d'interrompre l'escultor per dir que només era una excusa per quedar-se el quadro, però se n'està. Ja l'han amonestat una vegada per parlar sense tenir la paraula i comença a ser conscient que li convé semblar disciplinat. Però Ortiz Serra encara no ha acabat. Diu que qualsevol artista pot cedir la seva producció a tothom qui li pagui, però s'embolica en unes consideracions impertinents sobre les cotitzacions en el mercat de l'art que el porten a concloure, sense que vingui a tomb, que al senyor Palau Ferré no li caldria apujar preus perquè és solter i no té família a càrrec. Fa una pausa, com si s'ho repensés, i matisa que potser té mare o altres parents propers, però insisteix en l'argument de la solteria.

—Però què cony hi té a veure, això? —rondina el Maties en veu baixa a l'orella de l'Huguet—. Qui es pensa que és, aquest pelacanyes?

L'advocat es limita a fer-lo callar amb el gest de posar-se un dit a la boca. El Maties es mossega la llengua i fa que no amb el cap per airejar els polsos, que té a punt d'esclatar. Finalment, criden el demandant.

—Comparece el que una vez hubo prestado juramento en legal forma, ofrece decir verdad y manifiesta ser y llamarse don Miguel Peirats Fenollosa, de 55 años, casado, del comercio, vecino de Reus con domicilio en Distrito 4º número 18, Urbanización Carpa, y exhibe DNI número 39.756.042, expedido en Reus el 12 de febrero de 1969.

D'entrada, també li fan reconèixer la signatura dels contractes. Confessa i després segueix amb la següent pregunta del plec de catorze que el procurador ha dipositat en mans de sa senyoria el senyor Don Vicente Conde Martín de Hijas, jutge de primera instància, el qual n'ha declarat onze de pertinents. La segona pregunta suscita controvèrsia entre les parts, d'una banda per la relació del demandant amb l'empresa Arcapesa, propietària dels immobles venuts, i en segon lloc per la naturalesa de la transacció, que només és denominada *permuta* en un dels contractes. Quan comencen a discutir de xifres el Maties desconnecta. Els advocats es repliquen. Els números, presumptament rodons, no quadren. Ni el valor econòmic de 500.000 pessetes ni els 50 metres quadrats de pintura.

Colet demana permís per intervenir i es remet a la llista dels nou quadros embargats preventivament el 2 de desembre de 1971. El Maties recorda que els dos agents judicials que van venir al taller es van limitar a estampar el segell del jutjat de primera instància de Valls, en tinta lila, a l'angle superior esquerre dels reversos. Li fa gràcia que el jutge de Reus faci llegir ara en veu alta la descripció de cada obra que van fer aquell parell de funcionaris, perquè no titula gairebé mai els quadros i l'ècfrasi que van redactar és molt limitada, del tipus «composición, florero, figura femenina...».

Colet llegeix, molt seriós, les descripcions que consten en acta i les mides, algunes amanides amb l'adverbi *aproximadamente*. En total, segons els càlculs que ha fet a llapis en un paper, 7,9994 metres quadrats, que en principi caldrà restar dels cinquanta rodons.[4] Aquí s'encallen una bona estona. Hi ha discrepància entre els advocats sobre el deute pendent, perquè fer quadrar els números rodons amb els pams quadrats de terreny és com pensar en una regla gramatical sense excepcions que la confirmin. Les xifres del valor monetari del xalet tampoc quadren, però el Peirats rebat les paraules de l'Huguet amb l'argument que va ser la part compradora qui va demanar de reduir-ne el valor declarat a cal notari perquè no pugessin tant les despeses de l'escriptura. El Maties calla i escolta. Ha de reconèixer que el Peirats té els números més clars que no pas ell. Entre el Torrents i el Colet repliquen a l'Huguet quan al·lega que els solars no estan gravats i que el senyor Palau Ferré ja sabia que els xalets sí que ho estaven, entre altres coses perquè la data de les escriptures és del 67 i els dos contractes privats es van signar l'any següent, el 68.

El Peirats es fa fort en l'existència d'un contracte anterior, signat el 64, que valorava el pam quadrat de terreny al mateix preu de quinze pessetes. Assegura que ningú va forçar el senyor Palau Ferré a firmar-ne un de nou quatre anys després. Llavors el demandant mira el demandat amb ulls penetrants i somriu, just abans de pronunciar unes paraules que ofenen l'artista profundament:

—Porque si hubiese sido comida o ropa de primera necesidad para el artista aún hubiera podido pasar por un explotador, pero solares y chalets no eran de pura necesidad del artista sino demostración de riqueza.[5]

7204

Ni Palau Ferré ni el seu advocat no s'esperaven que el jutge de primera instància número 2 de Reus, en sentència dictada el 10 d'abril de 1972, estimés parcialment la demanda formulada pel Peirats. La condemna estableix que el demandat ha de lliurar al demandant pintures a l'oli de la seva producció i convenientment firmades fins a un total de 42,460 metres quadrats de superfície. Que desestimi la resta d'aspectes de la demanda i no faci esment a la imposició de costes no és cap consol. Cada cop que rellegeix la sentència, l'artista s'encén més. No surt del com-pot-ser. Sent els arguments de l'advocat Huguet fins que es cansa de sentir-li la veu i el fa fora. De casa i del cas, com si matant el missatger pogués esborrar el missatge. L'escridassa, l'acomiada, diu que s'haurà de buscar un advocat que en sàpiga per recórrer aquesta sentència injusta. Don Pedro Huguet Ribas surt corrents del taller del pintor,[1] humiliat i escorregut, com un gendre repudiat per la família política. Cap client abans l'havia tractat d'aquesta manera.

Però la tinta de la sentència no l'esborren els crits del demandat. Després d'esbravar-se, Palau Ferré no es pot estar de tornar a agafar el text envitricollat que li ha portat l'Huguet i el rellegeix obsessivament buscant on és l'error que expliqui el com-pot-ser gegantí que li puja per la gola fins a omplir-li la boca. Per sort, potser perquè la sentència no és ferma o potser perquè els diaris estan distrets amb altres afers, la derrota judicial no transcendeix i en els següents dies ningú no li formula la indignada pregunta del com-pot-ser que ell no para de fer-se. Ni els convilatans de Montblanc n'hi diuen ni piu ni cap periodista li truca. El 16 d'abril totes les mirades estan posades en l'Apollo 16, la cinquena missió tripulada que la Nasa envia a la Lluna. Durant onze dies el món viu colltort i clatellestret, amb la papada tesa, més pendent del que puguin fer els dos astronautes llunàtics que no pas del que succeeix a la superfície del planeta.

El condemnat aprofita que tothom mira enlaire per mirar endavant. Com que no pot enviar l'Huguet a la Lluna, busca algú que el substitueixi aquí a la Terra. Quatre trucades a les persones indicades el posen en contacte amb Don Adolfo Morales Vilanova,[2] un lletrat català molt ben connectat que exerceix a Madrid i té un tarannà oposat al del pusil·lànime Huguet. El Morales, amic personal d'un subdirector del diari *El Alcázar*, es presenta a la primera reunió amb un ajudant, el lletrat Villalonga, repassen la sentència damunt la taula del taller, entre gots de vi i bols de nyoca, i fan una dissecció despietada de l'estratègia de defensa que enfonsa l'Huguet en una fossa sèptica.

Nyap és la síl·laba més pronunciada pels picaplets entrants per referir-se a les accions del picaplets sortint. El Morales s'acarnissa punt per punt amb l'escrit d'al·legacions que l'Huguet va presentar en la data capicua del 27 de gener de 1972, començant per l'argument principal: que la propietat dels béns immobles en litigi està registrada a nom de la societat Arcapesa i no pas del senyor Peirats.[3]

—És cert, però ell mateix subratlla la feblesa de l'argument nominal quan especifica que —es posa a llegir en el castellà jurídic, ple de subordinades malgirbades— els fundadors, únics accionistes i administradors els senyors Aragonès, Cabacés i Peirats, presten a la societat les dues primeres lletres dels seus cognoms paterns.

L'Huguet s'havia aferrat a aquesta discordança per afirmar que el senyor Peirats no podia reclamar com a persona física, sinó que havia de fer-ho com a administrador en representació d'Arcapesa. Un argument que el nou lletrat considera poc rellevant, encara que digne de crèdit. No com els punts següents, que li semblen pura faramalla.

—Al jutge de primera instància no li pots anar amb aquestes misses en llatí —diu el Morales—. Amb tot el meu respecte per la seva carrera, senyor Palau, però fer constar el seu currículum a les al·legacions no li deu haver fet cap bé. Procedeixi a la lectura, senyor Villalonga.

—Que el demandat l'any seixanta-tres ja era un pintor de relleu nacional i internacional —llegeix el Villalonga.

I repassa un llarg currículum que, llegit en un jutjat, devia sonar com un concert de música clàssica en un dipòsit de cadàvers.[4] L'Huguet es va escarrassar a comprimir tots els mèrits del seu representat i a acreditar-los amb documents diversos. Primer venen les exposicions col·lectives a Barcelona, el juliol del 1953 a Bellas Artes Primavera, l'octubre del 1954 al VII Salón de Octubre de Galerías Layetanas i, ja individualment, el maig del 1956 a les Galerías Gaspart, amb comentaris elogiosos de diaris i revistes. L'Huguet, a l'escrit, acredita cada afirmació amb un document numerat adjunt que tan aviat són programes de les exposicions com pàgines de diari.

Després de Barcelona ve la projecció a Madrid, al X Salón de Octubre de 1957 al Museo de Arte Moderno i un homenatge a l'Ateneo, i tot seguit el salt a París. L'Instituto Nacional del Libro Español, organisme creat l'any 39 pel franquisme, li permet exposar al Grand Palais d'abril a maig del 1961 i a Terres

Latines el juny i juliol, així com al Saló de Niça i a la Galeria Tedesco de París. També adjunta nou retalls de premsa amb comentaris, tot i que aquí no especifica si són elogiosos.

—Posteriorment —segueix llegint el Villalonga— la premsa es va continuar ocupant de la seva trajectòria professional, document vint-i-quatre, va exposar l'any seixanta-set a la Biblioteca Nacional de Madrid, document vint-i-cinc, i va aparèixer al número 1 de la revista *Bellas Artes* de l'any setanta. Actualment, les seves pintures són al Museu Heberson de Nova York, document vint-i-sis.

Palau Ferré s'ha estarrufat en sentir aquest devessall curricular, aliè a la intenció crítica que n'ha provocat la lectura. El Villalonga aixeca els ulls del sumari i fa una pausa. En el seu moment el pintor va aclaparar l'Huguet amb retalls de diari, programes d'exposicions i tota mena de material imprès. Li semblaven proves incontestables de la seva vàlua. L'advocat no el va saber frenar i va permetre que anés inflant el seu globus de mèrits molt més enllà de la data del primer contracte, sense pensar que a l'hora del judici tanta petulància li podia petar a la cara.

—Punt segon —segueix llegint el Vilallonga—, que el senyor Peirats l'any 1963 ja coneixia la categoria del senyor Palau Ferré i sabia que no necessitava promoció.

La segona al·legació també és prolixa en detalls a l'hora d'explicar les primeres visites del senyor Peirats i esposa a l'estudi del pintor, quan se'n van fer clients, i especifica amb esperit notarial les dues primeres transaccions que van formalitzar.

—El primer dia, un quaranta figura i un quaranta paisatge per 20.000 pessetes, i el segon, un quaranta figura i un trenta figura per 18.000.

Les mides universals dels bastidors es van establir a França a finals del segle XIX. Hi ha una escala de vint models, entre el zero i el cent vint, i cadascun es divideix en tres superfícies similars en les quals només varia l'amplada, segons si el llenç representa una figura, un paisatge o una marina. Un quaranta figura fa 100 × 81 centímetres; un quaranta paisatge, 100 × 73, i un trenta figura, 92 × 73. En l'al·legació no hi consten els centímetres quadrats de les pintures venudes, però de models i preus se'n pot deduir que es cotitzaven segons la superfície pintada.

—Però és rotundament fals —llegeix el Vilallonga la frase conclusiva de la segona al·legació— que el senyor Palau Ferré vengués per metre quadrat.

—I com ho va demostrar l'Huguet que era fals? —salta el Morales—.[5] Qualsevol jutge que es preocupi de buscar la taula d'equivalències dels models universals de bastidors podrà deduir que els preus estan calculats segons la superfície.

Palau Ferré no sap quina cara posar. Dubta. Potser ha errat en el fitxatge o potser el Morales és l'home que li cal per guanyar el judici. L'advocat indica al Vilallonga que continuï llegint les al·legacions de l'Huguet i salpebra la lectura amb comentaris sarcàstics sobre l'estil del seu antecessor en la defensa jurídica. Com quan, en la tercera al·legació, l'Huguet descriu el pintor atrapat a les xarxes del promotor en un doble i esplèndid negoci: venia bé els seus immobles i s'apoderava en monopoli de la producció de l'artista.

—És totalment fals que les propostes sorgissin del senyor Palau —llegeix el Vilallonga.

—Indemostrable! —punteja el Morales.

—S'accepta haver firmat el contracte de 3 de desembre de 1965...

—Ahà!

La tercera al·legació diu que el contracte de la discòrdia és inexistent i nul per vici en el consentiment i la mala fe del senyor Peirats.

—No ens podem basar en falta de consentiment si tenim els contractes signats —reflexiona el Morales—, de manera que ens haurem de centrar en la mala fe del promotor, que no sigui un *dolus bonus.*

—També diu —prossegueix el Villalonga— que no només ven en nom propi el que pertany a Arcapesa sinó que essent un habitatge de renda limitada, subvencionada, el ven com si fos lliure de càrregues, gravàmens i inquilins, però després resulta que la finca major de la qual se segreguen les venudes té una hipoteca i, a més, són xalets i solars per a habitatges de renda limitada.

—Aquí sí que es demostra la mala fe, no? —salta Palau Ferré—. Aquesta va ser la gota que va fer vessar el got. Per això vaig deixar de lliurar-li més quadres. Quan amb l'Huguet vam fer una gestió per llogar o per vendre la finca, va resultar que no podíem perquè els immobles no estaven lliures de càrregues. Em vaig trobar lligat de mans i vaig pensar que no pintaria ni un sol quadre més per a aquest gàngster!

—Sí —admet el Morales—, de mala fe segur que n'hi ha, però és un argument molt pobre.

—Per què?

—Home, només ho havíeu d'anar a comprovar al registre —respon el Morales, intentant carregar els neulers a l'Huguet, però començant a pensar que el seu client és un ingenu—. Abans de signar la compra de res sempre cal consultar el registre, que per alguna cosa és públic!

—Però les escriptures impugnades del desembre del seixanta-set no les vaig conèixer fins un any i mig després! —s'exclama Palau Ferré—. Al maig del seixanta-nou. Oi que aquí hi posa la data?

El Villalonga consulta el text de la quarta al·legació i ho confirma.

—Sí, aquí diu que l'avís del notari senyor Pagés va ser el 25 de maig de 1969, i per això s'acusa el senyor Peirats de retenir les escriptures del xalet número vuit durant disset mesos.

—Doncs haver-hi anat abans —diu el Morales, que comença a suar—. Totes aquestes consideracions són de pixarelles. No m'estranya que les al·legacions de l'Huguet hagin acabat en paper mullat.

La lectura segueix enmig d'un silenci tens. Tant el nou representant legal com el seu representat deixen que el Villalonga mastegui els textos redactats per l'Huguet amb una elocució plana, volgudament exempta d'entonacions intencionals. El Morales es mossega la llengua per no intervenir i Palau Ferré s'enfonsa mil·límetre a mil·límetre en les arenes movedisses de les expectatives de futur.

—En cinquè lloc, el senyor Palau nega haver-se beneficiat mai de cap mena de propaganda, tal com argumenta el senyor Peirats, entre altres coses perquè no li calia. L'any seixanta-tres ja era un artista sobradament conegut i cotitzat. També nega haver-se instal·lat mai al Mas Carpa. El senyor Palau sempre ha tingut el taller a Montblanc i allà és on sempre el van visitar el senyor Peirats i esposa.

Les al·legacions de l'Huguet s'emboliquen després en un ball de xifres relatives al preu dels xalets quan són de renda limitada, resta una quantitat a les que consten als contractes i conclou que el seu client ha de reclamar al promotor una compensació econòmica que xifra en 261.583 pessetes.

—L'últim paràgraf és la conclusió —avisa el Villalonga, abans de llegir-la, i prosssegueix—. Finalment, considerem que subjectar un artista durant anys a lliurar la seva producció ataca la dignitat, la integritat i la llibertat de la persona humana. Considerem que l'actor ha lesionat els drets del Fuero de los Españoles i del Fuero del Trabajo i, per tant, en demanem l'absolució.

Passen cinc llargs segons abans que el Morales trenqui el silenci.

—La nostra estratègia serà més agressiva —diu amb convenciment—. La via del recurs ens porta al Tribunal Suprem de Madrid i estic segur que sabrem trobar els ressorts adequats perquè decideixin a favor nostre.

Palau Ferré desperta de la letargia en què l'havia sumit la lectura de les al·legacions de l'advocat Huguet, a l'espera de més detalls sobre la nova estratègia, però el Morales no sembla voler especificar gaire quina serà la seva estratègia guanyadora.

Tot i la manca de concrecions, el pintor s'anima. Es fixa en la fesomia del seu nou advocat. Mentre diu que decidiran al seu favor els ulls li brillen. Morales, que ja ha començat a investigar a fons el cas per preparar-lo, no pensa revelar al seu nou client que ha descobert una faceta inesperada en la vida del Peirats just després de la Guerra Civil. Degudament filtrada, podria ser de gran interès per als jutges del Tribunal Suprem.

6001

La dona més pintada destacava entre totes les dames presents al vernissatge. Anava despentinada com una supervivent de catàstrofe natural, amb un escot vertiginós que emmarcava la regatera en un triangle isòsceles roig que esclatava, pel costat superior, en un rostre zíngar de boca ben formada, ni petita ni grossa, pòmuls de camuflatge i, sobretot, dos ulls verds amb forma d'ametlla, disposats a mirar-ho tot només una vegada, sense parpellejar fins que fos estrictament necessari, uns ulls capaços d'emmirallar les mirades més altives, de tornar amb escreix les dosis d'atreviment amb què els homes segurs de voler estar segurs d'ells mateixos miren les dones que els aguanten la mirada perquè els volen discutir el poder.

Destacava per tot això i per més coses no tan visibles. La majoria d'àvids miradors que aquell vespre s'amuntegaven en l'enèsima inauguració d'una exposició col·lectiva[1] de joves valors de la pintura europea la coneixien. La coneixien els galeristes i els marxants, la coneixien l'estol de muses que pul·lulaven al voltant dels artistes que havien vingut a menjar-se aquell París efervescent i la coneixien, sobretot, els artistes. Qui més qui menys l'havia pintada alguna vegada, vestida de mil maneres, i molts, potser la gran majoria dels que aquell vespre omplien el vernissatge, l'havien vista a pèl a les sessions de nu que organitzava l'acadèmia, en les quals mai ningú no feia broma de cap pit ni cap natja.

La dona més pintada del vernissatge ho tenia tot molt ben posat, però era la seva mirada abassegadorament verda la que atreia ulls i mobilitzava pinzells, en harmonia, anés o no anés vestida. Destacava perquè, a diferència d'altres dones presents, feia ostentació de no admirar els artistes. No com les poques que també produïen obres d'art, que hi competien; ni com les que exercien de musa inspiradora, tothora pendents de la seva influència; ni, sobretot, com les dones sense personalitat que bufaven la vanitat dels artistes aplicant els llavis molsuts al seu gland tibat per inflar-los com ninots de fira. Ella no. Ella no els admirava. Els detestava, i els ho feia saber sempre que podia, els considerava uns nens consentits que perdien els sentits davant de la bellesa que anhelaven definir per tenir-la captiva.

La dona més pintada detestava l'esperit de caçador que movia tota aquella colla de ganàpies amb pinzells sucats de coloraines que buscaven recuperar l'originalitat que tenia l'art abans de les grans guerres, com si res no hagués succeït. Ja feia gairebé un segle que Courbet havia establert amb precisió pictòrica l'origen del món, però una cosa era saber d'on va sortir tot i una altra de ben diferent establir com va començar a ser mirat i, doncs, vist i explicat de mil maneres pels habitants d'aquell mateix univers que tenia un origen tan fosc com ho serà el seu final.

La dona més pintada destacava perquè no li agradava gens que la intentessin capturar una vegada i una altra, però mai no es retirava ni abaixava el cap ni oblidava els seus orígens, que la feien malfiar-se de la humanitat per més artística que se li presentés. Mirava els pintors que la retrataven amb ulls de mestressa. Només respectava Picasso per la seva fertilitat mutant, com si cada cop que inseminés una altra femella ho fes encarnant l'aspecte d'una espècie diferent i de resultes d'aquella còpula hagués d'aparèixer un nou híbrid sota la capa del cel. Un nou *beefalo*. Picasso li cridava l'atenció, però només s'havia deixat retratar pel malagueny una vegada per la recança que transformés la seva força en submissió. N'havia fugit sense mirar enrere, i ell tampoc no l'havia perseguida mai, potser perquè creia que l'obtindria fàcilment.

PalauFerré se la mirava amb discreció, aliè als cercles concèntrics de la vida social amb pretext artístic. Era l'ombra silenciosa del loquaç Semita, sempre disposat a saludar tothom. S'hi havia fixat perquè li havia semblat reconèixer els ulls verds que coronaven aquells pits que un dia no havia estat capaç de retratar. Arrapat a la copa de xampany, la va anar apujant fins a obtenir l'angle adequat per mirar-la sense ser observat i allargà el glop amb els llavis ben premuts, deixant entrar les bombolles d'una en una, mentre la vista lliscava pel tobogan de vidre de la copa amb el peu rodó apuntant a l'objectiu. Va allargar el glop tant com pogué, fins que un perfil conegut va passar per davant, enfosquint l'angle de visió que tan subtilment havia aconseguit.

Llavors va abaixar la copa i va detectar que el Semita iniciava una maniobra d'aproximació, alentida per diverses salutacions a coneguts, als quals despatxava de manera lacònica per no perdre-la de vista. La veia aturada en un extrem de la sala, prop dels serveis, aliena al tràfic d'ínfules que es produïa en moltes de les rotllanes. Les mirades superposades del Maties i el Semita, l'una més llunyana que l'altra, van confluir al clatell d'una noia de cabellera rinxolada que en aquells moments va abordar-la i els en va tapar la vista.

El Semita va encetar una conversa de circumstàncies amb l'últim saludat per aturar-se prop de les dues conversadores, amb el cos orientat cap als serveis. PalauFerré va tornar a xarrupar la copa de xampany des del seu observatori estratègic a la sala d'exposicions. Probablement, la dona més pintada i la seva amiga rinxolada eren les dues úniques senyores en tota la sala que no anaven maquillades. El Semita, mentre assentia d'esma als comentaris de l'enèsim conegut, es va adonar que totes dues reien d'ulls, tot movent nas i boca, felices de trobar algú amb qui parlar sense formalismes ni formulismes. Llavors el seu últim interlocutor va anar als serveis i el va deixar en fals, palplantat prop de les dues dones.

Abans de poder-se'n moure, va sentir un reguitzell de noms propis desconeguts alternats amb qualificacions despectives, i es va abandonar al morbós exercici d'escoltar la música del safareig sense entendre'n la lletra. Però la repassada no va durar gaire. Al final del joc, la dona més pintada va compartir amb l'amiga que l'únic quadre interessant de l'exposició era el vermell del fons.

—No sé de qui és —li va respondre el clatell rinxolat, i el Semita s'ho va prendre com una invitació a la conversa.

—PalauFerré —va irrompre, fent una passa endavant, amb un somriure seductor—. És de PalauFerré.

La dona més pintada ni va pestanyejar, molesta per la intromissió, però la rínxols es va tombar, coqueta, i va començar a fer preguntes.

—Té una beca del govern francès per estudiar art —va dir el Semita sil·labejant amb seguretat el seu francès— i em fa l'efecte que també fa escultura.

—Li fa l'efecte?

La dona més pintada es malfiava d'ell.

—Efectivament —va dir de manera histriònica.

Totes dues van riure i li van demanar on parava l'artista.

—M'ha dit que es quedaria allà, al costat del seu quadre, per observar les reaccions de la gent.

—Quina ingenuïtat —va somriure la dona més pintada.

El van buscar amb la mirada i PalauFerré, atent, va alçar la copa amb posat galant. La dona més pintada va respondre al brindis alçant la seva, tot i que mínimament.

—També m'ha dit que està molt decebut perquè ha vist que a les inauguracions tothom menja i ningú no s'atura a mirar els quadres.

—Quina ingenuïtat tan deliciosa —va repetir la dona més pintada amb una rialleta.

El Semita es va oferir a presentar-los.

—No —va respondre a l'instant, abans de girar cua i marxar.

Ja no les van tornar a veure. La sala es va buidar al mateix ritme que les safates i les copes. La majoria d'assistents va plegar quan va haver menjat i begut, de manera que PalauFerré va renunciar a pescar cap comentari sobre el seu quadre i va iniciar el vagareig nocturn amb què solia culminar les jornades.

—La inseguretat és un tresor —li va dir el Semita quan ja feia una estona que caminaven en silenci—, perquè només els insegurs poden explorar camins sense saber on trepitgen.

—Però a mi m'agrada la gent que està segura del que fa —va respondre—, i jo cada cop que faig un traç estic convençut que havia de fer-lo. Si no, me l'estalvio.

Disquisicions com aquesta amenitzaven les seves passejades pels bulevards parisencs, concentrats tots dos a fer casar les passes i els mots, com quan de nen caminava pels carrers de Montblanc comptant de trepitjar tantes llambordes amb el peu dret com amb l'esquerre, en una dansa que sovint el portava a saltar a peu coix.

—Els artistes que trepitgen fort esclafen tota temptativa de sentir el formigueig de l'error —va insistir el Semita, investit d'advocat del diable—. No voler equivocar-se és un error.

6002

—No aniràs enlloc —li va dir un vespre el Semita— si no t'acostumes a vendre una imatge intrigant de la teva personalitat que inciti a comprar els teus quadres.

PalauFerré va preguntar per què.

—Doncs per tenir-los pendents, nit i dia amb els ulls ben oberts esperant la teva següent pinzellada.

De vegades li semblava que la veu del Semita era la de la seva consciència, capaç de verbalitzar les pors que sentia i de trobar respostes satisfactòries a tots els seus dubtes: Val la pena el que faig? Soc prou bo? En podré viure? Preguntes que només admetien respostes afirmatives en boca del Semita, pronunciades amb seguretat reconfortant. Però la veu de la consciència no es limitava a dir-li que sí. També li proposava reptes.

—T'hauries d'acostumar a fer entrevistes.

Li va argumentar que era la millor manera de crear-se una imatge, i quan PalauFerré va verbalitzar les prevencions que li causava la histriònica figura que s'havia construït Dalí, el Semita va tallar les crítiques de soca-rel.

—Tant se val si la imatge és gaire ajustada a la personalitat real de l'artista, perquè, a última hora, quina és la personalitat real de l'artista, sinó el seu art?

Silenci i sant tornem-hi.

—La personalitat real d'un artista ha de ser un misteri sense resposta clara —va insistir el Semita—. Només així tothom s'obstinarà a desxifrar-lo a través de l'obra. Cal ser transparent per ser obscur i viceversa.

Després el va renyar perquè no vestia com un artista.

—Sembles un picaplets —el va escarnir—. Aquesta americana que portes és d'advocat i la camisa sense corbata, amb els dos botons de dalt descordats, fa de pobre.

PalauFerré no es fixava gaire en aquests detalls, però el Semita sostenia que eren fonamentals per tenir credibilitat.

—Mira Picasso, amb samarretes de mariner com si tingués trenta anys menys dels que té. O Dalí i el seu bigoti, perfiladíssim com uns espaguetis embetumats.

PalauFerré reia amb aquests comentaris però després no podia evitar mirar-se de reüll a les llunes dels aparadors, buscant un aire de dandi que no trobava, per més que es descordés l'americana i es dediqués moltes més mirades. La calvície incipient tampoc no hi ajudava gaire, però cada cop que ho insinuava el Semita insistia a recordar que Picasso era calb i no per això deixava de tenir un aspecte formidable que tothom associava inequívocament al que ha de ser un artista.

—I una altra cosa important per ser un artista és que has de tenir secrets, o com a mínim ha de semblar que en tens.

Feia estona que discutien sobre foteses del futur artístic. Havien recorregut un bon tram de la Rue Rivoli en direcció al Louvre a ritme discontinu, arrencada de cavall i parada d'ase, enfilant monòlegs que els feien moure les mans i aturar els peus, aliens al tràfec de vehicles que circulaven per la calçada. A la plaça de l'Hôtel de Ville els va cridar l'atenció un home que mirava enlaire parapetat rere una mandíbula prominent, amb posat superbiós, com si volgués defugir l'objectiu de la càmera que l'enfocava. Era alt i prim, morè, barbafresc. Feia tot l'efecte d'una estàtua de pedra acabada d'encarnar en un cos de mitjana edat. El Semita s'hi va fixar de seguida i es va aturar en un angle discret que els permetia badar sense ser detectats. El fotògraf li donava ordres perquè canviés de posició, però l'estàtua les incomplia sistemàticament.

—Veus el que et vull dir? Fixa-t'hi bé!

De seguida va començar el joc d'imaginar-s'ho tot sobre aquell home, de construir-li una identitat que justifiqués l'entrevista. No es retratava pas tothom, a finals dels cinquanta. El Semita va formular un munt d'hipòtesis, gairebé totes d'índole artística. El barbafresc superbiós va passar per escriptor, ballarí, pintor, prestidigitador, trompetista, tenor... Un munt de possibilitats. PalauFerré les trobava totes inacceptables i contraatacava enjogassat amb alternatives cada cop més contundents: boxador, trapezista, soldat, bomber, escapista, home bala... Una visita recent al circ li havia omplert la imaginació d'acròbates i pallassos.

—Tu fixa-t'hi bé perquè t'hauries d'acostumar a fer entrevistes —va concloure el Semita quan van apartar-se del fotògraf i el model, i va proposar d'anar a prendre un conyac en un bar de la plaça—. A veure si trobem un cafè que tingui uns bons miralls i practiquem una mica.

Un cop dins, van buscar una taula una mica retirada.

—És que això de posar una cara més o menys interessant és a l'abast de tothom —va dir tot fent ganyotes davant d'un dels panys de paret emmirallats—, però respondre amb paraules que es puguin transcriure no s'improvisa.

El Semita considerava que l'entrevista era el millor vehicle per construir-se un personatge que actués de cuirassa davant de l'opinió pública. Una armadura medieval com les que feien servir els cavallers per sortir vius de les justes.

—Au va, deixa'm que et faci unes preguntes de prova —li va proposar mentre seien i demanaven conyac—. Comencem pel rovell de l'ou. Ets creient?

—Sí, crec en la salvació.

—Quina llengua prefereixes?

—La materna.

—Et sents un artista espanyol?

PalauFerré va agafar aire.

—Em sento profundament arrelat a la meva terra. Si hagués nascut a Galícia, em sentiria gallec.[1]

El Semita va fer una broma sobre Ferrol del Caudillo i va continuar l'examen fins que van arribar les copes de conyac.

—També has de tenir alguna resposta una mica elaborada per quan et demanin per què pintes.

PalauFerré va expel·lir lentament el fum del Gitanes a l'interior de la copa de conyac, hi va ficar el nas i va inspirar fort per absorbir aquell núvol etílic.

—No m'agrada veure el que pinto —va remugar amb els ulls tancats, la picassor del fum alcoholitzat als carnots—, però el que busco quan guixo un llenç és l'empirisme de la realitat.[2]

El Semita va riure i va picar de mans, esforçant-se a fer prou escarafalls perquè el cambrer no es pensés que demanava una altra copa.

—L'empirisme de la realitat! Bo! No s'entén gaire però anem bé —va aplaudir—. Convé distanciar-se una mica d'aquests artistes de l'art abstracte que ara surten com bolets, però no cal que tot s'entengui, tampoc, que si no et prendran per un acadèmic. Què diries si et demanen per la teva opinió sobre l'acadèmia?

PalauFerré va dedicar un ampli somriure al mirall. Sobre això hi havia rumiat molt des dels temps d'estudiant a l'Escola Superior de Belles Arts.

—Qui no sàpiga sortir de les acadèmies no val la pena que hi entri, però un autodidacte sempre és un ser incomplet.

—Una resposta de gran finesa —va admetre el Semita—, però potser convindria que fossis més polèmic que Dalí, si t'hi veus amb cor.

—Doncs mira, el món artístic em fa fàstic[3] —va sentenciar llavors pensant en l'empordanès— i les exposicions d'art són les quinzenes blanques de rebaixes als grans magatzems, que ofereixen les restes de sèrie.[4]

Va expel·lir el poc fum que encara retenia i va obrir els ulls per comprovar quin efecte havien provocat les seves paraules assajades per enfanterribilitzar-se, només per tornar a topar amb el seu rostre esblanqueït al mirall.

—Això de les quinzenes blanques és boníssim —va sentir que celebrava el Semita—, més val que en prenguis nota abans no te n'oblidis.

Va treure boli i llibreta perquè hi apuntés les idees que anessin sortint i ell la va fullejar encuriosit. Estava en blanc.

—Signa, aquí.

Hi va guixar la seva rúbrica característica: 3alauFerré.

—Per què firmes amb els dos cognoms? —li va demanar.

—En homenatge als pares, sobretot a la mare.

—I per què no signes amb el nom? Per què l'amagues? —va insistir.

—Doncs perquè Maties s'assembla massa a Matisse, i no vull que em confonguin amb cap altre pintor.[5]

—Continuem per aquí —va aplaudir el Semita—, a veure què diries si et demanessin pel compromís polític. L'artista ha de ser contestatari?

PalauFerré va pensar en Picasso i després va tornar a fixar la mirada al mirall.

—L'artista no ha d'exercir la contestació sinó la constatació

—va dir com si s'embarbussés—, perquè cada època demana una actitud.

—Bo, apunta també això de la constatació.

—És que Picasso —va seguir tan aviat com va aixecar els ulls de la llibreta— va viure en una època clarament destructiva, que havia d'enderrocar un ordre antic. Jo m'hi puc sentir a prop, però ara l'època és més constructiva i no toca destruir res.[6]

Va deixar el bolígraf a la taula i va assaborir un bon glop de conyac. Sentia que deixava enrere la penombra de la rebotiga i anava de pet cap a un aparador lluminós. El Semita se'l va mirar, orgullós com un pare.

—És absurd que ara ens esforcem a crear un art modern per oposició a l'antic —es va enfilar l'artista emergent amb el pessigolleig del conyac encara a la llengua—. N'hi ha prou de viure el present perquè aquest art sigui un fet.[7]

El Semita estava satisfet del que sentia, però el va continuar burxant sobre la seva vàlua.

—Ser orgullós és un pecat que demano a Déu que em perdoni però que me'l conservi —es va defensar PalauFerré—, perquè és la base de la meva superació[8] i tots els artistes hem de tenir la nostra vanitat.

El Semita va marcar un alto amb la mà dreta.

—Parlem de diners. Què en penses que de l'art n'acostumi a viure tothom excepte l'artista? —li va demanar estrafent la veu com si parlés a través del micròfon d'una emissora de ràdio.

—L'artista és més fort que els seus explotadors[9] —va respondre l'interpel·lat—, perquè l'art passa a la posteritat.

El Semita es va posar a riure tan fort que va atreure l'atenció de mig cafè.

—Més val que la posteritat arribi amb retard! Ningú no fa obra nova, a la posteritat —vinga a riure—, ni tampoc s'hi menja gaire bé! L'important és saber vendre car en vida, home. Els veritables genis són els que ho han aconseguit. Velázquez i Goya, per exemple, van ser comerciants excepcionals. Picasso va pel bon camí i Dalí se supera dia a dia. En qualsevol moment sentiràs que ha venut un quadre blanc o una escultura invisible!

Sentir el cognom de l'empordanès sempre el feia saltar.

—No soc comerciant, jo, soc molt artista,[10] i la peresa em sembla un estat de gràcia. Si pogués, pintaria poc i no vendria mai cap quadre!

El Semita va tornar a deixar anar una riallada, encara més forta que l'anterior. Tot de colls es van tombar impulsats per l'energia renovable de la reprovació. Se'l miraven amb incomoditat creixent, com si tinguessin al davant un boig que riu sol fent ganyotes davant d'un mirall.

—És més, els estriparia abans de vendre'ls a segons qui!

—Això encara és millor! —ho celebrà el Semita, plorant de riure—. Ara sí que anem bé! Si mai et demanen què sents quan algú compra un quadre teu, digues això, que t'entristeix tant que et venen ganes d'agafar unes tisores i tallar-lo a tires. És boníssim! Ves que no t'ho copiï algú.

Es van aixecar de taula, van pagar i van sortir a la plaça de l'Hôtel de Ville com un sol home. A fora, el fotògraf plegava veles i l'home barbafresc ja havia marxat. Potser en algun diari de l'endemà podrien descobrir per quins set sous el fotografiaven.

—Quan vulguis saber coses de la vida, llegeix els diaris —va dir el Semita.

—Espero que arribarà el dia que els llegiré quan vulgui saber coses de la meva vida[11] —va replicar PalauFerré.

7401

—Pobre Macià, aquest escanyapobres del Peirats el té ben agafat.

—No haver-ho firmat, ves.

—També podria rectificar, no?

—Un tracte és un tracte, encara que sigui injust.

—Jo el que no entenc és per què volia una casa a Reus, tenint com té la de Montblanc.

—Una no, dugues!

—Ja se sap, els artistes són molt especials.

—Però ell no. Tothom diu que és molt normal.

—Es fa el normal.

—Què vol dir, normal?

—Ni es fa ni es desfà. És un de naltros.

—Mira el fantotxe del Dalí, aquell sí que fa el paperot, no com el nostre Macià.

—Que no es diu Maties?

—En català és Macià.[1]

—Au, ves! Macià és Mateu!

—El Picasso diuen que també era molt normal. Vaja, conec un botiguer d'Horta que el va tractar quan s'estava allà amb el seu amic Pallarès i diu que era la mar de normal, que hi havia parlat moltes vegades i *hasta* parlava català.

—Però al Picasso li agradaven molt les dones. Massa.

—Al Maties també. Que no veus que es passa el dia pintant dones?

—Però si sempre tenen la fesomia de sa germana!

—No home no, ja t'ho dic jo, que aquells ulls verds tan grossos els ha arreplegat lluny.

—Vols dir?

—I ara què passarà, si el Tribunal aquest de Madrid no li dona la raó?

—Doncs que haurà de pagar la casa amb més quadros.

—A Madrid no ens la donaran mai, la raó. Per què et penses que hi van matar el general Prim?

—No haver-ho firmat. Qui li demanava fer-ho? Per què? Per què carai un home que sembla intel·ligent actua amb tan poc senderi? Això que ha fet és una mamarratxada!

—Perquè, a hores d'ara, ja li deu haver donat dos anys de feina, al Peirats.

—Doncs encara no ha fet net.

—Va, que al final els jutges aquests de Madrid li donaran la raó. No poden estar tan cecs.

—I els que el van jutjar aquí, què? És que no s'hi veien de cap ull?

—El Peirats té les mans llargues, però no poden arribar tan lluny.

—Creu-t'ho! Ja saps què diuen, que *el movimiento se demuestra andando*, i segur que té amics ben situats a la capital.

—Jo el que no entenc és per què va firmar una cosa així. Per què?

—Hi ha qui diu que el van drogar.[2]

—Ja ho has preguntat, això. Repapieges.

—És que no ho entenc de cap manera. Per què ho va firmar?

—Per fer-se ric, com tothom que compra totxo. El totxo és el futur.

—Ves a saber! Firmar-ho rai. Tothom pot tenir un mal moment. Jo el que no entenc és per què no ho ha resolt a la valenta.

—Què vols dir?

—Cony, doncs tirant pel dret. No vols metres quadrats de pintura? Doncs, au, té! Vinga metres. Agafes teles ben grosses i les comences a guixar de qualsevol manera, com fan els pintors moderns aquests que diuen que pinten abstracte.

—El Miró?

—Per exemple. O aquella colla de francesos que t'has de llegir una enciclopèdia per entendre què vol dir cada quadro. Una taca per aquí, un blanc per allà, una ratlla que ho travessa tot en diagonal, i apa! Encabat només et falta firmar-ho i ja ho tens. Tants metres, tants barrets!

—No ho pot fer, això.[3]

—Ah no? I per què no?

—Doncs per ètica, perquè ell ha renegat sempre de l'art abstracte i ara seria com renunciar als seus principis. No, no ho faria.

—Vols dir?

—Que no. El Jep ja fa temps que l'hi va proposar, quan acabava de començar aquesta comèdia, i li va dir que no.

—És un home de principis.

—I de missa.

—Què té a veure una cosa amb l'altra? En conec molts que no falten mai als primers bancs de l'església i després roben tant com poden. Ves què et dic, que potser el Peirats aquest encara deu ser més missaire.

—I quan se sabrà, la sentència definitiva?

—La setmana que ve, diuen.

7402

Els colors del Café Gijón de Madrid són esmorteïts, com si les converses que planen pel gran saló es fessin totes amb sordina per culpa d'un fet luctuós i tants murmuris emboiressin el local. O potser és perquè tothom fuma.

—Ser orgullós és un pecat que demano a Déu que em perdoni[1] —diu, solemne, Palau Ferré—, però que me'l conservi, perquè és la base de la meva superació.

L'advocat Morales se'l mira desconsolat. S'encén l'enèsim Rex i medita el to de la rèplica pel mètode aritmètic. Compta fins a cinc abans d'obrir la boca.

—Maties, no pots parlar així a les entrevistes —li diu, assenyalant amb un dit acusador el cartipàs amb retalls de premsa que ha deixat damunt la taula.

Al capdamunt, una pàgina del diari *Arriba* d'ahir amb l'entrevista que li ha fet Aurora Siguero.[2] El Tribunal Suprem és a punt de deixar vist per a sentència el recurs de cassació per infracció de llei contra la sentència dictada a l'Audiència de Barcelona. Com que és la tercera i última instància, la periodista li demana sobre tots els detalls del conflicte i, al final, li pregunta què pensa fer si el Suprem decideix en contra seu.

—Què vol dir, que et suïcidaràs? Si els advocats del Peirats haguessin estat a temps d'incloure'l, aquest retall de diari ens hauria perjudicat molt.

—No veig per què.

Durant tot el procés judicial que ara està a punt d'acabar, Maties Palau Ferré no ha cedit ni un mil·límetre. Se sent posseïdor de la raó i el sulfuren els tecnicismes jurídics.

—És tremendista, digne d'un... —el Morales frena a temps, anava a dir desequilibrat, però s'ho repensa i fa una finta—. Algú podria pensar que pressiones el tribunal amb aquesta absurda amenaça de suïcidi.

—Bah!

Quan li sembla que el renyen endureix el rostre. Obre molt els ulls i serra les barres fort, com si s'acabés de posar un protector dental de boxador.

—Cada cop que parles, empitjores la nostra posició.

—Els artistes només parlem quan creem. Tota la resta és fer el paperot, tant me fa qui tingui al davant.

Un estrèpit proper els sobresalta. A un cambrer li acaba de relliscar una copa de la safata. Palau Ferré es tomba, però a les taules les converses no s'interrompen i molt pocs clients giren el cap.

—Doncs faries bé d'adequar una mica les teves paraules segons a qui t'adrecis —li clava l'advocat Morales, aprofitant l'avinentesa.

Després fa un glop llarg de whisky per posar la llengua en remull i no haver-se-la de mossegar més.

—Bah!

El pintor pren conyac. A cada glop fa una ganyota. Ja fa mesos que troba regust d'injustícia en tot el que es posa a la boca. La sentència li resulta incomprensible, i el desig de revertir-la, cada cop més urgent. No només li cou la quarantena de metres quadrats de pintures a l'oli que hauria de pintar. També somia els vuit quadres que tenia al taller en el moment de la sentència i que li van embargar preventivament.

—Els jutges també haurien de poder ser jutjats —insisteix amb cara de pomes agres—, perquè si no entrem en un cercle viciós, com la paradoxa del barber.

Les seves decepcions amb la justícia s'han anat succeint, instància rere instància, fins a arribar ara al Tribunal Suprem, l'última possibilitat que li queda d'aconseguir una sentència favorable. Les taules del Café Gijón són plenes de senyors amb ganes de tenir raó. Gairebé no hi ha dones. Tothom enraona amb veu de missa, com si pronunciés els ingredients de la fórmula secreta del Chartreuse. El fum dels havans dona més volum al local. Els comensals alimenten la nuvolada i els cambrers la tallen amb els seus camins a safata alçada.

—Sí, aquesta ja l'has explicada mil vegades —diu el Morales, estrafent la veu greu del pintor per burlar-se'n—: qui-talla-els-cabells-del-barber?

La ironia és l'arma dels derrotats. Tan aviat com acaba la paròdia, l'advocat torna a pensar en la necessitat de mossegar-se la llengua i xucla amb avidesa el Rex. L'aspiració és tan llarga que la cendra compacta que deixa al descobert el paper cremat creix un centímetre.

—Ves a pastar fang.

És la manera educada que el pintor té d'engegar algú a la merda, deixant la porta oberta a rebaixar la tensió amb alguna broma sobre la seva afició a la ceràmica. No és el primer cop que advocat i client es discuteixen des del moment que el Morales es va fer càrrec del cas com un entrenador de futbol fitxat a mitja lliga per intentar evitar el descens de categoria.

—El vas pastant i l'enfornes —afegeix el pintor, amb cara de murri—, que jo ja decoraré l'esguerro que faràs, ha, ha. Espero que siguis millor advocat que ceramista.

El Morales fa un somriure forçat i esclafa el cigarret al cendrer. Tot seguit, n'encén un altre. Va agafar el cas conscient que seria complex, carregós i exposat, però saber-ho no li ha servit de gran cosa.

—Com a mínim davant de ses senyories al Tribunal Suprem —rebla Palau Ferré—. Si t'hi llueixes et regalaré un càntir.

La premsa segueix el cas amb avidesa des que l'artista va tallar en sec una entrevista a Televisió Espanyola davant l'atònita mirada dels més de deu milions d'espectadors. Feia poc que el seu amic García Brera havia alertat, en una columna a *El Alcázar*, que ja feia massa mesos que el prometedor pintor no podia exposar res perquè tot el que pintava acabava al pou sense fons d'un contracte celebrat per estrambòtic. Una nit de febrer del 1971, el popular José María Íñigo tenia aquella columna sobre la taula quan el va entrevistar per al programa *Estudio Abierto*.[3] Quan, des de la frondositat del seu famós bigoti, li va demanar que expliqués en quin punt estava aquell peculiar conflicte jurídic que l'enfrontava amb un marxant, Palau Ferré s'hi va negar en rodó. El moment va tenir un cert impacte. Les entrevistes d'Íñigo eren més aviat plàcides i no hi solia haver escenes tan tenses.

—A veure, Maties —es modera l'advocat Morales mentre allibera un fil de fum—, la qüestió és que no podem apel·lar a la consciència artística per justificar l'incompliment de les clàusules d'un contracte.

El fum del tabac com a excusa respiratòria per al silenci.

—Vam quedar que cap jutge no pot emetre una sentència que vagi contra la seva consciència, oi? —demana l'artista després de dues pipades que s'afegeixen a la boira general del Gijón.

—Sí, aquesta pot ser la filosofia de la defensa, però cal complementar-la estratègicament amb el *dolo* —remarca el Morales, i de seguida ho tradueix—, és a dir, amb la voluntat manifesta d'engany de la part contractant. Sense engany no hi ha delicte.

El pintor esbufega. Li costa admetre que ha estat enganyat. Fa temps que tothom es pregunta per què va firmar aquell primer contracte i les successives ampliacions. Ell també s'ho demana i sempre conclou que no ho entén. Esclar que no ho pot dir, això. Ningú no el creuria.

—Amb art i engany es viu mig any —es treu les puces de sobre.

Recorda imatges del moment, somriures i afalacs previs a l'acord, l'encaixada de mans, el bolígraf lliscant al paper... però no és capaç de trobar les paraules que expliquin per què va firmar tots aquells fulls sense llegir-los ni fer-los llegir. Com és que va ser tan babau d'estampar la seva preuada signatura d'artista emergent en un contracte que posava un preu ridícul a cada futur quadre que pintés a l'oli, tot equiparant metres quadrats de pintura amb pams de terreny.

—Aquesta vegada hem adjuntat al recurs una quantitat ingent de proves documentals —insisteix el lletrat.

Després que els seus predecessors es refiessin més dels testimonis, els més importants inadmesos pels tribunals,[4] l'advocat Morales ha intentat reforçar el recurs amb diverses línies noves d'argumentació. La principal, demostrar amb dades contrastables l'augment de cotització que l'obra del seu client ha experimentat en el mercat de l'art. Un Palau Ferré del dia que va signar el primer contracte no val el mateix que avui.

—Confiem que les opinions pericials dels experts en art facin el seu efecte —diu l'advocat sense aixecar gaire la veu.

Torça el coll i contempla les taules del voltant, com si busqués resposta. Fins ara, sempre han topat amb la clàusula fatídica que estableix el pagament a raó de 10.200 pessetes per cada metre quadrat de pintura a l'oli. Tenint en compte el preu estipulat pels xalets, una simple regla de tres estableix els famosos metres quadrats de pintures a l'oli que ha de pagar Palau Ferré. Aquesta és la sentència que ara ha de corroborar o esmenar el Tribunal Suprem.

—La clau és que hi vegin *dolo* —insisteix el Morales—. Sense mala intenció no hi tenim res a fer.

La frase de l'advocat té la virtut d'actuar com a analgèsic eficaç per al seu client. El pintor pensa que només cal veure el Peirats per adonar-se que és un campió de la mala fe.

—Doncs brindem per la tal Dolo —riu Palau Ferré.

Un gest del pintor desemboca en dues copes de conyac més a taula. El rum-rum de les converses és com un cor constant que acompanya els esgarips sobtats de plats, gots i culleretes. Al Café Gijón la paraula té menys presència de la que li adjudiquen els cronistes. Tot i això, després del brindis l'advocat Morales no s'està de detallar al seu client les línies principals del recurs destinat a revocar la sentència.

Més enllà del que ja li ha explicat, afegeix que el recurs també incideix en tres aspectes més: que en cap dels contractes de compravenda es parli explícitament de permuta, que els immobles no estiguin lliures de càrregues i la clara irregularitat que el nom del venedor no coincideixi amb el del propietari, perquè en teoria el Peirats ven uns immobles que són propietat d'Arcapesa, una societat de la qual només controla un terç de les accions.

—Naturalment, tot això és sempre interpretable —li diu, alçant la copa—, de manera que la nostra arma principal és la teva reputació. Brindem per la teva reputació!

Palau Ferré somriu, afalagat. Tornen a brindar i se submergeixen en dues derives mentals en paral·lel, bressolats per la remor ambiental del Café Gijón i estimulats pel pessigolleig del conyac a la llengua. Tots dos estan convençuts de la victòria, però de maneres diferents.

El pintor s'imagina una cerimònia pública de desgreuge. No ha oblidat la bona impressió general que va provocar el seu peculiar contracte de compravenda quan va transcendir. Que un pintor emergent cobrés en espècies va ser interpretat com un signe de modernitat. Llavors, ja era conegut com el Picasso Dos, un apel·latiu destinat a perseguir-lo amb un perfum combinat d'adulació i mortificació. La premsa va considerar notícia destacada que es comprés una casa a còpia de pintures a l'oli, segons una fórmula de càlcul de valor que tothom pressuposava justa i equilibrada. Ja abans de la seva consagració a Madrid, l'artista es vantava de poder viure de l'art gràcies a cobrar en espècies.

L'advocat Morales és menys triomfalista, però la gran reputació del seu client fa que s'ensumi una victòria. Recorda l'extraordinària atenció que la premsa va dedicar-li fa quatre anys arran de l'exposició a la Biblioteca Nacional.[5] Ell no és gens aficionat a l'art i encara no el coneixia, però ja en va sentir parlar. L'èxit de les dinou pintures que Palau Ferré hi va exposar va ser tan gran que els seus dos cognoms van córrer com la pólvora entre els reduïts cercles de catalans a Madrid. Fins llavors, només un pintor viu hi havia exposat: Dalí. Quan va accedir a representar-lo només en recordava quatre titulars difusos, però el que va trobar a l'hemeroteca el va deixar impressionat. Els salons artístics del tardofranquisme s'havien rendit incondicionalment al talent de Palau Ferré, la seva cotització s'havia disparat i els periodistes de la primera anella del poder van començar a ventar el foc de la seva vanitat. Les comparacions amb Picasso, Dalí i Miró surten en totes les entrevistes que el Morales ha consultat per preparar el recurs. Les mateixes que la germana del pintor guarda curosament retallades en un àlbum a la casa familiar de Montblanc i el seu antagonista Peirats col·lecciona amb l'avidesa d'un forense.

Tots dos somiejos conflueixen en dues copes buides de conyac.

—Al final, la justícia poètica prevaldrà —sentencia Palau Ferré—, i els senyors jutges del Suprem, per demostrar que són cultes, apreciaran el valor immaterial de l'art i em donaran la raó.

L'advocat no és gaire religiós, però no pot evitar una invocació divina abans de rendir-se a l'evidència que el sentit comú i l'art transiten per camins diferents.

—Segur que sí —diu amb veu de xai camí de l'escorxador, aixeca la mà i escriu en l'aire per demanar el compte—. Va, que avui convido jo.

6101

Els cavalls al galop cridaven l'atenció de tothom, però Palau-Ferré estava més impressionat pel tràfec que hi havia a les grades de l'hipòdrom de Longchamp. Aquells homes neguitosos que, tot d'una, corrien cap a les casetes d'apostes com qui acaba de tenir una revelació divina. Li cridaven molt més l'atenció que els centaures que protagonitzaven la festa. El Semita hi havia insistit. Res no pot igualar la ferum combinada de fems de cavall, fum d'havà i femelles perfumades.

—Fixa't quins barrets que gasten —va dir el Semita assenyalant una Madam que sobrepassava tres pams l'alçada dels ulls gràcies a un tocat hexagonal que l'estirava enlaire—. Sembla una negra d'aquelles que porten l'equipatge al cap.

—No cal anar a l'Àfrica negra per veure traginar pesos al cap, a Montblanc mateix en trobaríem més d'una que se'n sortiria prou bé.

Les curses se succeïen amb una regularitat de metrònom. El procés es repetia cada poca estona, com una onada que apareix a l'horitzó, trenca a mig camí i acaba llepant la platja, abans de recomençar. Quan anunciaven la cursa següent tots aquells homes neguitosos i alguna dona empolainada es precipitaven cap a les taquilles de les apostes i s'arremolinaven en mitja dotzena de punts que, en teoria, havien de ser l'inici de sis cues rectilínies que dos mossos de l'hipòdrom no podien mantenir de cap manera en els paràmetres de la rectitud. Després d'uns primers instants caòtics, de mica en mica els barrets dels apòstates, que és com el Semita anomenava els ludòpates de mà foradada que es passaven les tardes apostant, passaven per la cabota de la taquilla com granets d'arena pel coll d'ampolla d'un rellotge de sorra i l'expansió de l'onada els tornava a escampar plàcidament per la platja de la grada, amb l'única excepció dels últims de cada cua, quasi sempre els mateixos, que forçaven la situació com si busquessin quedar fora de l'aposta.

—Em passes la llista de cavalls? —li va demanar el Semita.

PalauFerré va butxaquejar i li va caure un paper de l'americana.

—Què hi has dibuixat, aquí?

—El colomí de bon matí.

Cada matí, quan es llevava, abans de fer un cafè, fins i tot abans de fer la seva toaleta, agafava el primer paper que trobava i el guixava. Sempre la mateixa imatge, d'un sol traç. Com una oració matinal, una mena de rúbrica ampliada sense aixecar la punta de la ploma o el bolígraf del paper, fins que completava la silueta del colom. El mateix colom. S'hi havia acostumat a Barcelona, quan estudiava a l'Escola de Belles Arts Sant Jordi, i ja no havia deixat de fer-ho. La rutina del colom era el bon dia que el situava al món,[1] de vegades abans de posar els peus a terra. Un cop fet podia plegar-lo per falcar una cadira que ballava, o deixar-lo per aquí per allà, o fins i tot destruir-lo sense cap remordiment.

—És simpàtic.

—Fins que no el guixo no comença el dia.

Quan els genets sortien a la pista volia dir que, en teoria, l'inici de la cursa era imminent, però sempre passava una estona fins que els senyals acústics no marcaven la fi de la laboriosa col·locació dels contendents, quadrúpedes i bípedes, a les cabines de sortida. A l'hora de la veritat, l'obertura de les portes del que semblava una ratera gegantina va coincidir, com cada vegada, amb el tancament de les finestretes de guillotina rere les quals descansaven les taquilleres durant la cursa. La combinació d'aquells cops secs va marcar la màxima concentració de públic a la part davantera de la grada i l'onada d'espectadors va tendir a acumular molts efectius a les baranes. La idea, totalment infundada, era que així veurien millor la cursa, però com que ningú no hi renunciava es feia molt difícil trobar un bon lloc.

Els cavalls van sortir esperitats de la gran ratera i es va despertar el clamor popular. Durant tota la cursa el moviment dels genets a la pista va provocar petites fluctuacions de públic que, de pur neguit, no en tenia prou de seguir la cursa només amb els ulls i es desplaçava caminant per la grada fins allà on podia, com si el cavall que havien considerat guanyador exercís una atracció irrefrenable sobre els seus cossos. Les curses regulars no eren tan llargues com el Prix de l'Arc de Triomphe, però també provocaven la rotació dels colls de la colla. Aquesta coreografia va fascinar el Semita.

—Has vist com tothom s'hi fixa? T'imagines que fossis capaç de fer un quadre que atragués tantes mirades? —el reptà—. En comptes del teu colom podries pintar un d'aquests genets amb el cul alçat vist des de sota!

Van riure. PalauFerré va dir que l'atenció general estava sobrevalorada.

—Algunes de les imatges que tothom mira poden ser molt ridícules.

El Semita va pensar que feia vint anys que tothom mirava el *Guernica* de Picasso i, en canvi, no li semblava gens ridícul, però s'ho va callar. Quan la cursa es va acostar al desenllaç els girs de coll van conviure amb un augment progressiu de la remor que va atènyer el punt més alt a la recta final, quan els genets ja veien la línia de meta i l'enfilaven tensos i cansats, en alguns casos disgregats i en d'altres frec a frec, perquè la victòria es dirimiria entre només dos o tres. La cridòria va sepultar les converses.

—No em sento ni la veu —va remugar PalauFerré mentre els tres genets capdavanters es disputaven la victòria a l'esprint entre el brogit del públic, encapçalat pels apòstates més embogits.

El número 1, fent honor al seu guarisme, va entrar en primera posició rebufant per davant del 4 i del 6, amb un avantatge inferior a un cap. La gernació el va victorejar amb intensitat variable, segons si havia apostat o no per ell. Llavors es va iniciar una nova onada amb els primers desenganyats que s'afanyaven a tornar a les taquilles confiant que la cursa següent els seria més propícia. El cavall guanyador es deia Arlequí, un nom tan picassià que el Semita va tornar a pensar en el *Guernica*.

—Picasso primer, no segon —va fer broma PalauFerré—. Esperaré tant com calgui per arribar a ser el primer, però tinc claríssim que mai no seré el Picasso segon.

El Semita va aplaudir com si acabés de guanyar la cursa.

—Picasso és un gran batraci que pon milers d'ous[2] —va repetir PalauFerré abans de tornar a titllar Dalí de gallina que cloqueja per tots els altaveus del món que ha post un ou.

L'exigent crítica parisenca havia vist les seves primeres obres amb els mateixos bons ulls que la catalana. En el debut palatí de PalauFerré al Palau de la Virreina de Barcelona, l'any 53, el crític Àngel Marsà havia escrit a *El Correo Catalán* que dels dos centenars d'artistes que formaven part de la mostra col·lectiva només calia quedar-se amb un nom: el del pintor cubista Palau Ferré.[3] Pintor cubista.

Aquí, a París, François Pluchart afirmava a *Combat* que la seva era una pintura «vigoureuse, haute en couleur»[4] i havia aplaudit el quadre vermell de la síndria al qual el pintor havia adjudicat un títol inequívoc: *Harmonie rouge.* També havien destacat la seva filiació tardana al cubisme picassià. Cubisme.

PalauFerré se sentia afalagat per la comparació cubista elevada al cub, però no volia quedar atrapat a la bassa on el batraci Picasso ponia els ous. Més encara quan corria la brama que Picasso en persona beneïa l'obra d'aquell jove català, segons li havien assegurat a Casa Castelucho.[5] No tothom rebia els esquitxos d'aital aigua beneita, però calia ser molt beneit per no adonar-se que sota el cos multiforme del gran batraci arribaria una llum escassa. Ser un Picasso segon, doncs, voldria dir viure en penombra, i el Semita va estar d'acord entre rialles que valia més la pena sortir a la llum per ser PalauFerré primer.

—Picasso dos, PalauFerré un —van riure—, ja remuntarem.

Aquell nen de vuit anys que va sobreviure perquè havia de ser un pintor famós no hi entenia, de jerarquies. Vivia instal·lat en l'absolut. No pensava deixar camp per verd ni enrojolar-se només de pensar que es podia menjar el món a traços.

6102

Aquella nit de novembre PalauFerré es va mirar les aigües fosques del Sena d'una manera especial. Hi buscava el motiu que les convertia en xuclador. D'ençà que era a París, les havia vistes de tots colors, a totes les hores del dia, però avui que s'hi tornava a acostar de nit amb el Semita estava molt influït per l'enèsim suïcida que s'hi havia llançat. Aquest cop en Czibor, un jove artista hongarès que, com ell, explorava els camins oberts pel cubisme i freqüentava els mateixos llocs que tots els joves becats aspirants a artista. PalauFerré no s'hi feia gaire, però sentia la tristor als ossos com si el difunt fos un amic íntim. S'havia quedat mut.

Al seu costat, el Semita també callava. El panorama era ombrívol. La riba del Sena, llarga i transitada, tenia un punt negre a l'altura del pont de Mirabeau, des d'on aquell migdia s'havia llançat el jove hongarès, just després de sentir la dotzena campanada.

PalauFerré es va adonar de seguida que no eren els únics que hi venien per estar sols. Entre les cares que pul·lulaven d'esma pel pont amb posat de turistes de la desgràcia en va reconèixer algunes que li sonaven d'aules i carrers, com si s'haguessin confabulat per fer un comiat fluvial al difunt, sense cap cerimònia protocol·lària. Que hi hagués més coneguts del suïcida que, com ells, s'acostessin al lloc del salt mortal li va provocar una sensació ambivalent. D'una banda, li agradava percebre que no estava sol, i això li endolcia la tristor, però alhora subratllava la potència del seu desconhort, perquè aquella congregació silent d'ànimes que havien sentit la necessitat de refer les passes del suïcida potser compartien la buidor del difunt.

Una idea el va fer estremir. I si s'hi acostaven per valorar la possibilitat de seguir el seu exemple? I ell? Va estar temptat de demanar-l'hi al Semita, però se'n va estar. PalauFerré no sabia gaire per què havia vingut. Una glopada de plom li havia projectat la llengua al paladar tan aviat com havia sabut la notícia, i després d'una estona llarga estabornit, havia menjucat quatre coses al seu petit apartament de la Residència Universitària i havia sortit de casa que ja fosquejava, amb la idea fixa d'anar al pont de Mirabeau a llançar un ram de flors a l'aigua. Mentre en comprava un de crisantems se li havia aparegut el rostre compungit del Semita, reflectit al vidre de l'aparador de la floristeria. Havia pagat sense badar boca i s'havien posat a caminar en silenci.

D'ençà que havien suspès les classes pel suïcidi d'en Czibor que no articulava paraula. La negror de l'aigua del Sena una nit de lluna nova no li venia de nou. La reconeixia perquè era la mateixa negror que el va envair quan els metges li van dir que no podria tornar a treballar regularment amb els forns de ceràmica perquè els seus ulls no ho aguantarien. La mateixa negror espessa que li va inundar el dedins quan, de nen, va saber que el seu amic de l'ànima havia mort asfixiat pels mals fums d'aquella estufa. La mateixa negror de tinta que va escopir la Maria Rosa com un esternut de calamar quan li va dir que se n'anava a París.

La negror sempre l'envaïa de la mateixa manera. Una idea repetida obsessivament que formava una espiral dins d'un cercle cada cop més petit, que l'estrenyia fins a l'estrangulament dels colors que contenia al principi, en un blanc que s'ennegria de pur cremat, al ritme que la ment marcava als pulmons, perquè la cadència respiratòria s'accelerava i el panteix l'acostava a l'asfíxia, tal com aquell vespre experimentava al pont de Mirabeau, amb la idea recurrent del salt mortal, associat sense cap lògica a les roques de la muralla de Montblanc i el blau de la Mediterrània, sobtadament enfosquida per la mort alliberadora de sofriments ignots, que potser si els conegués li semblarien irracionals però que aquella nit, des de la ignorància més absoluta, li semblaven ajustats a raó, sobretot quan va descobrir, entre els rostres coneguts que transitaven pel llòbrec escenari del suïcidi, el de la dona més pintada.

Perquè era ella.

Aquells ulls verds que l'havien torbat en la sessió d'escultura quan se suposava que només s'havia de fixar en els pits. Els mateixos ulls verds que havia reconegut a la inauguració de la seva primera exposició col·lectiva. A l'escola d'en Szabó li havien assegurat que era una de les models més experimentades, però poca cosa més. El Semita, extravertit, s'havia ocupat gustosament de les tasques d'espionatge i així és com havia sabut que els seus pares eren nascuts a Istanbul.

La seva presència al pont del suïcida li disparava la imaginació fins a formar una llista de motius per saltar al Sena, relacionats tots amb la verdor irresistible d'aquells ulls, el tresor més destacat d'unes faccions que semblaven existir només per crear disputes i més faccions entre homes que cobejarien el seu trofeu maragda i d'altres que es conformarien a viure l'experiència de caure retuts al seu influx.

La dona més pintada passejava pel pont de Mirabeau amb un ram de flors que també li van semblar crisantems i una acompanyant d'aspecte consemblant que no era la rínxols de l'exposició. Potser una altra model. La presència d'aquesta segona cara en el passeig pel trampolí del salt mortal obria una altra línia de causes possibles de suïcidi. PalauFerré va respirar fondo. Els pensaments se li van disparar com un castell de focs de colors canviants. Va forçar el Semita a adaptar el pas al ritme molt més lent de les dues dones, que semblaven decidides a travessar el pont molt a poc a poc però sense aturar-se en cap moment. Després d'alentir la marxa, les van seguir a una distància prudencial, de la banda contrària estant, per mantenir una visió de biaix que deixava en primer pla la dona més pintada.

Des de la seva posició, no podien llegir la inscripció «Fluctuat nec mergitur» que envoltava el gravat d'un vaixell de vela. PalauFerré esbufegà. L'espiral de pensaments negres que abans de veure les models es dissolia a les aigües del Sena va deixar pas a les llampants guspires del llenguatge especulatiu, mig convençut que una de les dues models havia estat la responsable directa de la dràstica decisió del suïcida. Incapaç de verbalitzar les seves sospites per compartir-les amb el Semita, va rememorar el comiat a la francesa del vernissatge i no li va costar gens imaginar-se el finat Czibor rebutjat per la dona més pintada, sense adonar-se que el Semita accelerava el pas i prenia la dràstica determinació d'acostar-s'hi.

—Bona nit, senyoretes! —les va abordar.

Les dues dones es van aturar sota un fanal. La llum zenital en ressaltava la bellesa.

—Ens coneixem? —va replicar la dona més pintada, alçant una cella.

Els dos rams de crisantems lluïen, idèntics. La flor de novembre.

—El curs passat, a la Galeria Paul Cézanne —va fer el Semita, amb posat de cavaller. En el seu fur intern, esperava que ella li allargués la mà per besar-l'hi.

—Ah, sí —va concedir ella, aguditzant l'última i per estrafer una rialla inapropiada—, el pintor que vigilava els seus quadres!

Es van encreuar les presentacions i va resultar que l'acompanyant de la dona més pintada es deia Farah Diba.

—Aquest senyor —li va dir assenyalant PalauFerré— és un pintor català que va a les exposicions a observar les reaccions dels assistents als seus quadres.

Les dues senyores van somriure, alienes al sacseig dels crisantems sota el pit de la dona més pintada. PalauFerré va trobar que l'acompanyant també era bellíssima. Tenia els ulls marrons, però unes celles tan perfilades que li van venir ganes de pintar-les allà mateix. Sota la llum d'aquell fanal al pont de Mirabeau, va tenir la temptació de considerar que la seva vida era una llegenda d'ensomni, però se'n va desmarcar com de la pesta. Aquelles dues dones no eren pas somnis, sinó models.

—També és model? —es va aventurar.

—Què l'hi fa pensar? —va respondre Farah Diba, coqueta.

—No, la Farah estudia a l'École Spéciale d'Architecture —els va interrompre la dona més pintada—, amb el professor Albert Besson.[1]

PalauFerré va intentar retenir el nom del professor. Es va imaginar que devia ser un arquitecte important, si hi feia de professor, però no va gosar demanar-ho, confiat que el Semita ho sabria. Era tan poc sociable que es prenia les relacions socials com una assignatura més i cada nit anotava aplicadament a la llibreta tots els noms que havia aconseguit retenir. Va pensar que s'esforçaria per recordar els d'Albert Besson i Farah Diba i just llavors es va adonar que continuava sense saber el nom de la dona més pintada. L'espia Semita no havia aconseguit esbrinar-lo, tot i les seves perquisicions. Mentre es repetia mentalment les síl·labes dels cognoms d'Albert Besson i Farah Diba,

PalauFerré va sentir la veu ben timbrada del Semita que formulava la pregunta que ell mateix hauria fet.

—També coneixien en Czibor?

Una pregunta que es va demostrar tan pertinent com impertinent, perquè les mirades de les noies van caure a plom, la verda i la fosca. Per tota resposta, la dona més pintada va fer una passa endavant que la va deixar fora del radi d'acció del fanal.

—Han vingut per això? —va insistir el Semita.

Es va sentir un sí des de la foscor i tot seguit la dona va allargar el braç per llançar les flors al riu. PalauFerré la va imitar ipso facto. Es va acostar a la barana i també va llançar el ram de crisantems[2] al Sena. Després es va quedar palplantat, intentant localitzar els dos rams a l'aigua, riu avall, però hi havia poca llum i de seguida hi va haver de renunciar, entre murmuris de pobre Czibor.

El Semita va intentar canviar de tema, en un intent de treure el cul del tobogan pel qual havien començat a lliscar, però no va servir de res. Les dues dones es van acomiadar sense miraments i van marxar amb pas decidit, tot i que sense brusquedat. PalauFerré va refer el camí pensarós, com el Semita. Ulls verds, celles perfilades. Abans de tornar a la residència va fer l'esforç de recordar els noms nous del dia, Besson i Diba.

—T'has fixat que Diba sona molt semblant a vida?

L'endemà al matí van tornar al pont perquè PalauFerré estava segur que tots els espectres que l'havien turmentat de nit desapareixerien a la llum del dia, però els reflexos del sol el van trasbalsar encara més que la tènue lluïssor dels fanals. A més, sovint el Semita s'apagava de dia i el silenci es va apoderar de la passejada per aquell cadafal elevat sobre les aigües del Sena. Era en moments així quan se sentia més artista, feble i desemparat com un nen en un malson, i llavors li entrava el desfici de fer coses que el mantinguessin lluny d'aquella por al no-res, coses que l'allunyessin de les temptadores aigües del Sena il·luminades pel sol de Montblanc que tan poc es deixava veure a París. L'única possibilitat de somiar era pintar, modelar fang, picar pedra, dibuixar, fer, fer i fer. Era un home de fer.

—Soc un faedor —va dir sense que vingués a tomb, i accelerà el pas per acabar de travessar el pont.

El Semita va riure.

—Per això no t'agrada l'abstracte, perquè ets massa concret.

7403

La cara de dona que sempre l'acompanya en somnis gairebé ha desaparegut. Només en queden els ulls verds, com una mirada de gat en la foscor. Parpelleja en un catre improvisat a l'estudi. Està xop. Fa un maig força calorós, però dorm amb la finestra tancada per por que algun ocell no entri a treure-li els ulls. Una ombra recorre el sostre. Agita els braços per espantar l'ocellot inexistent. Esbufega i parpelleja. Tres vegades. Fins que els ulls verds de la dona somiada no s'esvaeixen i els seus queden oberts no torna al món dels vius. Encara no deuen ser ni les set. La Modesta no ha arribat. Val la pena esperar ajagut.

A mig matí ja ho sabrà tot. Vaja, potser encara l'hi faran gruar unes hores, perquè a Madrid no són gaire de matinar, però li han assegurat que avui és el dia. L'advocat Morales té ordres de trucar-li tan aviat com la sentència es faci pública, sigui l'hora que sigui. Per fi tot quedarà decidit. Mig endormiscat encara, torna a sospesar les possibilitats que té. Totes les opcions que se li acuden acaben igual. Està segur que decidiran a favor seu. És impensable que no atenguin el seu recurs contra l'absurda sentència del jutjat de primera instància. En un primer moment, quan el jutjat número dos de Reus va dictaminar en contra seu, li va passar pel cap la possibilitat de perdre, però els dubtes van durar poc. De seguida es va convèncer que si interposava recurs el guanyaria. L'últim servei de l'advocat Huguet va ser recórrer. El cas va saltar a la Sala Primera Civil de l'Audiència Territorial de Barcelona i el seu advocat va saltar del cas.

Després d'aquell fracàs, va trobar lògic que el picaplets renunciés als honoraris acordats, perquè quina cara podia posar després d'haver-li assegurat del dret i del revés que aquella denúncia del Peirats no podia prosperar? Mai de la vida, havia assegurat Pedro Huguet. No té res a fer, què s'ha pensat, ho tenim guanyat. Havien alçat les copes a la millor taula d'El Molí del Mallol. Per la justícia. Com haurien pogut tornar a entaular-s'hi després de perdre? No podia simular que no havia passat res. No podia tornar-hi. No tenia ni esma de sortir al carrer sense el respecte, sense l'admiració, sense l'enveja amb què nota que tothom el mira des del dia, no tan llunyà, que va tornar de París amb l'aurèola de ser el nou delfí de Picasso, associat per sempre més amb topònims fetitxe com Gernika o Nova York. No pot concebre la vida sense respecte. S'hi ha acostumat. Per això ha recorregut a l'única arma que tenia a l'abast. Recurs a recurs, pujant de nivell, fins a arribar a aquest punt. Tribunal i Suprem, paraules majors! Un tribunal de primera format per l'elit de la carrera judicial en un estat europeu, encara que sigui l'Espanya opressora de Franco.

I sí, va tornar a sortir de casa, i la gent el va començar a aturar als carrers de Montblanc per demanar-li com era que el pelacanyes del Peirats l'havia denunciat, sobretot després que el cas sortís a la tele i ell tallés abruptament aquella entrevista que li feia el mostatxut Íñigo una nit a Televisió Espanyola, la millor televisió d'Espanya. De sobte, tothom va voler conèixer els detalls d'un contracte del qual feia temps que s'hauria volgut desentendre. Tothom l'abordava al cafè i a la cua del pa, sota una pluja de preguntes destinades a esbrinar si era veritat que s'havia atipat de pagar amb pintures els terrenys de Reus, si havia incomplert cap clàusula d'aquell famós contracte que ningú no havia vist mai, i algun llenguallarg fins i tot va gosar demanar-li com era que havia firmat un contracte tan absurd, sí, absurd, ell que no havia de menester cap casa a Reus ni mai s'havia volgut treure el carnet de conduir per poder-hi anar sense dependre de res més. Van ser dies tan incòmodes que al final es va tornar a tancar a casa per no haver de respondre preguntes.

Però, quan poc o molt tothom va haver buidat el pap, la gent de Montblanc va assumir la idea que en aquell litigi n'hi havia un que tenia la barra d'aprofitar-se del talent de l'altre, i que a més ho feia amb totes les de la llei feta trampa. Per dins de les muralles va començar a circular la brama del jutge comprat pel Peirats, que tenia terrenys pertot i molt bones connexions. El cert és que cap advocat consultat no s'explicava com era que el jutge hagués declarat inadmesos alguns dels testimonis que li presentaven, i ben aviat allò els va semblar la prova que confirmava les seves sospites d'un judici arreglat. Al capdavall, posats a buscar bons i dolents, la bona gent de Montblanc va arribar a la conclusió que el montblanquí Palau era el bo i el foraster Peirats el dolent, de manera que l'artista va tornar a sortir de casa cada matí per anar a l'estudi que s'havia construït als defores, camí de Poblet, per pintar rostres ullverds que eren admirats en llocs del món que la majoria de mortals montblanquins no havien trepitjat ni trepitjarien mai. També va tornar a dinar a El Molí del Mallol o al Monestir de la Serra o a l'Hotel Ducal[1] com abans de la denúncia del constructor, amb la mateixa gana i el mateix somriure. L'únic que va canviar va ser d'advocat. En comptes de compartir tovalles amb Pedro Huguet va començar a dinar amb Adolfo Morales.

Aquest canvi el va tranquil·litzar molt. Es va carregar de raons i d'optimisme. Durant les primeres setmanes després de la denúncia es va aferrar a la idea que la veritat artística prevaldria sobre l'econòmica. Una idea reforçada per les múltiples columnes d'opinió que van sortir a la premsa, totes favorables als seus interessos i algunes tan indignades que es feia un tip de riure, com quan el seu amic García Brera va escriure que «El redactor del contrato merecería ser condenado a enjalbegar fachadas toda su vida a real el decámetro».[2] Li va fer tanta gràcia això d'*enjalbegar* que en va buscar el significat al diccionari, i en llegir-ne la definició «blanquear las paredes con cal, yeso o tierra blanca» es va imaginar el Peirats amb granota de guixaire i un havà a la boca, amb la punta encesa del qual trencava la blancor de les parets com si un tros de carbó les deixés emmascarades. El record d'aquella columna encara li provoca un somriure. Va ser llegir-la i trucar a la Modesta per dir-li que ja podia tornar a venir al taller i que portés ampolles i llepolies, com abans de tot, perquè tornaria a pintar i a rebre visites.

S'incorpora amb un esbufec que li escampa per la boca el retrogust del vermut de Reus amb què sol obsequiar els possibles clients i pensa en el jutge del número 2 de Reus, un home rubicund que només tenia ulls per al Peirats i feia cara de saber el final de la història abans d'haver-ne sentit explicar el principi. El contraposa amb les cares circumspectes dels magistrats del Tribunal Suprem a les fotos que li ha passat el lletrat Morales. Uns homes doctes que segurament han estat capaços de veure el seu cas com el que en realitat és, lluny de la influència local d'un constructor convertit en marxant d'art, aliens a les maniobres manifasseres dels petits cacics de comarques. Considera que Madrid és una gran capital, encara que faci dècades que visqui segrestada per una dictadura que no tolera la dissidència.

La família Palau és del bàndol perdedor a la Guerra Civil i esquiva sempre que pot qualsevol vincle amb el règim, però també és un home d'ordre. El pare va salvar l'església de Santa Maria la Major de ser incendiada per un escamot d'exaltats.[3] Potser per això està íntimament convençut que, fins i tot en una dictadura, els jutges d'un alt tribunal han de ser gent culta i sensible a la crida de l'art. Segur que li tindran molt més respecte del que els pot merèixer un nou-ric que es dedica a fer parets, per més dretes que les aixequi i més obres d'art que col·leccioni. Potser, un cop hagi guanyat el judici, el lletrat Morales podrà traslladar d'alguna manera el seu agraïment als senyors togats del Suprem, si pot ser pintat a l'oli, perquè resulta evident que no és el mateix ser jutjat per una colla de funcionaris amargats destinats a un tribunal provincial que ser-ho per un alt tribunal sensible a una de les qüestions essencials de l'existència, l'art. Encara que siguin tots franquistes.

El cervell deixa enrere les imatges emboirades dels somnis i les substitueix per papers guixats amb lletra majúscula com els que ell mateix clava a les parets per recordar les tasques pendents o l'avís esgrogueït que penja a la porta del taller cada cop que en surt: «Torno tot seguit». Es gira cap al llum que ha deixat en un tauló que li fa de tauleta de nit, recolza l'esquena contra la flonjor dels coixins i busca la llibreta a les palpentes. Quan la pot engrapar, se l'acosta a un pam del nas i es posa a fullejar-la una bona estona, amb un parpelleig cada cop més neguitós, perquè té la vista ennuvolada i no és capaç de llegir-hi cap de les moltes coses que hi va anotar ahir, just després de rebre la trucada pertorbadora del lletrat Morales.

—La sentència és tan imminent que comptem saber-la demà mateix —li va dir.

Ahir, 16 de maig, feia dues setmanes justes que el recurs va quedar vist per a sentència. Anit, només penjar, se li va omplir el cor d'angúnies i el cervell de mala astrugància. Va sentir un ofec i se li va ennuvolar la vista. Ara hi torna. Triga una estona a adonar-se que aquesta vegada la culpa de la ceguesa momentània la té el fet que està a les fosques. Busca l'interruptor i es fa la llum.

S'incorpora, neguitós, per arribar al telèfon i marca el número de la Modesta, que se sap de cor. Com si fos un acte vinculat, tan aviat com el segon senyal acústic travessa la baquelita de l'auricular se sent la porta del taller, els tres tombs ben sorollosos i un bon dia acabat en un to tan agut que sembla un xisclet, com fa sempre la Modesta, prudent, per advertir de la seva arribada. El Maties penja el telèfon, posa tots dos peus a terra, s'escura la gorja per no fer cap gall i, només llavors, li torna el bon dia.

La Modesta li té simpatia. Una simpatia sincera que en algun moment hauria pogut semblar alguna cosa més especial. És una dona forta, no gaire agraciada, que viu amb uns tiets floristes després que ella i sa germana, ara fora de Montblanc, quedessin òrfenes. De vegades ajuda a la floristeria de casa, però es guanya la vida netejant tota mena d'habitatges. Es va transformar en l'assistenta del pintor prometedor de cal Francí quan ell, després de tres cursos becat a París i unes quantes exposicions primerenques, va decidir no tornar a Barcelona ni muntar cap estudi al domicili familiar del carrer Riber de Montblanc, sinó fer-se construir un taller, amb llit i tot, per si una nit la inspiració li allargava tant la jornada que li feia mandra baixar, carretera avall, a dormir al poble.

Una vegada que una model estrangera va fer nit al taller, la Modesta es va comportar com una amiga encobridora. El pretext va ser que el retrat havia avançat molt més lentament del previst i, com que se'ls va fer tan tard, es van quedar al taller. L'endemà al matí la minyona els va enxampar dormint despullats i, després de saludar els cossos entrellaçats amb insòlita naturalitat, va sortir amb l'escombra a fer una llarga i minuciosa neteja del pati. No n'han parlat mai, però des d'aquell dia el Maties sap que pot confiar en la seva discreció.

—Com ha dormit? —sent que li demana la Modesta amb veu dolça.

—Bé, gràcies.

Abans d'aixecar-se del tot, s'entreté a recol·locar l'auricular del telèfon, que ha quedat mal penjat de biaix i emet un xiulet somort que travessa la baquelita. Ja fa una estona que toca de peus a terra, però el cap encara és lluny del planeta, vagarejant pels confins de l'univers. S'allisa els pantalons del pijama i travessa la cambra del taller en direcció al lavabo. Vol buidar la bufeta abans de parlar obertament amb la Modesta.

—He pensat que voldrà esmorzar una mica bé —diu la minyona mentre deixa una safata a l'única taula del taller, davant mateix de la llar de foc—, per agafar forces!

El Maties es remulla la cara amb les mans. Després surt del bany amb un somriure i tres botons del pijama descordats.

—Gràcies, Modesta.

La dona feineja a les aigüeres, pensades per netejar els pinzells còmodament. No hi ha fogons, tot i que a prop del foc hi ha un taulell que sembla de cuina. La llar de foc ha exercit més d'una vegada de graella, però són més habituals els àpats freds. Salat o dolç segons si és l'hora del vermut o toca berenar amb quatre llepolies.

—Ara quan guanyem el judici, el primer que farem serà celebrar-ho —proposa, en un atac sobtat d'optimisme.

La Modesta somriu en silenci. No sap quan serà aquest ara ni si ella està inclosa en el «guanyem» ni, menys encara, en el «farem». Prefereix no dir res per por d'equivocar-se. Ell comença a mastegar, cada cop més despert. La flaire de pa torrat impregna tot el taller d'optimisme. Sovint el desig li entra pel nas, un pessigolleig agradable que el fa salivar, com si el cos es preparés per a l'arribada de grans dosis de plaer quotidià, i les torrades amb oli i sal que tants matins li prepara la Modesta són el preludi d'uns instants de felicitat que completarà algun embotit de la terra. Continua mastegant amb els ulls mig closos fins que mossega un tall de llangonissa i tot d'una se li apareix el rostre enrogit del Peirats, amb aquell mig somriure malèvol que fa retorçant els llavis com un tubular de bicicleta quan s'escapa del traç de la roda, el mateix somriure que li hauria pogut retratar el dia que li va fer signar aquell primer contracte diabòlic del qual venen tots els mals que li han amargat els últims anys fins al punt de fer-lo pensar en el suïcidi.[4]

—També he portat xíndria —diu la Modesta, com si endevinés la tempesta que li acaba d'esclatar al cap.

La treu d'un cistell i la tatxa.

—En voldrà un tros?

Els ulls del Maties s'il·luminen. La Modesta, amb qui es coneixen des de nens, sap que té un deler per les síndries.

—Moltes gràcies, Modesta. És una xíndria boníssima!

Els regalims i la cara de la Modesta el fan pensar en la dama discreta rere la síndria descomunal que va pintar en el seu primer quadre parisenc. Tan aviat com va acabar-lo, hi va estampar la firma, ben a prop de la síndria feta pàtria. Sempre signa amb els dos cognoms enllaçats, per honrar el pare i la mare, sense el nom de pila, fins i tot als contractes merdosos del Peirats, que hi consta com a Matías, en castellà. Una P inicial que es pot confondre amb una B treta de polleguera com un parlant d'àrab que pronunciés Balau i les altres lletres seguides, 3alau-Ferré, amb la efa majúscula i l'accent tancat que es va obrint damunt l'última e. Les pintures són més importants que els contractes. El seu art és la intersecció del pare difunt i la mare estimada. Ell i les seves germanes adorades. Així ha firmat des de la primera exposició i així pensa continuar fent-ho, diguin el que diguin els tribunals.

La seva cara de felicitat fa somriure la Modesta. Ja sabia que jugava sobre segur, però no pot sospitar que el roig encès d'aquesta síndria substitueix el rostre vermell del Peirats en la ment del Maties. Aquesta síndria montblanquina tan refrescant desprèn la flaire de la llibertat. No deu faltar gaire perquè soni el telèfon, li passin la conferència de Madrid i l'advocat Morales li comuniqui que el Tribunal Suprem ha decidit a favor seu, que li han donat la raó que sempre ha sabut que tenia, que ha guanyat.

—Com és que has portat tantes coses?

Es fixa que la taula llarga és plena d'embotits, ampolles, dolços i més fruita.

—Per a la celebració.

La Modesta sembla que no hi sigui, però té les orelles ben obertes i s'assabenta de tot. El Maties torna a somriure i s'eixuga el regalim que li baixa per la comissura dels llavis. La síndria és tan sucosa que tot ho humiteja. No li demana d'on ha tret que serà un matí de celebració. Troba que és un senyal i l'envaeix l'eufòria. El sentit comú s'imposarà perquè la Modesta n'és l'exemple vivent i, si ella està convençuda que ho celebraran, la sentència serà dictada amb sentit comú. Aquest pensament il·lumina la sala gran del taller com si tot just hagués encès la llar de foc. A fora, el dia sembla cada cop més prometedor.

Li venen ganes de sortir a respirar l'aire fresc del matí al petit jardí que separa el taller de la carretera. No ho fa gaire, perquè sempre ve a tancar-s'hi amb els llenços i les pintures, acompanyat per totes les criatures del seu món interior, galls i síndries, gira-sols, gladiols, roses, tulipes, dones ullverdes i sovint colltortes, sardanes i merlets, toros braus i sants de rostre pantocràtic. Fins i tot quan rep visites les fa passar cap dins sense miraments. El jardí és un rebedor reverdit on ningú no sol aturar-se abans de travessar la porta del taller i submergir-se en una suma d'imatges que s'enfonyen en la memòria del poble de Montblanc. Un poble amb plebà. L'únic de Catalunya on el rector manté el títol de plebà. El Maties n'ha pintat les muralles, els camps dels voltants, la fruita i les flors, els homes, les dones i tots els altres protagonistes de la llegenda de Sant Jordi, drac inclòs. Montblanc és la seva matriu, el seu refugi i la seva futura tomba. N'és un autòcton, un home de la terra, i és a la terra on se sent plenament feliç. Montblanc és el seu cap Canaveral, des d'on de tant en tant surt en missió exploratòria a Barcelona, Madrid o París. Sempre diu que no hi ha tornat, sinó que no se n'ha anat mai.

Dues setmanes enrere, quan la sentència va quedar vista per a sentència, va dubtar entre instal·lar-se a Madrid a esperar-la o quedar-se aquí a Montblanc. L'advocat Morales li va aconsellar que no hi anés, però d'entrada s'hi va rebel·lar. Li semblava una mostra de covardia i una falta de confiança. No volia que li tornessin a retreure que s'amagava, com quan es va negar a respondre en aquella entrevista de televisió que tothom va veure. De mica en mica, es va deixar convèncer que era més elegant esperar la notícia a casa, a banda de molt més còmode. Tots els periodistes que havien publicat articles favorables potser l'atabalarien amb peticions d'entrevista on es parlaria de tot excepte de la seva obra.

—És molt millor una celebració íntima, amb la família i els amics —va concloure el Morales.

Ara, el matí radiant sembla donar-li la raó. Per una vegada, s'atura una estona al jardí. Ningú no ha tret el rètol de «Torno tot seguit»[5] que va penjar ahir a la tarda entre les reixes quan va sortir per anar al cafè. Sempre que el deixa, quan de tornada el rellegeix pensa que no li cal tornar perquè no se n'ha anat, com si el taller fos Montblanc en miniatura i les seves excursions al cafè les anades a París, a Madrid o a Barcelona. En realitat, mai no ha marxat de Montblanc.

Només una vegada va pensar que marxaria de debò. Quan, dos anys enrere, el Peirats el va denunciar. Van ser uns dies tan negres que va deixar de pintar. No tenia esma per a res. Es va voler morir. Pujava al taller i es limitava a encendre la llar de foc. Es passava la nit girant els tions per veure'ls consumir mentre es rabejava en el record dolorós de la ceràmica. Anys enrere havia hagut de deixar de coure ceràmica perquè el fum del forn li feia plorar els ulls, però sobretot perquè els pigments duien productes químics que el perjudicaven. Sulfats de plom o de mercuri. El metge havia estat inflexible. O la ceràmica o la vista. Recordar aquest dilema encara el feia plorar, en aquest cas de pena, i llavors alternava llàgrimes llastimoses amb les que li provocava la fumarada, i es passava la nit plorant per dins i per fora, sense que tota aquella humitat servís per apagar la flama de la foguera que temps enrere havia encès un contracte absurd.

La taula parada convida a un esmorzar perpetu de cadires buides i safates plenes. La Modesta ha portat de tot. Dolç i salat. Els ulls del Maties no es mouen de la porta. Parpelleja molt, com si es preparés per a un gran moment. Pressent la pluja, com quan l'assalta la pruïja de pintar i al cap li comencen a pampalluguejar les taques de llum que acompanyen els esternuts, que de seguida s'ajunten formant-ne de més grosses i llisquen coll avall amb un pessigolleig molt agradable que li colonitza les espatlles, li baixa pels braços fins als canells i, d'allà, s'escampa per les mans buscant les puntes dels dits amb un zub-zub molt perceptible, com si un doll de sang estigués a punt de sortir-li a pressió per les ungles. Llavors sap que ha arribat el moment. Planta un llenç al cavallet i li brollen de les mans peülles esfilagarsades amb forma de pinzells que donen vida als nouvinguts.

Síndries i galls, merlets i merlots, toros, rostres cantelluts de pantocràtors ullverds amb barbetes com sagetes que assenyalen els pits globulars de la dona més pintada, carallarga i a voltes colltorta, sempre d'una bellesa rotunda.

Però aquest matí de minuts plumbis, l'interior del taller és un paisatge nevat, la baquelita del telèfon pren textures d'armadillo impassible i l'únic rectangle amb vida és la llarga coberta de caoba que corona les potes de la taula, carregada de menges delicioses condemnades a acabar queixalades per boques rialleres amb ganes de celebrar la victòria que ha d'arribar pel fil telefònic. El feinejar de la Modesta difumina la regularitat implacable del pas del temps. Les cendres antigues de la llar de foc ja han esgotat tota la seva capacitat d'ensutzar els prestatges contigus. Són un bosc carbonitzat flanquejat per uns clemàstecs emmascarats i un atiador sempre amenaçador. El Maties entra i surt per la porta que presideix el «Torno tot seguit» com si volgués obeir les ordres que ell mateix es dona. Fuma sense ganes i s'entreté repassant mentalment tota la gent que passarà pel taller tan aviat com soni el telèfon i l'advocat Morales li doni l'esperada notícia del dia. El resultat de la sentència.

El sol és un globus rogenc que encara no escalfa gaire quan comença a pensar en petites catàstrofes domèstiques. S'afanya a comprovar que l'auricular del telèfon no hagi quedat mal penjat, engrapa la baquelita amb força i se l'acosta a l'orella per assegurar-se que té línia. Fa poc que han substituït les centraletes per la connexió automàtica, però encara recorda els temps que calia demanar a una operadora amb qui volia parlar. La telefonista era la dona més ben informada de tot Montblanc, i en dies així hauria estat molt probable que fos la primera de saber la notícia. Li hauria faltat temps per escampar-la a tort i a dret, més de pressa que Correus i Telègrafs junts.

—Ha trucat la seva germana gran.

La veu de la Modesta des de dins del taller sobresalta el Maties, encaboriat amb el cigarret a la mà davant mateix del «Torno tot seguit».

—Com? —torna endins—. Què, què volia?

Els malentesos ho comencen a contaminar tot. No només no en treu l'aigua clara sinó que dubta de tot i força.

—Que si havia de preparar dinar.

No pot ser que ja sigui l'hora de dinar, les busques haurien enfollit! Entra apressat a mirar el rellotge i només són quarts d'onze. Encara no han paït l'esmorzar, però sa germana ja deu començar a posar en marxa el protocol quotidià de la manutenció, perquè primer cal pensar quants seran a taula i què els pot fer. Després s'haurà de preparar per sortir a comprar-ho, trobar-ho, prendre el pols al dia, saber si al veïnat hi ha novetat i tornar a casa a quarts de dotze per començar a posar-se als fogons. La primera trucada del matí no respon a les expectatives, però introdueix un dubte inèdit, perquè en cap cas li havia passat pel cap que la notícia es podia fer esperar fins a la tarda, havent dinat, tot transformant el matí en una sala d'espera de dentista.

Els dilemes s'acumulen sobre les celles poblades del Maties. Si la trucada es fa esperar tant que l'hora de dinar els cau al damunt, què ha de fer? Que potser hauria de baixar despreocupadament a dinar a cal Francí com si no passés res? I si l'advocat truca a l'hora de dinar, mentre ell no hi és? És clar que també té el número de la casa familiar, però tendeix a trucar-li sempre al taller i potser no li passarà pel cap que, en unes circumstàncies com aquestes, hagi sortit a dinar tan tranquil. I si la doble trucada l'enxampa a mig camí i ningú no despenja a cap dels dos extrems de la línia? Sempre podria enviar la Modesta a buscar el dinar, una idea que se li fon a la boca com una barba de sucre candi tan aviat com els ulls li tornen a passar per la taula, plena de formatges, embotits i dolços per alimentar un regiment. Encara no són les onze quan decideix que no es mourà del taller fins que no soni el telèfon i la veu timbrada del seu advocat no li comuniqui que han guanyat.

Nerviós, intenta enviar la Modesta al poble dues vegades amb pretextos que ella, bona minyona, desmunta sense despentinar-se. La presumpta falta de tabac se soluciona amb el paquet de reserva que sempre hi ha al prestatge de la llar de foc, just al costat dels llumins. El segon intent encara és més inconsistent.

—Baixa a casa un moment i digue-li que si arriba cap telegrama, que em truqui.

La Modesta no replica. Simplement despenja el telèfon, marca el número de cal Francí i torna a parlar amb la germana.

—La senyora diu que no pateixi —li respon, després de penjar—, perquè si arriba res mentre està comprant ja ho deixaran a la botiga.

Els matins, l'altra germana s'ocupa de la botiga, de manera que les bones notícies que han d'arribar acabaran en mans de l'una o l'altra. Quan el Maties es queda sense arguments els nervis se li acumulen als dits dels peus. Sent la fiblada desagradable d'un dit encavalcat i ha de fer oscil·lar el cos endavant, per carregar el pes sobre les puntes i alleujar així el dolor.

Els deu segons següents un silenci espès s'apodera del taller. La Modesta s'entreté a endreçar el prestatge dels llumins i el Maties projecta tot el pes del cos a les plantes adolorides dels peus. Just llavors, sona el telèfon.

7404

El Peirats també sap que avui és el dia. Els Colet són a Madrid pendents de la sentència, però ell no ha alterat l'agenda. Té una reunió a l'Ajuntament de Vila-seca i no pensa canviar-la per culpa del litigi amb el pintor. És un home pragmàtic i optimista, el Peirats, un bon negociador que sap esperar el seu moment sense posar-se pedres al fetge. De bon matí, sota la dutxa, un pensament poderós se li ha instal·lat al cap per il·luminar-li el dia: el que hagi de ser, serà. Ha esmorzat sol, fullejant diaris a la cuina del Mas Carpa, convençut que cada dia el que ha de ser, és. Aquí i a tot arreu. S'ho ha repetit en veu baixa diverses vegades mentre conduïa fins a Vila-seca, sense accelerar més del compte, i ara ho acaba de repetir en veu alta i clara quan la senyora Estivill li ha demanat pel desenllaç del judici.

—No era aquesta setmana, que emetien la sentència?

—El que hagi de ser, serà.

Havien quedat a mig matí perquè, justament avui, l'Ajuntament de Vila-seca despatxa les llicències d'obres i resol les reclamacions pendents, una de les quals la que ell mateix ha posat sol·licitant l'anul·lació d'una plusvàlua. Està més nerviós per aquesta decisió que no pas per la que pugui prendre el Tribunal Suprem. A última hora, aquí s'hi juga els quartos i a

Madrid, només quadros. Però en tots dos casos serà el que hagi de ser.

—M'ha trucat en Granell de l'Ajuntament que fins a les onze no ho hauran enllestit —diu la senyora Estivill, aixecant-se—. Tens temps per prendre una copa, si vols.

Fan broma amb el conyac i els cunyats, però el Peirats li diu que no és bo beure abans del migdia.

—Doncs et porto una coca-cola —fa ella, rient.

Fa temps que el Peirats treballa amb els Estivill en projectes d'urbanització a Vila-seca.[1] Col·laboren prou bé, però també han tingut alguna fricció per la urbanització del barri de la Formiga, dels carrers Mas-Calvó a Estadi, que correspon a les terres del Mas Estivill. Després de la mort del senyor Estivill, el que havia de ser la urbanització Estivill ara es diu urbanització Peirats. La vídua i els fills del difunt ho aproven en públic, però en privat hi ha hagut marrameus.

—Has vist això, Miquel? —li diu l'amfitriona, tornant de la cuina amb la coca-cola i un diari—. Aquest pintor teu està com un llum.

Li ha guardat un exemplar de l'*Arriba* de fa uns dies perquè hi sortia una entrevista amb Maties Palau Ferré.

—Sí —esbufega el Peirats—, ja ho vaig veure.

La senyora Estivill destaca algunes de les frases de l'entrevista, firmada per Aurora Siguero. Amb el pretext de parlar de l'obra, la periodista centra les preguntes en la sentència definitiva de la tercera i última instància a la qual ha acudit Palau Ferré, el Tribunal Suprem. El desenllaç és imminent. L'entrevista ha sortit publicada al diari del 28 d'abril i ja hi deia que el 30 estava previst que fos vist per a sentència el recurs de cassació per infracció de llei contra la sentència dictada a l'Audiència de Barcelona. Siguero també escrivia que, a tot estirar, el 16 de maig se'n coneixeria la resolució.[2] Avui.

Com és lògic, la periodista va preguntar sobre altres detalls del conflicte. Palau Ferré, que hi apareix fotografiat davant d'una maqueta de vaixell amb un cigarret a la mà, demanava l'anul·lació dels contractes que li han impedit, entre d'altres, exposar a París, admetia que no sabia per què els va firmar i enumerava les presumptes irregularitats que contenen. L'última pregunta de la periodista es projectava sobre el futur immediat. La senyora Estivill la rellegeix en veu alta.

—Però has vist això, quan li diu: «Señor Palau, si el Supremo falla en contra suya, ¿qué piensa hacer?» —es mira el Peirats, que coneix perfectament la resposta—. «Suicidarme. Qué me queda a mí. Han destruido mi vida cuando yo intentaba empezarla».

La periodista acaba així l'entrevista. No devia gosar afegir-hi res més. La senyora Estivill tampoc.

—També són ganes de pressionar els jutges —sentencia el Peirats—. Aquest palatreco no s'atreviria a suïcidar-se mai de la vida.

Ho diu amb displicència, però ara potser li agradaria que fossin les dotze tocades per poder tenir un conyac a la mà. De cua d'ull torna a veure la mateixa pàgina de l'*Arriba* que ell guarda a casa, retallada. I li torna a fer el mateix efecte. És massa gros per ser veritat.

—En Granell encara és tinent d'alcalde, oi? —canvia de tema.

—Sí, i per molts anys, perquè sense ell no sé com ens hauríem entès amb el nou alcalde.

Josep Malapeira fa pocs mesos que ha substituït Ramon March al capdavant del consistori de Vila-seca, en un moment de gran creixement urbanístic, sobretot a la part marítima de Salou. Els Estivill estan molt atents als moviments de l'Ajuntament. Són temps incerts, amb Franco molt ancià, i s'esperen turbulències quan el dictador mori.

—Ara organitzen aquestes sessions públiques per comunicar els acords. No sé de cap altre ajuntament que ho faci.

Entre Vila-seca i Salou hi ha tantes peticions de llicències d'obres que la comissió municipal té una feinada de por i les autoritats han decidit comunicar els acords als afectats de cop, en sessions col·lectives.[3]

—Sí, m'ha estranyat. Es deuen voler fer passar per demòcrates —se'n riu el Peirats— per quan els toqui dir que ho han estat tota la vida.

La senyora Estivill no fa cap comentari. Segueix les indicacions del seu difunt marit. Encara que sigui *post mortem*. És com si encara li sentís la veu, amb aquella seguretat notarial que gastava: «hi ha dos temes dels quals no val la pena discutir, Isabel, i són la religió i la política». I ho rematava amb una idea que el senyor Estivill havia sentit en boca de Franco: «mai no et fiquis en política».

És la primera vegada que assistiran a una d'aquestes sessions que s'han inventat els de l'Ajuntament. De camí discuteixen sobre si serà oberta a tot el poble o només als afectats. No en treuen l'entrellat, però un cop a la sala hi veuen tan poca gent que no els cal demanar-ho per concloure que els únics convidats són els interessats.

Compareixen, amb un cert retard, l'alcalde i tres regidors, però només per saludar-los i deixar-los en mans del senyor Mas, habilitat com a secretari de la comissió per informar-los, amb l'única companyia d'un interventor. El Peirats els saluda tots dos. Quan va començar a fer negocis a Vila-seca va convidar tots els funcionaris de l'Ajuntament a un bon dinar al Sol-Ric de Tarragona. Tothom a taula un dia a l'any. En diu dinars de germanor. Ja fa tres anys que els fa.

En Mas hi ha anat totes tres vegades. És un home d'uns quaranta anys que porta la clenxa al mig i un bigotet fi resseguint la sinuosa carena d'uns llavis finíssims. Quan marxen l'alcalde i els regidors, els convida a seure i treu un paper mecanografiat amb uns quants mots ratllats amb ics més ennegrides que les altres lletres, fruit d'unes trompades rabiüdes sobre la tecla que cancel·la.

Els parla en català, però llegeix els acords adoptats en el castellà encarcarat de la literatura administrativa. Comença per les tres llicències d'obres concedides, un habitatge unifamiliar en una parcel·la de la urbanització Covamar i dos grups de vint-i-quatre apartaments i quaranta-cinc habitatges de protecció oficial, els primers al carrer de Brussel·les de Salou i els segons al carrer Roquet de Fèlix de Vila-seca.

Els tres interessats aixequen la mà quan el secretari diu el seu nom. Només la senyora de la casa unifamiliar sembla contenta amb l'autorització. Els altres dos esmentats són l'apoderat de l'Empresa Miller SA i un representant de Construcciones Germano Ibéricas SA, que es limiten a assentir amb el cap sense expressar cap mena d'emoció.

—En segon lloc, la comissió ha aprovat una certificació —diu en Mas, abans de tornar al castellà per llegir l'adjudicació d'unes obres d'enllumenat públic. Corresponen a tres trams de l'Autovia de Reus a Salou i els farà l'empresa Ginés Navarro e Hijos Construcciones SA per un import que ultrapassa el milió dues-centes mil pessetes.

Els Navarro en qüestió potser ja ho donaven per fet, perquè no hi han enviat cap representant, de manera que en Mas passa a informar sobre les dues reclamacions pendents. La primera, d'una veïna que sol·licita la reducció de la taxa de recollida d'escombraries de quatre mil pessetes l'any a dues mil. En Mas comunica que l'Ajuntament accedeix a la seva petició, però abans que la senyora Carreté pugui reaccionar a cop calent, la refreda. No li aplicaran la reducció fins al rebut de l'any vinent.

—I finalment —s'atropella en Mas, com si així pogués tapar qualsevol queixa—, la reclamació del senyor Miquel Peirats Fenollosa.

El Peirats ha sol·licitat l'anul·lació de la quota resultant de l'expedient de plusvàlua corresponent a la urbanització Peirats, al·legant que ha introduït moltes millores sobre el terreny. El portaveu de l'Ajuntament llegeix que les millores introduïdes pel reclamant promotor de la urbanització superen l'augment de valor tingut en compte en la liquidació de la plusvàlua, de manera que el consistori acorda deixar-la sense efecte, tal com reclamava.

—No et queixaràs —li diu la senyora Estivill quan surten de l'Ajuntament—. Al final els dinars al Sol-Ric encara et sortiran de franc!

—Tira, dona, tira —s'ho espolsa el Peirats, satisfet—, no hi té res a veure. Aquí el que compta és treballar bé i estar bé amb tothom.

En el camí de tornada el Peirats s'embolica a especular sobre si aquesta victòria administrativa és un bon auguri de cara al combat judicial que a aquestes hores deu estar lliurant a Madrid o si, per contra, actuarà la llei no escrita de la compensació que sempre n'aparella una de freda amb una de calenta. Com que no té estudis, ho sol fiar tot a la intuïció, i es guia per intangibles de la saviesa popular. Assegut al seu Dodge Dart amb la ràdio apagada, acompanya els compassats moviments de volant amb arguments de pes variable que el fan anar d'un extrem a l'altre en l'escala de l'optimisme. No es pot tenir tot, qui pega primer, pega dos cops... i un munt de frases encreuades que li passen pel cap.

—El que hagi de ser, serà —conclou en l'últim tram del camí, i s'ho repeteix mentre aparca al Mas Carpa, baixa del cotxe, posa la clau al pany i, tal com empeny la porta, sent que sona el telèfon.

—Només hi soc per al Colet —li diu a la dona, quan veu que està a punt de despenjar—. Si no és ell, digues que encara no he arribat.

La senyora Peirats despenja amb un qui-demana i assenteix. Després cobreix l'auricular amb una mà i li diu que és el Colet.

6103

La foscor del metro era un espai fascinant per a algú nascut en una vila que havia transformat el seu passat medieval en signe d'identitat. El tràfec i el trànsit de persones i vagons per les vies subterrànies l'estimulaven. Hi observava cares i hi descobria combinacions de colors insòlites. Sovint hi viatjava sol, sense cap destinació concreta, amb l'esperit d'un músic de jazz. Així és com volia pintar, també, en equilibri entre improvisació i fonament. El metro era el jazz de les imatges. Calia pujar i baixar escales, enfilar melodies de llarg recorregut i acollir nous solistes a cada estació.

De vegades l'agafaven amb el Semita, seguien discretament algú que els cridava l'atenció i feien juguesques sobre la identitat dels desconeguts. S'hi perdien i es retrobaven. Especulaven amb els objectes que portaven dins de les bosses i espiaven converses. L'espai tancat dels vagons permetia una proximitat amb els desconeguts semblant a la que el Maties havia viscut, de nen, pels carrers estrets de Montblanc, amb l'única diferència que allà la majoria eren coneguts. Amb el temps havia après a orientar-se perfectament per l'ànima subterrània de París. Trobava que el món dels túnels era una versió onírica de la vila medieval i els vinculava de manera inconscient. De tant en tant, la fesomia d'algun viatge li recordava un veí, potser una botiguera eixerida. Sentia una conversa i li semblava detectar el timbre de l'agutzil quan pregonava un missatge. Llavors entretancava els ulls i movia els dits imperceptiblement, com si aferrés un pinzell i l'apliqués al llenç per fer-ne un retrat. El Semita se'n fotia.

—No vigiles quadros, avui? —li va xiuxiuejar una veu de dona a l'orella des del darrere, en un francès entenedor.

PalauFerré va girar el coll, espantat, i topà amb una mirada verda que el va tenyir d'esperança.

—Com diu? —va reaccionar d'esma just abans de reconèixer-la.

Era la dona més pintada, que lluïa com un estel refulgent entre la grisor subterrània. La tenia a un pam.

—Ai, ho, hola, què, què fa —va titubejar abans de tutejar-la—, què fas per aquí?

La dona més pintada va riure i li va tornar la pilota.

—Baixo d'aquí a tres parades. I tu, què hi fas?

Les dificultats expressives amb el francès, llargament oblidades per mesos de pràctica quotidiana, van reaparèixer de cop. Com que viatjava sense rumb, la resposta, que ja de natural hauria estat imprecisa, es va transformar en un balbuceig. Ella va entendre de seguida que no anava enlloc.

—Per què no baixes a la meva parada?

PalauFerré no va quedar gaire convençut d'haver-la entesa bé, però va reaccionar de pressa, amb l'esperit d'un hereu que es posa pinxo per festa major.

—D'acord, sí, et convido a un cafè.

Just després de dir-ho es va mossegar els llavis, com tement haver anat massa enllà. Hauria donat el que no tenia per comptar amb l'auxili del Semita. Ella es va limitar a somriure, però el seu gest va il·luminar el vagó amb llums de festa durant les dues parades que faltaven perquè baixessin del metro, pugessin les escales i empenyessin la porta d'un cafè.

—Avui és el meu aniversari —li va confessar coqueta just després de transformar el cafè en una copa de Pernod.

—Per molts anys.

Van brindar aguantant la mirada, alçant les copes i acostant-les discretament, sense arribar a picar.

—En faig vint-i-quatre —se'n va treure tres, coqueta—. I tu, quants en tens?

—Trenta-quatre —va mentir PalauFerré, que encara no els havia fet.[1]

La dona més pintada el va observar a través de la copa i no se'l va creure, per més que ja comencés a calbejar.

—Sé que pintes i vaig veure un quadre teu, però no sé gaire què pintes.

—De tot —va parar el cop mentre intentava recordar com es deien en francès algunes de les flors que li agradava plasmar, però es va bloquejar i li va sortir el drac de sant Jordi, de manera que li va explicar la llegenda—, ja saps, el drac insaciable que es cruspeix totes les provisions dels vilatans i, com que mai no en té prou, decideixen que cada matí triaran per sorteig una nena perquè el drac pugui treure el ventre de pena, amb tan mala sort que el primer dia li toca a la filla del rei, i llavors, quan ja sembla que el drac se la menjarà, apareix sant Jordi i...

—Per què una nena? —el va interrompre la dona més pintada—. Que no li agradava la carn de nen, al drac?

Ell va aixecar els ulls de la copa, sorprès.

—La llegenda és així, no la coneixes?

La dona més pintada va fer que no i va demanar dos Pernods més.

—Doncs és molt coneguda —insistí ell, després de buidar la copa perquè se l'emportessin ben neta—. El cavaller mata el drac i de la seva sang en neix una rosa roja, com aquesta brusa que portes.

Li va assenyalar els pits, el primer que havia conegut d'ella. La model va somriure. El desig que despertava en els homes no l'afalagava especialment, però de tant en tant li agradava constatar que no perdia l'únic poder del qual sempre havia estat conscient.

—No, no la conec —li va respondre en to arrogant—. Coneixes tu la llegenda del jove David que lluita contra els egipcis per alliberar la nació armènia?

Els van portar el segon Pernod mentre ell intentava descartar que *arménienne* fos nom de dona.

—David no era jueu?

—El de la llegenda armènia no —va replicar, paladejant l'efecte sorpresa que sempre provocava quan feia entrar algú al pou del seu relat nacional.

Aquesta segona vegada li va sentir pronunciar clarament *arménienne* i es va llançar a demanar-li si era armènia. No li havia passat pel cap que aquells ulls verds no fossin francesos.

—I com és que parles francès?

Era una pregunta absurda, fruit de l'admiració genuïna per no haver-se adonat fins llavors que ella també havia fet l'esforç d'aprendre'n.

—Perquè els armenis fins i tot tenim un alfabet propi però ens hem hagut d'acostumar a parlar de tot —va recitar seguint la versió oficial del seu relat—. La història ens ha obligat a voltar més que una tribu nòmada.

El segon Pernod va regar la versió resumida del relat. El genocidi armeni era una cova subterrània plena de galeries que permetien fer rutes molt llargues i intricades, però la model feia anys que s'havia cansat de predicar tothora i es conformava amb una excursió de reconeixement. No renunciava a explicar-se més a fons, però ja no organitzava expedicions històriques per captar nous suports a la causa. Es limitava a tornar les pilotes que li llançaven, sense gaires expectatives. Ell no en va ser una excepció. Quan li va dir on havia nascut la seva mare va reaccionar de la manera més previsible.

—Però Istanbul no és a Turquia?

—Això és ara —va esbufegar ella, amb un somriure condescendent—. Quan la mare hi va néixer tot era diferent. Aquell mateix any 1915 van començar les detencions d'armenis a Istanbul.

—Quina punteria, no?

—Sí noi, va néixer l'any que van començar a perseguir el nostre poble. Potser has sentit a parlar del genocidi armeni, però em fa l'efecte que ara seria una mica llarg d'explicar i segur que trobarem coses més interessants per fer —coquetejà amb una riallada sorollosa que va agitar el poc Pernod que li quedava a la copa i provocà un sacseig notable dels pits sota la brusa roja—. I tu, d'on ets?

—De Montblanc.

—Oh, que bonic!

—Hi has estat?

—No, però té molta fama.

—Per a mi, Montblanc ho és tot —es va esplaiar després de buidar la copa d'un glop—. És el punt mitjà d'una espiral que cobreix les teulades, les muntanyes i la volta al món.

Tornà a fer l'esforç de recordar els noms en francès de les flors que li agradaven, però només se'n va sortir amb els *tournesols* i després li va fer mandra haver d'explicar que també pintava galls, toros o sardanes i va tornar a Montblanc.

—Sense la terra, sense arrels a la terra, la veritat no pot existir, i Montblanc és el meu país. Perdona que m'esplaï, però és que aquí, a París, m'enyoro.

—Deu ser preciós, el Montblanc —va concedir ella—, pura blancor.

—Sí, el blanc ho domina tot —va somriure ell, embadalit pels ulls verds en constant competició amb les pomes de paradís que bategaven sota la brusa roja, mentre evocava imatges de casa—, començant per les muralles, que són de pedra clara.

—Muralles de pedra clara! Carai, quina metàfora tan poètica per referir-se als Alps.

—No és cap metàfora, no, són muralles de... —s'aturà sobtadament, es va posar les mans al cap, va ancorar les ungles a la closca per gratar-se-la i el contacte de la matèria còrnia amb el cuir actuà com un interruptor que li va acabar provocant una riallada—. Els Alps, dius? Quins Alps? No, no he nascut dalt de cap muntanya suïssa, jo. El meu Montblanc és una vila catalana que conserva la muralla medieval. Soc de la vila ducal de Montblanc. Soc català.

Els ulls verds es van expandir i escombraren tot el cafè com dos canons de llum. La dona més pintada refulgia més encara quan acoblava la seva rialla aguda a la d'ell.

—Oh, quina planxa! —va exclamar, empenyent la cadira enrere fins gairebé caure'n—. Jo que et feia vivint en una cabana de fusta!

Ell no podia parar de riure. Es va abocar a la taula per acostar-s'hi, atret per l'exuberància del cos de la model, sacsejat pels petits espasmes de la hilaritat. Va acoblar el seu ritme de rialles al d'ella i hi va anar intercalant petits comentaris per allargar el moment. Bestieses com que s'havia deixat la destral o demanar-li on era la pala per treure la neu, aproximant la cara cada cop més a prop dels seus llavis. Entretancà els ulls per imaginar l'impacte, però es va frenar quan ja en sentia l'alè de Pernod. No es va atrevir a anar més enllà.

—Té, mira —va dir traient un paper doblegat de la butxaca—, t'ho regalo, a veure si t'agrada.

Va obrir-lo com si fos un sorteig i li va sortir un colom. Quan l'havia dibuixat de bon matí no podia imaginar que l'acabaria regalant. Ella va dir que era molt simpàtic, sense grans escarafalls, i ell va decidir que es comportaria com un cavaller, però s'enganyava. No era per la cavalleresca virtut de la temprança, que es retenia de besar-la, sinó per falta de coratge. Per por.

Ella només somreia amb el colom a les mans, fascinada per aquella barreja d'home ingenu i genuí que tenia al davant. L'escoltava amb delit mentre ell maldava per trobar les paraules franceses que li permetessin tornar a parlar de les muralles tan ben conservades del poble. El mirava amb interès i li va demanar tota mena de detalls.

—Sí, sí, el blanc ho domina tot, començant per les muralles, que són de pedra clara.

Un cop fet el cim i tret l'entrellat, el malentès de confondre la capital de la Conca de Barberà amb la muntanya més alta dels Alps els va fer lliscar rost avall com una allau de cotó fluix entre nous atacs de riure encadenats. El tercer Pernod va convertir qualsevol nou comentari en un equívoc absurd que amplificava les riallades a un volum escandalós fins i tot en un cafè sorollós. El colom havia quedat sobre la taula, esclafat pel pes d'una copa.

—No pintes dones? —li va demanar la dona més pintada en un moment de treva—. Que no t'agraden?

—No, sí —va replicar ell, embarbussat—. Sí que m'agraden i sí que en pinto, també, però aquí a París no gaire. De moment.

—Jo també i jo tampoc.

—Com dius?

—Que també m'agraden i tampoc en pinto —va riure la dona més pintada.

Ell va xarrupar la copa sense set, només per processar aquestes paraules, però encara no les havia acabades de pair que ja va rebre una altra pregunta directa.

—Per què no exposes més?

Va mantenir la copa a la boca. Trobava a faltar el Semita, que l'havia preparat per a totes les preguntes excepte per a aquesta. Va provar d'imaginar quina resposta donaria. Va pensar que exposar era com abraçar algú, que només funciona quan l'altre vol.

—Les exposicions no m'agraden gaire —va replicar displicent, mentre li venien al cap les pràctiques d'oratòria amb el seu alter ego—. Són les quinzenes blanques dels grans magatzems que ofereixen restes de sèrie.

Parlava, embriagat, com si estigués al davant d'una periodista del *Paris Match*. Un discurset una mica infantil, d'*enfant terrible*, que el Semita li havia lloat encara que semblés un eslògan de les galeries Lafayette. Ja lluïa de quinzena blanca en privat, abans que li fessin la primera entrevista.

—No m'agrada gaire exposar el que pinto —rematà.

El Pernod i els ulls verds de la dona més pintada li donaven el poder de la loquacitat. Assegut en aquell tuguri se sentia capaç d'articular frases dignes de ser esculpides al peu d'una estàtua, però de moment es limitava a xafar el seu francès ple de catalanades que provocaven les rialles de la dona més pintada.

Uns filtres d'amor invisibles havien creat un espai insonoritzat al seu voltant. Quan ella reia deixava anar uns xisclets de felicitat molt aguts que el desarboraven. Contreia la cara i se li formaven unes arrugues per sobre del nas que ell trobava molt gracioses, sobretot perquè confluïen en aquells ullassos verds que el tenien abduït.

—Per què no em dius alguna cosa en la teva llengua? —se li va acudir d'insinuar, en el to de qui fa una petició obscena al llit.

Ella li va regalar paraules armènies com si fossin confits, sense dir-li què significaven, i ell les va repetir amb la destresa d'un lloro gris, *chem haskanum*, entre escarafalls i rialles incontrolables, sense saber què deia ni on acabava una paraula i començava la següent.

—Em sona a Raska-yu, Raska-yu! —va riure—. Digue'm què vol dir, va!

—No t'entenc.

—No siguis dolenta!

—Que no t'entenc!

Volia dir que dir *chem haskanum* equivalia a dir no t'entenc, però no hi va haver manera. Van entrar en un bucle interminable de riallades. Una nova personalitat maldava per sortir d'un PalauFerré estarrufat, que se sentia més extravertit que el Semita. De sobte, tenia la necessitat de dir moltes coses i li sortien en un francès improvisat que no reconeixia, ple d'associacions verbals que Dalí trobaria surrealistes però que només eren atzaroses, com un músic de jazz que s'inicia en un nou instrument.

El doll de la seva vèrbola va créixer. La dona més pintada es limitava a escoltar-lo amb una barreja de passió i compassió que no acabava de decantar-se per cap dels dos platerets de la balança. Sentia un interès genuí per aquell artista, que vivia la bohèmia com un estat transitori aliè a les seves aspiracions artístiques, estimava amb bogeria un poble medieval amb nom de muntanya i no semblava gaire emocionat amb les diatribes de l'art contra la tradició heretada.

—A mi Picasso m'agrada —va concloure, en el to de qui prepara una objecció—, però ell va viure una època destructiva i ara la meva és constructiva. Jo vinc d'un poble derruït que malda per reconstruir-se. L'art ha de construir. Per destruir ja hi ha la guerra.

—Parles de Franco? —li va demanar ella canviant el to.

—Parlo de tot.

—Ets un activista? —li va demanar amb un dring d'admiració.

—Soc molt actiu.

—Però milites? —va insistir l'armènia.

—Milito en la consciència profunda —va respondre el català, sentint que l'esperit del Semita l'havia posseït per sentenciar amb seguretat inapel·lable—, l'artista no ha d'exercir la contestació sinó la constatació[2] i ara constato que et vull pintar.

6104

Les mirades es van entrecreuar com signes d'interrogació oberts a totes les respostes possibles. Era el Semita qui portava les regnes, tibant amb petites estrebades el curs del vespre. La dona més pintada somreia, afalagada per les paraules de l'un i les pinzellades de l'altre, sabent que era l'única receptora de totes les atencions, tant les que emanen de la cortesia com les que neixen del desig. La vèrbola interminable del Semita flotava per la petita estança com una beguda graduada que fa perdre la nitidesa de la visió. PalauFerré s'aferrava al pinzell, els dits botits i la punta de la llengua empenyent entre les dents. Quan li havia clavat la rosa a l'escot, amb mans tremoloses, el Semita havia explicat entre rialles la història d'un fermall al pit d'una dama que provocava un duel entre cavallers en una novel·la medieval catalana.

—Després veuràs que el color de la rosa t'afavoreix —s'havia excusat PalauFerré.

La model no tenia cap interès a comprovar l'efecte de la seva fesomia sobre el llenç. Va repetir que mai no mirava els retrats que li feien, i encara que ningú no la creia, era una veritat tan neta com les temples pessigollejades per un serrell indòmit que desafiava el pintor cada cop que la model esbufegava.

—Retratar una persona és despullar-la —va dir el Semita, amb un somriure—, perquè és arribar-li a l'interior i fer-la emergir a la vista de tothom.

La dona més pintada, que tenia ordres de no parlar, va deixar anar un seguit de gemecs aguts que passaven per rialleta. Sabia perfectament què volien dir les paraules del Semita. Fer de model sí que era despullar-se, moltes vegades mitjançant el vulgar mètode de treure's la roba. Fer de model significava donar-se, acceptar ser el centre d'atenció durant un temps perquè uns ulls àvids xuclessin l'essència animada del cos i tot el moll dels ossos aeris de l'ànima. Buidar-se del tot. Abstreure's del pas del temps en una gàbia invisible com un dau de sis cares que els ulls de l'artista segellaven. I després, fugir-ne.

Per això no mirava mai els retrats que li feien. Les paraules afalagadores del Semita construïen la presó invisible que els pinzells de PalauFerré plasmaven al llenç. La dona més pintada coneixia aquella barreja de desig i adoració que movia els retratistes. Estava acostumada a sessions col·lectives de nu, durant les quals jugava a tornar-s'hi i despullar els pintors, sempre mascles, que l'observaven refugiats rere els seus quadros com escuts que els cobrien les vergonyes. Posar en privat per a un sol artista era diferent. Anés vestida o despullada, la intimitat d'un estudi no la convidava al joc d'imaginar el cos nu del seu retratista, sinó que s'abstreia i sovint es trobava a molts quilòmetres del llenç, a camp obert en paisatges que no reconeixia i que associava als llocs d'Armènia que no hauria estat capaç de recordar ni la seva mare, que encara hi havia nascut.

Avui era diferent. Tot era més estrany, perquè els pinzells de PalauFerré la feien lliscar cap a paisatges nevats insòlits, però les paraules del Semita eren càlides i en aquell contrast tèrmic el seu cos estàtic experimentava un pessigolleig plaent, com si el món girés al seu voltant frenèticament però fos ella qui experimentés el mareig de la rotació accelerada per dos pols oposats que la miraven, li parlaven i li xuclaven l'abstracció amb què se solia protegir dels que la modelaven amb escarpres o pinzells.

Dos pols d'un mateix desig de posseir-la que li encenien el cos sense tocar-la, que l'embriagaven amb les partícules elementals que, de sobte, omplien l'apartament minúscul del Boulevard Jourdan, on havien acabat sense saber gaire per què.

—Els teus ulls verds ens han robat el cor —va deixar anar el Semita com qui diu que la porta és verda.

—Les dones armènies tenim els ulls verds de tant plorar pel dolor dels altres —va sentenciar—. Després de l'Holocaust, ningú no té en compte el genocidi armeni, i el pitjor dolor que et poden fer sentir quan pateixes és que confrontin el teu amb el dolor d'un altre, i a més, et diguin que no et queixis, que potser no n'hi ha per tant.

Els va explicar que el seu avi havia estat un dels dos-cents primers detinguts de la comunitat armènia a Istanbul i que no el va arribar a conèixer mai, ni a ell ni a cap dels homes de la família.

—Hi va haver més d'un milió d'armenis morts, i més d'un milió que van fugir en un *spyurk* massiu.

—Un què?

—La diàspora. Tothom va emigrar a molts països del món. Encara avui hi ha més del doble d'armenis fora que no pas dins d'Armènia.

—A Montblanc les dones tenen els ulls marrons —murmurà PalauFerré parapetat rere el llenç—, com els d'aquella.

Va assenyalar l'únic llenç acabat que hi havia a la sala, a terra, recolzat a la paret. La dona més pintada ja el coneixia perquè era el de l'exposició al Grand Palais. S'hi veia una dona d'ulls marrons amb una síndria tallada que tenyia de roig tot el quadre. Havia començat pintant de memòria una coneguda del poble. Li havia sortit un rostre marmori que no delatava cap emoció, els ulls grossos sota unes celles d'oreneta en vol, que marcaven una tendència a la forma d'ametlla ràpidament neutralitzada pel color negrenc que congelava la mirada allunyant-la de qualsevol possibilitat de parpelleig. Els cabells, recollits, emmarcaven un nas llarg i prim com un cuc que es torçava cap al nariu dret. Testa ferma i escot de banyera amb un coll blanc que semblava pujar pel clatell com un tocat de monja en un retaule romànic, coronant un vestit d'un roig síndria que ressaltava uns pits globulars, ferms i rebecs a deixar-se atreure per la força de la gravetat. Resolt el retrat previst, havia completat el tors de la dama fent-li baixar el braç dret a una taula, revestit de màniga llarga rogenca i rematat amb una mà blanca, de geisha enguantada, per sostenir mitja síndria tallada. L'altra mà emergia damunt del cercle roig que emmarcava la pell blanc-i-verda de la síndria, igual d'esblanqueïda, sostenint el trofeu d'un tall de síndria en forma de mitja lluna, com si algú estigués a punt de clavar-hi queixalada, no pas ella, perquè el seu posat desmenjat no mostrava cap predisposició a la deglució, sinó algú fora d'escena.[1]

Des de la seva posició sedent, la model es va mirar la dona de la síndria amb atenció, com qui espia una possible rival sentimental, sense fixar-se en un detall que hauria passat desapercebut si el Semita no s'hagués posat a explicar que quan ja el tenia pràcticament enllestit, PalauFerré va sentir que el cercle roig de la mitja síndria que hi havia sobre la taula era el centre del món i, sense premeditar-ho gens, va dibuixar-hi l'univers, un Montblanc enrogit representat per una muralla de cases grans amb finestres petites que transformava el tall longitudinal de síndria en un d'aquests bibelots semiesfèrics que contenen un monument submergit en un líquid aquós que s'omple de flocs de neu si el posseïdor el capgira.

—Patapam —va rematar el Semita, fent el gest de capgirar-lo—, tot el món en una síndria i el record ineludible de la seva frescor que ens fa salivar.

L'ècfrasi del Semita va fer que la dona més pintada girés més el cap per contemplar-lo millor. No li importava mirar retrats d'altres. Només evitava els seus.

—No et moguis —va ordenar PalauFerré, exercint la potestat transitòria del pintor sobre la model.

A Barcelona, els professors de Belles Arts li havien dit que el vermell era un color tan difícil d'aconseguir que més valia no fer-lo servir, però la prohibició havia conformat el desig. Les síndries sempre l'havien tornat boig i la rojor del quadre va causar una gran impressió en el seu debut parisenc. El Semita va arreplegar el quadre roig de terra i el va acostar a dues passes de la model perquè el pogués veure millor.

—Els teus ulls haurien lligat més amb la síndria —va dir—. Roja per dins i verda per fora, tan verda com aquests ullarros teus, que contrasten amb la vermellor de la rosa roja.

La dona més pintada tenia ganes de replicar aquestes galanies, però va obeir les instruccions del retratista.

—Si us plau, no moguis els llavis mentre no t'hagi acabat de pintar els trets de la cara, i no bufis el serrell.

Era una professional de posar i ja havia entès que aquell pintor era de la vella escola. La volia amb la cara congelada perquè creia que qualsevol moviment facial, per mínim que fos, li esguerraria el traç i li desfiguraria la fesomia, foragitant el que hi buscava. Durant una bona estona, només es van sentir els refrecs del pinzell.

Quan PalauFerré va trencar el silenci per dir que ja havia enllestit el rostre, el Semita la va burxar.

—M'han dit que vas fer de model de Picasso.

La model va assentir sense canviar de posició.

—Treballo d'això.

—I aquell dia tampoc no vas voler mirar com havies quedat?

—Tampoc. Els meus retrats m'avorreixen sobiranament, prefereixo els dels altres.[2]

—Ah.

El joc de mirades va durar fins que PalauFerré va considerar que havia enllestit el retrat i li va donar permís per moure's. Llavors la dona més pintada es va alçar per examinar de més a prop la pintura de la dona de roig.

—L'has somiada? —va demanar.

—No pinto somnis, jo —es va defensar el pintor, encara parapetat rere el cavallet—, pinto models.[3] És la Modesta, una noia del poble. Ara fa anys que no la veig, però l'he pintada de memòria perquè ens coneixem de tota la vida.

La dona més pintada la va trobar maca. Maca.

—És molt bona noia, sí —va assentir PalauFerré com si parlés d'una nena—, però té els ulls marrons. Allà tothom té els ulls marrons menys la gent rossa, que els té blaus.

Al Semita li va semblar una deriva tan poc prometedora que va decidir passar a l'acció. Es va acostar a la model i li va demanar si volia ballar.

—Amb quina música?

PalauFerré va obrir una finestra interior com qui posa la ràdio i es va sentir la veu d'un cantant melòdic que pujava pel pati de llums: «Oui, oui, oui, oui, oui, oui, oui, choisis la plus belle escale et je t'offre un paradis. Oui, oui, oui, oui, oui, oui, veux-tu le ciel de Capri ou les palais de Bengale ou le soleil d'Hawaii? Oui, oui, oui, oui, oui, oui».[4]

Palplantat al costat de la finestra, va observar com el Semita estenia el braç per treure-la a ballar i ella s'hi aferrava expectant, sense saber gaire de quin ball hauria de morir. El Semita, decidit, la va arrossegar fins a l'altre extrem la sala, a pas de bou i parrupant la cançoneta. PalauFerré va tornar a posar-se davant del llenç, va recuperar el pinzell que havia deixat al cavallet i va falcar els peus a terra amb el convenciment que acabava de trobar el seu lloc al món, l'observatori perfecte per veure passar la vida. La cançoneta s'havia apoderat de la sala i els empenyia a moure els peus i els malucs. La mà del Semita dirigia la dansa. Quan van arribar davant del mirall de cos sencer que folrava la porta central de l'únic armari de l'apartament, es va posar de puntetes i va deixar caure els talons de cop per fer-la aturar mentre repetia el *oui, oui, oui* que encara sonava.

—Veux-tu le ciel de Capri ou les palais de Bengale ou le soleil d'Hawaii? —va sobrecantar, i abans del gavadal d'afirmacions de l'enganxosa tornada, encabí una petició de ball en francès, que va provocar un nou somriure en el rostre ullverd de la dona més pintada.

Tot seguit, mentre doblava la tirallonga de *ouis* va estirar els braços, el ballador li va posar les mans a l'altura de les aixelles, prement-li els laterals dels pits, i les va baixar lentament fins a la finíssima cintura. En arribar al topall dels malucs, va començar a moure els peus al ritme que marcava la veu carrinclona de Jean Phillippe acompanyat per l'orquestra de Frank Pourcel.

PalauFerré, pres d'una sensació d'irrealitat que ja no l'abandonaria, es va parapetar rere el llenç, va aferrar el pinzell i es va disposar a completar el quadro. La música sonava, eurovisiva, a un ritme que cada cop concordava menys amb el que el Semita imprimia al seu ball, alentit per una abraçada acaramel·lada que reduïa la dansa a un lleu balanceig lateral, carregant pes ara a dreta ara a esquerra. Quan els colls dels ballarins es van torçar a banda i banda per evitar el xoc dels nassos i facilitar un primer contacte bilabial, PalauFerré es va estremir. Va concentrar l'atenció en la tela i va burxar els llavis que havia pintat amb una tènue maniobra de fregament del pinzell.

Els llavis del Semita van lliscar, delicats com els pèls del pinzell, per damunt dels d'ella, encara eixuts, i després d'una espera morosa, es van obrir de cop per humitejar les boques amb una llengua ensalivada que PalauFerré va imitar sucant el pinzell al sector roig de la paleta per reforçar la rojor cremosa amb què ja havia empastifat abans la boca pintada de la dona. Llavors les mans del Semita van baixar com dues taràntules fins a abastar els pits globulars, se'n separà una mica per poder maniobrar i els amassà amb delectança de forner. La rosa pujava i baixava tres dits amb cada premuda, com si la respiració de la dona estigués cada cop més agitada. PalauFerré, excitat, abaixà el pinzell roig dels llavis fins a la rosa de l'escot i imità els moviments circulars que les mans del Semita aplicaven al mamellam. El pinzell va dibuixar formes capritxoses sobre la flor pintada.

Llavors, davant mateix del mirall de cos sencer, la realitat va començar a desmentir el que la pintura havia fixat. La rosa va ser la primera de desaparèixer. Les mateixes mans que la van treure amb delicadesa la van llançar cap al cavallet. Les peces de roba van seguir el camí de la flor. La cançoneta de Jean Phillippe es va anar esllanguint, els ais, uis i altres gemecs van inundar l'apartament neerlandès fins a apoderar-se'n, barrejats amb els últims *oui*, *oui*, *ouis* eurovisius, la temperatura va pujar, els ulls verds de la model es van obrir, desafiants, mentre amb les mans palpejava el cos del Semita amb el mateix delit que ell la grapejava, resseguint els palpissos de l'abdomen mil·límetre a mil·límetre fins a arribar a l'entrecuix amb totes dues mans per munyir l'erecció que tibava els pantalons i descordar tots els botons.

PalauFerré va aferrar el pinzell com si fos un bufador encès i es va acostar cap al mirall que reflectia el cos de la dona amb la intenció de pintar-li la pell. Totes les imatges que hi veia eren cossos en angle invers. Quan reflectien un bes apassionat, ell sentia una dolçor humida als llavis i un pessigolleig als palmells de les mans. En comptes de la verga erecta del Semita, era la seva la que lliscava lentament per la mullena que desprenia el cony de la dona més pintada. En comptes de les mans experimentades del Semita, eren les seves les que masegaven els pits i les sofrages, sense deixar anar el pinzell en cap moment, aplicant-lo a tots els racons d'aquell cos que fins llavors només coneixien els ulls. Eren seves les mans que empunyaven el pinzell per explorar-ne els glutis i s'entretenien a fer-li pessigolles a la zona interior de les cuixes, abans de tornar a pujar per l'abdomen fins al sacsó inferior dels pits més esculpits a l'escola d'en Szabó. Seves eren les mans que acaronaven la pell amb la delicadesa de qui està acostumat a tractar amb textures no tan fines.

La vèrbola del Semita es desfeia en grumolls de vocals cada cop més obertes i emeses en un to més agut que ella coronava amb esgarips dignes d'una òpera de Verdi. PalauFerré ja sentia aquella veu com si fos la seva. Una sola veu. Un sol cos. Es va fixar en un manyoc verd a terra, al costat mateix de la rosa. Era el vestit de vellut verd que embelliria per sempre més el cos de la dona més pintada al llenç. El contrast de colors encara el va excitar més. Amb els peus falcats molt a prop del manyoc verd-i-roig, xuclava els mugrons de les pomes del paradís mentre ella entomava les embranzides del seu cul embravit. El voyeur Palau-Ferré va viure una fartanera de sexe, un ara hi soc, ara no hi soc.

7405

—Sí, ja entenc què vol dir *no-ha-lugar* —brama PalauFerré, i després repeteix la resolució de la sentència com si fos un eco—, *no-ha-lugar no-ha-lugar*, la mare que els va parir, sí que *ha-lugar*...

Fa dos dies que no surt del taller. Després de rebre la trucada fatídica va acomiadar la Modesta, va posar el cartellet «Torno tot seguit» com si fos un «No molesteu» d'hotel i s'hi va tancar per dins amb tot el menjar que hi havia acumulat per a la celebració cancel·lada. El taller sembla un motel de carretera secundària, perquè és d'una sola peça i no està pensat per instal·lar-s'hi, però aquestes últimes hores ha estat el seu refugi nuclear. Dos dies en blanc amb la ment poblada de pensaments ben negres que ningú no ha gosat interrompre fins ara.

—I això que no hi va haver *dolor* què vol dir?

—*Dolo*, hi hauria de dir, en català dol —respon el Morales—, i significa intencionalitat d'engany, mala fe.

—Doncs si n'hi arriba a haver...

L'advocat Morales ha tornat de Madrid amb la sentència impresa. PalauFerré no s'esperava que fos tan llarga i embolicada. Folis i folis de redacció incomprensible, abocats a la pila del greix, copiant i recopiant arguments de la defensa i l'acusació, tots seguits, entre *considerandos* i altres formulismes feixucs. Tot plegat encapçalat per una resolució que es pot resumir en les síl·labes *no-ha-lu-gar* i després dos paràgrafs devastadors amb un títol inquietant: doctrina.

—«No es siempre forzosamente nula la venta de cosa ajena —llegeix el condemnat amb veu de funeral—, ni tampoco acarrearía la nulidad, ni la ignorancia de la hipoteca que grava los bienes, dada la publicidad, obligada para ella, del Registro, ni el haber estado lo construido acogido a los beneficios de las viviendas de renta limitada».[1] Però què collons és, això?

L'advocat Morales procura traduir-ho a un llenguatge entenedor, però bàsicament és el mateix que ja li han dit abans tots els lletrats, començant pel seu menystingut Huguet. El Morales es mossega la llengua per no rabejar-se gaire en el mal plantejament inicial de la defensa. No tenia cap sentit fonamentar-la en la ignorància.

—Això de la publicitat del Registre vol dir que abans de firmar res hauria calgut consultar-lo, que per alguna cosa és públic —es limita a establir, abans de postil·lar—: ja t'ho vaig dir.

PalauFerré no es dona per al·ludit. S'escuda rere la còpia de la sentència que ha portat el Morales de Madrid. La fulleja endavant i enrere com si hi busqués un vers oblidat. El vers que aclareixi si la sentència és justa.

—I tot això de la *cosa-ajena* va de l'empresa propietària, tal com figura a les escriptures. És evident que Arcapesa no és tota del senyor Peirats, però també que n'és un dels tres socis, perquè la pe d'Arcapesa surt de Peirats i el registre torna a ser públic —s'exclama l'advocat amb vehemència, i després abaixa la veu, penedit—. Em sap greu haver-ho de repetir, però és evident que la defensa ha estat mal enfocada des del principi i per això no ho hem pogut revertir.

Es reté de pronunciar el nom del seu col·lega Huguet, però

repeteix la idea d'un defecte de base del tot aliè a la seva responsabilitat.

—Revertir —l'imita PalauFerré sense aixecar els ulls dels papers, i després torna al refugi de la lletania—. *No-ha-lugar no-ha-lugar no-ha-lugar...*

Mentre remuga, pensa en tothom. Què en diran els clients? I la gent del poble? Què en pensaran les dones de casa, germanes i nebodes? Què dirà d'ell la posteritat? Què diran si *no-ha-lugar*?

L'estratègia que havia seguit el Morales per revertir el signe de la sentència passava per una acció combinada de dos arguments, un dels quals calia dir-lo amb la boca petita perquè era una desqualificació política del rival aliena al cas.

—Ho hem intentat tot —diu ara l'advocat en el plural majestàtic que sol fer servir per diluir la responsabilitat en les derrotes—, però no ha pogut ser.

El seu argument més confortable era insistir en el lloc comú de l'artista romàntic, un esperit tan elevat que no toca de peus a terra i, per això mateix, el pot enganyar fàcilment qualsevol persona sense escrúpols. El discurs victimista es complementava amb un clam sobre la impossibilitat manifesta de mesurar les creacions artístiques a tant el metre. Aquí el Morales s'havia servit d'analogies lògiques que posessin de relleu l'absurditat de la situació. A quantes pàgines escrites haurien sentenciat un novel·lista de renom? Quants versos hauria hagut d'escriure un poeta? Quants poemes hauria de recitar un rapsode?[2]

—*No-ha-lugar no-ha-lugar no-ha-lugar...*

El Morales sabia que el seu predecessor Huguet havia basat bona part de la defensa en aquest presumpte prestigi social de l'art, i per això no hi confiava gaire, però no hi havia renunciat perquè aquest discurs benpensant li permetia situar la discussió en el terreny moral, just on creia que la seva arma secreta podia ser més efectiva.

—Pensava que ses senyories serien més sensibles al passat del demandant.

En els litigis més delicats el Morales havia comprovat que abans de punxar era molt important embolicar el punxó del verb acerat amb cotons flonjos i esponjosos. Per això havia portat el cas del Peirats contra PalauFerré al terreny del prestigi artístic. No pas per subratllar el del seu client sinó per contrastar-lo amb el desprestigi de l'oponent. El seu repte professional per desacreditar el Peirats havia estat exagerar-ne la fama de negociador agressiu, subratllar que el gremi dels promotors immobiliaris navega en la maregassa de les plusvàlues excessives i afegir a aquest mar de dubtes un episodi de la Guerra Civil que havia arribat al seu coneixement per casualitat.

—*No-ha-lugar, no-ha-lugar, no-ha-lugar de la Mancha de cuyo nombre no quiero acordarme* —desvarieja PalauFerré, mentre es concentra en els fulls de la sentència—, *no-ha-lugar no-ha-lugar...*

El Morales esbufega, impotent. Estava convençut que el passat del Peirats escandalitzaria els venerables senyors jutges del Tribunal Suprem. Després de fer de secretari d'un comissari polític republicà, l'ara promotor va fugir a França l'any 39 i va acabar patint el rigor del camp d'Argelers. S'hi va estar un any, potser més i tot.[3] Durant el judici ho va anar insinuant, com qui no vol la cosa, però o bé havia estat massa subtil o bé ja havia passat massa temps perquè els jutges fessin cap cas d'una cosa així. La qüestió és que l'arma secreta havia fet llufa.

—Vam començar el judici lligats de mans i peus —s'excusa per enèsima vegada—. Ja era molt difícil canviar les coses.

PalauFerré no aixeca els ulls de la sentència. Ha fullejat el patracol de dalt a baix repetint la resolució de la sentència com qui remuga un sortilegi, però tantes pàgines de prosa feixuga sense punts i a part li semblen indigeribles i torna als apartats que recullen la resolució. Després del feridor *no-ha-lugar*, el segon paràgraf de la doctrina encara li sembla més insidiós. El rellegeix tres vegades i no l'entén. Hi torna. A cada relectura es fa més mala sang, fins que decideix llegir-lo en veu alta. La ferum de la injustícia li puja pel nas. El Morales també el té clavat entre cella i cella. En el seu fur intern confiava que els aspectes culturalistes els serien favorables, encara que només fos com a excusa per cobrir l'expedient, i en llegir l'argumentació li ha caigut l'ànima als peus.

—La vida humana cuando pierde, la producción literaria, la creación científica o artística tienen un valor teóricamente incalculable —llegeix PalauFerré.

Ara que el sent en la veu del client més ingenu que recorda haver defensat mai, és ell qui es retreu la ingenuïtat d'haver cregut que n'hi hauria prou amb quatre al·lusions velades a un presumpte passat roig del demandant per revertir els arguments jurídics d'un tribunal d'última instància.

—Teóricamente incalculable, diuen els malparits —llegeix amb una veu neutra que només s'acoloreix quan remuga alguna invectiva—, pero también el hombre de la calle, el intelectual y el artista viven en un mundo de interrelaciones ineludibles, que hacen que en ocasiones tengan que ser evaluadas, quins collons. Por ello la ley, en unos casos, y los tribunales en otros, se ven forzados o a concretar cifras de lo invalorable, xifres invalorables, ja m'explicaràs com es menja, això, cuando no han sido previstos precios o indemnizaciones, o a acetar, a-ce-tar diu, com si fos vinagre, acetar aquéllos en que se fijó. Por mutuo acuerdo, la valoración anticipada, no s'entén ni mitja merda, tot això. En la villa de Madrid, a 16 de mayo de 1974. Hòstia, potser que primer aprenguin a escriure, aquests jutges!

—No s'entén —admet el Morales.

—Ja m'ho he llegit tres vegades i estic igual.

Cada paràgraf de la sentència és una pedra més a la butxaca. El terra del taller de PalauFerré s'estova uniformement i comença a esfondrar-se amb una lentitud cinematogràfica tan fictícia com la que inventen els directors de cinema quan volen fer morir un personatge en una zona empantanegada. La víctima sempre té més temps del compte per poder imaginar al detall la terrible mort que patirà. Les arenes movedisses que li atrapen el cos l'engoliran a poc a poc i arribarà un moment que el fang li entrarà a la gola i el començarà a asfixiar amb la seva llefiscosa fluïdesa marró. Encara que intenti glopejar per aconseguir aspirar una mica d'aire morirà. Una mort lenta, exasperant.

—Malparits —s'ennuega.

La conversa també s'enfonsa, sepultada per la prosa infecta dels successius ponents del litigi, entre els quals l'ínclit Pedro Huguet. Els rostres s'enfosqueixen i les mirades es defugen. Només així l'advocat s'adona que el seu client té encesa la llar de foc un 18 de maig i la seva ment cartesiana pensa que potser els ulls plorosos de Maties PalauFerré tenen una causa exògena.

—*No-ha-lugar no-ha-lugar no-ha-lugar...* —glopeja encara com una lletania ennegrida per la fel, i d'aquí ja no el treu.

Quan ja fa una estona llarga que mantenen aquest incòmode fals silenci, només trencat per la lletania adverbial, l'advocat s'aixeca i se'n va, sense acomiadar-se, amb ganes de no tornar-lo a veure mai més. El patac de la porta separa els seus destins, enfora i endins d'aquest *no-ha-lugar* inapel·lable.

Mentre l'advocat Morales s'allunya del taller, recorda la discussió que va tenir a Madrid sobre l'última entrevista que PalauFerré havia concedit, pocs dies abans del judici, quan encara semblava que podrien redreçar el cas. Li ressona al cap aquell estirabot final.

—Señor Palau, si el Supremo falla en contra suyo, ¿qué piensa hacer? —demanava la periodista.

—Suicidarme. ¿Qué me queda a mi? Han destruido mi vida cuando yo intentaba empezarla.[4]

7406

—No ha lugar al recurso interpuesto contra la sentencia dictada por la Sala Primera de lo Civil de la Audiencia Territorial de Barcelona, con fecha 23 de marzo de 1973[1] —llegeix el Colet fill fent la boca petita perquè no se li escapi cap vocal oberta.

—No ha lugar! —crida el seu pare aplaudint—. No, ha, lu, gar! Visca!

El Peirats alça la copa i proposa un brindis.

—Per la justícia!

Els Colet, pare i fill, repeteixen el desig i s'acosten la copa als llavis.

—Ara l'important és que la sentència ja és ferma —diu el titular del bufet, i l'eufòria l'empeny a fer una broma—. Com diuen a Lleida, tan ferma com la Terra Ferma!

És la broma que fa sempre amb els clients de Ponent. El seu fill inspira, resignat, i estrafà el riure per quedar bé. Al Peirats tampoc no li fa gota de gràcia. Es limita a escurar-se la gorja i opta per avançar.

—Això vol dir que ara sí que ja és definitiva, oi?

—Sí, sí —s'apressa a confirmar l'advocat—. Les sentències realment definitives són les fermes. Només ho són quan no s'hi pot interposar cap recurs, ja sigui perquè la llei no ho preveu o perquè el termini establert ha passat i cap de les parts no n'ha presentat. La nostra sentència és ferma.

Només fa un any i dos mesos que un jutjat va dictar la primera sentència contra el pintor. Ara el Tribunal Suprem ha resolt el recurs que Palau Ferré havia interposat. Després de comunicar-ho a les parts i a l'òrgan judicial que la va emetre, ja no és possible apel·lar. La sentència és ferma.

—És ferma! —repeteix el Peirats després de buidar la copa de xampany.

Es mira els Colet, el gran i el petit, i somriu en recordar quina cara feien el dia que va decidir tirar endavant la demanda. Semblaven dos xaiets entestats a refredar les seves ànsies. Recorda que el responsable del bufet va esmentar el coixí unes quantes vegades per recomanar-li que no ho decidís fins a l'endemà. Ara ningú parla ni de coixins ni de coixiners. Tot són flors i violes.

—Què faràs amb tants quadros?

—Muntaré un museu.

Els Colet li riuen la broma.

—Ho hem de celebrar —proposa el gran—. Vols que fem una festa?

El Peirats somriu. No té estudis, però no li falta intuïció i la vida li ha ensenyat a llegir els replecs de la condició humana. El somriure de conill del Colet vell li recorda el d'un dels soldats francesos que custodiaven els presoners republicans al camp d'Argelers.

—Amb els quadros que li farà pintar la sentència es podria organitzar una exposició —suggereix el Colet petit.

—Molt bona idea, fill —aplaudeix el pare, sorprès de trobar un motiu per sentir-se orgullós del seu plançó.

El Peirats se'ls mira amb recança, però abans de saltar-los al coll decideix ofegar els crits en xampany. El pessigolleig de les bombolles gola avall el distreu de les reticències inicials. Quan deixa la copa a taula ja han desaparegut gairebé totes, dissoltes en xampany. Dissimula un rot i comença a pensar que potser la idea de l'exposició no és tan dolenta.

—Quant de temps li dona la sentència?

El Colet petit repassa els fulls impresos en diagonal, buscant la xifra amb avidesa.

—Sis mesos.

El Peirats reomple les copes i il·lumina el xampany amb un somriure auri.

—Temps més que suficient per muntar una exposició com Déu mana.

Torna a alçar la copa i les mans dels Colet s'aixequen com si estiguessin lligades al mateix cordill.

—Per la primera exposició d'artista viu a la qual l'autor no serà convidat —diu amb veu de tro—, i si l'hi convidessin tampoc no hi aniria!

Els tres homes riuen, però només el proponent ho fa a gust. En el fons, el Colet gran ho troba massa agosarat i el petit es limita a acoblar la seva expressió a la tendència dominant, tal com fa sempre. Mentre buiden copes i ampolla, el Peirats especula sobre els llocs més adequats per muntar una exposició amb tots els seus trofeus pictòrics. Abans d'arribar a judici PalauFerré ja li havia lliurat llenços per una superfície equivalent a cent seixanta metres quadrats, de manera que l'obra acumulada multiplica per quatre el deute xifrat a la condemna.

—Potser serà l'exposició individual més gran que hagi fet mai el pelacanyes —s'anima l'advocat, embriagat per la idea.

El fill l'aplaudeix fent grans escarafalls, feliç que una idea seva hagi estat tan ben rebuda, però el Peirats no s'afegeix a les mofes. No li sembla que el seu oponent sigui cap pelacanyes. En valora l'art. És per això que li va començar a comprar obra.

També com a inversió, esclar, però sobretot pels retrats de la dona dels ulls verds. Li agraden. Cada cop que en té un al davant no pot deixar de mirar-lo. Encara ara li posen els pèls de punta.

—No sé en quants quadros dividirà els quaranta metres quadrats pendents, però si els afegim a tots els que ja li he comprat durant aquests anys, potser no cabran ni al Casino de Reus.

El Peirats arrossega una ferida amb el Casino. Hi associa la mort del seu gran projecte inicial. Quan ja ho tenia tot pràcticament lligat per construir el polígon industrial de Reus, allà, al Casino, algú li va robar la idea. El van trair i li van passar per davant.

—Potser hauràs d'anar a Valls! —el burxa el Colet gran, sempre a punt a l'hora de fer el llepa—. Ha ha ha!

La rialla estrafeta del picaplets provoca una mirada ferotge del seu client. El Peirats és home d'acció. Quan es va sentir traït i va perdre definitivament el projecte del polígon de Reus, va traslladar-lo al bressol dels castells i no va parar fins que no va construir el polígon industrial de Valls.[2]

—Mentre no munti l'exposició a Montblanc! —aventura el Colet petit, per fer la gracieta.

Son pare el fulmina amb la mirada, però el Peirats està de bon humor i el premia amb riallades més sorolloses que les d'abans. Els Colet s'hi afegeixen, alleujats.

—A dreta llei, pots exposar-los on vulguis. La resolució és clara i ferma.

—És ferma, ferma, ferma...

El Peirats repeteix l'eco en to de paròdia, però després es posa seriós i els clava un sermó llarguíssim que barreja la dona del cèsar amb els gossos d'Acteó. Els caps dels Colet oscil·len com si tinguessin una molla al coll. Cada pocs segons assenteixen amb una capcinada servil acompanyada d'alguna onomatopeia breu per demostrar que el segueixen. Quan ja fa una estona que han desconnectat de les explicacions del client, el Peirats els interpel·la directament i la feina que tenen per comprendre què els demana.

—Doncs així, ja podeu començar a redactar l'assegurança per a tots els quadros que exposarem, tenint en compte que, si manté el format, els quaranta metres quadrats seran entre quinze i vint olis més.

Les molles dels colls Colet tornen a funcionar a ple rendiment. Quan el Peirats s'aixeca, pare i fill el ressegueixen des de la butaca on seia fins a l'altre extrem de la sala del Mas Carpa. L'amo del tros s'atura davant d'una tauleta alta i aixeca l'auricular del telèfon, eufòric.

El senten xerrar amb quatre representants de les forces vives reusenques. Les quatre trucades tenen la mateixa banda sonora. Plantejament sorollós de palatreca que xerra pels descosits, nus progressivament apaivagat i desenllaç lacònic, farcit de monosíl·labs lapidaris. Després de la quarta trucada torna a fullejar l'agenda de telèfons, cada cop més desinflat. Despenja l'auricular, dubitatiu, i durant uns segons els Colet perceben el so somort del senyal telefònic. Fins que l'índex del Peirats torna a enfonyar-se en un dels forats del disc giratori i comença a marcar un cinquè número de telèfon. Aquesta vegada, però, no arriba a completar la coreografia de moviments circulars. Abans de completar el número del director del *Diario Español* de Tarragona penja violentament l'auricular. El cop provoca un dring en el timbre del telèfon, seguit pel retrocés del disc giratori. El Peirats travessa taciturn el menjador i torna a seure.

—Tots aquests penques dels diaris em tiraran la cavalleria per sobre, ja ho veureu —els diu, amb to amarg—, i no penso acceptar el paper de dolent en aquesta pel·lícula. Quan me'ls hagi lliurat els regalaré.

Els Colet tornen a riure, pare i fill, sense saber gaire de què, però amb la sensació que alguna cosa ha fet un tomb.

—Tampoc cal que te'n desfacis, ara. La resolució és molt clara i és ferma.

—La resolució del tribunal pot ser ferma, però el carrer és ple de jutges desfermats.

6201

Després de retratar-la, PalauFerré va perdre el rastre de la dona més pintada. Hi pensava cada cop que veia una cosa verda, fos el que fos, des d'una planta a una corbata, un mànec de pinzell o un tendal. Però va decidir no dir-ne ni piu. No volia que el Semita li clavés un dels seus sermons sobre el lliure albir. Cada vespre, abans de ficar-se al llit, s'asseia una bona estona en una butaca davant per davant del retrat. Els ulls, la rosa, el vestit, aquells pits. S'hi estava molta estona, revisant-ne cada racó. Tot i això, va passar una setmana fins que no va decidir intervenir en un detall insignificant i significatiu alhora: no l'havia signat. D'entrada, la dona més pintada no s'havia volgut veure en pintura. Després, les coses s'havien embolicat entre ells i el retrat havia quedat anònim, en un racó de la sala.

Així el va deixar encara uns dies més, acariciant la idea de poder-lo signar davant seu, però una nit va agafar el pinzell i hi va guixar «ʒalauFerré» en negre sobre el fons roig, a la part superior dreta, amb una inicial semblant a la silueta d'una B, com la Beatriu de Dant.[1] Després el va penjar a la paret, es va prohibir fer-hi cap retoc i va decidir començar a buscar la dona més pintada pels carrers de París. Ho faria a la seva manera, sense comptar amb el Semita. L'experiència havia estat inoblidable, però aspirava a tenir-la pels seus mèrits. Per a ell sol. No volia ser segon plat, PalauFerré primer.

Aquells ulls verds el perseguien. Els veia pertot. Als aparadors de les botigues, a les joieries transformats en maragdes, a les verduleries, entre cols de Brussel·les i raïm blanc. El miraven i els mirava, en un mirall que li tornava el delit per duplicat, augmentat per tots els desitjos no acomplerts que la gent anava dipositant per aquí per allà, multiplicat pels neguits de tota mena que els parisencs expel·lien com si fos suor. Sang, suor i neguit.

La mirada verda de la dona més pintada el perseguia. Bastava una superfície llisa qualsevol perquè s'hi reproduís. Entre el petit cercle d'artistes catalans que freqüentaven Casa Castelucho PalauFerré havia congeniat amb l'Antoni Clavé, que també era amic de Picasso. Com que en Clavé coneixia tothom, hi va recórrer per si li podia donar alguna pista sobre on parava la dona més pintada. Se li va acudir que per justificar l'interès podia fer servir el desig de sol·licitar els seus serveis com a model, de manera que li va amagar que ja l'havia retratada, però en Clavé de seguida va detectar la naturalesa del desfici que el movia a buscar-la.

—La vaig conèixer a l'exposició col·lectiva —li va dir per treure ferro al seu neguit—, i després vam prendre Pernod al seu barri.

—És clar —va somriure en Clavé—. És guapa, oi?

—Sí que ho és, per això la vull pintar. De fet, vaig... vaig estar a punt de pujar a casa seva —es va sincerar, decidit a projectar el desig.

—Això és impossible, Maties —el va tallar en Clavé.

PalauFerré va obrir molt els ulls, com cada vegada que li semblava no haver entès una expressió en francès, però aquest cop era impossible que no hagués entès la paraula «impossible» pronunciada en català de Barcelona. El to de l'amic Clavé era tan taxatiu que el desarmava. Va demanar el perquè d'aquella porta tancada i la resposta encara li va clavar la porta als morros amb més intensitat.

—Doncs perquè no té casa ni n'ha tingut mai.

PalauFerré va obrir encara més els ulls, com si l'òptic li hagués allunyat l'optotip dos pams. Havia entès perfectament el significat de les paraules d'en Clavé una per una, però no era capaç d'entendre què volia dir la frase no-haver-tingut-mai-casa. No li cabia al cap.

—Tothom per aquí sap que sempre viu a casa d'algun amic —va sentir que li deia, desesmat—, hi passa unes setmanes i després desapareix com un ocell migrant.

Tots dos van somriure, l'un per emmascarar la sorpresa i l'altre per celebrar haver-lo sorprès. El silenci posterior va subratllar el desconcert de l'un i el plaer de l'altre.

—Ho sé del cert —rematà en Clavé amb la supèrbia de l'hisendat que es digna a compartir les seves possessions amb un convidat—, perquè jo mateix la vaig tenir a casa un temps.

—Un temps —va repetir PalauFerré en veu baixa, per pura ecolàlia. Un temps incomptable malgrat tots els rellotges del món—. A dispesa?

—Si en vols dir així —va concedir l'hoste.

—Hmmm —va estrènyer els llavis per barrar el pas a totes les imprecacions i preguntes que li pujaven per la gola.

En Clavé va fer un somriure d'autosuficiència, un rictus de mascle alfa que li va anar desfigurant la cara fins que va trencar el silenci per perllongar el seu domini amb informació privilegiada.

—És armènia, saps?

Arménienne, va recordar PalauFerré, però es va estar de dir-ho per por d'obrir l'aixeta de les neus perpètues de Montblanc.

—La seva mare va néixer el dia que va començar el genocidi armeni —afegí l'examant de la dona més pintada.

—Un 24 d'abril —va saltar PalauFerré.

La sorpresa va canviar de bàndol.

—Com ho saps? Les autoritats turques sempre han negat l'existència de cap genocidi armeni i els historiadors sostenen una sorollosa disputa sobre aquesta versió turca del negacionisme.

Era evident que el temps al seu costat havia servit perquè en Clavé s'informés sobre la causa armènia.

—No, si dels pobres armenis no en sé gran cosa —va admetre PalauFerré.

Va confessar que havia retingut la data perquè era l'endemà de Sant Jordi i perquè aquell dia havien brindat amb Pernod pel seu aniversari.

—Em va dir que en feia vint-i-quatre —confessà—, i no em va semblar que fos d'aquelles dones que se'n treuen.

En Clavé havia llegit força sobre les circumstàncies històriques del dia que havia nascut la mare de la model i la família havia fugit d'Armènia. El 24 d'abril de 1915 a Istanbul van detenir 235 membres de la comunitat, el primer episodi d'un procés de detencions i deportacions massives que acabaria comportant el genocidi de més d'un milió dos-cents mil armenis.

—Em va explicar que la vida de la seva família va ser un constant anar i venir, i la veritat és que ho ha continuat practicant.

PalauFerré se la va imaginar flotant per París, de casa en casa, sense domicili fix, guanyant poc per fer de model i saltant d'un llit a un altre, sense equipatge. Llit. En imaginar el llit va sentir una punxada a l'engonal, va rememorar la vermellor de les seves natges després que el Semita li hagués clavat unes surres i va tenir ganes de constatar amb en Clavé si el fet d'acollir-la a casa significava ficar-s'hi al llit, però li va semblar tan evident que el mer fet de plantejar el dubte el va avergonyir i va decidir no badar boca. Com es podria plantejar algú acollir a casa seva una dona com ella si no era per ficar-s'hi al llit?

—Ara fa temps que no la veig —va dir en Clavé, interrompent el seu somieig eròtic—, però suposo que qualsevol dia d'aquests la tornarem a trobar fent de model en alguna sessió.

—I no l'enyores, una dona com ella?

Tan aviat com ho va haver dit es penedí de projectar-hi la seva enyorança. Llavors va ser l'Antoni Clavé qui va obrir molt els ulls, sorprès per la pregunta, de tirar la pedra i amagar la mà, i va tenir la temptació de respondre-li que sí, que la senyora s'enyora, però a aquelles alçades ja li va semblar evident que tant d'interès amagava un neguit no gaire allunyat de l'enamorament i que, per tant, mereixia una resposta sincera, sense floritures retòriques, que no empitjorés la tortura.

—Sí, molt —va dir—. No ho saps prou!

Allà es va acabar la conversa. PalauFerré es va acomiadar i es va submergir en les galeries subterrànies de les seves cabòries i en les del tren metropolità de París, transformat en refugi antiaeri. Va tornar a agafar-lo amb el Semita, però no li va dir ni piu de la dona més pintada ni va admetre que la seva renovada afició a viatjar en metro en realitat era una estratègia de recerca derivada del nomadisme de la model. Va començar a agafar-lo cada dia, a circular per totes les línies sense deixar cap racó per verd, aprofitant els llargs periples subterranis per fixar fesomies de les dones més variades.

Rere els clatells de presumptes armènies nascudes a Istanbul apareixien rostres bells i boteruts, vivaços i somorts, boques tortes, petites i molsudes, que PalauFerré processava en al·luvió, prenent-ne nota mental, encara que en aquells moments estigués en plena conversa amb el Semita. Mai no guixava cap paper al metro, ni tan sols un esbós en una llibreteta. L'objectiu principal del seu vagareig era trobar-la, però el món metropolità era ple de models que potser algun dia pintaria. Models que eren i no eren ella, models viscudes, però no pas somiades. En aquell vagareig rodant consumia el temps lliure que li deixaven les classes a l'École Superieur i a l'Académie du Feu del professor Szabó, però hi havia dies que ni s'hi acostava. Després, quan els companys d'aula li recriminaven les absències, balbotejava excuses de mal pagador que tothom interpretava per la via de la passió amorosa. PalauFerré es deixava estimar amb mitges veritats i equívocs atribuïbles a la riquesa homofònica del francès, per donar a entendre que vivia pres d'una pulsió eròtica irrefrenable per algú que li ocupava tot el temps, cosa que no deixava d'acostar-se força a la realitat.

6202

—En deien gelosies perquè els veïns podien mirar, parapetats al darrere, sense que ningú no els veiés —va explicar el Semita assenyalant unes finestres decorades amb uns llistons encreuats de fusta.

Passejaven sense rumb per Le Marais, amb l'únic propòsit d'allunyar-se del riu. PalauFerré no va replicar. Des que havia retratat la dona més pintada que es parapetava rere una gelosia invisible que el mantenia desesmat i bocaclòs. Simulava que ho trobava tot normal mentre maldava per no deixar arribar a la llengua tots els penjaments que se li formaven al cap.

—La gelosia prové etimològicament del zel ardent —dissertava el Semita—, en el sentit trobadoresc del marit gelós.

—Ah, molt bé —va mastegar PalauFerré sense parar esment, convençut que l'erudició només servia per matar l'estona, com xerrar sobre quin temps farà o altres ciències que trobes inútils quan ja portes paraigua.

No havien tornat a parlar de la dona més pintada des de la nit que havien passat junts, però res no els permetia esquivar-ne el record. Els era omniabsent. Semblava com si totes les ràdios de la ciutat emetessin tothora el *Oui, oui, oui, oui* que sonava aquell vespre pel celobert. Aquella assertivitat carrinclona en boca de Jean Phillippe amb l'orquestra de Frank Pourcel de fons sumia PalauFerré en un negativisme atroç. L'absència dels ulls verds que l'havien captivat brillava per tot arreu, com si els elements s'haguessin conxorxat.

Aquell mateix matí, a Casa Castelucho, Palau i Fabre li havia ensenyat una pàgina de *Le Monde* que es feia ressò d'una trobada per reivindicar la memòria del genocidi armeni.[1] Les diverses comunitats armènies de la diàspora americana s'havien reunit al Quebec i es conjuraven per treure de l'oblit la massacre més oblidada del segle. Mentre comentaven la notícia havia aparegut en Clavé, havia dedicat una facècia palatina als dos Palaus i després n'havia abordat un sense manies.

—Què, ja l'has localitzada?

S'havia fet un silenci còmplice amb coreografia de mirades mentre l'al·ludit s'escurava la gorja i canviava, a l'últim instant, la síl·laba que anava a articular. En comptes de negar amb un *no* inequívoc, havia repreguntat amb un *qui* més delator encara, en un mig gall que havia quedat sense resposta. Tothom sabia de qui parlaven.

—Jo no l'he tornada a veure des que es va matar aquell amic seu hongarès —havia dit finalment Palau i Fabre, i allò havia tancat el tema.

Hores més tard, sota les belles gelosies de Le Marais, el Semita va recordar que havia passat força temps des del suïcidi d'en Czibor, gairebé un curs. Era curiós que tothom el tingués tan present, encara, i mentre s'allunyaven del riu com qui fuig de la pesta va aventurar una hipòtesi agosarada.

—En Czibor és el Casagemas de la nostra generació.

El Semita tenia una flaca per les teories i no li costava gaire enllaçar-les. Caminaven lentament per la Rue Montmartre en direcció al Folies Bergère quan, en plena dissertació sobre l'època blava, va començar a furgar en la relació que havien tingut Picasso i la dona per la qual s'havia suïcidat el seu amic íntim.

—Si tota l'energia de Picasso va sortir d'aquella buidor pel suïcidi de Casagemas, potser del d'en Czibor en surti alguna cosa —especulà abans de clavar l'estocada—. Ja has sentit en Clavé, oi? Diu que ja la tornem a tenir aquí, a París, després d'una temporada en arrest no domiciliari en llar desconeguda.

A Casa Castelucho tots havien rigut per la facècia de l'arrest no domiciliari, excepte PalauFerré. Hores després, mentre simulava no seguir les paraules del Semita que comparaven aquella amant de Picasso amb la dona més pintada, va començar a fixar-se en les gelosies de les finestres que deixaven enrere. Cada cop semblaven més corcades, malmeses, podrides. Va travessar Rue Lafayette d'esma. Li faltava l'aire i les cames li feien figa.

—Necessito un cafè —va murmurar, emmordassat per una sensació d'ofec—, no sé què em passa.

Assegut a la terrassa amb el Semita, recolzà el cap a la façana de l'edifici i va tancar els ulls com si el sol l'enlluernés. Però no en feia. L'enlluernaven imatges refulgents que tan aviat mostraven la cara blava del suïcida com els ulls verds de la dona més pintada. Sentia una punxada molt aguda a la base del crani i una sensació de buidor a la boca de l'estómac. La llum esmorteïda de ranvespre no travessava l'entramat ligni d'aquells llistons encreuats que l'obnubilaven. Tenia ganes de mossegar, de cridar, de vomitar. Se li va enfosquir la cara, va abaixar la mirada i va xarrupar el cafè.

Havia d'allunyar-se del Sena com fos. Va dir que li vindria de gust pujar a Montmartre i el Semita, sospitant que volia anar a resar a la basílica del Sagrat Cor, s'ho va fer venir bé per parlar dels pecats del piu. Va invocar un presumpte conegut que es deia Deulofeu.

—Ja saps que Deulofeu és un cognom inventat per referir-se als fills de pare desconegut, oi? —li va dir, sense obtenir resposta—. Doncs l'altre dia el Palau i Fabre em va explicar que n'hi ha d'altres del mateix origen que, en canvi, desvelen directament qui és el pare que no ha reconegut la criatura nascuda del comerç carnal il·lícit.

Amb el seu sarcasme habitual, va anar pronunciant cognoms compostos com Peremiquel, Perejordi o Perejaume i va assegurar que eren força freqüents en els encontorns dels monestirs de Poblet, Santes Creus i Vallbona de les Monges.

—Ja et deus imaginar que aquest Pere no es refereix al petri sant fundador de l'església —ho va rematar—, sinó a alguns dels seus deixebles de carn i ossos, i sobretot carn.

Va ser una ascensió penosa, durant la qual el Semita, desfermat, va arribar a posar en dubte l'existència de Déu. La fe i la raó en disputa sorda a partir de la determinació que, sense Déu, no existiria cap diferència entre el bé i el mal. Cap ni una. Però si realment n'hi havia, com semblava deduir-se de les accions dels suïcides, i aquesta diferència l'havia decretada Déu mateix, volia dir que fins a aquell moment no havia existit cap diferència prèvia entre el bé i el mal, i ja no es podia assegurar la bondat divina. Perquè Déu fos bo caldria que el bé i el mal tinguessin un significat independent de la voluntat divina, i lògicament anteriors a la seva existència, de manera que potser el més plausible seria admetre l'inquietant pensament gnòstic que el món tal com el coneixem va ser creat pel diable en un moment en què Déu no mirava.

Quan van arribar dalt de Montmartre la diarrea mental havia arribat a un límit tan insuportable que PalauFerré només veia dues alternatives: o rodolar com una pilota carrers avall amb l'esperança d'anar a parar al pont dels suïcides o travessar la historiada porta de la basílica que s'alçava al seu davant. Descartades les acrobàcies sobre les aigües del Sena, va escollir la porta. La va empènyer com qui s'encongeix prou per repenetrar en la vagina materna i, un cop dins, va sentir el cop somort de la portalada magnificent que es tancava rere seu, es va deixar xuclar per un remolí de silenci interior i experimentà un alleujament brutal.

Sabia que el Semita quedava fora del recinte sagrat, i amb ell tota la mala sang que havia anat circulant per les seves venes en les últimes hores. Entrar al Sagrat Cor era una manera indolora d'allunyar-se'n. Sabia que el Semita es malfiava de la religió, sobretot de la catòlica, i això contrastava amb el sentiment religiós profund que ell havia mamat des de nen. Un cop dins, el primer que li va passar pel cap va ser demanar un senyal diví. Feia temps que no parlava amb Déu, potser des d'abans de venir a París, però la vida espiritual l'havia acompanyat en tots els trens que havia agafat.

La seva salvació miraculosa l'havia perseguit sempre. No hi havia ningú a Montblanc que no hagués sentit explicar el relat del metge que va atendre els dos pobres nens de vuit anys que semblaven morts d'asfíxia per culpa de la mala combustió d'una estufa. Després de molts intents de reanimar-los, el petit Maties, a qui tothom anomenava Macià, va tornar a la consciència sobtadament malgrat haver inhalat molt de fum i, acomboiat pel doctor i tota la família, va explicar que Déu Nostro Senyor en persona l'havia salvat de la mort perquè encara no el volia al seu Regne. També els va dir que no tenia por del que li poguessin fer els metges i va deixar anar una frase lapidària que ningú no ha oblidat.

—M'he de curar —va dir el marrec—, perquè Déu m'ha fet saber que seré un gran pintor reconegut a tot el món.[2]

Tenia vuit anys i els colors al cap. Tres dècades després a París, arraulit en un banc del Sagrat Cor, aquell nen crescut que perseguia formes i colors tornava a sentir-se cridat a fer grans proeses. Els turistes que omplien la basílica van desaparèixer de la seva visió perifèrica quan es va agenollar amb els ulls tancats, envoltat per una bombolla invisible com una aura que l'insonoritzava de qualsevol soroll que no sortís del seu interior. Es va veure de fora estant a casa, participant en la processó de Setmana Santa de Montblanc, resseguint les estacions del Via Crucis per expiar els seus pecats, múltiples i variats, arrossegant amb rostre compungit tot de creus que semblaven sempre la mateixa si no fos que anaven canviant de color i pesaven més.

Es va imaginar feinejant a la mufla per coure imatges de terracota que després decoraria amb policromia.[3] Es projectava en Jesucrist, per expiar les seves faltes. Vestia de blanc, cobert d'una tela translúcida, de vegades també amb una capa vermella. Traginava totes les creus amb esforç, però cadascuna d'una manera diferent. Sovint sol, amb els braços alçats com qui s'abraça a un gira-sol, però també ajudat per un home que lluïa samarra groga o prostrat al costat d'una Verònica d'ulls grossos i llavis tintats d'un roig intens. En una altra estació la creu era blava i el seu cos una barra blanca inclinada que formava una ics amb el pal llarg de la creu, talment una tisora amb l'altra punta buscant suport als turmells de Jesucrist, sobre un terra acolorit. Però la creu també podia ser verda, i llavors la traginava a l'esquena, de genollons, ajudat per un home amb bigoti blanc. De vegades la posició era més còmoda. Podia aparèixer dret amb el cap ple de flors i posat d'home estàtic sense orenetes als cabells, que donava la mà a una dona d'ulls grossos vestida de blau.

Totes aquestes imatges se li formaven nítidament al cap, mentre premia les parpelles per mantenir els ulls tancats de manera cada cop més irreversible. Es veia saludant amb la mà oberta, acompanyat per dues dones, una de blau amb un mocador groc i una altra, en segon pla, vestida de roig. Però també es podia veure amb els genolls clavats a terra i la creu, que ara era groga, resseguint la verticalitat de la seva columna vertebral mentre un home al darrere, mig amagat, li passava els braços per les espatlles com un enamorat. Per damunt del seu cap cot, el Crist redemptor amb túnica blanca fins als peus beneïa els altres visitants del Sagrat Cor des de la cúpula, aliè al somieig torturat del seu feligrès que ara es veia crucificat, gairebé més gros ell que no pas la creu, els braços mig doblegats, amb els colzes formant accents circumflexos de cap per avall i els dos peus clavats a la fusta per separat, amb un clau a cada turmell just abans que el baixessin del crucifix gairebé nu i es veiés ala-caigut entre una Pietat i la Mare, de blau, que l'agafava per sota de les aixelles per ajudar a amortallar-lo.

La seqüència acabava amb la mare, encara de blau però ara tocada amb un mocador de cap rabiosament roig, que agafava el cadàver del seu fill en braços com si fos un nadó, els ulls molt oberts i una actitud d'oferir-lo a qui el volgués, cada cop més lluny del seu cos. Totes les imatges se li formaven sense entrar gaire en detalls ni tenir gens en compte les proporcions, com pinzellades simples de traç gruixut, sobre un fons tan empedrat com el seu cor en aquell estat de desconcert i de temença.

Allà al Sagrat Cor, sol i prostrat, sense l'influx del Semita ni la seva embranzida, PalauFerré va obrir els ulls i es va posar a resar.

7407

Un deprimit Palau Ferré travessa els camps de Castella a bord del Tiburón del seu amic de Madrid Miguel Ángel García Brera. La insistència de l'advocat Morales l'ha convençut perquè el vingués a buscar, el fiqués dins del cotxe i se l'endugués uns dies a Aranjuez. Palau Ferré no té carnet de conduir, però és un copilot excel·lent, capaç de donar conversa durant hores a tota mena de conductors. Li encanta que el passegin. Sobretot el rellotger de cal Lopas,[1] l'amic que li fa de xofer i de fotògraf quan vol visitar ermites. El Lopas no només fa les fotos dels frescos que interessen a Palau Ferré sinó que també les revela. Com que són veïns és el que el deu haver portat més vegades, però també es deixa acompanyar per un grapat de col·leccionistes amb vehicle propi que es deleixen perquè l'artista els consideri més amics que no pas clients. En el seu dia el Peirats va formar part d'aquest grup. El cas de Miguel Ángel García Brera és diferent. Periodista ben connectat a Madrid, va ser ell el primer que va disparar públicament contra el Peirats, en una columna a *El Alcázar* que contenia pulles d'antologia, com ara «El redactor del contrato merecería ser condenado a enjalbegar fachadas toda su vida a real el decámetro».[2] *Enjalbegar*!, que vol dir blanquejar. El poeta i periodista forma part del petit cercle d'admiradors que l'artista té a Madrid, sense els quals mai no hauria exposat a la Biblioteca Nacional l'any 70. Un grup capitanejat des de la Universitat de Syracuse pel poeta cerverí Jaume Ferran,[3] company de generació de Goytisolo, Gil de Biedma i Costafreda.

Advertit pel Morales del decaïment que li ha provocat la sentència del Suprem, García Brera ha agafat el seu Citroën Tiburón per travessar mitja península al rescat del seu amic Maties.[4] Venia avisat, però ja fa estona que no reconeix l'estàtua sedent que té al costat. Avui la loquacitat habitual del copilot xerraire s'ha transformat en laconisme. L'ha hagut d'arrencar del taller de Montblanc i ja fa hores que intenta arrencar-li les paraules una per una. Els Monegros han estat testimonis d'un monòleg sense rèplica, i només quan arriben a la Meseta aconsegueix trobar una manera de fer-lo parlar. Les tres paraules que el desembussen a l'altiplà castellà són *Campos*, *de* i *Castilla*.

—Soñé que tú me llevabas —comença a recitar a poc a poc Palau Ferré, i aviat s'embala— por una blanca vereda, en medio del campo verde, hacia el azul de las sierras, hacia los montes azules, una mañana serena.

De jove es va aprendre molts poemes de cor i li agrada recitar-ne fragments.[5] Quan està d'humor és el rei de les sobretaules. Un comentari qualsevol pot ser el detonant que li activi la memòria, com ara. García Brera el deixa fer. No li agrada Machado, però prefereix sentir-li la veu.

—Vive, esperanza, ¡quién sabe lo que se traga la tierra!

Acaben de deixar enrere Alcolea del Pinar, prop de Sigüenza, i per primera vegada en tot el viatge enceten conversa. D'entrada parlen de foteses, però quan el veu prou desemmurriat, García Brera decideix agafar el toro per les banyes i comença a enumerar els aspectes positius de la sentència.

—No has perdut, Maties —li repeteix—. Treu-t'ho del cap, això.

Camí de Guadalajara argumenta de totes les maneres possibles els avantatges que tindrà a partir d'ara. La idea que més li repeteix és que la sentència posa una data de caducitat al conflicte.

—Fins ara et tenia agafat pels collons —diu García Brera, clavant el colze a la finestreta abaixada del Tiburón—. Just quan més sol·licitat estàs, no podies exposar enlloc perquè aquell mafiós es quedava tot el que pintaves. Ara sabem que per Nadal això haurà acabat.[6]

La sentència l'obliga a lliurar els quaranta metres quadrats d'obra abans de sis mesos.

—L'únic que has de fer és pintar de qualsevol manera el que et demanen i te'l trauràs del damunt —insisteix—. Seràs lliure!

El cel és blau i fa un sol que esberla les pedres, però al nord del futur treuen el nas els primers núvols. Palau Ferré escolta atentament el seu amic i valedor. Emet algun *però* aïllat, de motor que ronca i no arrenca. L'estiu està a punt d'arribar i la lògica del discurs que desplega el seu xofer li fa calor.

—Quan hagis complert la condemna tu seràs un bon ciutadà i ell un egoista aprofitat. Tothom voldrà comprar els nous quadres que pintaràs.

A Palau Ferré se li fa una muntanya haver de complir la condemna. Troba que és un pic molt alt, encara que li diguin que té una superfície més petita que el seu taller, només quaranta metres quadrats.

—Però...

El motor de la rèplica no arrenca. No troba les paraules. Si el Semita fos dins del cotxe segur que les trobaria, però ara mateix qui sap on para. Se li fa difícil imaginar que després d'empastifar aquells remaleïts quaranta metres quadrats de llenç encara tindrà ganes de pintar. Mira el paisatge per la finestreta del Tiburón i es limita a escoltar el monòleg cada cop més torrencial del conductor.

—Si el Tribunal hagués decidit a favor teu ell s'hauria fet la víctima i no tindries el favor de la gent.

Segur que el Semita no s'estaria de replicar-li, però Palau Ferré calla i entoma mentre García Brera continua retorçant els arguments per capgirar el sentit de la sentència.

—Ja veuràs com el Josep Maria i la Rosa també ho veuen així.

Se l'endú a Aranjuez, a casa dels bons amics que solen acollir-lo quan té compromisos a Madrid. El Maties i el Josep Maria es van conèixer de nens i la Rosa és una de les seves propagandistes més entusiastes, fins al punt que l'acompanya a totes les inauguracions. Viuen a Aranjuez per raons laborals, en una casassa de l'empresa on ell exerceix d'enginyer industrial.

—La Rosa m'ha promès un dels seus arrossos. Hauré d'accelerar una mica per arribar a temps —diu el pilot, per introduir una nova preocupació més fàcil d'afrontar—, que anem una mica justos.

—L'arròs covat no val res —reacciona Palau Ferré, sempre atent a les coses del menjar i el beure.

S'acosta l'hora de dinar i encara els falta un bon tram. Al rau-rau de la sentència ara s'hi afegeix el de la gana. La Rosa Maria és una cuinera excel·lent i tot un caràcter. Palau Ferré l'adora. Va accedir a retratar-la quan es va casar amb un dels seus millors amics de Montblanc i el seu retrat va presidir l'exposició de la Biblioteca Nacional.

—No pateixis, segur que ens ha preparat un vermut per tenir marge de temps sense que es covi l'arròs.

Tot just acaba de dir-ho que uns patacs molt sorollosos s'apoderen de la banda sonora. El Tiburón comença a anar a batzegades, com si el pilot ballés un foxtrot sobre el pedal del fre. Palau Ferré abaixa la finestreta i treu el nas per comprovar si la carretera té bonys. García Brera renega, el motor deixa anar uns pets cada cop més sorollosos i, tot d'una, fa llufa amb un esbufec que el deixa sense so. Com que el tram de carretera pica lleument cap avall, el vehicle segueix rodant amb el motor apagat fins que el desnivell remet i la inèrcia esgota el crèdit. Llavors, cada cop més conscient de la pana, el conductor envaeix el voral per no destorbar la circulació i, uns pocs metres més enllà, apuja el fre de mà d'una estrebada que sona com un estrip al cul d'uns pantalons de tergal. El Tiburón s'aclofa en la seva peculiar posició de repòs. Abaixa la suspensió fins gairebé fer desaparèixer les rodes del darrere.

—I ara què farem?

El pilot no mou ni un múscul, com si medités sobre el sentit de la vida, però en realitat intenta recordar on cony era la palanca que obre l'enorme capó davanter. Palpeja el sotavolant amb avidesa fins que localitza una mena de piu metàl·lic lluny del *tablier* i l'acciona entre grunys. El copilot ja l'espera fora, fascinat per les textures que mostren els núvols intrusos que esquerden la blavor general quan el sol els il·lumina.

—Sempre que vinc a Castella m'agrada més l'espectacle nuvolós del cel que no pas la botànica de la terra —diu Palau Ferré, inspirant.

García Brera no l'escolta, concentrat en apujar el capó i fixar-lo amb una barra. Quan se'n surt, contempla esparverat un bodegó que mai abans no havia vist, presidit per la roda de recanvi, ben amarrada al capdavant del motor, entre els dos fars davanters. No tenia present que la portés tan a proa. L'instint el fa canviar de posició, perquè amb un morro tan llarg els braços no li arriben ni al nivell de l'oli, però quan s'aboca al motor des d'un lateral del capó s'adona que l'instint s'ha esvaït. Ara no sabria ni per on començar a remenar en aquest laberint de peces, tubs i cables. No té cap ganes d'enfrontar-s'hi ni la més remota opció d'esbrinar què falla. Un fil de fum surt del radiador.

—Què ha passat? —demana Palau Ferré.

Com que no obté cap resposta, decideix pronunciar totes les parts del motor que alguna vegada ha sentit anomenar al rellotger de Montblanc. En Lopas és un manetes de manual.

—Carburador, corretja del ventilador, delco, junta de culata?

Junta de culata li encanta, però li sona militar. Cada cop que ho pronuncia s'estremeix recordant la Guerra Civil, que el va enxampar amb quinze anys, arrapat a les faldilles de les dones de casa.

—Aquest cotxe no té delco! —brama el conductor, empipat—. No és cap sis-cents, això!

Palau Ferré s'allunya dues passes del vehicle i aixeca la mà.

—Però què fas? —crida García Brera, cada cop més empipat.

—Autoestop.

Després d'un passavolant que accelera en veure'l, una furgoneta Volkswagen s'arramba al voral vint metres més endavant. Palau Ferré s'hi afanya i intenta arrossegar a crits el conductor, que en un principi es resisteix a abandonar el seu Tiburón.

—No el podem deixar aquí! I si me'l roben?

Parlen a crits.

—Però com vols que se l'enduguin, si no funciona?

Una família nombrosa els espera a la furgoneta. Pare, mare i cinc fills. Catalans, de cognom Clapés.[7] L'home porta els cabells recollits en una cua de cavall i la dona un vestit de flors. Els ofereixen seure en un banquet entre els tres més grans de la canalla, perquè davant no hi caben. La mare porta el més petit lligat dins d'una mena de senalla que fa de bressol i l'altre en braços, ocupant tota la part davantera. L'interior de la furgoneta és un caos de roba, joguines i maletes tancades.

—Els podem portar fins a Madrid —diu el pare entre el guirigall general—, i allà podran trucar a una grua.

Pugen a la furgoneta en silenci, però de seguida que arrenquen els nens es posen a cantar cançons de Xesco Boix. Els pares s'hi afegeixen, animosos. No resulta fàcil mantenir l'equilibri en el banquet sense respatller on seuen, envoltats de petits energúmens que canten que van conèixer un gripau blau babau. Mentre resisteix com pot, el magí de García Brera projecta la feinada que haurà de fer tan aviat com arribin a Madrid: avisar per telèfon el seu amic Josep Maria, trucar a una grua, fer un mos mentre l'esperen, donar conversa a l'artista deprimit, recuperar el cotxe, deixar-lo al taller mecànic, buscar la manera d'arribar a Aranjuez... Palau Ferré només pensa en l'arròs covat de la Rosa Maria. Sap que hi ha de renunciar. Tan aviat com arribin a Madrid agafarà el tren de tornada.

7408

Té Barcelona als peus quan nota un sotrac seguit d'un lleuger vaivé. La roda panoràmica del Tibidabo deixa de giravoltar. Palau Ferré n'hauria dit sínia, per influència pagesa, però aquí gairebé tothom l'anomena nòria. Després del cop, les cistelles de la nòria fimbren i se senten xisclets. Es fixa que la que ha quedat dalt de tot es balanceja més que les altres i tem que en qualsevol moment es capgirarà per escopir la seva ocupant al buit. Supersticicions idiotes, remuga mentre mira avall per treure-s'ho del cap. Molta altra gent xiscla. Un segon sotrac el fa agafar més fort a la barana. La nòria s'ha aturat en sec. Mentre entoma el nou vaivé pensa que si algú ha tocat el botó d'alarma accidentalment aviat reprendran la rotació i prova de calmar-se. No s'atreveix a alliberar una mà fins que el balanceig no remet una mica. Llavors es grata el braç dret. La sacsejada li ha provocat un pessigolleig insidiós que podria derivar fàcilment en punxada. Per sort, porta tres capes de roba. Pensa que li faran servei, perquè aquí dalt fa fred i potser caldrà resistir-hi una bona estona. Penjats. El principal problema seran els cops de vent.

Palau Ferré està esgotat. És un cansament integral que la posició de seure a la cistella fa irreversible. Se sent un pes mort. La mera idea d'alçar-se li sembla una quimera. Ja comença a fosquejar i aquesta penombra incipient encara li fa notar més l'efecte combinat de la fatiga i el fred. Comença a nevar. A la base de la nòria, la gent ja no mira enlaire. Es cobreixen el cap amb caputxes i desfilen. Els visitants atrapats a l'atracció avariada xisclen cada cop més fort. Temen que els abandonin. La dona del damunt brama com si l'anessin a escorxar i es posa a donar coces que cada cop desestabilitzen més la cistella. Angoixat, Palau Ferré torna a mirar avall i es fixa en dues noies que comparteixen cabina tres nivells per sota. Somiquen, abraçades com buguenvíl·lies, amb llargues inspiracions nasals de persona refredada. Hi ha més parelles, cabines buides i d'altres amb un sol ocupant. Ell cada cop està més encarcarat. Sent que una onada de fred polar el llepa. Es passa la mà lliure per la cara i hi descobreix les primeres gotes glaçades, que la brisa contribueix a clavar-li a la pell. Té tant de fred que s'abraça amb el desesper d'un enamorat quan tem que el volen abandonar. Mentre es frega els braços amb els palmells de les mans sent el primer grinyol.

Un nyic metàl·lic que dona pas a un moviment lateral sense retorn. En comptes de balancejar-se endavant i endarrere, com fa una estona, ara les cistelles es desplacen un metre cap a la dreta, en un avenç lent i sostingut, sense sotracs. L'eix central sobre el qual recolza la roda per giravoltar comença a cedir. Per un moment, Palau Ferré pensa que recuperen la inclinació, però quan es mira els peus nota que en té un de més avall que l'altre, sobre un terra transformat en planxa de surf. Els xiscles, suspesos durant uns instants, reapareixen amb més intensitat quan la roda panoràmica es torna a quedar clavada, ara en la disposició d'una antena parabòlica. Els braços són negres i les cistelles groguegen. Sembla un gira-sol gegantí. Però el sol no llueix. Al contrari, la brisa glacial que els assota es transforma en torb. A cada ratxa de vent glaçat la visió s'enterboleix més, com si l'atracció del Tibidabo fos projectada a l'alta muntanya a una velocitat supersònica. Palau Ferré nota com un garbuix colossal s'apodera de la seva ment, es posa les mans al cap i el prem amb força. Després deixa caure els palmells fins que li cobreixen els ulls. A les fosques, d'aquell garbuix mental en sorgeix el rostre de la dona més pintada. Uns ulls verds que el miren fixament. Ruixat per una borrufa persistent que li fa niu als cabells, se sent un montblanquí al cim del Mont Blanc. Tot d'una, els elements s'enfurismen, els passatgers de la nòria s'encongeixen i els cors es glacen. Silenci. Ningú no piula després que se senti un espetec i la corol·la parabòlica del gira-sol reprengui el lent moviment lateral que acosta les cistelles a terra. El gira-sol perd la verticalitat. Es vincla més i més.

La maltempsada d'alta muntanya transforma cada cistella en un iglú que deixa garratibats i protegits alhora els seus ocupants. Palau Ferré viu aquesta davallada aferrat a la barana, de cara a terra. Somriu, sense cap intenció d'amagar el cap sota l'ala. D'altres s'hi posen d'esquena perquè no volen veure el que preveuen que pot ser el seu final. L'estructura metàl·lica cedeix totalment quan les cistelles més baixes són a dos metres de terra, però la trompada és sorda, esmorteïda pel tou de neu que s'ha acumulat en poc temps al cim del Tibidabo. Algunes cistelles es desprenen dels braços de la roda i comencen a lliscar moroses muntanya avall, com trineus a càmera lenta. Els ocupants queden atrapats a la cabina per una mena d'arnès metàl·lic que actua com un dispositiu de seguretat perquè ningú no surti volant durant el trajecte.

El descens de temperatures és tan sobtat que tot ho congela. Les cabines despreses segueixen un trajecte descendent, cobertes per una capa de glaç que exerceix de finestra transparent per on guaiten els ocupants. Les dues noies que van juntes en una cistella segueixen petrificades en una abraçada que les fa indistingibles. Altres passatgers intenten trencar la capa de glaç a cops, per mirar d'alliberar-se de la cofurna. Palau Ferré és d'aquests. Comença a picar la capa de glaç amb els punys, cada cop més desesperat. Després, en veure que no aconsegueix res, canvia de tàctica. Estira la màniga del jersei fins que li cobreix la mà i l'aplica sobre el glaç per fer el moviment circular de qui frega els vidres amb un drap. La idea és anar aprimant la capa de gel fins que sigui prou fina per trencar-la amb un cop de puny. Concentra tots els seus esforços en aquest moviment circular i entra en bucle. El garbuix mental s'ha traslladat a la mà dreta i el món és una superfície plana.

El fred és tan extrem que la capa de gel cada cop es fa més gruixuda. La zona que frega amb la llana del jersei es manté més o menys invariable, però fora d'aquest cercle el gruix de la coberta de glaç cada vegada és més gran. Es redueix l'espai lliure a l'interior de totes les cabines lliscants i els passatgers, mig ajaguts, es veuen obligats a adoptar postures forçades per esquivar el contacte del glaç amb la pell. Alguns s'encongeixen, cabdellats, per adoptar la posició fetal. D'altres queden colltorts, empresonats per una combinació letal de ferro amb gel. Ja no se senten els crits. L'aire de les cabines és cada vegada més irrespirable i els seus ocupants estan cada cop més atuïts. Palau Ferré s'ha encallat en el moviment circular continu de la mà dreta. Neteja la finestra de glaç amb l'esperança de trobar una sortida. Els seus llavis comencen a pronunciar una sola paraula repetida mil vegades. Prou. Prou, prou, prou, prou, prou. Cada cop que ho diu inhala un aire més enrarit. El garbuix el porta al deliri.

Rere la mà que frega incansable la finestra de glaç li sembla que apareixen cares conegudes. Accelera la rotació per fregar amb més ràbia fins que distingeix el somriure del Semita i els ulls verds de la dona més pintada que es decanta cap a una banda, en colltorçar-se com una flor assedegada de sol. Després els ulls desapareixen i la finestreta translúcida reflecteix un gira-sol ufanós de la mida del cercle de glaç. Palau Ferré el frega i refrega per poder veure amb més claredat què hi ha al darrere. Quan el gira-sol s'aparta, comencen a aparèixer un munt d'imatges canviants que reconeix tan aviat com les albira perquè han sortit dels seus pinzells. En uns instants frenètics, per la finestra de glaç blavenc desfilen toros, síndries, coloms i peixos, gladiols i altres flors, merlets, torres i muralles, pomeres, gotims de raïm i trens, molts trens que van i venen fins que de l'últim en baixen moltes cares conegudes, dones ullverdes que se'l miren com sirenes sotjant un batiscaf.

Les cabines lliscants que baixen cap a una Barcelona interrompuda per la sobtada glaciació són taüts transparents plens d'éssers colltorts. Palau Ferré, del tot concentrat en el moviment circular de la seva mà dreta, obre molt els ulls rere el glaç blavenc que el separa de l'aire lliure i hi veu clarament la fesomia del Semita just en el moment que expira, asfixiat.

7409

—I què en farà, de tants quadros?

—Se'ls revendrà. Ja saps que el Peirats, de les pedres en treu pans!

—N'ha fet un gra massa.

—Has vist la Modesta?

—Diuen que l'ha despatxada.

—I qui els comprarà?

—A vere si voldrà construir museus, ara, en comptes de polígons.

—No hi ha un pam de net.

—L'únic que sap vendre és terra, el Peirats. A pams.

—D'ençà que ha acabat el judici que ningú no l'ha vist.

—Qui? El Macià?

—Ni l'un ni l'altre.

—Ses germanes tampoc no es deixen veure.

—Els jutges sempre es posen de part dels poderosos. Això és així.

—Que té germanes, el Peirats?

—El que en té dues és el Macià, i tampoc no es deixen veure gaire.

—Això no ho canviaràs, xic. Morirà Franco de vell i els jutges continuaran allà.

—No se'n van ni amb aigua calenta.

—Franco farà la fi del cagaelàstics.

—En vindran d'altres. No ens en sortirem.

—Però el Macià no tenia tants amics a Madrid?

—Amics artistes, poques pistes, i encara pitjor si són periodistes. Quina colla de mamarratxos!

—Molta terra a l'Havana, tenia.

—I si ara diu que no paga?

—Les lleis hi són per complir-les.

—O per saltar-te-les, ja t'ho diré.

—Jo, d'ell, em passaria a la pintura abstracta i avall va.

—No té res a fer. Es veu que el Peirats pot decidir si se'l queda o no. O sigui que si li vol prendre la cabellera amb una pintura d'aquestes modernes que fan ara, amb tot lo quadro en blanc i una taca de color al mig, li pot dir que no la vol i aquella no compta.[1]

—Oh, però això seria fer trampa.

—No haver firmat el contracte.

—Però on devia tenir el cap, el dia que va firmar?

—Devia pensar en les muses, com tots els artistes.

—Quines muses? Vols dir que el Peirats no li va enviar una mossa per enredar-lo?

—En les musaranyes, devia pensar.

—Qui és la dona dels ulls verds que surt a tots els quadros?

—La Modesta els té marrons.

—Si està més sol que un mussol.

—Qui vols que l'aguanti, el Macià? Amb aquest caràcter seu que gira la cara segons com bufa el vent?

—Doncs ara ja sap què li toca, que els deutes s'han de pagar.

—No ho farà!

—Hi ha dies que tot són festes i dies que ni et saluda.

—Doncs si no compleix, el fotran a la garjola, que a Madrid no estan per orgues.

—La Modesta diu que li truca i no respon.
—Ves que no li hagi passat res.
—Li enviaran la Guàrdia Civil a casa i ja veuràs tu com pinta!
—La Modesta és una pocapena.
—Jo, al Peirats, li presentaria dibuixos de nen petit, com els que fa el Miró. Quatre taques per aquí i dues ratlles negres per allà, i au!
—Que no servirien, et diuen! Que n'ets, de talòs!
—Les germanes tampoc no han obert la botiga de fa dies.
—S'amaguen.
—Més val així, perquè la petita, encara, però la gran és una bruixa.
—Ves que no hagi pres mal.
—De nen ja va estar a punt de morir.
—La gran té molt dc caràcter.
—Què vols dir?
—Complirà la sentència. El Macià és home de paraula.
—Ves quin remei.
—Un home d'ordre.
—Ves que no hagi fet una atzagaiada!
—Doncs només té unes setmanes, perquè per Nadal ha de complir.
—I en tan poc temps voleu que pinti quaranta quadros?
—Quaranta metros quadrats, no quadros.
—Tant se val.
—Poden ser tan grossos com vulgui.
—La Modesta em va dir que el va deixar fora de si.
—Quan va perdre el primer judici també va estar dies que no treia el nas per enlloc. Ni anava a dinar a l'hostal ni sortia al carrer. Semblava com si s'hagués posat malalt.
—Oh, és que quan un jutge no et dona la raó n'hi ha per posar-s'hi.

—Però allò va durar quatre dies.
—Calla, home, calla!
—Ves que no hagi fet un disbarat.
—És boig! A tots els artistes els hi falta un bull!

6203

T'han renovat dues vegades la beca que vas rebre el 57 per estudiar a París. Ho atribueixes a una barreja de justícia poètica i meritocràcia, perquè tens consciència d'haver treballat molt però no recordes haver demanat cap pròrroga. Tampoc t'ha passat mai per la barretina d'oposar-t'hi, perquè qui beca passa any empeny, i París ha estat una gesta fins ara, que acabes el tercer curs al taller de László Szabó a la Rue Delambre i t'enfrontes al silenci administratiu. Cau a plom, com el cel de París en un dia rúfol. Quan hi penses et sembla lògic que s'acabi, però això no treu que et destaroti. Igual com no vas preveure cap de les dues renovacions, ara tampoc no n'has previst el final. Cinc anys després d'abandonar-los, el pis del carrer Bailèn a Barcelona queda tan enrere com la teva plaça a l'Institut de Previsió. El primer dubte del retorn és on, esclar. On se suposa que has de tornar? Barcelona et tempta, però només Montblanc t'espera. Les teves germanes, amb els braços oberts, o això és el que et diuen. Els teus convilatans, amb expectació tenyida de l'escepticisme que provoquen sempre els fills pròdigs. Encara que ningú no t'ho digui saps que tornes amb l'aurèola de l'artista que ha triomfat a la capital mundial de l'art, però també ets conscient que pràcticament ningú no ha vist cap de les exposicions col·lectives on has participat i alguns potser pensen que no n'hi ha per tant, que exageren els qui ara et tracten d'artista reconegut. De fet, ja eren pocs els montblanquins que havien tret el nas per alguna de les inauguracions que havies fet a Barcelona, Madrid o Londres abans d'agafar el tren de París. L'únic que et va acompanyar a l'exposició individual de l'Ateneo de Madrid va ser el teu amic Josep Maria, que és enginyer però té sensibilitat artística. El noi de can Rull sí que va estar al teu costat en tot moment. Fins i tot et va fer d'acompanyant al sopar de celebració que el poeta Jaume Ferran, ajudant d'Eugeni d'Ors, et va organitzar al Cercle Català de Madrid[1] amb els seus companys de generació. Sopàreu amb Barral, Gil de Biedma, Goytisolo i Ferrater. Sense dones. Costafreda havia de venir, però la grip el va retenir a Ginebra.

El Josep Maria no es cansa mai de proclamar les teves virtuts artístiques, fins al punt de fer-te enrojolar. Prou d'aquest color, li dius sovint, vermell com un pebrot, i ell ironitza sobre el teu domini dels colors, abans de tornar a entonar la cançó del Dos, del Picasso Dos. Fes el favor de tocar el dos, li repliques llavors, enfadant-t'hi de broma, deixa'm treballar tranquil, que vull ser un número U. La primera llar dels retrats ullverds que has portat de París és la casa familiar de cal Francí, on ara amb la mare ja només viu ta germana gran, que s'ha quedat per vestir sants. Amb un cop d'ull als retrats de la dona més pintada en té prou per convence's que te n'has enamorat. La Nativitat és bruixa i una mica sorruda, com tu mateix quan tens el dia girat, però t'acull amb alegria indissimulada. La Maria del Carme ja viu amb el seu home, un sant baró de l'Espluga que, per pura casualitat, també es diu Palau, Ramon Palau. La Nativitat és tan esquerpa que la mare només es refia de la petita, i li ha pregat que torni de l'Espluga per transformar una mica la botiga. En comptes de verdures hi vol vendre teles a metres. Fins ara tot just els ha ajudat a complementar els diners que els envies i volen provar de créixer. Des del primer moment que has tornat, tant ta mare com ta germana han estat conscients que sempre retrates la mateixa dona, però deixen passar els dies per veure si els en dius alguna cosa. I tu, re de re. Ni piu. Només parles amb els pinzells. Pinta que pintaràs retrats. Més dones ullverdes, sovint colltortes, amb un desfici que la soltera, més perspicaç i desocupada que la casada, atribueix a l'enyor. Cada cop que et vol fer parlar del color verd canvies de tema.

Aviat els queda clar que no penses tornar a buscar feina. Els expliques que vens prou quadros per fer de l'art una professió. Les primeres visites de compradors sorprenen la Nativitat, que no s'acaba d'acostumar a tenir desconeguts campant per casa, però quan parles d'instal·lar-hi un forn de plaques refractàries t'envien el cunyat a parlamentar i trobeu que la millor solució és buscar un lloc per construir-hi un taller. Passat el Pont Vell, a la carretera que porta al monestir de Poblet i a la seva Espluga, en Ramon troba un terreny on es pot construir un edifici quadrat d'una sola planta amb una xemeneia que doni sortida als fums de la mufla i d'una llar de foc. Ell mateix dirigeix les obres perquè aviat constates que, com a mínim els de casa, es prenen molt seriosament el teu art i no volen que perdis el temps en qüestions domèstiques. Això et fa molt feliç.

Mentre en Ramon s'ocupa del taller, tu pintes xíndries ben roges i dones ullverdes al menjador de cal Francí, però cada cop que la Nativitat s'acosta abaixes el pinzell. El dia que et demana directament qui és aquesta dona li dius que no n'ha de fer res i te'n vas a vigilar les obres del taller, que ja té sostre i pren un aire d'austeritat franciscana que no et desagrada.

Un altre dia, just abans de la festa d'inauguració, quan ja has traslladat al taller totes les andròmines que et calen i la majoria de quadros que encara no has venut, la Maria del Carme i la Nativitat es conjuren per enviar el Ramon a comprar una cosa al poble i t'acorralen.

—Cada cop en veig més, Macià —et diu l'una—. Vols dir que estàs bé?

—Que la somies? —et demana l'altra.

Fan cara de metge, més amoïnades que no pas encuriosides. No els veus cap lluïssor als ulls, cap somriure còmplice, com aquell dia llunyà que vas obrir els ulls després de l'accident i les vas veure patint al costat del llit. Si tinguessis el Semita a prop segur que se t'acudiria alguna broma per sortir-te'n, però ja fa setmanes que no en saps res i escups la resposta oficial.

—No pinto somnis, jo. Pinto models.[2]

La Maria del Carme s'aixeca del banc i comença a fingir que busca algú per tot el taller.

—I on les amagues? —diu, i llavors sí que esclata a riure, ajupint-se per ficar el nas a la llar de foc—. Aquí a la xemeneia?

La facècia sona amb una veu modificada pel ressò de la sortida de fums. Ara també rius, mentre penses que ta germana petita sempre ha aconseguit treure't de cabòries. Però després de la calma torna la tempesta. La Nativitat no és tan espurnejant.

—Què se n'ha fet de la Maria Rosa —et diu, i encara afegeix sorneguera—, aquella pubilla que freqüentaves a Barcelona?

S'aixeca i estén els braços, amenaçadora, en posició d'atacar-te les aixelles per fer-te pessigolles. Era un joc que practicàveu de petits, perquè tu sempre n'has tingut moltes i les teves germanes se n'aprofitaven per dominar-te mentre et martiritzaven dient a crits que eres molt gelós. Decideixes aturar-ho ara mateix.

—L'única Rosa que freqüento és la Rosa Maria Bertran —els etzibes amb cara de set sous—, una xica molt eixerida que ben aviat serà l'esposa del Josep Maria.

—Quin Josep Maria?

—El de can Rull.

Pronuncies el cognom del teu amic de l'ànima perquè soni com un punt final. Rull és prou. Prou d'aquest color, penses, no us en penso dir res més. Rull i curull i prou d'aquest trull.

Silenci.

El primer que penses quan l'endemà et truca el Josep Maria és que la sonada rosamariana ha arribat a les seves orelles. Mentre dineu a la veïna Fonda dels Àngels esperes el comentari en qualsevol moment, encuriosit per com s'ho haurà pres, però en comptes d'això et demana que li donis preu per fer un retrat de la Rosa. La seva.

—Serà el meu regal de noces.

N'està tan enamorat que et fa enveja. Potser per això li dius que no fas retrats per encàrrec, que només pintes quan et surt de dins i altres pensades que el Semita et criticaria moltíssim. Li exposes les teves reticències sense titubejos, però tant ell com tu sabeu des del primer moment que ho faràs. Ni tens ni pots tenir un no per al Josep Maria.

Saps que l'ha encertada de ple, amb aquesta xicota tan eixerida de Creixell que us fa riure a tots dos, i encara li queden forces per fer riure tot un regiment. Aquest parell ja té un quadro teu, el primer que vas exposar a la teva vida. L'hi vas regalar al Josep Maria perquè et va ajudar a rescatar-lo d'una manera venturera i aventurera. El galerista que l'exposava es va arruïnar i els quadros van quedar confinats a l'establiment clausurat. Després de buscar alguna fórmula legal de recuperar l'obra, el Josep Maria i tu vau arribar a la conclusió que l'única manera era trencant els vidres d'una de les finestres.[3]

Hi vau entrar, de nit, i us el vau endur com uns lladres de diamants. Va ser tan divertit que sempre que en parleu no us podeu aguantar el riure. Us feia l'efecte que robàveu la *Mona Lisa* del Louvre. La Rosa Maria, que llavors era una joveneta i tot just començava a fer-li l'ullet, us esperava fora. Vau fugir corrents, esverats, i no vau parar fins que no vau ser al teu pis franc del carrer Bailèn. Encara bo que és un quadro petit. El traginàveu mig cobert amb una flassada però fins que no vau travessar la porta del pis no us vau relaxar. Llavors vau brindar per vosaltres tres. Vau menjar i beure fins a les menudes. La Rosa, en teoria, dormia a casa d'una amiga. Aquella nit es van fer el primer petó i tu els vas fer el primer regal, aquell quadro modest. La teva estrena.

Ara es repeteix la història, però tot és molt més formal. Un regal de noces, poca broma. La Rosa Maria s'ha fet tota una dona. Es casen. És segur que tindran fills. Això t'impressiona. T'hi veus tan lluny. Tu estàs casat amb la pintura. A París, quan ho deies el Semita et seguia la broma i us enfilàveu a posar-li cara i cos, a la teva pintura, de Venus a *Mona Lisa*, passant per la dona més pintada. Sempre acabàveu allà mateix. En silenci. Ho deixàveu córrer i acabàveu.

—La pintura és una mica indigesta —li dius al Josep Maria quan acceptes l'encàrrec—, però deixa bon gust de boca.

Et mira i somriu. És un bon amic. Sap que vius per l'art, això ho saben tots els que et coneixen, i ningú no se n'estranya. Quan trobes a faltar alguna cosa, la pintes. Per això ara tens el taller ple de dones ullverdes.

El Ramon dirigeix les obres de la mufla amb seguretat. Trobes que has fet sort de tenir un cunyat com ell. Segons amb qui s'hagués casat ta germana, la tornada a casa després de vint anys no hauria estat tan senzilla. El Ramon t'ha calat de seguida. No us havíeu tractat gaire però us coneixeu de fa anys, d'abans i tot de posar-se a festejar amb la Maria del Carme, perquè el jovent de l'Espluga ve sovint a Montblanc. De seguida ha vist de quin peu calces. Alguna vegada us discutiu, però la sang no arriba mai al riu. Si és capaç de conviure amb ta germana gran tu li deus semblar un caramel, perquè la Nativitat són figues d'un altre paner. Mai no heu sabut d'on ha tret aquest caràcter tan agre que gasta. Les clientes de la botiga de teles i roba que regenta sempre busquen la Maria del Carme, que és un sol, però sovint ensopeguen amb la lluna plena de mocs de la Nati, i en surten escaldades.

Tu saps que tens una mica de cadascuna. El Semita sempre et retreia aquests teus canvis d'humor sobtats. Saps que aquí, a Montblanc, el teu caràcter provoca murmuris, però tant te fot el que diguin o deixin de dir. Diuen que ets arrogant perquè et penses qui sap què, que tens molta terra a l'Havana, perquè de totes les teves presumptes proeses parisenques aquí ningú no n'ha vist mai cap prova, i que quines penques de tornar ara amb aquests aires de grandesa després d'haver passat vint anys fent el senyoret per aquí per allà mentre les teves germanes es feien càrrec dels pares, de la botiga i de tot. L'altre dia, la Tecla de cal Sunyer va dir al celler que tenies aires de Gandesa i tothom es va posar a riure.[4] T'ho ha explicat compungida la Modesta, que és molt amiga de la família i t'aprecia des de menuda, però a tu tant te fa. Saps que sempre has ajudat la família, i no només des de París. A Barcelona, quan al matí treballaves a l'Institut de Previsió i a la tarda estudiaves a l'Escola de Belles Arts, cada mes enviaves la meitat del sou als de casa, perquè no els faltés de res.[5] Però ja se sap que la gent és com és i les boques s'escalfen.

Et fa il·lusió retratar la Rosa Maria. No té els ulls verds i està enamorada d'un dels teus millors amics, però has sabut que ho acceptaries tan aviat com t'ho ha proposat. Estrenaràs el taller amb ella. No tens previst fer-hi venir cap model, ni li has demanat al teu cunyat que prepari cap racó per fer retrats, però l'únic que necessites és desembarassar d'andròmines un racó i que quedi ben buit. La faràs estar dreta. És el millor per a una futura núvia, dreta i amb cara de bona minyona, en la mateixa posició que adoptarà a l'altar quan faci la prometença amb la dignitat d'una verge vestal just abans de saltar del pedestal virginal al tàlem nupcial. Li faràs agafar un ram i segur que somriurà. Calcules que en vuit o deu sessions enllestiràs el retrat.

Quan arriba al taller el primer dia no saps gaire on posar-la. Hi has pensat, però sempre de lluny, assegut al balancí de casa per aïllar-te de la Nativitat, amb qui convius a cal Francí com si fóssiu un matrimoni marcit que no comparteix llit ni rialles. La Rosa és tot brogit i alegria. Suposes que la situació la intimida i per això ho intenta contrarestar fent brometes.

Li dius que estrena taller i somriu. Li demanes que es posi al costat de la llar de foc i espurneja, amb ulls riallers. Et pregunta on tens el ram i t'adones que te n'has descuidat. Podries sortir i arreplegar un grapat de flors silvestres al marge de la carretera, però tot d'una penses que potser no en trobaràs i se t'acut que el pots substituir per alguna altra cosa que després puguis transformar fàcilment en un ram. Mires al teu voltant i hi descobreixes un raspall. Au, té, agafa això com si fos un ram de gladiols preciosos. Et fa riure quan et respon que prefereix els crisantems, però l'arreplega i se l'acosta al nas.

—Quina bona flaire que fan, aquestes roses! —diu amb veu d'espinguet.

Trobes que és una mossa molt eixerida. El Josep Maria està de sort.

Les sessions de pintor i model et transporten a París. A l'aula de retrats de l'escola d'en Szabó, però sobretot al 61 del Boulevard Jourdon, a la ciutat universitària de París on vas retratar la dona més pintada. Et pensaves que series capaç de girar full, però l'enyor t'envaeix cada cop que brandes el pinzell davant de la Rosa Maria. Et resulta inevitable tornar a París. El Semita qui sap on para i ella encara deu ser més enllà. Mentrestant, la Rosa no calla i això, lluny de desconcentrar-te, et distreu de cabòries.

Li demanes que s'estigui quieta si no vol que la cara li surti borrosa, però en el fons ja et va bé que garli. Quan finalment en completes la fesomia li dius que ara ja pot parlar tant com vulgui, i mentre escoltes la seva xerrameca amb fingida atenció recordes l'emoció que senties quan perfilaves el rostre de la dona més pintada en presència del Semita. Aquella primera vegada de la qual provenen totes les altres. Els ulls oberts, el nas rectilini i la boca closa per custodiar el silenci. Recordes com el pinzell es movia sol pel llenç, com si fos un ésser viu. Revius la bellesa d'aquella fesomia primigènia, motlle de totes les altres que han vingut, aquell instant germinal que tot ho va sacsejar, just abans d'abraçar-la, de besar-la, de follar-hi.

Comença a semblar-te un suplici pintar la Rosa Maria sense pensar en la dona més pintada. Per més que la facis estar dreta, per més que no s'hi assembli gens, per més que el raspall que ara aguanta amb fervor nupcial no tingui res a veure amb la flor natural que el Semita va rescatar d'entre els pits globulars de l'armènia. Tot és diferent, però tu tornes a aquella nit, el teu cap hi torna sense remei, el teu cos torna a sentir el seu, pell contra pell, i ara al taller de Montblanc revius aquella nit feliç a París que mai no s'ha tornat a repetir. La Rosa és bella i desitjable però ets lluny d'aquí i no la desitges. Durant l'última sessió et sorprèn. Obre la boca, tal com li dius sempre que faci, i et clava una pregunta que et descol·loca. Et demana per una altra Rosa, la Maria Rosa Seix. Vol saber què se n'ha fet, si encara la veus, si en tens cap notícia...

Una Rosa, doncs, que et demana per una altra. La futura esposa del teu amic s'interessa per la pubilla que vas deixar enrere quan et van donar la primera beca per anar a París. No l'has vista més, li assegures per no entrar en detalls, i de seguida penses que potser has fet malament de desentendre-te'n tant. T'assalten culpes insospitades en forma de punxades a la base del crani mentre improvises alguna ampliació de la resposta que no t'acaba d'arribar. La Rosa d'ara insisteix, palplantada amb un raspall a les mans, però la Rosa d'abans no et deixa de martellejar la retina amb tot d'imatges de l'Escola de Belles Arts, entre exercicis de classe plens de línies corbes, passejades de tiralínies per l'Eixample barceloní i visites escadusseres al pis dels seus pares. Can Seix.

No saps com va anar, però tot aquell món refulgent de Barcelona va acabar, substituït per l'exotisme de París, la Meca des d'on operava la Pedra Negra de Picasso, la font dels cubs que rajaven del cel cubista que es podia veure des del pont dels suïcides. I et retorna la fesomia del Semita, els ulls verds de la dona més pintada, els exiliats de París i la vida entesa com un passeig d'ambulatori a deambulatori. Ara, amb el pinzell a la mà al teu refugi de Montblanc, et concentres a pintar una Rosa que tanca el parèntesi que va obrir una altra.

—Que puc moure les mans? —et diu, interrompent el teu somieig—. És que se m'adormiran!

Li dius que esperi un moment, encara, i simules concentrar-te en uns últims retocs, sense els quals no pots donar per enllestit el retrat. Ella inspira fondo, resignada, i deixa anar un gemec subtil que et fa revenir els gemecs de l'armènia i les paraules del Semita, entrellaçats en aquell apartament de la ciutat universitària. T'escures la gorja i estossegues per dissimular els sospirs que et provoquen les imatges que ara t'assalten del vostre únic contacte sexual. Únic i potser irrepetible, per més que en el teu cap es repeteixi tan sovint.

—Ara ja gairebé estem —li dius per sortir del pas—, les pots bellugar, però no deixis anar el raspall, sisplau.

Es posa en moviment com un autòmat quan li tires la moneda. Fa broma amb el raspall, com si fos un rem i ella volgués fer avançar una canoa. Amb uns moviments gràcils que impliquen un tremolí de tot el cos que respon als moviments dels braços, clava el raspall a dreta i esquerra, com una remera experta, i el taller s'omple de rialles molt refrescants.

Aquesta noia farà tan feliç el teu amic Josep Maria que l'envejaràs sempre, però en aquesta projecció de felicitat futura de nuvis acaramel·lats s'hi barregen un munt de fills i de nets que estàs seguríssim que coneixeràs, i això t'alleuja. Tu no estàs fet per a això. Tu seguiràs casat amb l'art per molts anys, encara que te'n queixis, i a cada pinzellada que has afegit al llenç del retrat durant aquestes deu sessions de pintor i model t'ha crescut la confiança d'arribar allà on vas somiar de nen que arribaries.

—Serà el millor regal de noces —et regala la Rosa Maria al final de l'última sessió.

Somrius aquí, al taller, amb el mateix somriure persistent que llueixes quan el plebà de Montblanc els declara marit i muller.

6301

Despenges el telèfon amb un sí interrogatiu i sents una veu cantaire que sembla contenta de saludar-te.

—Hola, Macià —el nom amb què encara et coneixen els amics d'infància—, soc la Modesta!

Et fa gràcia perquè tot just ahir vau comentar amb les teves germanes que et caldria algú per venir a netejar el taller i el seu nom va ser un dels pocs que no va vetar la Nati, que té un caràcter difícil i es malfia de tothom. Us coneixeu des de petits, amb la Modesta. Li agraden les flors i sap guardar secrets. Com que hi tens confiança, estàs a punt de fer algun comentari sorneguer sobre la Nati. Dones per fet que et truca perquè les teves germanes li han dit que necessites algú per netejar la mufla.

—Hola, Modesta.

—Et truco des de l'Ajuntament.

Tens un sobresalt. Avui és el primer de maig i cada any hi ha brega. Et sona a trucada oficial. No sabies que la Modesta hi tingués cap relació.

—Què ha passat? Ara treballes a l'Ajuntament?

L'auricular de baquelita que t'has fet instal·lar al taller retruny per la riallada que deixa anar.

—Nooo, i ara! —i vinga a riure—. Em deixen fer servir el

telèfon municipal perquè m'he trobat un grup de francesos que et busquen.

El verb *buscar* tampoc no et tranquil·litza gaire. Vas de sobresalt en sobresalt.

—Qui és que em busca? —li demanes, imperiós.

La Modesta nota el canvi de to i recula a un terreny més segur.

—Són un grup d'admiradors de la teva pintura que han vingut de França demanant per messié PalauFerré —diu amb veu de bona minyona—, suposo que et deuen voler comprar algun quadro.

Ara ho entens. T'afalaga que vinguin de tan lluny, però també et molesta que t'emprenyin just quan estàs pintant. Amb l'auricular contra l'orella i els dits enredats a l'espiral del fil que el connecta amb l'aparell, mires el llenç que tot just fa cinc minuts era blanc. Quan ha sonat el telèfon acabaves de guixar-lo. Sempre comences el primer traç a cegues, amb els ulls tancats i el cap a quarts de quinze, però tan aviat com la punta del pinzell toca la tela els obres per resseguir atentament el traç d'aquella mà que ja no és teva, sinó que mou algú altre que pot colonitzar el teu cos i la teva ànima, com el Semita, aliè a les teves pors i a les teves preocupacions. És la teva mà dreta, però la tens molt ben ensinistrada perquè actuï pel seu compte. El timbre del telèfon t'ha estroncat el traç quan començaves a perfilar una silueta fundacional en la blancor nívia del llenç.

—I com és que t'ho han demanat a tu? —li dius, sec.

La Modesta s'ho podria prendre com una pregunta desconsiderada, però es limita a explicar-te com ha anat.

—Per casualitat, Macià. Ja feia estona que comprava quan he sortit pel portal de Bové i m'he trobat l'autocar dels francesos que venia de l'estació.

T'explica fil per randa què havia comprat abans de topar amb els francesos i després et descriu la ruta posterior fins a l'Ajuntament amb un d'ells. Et sorprèn la seva desimboltura. Trobes que, per haver-se quedat sola a la vida, és força espavilada.

—I tu ja t'hi entens, en francès?

—N'hi ha un que parla un català molt estrany —replica, riallera—. Vols que s'hi posi? És de Perpinyà.

Diu Perpinyà posant morros per estrafer la pronúncia del seu interlocutor. El té al costat i ara també el sents com riu.

—No cal, Modesta, tu mateixa els pots acompanyar fins aquí —li suggereixes, pensant que encara faràs calaix venent algun quadro—, si ets tan amable.

—Molt bé, Macià —et respon, sol·lícita—. Vaig a casa a descarregar el que he comprat i pujo amb ells.

Penses que podries aprofitar el moment per demanar-li si et voldria fer de minyona al taller, però te n'estàs. Si diu que ve amb els francesos, ja l'hi podràs dir en persona.

—Doncs moltes gràcies, Modesta —mig te n'acomiades—, fins ara.

Però ella encara no ha acabat.

—Així aprofito per veure com és el taller. La Maria del Carme ja m'ha dit que voleu que el vingui a netejar, però no hem acabat d'aclarir quants dies per setmana caldrien.

—Ah, molt bé —et sobreposes—. Ja ho anirem veient. De moment, si et va bé, te'n donaré la clau i comences quan vulguis. Si vols, demà mateix.

—Perfecte, Macià. Justament havíem quedat així amb les teves germanes —la teva sensació de control, fulminada—, que avui vindria a fer vistes i començaria demà al matí.

Un quart després ja els tens aquí. La Modesta baixa de l'autocar la primera, com si fos la guia oficial. Són una vintena, un grup prou nombrós i sorollós perquè demà tot Montblanc en vagi ple. La teva fama d'artista internacional, forjada lluny de casa, comença a ressonar.

—Bonjour —els entres.

—Bon dia —et respon el que ha baixat rere la Modesta.

—Aquest és el Gaston, el senyor de Perpinyà que t'he dit, Macià —t'aclareix—. Ja li pots parlar en català.

Intercanvieu quatre paraules de cortesia fins que emmudeixes. Entre els expedicionaris hi ha algú que et deixa glaçat. Et sembla entreveure la dona més pintada quan baixa de l'autocar, però de seguida es camufla entre la resta de visitants i et quedes amb l'ai al cor. No saps si és una d'aquelles aparicions fulgurants que et turmentaven al metro de París els últims temps, quan et semblava descobrir la seva fesomia en qualsevol vagó, des de qualsevol angle. Totes les cabelleres llises eren la seva, les galtes molsudes, els pits globulars o l'olor de tarongina que fa dos anys que no flaires.

La Modesta i el Gaston et flanquegen quan dius de començar a entrar i t'avances per esperar-los dins del taller, al costat de la llar de foc on el teu cunyat acaba d'instal·lar una taula llarga perquè puguis retre honors als futurs compradors, sempre que no vinguin en grups tan nombrosos com aquest.

—Bienvenue dans mon humble atelier —els saludes en el teu francès fluid de fonètica estrambòtica.

Els agraeixes que hagin vingut de tan lluny propulsats únicament per amor a l'art. Just acabes de pronunciar la paraula *art* que et sembla ensumar flaire de tarongina i la dona més pintada entra per la porta, amb l'últim grupet de tota la colla. Ara sí que et sobresaltes de debò. Quedes mut, palplantat al costat de la taula, tan llarga com la teva perplexitat i tan buida com la teva calma. Incapaç de cap altra reacció, agafes aire i obres els braços.

La majoria de visitants entén les teves braçades de nàufrag com una invitació a badar per l'interior del taller. Tens alguns quadros penjats a les parets, però encara n'hi ha més per terra, recolzats de qualsevol manera. La Modesta, impacient per exercir de minyona, ja comença a fer endreça. Es dedica a bellugar les teles que estan amuntegades i els busca un lloc perquè puguin ser contemplades sense haver-les de separar. Fins i tot agafa l'escombra per arraconar rere la taula algunes restes de ceràmica que hi havia al costat del forn de mufla. Mentre ella feineja el bosc d'admiradors es disgrega en grupets que s'embranquen a pul·lular pel perímetre interior del taller i s'acosten als teus quadros com heures enfiladisses per fixar-s'hi millor. La dona més pintada és l'única que no es mou, ben plantada al centre geomètric del bosc desfet. Et mira i somriu. Quedes embruixat per la seva mera presència, dos anys després d'haver pintat el retrat que ara mateix presideix la llar de foc del taller, magnificent. Dos anys de somiar aquest moment clausurats de cop i volta, l'horitzó com un teló que et cau sobre el cap.

Ella et mira i tot s'atura. Proves d'acostar-t'hi, però et sents incapaç de moure ni un dit del peu. Els ulls et van de la model al retrat, l'una marcescible, l'altre immutable. Et veus projectat a la ficció per aquestes dues dones ullverdes que et miren fixament. Ara mateix et sents un personatge inexistent, un Jusep Torres Campalans sense biògraf. Estàs tan aclaparat que et posaries a cridar el nom del Semita per demanar-li auxili. El trobes molt a faltar. D'ençà que vas tornar de París per construir-te aquesta closca que no n'has tingut notícia. T'ha abandonat en cos i en esperit. En canvi, la dona més pintada avança cap a tu mentre tothom contempla els múltiples retrats que n'has fet, aplicant els seus ulls esbatanats a tota mena de fesomies. Dones i dones ullverdes que són sempre ella.

—Bonjour, chérie! —et diu—. He vingut a escalar el Mont Blanc.

Et fa els tres petons de rigor, i amb el tercer et desvetlla. Somrius com un babau i no fas preguntes. Sents com l'esperit del Semita et torna a posseir i gaudeixes del moment.

—Aquest és el retrat que no vas voler veure —li dius, embadalit, en el teu francès que tant la divertia—. Recordes quan el vaig pintar al meu apartament del Boulevard Jourdan?

Us acosteu a la llar de foc, presidida pel seu retrat amb la rosa entre els pits. Et crida l'atenció que avui no faci escarafalls ni es negui a mirar-lo, però quan li demanes el perquè et diu que ja ha passat prou temps.

—Ara ja no soc jo —afirma—. La tinta s'ha assecat.

Ja no li fas cap més pregunta. Et costa, però recordes que quan la buscaves desesperat pel metro de París et vas jurar que si la trobaves no li preguntaries mai sobre què feia o deixava de fer, i t'ho apliques. Mentre mireu quadros en silenci les posicions dels vostres cossos parlen per vosaltres. El desig creixent que sentiu té una banda sonora de murmuris, un mar de fons verbal sobre les qualitats del teu art que emeten els seus companys d'expedició, esquitxat de tant en tant per algun comentari banal i complementat per xifres que surten de la traducció quantitativa dels teus quadros i configuren el territori venal. La majoria dels visitants són col·leccionistes que han sentit a parlar de la teva obra entre els artistes i els crítics que sovintegen Casa Castelucho. Han vingut de París amb la idea de comprar obra d'un artista prometedor i no se n'aniran amb les mans buides. Ella s'hi ha infiltrat.

—No els conec de res —t'assegura, rient—, vaig passar per Casa Castelucho i m'hi vaig apuntar.

No saps si creure-la, perquè quan els col·leccionistes comencen a demanar preu parla amb tothom, com si ella també anés a comprar algun quadro. Intentes agafar embranzida per dir-li que l'has enyorada, però no trobes la manera. Només que es fixés una mica en totes les dones ullverdes que has pintat aquests dos anys...

—Abans de marxar de París et vaig buscar —et surt de dir-li, i de seguida te'n penedeixes.

Ella et mira i somriu, però no replica. S'enretira una mica perquè alguns col·leccionistes que vetllen per augmentar les seves col·leccions t'abordin amb la intenció de pactar condicions de compra. Alguns volen deixar-ho emparaulat. Fan una ruta d'una setmana i avui dormiran a Reus.

—M'interessa aquell oli —fa el de Perpinyà, assenyalant el quadro que presideix la llar de foc.

—Aquest no està en venda —el talles, sec.

És la teva manera de dir-li tot el que et veus incapaç de verbalitzar. Que l'has enyorada, que l'estimes, que ja saps que no la podràs retenir.

L'endemà, la Modesta es presenta al taller a les vuit del matí, carregada de productes de neteja. Treu la clau, feliç de començar una nova feina, sense imaginar que et mig despertarà amb el xerric del pany. Fa un dia rúfol, però tot i això entra llum natural per unes obertures superiors estratègicament pensades per facilitar la teva feina de pintor. No li cal encendre cap dels fluorescents per veure-us estirats sobre una màrfega, despullats, ella en posició fetal i tu arrapat al seu cos per darrere, acoblat com una paparra, amb el nas al seu clatell, la panxa a la ronyonada i els genolls sota les cuixes.

—Bon dia —diu la Modesta en veu alta i clara.

Després de deixar els productes de neteja que tragina damunt de la taula passa pel vostre costat sense immutar-se, en direcció a la cantonada on ahir va deixar l'escombra. L'agafa i refà el camí.

—Vaig a netejar una mica el pati —et sembla que diu.

Surt sense mirar enrere, procurant no fer gaire soroll amb la porta. A un pam del teu alè, la dona més pintada continua dormint.

6401

Cada cop tens més visites. Ha corregut la veu que ets una mica selectiu i que tot depèn del vent com bufa, però quan tot va a favor obres la porta de la mufla perquè vegin on i com treballes. Primer els fas seure a la taula llarga que tens al costat de la llar de foc i després poden badar per tot el taller. La taula la tens sempre parada amb vi ranci i fruita del temps, i el terra, ple de llenços guixats, olis i ceres, escampats per aquí per allà. Els interessats ja saben que pintes amb colors molt vius. Dones exuberants, síndries saboroses, trens, toros, muralles i flors de moltes menes. Però el que més t'agrada del que es diu de tu és que només vens quadros a qui vols. No és només que no deixes entrar tothom. Tampoc tots els possibles compradors que entren al teu taller amb diners a la butxaca en surten amb un quadro sota el braç, per més ofertes que et facin.[1] Tenir una certa fama d'esquerp i de llunàtic et satisfà.

Hi penses sovint, en aquestes enraonies. Concedeixes que tenen raó i prou que n'estàs orgullós, però mentiries si diguessis que ho fas expressament. Ets així. El Semita sempre t'ho deia, a París, que tan aviat pujaves les escales com les baixaves. Li agradava comparar-te amb un rellotge d'arena. Ara ho recordes perquè així és com et sents. Tot va bé fins que arribes a un punt que se t'acaba la paciència, tot s'atura i no passa el temps. Res, no passa, s'hi posin com s'hi posin, fins que algun sotrac no et capgira i et trobes de cap per avall amb el dipòsit ple de grans d'arena que ragen lentament per ocupar l'espai inferior.

Quan el Miquel Peirats entra al teu taller l'arena raja fluida. Unes montblanquines que tenen comerç a Reus li han venut una ceràmica teva i els ha demanat de visitar-te quan ha sabut que també pintes.[2] Es presenta acompanyat de la seva esposa, Dolors Causadies. Baden bocabadats entre els llenços que tens a terra, recolzats a la paret i, després d'una estona llarga de toquejar, veus que ell s'atura davant de l'únic que avui tens penjat a la paret del fons, el primer retrat que vas fer de la dona més pintada, el de la rosa al pit. S'escura la gorja i obre molt els ulls. De seguida notes que els ulls verds i els pits globulars que van travessar-te l'ànima a París també projecten el seu poder irradiador sobre ell. La seva dona també se'n deu haver adonat, perquè s'hi acosta encuriosida.

—Aquest no està en venda —t'hi avances—, només venc aquells d'allà.

Hi ha més dones ullverdes, algunes colltortes i d'altres en companyia d'unicorns que ja has pintat aquí. El Peirats es reomple la copeta de vi i la passeja per tot el taller. Els ulls li saltironen de pintura en pintura. Només s'aturaria davant dels retrats ullverds, però ronseja entre xíndries i santjordis per dissimular una mica. Tots els retrats li semblen variacions de la mateixa dona ullverda que no li vols vendre. La senyora és prou sagaç per intuir que totes aquestes dones retratades són la que et va robar el cor a París i després t'ha deixat somiant en ulls esbatanats.

—Totes aquestes cares s'assemblen una mica —aventura ell—, amb aquests ullassos verds...

—No és que s'assemblin una mica —diu ella, amb seguretat—, és que són la mateixa.

—Qui és la model? —remata ell, amb un somriure.

O t'agafa amb la guàrdia baixa o et desarma amb la seva habilitat natural de bon negociador. La qüestió és que li comences a dir qui és, fins allà on saps, i el que no saps t'ho inventes. Una model filla de refugiats armenis que fins i tot ha posat per a Picasso.

—Em vaig comprometre a no revelar-ne el nom —t'empatolles per protegir-te quan t'adones que t'estàs embolicant massa.

Calles de cop i penses que ja sembles el Semita, amb les seves estratègies d'imatge. Els Peirats assenteixen, impressionats per la tràgica història del poble armeni. Admeten tenir-ne un coneixement molt superficial, però ell assegura que ha estat a França i que se'n pot fer el càrrec. Et sembla un comentari una mica estrany, però veus que de seguida simpatitzen amb la causa del genocidi silenciat. Tampoc no et costa gaire convence'ls. La força de la gravetat d'uns fets com els que ara il·luminen els ulls verds de la model es deixa sentir dins del taller. El pes dels vostres cossos augmenta sobtadament i moure els peus us resulta feixuc. Aquesta complicitat plúmbia té conseqüències directes. Tot i que us acabeu de conèixer, entreu en un intercanvi de confidències, la bola es fa més grossa del que preveies perquè són més hàbils que tu a l'hora d'extreure informació i al final el mirall deformat et porta a exagerar una mica les peripècies vitals de la dona més pintada. Sempre has tingut una certa tendència a la hipèrbole.

Els Peirats et compren quatre quadros d'una tacada, inclòs un retrat ullverd molt semblant al primer que vas pintar a París. Els ajustes cada preu a la mida del quadro, però no et sembla que mirin prim. Fins que no tanqueu la transacció fan gala d'una educació exquisida. Després, veus que els entren les presses. Ell carrega les quatre pintures al maleter del cotxe, s'acomiaden i se'n van. Potser algú els ha advertit dels teus sobtats canvis d'humor, quan ja tens algú a punt de comprar-te una obra i al final et fas enrere perquè dius que no li està destinada. Així mateix. El Semita deia que els compradors poden triar les obres però l'artista també ha de poder triar els compradors. Li semblava bé que fossis tan selectiu, o potser és a tu mateix, que t'ho sembla, perquè les opinions del Semita i les teves es barregen. Sempre has considerat que les imatges que pintes són les teves criatures, però ara no recordes si l'hi vas sentir dir a ell, la primera vegada. En realitat tant se val, perquè el Semita és el teu alter ego.

El Peirats no, però us enteneu. De tots els compradors que s'han endut obra d'aquí, del taller, és el primer que te'n compra quatre de cop, o que tu els hi vens, com si els diners no importessin. El feix de bitllets de mil pessetes que et deixa damunt la taula t'impressiona. Entre la capsa de bombons mig buida, el cendrer mig ple i l'ampolla verda que, en la seva translucidesa, mostra que no queda ni gota de vi, aquest feix de bitllets encotillats per una goma elàstica demana a crits formar part d'un bodegó que mai no pintaràs. No els has comptat. Ni hi estàs avesat ni t'ha passat per la barretina que no hi pugui haver la quantitat acordada. Però ara, en comptes d'agafar les sobralles que han quedat a la taula o endreçar una mica el taller, et fiques els bitllets a la butxaca i te'n vas a dinar. Abans de tancar amb clau, et passa pel cap que potser s'ho repensarà, tornarà amb els quatre quadros al maleter i et demanarà que li tornis els diners.

És una idea boja, un sense sentit fruit de l'eufòria que et provoca portar un feix de bitllets tan gruixut a la butxaca. Et sents immensament ric, d'una manera que mai abans no havies experimentat, i aquest atac d'eufòria precedeix una alenada de basarda, una por irracional que frega el pànic. T'agafen les presses per fugir amb els diners a la butxaca, però trobes que abans de marxar hauries de deixar alguna nota. Agafes un paper i el retolador més gruixut que trobes. Hi escrius «Torno tot seguit». El penges a la porta per la part de fora.[3] Després tanques amb tres tombs i te'n vas sense cap intenció de tornar al taller en els propers dies.

El rètol queda penjat a sol i serena fins que, setmanes més tard, t'adones que et pot ser útil en altres circumstàncies. En guixes un altre i el protegeixes contra la pluja amb una funda de plàstic. Perquè el Peirats sí que torna, però no pas amb els quadros adquirits sota el braç, sinó amb ganes de comprar-te'n més. Una figura de Sant Jordi, flors, bodegons, dones ullverdes... De vegades ve sol i de vegades amb la dona. S'interessa per tot el que pintes. Que el teu art li agrada és una de les dues evidències que aviat relaciones amb la seva figura. L'altra és que té molts diners. Et crida l'atenció que sempre carregui feixos de bitllets. Potser algun dels teus altres col·leccionistes deu ser tan ric com ell, però en general la gent que et compra obra és de classe mitjana. Gent acomodada, professionals liberals, delegats d'oficines bancàries, propietaris rendistes, hereus mig jubilats o petits fabricants que es poden permetre gastar-se uns calerons en pintura per poder lluir el teu art al rebedor de casa. Ho saps perquè alguns t'hi han convidat, i has vist les teves criatures a les parets de les sales d'estar, competint amb vitrines, televisors i bibelots diversos. Fins i tot t'han acompanyat fins als dormitoris perquè comprovis com els ulls de les teves models també escruten les intimitats d'alcova, en cambres de matrimoni pulcrament parades per mestresses que passen més temps fent llits que no pas desfent-los.

Però amb el Peirats les coses giren més rodones. Sobretot van més de pressa. Després d'unes quantes compres múltiples que t'han omplert el taller de bitllets enrotllats en feixos, un bon dia et presenta una oferta inesperada.

—Ja saps que m'agrada tot el que pintes —et diu, després d'aclarir que no et compra obra només perquè ho considera una bona inversió, sinó que ho fa per gust i ben de gust—, i he pensat que potser algun dia et podria interessar assegurar una part de la teva producció.

Fins ara, mai no has conjugat verbs com *assegurar* o *invertir*. T'has passat la vida enviant a la família una part dels diners que guanyaves i ara que comences a tocar-ne de calents no t'ha passat per la barretina altra cosa que posar els diners al banc. L'escoltes encuriosit, però parla en termes que et costen d'entendre i no tens gaire clar si és un comentari general o una proposta concreta. Al capdavall, et sembla entendre que parla d'inversions compartides, i que hi hauria la possibilitat que tu també poguessis invertir en valors amb possibilitats de guany.

—Estic urbanitzant uns terrenys a Reus, al costat del Mas Carpa.

Parleu d'un intercanvi,[4] una barata, paraules que et ressonen de les cròniques medievals de Montblanc, sovint rememorades pels comerciants locals. També surt la paraula *permuta*, molt més actual. Tanques els ulls i mires com llampega. Et passa pel cap la idea de pintar feixos de bitllets, arrencar-los del llenç a urpades i després anar a buscar el Peirats per comprar-li la casa. Una nova llar sortida dels pinzells, lluny de la Nati i de cal Francí. Una casa que ni pintada, a la qual convidaries l'armènia ullverda perquè hi establís, finalment, el seu domicili *don't be silly*, que era la broma que et va fer en anglès afrancesat quan, després de retratar-la i retratar-vos els cossos, li vas demanar si volia que l'acompanyessis al seu domicili.

—Conec casos de pintors que han intercanviat obres seves per joies, begudes, aliments, màquines o serveis —deixa anar el Peirats, interrompent el teu somieig lúbric.

No li cal dir res més perquè ho entenguis. Tant se val que ni la casa ni el terreny no et facin cap falta, perquè la idea et sedueix des del primer moment. L'oferta latent que t'acaba de fer penetra en el teu cervell com un corc insaciable que en forada circumvolucions i anfractuositats. En el seu trànsit per l'univers flonjo de la teva massa encefàlica es cruspeix totes les neurones que li surten al pas per alertar-te. Picasso pagava el menjar i el beure amb pintures i ara tu pots pagar de cop no només tot el menjador sinó la resta de cambres de la casa.

El Peirats et llegeix als ulls que et fa gràcia i que, tard o d'hora, hi accediràs, de manera que et promet que redactarà un contracte d'un dia per l'altre, amb clàusules que recullin les condicions econòmiques, a tant el metre quadrat, per tal de formalitzar la compra.

—Algú ha de ser el primer de fer-ho —t'encoratja.

Primer. La paraula clau. Ser el primer, un objectiu ben honorable, sobretot en el món de l'art, que es fonamenta en el verb *destacar*. El primer sempre destaca més que el segon.

Quan surt per la porta del taller, el Peirats sospita que acceptaràs la seva oferta. Tu et penses que encara no ho has decidit, però intueixes que acabaràs firmant el contracte amb la mateixa lletra lligada dels quadres, un PalauFerré amb una inicial tan historiada que sembla la silueta d'una B treta de polleguera, ʒalauFerré, amb be de Beatriu, que és el nom dantesc que últimament adjudiques a la dona més pintada quan hi somies.

El cap se t'omple de pensades que et fan somriure. Tot et fa gràcia. Te'n fa comprar una casa amb pintures a l'oli. Mires el llenç en blanc que ara tens al cavallet i després busques el pot amb els pinzells. Et fa gràcia pensar que tens una màquina de fer diners. Qui vol feixos de bitllets, tenint pinzells i pintura? Tens ganes de posar-te a riure. Potser és coqueteria, però et sembla que t'ho pots permetre, que t'ho has guanyat a pols. Si el Semita ho sabés no només ho aprovaria sinó que t'aplaudiria amb les orelles. Totes aquelles idees seves de singularitzar-se com a artista anaven per aquí. Qui t'ho havia de dir, que un home tan prosaic com el Peirats, del ram del totxo, t'oferiria una oportunitat tan lírica com aquesta!

Quan, dues hores més tard, sona el telèfon del taller, el primer que penses és que el Peirats ja et vol fer signar el contracte. Però no. És la Nati, que et demana amb sarcasme si no penses baixar a sopar. Mires el rellotge i t'adones que has perdut el món de vista. El conte de la lletera que compra una casa a canvi de moltes gerres de llet t'ha retingut a la mufla. Quan obres la porta és negra nit. Un quart després, per endolcir la cara de pomes agres que fa ta germana, li expliques entusiasmat que t'ha sortit una possibilitat de negoci que us farà rics. T'hi has d'esforçar, però al final la convences. L'endemà és 29 de febrer. Un dia especial que només es repeteix cada quatre anys. Ho consideres un senyal de bon auguri. Te'n vas a Reus i et fas el trobadís. Saps que el Peirats freqüenta una cafeteria a la plaça del Mercadal i t'hi asseus.

—Parlem-ne, d'allò —li dius.

D'allò. En té prou per entendre què vols. Tot és molt senzill. Somriu satisfet i tens la sensació que ataqueu un duet en una òpera italiana. D'entrada, et diu que les teves dones ullverdes el tornen boig i te'n demana més detalls, i n'hi dones, i el que no saps t'ho inventes, com sempre, i l'hora d'esmorzar s'estira a mig matí, i us enfileu que si tomba que si gira fins a l'hora del vermut, i després us n'aneu a dinar plegats i a la tarda ja tens un contracte privat sota el nas que ve a significar que tens poder per pintar una casa a l'oli i que s'hi pugui viure, i t'ho llegeixes com si estigués escrit en armeni i somrius feliç quan hi estampes la signatura que acompanya totes les imatges que surten dels teus pinzells: 3alauFerré, amb una inicial que és la silueta d'una B treta de polleguera. Ho firmes per duplicat.

6501

El periodista madrileny veu el rètol del bar España i no s'ho pensa dues vegades. Fa parar el xofer, convençut que aquí li sabran indicar el camí fins al taller del senyor Palau, aquell pintor tan pintoresc que venen a entrevistar. Demana al càmera si l'acompanya a fer un cafè i al xofer que els esperi. Els dos homes baixen del Seat 1500 com qui surt d'un avió després de travessar l'Atlàntic. Han anat fent parades, però de l'última ja fa un parell d'hores. Més que pel cafè, el càmera l'acompanya per buidar la bufeta. El xofer també esbufega, però no troba lloc per deixar el cotxe aparcat i decideix que ja s'alleujarà quan arribin a la destinació final.

El bar España no és gaire gran, però els sembla un local acollidor. Té aspecte de casino de poble i quan els dos madrilenys hi entren està pràcticament buit. Ara mateix només l'ocupeu tres clients, dos que comparteixen una de les taules arrambades a la paret i tu que fas un solitari, assegut en una altra. Pel reflex de la finestra et sembla veure que els dos nouvinguts només s'assemblen en una cosa: tots dos porten bigotets del gruix d'una cella ben enganxada al llavi superior, de manera que deixen a la vista l'avantnàs. És la moda del moment entre els que es mouen en els cercles de la indústria audiovisual, a imitació del gran Clark Gable. Fora d'aquest detall capil·lar, el locutor és prim i el càmera alt i gros, un tros d'home. El més escanyolit porta unes ulleres de sol que no es treu ni a l'interior del local i fuma Rex. Tan aviat com ha baixat del cotxe se n'ha encès un altre, l'enèsim, i ara rescata un cendrer perdut a l'extrem de la barra i l'arrossega fins a la posició que es proposa ocupar.

El cambrer se'ls acosta i els demana què volen prendre en el to amable que reserva als nous clients. Els forasters diuen que volen dos *cafesolos* just en el moment que et surt la sota d'oros i aconsegueixes desembussar una de les columnes que amenaçava d'arruïnar-te el solitari. No pots reprimir un gest victoriós de celebració acabat amb un repic d'artells a la taula que sona al local silent amb una estridència inesperada.

Els forasters tomben el cap per mirar d'on ve el cop i s'adonen que estàs completant el solitari. El càmera alça el puny per solidaritzar-se amb el teu cop de sort i tu l'hi agraeixes amb un lleu moviment de cap. Després, recculls les cartes amb les dues mans com qui amassa una fortuna en una taula de pòquer i mires d'apilar-les. Just quan completes l'operació i et poses a barrejar-les, el periodista prim demana pagar els cafès i, posant un bitllet de cent damunt de la barra, pregunta al cambrer si li pot indicar com fer cap al taller d'un pintor anomenat Matías Palau. L'amo del bar España assenyala cap a la teva posició.

—Ahí lo tiene —els diu.

Els dos madrilenys et tornen a mirar, somrients. Cap dels quatre no dieu res durant uns instants, com si tots esperéssiu un senyal de l'altre. Durant aquesta pausa incòmoda els de la taula del racó demanen un altre cafè i el cambrer fa un giravolt de ballarí per encarar-se a la màquina de cafè exprés.

—Síganme —els dius, i els dos madrilenys llavicelluts surten del bar darrere teu—, yo les llevo.

Prop de la porta us espera el xofer, menjant patates fregides dins del Seat 1500 amb el logotip de TVE. Quan t'ofereixes a pujar per guiar-los et demanen si és gaire lluny. Els dius que cal agafar el cotxe i sortir del poble en direcció al monestir de Poblet.

—¿Y no le importa acompañarnos?

Notes que aprecien la teva predisposició. De fet, et diuen que ho consideren un gest de gran generositat. Estan acostumats que el logotip de la tele els obri moltes portes, però la màgia no sempre funciona, sobretot si no porten les càmeres a la vista. El gras, que és més callat i reflexiu que el seu company, pensa que deus ser un home desvagat que actua empès per l'entusiasme d'haver aconseguit completar el solitari. Potser fins i tot atribueixes el cop de sort a la seva arribada, perquè ja se sap que la gent de poble és supersticiosa de mena.

—Ya estamos llegando —dius.

Sortint del poble, després d'un revolt, els fas desviar a la dreta, al petit espai que separa el taller de la carretera. El xofer t'obeeix i hi estaciona el vehicle. Els dos periodistes baixen abans que tu, enfilen el caminet que mena a la porta i toquen el timbre. Els deixes fer. Baixes i t'hi dirigeixes amb parsimònia. El xofer també baixa, sense allunyar-se gaire del cotxe. Quan veu que la porta no s'obre, es desentén dels seus companys i escodrinya els encontorns per si pot anar a buidar la bufeta sense haver d'esperar a poder accedir a un lavabo. Els dos periodistes intenten desxifrar el cartell de la porta.

—Oiga! —crida el prim, tement que ja hagis marxat—. ¿Qué quiere decir *torno to seguid*?

Però en tombar-se s'adona que ja té el teu alè al clatell. Per tota resposta treus una clau i obres la porta, amb un somriure d'orella a orella.

—Bienvenidos a mi taller —els dius.

—Entonces... ¿es usteeed?[1] —crida el periodista, amb cara de no creure-s'ho—. ¡No me joda!

Ja ets dins. Encens els llums, perquè el dia és rúfol i entra poca llum natural, i fas una ullada que tot estigui bé. El càmera surt a buscar l'eina al cotxe que el xofer vigila de cua d'ull mentre descarrega la bufeta al tronc d'un dels pins que envolten el taller. Mitja hora després ho tenen tot a punt per començar a enregistrar l'entrevista.

—Cataluña es la patria chica de numerosos pintores que vigorizan y continúan la gran tradición pictórica de nuestra patria[2] —sents que diu amb veu de No-Do, fent esclatar la pe de *patria* com una ventosa per desembossar l'aigüera—, pero los pintores, como todos los artistas, precisan de lugares tranquilos y apacibles donde poder inspirarse. La bella villa de Montblanc, en Tarragona, reúne sobradamente estas condiciones.

El locutor prim de les ulleres negres i el bigotet perfilat pronuncia aquestes emfàtiques paraules encarat a la càmera que sosté el tècnic gras, i just ara veus que es tomba cap a tu brandant el micròfon i et demana qui ets. Concretament, pregunta «qui és Palau Ferré». Tu te'l mires, sorneguer, i li respons que ets un home normal, vulgar i corrent, que ets feliç de treballar aquí.

—A quien ustedes, los señores de la prensa, se empeñan en complicarle la vida.

L'home amb veu de No-Do entoma el repte, i assegura que te la vol complicar més. Després de demanar-te per la ceràmica, vol que diguis a quina escola t'adscrius, com si fos tan fàcil anar etiquetant les coses. Tires pilotes fora, dius que a totes una mica, però al·ludeixes a la teva voluntat de trobar una solució directa al subjecte abstracte, i t'ho fas venir bé per parlar de l'empirisme de la realitat, una realitat quasi possible que t'has empescat per parlar de la teva manera de pintar, però o no t'expliques prou bé en el teu castellà peculiar o bé el senyor periodista ha arribat al seu límit de tolerància i decideix fer-te pagar la confusió d'abans i el ridícul retrospectiu que tem haver fet davant de l'amo del bar. La qüestió és que t'interromp de mala manera per dir-te que troba molt confusa la teva resposta i et demana de repetir-la d'una manera que sigui més assequible per al gran públic. *El gran públic*, diu, com si n'hi hagués de petit, també. I llavors t'emboliques una mica en el teu castellà d'estar per casa.

—Es que yo creo que la vida, en la vida, una cosa tiene que haber, lo que sabemos y conocemos si esta cosa que sabemos conscientemente lo aportamos a la cosa que vemos nos da una especie de empirismo.

Veus que els ulls de conco sicalíptic li sobreïxen de les conques fins a desbordar els cercles foscos de les seves ulleres de sol.

—Es decir —afegeixes abans no li rebentin—, que yo no intento reproducir ni mucho menos copiar la naturaleza. Intento aliarme con ella.

Calles, donant l'explicació per acabada. Passen tres segons fins que el locutor es recupera de l'impacte, però quan ho fa contraataca sense miraments. Et diu que veu, de fet t'ho diu parlant en primera persona del plural amb un «nosotros vemos» que no saps si engloba també el càmera, i el que veuen són moltes confusions en els teus quadros. Se centra en la mida dels ulls de les dones que retrates. Els troba desmesurats, tan fora mida que s'arriba a demanar si no coneixes la mesura, i remata la disquisició amb una pregunta molt directa.

—¿No sabe lo que es el metro?

T'agafa desprevingut. No t'esperaves tanta bel·ligerància, de manera que recorres a l'ecolàlia, una repetició patològica de paraules que et remet a les llargues converses amb el Semita al metro de París.

—¿Qué es el metro? —repeteixes les seves últimes quatre paraules.

—El metro, según nos enseñaron en el colegio —sil·labeja el locutor amb veu de No-Do, estrafent la cantarella dels mestres d'escola nacional—, es la diezmillonésima parte del cuadrante del meridiano terrestre. ¿O no?

La teva resposta no és ni sí ni no. Li fas una altra pregunta, a la gallega.

—¿Exacto?

Deixes passar uns segons i conclous que no, que és un càlcul aproximat, i els acuses d'haver-se equivocat ja en la més bàsica de les mesures concretes. No el convences, però com a mínim aconsegueixes que canviï de tema. Et demana per Picasso, esmenta de passada la teva aversió al títol de Picasso Dos, però només et demana si l'enveges.

—Sí. Envidio sus ochenta y ocho años de vida para poder pintar.

Quan, tot seguit, et demana per Dalí li respons amb una pregunta que supura menyspreu, com si no sabessis qui és.[3] El periodista, encoratjat per les teves respostes, et fa la gara-gara i aprofita, tu que sempre parles clar, per demanar-te l'opinió sobre els esgrafiats de Picasso al Col·legi d'Arquitectes de Barcelona.

—Pues me queda la *tranquil·lidad* —dius, geminant descaradament la ela— de no haberlos hecho ni él ni yo.

La teva resposta escandalitza el periodista, que no s'està de reaccionar per antena amb un «¡Qué fuerte!» ben sonor. Després d'això, l'entrevista segueix per camins més retòrics, sobre l'evolució de l'art i la naturalesa canviant de les obres més apreciades. L'home de la veu de No-Do insisteix a demanar-te si no s'ha de seguir una línia i tu ho relativitzes amb metàfores florals, que passen de la flor al fruit i a la seva maduració, que reinicia el cicle natural. Li expliques els teus horaris de treball, que a l'estiu divideixes en dues sessions, la matinal de set a deu i la vespertina de quatre a sis, i en canvi a l'hivern unifiques en una de sola, de vuit del matí a sis de la tarda.[4] Quan et demana pel procés de maduració de cada quadro et negues a xifrar-lo. Li dius que cada nova peça recull l'experiència de totes les anteriors i que, per tant, per fer cada quadro t'hi passes tota la vida.

—¿Por eso vive aislado en Montblanc sin exponer ni salir a buscar al cliente? —et dispara.

—¿Por qué? —saltes com un gall— ¡Si el cliente me busca a mí! ¿Por qué iba yo a buscarlo? ¿Que *nessessidad* tengo de buscarlo yo?

Aquí et burxa per l'aspecte econòmic i et retreu que aquest fer-te buscar no sigui un estratagema per fer-te valorar més cara l'obra. Ho negues taxativament, però en aquell instant saps que tothom que vegi l'entrevista per la tele pensarà que el periodista de la veu de No-Do té raó i que tota la comèdia de fer venir la gent al taller per comprar els quadros només la fas per vendre més. Intentes contrarestar-ho, però fracasses estrepitosament.

—Cuando viene el comprador al taller no hay *nessessidad* de venderlo.

L'última pregunta és sobre la posteritat. Et demana si et preocupa saber si la teva obra entrarà als museus en el futur. Te'l mires fixament i, prescindint de la càmera, li respons taxativament.

—No le quepa duda que, si mi obra es buena, estará en los museos.

El locutor tanca l'entrevista dient que, segons la seva opinió, l'obra és boníssima. Si no, no haver vingut, desgraciats, penses mentre els acomiades.

6601

El Lopas de Montblanc t'acompanya a l'aeroport del Prat de bon grat. És un luxe que et faci de xofer. Et fascina la seva perícia amb les mans, forjada en hores i hores de barallar-se amb els mecanismes interiors dels rellotges. Te n'agrada, també, la conversa estimulant. Sense haver estat mai a París, ho sap tot sobre la Torre Eiffel. Tot. L'altura, els pisos, el temps de muntatge i el que havia de durar muntada. Sembla que li sàpiga greu que no la desmuntessin.

—Això és com aquests artistes *extractes* d'ara —et diu—, que fan qualsevol cosa amb el primer trasto que arrepleguen pel carrer, i després volen que ho exposin els museus.

Les pensades del Lopas et fan riure. Te l'imagines davant d'un quadro de Tàpies, remugant. És murcià, casat amb una pubilla montblanquina, i fa anar un català popular força acceptable, estirabots inclosos.[1] Trobes genial que quan parla de l'art abstracte en digui art extracte. És un creador de llenguatge.

—Però tothom ha de poder pintar com vulgui, Lopas —matises, condescendent—, i millor que no ho facin gaire bé, els abstractes. Així els figurativistes tenim més espai.

—Home, és que per dibuixar figures cal haver estudiat!

El primer que faràs quan arribis a París serà anar a l'escola d'en Szabó amb la secreta esperança de trobar la dona més pintada. Han tornat a passar tres anys sense notícies ni d'ella ni del Semita.

—Cal estudiar, perquè qui no ho fa queda incomplet, però també cal fugir d'estudi —li etzibes—. Qui no sàpiga sortir a temps de les acadèmies no val la pena que hi entri.

Veus que el Lopas obre molt els ulls, com si volgués clissar fins on l'afecta el significat ocult que intueix en les teves paraules. T'acompanya fins al vestíbul. Us atureu just davant del flamant mosaic de Joan Miró que Llorens i Artigas ha enllestit fa poques setmanes. Us el mireu en silenci. Diries que no se'l mira amb bons ulls. A tu te n'agraden els colors, però tampoc no et fa el pes. Has d'insistir força per dissuadir-lo de quedar-se.

—Ja pots marxar, home. No cal que et gastis els calés de l'aparcament, que tampoc no et deixaran entrar dins sense bitllet —li assegures—. Això no és com el tren!

L'última vegada que et va acompanyar a Barcelona anaves a Madrid amb tren i es va esperar amb tu a l'andana fins que hi vas pujar. Aquell dia tenies ganes de sentir-li la veu i et va anar molt bé la seva companyia, però avui és diferent. El cor et batega fort. Deu bombejar tanta sang que els polsos et fan zub-zub. La carta que ha arribat al teu paradís terrenal de Montblanc t'ha catapultat a un passat que creies arxivat al calaix més amagat de la memòria. Cinc anys després de marxar-ne, tornes a París amb la gola seca i els ulls humits.

Hi vas arribar de jove promesa, becat per l'Institut Francès de Barcelona. Hi tornes convidat per la Sorbona de París, després de l'èxit de la teva exposició a Madrid, encara sota l'impacte de l'encàrrec que el Jaume Ferran t'ha fet per participar en l'homenatge nord-americà a Picasso, amb el seu aval.[2] Al taller has deixat el teu *Guerblanc* a mig fer, tot just amb la composició esbossada. Ho has fet deliberadament, amb la secreta intenció d'absorbir els colors de París amb ulls d'esponja per tornar carregat de tons i abocar-los al llenç.

La carta d'invitació de la Sorbona no només t'ha afalagat sinó que ha tingut la virtut d'accelerar-te el cor i les mans. Has concebut l'esbós de la que voldries transformar en l'obra emblemàtica de la teva producció i has perllongat el procés preliminar per fer-lo quadrar amb el viatge. Volies que la data de marxar t'agafés amb la feina a mig fer, com si una catàstrofe natural t'obligués a deixar tot el que tenies entre mans i fugir precipitadament de casa.

Ara també et precipites d'Orly al teu allotjament de l'hotel Rivoli i, sense obrir la maleta, tornes al carrer per visitar l'escola del professor Szabó, amb l'absurda esperança de trobar-la allà, posant despullada per als alumnes de la classe d'escultura, com aquell primer dia de fa tants anys. Un neguit líquid t'inflama les venes i et fa de combustible. Travesses uns carrers que recordes bé fins a arribar a l'escola on et vas formar, però no la localitzes. Ha desaparegut. En el seu lloc hi ha un magatzem de maniquins de plàstic dels que tenen les botigues de moda. Preguntes al porter de l'edifici contigu i interromps la feina de dos mossos que carreguen maniquins en un camió. Ningú no te'n sap donar raó. Dues porteries enllà, una veïna arriba de fer la compra, carregada de bosses. Ella sí que se'n recorda.

—Sí, l'escola dels artistes. Ja fa anys que va tancar —assegura, però no sap precisar quants—, i em sembla que el director se'n va tornar al seu país. Era rus.

—Hongarès —la rectifiques, però no sembla que li vingui gaire d'aquí.

Et mires els maniquins de plàstic blanc. Cossos impersonals sense roba. Trobes tèrbola la seva nuesa, de formes impenetrables. Et fixes en els pits. Dues protuberàncies arrodonides sense cap signe de carnalitat. Tampoc les corona cap mugró. Penses en el mamellam de la dona més pintada. D'ençà de la seva visita sorpresa a Montblanc no n'has sabut res més. Tres anys més de silenci, sense que cap dels col·leccionistes que va venir a Montblanc amb el mateix grup que ella te n'hagi pogut donar cap notícia. Les models, ja se sap.

De tornada cap a l'hotel fas marrada. Tens marge per deambular tant com vulguis, perquè ningú no t'espera fins demà al matí, que t'has de presentar a la Sorbona. Vagareges sense rumb fix, però els peus et porten al pont dels suïcides. El travesses tres vegades, d'anada i tornada, aturant-te en punts estratègics per mirar si baixa res surant riu avall. I no. Cap ram de crisantems, cap cadàver... Una suma d'espectres t'hi acompanyen. Amb els ulls tancats ets capaç de veure-hi en Casagemas, en Czibor, el Semita, les dues models endolades... Rostres que associes a moments ingaudits.

Combats la solitud buscant presències entre els qui ja no hi són. Sortint del pont, visites entotsolat altres escenaris compartits amb la dona que ha paralitzat el teu cor durant l'última dècada. Tens els sentiments dipositats en una cambra cuirassada que algú ha tancat amb clau i n'ha esborrat la combinació que l'obre. Ressegueixes un itinerari parisenc ocult en un d'aquells dibuixos dels passatemps que es formen unint consecutivament els puntets numerats. Reconeixes la boca de metro on es va materialitzar la figura del Semita com un alter ego reflectit en un aparador i després t'esforces a recordar tots els camins del laberint que vau traçar plegats, compartint pensaments en veu alta.

El sismògraf interior es manté agitat quan l'endemà respons a les preguntes d'alguns assistents a la teva conferència de la Sorbona. Et trobes reproduint moltes de les respostes tal com les vas formular fa deu anys en els simulacres d'entrevista que perpetràveu amb el Semita. Més encara quan, després de la sessió, atens les preguntes previsibles d'alguns periodistes. Visites Casa Castelucho. Les cares han canviat. Ara la regenta Rosa-Antonieta Castelucho, vídua de Just Cabot, i encara hi ha el brogit de la comunitat d'exiliats republicans, però alguns dels que vas conèixer ja han tornat al país, envellits però enfervorits per l'ineluctable envelliment de Franco.

L'endemà tornes a Cardinal Lemoine, la parada de metro on vas veure el Semita per primera vegada. Tu ets el mateix que fa deu anys, però al teu voltant la ciutat ha canviat força. Ho atribueixes a causes superficials i decideixes baixar al subsol per mirar de recuperar les sensacions de deu anys enrere. Decideixes barrejar-te entre la multitud anònima de maniquins humanitzats que matí, tarda i nit viatgen en metro, seuen i llegeixen, es miren i es toquen de manera tan involuntària com inevitable. Entre aquest flux subterrani tan allunyat del teu origen montblanquí vas vagarejar tres anys, transportat a un món nou que et fascinava i et fascina encara, un món en el qual tothom es mou alhora i ningú va enlloc. És la societat urbana que tot just havies començat a tastar i de la qual has acabat fugint.

Assegut en un vagó de metro reprodueixes les rutes aleatòries que seguies pels budells de París quan buscaves la dona ullverda que et va robar el cor. Tantes vegades com et va semblar haver-la trobada i només l'has tornada a veure quan ella ha volgut. Ara que has parlamentat a la Sorbona, transformat en un artista reconegut, tornes al desfici d'aquest benaurat anonimat subterrani, perseguint ombres, havent de descartar molts rostres anònims que, a primer cop d'ull, et semblaven el d'ella. Ara també. No has canviat gaire. Cada cop que una dona s'acosta per seure al teu costat o s'agafa a la mateixa barra penses que pot ser ella, que pot ser ara, que potser sentiràs una veu coneguda que et demana si no busques catalans, ara, i al teu cap una congregació de jos debat sobre si t'han de retreure la ingenuïtat, com si el Semita hagués portat una colla d'amics per criticar que siguis tan babau, tan innocent, tan pagès. Baixes a Austerlitz per canviar de línia.

Els passadissos dels intercanviadors són com les rues de festa major, amb l'avantatge que les masses circulen en els dos sentits de la marxa. Experimentes el plaer inexplicable de diluir-te en una multitud, segueixes el flux de la riuada sense cap necessitat de singularitzar-te. Tothom et marca el camí i no t'has d'esforçar per ser artista. Per un moment t'imagines Dalí en aquesta situació, amb el seu bigoti refistolat. Què podria fer sinó seguir el corrent, transformat en un més de la massa informe? Somrius amb la mefistofèlica idea. Te l'imagines alçant el bastó i cridant algunes de les seves frases de comediant. Ja s'ho farà si mai... Tu no ho faràs.

Tu et deixes portar pel ramat de moltons fins a l'altre extrem del passadís. Llavors canvies de línia i baixes a l'andana, que és plena de gent de tota mena que s'emmiralla en una gernació simètrica que espera el seu comboi a l'andana del davant, palplantats com pollancres a la plana enaiguada de les vies. Fas lleugeres ziga-zagues entre els teus pollancres fins que trobes un espai mínimament lliure per aturar-t'hi sense tenir la sensació que barres el pas a ningú. Llavors passa. Alces la vista i veus un pollancre ullverd palplantat al teu davant, entre els vostres equivalents de l'altra andana.

La reconeixes a l'instant. És ella. Recordes els últims temps a París, abans de marxar-ne, desenes d'intents fallits aquí al metro, una pila de dones colltortes que s'havien girat per respondre a la teva crida i llavors veies que no, que no era la dona més pintada. Però ara sí. Tant de temps després no en tens cap dubte. És ella. L'és. No és un somni, és la teva model. La dona que somies. La dona que vas pintar una vegada i ara copies constantment. Tot passa en un instant, com les coses importants, les que deixen petja, les que duren anys. La mires i et mira, separats per dues vies que representen l'amplada de dos trens que circulen en sentit contrari però no són com els del problema de lògica perquè aquests mai no xocaran. T'ha reconegut, o això és el que et sembla. Aixeca les celles i t'ho prens com que t'acaba de clissar en una roda de reconeixement policial. També fa un gest imperceptible amb alguna cosa que porta a les mans i ho interpretes com un altre signe de reconeixement. De debò ha estat capaç de distingir-te entre la munió d'arbres que ara colonitzen la teva riba? Tu, sí.

Un terrabastall notable a banda i banda de l'andana indica que arriben dos trens circulant en sentit contrari amb moviments uniformement desaccelerats. La irrupció dels vagons davanters a la pollancreda és pràcticament simultània. Dos telons veloços que obscureixen la visió de l'únic pollancre que t'interessa. Les finestretes dels dos trens se superposen fent pampallugues abans no s'aturen del tot i carreguen, en un obrir i tancar de portes, els troncs dels pollancres que els heu esperat pacientment palplantats. El moviment s'apodera de l'andana i la palissada s'arremolina a banda i banda de les portes. Tothom hi puja tan aviat com pot. Ningú no en baixa. Tu no et mous. Tens els peus de plom i les mans de suro. El procés de càrrega és breu, pautat per uns xiulets finals que indiquen la marxa imminent del comboi. Deixes passar el temps, gaudint de perdre un tren.

Quan tots dos trens marxen i el teló ferri torna a desvelar l'andana, t'adones de la magnitud de la tala. A l'altra riba de la via només hi ha un pollancre dret. Ella. Tan palplantada com tu. El renou que fan els trens fugissers queda cada cop més temperat. Us saludeu, ara sí, de manera inequívoca. T'ha reconegut i el que porta a les mans és un ram de flors. Per un moment et passa pel cap que el llençarà a la via, com si aquesta andana de la parada d'Austerlitz fos un altre pont dels suïcides. Però no.

Fas el gest de canviar d'andana i us retrobeu a la seva riba, a peu d'escala. No saps si petonejar-la, però ella se t'avança. Te'n fa tres a contrallavi, començant per la galta que no esperes i, com sol passar, els llavis entren en contacte. Les flors són per al pare, en l'aniversari de la seva mort.

—Bé, en realitat, avui és el dia que va desaparèixer —aclareix—, però li porto un ram a la Santa Creu, l'exarcat dels armenis.

T'explica que és una església catòlica armènia inaugurada pel papa Joan XXIII l'any seixanta i que hi va cada any. Només un cop, per retre homenatge al pare. Calcules que, poc o molt, l'any seixanta és quan la vas conèixer, el seixanta-tres quan et va visitar i comptes el temps que ha passat per dir-li quant fa que la trobes a faltar. Fas una broma sobre el valor dels triennis i les vostres trobades triennals. Somriu amb la boca i amb els ulls, afalagada. Si fossis metròman ara li dedicaries un vers, però no ets home de lletres sinó d'imatges. Arrenques un paper de la llibreta i hi dibuixes un colom d'un sol traç. Torna a somriure. Quin bé de Déu d'ulls! Asseguts en un banc, a l'andana, deixeu passar metros i metros mentre assistiu al cicle complet de plantació i trasplantament subterrani del pollancre, regular com un metrònom, cada pocs minuts un bosquet de densitat variable. Al final, hi pugeu. Resulta que l'església és a dos minuts de la parada de Cardinal Lemoine, justament on has agafat el metro fa una estona. T'ofereixes a acompanyar-la, galant. Demà tens el vol de tornada i ara mateix voldries que el teu últim dia a París fos l'últim de l'univers. Si s'ha d'acabar, que s'acabi per a tothom, penses.

Entreu a l'església a dipositar el ram però no us hi quedeu gaire estona. No pots deixar de mirar-la. La trobes tan bella com la recordaves i et deleixes per passar el màxim de temps al seu costat. Primer li proposes vagarejar pels carrers que recordes dels passejos platxeriosos amb el Semita, però tots dos voleu evitar el pont dels suïcides i acabeu negociant amb el recepcionista del Rivoli perquè pugui quedar-se a passar la nit a la teva habitació, a càrrec de la Sorbona. Vas veure que l'home llegia durant les guàrdies nocturnes i anit hi vas intercanviar quatre paraules. Per això saps que treballa per pagar-se les classes d'Història de l'Art. Et fas valdre. Li expliques que exposes el que pintes, treus la llibreta i li dibuixes un gall. D'un traç, com el colom que li has regalat a ella. Signes 3alauFerré i arrenques el full. Funciona. Tres minuts més tard tanqueu la porta de l'habitació i us arrenqueu la roba a mossegades. No podíeu esperar més a palpar-vos, llepar-vos, ensalivar-vos, menjar-vos els sexes, tastar-vos els cossos i cardar amb desfici acumulat durant un trienni, sense presses ni fatiga. La brega s'allarga. Heu pujat una ampolla de vi. En un dels descansos, la vols fer parlar d'ella, però s'hi resisteix. Diu que és un esperit nòmada i continua com sempre, sense domicili fix. Li expliques el que et convé dels últims temps i acabes per oferir-li casa i aixopluc. Una casa millor que el taller que va conèixer, especifiques, amb terreny. Sense compromís, afegeixes, tement haver anat massa enllà. No et diu que no. De bon matí, abans d'acomiadar-vos a la porta de l'hotel, fas broma amb el seu nom, que continua sent un misteri insondable.

—Com es diu Beatriu en armeni? —li demanes.

Riu, però no te'l diu.

6701

D'ençà que vas signar un dels contractes més originals de la història de l'art has visitat el Mas Carpa unes quantes vegades. Quan aneu a veure el terreny que estàs comprant amb la Nati, com un pagès que va al tros a veure com va la collita, us hi porta el Lopas. Si no li va bé, sempre trobes algú que ha d'anar a Reus, i en cas de necessitat, podeu agafar el tren. Últimament, us agrada anar a passar-hi el dia. Molts dissabtes la Nati fa truites i omple el cistell amb altres aliments. Al xalet només hi heu deixat un bon càntir dels que mantenen l'aigua fresca. La casa encara està tancada i no té comoditats, però quan la senyora Dolors Causadies s'adona que volteu per allà us fa un crit perquè entreu al Mas Carpa a prendre alguna cosa. Mireu de ser discrets perquè no sembli que hi aneu expressament per fer-vos convidar, però tard o d'hora us clissa. És molt difícil que no us vegi perquè la casa és davant per davant del seu mas. Al xalet les hores són plàcides. Mentre arrenqueu les males herbes o feinegeu per dins la Nati té atacs d'eufòria que no li coneixies. Diu que sempre ha cregut que el teu art us faria molt rics i ara ja n'està del tot certa, perquè aquests terrenys algun dia valdran molts diners. A més, tothom voldrà conèixer la història de la casa comprada amb pintures a l'oli.

—Hi hauríem de muntar una casa de menjars —t'alarma—, o una fonda! Tindríem cua!

Assenyala fins a la carretera, que fa de frontera a aquest suburbi de Reus.

—Dona, jo per pintar necessito tranquil·litat —la calmes, mirant al teu voltant.

Potser sí que algun dia aquests terrenys pujaran de preu, penses, però de moment no t'imagines gaire gent fent cua per venir-hi a sopar. Et conformes amb la mà de roses que et deixa agafar la senyora Dolors dels seus rosers. En té tres-cents i n'està molt orgullosa. Ja hi ha guanyat uns quants premis. Et va sorprendre, això dels premis, perquè sempre t'han agradat les flors, però no sabies que també hi havia concursos. La condició humana necessita competir per no avorrir-se.

—Quan ens vam instal·lar aquí només teníem conills i gallines —et va dir el primer dia que te'n va oferir—, i ara quan vull sentir bona olor em passejo entre aquest bé de Déu de roses i em sento molt feliç.

El seu marit va de bòlit amb les obres d'urbanització i t'adones que és ella qui porta la casa. No et semblen uns mals veïns.

—Tu només hauries de venir a dinar —insisteix la Nati, que s'aferra al seu somni de futur—. Podries pintar tot el matí a la mufla.

Ta germana soltera mai no et deixa de sorprendre. De vegades sembla que dins del seu caparró bullen les mateixes idees estranyes que en el teu. La llàstima és que ella no sap pintar i l'empirisme de la seva realitat es manifesta de maneres menys creatives. El dia que vas tornar a casa amb el primer contracte es va posar a aplaudir com si allò fos el mapa d'un tresor. El teu amic Joan, que fa de barber al costat de casa vostra, et va explicar després que havia entrat a la barberia cantant i ballant com una boja per informar-los que us faríeu rics.[1]

Trobes que poder comprar cases i coses movent només els pinzells té la seva gràcia. D'ençà que vau signar el contracte molts periodistes se n'han fet ressò, admirats, i gent sempre crida gent. Els elogis de Picasso a París van ser molt importants per a la teva confiança com a artista, però totes aquestes columnes que parlen de tu et fan guanyar fama i diners. Per fortuna, els monòlegs que et marcaves durant les passejades amb el Semita t'han preparat per a qualsevol mena d'entrevista. Mentre escombres el pati posterior del xalet penses que estàs a punt.

—El meu marit vol parlar amb vostè —interromp el teu somieig escombriaire la veu de la Dolors.

—Serà un plaer, senyora Dolors. Ara vinc! —crides, mentre vas cap a l'extrem del pati—. Té, Nati, aguanta'm l'escombra un moment, que tot seguit torno.

Ho fas sense preocupar-te per si la Nati se sent bandejada i la deixes enrere tan de pressa que no pots percebre quina cara hi posa. No diu res, només remuga una mica, deixa l'escombra a la paret com si li fes nosa i se'n va a la zona del safareig, a omplir una galleda d'aigua per posar-se a fregar la part ja escombrada. Una de les moltes feines inútils de neteja que sol fer en aquest xalet no habitat.

Segueixes la senyora Dolors cap a l'interior del Mas Carpa. Travesses el rebedor, amb les parets encatifades amb els teus olis, i trobes l'amo de la casa ben assegut a la taula del menjador.

—Seu, Maties —et demana—, què, com va?

Li respons amb generalitats i ell particularitza la conversa ràpidament. Vol parlar de la situació dels vostres compromisos immobiliaris.

—L'altre dia pensava que podríem posar fil a l'agulla —fa una pausa, per si reacciones, però el deixes fer—, si és que mantens l'interès en el xalet.

Assenteixes amb el cap, però no obres la boca.

—Havies dit que potser també et voldries quedar el lot del costat, oi?

Ho recordes vagament, però sí, ara fa uns mesos li vas dir que sí. Veus que treu uns plànols d'una carpeta.

—Ara que les obres de la urbanització avancen seria el moment de començar a pensar en escripturar, d'una banda el xalet del número set, amb el garatge i el pati, total de 192,70 metres quadrats, i després el terreny del número trenta-dos, que són 443,4 metres quadrats.

Fins i tot té apuntada l'equivalència en pams del terreny, més d'onze mil sis-cents. Tota la zona del Mas Carpa s'està transformant en un barri nou. El Peirats ha descobert que la urbanització de terrenys és més rendible que tots els negocis que havia fet fins ara amb el bestiar, l'hort i les roses. A més, fa per ell. No té estudis, però és tot intuïció i empenta.

—Ara encara és un bon moment.

Encara.

—Després pujaran els preus i ja se sap que diner crida diner.

Diner.

—Podem unificar els dos lots en dos contractes de compravenda que estableixin el preu total i després fer-ne un altre que fixi les condicions de la permuta pels quadros a l'oli.

Permuta.

—Si vols miro de redactar-los i quedem la setmana que ve.

Assenteixes en silenci. Les parets estan plenes d'imatges sorgides dels teus pinzells. La senyora Dolors apareix amb un ram de roses acabades de tallar del seu roserar. Ensumes la fragància que desprèn com si fos un besamans floral i després t'acomiades discretament.

Surts del Mas Carpa mig extasiat, cada cop més convençut de l'operació que vas iniciar fa tres anys i que ben aviat culminaràs amb els contractes definitius de compra o permuta. Les paraules tècniques et rellisquen. No hi entens ni hi vols entendre, però ja t'està bé. Signaries demà mateix, però quan arribes a casa una telefonada ajorna l'operació per un temps.

No t'imagines que abans d'acordar els nous contractes amb el Peirats has de passar per un tràngol. Una veu que s'identifica com la Rosa et parla de la mort sobtada del Víctor Seix. Quedes esmaperdut. L'escoltes en silenci perquè, més enllà de la tràgica notícia sobre qui anys enrere va ser amic teu, la comunicació se sent prou malament i no acabes de saber si la Rosa que te n'informa és la germana del difunt.

Fins que la veu no pronuncia la paraula Aranjuez no comprens que no es tracta de la Maria Rosa Seix sinó de la Rosa Maria Bertran. Alleujat, li demanes detalls d'una mort tan prematura. Pel que sembla, el Víctor no s'ha pogut recuperar d'un accident de tramvia de fa tres o quatre dies mentre assistia a la Fira del Llibre de Frankfurt. La Rosa i el Josep Maria no el coneixen tant com tu, però et diu que devia ser molt jove. Li confirmes que era un any més jove que tu i que, per tant, tot just n'acabava de fer quaranta-quatre. La Rosa deixa anar interjeccions de dolor i al final et diu que tenen passatges d'avió per demà al matí.

—Si agafes un tren fins a Barcelona podem anar al funeral plegats.

Et venen al cap els trens que has pintat, inspirats tots en els que abordaves per anar i venir de París, que eren ben diferents dels que baixaven cap a Montblanc des de Barcelona. Recordes, sobretot, el primer que vas agafar, ara fa tot just deu anys. La Maria Rosa Seix et va acompanyar fins a l'andana de l'estació de França. En recordes els ulls humits, aquella silueta de colom i els petons desesperats que us vau fer. Ara no et veus amb cor de donar-li el condol i et quedes a cal Francí amb l'excusa d'un refredat. Havent sopat mires a la tele un documental sobre Armènia que et colpeix. El veus en blanc i negre, com tota la resta de programes, però no et costa gaire intuir el color verd als ulls d'homes i dones que fugen. Refugiats de mirada perduda, com tothom quan fuig, com els soldats que veies passar per Montblanc fugint de la batalla de l'Ebre. Tu llavors eres un adolescent retret que també es batia en retirada d'ençà de l'accident que havia estat a punt d'arruïnar-te la infància. Ara a la tele, tots els armenis tenen els seus ulls verds. Tots són la inabastable habitant dels teus somnis i protagonista absoluta dels teus retrats.

Una de les protagonistes del documental parla des de París. De Montblanc estant, fa impressió veure París en blanc i negre. Passegen per carrers de Montmartre, i no et costa gota reconeixe'n alguns, perquè molts vespres t'hi havies passejat amb el Semita, en el vostre deambular de concos perduts en un món de dones. Totes les que surten al documental podrien ser ella, si no fos que són imatges molt antigues, filmades a París anys enrere, quan encara no havíeu nascut ni tu ni ella ni la majoria de teleespectadors que ara deuen seguir el documental.

T'omples una copa de conyac. La Nati ja és al llit fa estona. D'ençà que la mare és morta s'ajaça més d'hora i es lleva a trenc d'alba. Fa vida de gallina. El dolor que desprèn el documental contrasta amb la tranquil·litat de cal Francí, l'agitació del poble armeni a la intempèrie queda confinada a l'aparell de tele, l'*aparato*, que en diu la Modesta, mentre fora de la capseta trobes que tot és solidesa. Bigues centenàries, l'escala àmplia que mena al pis de dalt, les parets emblanquinades de poc i, presidint la paret mestra, ella. La mestressa del teu somieig, els ulls verds que duus clavats a la retina i et baixen per la pell, braç avall, fins a la punta del pinzell. Del blanc al negre passant pel verd.

El documental tanca la programació del dia. Et quedes a la butaca mentre sona l'himne, cada cop més aclofat, mirant el sostre per elevació. Hi veus aranyes i hi busques musaranyes, colpit encara per les imatges de mort i desolació que t'han arribat d'un passat negat, esborrat pels mapes dels vencedors i de les memòries dels seus súbdits. La història d'un poble sense història. Quan acaba l'himne, la bandera d'Espanya desapareix de la pantalla, substituïda per una variant de la quadratura del cercle que s'autoanomena «carta de ajuste» i tu, que només l'albires de reüll perquè encara mantens la vista clavada al sòlid sostre blanc, et poses a plorar. La teva mirada aigualida busca repòs a les sòlides bigues de cal Francí, que han protegit el son dels justos de la teva modesta família durant generacions, i albires el firmament sencer, que és el sostre compartit amb tots els desposseïts de la Terra.

Sense moure el cul de la butaca, agafes uns pinzells de crin atapeïda, els suques en colors terrosos i et poses a pintar cases de pedra, humils i sòlides com les de Montblanc, amb sostres més polits que et protegeixen quan neva i quan plou, amb un hortet al darrere i una àmplia entrada al davant. Pintes cases i pintes carrers i pintes pobles sencers sense moure ni un dit, aclofat a la butaca del menjador de cal Francí. Pocs mesos després, en aquesta mateixa sala seus davant del Miquel Peirats, llegeixes per damunt dos contractes. Els ulls et salten de clàusula en clàusula, i només et criden l'atenció algunes frases. Són tan selectius com tu amb els clients.

«Lindante al Sur, con el camino antiguo de Constantí», «libre de cargas y gravámenes», «las contribuciones, arbitrios, plus-valía y demás, que afecten al propio solar, serán de cuenta y cargo del señor Palau, a partir del día de hoy», «El Sr. Peirats se compromete a suministrar agua potable al solar permutado, al mismo precio que le facture el Excmo. Ayuntamiento de Reus», «Cuando el sr. Peirats construya las aceras, podrá exigir que el Sr. Palau pague su parte proporcional por la extensión de su parcela».

«Abonará el precio pactado mediante obras suyas pictóricas al óleo y firmadas por el mismo. Tales obras que tendrán una extensión superficial de cincuenta metros cuadrados, en conjunto, serán entregadas al vendedor por el comprador, cuando el señor Peirats lo solicite, en el plazo de veintiocho meses a contar del día de hoy.»[2]

—No em tinguis en compte la clàusula de la mort —et diu el Peirats quan ja fa estona que estàs abstret fent veure que llegeixes els contractes—. M'ho han fet posar els advocats. Ja saps com són. És la cinquena.

—La cinquena? —et poses a llegir-la en el teu accent de Montblanc—. En el improbable y menos deseable caso de que el comprador Sr. Palau falleciese o quedase imposibilitado para la plasmación de su arte...

Aixeques els ulls del paper, amb un somriure sardònic.

—Que em vols matar? —dius rient—. Porta la ploma.

I firmes sota «Los otorgantes ACEPTAN íntegramente este contrato de permuta y sus efectos».

6901

Has passat uns dies convidat a casa dels Rull. Ara viuen a Aranjuez, just davant dels famosos jardins, en una casassa proporcionada per l'empresa que ha contractat d'enginyer en cap el Josep Maria. Hi vens sovint, però aquesta vegada ha estat una mica especial, perquè ahir va venir a sopar el Jaume Ferran i et va fer una proposta que t'ha rondat pel cap tota la nit. Ni més ni menys que organitzar una exposició de la teva obra en algun lloc important de Madrid, com ara la Biblioteca Nacional. El més calent és a l'aigüera, però volien saber quina cara hi posaries, i aquestes coses volen temps. El teu nom surt sovint als diaris al costat dels de Picasso, Dalí i Miró, però això encara no s'ha traduït en un reconeixement crític. La idea t'afalaga però també t'amoïna. Fins ara, has venut molts quadros sense haver de fer gaires exposicions.

—Les exposicions em deixen ben exposat —els dius, estrafent la veu del Semita, mentre t'acompanyen cap a l'aeroport—, i després hi ha tota la murga aquesta de les entrevistes.

—Però això és clau, Macià —et diu el Josep Maria, al volant—. Si vols que la gent vulgui veure què pintes has de sortir als diaris. Si no es parla de tu, no existeixes.

També et sembla sentir la veu del Semita en les rèpliques que et dediquen els Rull.

—Jo m'ofereixo per fer les visites guiades —salta la Rosa Maria, des del seient del darrere—. Tu deixa-m'ho a mi i veuràs com els vens tots.[1]

—Ja veig que l'art no hi pinta gran cosa, en aquest negoci —rius.

Potser sí que ha arribat l'hora de treure suc d'aquells llunyans dies parisencs, quan jugaves a fer d'artista entrevistat amb el Semita. Cada cop que exposes t'exposes, però fins ara la crítica t'ha tractat molt bé. D'ençà que has tornat de París, les coses et funcionen. Després dels dubtes inicials, ara estàs segur que viure a Montblanc t'afavoreix. *Au-dessus de la mêlée*, que diuen els francesos. Fins i tot tries els compradors que trobes dignes per endur-se cap a casa les teves criatures pintades, i aquesta fama de selectiu encara augmenta més el desig comprador.

A més, ha transcendit que el teu art es cotitza tant que fins i tot et permet comprar un xalet. Aquesta primavera, tres mesos després de signar el primer contracte amb el Peirats, el vau rescindir de mutu acord i n'heu signat dos més de nous.[2] El primer marca un temps limitat per adquirir el xalet per un valor de mig milió de pessetes i el segon regula la compra dels dos terrenys. Els llegeixes pel damunt i els signes, just la setmana següent de llegir un article entusiasta que lloa la teva sagacitat a l'hora d'esquivar els camins establerts pel mercat de l'art i aconseguir un acord d'intercanvi tan singular.[3] T'agrada especialment que el columnista relacioni la vostra transacció amb el poder transformador de l'art, capaç de passar per damunt de l'enutjosa convenció del vil metall i esdevenir una mercaderia valuosa per ella mateixa.

La lectura d'aquest article t'impressiona vivament. Per primera vegada, tens la sensació clara d'estar en el bon camí, el que t'ha de portar a construir un art nou sobre el solar que la generació de Picasso abans s'ha ocupat d'arrasar, aterrant tot el que s'havia fet fins llavors. Tu ets fill del cubisme, però ambiciones construir-hi una casa pintada amb la mera força del teu traç, fent pessigolles amb la punta del pinzell al llenç prèviament emblanquinat. Has fet bé, creus, de signar els nous contractes que t'ha proposat el Peirats, encara que això, a la pràctica, signifiqui lliurar-li tot el que pintes a partir de la signatura, perquè ell en té l'exclusiva i només pots posar a la venda obra nova si abans ell descarta quedar-se-la.

Ja t'està bé, però, que la rècula de nous clients en peregrinació constant cap a la teva porta s'aturi, i que hagin d'esperar un temps abans de tornar a comprar els quadros que anhelen. Aquests últims temps, la desfilada de compradors t'havia arribat a atabalar tant que fins i tot et vas veure obligat a ampliar les tasques de la Modesta perquè, a banda de netejar el taller, s'ocupés de la intendència que implicava rebre tantes visites.

—Seguiràs sent la dona de fer feines —li havies dit anys enrere, el dia que li vas augmentar feines i sou, i llavors vas pensar en els jocs de paraules del Semita i en vas engaltar un de ben semític—, però com que a partir d'avui en faràs més, seràs la dona de fer més feines.

Aquests anys de bonança t'has acostumat tant als serveis de la Modesta que, quan decideixes tancar la porta als passavolants, li mantens l'horari intensiu. Tant se val que ja no vinguin visites. De fet, trobes que és molt millor. Com que ara el Peirats és el comprador únic, no has de rebre cada setmana possibles futurs mecenes, i així pots treballar tranquil. A més, estàs molt content de la Modesta. Neteja i endreça l'estudi, et proveeix de tot el que et cal i, a última hora, continues rebent alguna visita escadussera d'amics i coneguts. Són els saludats, els que descansen.

La Modesta és discreta. Va quedar òrfena de petita i els seus tiets se'n van fer càrrec. La coneixes d'ençà que éreu nens i coincidíeu quan representàveu la llegenda. Després, quan vas començar a fer el pinxo amb les noietes de la comarca, vas empaitar sa germana gran, però aviat va quedar prenys i va haver d'emigrar a l'Algarve, malcasada amb un portuguès.[4] La pobra Modesta es va quedar a Montblanc ajudant els tiets a la floristeria Colors i, quan repartir plantes i flors no donava prou, fent altres feinetes. Un dia et va explicar que li van proposar anar a Reus a servir en una casa bona, però no va voler deixar el poble. Tot això va passar molt abans de la teva primera beca a París, però tu ja anaves i venies de Barcelona i tampoc no n'estàs gaire al corrent. Abans de ficar-te-la al taller perquè fos la teva assistenta, la Modesta ja havia fet de minyona per a ta germana Maria del Carme, i també havia despatxat en una de les pastisseries del carrer Major.

Hi tens una confiança absoluta. En vas tenir prou amb la reacció que va tenir el seu primer dia de feina, després d'obrir la porta del taller amb la clau que li havies donat i trobar-t'hi en situació compromesa amb la dona més pintada. Han passat sis anys i res. Muts i a la gàbia. Et consta que no n'ha dit ni una paraula a ningú. Ni a les teves germanes, perquè a la mínima insinuació els hauria faltat temps per burxar-te. La Modesta no parla mai més del compte i té una virtut molt poc comuna: detecta quan molesta i desapareix sense que ningú no l'hi hagi de demanar. Ho tornes a experimentar quan et visiten els Rull, acabats d'arribar en cotxe d'Aranjuez, amb la intenció d'encarregar-te algun quadro per a un compromís de l'empresa. La dona del director ha vist el retrat nupcial que li vas fer a la Rosa Maria i en vol un. Han aconseguit treure-li del cap la idea del retrat, però li han hagut de prometre que faran tot el possible per aconseguir-li un Palau Ferré. Saben que mentre no hagis acabat de comprar la casa de Reus amb els teus pinzells, el Peirats ha de passar revista a tot el que vulguis vendre i dir que no li interessa, però...

—Et volem demanar que et saltis la llei —fa broma el Josep Maria.

Tan aviat com ho sent, la Modesta s'aixeca, agafa una mena de rasclet que guarden rere la porta i surt a escombrar el camí d'entrada al taller, que el separa de la carretera i sempre està ple de fulles. Saps que és l'assistenta ideal quan, poc després, els Rull surten del taller amb un oli sota el braç i la veieu mirar al cel, per si vol ploure.

Les setmanes s'escolen rutinàries entre visites periòdiques del Peirats, que s'acosta cada primer de mes per recollir la producció i anar restant metres quadrats d'obra a la xifra total que convé el contracte. De vegades ho feu al revés. Si necessites roses del Mas Carpa li portes els quadres tu i te'n deixa agafar.[5] Pintes molt i reps poques visites. Només amics, confessaries, però també reps alguna visita secreta, d'amants ocasionals i, sobretot, de compradors que s'enduen obres sense emmarcar, sobretot ceres, i les treuen del taller enrotllades en cilindres de cartó com els que es fan servir per comercialitzar els pòsters d'estrelles del rock que tant abunden d'ençà que ha esclatat la Beatlemania a tot el planeta.

No són gaires, les vendes furtives, però et van molt bé per equilibrar la balança de pagaments, perquè aquells feixos de bitllets amb què el Peirats va liquidar les primeres adquisicions ja s'han fos. En aquesta nova realitat econòmica que crea el vostre acord, la gratificació és i serà en espècies. Ja has visitat dues vegades la casa de Reus que compres a pinzellades, però els totxos no es mengen i de la teulada tampoc no en ragen els olis que consumeixes per anar empastifant metres quadrats de llenç.

La Modesta mai no fa preguntes compromeses. Hi és sempre que la necessites, cobra poc i la seva mirada transmet tanta lleialtat que al final t'hi sinceres. Un dia que observa amb interès els retrats ullverds li insinues que estan inspirats en la dona que es va quedar a dormir fa tres anys. Et diu que ja s'ho pensava, que prou que s'hi va fixar, i que és molt bonica. Comparteixes amb la minyona la teva desesperació de senyor. Li dius com la vas conèixer i que n'has perdut la pista.

—Ens veiem cada tres anys, però ara els fa i no tinc manera de localitzar-la —confesses, vençut—, ja no sé què fer, Modesta.

—Per això has comprat la casa de Reus? —et demana—. Per a ella?

—No —talles aquest camí—, allò és una inversió.

T'adones dels perills d'obrir-li el cor. Te la mires bé, menudeta i fidel, obedient de mena. Tens un carregament de motius per desesperar-te i serà millor que te'ls guardis. No treu cap a res explicar a la minyona que, a banda de no poder localitzar la teva model nòmada, encara et desespera més la impossibilitat de posar-te en contacte amb el Semita. També fa molts mesos que no li sents la veu, com si s'hagués fos. Ha desaparegut del mapa, ell que sempre havia estat el teu millor guia. El seu silenci persistent et recorda l'últim viatge a París per anar a la Sorbona, quan l'atzar va voler que retrobessis l'una sense veure l'altre. Tres anys després, la nit a l'hotel Rivoli et sembla un somni, però l'has reviscuda amb els pinzells moltes vegades i tu no en pintes, de somnis. Tu pintes models. Després de l'última trobada a París, els seus retrats et surten una mica diferents. Et va semblar que alguna cosa li havia canviat a la mirada. Desprenia una plenitud indesxifrable que ara trobes reflectida als olis que no pares de pintar. Voldries tornar a París. Això sí que l'hi dius a la Modesta, que t'hi anima amb aquest posat de pocapena que gasta quan li expliques misèries. Però quan hi medites una mica més, et tornes a veure vagarejant pel metro a la recerca d'un fantasma reflectit a les finestres dels vagons i te'n desdius. Et venen al cap totes aquelles nits deambulant sol per París, sense ella, amb l'única companyia del Semita. Ara que la seva veu també s'ha apagat la pesantor de la solitud no buscada encara és major.

Et quedes a Montblanc pintant olis que són els maons d'una casa buida on potser mai no viuràs, buit de veus i de sentiments, buidat de tota companyia llevat de la Modesta, fugint de la vida social i de tot el que no sigui abocar la nostàlgia en tecnicolor. El Peirats manté les seves visites regulars. Es comporta com l'amo del tros. Mai no se'n va de Montblanc amb les mans buides i cada vegada que ve et deixa un rebut amb els metres quadrats d'art que li lliures. El prepara davant teu. Te'l fa signar com si fos un albarà, se'n queda una còpia en paper carbó i després fa la resta en una llibreteta de tapes vermelles. És com un ritual. Abans de marxar seieu a taula i te l'ensenya perquè vegis com baixa el deute. L'última cosa que et diu, abans de tancar-la, és la xifra exacta de metres quadrats que et queden per lliurar.

Fa una simple regla de tres a partir de la tarifa que estableix el contracte que t'ha fet signar, deu mil dues-centes pessetes per metre quadrat d'oli signat. El primer oli que es va endur ja va establir el costum. El va mesurar i et va dir que com que feia 0,58 metres quadrats te'l comprava per 5.916 pessetes, i les va restar de les cinc-centes mil.

—Vol dir que ja només em deus... quatre-centes noranta-quatre mil vuitanta-quatre pessetes —et va dir amb un somriure—. Veus, anem avançant! Apa, fins aviat! Que pintis de gust!

Ara es fa llarg. Molt llarg. Cada cop que el Peirats se'n va del taller carregat amb les criatures que has parit durant les últimes setmanes et sents buit i fotut. Encara bo de la Modesta, que sempre té una paraula amable i alguna notícia del poble per treure't del pou. Mai no saps per on et sortirà, i aquest factor sorpresa et manté lluny del pont dels suïcides, un paisatge recurrent dels teus malsons. Ella i els Rull, perquè el projecte d'exposició a la Biblioteca Nacional de Madrid tira endavant i t'ho prens com un repte que et manté el batec creatiu. No és el mateix agafar els pinzells sabent que aquell llenç acabarà al Mas Carpa, potser empaquetat dins d'una caixa en un magatzem, que posar-te a pintar pensant que aquella imatge penjarà a la sala d'exposicions de la Biblioteca Nacional de Madrid, observada detingudament per milers d'ulls abans que algú se n'enamori, la compri i la retiri de circulació.

D'ençà que et confirmen les dates de l'exposició que els matins són més lluminosos, la Modesta més bonica i la vida somriu en aquest tros de món. Quan acabes un oli, el voldries treure a la carretera per ensenyar-lo als vehicles que passen camí del monestir de Poblet i cridar feliç que el mes d'abril de l'any que ve aquella nova imatge de la dona més pintada serà a Madrid, *villa y corte*. Tornes a pintar pensant abans què vols pintar, un hàbit que l'automatisme de restar metres quadrats gairebé t'havia arrabassat. Tornes a sentir els maldecaps que sempre provoquen les exposicions, els nervis que agiten els mesos previs a qualsevol inauguració, els dubtes constants en la tria de la vintena de criatures que hi exposaràs. Perquè seran vint. Hi ha lloc per a vint, que són prou però són pocs quan penses en la quantitat de quadros que ja has pintat i, sobretot, els que penses pintar en els propers mesos.

Ara que has perdut el contacte amb el Semita, no vols que ningú fiqui el nas en les teves decisions artístiques ni tampoc tens a prop ningú amb prou criteri per aconsellar-te, però no pots evitar de parar l'orella cada cop que els amics, coneguts i saludats et fan saber el seu parer. Ha corregut la veu que tornaràs a exposar a Madrid, potser perquè alguna de les teves germanes ho deu haver comentat a la botiga, i ara correm-hi tots. Al taller, al carrer o al bar, tothom gosa dir-hi la seva. Al final, acabes amb el cap com un timbal. L'únic dels vint que tens clar és el retrat nupcial de la Rosa Maria, encara que només sigui per agrair-los la col·laboració decisiva en l'organització de l'exposició. La resta de quadros que voldries exposar apareixen i desapareixen en un teatre de somnis que és com un guinyol operat per les muses de la teva inspiració. La dona més pintada, més dones ullverdes, la noia de la xíndria, dones colltortes, bodegons, raïms, galls, peixos, gladiols, paisatges amb gira-sols, gerros, unicorns, nois banyuts, arbres i altres paisatges que poblen el món que veus quan tanques els ulls.[6]

Fins que una nit et despertes suós i angoixat amb la imatge clara del Peirats que fa de papu armat d'un garrot, el que al teatre de putxinel·lis de Madrid anomenen una *cachiporra*. El teatret s'omple de dones colltortes, nois banyuts i xíndries roges que fugen d'escena corrents perquè el papu Peirats no les atonyini. Cada cop més sovint revius una batussa onírica que t'arruïna les nits perquè t'adones que només podràs exposar quadros que ell ja hagi vist o que ja havies venut, com el retrat nupcial de la Rosa Maria. Ara no et pots arriscar a preparar una vintena d'olis i que quinze dies abans de l'exposició et deixi amb un pam de nas perquè se'ls queda tots al preu que marca el contracte. Encara que després te'ls deixi exposar, no els pots posar a la venda sense el seu permís, igual com no et passaria pel cap posar al mercat el retrat nupcial de la teva amiga.

—Sempre pot dir que ja els tenia pintats —et proposa la Modesta amb complicitat—. Com que mai no hi posa la data...

La seva ingenuïtat t'entendreix, potser perquè et recorda la teva. Reconeixes que també ho has pensat. Tens el cap a punt d'esclatar, perquè tots aquests entrebancs s'afegeixen als maldecaps habituals de preparar qualsevol exposició, encara que no sigui tan important.

La veritat és que et convenen molt els diners que en podràs treure. Dalí és l'únic artista viu que ha exposat a la Biblioteca Nacional abans que tu i Avida Dollars es cotitza pels núvols. Si no pots fer calaix a Madrid hauràs de tornar a vendre al taller d'estranquis, anant molt amb compte que el Peirats no ho sàpiga, i ara et fa una mica de mandra posar-te a jugar a espies. En absència del Semita, només comparteixes els teus maldecaps amb la Modesta. Del seu sentit comú en surt una idea salvadora.

—I per què no lloga la casa de Reus, mentre la va pagant amb pintures? Segur que en podria treure alguna renda cada mes.

Te la mires com qui veu el mar per primera vegada. Et sembla una idea magnífica. No et resol quins quadros podràs exposar a Madrid, que és el que més t'amoïna ara mateix, però com a mínim no hauries de patir per arribar a final de mes. Telefones a l'hereu de ca l'Huguet, que és advocat i de vegades et fa de xofer, i et demana les escriptures.

—Quines escriptures?

—Les de la casa de Reus que t'estàs comprant, Maties.

No les tens. Encara. Ni t'ha passat per la barretina de reclamar-les.

—Les deu tenir el Peirats, no?

Et fa l'efecte que la teva vida és a les seves mans. No només li hauràs d'ensenyar els quadros que vols exposar a Madrid. També li hauràs de demanar les escriptures dels terrenys i la casa que vols posar a lloguer per tenir una mica de líquid.

—Encara que les tingui ell, les pots consultar al registre. Només ens cal saber que la casa està lliure de càrregues per poder-la llogar.

7001

Et pensaves que ja res t'impressionaria, però anaves errat. La gentada que es presenta a la inauguració de l'exposició de la Biblioteca Nacional és més nombrosa i va més elegantment vestida del que t'esperaves. El primer que t'ha vingut al cap és que, a diferència de París, a Madrid la bohèmia artística no ha trencat amb els codis de vestuari formals, però de seguida t'adones que molts dels assistents parlen en francès i alguns comentaris que caces al vol et permeten deduir que la sala és plena d'enginyers, segurament reclutats entre els companys de feina del Josep Maria. Et fixes que els homes semblen tots tallats pel mateix patró, mentre que les dones són mel i mató, amb vestits de colors vius com els que t'agraden.

Per fortuna, has deixat ben clar que no pensaves fer cap parlament d'obertura. L'únic que us dirigeix unes paraules és el Jaume Ferran, acabat d'arribar de la Universitat de Syracuse, a la part de l'estat de Nova York que llepa el llac Ontario. En certa mesura, el Jaume és el principal culpable que s'hagi organitzat l'exposició i no li reca exercir el paper d'amfitrió. Al contrari. És de verb fàcil, en prosa i en vers. El que sempre diu i escriu sobre la teva obra t'aclapara. A més, el to amb què avui t'elogia faria enrojolar qualsevol rostre pàl·lid, però tu ets igni i decideixes que no entraràs en ignició.

Sospitaves que llegiria el text que ha escrit per al catàleg, que comença «Matías, el pintor. Así le llamamos antaño, recordando la música de Hindemith».[1] No ho llegeix, però poc o molt el parafraseja. També diu que cada cop que et visita al taller de Montblanc té la sensació de trepitjar el paradís terrenal i fa gala de la seva erudició prodigiosa recordant que la famosa poma és un error de traducció de l'hebreu al llatí. Tothom riu quan diu que, tot i que sembla que la poma en qüestió era una figa, en el cas del paradís terrenal de Montblanc és clar que és una xíndria.

—La sandía es el fruto santo de cada día —rebla amb un somriure, assenyalant la teva pintura parisenca de la dona amb la xíndria—, y disculpen tamaña sandez.

La gent es peta de riure. Hi ha xiuxiuejos de gent que tradueix com pot la broma als francesos que no l'han pescada. Després, el Jaume canvia de to i es posa transcendent. T'agrada especialment que repeteixi una cosa que ha escrit sobre el teu secret artístic, que «es un secreto a voces, mientras sean voces catalanas». Sentit a Madrid, trobes que fa un cert efecte. Explica que Modigliani aplicava papers de diari sobre el llenç i llavors, quan tothom espera que reveli algun secret tècnic sobre els teus olis, sentencia que ets hereu d'una tradició pictòrica que sotmet la força de la irracionalitat a un ordre intern.

—Heredero de una tradición que cuenta entre sus pintores algunos de los más importantes de hoy —afirma—, quizá en virtud de cierta irracionalidad que nos atribuía, no sin razón, Josep Pijoan en una conferencia memorable.

Una reivindicació de l'art català contemporani des del cor d'Espanya. El Jaume no els cita, però tu diries que pensa en Dalí i Miró, i potser en l'art romànic català, que sempre has trobat una mica cubista. Però quan revela el secret en qüestió penses que no agradaria gaire al Semita perquè el porta al terreny místic.

Relaciona la irracionalitat amb la contemplació de Déu i després afirma que aquesta teva força irracional tan endreçada no vol trencar voluntàriament amb res. T'esgarrifes una mica. D'acord que tu no vols destruir com ho pretenia Picasso, però aquesta manera de dir-ho no t'acaba de fer el pes. Tal com et pinta, més et valdria exposar al monestir de Poblet. És clar que això és Madrid i el Jaume deu saber què ha de dir per no tenir problemes. Al final del parlament, tothom aplaudeix i la trobada llisca cap al que en altres indrets seria un còctel, i aquí és un vi espanyol.

Quan les copes comencen a circular es fan grupets poc nombrosos al voltant de cadascun dels vint quadros i grans aglomeracions a les zones allunyades de la pintura però pròximes al menjar i al beure. El Jaume, la seva dona i el Josep Maria s'erigeixen en la teva guàrdia de corps. Et protegeixen de les intromissions indesitjades i et fan d'ambaixadors davant dels visitants més gaudibles. Per la seva banda, la Rosa Maria es multiplica en les tasques promocionals, exerceix de cicerone per a la majoria de companys de feina del seu marit i emparaula tres dels vint quadros exposats amb compradors francesos. Encara bo de la seva mediació! Quan t'explica els seus progressos quedes del tot bocabadat.

—Ja n'has venut tres?

—En un tres i no res —respon, riallera.

—Vols dir que no em prens el pèl?

—Pel poc que te'n queda! —et replica la Rosa.

Tothom riu. És una aliada excel·lent per remarcar que amb això sí que s'hi pot fer broma. Amb això sí. Ha nascut per triomfar a la vida social. Sempre troba l'expressió adient en el moment adequat. Quan comença a córrer la brama que ella és la model del primer retrat de l'exposició, augmenta el nombre d'assistents que el contemplen i després miren de comparar la pintura amb l'original.

—Tothom s'enamora de l'únic quadre que no puc vendre[2] —repeteixes a tothom que et vulgui sentir—, ves si ho vols!

El creixent protagonisme de la Rosa Maria et resulta molt profitós. Cada cop que repeteixes que el seu retrat és l'únic que no pots vendre dius que els altres dinou estan a la venda sense haver-hi d'insistir. Bé, segons ella, cinc minuts després d'inaugurada l'exposició ja només en queden setze de disponibles, però vols pensar que és una exageració pròpia del seu tarannà impulsiu.

El grup de poetes amics del Jaume comenta la sortida d'una flamant antologia poètica feta per Josep Maria Castellet, els *Nueve novísimos poetas españoles.* Fa poques setmanes que és a les llibreries. En Castellet no ha pogut venir, però els defensa Carlos Barral, que n'és l'editor i passeja la seva barba per la sala. La seva presència, acompanyat de Gil de Biedma i José Agustín Goytisolo, ha arrossegat algun sector de la intel·lectualitat madrilenya cap a la inauguració. Només un dels vint quadros figura en color al catàleg, el que està en portada. El Jaume Ferran ha insistit que fos el que porta per títol *Montblanc*, al qual també ha al·ludit en el parlament inicial fent servir un terme que es va inventar fa anys per descriure algunes de les teves obres: les «macrofloracions». No deixa de ser una manera una mica refistolada de referir-se al teu interès per les plantes i flors.

García Brera parla amb un jutge de la novel·la que va publicar fa uns anys sobre les oposicions que les estructures de l'Estat no deixen de convocar aquí, a Madrid.[3] N'estan parlant davant mateix del quadro que representa un peix, sense mirar-lo gaire, però quan et veu passar te'n fa una lloança amb paraules abrandades i tot seguit et regala un dels epítets més gastats de la tarda: essencial. Et fa pensar en el Semita, que se'n fotia obertament, de les essències, i encara hi penses més quan el senyor jutge, afalagat per tenir l'artista a l'abast, obre la boca per dissertar sobre la diferència essencial entre les dues paraules que un espectador innocent podria associar al quadro: *pez* i *pescado. Un pez es libre hasta que lo capturan, es decir hasta que el pez es pescado*. Tu calles per discreció, assenteixes amb un somriure i canvies d'ubicació.

Trobes que tots plegats en fan un gra massa, de la teva vida essencial a Montblanc. La gent que no et conegui es deu pensar que fas vida d'anacoreta. Si algú t'ho demanés obertament, voldries desmentir-ho. Dotze dels vint quadros són dones, algunes colltortes. Podrien ser de Montblanc, com la noia de la xíndria que s'assembla una mica a la Modesta, o de qualsevol altre lloc del món. De la nació esborrada d'Armènia, per exemple. Et vindria de gust dir quatre coses per reaccionar contra certes opinions que circulen sobre tu. Només les intueixes, perquè ningú no te les expressa obertament.

Intueixes que es valoren més els teus bodegons que els teus retrats, que les «macrofloracions» agraden perquè no posen res en qüestió, sinó que es limiten a constatar, poèticament, que anem pel pedregar. Intueixes que la teva discreció et perjudica. Ja t'ho deia, el Semita. Dalí hauria contractat algú perquè tota la sala anés plena de rumors sobre la identitat secreta de la model ullverda, de manera que demà tots els periodistes en parlarien i demà passat els visitants encuriosits trobarien un grup d'actors contractats per anar explicant la tràgica història de la dona més pintada en versions divergents que encara generarien més expectació. Tu no ets així. Potser Dalí tampoc, però tu sempre te l'imagines muntant números de circ.

Sopes amb els íntims i després deixes que la nit s'allargui per Madrid. Mantens el teu posat d'anacoreta extret del seu medi natural fins que arriba l'hora de retirar amb els amics que t'acullen. El Josep Maria diu que té el cotxe a prop. El Rull Royce,[4] que li diu la Rosa. Camí d'Aranjuez, de matinada, t'endormisques al seient del darrere mentre ella dona conversa al conductor.

—Tu dorm tranquil, Maties —et diu la mestressa—, que jo ja m'ocupo que aquest sòmines no s'adormi.

Però la felicitat mai no és completa, perquè la sensació d'èxit esclatant que t'ha acompanyat durant tot el dia ara es comença a esquerdar. Tan aviat com tanques els ulls la ment se t'omple de fantasmagories. Mentre la carretera et sotragueja el cos, et desfilen pel cap l'enyorat Semita, la dona que pintes tothora i el burlat Peirats, a qui ara t'imagines furiós perquè no l'has convidat a l'exposició. De tots tres, és l'únic que veus, però no el pintaries ni per tot l'or del món. La tria dels vint quadros de l'exposició ha estat una agonia. Al final has tirat pel dret. No li has demanat permís ni n'hi has dit ni ase ni bèstia. Quan li tocava venir al taller et vas presentar al Mas Carpa amb el Lopas i li vas portar una quantitat d'obra lleugerament menor. Se la va quedar tota, la va mesurar a consciència i després va apuntar a la llibreta els metres quadrats que encara li deus. No recordes mai quants són.

Aquesta tarda García Brera t'ho ha preguntat i has esquivat la xifra. El tens tan entusiasmat amb la idea de comprar pams de terreny amb metres quadrats de pintura que no li ha donat més importància, però ara penses que et convindria saber-ho. Com és que has arribat fins aquí? Per què vas signar aquells contractes que ara et lliguen de mans? Com és que ni recordes a quin preu et paga el Peirats cada quadro? Mig ajagut al Rull Royce, amb la capa de greix del cos tremolant per la vibració de la ruta, caus en un pou negre de parets punxegudes. El mateix dia que has tocat el cim de la teva prometedora carrera artística tens l'amarga sensació d'estar a punt de tocar fons. L'èxit és una muntanya russa que tan aviat baixa com puja.

7002

Tornes de Madrid pletòric. L'èxit sempre és una droga euforitzant, però per primera vegada l'excitació del triomf et dura més d'un dia. Tothom t'ho diu i no tens per què dubtar-ne. Has tingut èxit de crítica i de públic. La premsa de la capital s'ha rendit al teu art i l'eufòria venedora de la Rosa Maria no era cap deliri. Has fet calaix. T'envaeix una dolça sensació de llibertat que activa el desig de prendre decisions. Moltes. En els moments decisius cal prendre'n i et mors de ganes de posar-te a decidir sobre qualsevol cosa. Qualsevol, però millor si serveix per canviar les coses que no t'agraden, com tenir els pinzells llogats. Els últims mesos has viscut abduït per l'exposició. A banda de preparar-la, havies d'esquivar el Peirats i el millor era amagar el cap sota l'ala. Una de les coses que havien quedat penjades era una petició que li havies fet, mesos enrere, a l'advocat Huguet. Per això heu quedat avui. Necessites les escriptures de la casa per poder-la llogar o vendre, si convé. El xalet amb terrenys que li estàs comprant al Peirats aquí, a Reus, des de fa tres anys, quadro a quadro. Com a mínim, treure'n alguna cosa.

La nit de la inauguració, a Madrid, vas sopar al costat del teu amic García Brera i en vau parlar. Et va tornar a lloar la idea de l'intercanvi, però quan et va sentir dir que tot el que pintaves encara s'ho quedava el venedor et va fer unes quantes preguntes delicades i et vas adonar que no en sabies la resposta. A quant et paga cada quadro? Què et costarà, al final, el xalet? I la més dolorosa: com pot ser que en tres anys encara no hagis cobert tot el cost de la casa, si un sol quadro teu aviat es cotitzarà com un xalet a la Sierra? Et va parlar dels preus que es paguen per quadros de Picasso o de Dalí... Xifres amb molts zeros. Aquest mercat de Calaf et va impressionar. Forma part dels records inesborrables de la nit, però no li vas saber respondre res amb precisió. Perquè no ho saps. Et va dir que en faria una columna, ara que ets un pintor popular a la *villa y corte*. Et va fer riure, afalagat, però també et va amoïnar no saber respondre a les seves preguntes. Per això has trucat a l'Huguet, abans no surti la columna i te les faci tothom.

Don Pedro Huguet Ribas,[1] advocat, llegeixes a la placa metàl·lica del carrer, al centre històric de Reus. Fins ara només hi havies parlat per telèfon i t'havia semblat una mica sòmines. Un pixatinters aferrat als formalismes i els formulismes. Ara, però, t'acull amb un somriure franc en una sala de reunions prou àmplia i moblada perquè un exèrcit de corcs hi pugui celebrar un banquet.

—Tinc una mala notícia —et diu només seure, i canvia de cara.

Obre una carpeta enorme i en treu alguns documents segellats. Escriptures de compravenda i cartes de pagament, una mena de rebuts. T'ho mires com si estiguessin en ciríl·lic.

—Són del desembre del seixanta-set, autoritzades pel notari d'aquí Reus Don Baudilio Pagés Quer.[2]

Ni n'has sentit parlar, però intueixes que aquesta no és la mala notícia. Si hi ha casa és lògic que hi hagi escriptures. Què deu passar, de dolent? On és el truc? L'Huguet recita una llarga sonsònia de tecnicismes sobre la vostra singular compravenda que no entens i, al final del túnel, la foscor més absoluta.

—Hi ha càrregues, diu?

—Això mateix. L'habitatge és de renda limitada i està gravat amb una hipoteca.[3] Els constructors de vegades s'hipotequen per poder acabar l'obra, però això vol dir que, ara per ara, la casa té càrregues que cal tenir en compte.

—O sigui, que no me la puc vendre?

D'ençà que la dona més pintada ha desaparegut de la teva vida has perdut interès en la casa de Reus, més enllà de veure-la com a inversió.

—No. Ara per ara, no.

La negativa és clara. L'Huguet nega i s'empassa saliva. Les escriptures porten data de fa dos anys i mig, i ell ja fa mesos que les té al despatx, des de finals de l'any passat, admet, que és quan les hi vas demanar i les devia reclamar al notari. Tots aquests mesos tu has estat concentrat en la preparació de l'exposició de Madrid i ell ha badat.

—I què podem fer, ara?

Et surt amb un ciri trencat. Un altre tecnicisme.

—Podríem impugnar-ho perquè els contractes privats només els va signar ell, però les escriptures no estan al seu nom, sinó d'una empresa que té amb dos socis més, de manera que tècnicament...

—Què tanta tècnica ni tanta tinta, collons! —crides enfurismat—. Tanta tinta tonta t'unta!

L'Huguet abaixa la mirada i tu mires enlaire, com si estudiessis el terreny abans d'enfilar-te per les parets. No pots vendre la casa per desfer-te del problema. Estàs lligat de peus i mans. T'ofegues, obres les vàlvules i fots quatre crits. Ara l'Huguet et mira amb ulls de xai, esparverat per la teva reacció.

—Doncs tirem pel dret.

Quan el dret és un camí els advocats el temen. Tots els mulladers esquitxen. Per això l'Huguet t'intenta dissuadir d'emprendre la via de l'enfrontament, però trobes que els seus arguments són mel·liflus. Ara et sents fort. Poderós. Com si aquest matí t'hagués trucat el Semita de part d'ella per proposar-te de tornar a París. Tens una cita amb la model que has pintat més vegades fent retrats del seu retrat i perds el temps amb aquest cagabandúrries?

—Si la llei no ens empara, estem perduts —et diu amb suavitat.

—Ens empara la raó!

La teva veu de tro fa callar el pixatinters. Saps que l'intimides i saps molt bé el perquè. Ell parla amb molts tecnicismes però tu tens una cosa que no comprèn. Talent. És sabut que els homes forçuts intimiden amb la musculatura, els rics amb els diners i els governants amb el poder. Això els funciona davant la gent que no té múscul ni va forta d'armilla ni és obeïda, però tothom comprèn que són la força, els diners o el poder. En canvi, ningú no sap d'on traieu la guspira creativa els artistes, i molt poca gent és capaç de comprendre el vostre art. Des de ben menut saps que aquesta és la teva única arma.

L'Huguet, que és un home culte i amant de les arts, no comprèn ni el que fas ni el que dius sobre el que fas. Ara calla i atorga, més aclaparat encara quan li ensenyes els retalls de les entrevistes que t'han fet a Madrid, abaixa el cap servilment i assenteix quan l'alliberes d'haver-li de comunicar res directament al Peirats.

—Ja l'hi diré jo —clausures, i el deixes amb les seves clàusules.

L'endemà ja poses fil a l'agulla. Saps que els dijous el Peirats freqüenta una cafeteria de la plaça del Mercadal. Trigues una mica a localitzar-lo, però tan aviat com en surt l'abordes al mig de la plaça.[4]

—Miquel, m'has enganyat! —li retreus.

No se l'espera, aquesta. Sembla desconcertat.

—Però què dius ara, boig?

—Em vas assegurar que la casa estava lliure de càrregues i no només no ho està, sinó que no està ni al teu nom!

—Ah, això? —es defensa, li treu importància—. L'escriptura va a nom d'Arcapesa, que és l'empresa. Amb Pe de Peirats!

Somriu i t'ofereix un caliquenyo. Ja torna a tenir el control de la situació. O s'ho pensa.

—Però està hipotecada i no es pot...

Refuses el puret amb una manotada i això el posa sobre avís. Es tensa. Al voltant vostre tot és brogit. El tràfec d'un dia de mercat.

—Totes les cases de nova planta s'hipotequen —diu, més seriós, com qui explica la lliçó a una criatura—. Sense finançament no construiríem mai res.

—Construiríem? —li claves—. Tu i qui més?

El Peirats comença a mostrar símptomes de nerviosisme. Ell sí que s'encén el caliquenyo, com una defensa, i amb les primeres pipades exhala una cortina de fum que et fa estossegar. El mataries, però et limites a donar-li una informació de servei.

—No cal que tornis pel taller a buscar més quadros! S'ha acabat!

Et mira amenaçador i torna a expel·lir una fumarada.

—Pobre de tu! No ho pots fer, això. Seria incompliment de contracte —sents que t'escup, en un to tan baix que encara el trobes més amenaçador— i és un delicte. És il·legal!

Les tres síl·labes d'*il·legal* t'encenen com una teia. Aquest gàngster t'ha de donar lliçons de legalitat?

—Doncs ara ja ho saps! —remates.

Després serres barres i calles, marcant mandíbula, a l'espera d'una pluja d'improperis que no arriba mai. Us aguanteu la mirada una estona llarga i al final us allunyeu lentament l'un de l'altre, com dos antagonistes de western que compten les passes en un duel, just abans de tombar-se i disparar.

T'has discutit amb molta gent, a la vida, i en alguns casos t'has arribat a embolicar en una baralla, però és la primera vegada que tens consciència clara de tenir un enemic. Tot i que la plaça del Mercadal és plena de gent, pocs es fixen en la vostra discussió, que no ha passat d'unes quantes paraules. El diumenge, però, una columna de Miguel Ángel García Brera al diari *El Alcázar* fa públic el conflicte.[5] El periodista exposa els detalls de la transacció, recorda que en el seu dia ell mateix se'n va fer ressò i després enfila un seguit de preguntes incòmodes. Com pot ser, per exemple, que en tres anys encara no s'hagi tancat l'operació de compravenda, si la cotització de Palau Ferré ha pujat tant que aviat amb un sol quadro podrà comprar tot un xalet? La columna fa el seu efecte en els cercles periodístics madrilenys. Molts periodistes comencen a interessar-s'hi.

7003

L'enfrontament amb el Peirats et dona forces. Estàs eufòric. D'ençà que no pintes per a ell que et sents un home nou. Alliberat del jou.

El Jaume Ferran et convida a passar el dia a l'apartament que es van comprar a Cambrils fa dos anys, a prop del seu amic Barral. Alguna vegada t'havia convidat a la casa pairal de Cervera, però es veu que aquestes setmanes d'estiu està plena de familiars.

—Tu que compres cases amb quadros, t'agradarà saber que nosaltres hem comprat aquest apartament amb un cotxe —t'engega.

I t'explica una d'aquelles coses que els passen als professors universitaris, que poden treballar un semestre aquí i el següent a l'altra punta de món.

—Fa dos estius, quan vam tornar d'Amèrica, vaig anar a buscar el Corvair al garatge de Barcelona on l'havia deixat i vaig trobar que el cotxe havia desaparegut.[1]

El Jaume és poeta, però l'exercici docent a la universitat americana li ha fet desenvolupar habilitats per a la narració. La seva dona, que ja coneix la història, aprofita per anar a donar instruccions a la mainadera perquè tregui els nens a passejar. El misteri del Chevrolet perdut sembla extret d'una novel·la de lladres i serenos.

—El garatge havia entrat en bancarrota aquell hivern i el banc que el va intervenir es va quedar els cotxes, de manera que ja no hi vam ser a temps.

Un Chevrolet Corvair és un automòbil car, tot un *haiga* dels que més es cotitzen i es fan mirar, encara que el Jaume assegura que el seu ja era vell i que l'havia comprat de segona mà.

—Els del banc em van oferir un tracte que no vaig poder rebutjar, sobretot perquè no tenia cap més alternativa —ironitza—. Em van dir que considerarien el cotxe com un primer pagament per a la compra d'aquest pis a Cambrils. Què et sembla? Hauria preferit signar un contracte artístic com tu i comprar-lo amb poemes, però un Corvair tampoc està malament, oi?

Ompliu la sala d'estar de rialles i llavors li expliques que has engegat el Peirats a pastar fang. Deixa de riure. El poses en antecedents del problema que t'has trobat amb les escriptures i li dius que, després de l'exposició de Madrid, ja no li has lliurat cap més quadro.

—No penso continuar lligat de mans i peus.

—Doncs has fet molt bé de partir peres amb aquest Peirats —et diu, marcant les pes—. Però com ho penses arreglar, ara?

—Que em torni els quadros i jo li torno la casa.

—Això sona a petició de divorci! —torna a riure el Jaume.

Feu broma sobre una de les paraules tabú a l'Espanya de Franco. Resulta que la majoria dels veïns americans que tenen el Jaume i la Marta a Syracuse són divorciats.

—Quan en un matrimoni van mal dades la casa sempre és un problema —diu, posant-se les mans al cap—, toquem fusta!

Després abraça la seva dona com un os amorós. D'ençà que es van conèixer a Madrid, la Marta i el Jaume han viscut en un munt de domicilis, tots provisionals, a banda i banda de l'Atlàntic. Ella se'n queixa cada cop més sovint. Sobretot pel fred dels rigorosos hiverns nord-americans. El Jaume fa classes a la Universitat de Syracuse, una ciutat a dos-centes cinquanta milles de Nova York que els permet fer poca vida social. El curs passat la universitat el va enviar un semestre a Bogotà, però llavors hi va anar sol i la família va tornar a Europa. Els nens, de petits, han passat molts mesos amb els avis, a Cervera. La petita, el primer hivern sencer. Entre el fred i que els nens comencen a créixer, es plantegen tornar a instal·lar-se a Madrid.

—Cada final d'estiu ens costa més tornar a Amèrica —diu la Marta.

Ho entens perfectament. Ja t'agrada anar a passar uns quants dies fora, però ara no viuries enlloc més que a Montblanc. Barcelona i París ja formen part del passat. La Marta ofereix vermut. Treu una ampolla de Rofes, va a buscar gel i en serveix tres copes.

—Fot-li, que és de Reus! —fas, engrapant l'ampolla per mirar de prop l'etiqueta.

—Doncs mira, et volia fer una proposta —diu el Jaume—, i ara, sabent que ja no has de retre comptes amb cap marxant, encara millor. L'any que ve Picasso fa noranta anys i la meva universitat li organitza un homenatge.

Arqueges les celles, sorprès. No veus per on va.

—El fareu anar a Syracuse?

—No, no aspirem a tant, que ja és molt gran. Exposarem obra seva al Museu Everson i ens agradaria comptar amb tu.

Continues mut, sense veure què et vol demanar.

—Hem pensat, d'acord amb ell, que alguns artistes triats feu alguna obra en homenatge.

—D'acord amb ell? —t'esveres—. Hi heu parlat?

Et fas creus que Picasso t'hagi triat. Alguna vegada, quan eres a París, els de Casa Castelucho t'havien assegurat que havia vist obra teva i que li havia agradat, però de l'únic que pots estar segur és que heu compartit model. Tots dos heu retratat la dona més pintada.

—Hem acordat els noms amb ell, sí, i demanar-vos que feu un quadro partint de la seva obra. Una reinterpretació.

T'assalta la imatge del *Guernica*. Series capaç de fer el teu *Guernica*? Per sort, la discreció s'imposa.

—No sé què dir-te. M'ho deixes rumiar uns quants dies?

Sents una picassor al bulb raquidi. Què pensarà ara la gent si acceptes reinterpretar una composició de Picasso quan fins ara has insistit a desvincular-te de qualsevol continuació estilística? Després de renegar del títol de Picasso Dos, ara hi cauràs de quatre grapes?

—No pateixis —et tranquil·litza—, que anem amb temps. Picasso no fa anys fins a l'agost de l'any que ve. Pensa-hi.

Hi penses. I tant que hi penses. D'ençà que l'hi sents dir que ja no penses en res més. La Marta canvia de tema. Hi està acostumada, perquè el Jaume té tendència a esprémer les qüestions fins a esgotar-ne tots els topants i ella és una conversadora més hàbil, que sap administrar els ritmes per donar joc a tothom. Són molts anys de compartir sobretaules amb poetes, editors i professors universitaris amb una flaca notable per conrear l'ego en horts plens de lletres.

—I quants quadros et falten per acabar de pagar la casa?

Aquí t'enxampa amb els pixats al ventre.

—Uns quants, encara —repliques—. Ell els compta a deu mil peles el metre quadrat. Mai no m'he preocupat gaire per calcular-ho en temps, però després de l'expo de Madrid García Brera va publicar en una columna a *El Alcázar* que, a aquest pas, en tinc per tres anys més. Suposo que exagerava.

S'esveren. No han llegit la columna perquè quan la va publicar, a finals de maig, ja havien tornat a Syracuse.

—Segur que el Miguel Ángel ho va exagerar una mica per cridar l'atenció sobre el tema, sí —diu el Jaume—. Coneixent-lo...

Però llavors s'enreden a fer càlculs, passant les xifres de pessetes a dòlars, que és com et pagaran en cas que accedeixis a participar en l'homenatge a Picasso de Syracuse, que hi accediràs.

—Dalí es cotitza moltíssim —diu la Marta.

No el té en gaire bon concepte. Diu que el molesten les excentricitats que gasta per cridar l'atenció, tan del gust de la societat nord-americana. El Jaume el va tractar una vegada. Explica que va ser fa quinze anys, després de la mort d'Eugeni d'Ors. Va recuperar el manuscrit de *Tina i la Guerra Gran* en castellà, va acabar de traduir les pàgines que faltaven, el va portar a Enric Badosa perquè el publiqués a la seva col·lecció de Plaza y Janés i va intentar encarregar la coberta a Salvador Dalí.

—Em va citar al Ritz de Barcelona, on s'allotjava. Hi havia un secretari a qui s'adreçava en francès, una senyoreta que passejava un tigre pel *foyer* de l'hotel, amb qui parlava en anglès, i una altra senyoreta amb qui parlava en castellà. Després de donar-me a conèixer li vaig preguntar en quina llengua volia que parléssim, en català, castellà, francès o anglès i ell em va mirar de dalt a baix i va dir: «Parleu com vulgueu. Jo no escolto mai».[2]

—I us vau entendre o no? —li demanes, encuriosit.

—Parlant sí que ens vam entendre. El problema és que va demanar mil dòlars per la portada i l'editorial no els va voler pagar. Va ser una llàstima, perquè haurien fet un bon negoci.

—Quant són, mil dòlars?

—Ara serien setanta mil pessetes, però llavors el dòlar devia estar més baix.

Et cau l'ànima als peus quan calcules que fa quinze anys Dalí ja demanava per una coberta de llibre d'un pam el que ara serien set metres quadrats dels teus olis, a preu Peirats. Quan torna la minyona amb els nens, sortiu a dinar. Durant tot l'àpat aconsegueixes evitar el tema. La Marta condueix la conversa amb habilitat i el Jaume la farceix d'anècdotes. Descobreixes que tens un admirador famós a qui ells mateixos han regalat un quadro teu, un actor nord-americà que es diu Telly Savalas i que ha saltat a la fama per un personatge televisiu que representa un detectiu calb, un tal Kojak.[3]

Quan a mitja tarda t'acompanyen a Montblanc els demanes que et deixin davant del taller. Fa hores que tens un rau-rau que t'empeny a l'acció. Ho faràs, esclar que ho faràs. Faràs de Picasso bis. Com t'hi podries negar si el cos t'ho demana? Ara que t'has desempallegat del Peirats et veus capaç de tot. Agafes un llenç i comences a esbossar siluetes, com sempre que comences un quadro. Però hi ha un obstacle que et fa aturar davant del llenç mig blanc. No tens prou presents totes les figures del *Guernica* per començar a estrafer-les. Hauràs d'aconseguir una reproducció de la pintura que mig segle enrere algú va encarregar a Picasso a la rebotiga de Casa Castelucho. Només si la tens davant podràs començar a pensar en la teva versió pacificada.

Perquè això sí que ho tens clar des del primer moment: allà on al *Guernica* hi ha una dona xisclant n'hi posaràs una de ben plàcida, el cavall contorsionista serà esvelt i estarà relaxat, igual com l'home que domina el bou. Tot plegat s'oposarà radicalment a la tensió terrible que domina el *Guernica*. Abans de sortir del taller, un nom et ve al cap d'una glopada. La teva aportació a l'homenatge al Picasso nonagenari es dirà *Guerblanc*, una barreja del *Guernica* i Montblanc que transmeti l'esperança de la vida, l'harmonia i la pau.

Quan finalment arribes a cal Francí la Nativitat t'espera tota excitada perquè diu que ha rebut una trucada molt especial demanant per tu. Especial? El cor et fa un bot. Qui et pot haver trucat? El Semita? En un dia de notícies tan inesperades com l'encàrrec del *Guerblanc* tot és possible. I si? I si t'ha trucat ella? És un pensament irracional que es fonamenta en el més rocambolesc dels atzars, però avui ja no descartes res.

—T'han trucat de la tele —et desinfla ta germana—, que volen que hi vagis. El senyor aquell del bigoti.

Li tremola la veu. Està tan nerviosa que et costa treure'n l'entrellat, però després d'un minuciós interrogatori aconsegueixes deduir que t'han trucat d'un programa que es diu *Estudio Abierto*, presentat per un locutor famós pel seu mostatxo en forma de U invertida que es diu Íñigo, José María Íñigo.[4]

7205

La nit de diumenge tornes a sopar a casa i et trobes la taula de cal Francí plena de retalls de diari. La Nativitat s'ocupa normalment d'arxivar-los, però d'ençà que has exposat a Madrid el nombre d'entrevistes s'ha multiplicat. D'aconseguir els diaris te n'ocupes tu mateix, però és ella qui els retalla i els arxiva en carpetes. La Maria del Carme va de bòlit amb la canalla, però la Nati és soltera. Fora d'atendre la botiga, no fa gran cosa més a la vida. Al poble té fama d'esquerpa, guanyada a pols, però has de reconèixer que t'afalaga el seu recent interès per la teva carrera. També et sorprèn que li hagi agafat de cop i volta, perquè al principi, quan vas tornar de París, no semblava gens impressionada de tenir un germà artista. En canvi, ara sembla la teva seguidora número u. Esclar que s'interessa més per les coses que diuen de tu els diaris que no pas per les coses que pintes. La felicitat no és mai completa.

Et diu que ha aprofitat el diumenge per posar-se al dia, perquè anava molt endarrerida, i l'escampall que t'ha deixat a taula t'impressiona. Ser agraït és de ben parit, de manera que la fas feliç amb les teves magarrufes de bon germà i després submergeixes l'ego en aquesta llacuna de tinta. Mentre la Nati feineja a la cuina preparant un sopar frugal de diumenge, t'asseus a alimentar la vanitat. Hi ha entrevistes que ni recordes, tot i que totes són recents. Algunes, anteriors a la denúncia que els advocats del Peirats van presentar el 6 de setembre al jutjat de Reus; d'altres, posteriors, fins i tot se'n fan ressò. L'entrevista que et van fer a *El Alcázar* et fa pensar en el Semita, perquè té una part de respostes breus i toca temes que van formar part d'aquells simulacres d'entrevista que fèieu pels cafès de París. A la part de qüestionari breu, recordes com et vas haver d'esforçar per no prendre mal en les preguntes sobre llengua.

«Qué idioma escogería para:

Hablar: El materno, el único que conozco bien.

Escribir: Primero tendría que aprenderlo.

Cantar: El más musical.

Amar: Para esto no hace falta ningún idioma.»[1]

Els diaris espanyols sempre furguen en la teva catalanitat, però vas previngut i passes la maroma tan bé com pots, procurant de no trair-te. En canvi, en altres temes pots arriscar més. Quan et demanen per què t'has declarat contrari a l'art abstracte i et titllen d'acadèmic, primer presumeixes que vas ser alumne de l'Escola de Belles Arts de Sant Jordi i tot seguit et declares poc acadèmic. Els dius que més val no entrar en cap acadèmia si no se'n sap sortir i ho matises afirmant que les escoles d'art són necessàries, sobretot perquè només es pot prescindir del que es coneix. Llavors treus el punyal: «Un autodidacte sempre és un ésser incomplet. Potser aquest és un dels principals mals de la pintura moderna, la causa de la seva degeneració que ha portat a l'abstracció. Avui l'art ja no és art. És només un pretext per destruir».[2] Ara quan ho llegeixes somrius. Trobes que et vas quedar ben descansat parlant de degeneració.

En una altra entrevista, que ja es fa ressò de la denúncia del Peirats, tenen una curiosa manera d'aproximar-te a la teva realitat judicial. Et demanen què al·legaries el dia del Judici Final,[3] així en majúscules, com si el món estigués a punt d'acabar-se, com a mínim per a tu. Se suposava que era una pregunta enginyosa que permetia una resposta tan imaginativa com volguessis, però et va semblar tot tan absurd que vas decidir agafar el toro per les banyes. Vas començar dient que acceptaries les responsabilitats que et corresponguessin pels actes que haguessis fet conscientment i llavors vas afegir, pensant en la denúncia que t'acabaven de presentar, que si t'hagués de jutjar sant Pere a les portes del cel per algun incompliment de contracte li diries que no ets cap comerciant, tu, sinó un artista, i que només vens el teu art quan no hi ha més remei, perquè si et fos possible no vendries mai res del que pintes, i encara hi vas afegir que les teves obres són com fills teus i a ningú li agrada que els fills marxin de casa.

Ara ho llegeixes admirat de les teves pròpies paraules, una cosa que et passa sovint quan transcriuen les entrevistes que et fan. Poques vegades t'hi reconeixes. Ets un altre. No ets tu sinó el Semita, qui respon. Com quan dius que et sents molt trist per dins cada cop que algú et compra un quadre, un dibuix o una escultura. De debò? Ara somrius per la teva audàcia a l'hora de dramatitzar el que és només una sensació. Assegut a la sala de cal Francí mentre la Nati feineja a la cuina, et sents un espectador de tu mateix. T'entretens a rellegir les entrevistes. D'aquesta, fins i tot tens present l'entrevistador, que es delia per fer-te preguntes sobre la qüestió judicial però no s'hi acabava d'atrevir. Recordes que va aprofitar el teu discurs contrari a la venda d'obra per recordar-te que el teu demandant t'acusa de fer-te propaganda amb l'únic propòsit que pugin els preus dels teus quadres. Llavors és quan repliques que genis com Velázquez o Goya van ser uns comerciants excepcionals, i que per a un artista saber vendre car és una virtut.

Contradictori? Una mica, sí. Recordes el desfici amb què aquell periodista apuntava tot el que li deies! El que no saps és que un dels retalls que la Nati té arxivats a la carpeta ha estat el detonant de la denúncia. Quan, parlant de cotitzacions, l'entrevistador et demana si una obra teva podria valer milions de pessetes i tu li respons que no encara. No encara. Todavía no. Aquest *todavía* va fer esclatar el Peirats. El retall és ara dins de la carpeta, però el que tens a la vista potser també hauria detonat la seva càrrega d'indignació explosiva que ha anat reunint d'ençà que li vas tallar el subministrament de pintures. A l'entrevista, després de lloar la virtut de vendre car, afirmes que cal saber crear les condicions perquè això passi i sentencies que els teus quadres avui poden valer la meitat que l'any vinent. Tant de bo, penses en llegir-ho, amb l'aventura americana del *Guerblanc* al cap, i el Peirats que es foti.

Una altra de les preguntes glorioses que ara recuperes en una entrevista és quan et demanen per l'epitafi. En aquest cas havies tingut anys per preparar-te-la, perquè aquesta era la mena de preguntes capcioses que practicàveu amb el Semita a París i la tenies molt clara. Ara llegeixes amb orgull la teva resposta breu com una fuetada. A la làpida hi vols Palau Ferré i prou. El periodista hi insisteix, però li dius que si cal afegir alguna cosa ho consideraràs un fracàs. Quan la Nati t'avisa, des de la cuina, que el sopar ja és a taula tens a les mans una de les entrevistes que t'agrada més. Hi admets que sovint et mou la vanitat, però gairebé tots els vanitosos sou capaços d'acceptar en públic la vostra vanitat perquè això us permeti continuar parlant de vosaltres mateixos. L'intercanvi de rèpliques impreses al costat d'una foto teva al Grand Palais és digne d'un partit de tenis. El periodista et demana: «Li sembla bé, si poso Picasso, Dalí, Miró, Palau Ferré, per aquest ordre?». I tu li repliques: «Suposo que ho deu dir per ordre d'aparició, no per qualitat». Recordes la cara que va posar el periodista i la seva ràpida reacció quan va intuir que havia trobat un filó: «I si els ordeno per qualitat?», et demana. «Doncs llavors no hi estic d'acord», respons tu. Pam. «I com seria, per qualitat?», la repregunta lògica. I tu, llavors, tot digne, claves un cop de puny sobre la taula amb posat d'amo del tros: «Jo procuraré arribar al número u».[4] La cosa acaba que el periodista et demana si falta molt perquè això passi i tu t'escudes en un ambigu «uns quants anys» que no compromet a res. Quina comèdia, això de les entrevistes!

7301

No pots, no ho veus, comences a retocar-ho, suques el pinzell en blanc i l'acostes a la figura de dona que ocupa el llenç. Estàs en blanc. Tens moments així d'ençà que t'han informat que la Sala Primera Civil de l'Audiència Territorial de Barcelona ha tombat el recurs de cassació presentat contra la sentència dictada pel jutjat de Reus, de manera que ja només es pot recórrer, en última instància, al Tribunal Suprem de Madrid.[1] No te l'esperaves, aquesta, i ara ho paga el rostre preciós de la dona que retrates. De fet, t'havies promès que no tornaries a atendre encàrrecs de retrat, però les circumstàncies t'hi han forçat. Abans de partir peres amb el Peirats ja començaves a anar curt d'armilla, però cada cop que et feia falta una mica d'efectiu organitzaves una visita clandestina al taller i algun col·leccionista de confiança sortia amb un oli teu sota el braç a bon preu, a canvi de no dir quan te l'havia comprat. Com que mai no has datat els teus quadros, et senties prou segur transgredint la clàusula que t'obliga, mentre no cobreixis el preu de la casa, a mostrar tot el que pintes al Peirats abans de posar-ho a la venda. La demanda ha aguditzat la situació.

Ja has reduït despeses i tampoc et resulta complicat portar una vida més frugal, però no pots ni vols comptar amb els pocs guanys que les teves germanes treuen de la botiga i has de buscar altres vies de finançament per a les necessitats bàsiques. Des de fa unes setmanes, la solució t'ha arribat a través d'un nou encàrrec nupcial. Deu anys després d'haver retratat la teva amiga Rosa Maria en època casadora, et demanen preu per retratar una bella vallenca de cognoms assolellats que es casa amb un reusenc de cognom Moncusí. El nuvi et demana preu per retratar la seva futura esposa a l'oli i n'acordeu un de raonable, que inclou una clàusula de confidencialitat. Després de concretar la resta de detalls, establiu deu sessions per completar-lo, presidides pel silenci des del primer instant.

La Carmina Solé Soler és una professora de música discreta i encuriosida per l'experiència de fer de model pictòric. Un dia per setmana, segons heu acordat, un taxi de Valls la recull al Pati i la deixa davant del teu taller, amb instruccions precises de tornar dues hores més tard. Avui és la setena vegada que ve. T'agrada perquè obeeix totes les teves instruccions i et deixa treballar tranquil. En això, no s'assembla gens a la Rosa, que hi havia dies que abusava de la seva condició d'amiga i et feia parar boig amb la seva vèrbola desbordant. Amb la Carmina has avançat sense interferències. Fins avui, que la sentència del jutjat de Reus t'ha trasbalsat. La Carmina ni ho sap ni ha de saber-ne res. Tan aviat com entra nota que no gires rodó. La saludes amb un gruny sense deixar d'empunyar el pinzell i no li demanes que agafi les violetes ni que es posi al seu lloc.

En comptes de saludar-la, te n'amagues. Et poses rere el llenç perquè et faci de pantalla i el vas picant repetidament amb la punta del pinzell, com si seguissis el ritme d'una cançó silenciada que et martelleja el cervell.

—Hola —et diu finalment, amb un filet de veu.

Però tu res, ni cas. Vas puntejant amb el pinzell.

—Bon dia —hi torna, cada cop més encongida.

Sentiu el brum del taxi que accelera per incorporar-se a la carretera, però després el silenci torna a apoderar-se del taller, trencat només pels teus copets de pinzell, ensordits pels pèls. La Carmina no sap com comportar-se, però quan comprova que no penses deixar de fer l'estaquirot s'acosta de mica en mica fins a la teva posició i, sense fer soroll, ultrapassa el llenç i li clava una mirada de biaix.

—Oooh! —no pot evitar d'exclamar.

No és un *oh* admiratiu. Tampoc un xisclet. És un *oh* sorprès, un *oh* espantat, un *oh* frenat que voldria ser ofrena però no passa d'*oh* deprimit que no pot reprimir la decepció quan descobreix la seva fesomia atacada per un xarampió blanc que s'escampa, coll avall, fins a cobrir tota la silueta.[2]

—Però, per què? —articula.

Només ara obres la boca.

—Em sap greu —et disculpes.

Tens un garbuix al cap. No saps per què fas el que estàs fent, però sí que tens la necessitat de fer-ho.

—Avui no podrem avançar —li dius.

La Carmina avança el cap per examinar més de prop la seva esvelta figura sota la neu sobrevinguda i després et mira.

—Ja ho veig.

Ho diu amb resignació. Ja no la veus espantada ni et sembla tan tímida. Tot d'una, el color li puja a les galtes. Per un instant creus que et renyarà, indignada perquè has esguerrat el seu retrat. Quan veus que pren aire t'avances a les seves paraules.

—És que no m'agradava com estava quedant —dius amb aplom—. No és el meu estil, no ho puc signar, això. No m'hi reconec.

La Carmina et mira i es remira en aquest mirall tacat en què s'ha transformat el llenç, sense gosar dir-te el que pensa. No ets pas tu, que t'hi has de reconèixer, sinó ella. Seguiu en silenci una bona estona, fins que li tornes a sentir la veu.

—Doncs a mi m'agradava —diu amb la veu trencada, i es posa a plorar.

Les llàgrimes et commouen. Mai no saps què dir ni com posar-t'hi. N'apartes ràpidament la mirada. Recordes la mare plorant de por per la mort del pare; la Maria Rosa Seix arrencant el plor a l'estació de França; la dona més pintada plorant al pont de Mirabeau. Si sabessis conduir, ara mateix t'oferiries a portar-la a Valls de tornada perquè no hagi d'esperar set quarts fins que torni el taxi. Però no en saps i et limites a telefonar a la Modesta per explicar-li la situació, amb l'esperança que te la solucioni. Ets conscient que actues com un senyoret de casa bona, però ara mateix no saps què més fer.

Miraculosament, passa poc temps que ja torneu a sentir el motor d'un cotxe aparcant davant del taller. Menys d'un quart, que heu passat en el més espès dels silencis, ella amb els ulls fixos al retrat de la dona més pintada que tens penjat a la paret i tu mirant a terra. Surts, alleujat, a comprovar si ha tornat el seu taxi, i et sorprèn topar amb la mirada sardònica del Lopas.

—M'ha dit la Modesta que tenies una urgència —et diu.

Urgència és nom de dona, penses sense saber gaire què replicar-li, de manera que entres a cridar la Carmina.

—Ja pots marxar —et surt.

Ets conscient que és un comentari sec, però no trobes cap fórmula de disculpa que inclogui la impossibilitat d'acabar el retrat en les circumstàncies actuals i la possibilitat d'intentar reprendre les sessions en un futur no gaire llunyà. Et convenen els diners que et pagarà el senyor Moncusí per tenir ben retratada la seva futura senyora.

—Aquesta és la senyoreta Carmina Soler —informes.

Tan aviat com la veu, el Lopas pren la iniciativa. La saluda efusivament, com si la conegués de tota la vida, li demana on ha d'anar i pugen tots dos al cotxe. Cap a Valls.

Palplantat a la vora de la carretera, aixeques la mà per acomiadar-los amb un gest mecànic, que no tens cap consciència de voler fer. Un cop elevada, la mà es mou sola amb la rotació circular dels netejavidres. Tornes a dins per cobrir amb un llençol vell el retrat puntejat de la núvia Carmina i després penges el rètol del «Torno tot seguit» i fuges cap al bar España a fer una copa mentre jugues al solitari. Quan ja fa molta estona que bregues amb les cartes s'atura un taxi de Valls i el conductor entra al bar. Demana una cervesa i el diari. Fa temps. Cap dels dies que ha vingut la Carmina t'has fixat en el taxista, però no tens cap dubte que és ell. L'home que l'ha deixada al taller fa una hora i ara ja no deu tenir temps de fer cap més servei, abans de recollir-la.

Tu continues fent la teva partida al solitari, impertèrrit. Ho has de reconèixer. Saber del cert que aquest taxista perd el temps sense adonar-se'n et produeix un plaer morbós. Estàs temptat d'avisar-lo, però decideixes gaudir del moment. Ets capaç de preveure tot el que passarà. En el teu cap es forma la imatge de l'home que mira el rellotge quan falta un quart perquè sigui l'hora de la cita, plega el diari, paga la cervesa i puja al cotxe. El segueixes mentalment en el curt trajecte fins a la porta del taller, a la sortida de la vila, i llavors el veus baixar, picar a la porta, esperar, llegir amb interès el rètol del torno-tot-seguit, tornar a trucar, cada cop més fort, cada cop més amoïnat. No fa cara de ser un panxacontenta i, segurament, coneix la Carmina d'altres camins, de manera que és molt probable que s'esveri per la desaparició de la senyoreta. I llavors, desconcertat, agafi el cotxe i torni aquí al bar España a demanar de trucar per telèfon, mentre tu el mires de reüll des de la taula on muntes les columnes del solitari, i li sents la veu alterada mentre parla amb el client que li va concertar el servei, senyor Moncusí, la senyoreta Carmina no apareix i no sé pas... Com diu?

I, en el teu cap, la seva veu quequeja més coms, repeteix que ja és a casa i penja l'auricular amb un cop fort que sona com un clatellot amb la mà plana mentre la carta que et calia per desembussar el solitari apareix quan ja no hi comptaves i comences a col·locar-les totes a lloc.

5401

El vostre professor de dibuix a l'Escola Superior de Belles Arts de Sant Jordi tenia el costum d'ensenyar cada tècnica associada a una figura. L'exercici del traç continu sempre el feia a partir d'un colom.[1]

—Haureu de dibuixar-ne la silueta sense aixecar el llapis del paper en cap moment —us va dir aquell dijous d'abril—, i després triarem els tres millors.

Era un fanàtic dels quadres d'honor, dels concursos i de les llistes. Li servien per reforçar l'autoritat entre els alumnes. Posar-vos a competir entre vosaltres per deixar clar que teníeu algú per damunt. Ell. Mentre anava repartint les làmines i els llapis sempre explicava el mateix.

—L'Esperit Sant es va encarnar en un colom blanc perquè és l'únic ocell que no admet viure en cap gàbia.

De vegades, algun alumne espavilat deixava anar un nom d'ocell exòtic que ningú no hauria associat mai a cap gàbia, però al vostre grup dominava la prudència i ningú no va dir ni piu. Vau abaixar la vista aplicadament i us vau concentrar en el traç continu. El professor, satisfet, va passejar entre les taules. Estirava el coll per trobar l'angle de visió que li permetés comprovar com ho fèieu. Li agradava fixar-se en els detalls: com agafàveu el llapis, quina pressió exercíeu sobre el paper, si obríeu la boca o us mossegàveu la llengua mentre resseguíeu el traç, si cargolàveu gaire els peus...

—Afanyeu-vos, que estem a punt d'aixecar el vol.

Al final dels tres minuts escassos que us havia donat, va tornar a la part davantera de l'aula, pujà a l'estrada de fusta que l'elevava un pam per sobre vostre i us va demanar que li ensenyéssiu els dibuixos a braç alçat. Li encantava veure com, de cop i volta, un estol de coloms aixecava el vol a un metre dels pupitres. Tots s'assemblaven una mica, però mai no hi havia dos coloms idèntics. Per això sempre se'ls mirava una bona estona abans de triar-ne tres.

—Tu, tu i tu, sortiu a l'estrada.

Ja feia mesos que havia començat el curs, però el senyor professor s'escudava en la seva pèssima memòria per no anomenar-vos mai pel nom. Era un home molt igualitari. Tots éreu tu. També era despistat, no s'afaitava gaire i tot sovint perdia el fil a classe. De tant en tant, falcava els peus a terra amb les cames ben separades i mirava enlaire amb ulls exorbitants, com si les paraules que no trobava se li haguessin escapat dins d'un globus aerostàtic. Quan els tres escollits vau arribar al seu costat us va fer posar de cara a la galeria. T'hi acompanyaven les dues úniques noies de la classe.

—I ara, mostreu-los als vostres companys.

Tu vas aixecar el colom de seguida, agafant el paper amb les dues mans, però la Maria Rosa i la Cristina van trigar més a reaccionar. La resta d'estudiants, esperonats per un gest del professor, es van posar a aplaudir com si fossin al teatre. Fins i tot es va sentir un bravo, en un to una mica foteta.

—L'enhorabona —us va felicitar el professor—. I ara, abans de marxar, pengeu-los aquí.

Va assenyalar un pany de paret on hi havia un plafó de suro

enorme i va treure del calaix dels guixos uns claus camacurts amb la cabota plana, ideals per clavar papers en qualsevol superfície. Us en va repartir i us va demanar que fóssiu vosaltres mateixos els qui fixéssiu els coloms a la paret. La Cristina va ser la primera de clavar-lo, amb el bec mirant cap a l'esquerra, segons el punt de vista de l'espectador. Després es va avançar la Maria Rosa i es va esforçar a penjar-lo a la mateixa alçada. Com que era esquerrana i havia dibuixat el seu mirant cap a l'altra banda, les dues siluetes van quedar d'esquena, com dues papallones dissecades a punt per batre's en duel. Tu et vas quedar palplantat a l'estrada, observant la curiosa imatge columbòfila.

—Ara tu, noi —et va fer espavilar el professor—, a la dreta de tot i llestos.

Sentir-te el centre d'atenció et va fer posar nerviós. Et vas acostar a la paret com si t'hi anessis a estampar i vas fixar el colom amb un sol clau que gairebé li foradava l'ull, però vas calcular malament l'amplada i el full va sobrepassar una mica el límit del del colom veí, que mirava cap a l'esquerra, de manera que els dos becs van quedar pràcticament superposats, com si es besessin. La imatge va provocar murmuris d'aprovació a la sala i els dos implicats us vau posar vermells.

Després de l'episodi dels coloms, tothom us va començar a fer bromes de festeig. Veies, amb una certa inquietud, que la Maria Rosa se sentia afalagada. Prou que t'agradava estar amb ella, però cada cop que hi parlaves una picassor insuportable et feia estossegar i això et causava una gran incomoditat. Volies i dolies, però et refugiaves en els monosíl·labs per no sucumbir a un gran atac de tos.

—Si vols dissabte anem a Gràcia —et va dir una tarda—, ja veuràs com t'agrada.

Igual com es va oferir a ensenyar-te Gràcia podia haver-ho fet amb qualsevol altre veïnat de Barcelona, perquè a un jove de

Montblanc com tu tots els racons de la capital li resultaven igual de desconeguts.

—No puc —vas replicar atemorit.

—Baixes a Montblanc?

Tu trobaves que tenia una bellesa serena, allunyada de la rotunditat sensual de la Pepa Melendres, que era la model oficial de l'escola, convertida en el mite eròtic que us feia anar a tots de corcoll.[2] La Maria Rosa i la Cristina, les úniques companyes de curs, intentaven passar una mica desapercebudes entre tants nois. L'una duia els cabells recollits i l'altra se'ls havia tallat curts. Seien juntes i no es feien gaire amb la resta de companys. Tu, però, ja t'hi havies fixat durant un altre exercici de classe, quan l'havies vista acolorir amb un roig lluminós la silueta d'un tall de síndria. Els teus ulls havien quedat magnetitzats per aquella taca de color i, a poc a poc, els havies anat desplaçant pel pal del pinzell que aferraven uns dits d'ungles també roges sota un puny crispat fins que, braç enllà, havien topat amb el rostre concentrat d'una noia de faccions agradables i mirada intensa. La Maria Rosa Seix.[3]

—Hi pujo —et vas permetre la broma, i tot seguit te'n vas penedir—. Els de Montblanc baixem a Barcelona.

Ella va somriure i sospirar alhora mentre reprenia la marxa. Vas apressar el pas per mantenir-te al seu costat, però tan aviat com et vas posar a la seva altura se't va escapar un badall. Anaves curt de son. Et llevaves de bon matí per anar a treballar a l'Institut de Previsió i cada tarda, a l'Escola, lluïes uns ulls enrogits que donaven a la teva fesomia l'aire melangiós que havia captivat la pubilla de can Seix.

—Doncs a veure quan tens un cap de setmana lliure.

Aviat les converses casuals van deixar pas a les premeditades i les prevencions inicials es van dissoldre sota un raig de confiança. Les bromes sobre l'encarcarat professor de dibuix us unien. A tots dos us agradava més el d'escultura, que es deia Correa però no us lligava tan curt. Seva era una màxima que mai no havies d'oblidar: «quan sortiu d'aquí prescindiu del que heu après».

—Doncs a mi em costarà oblidar com es dibuixen els coloms d'un sol traç —li vas dir un dia, i et va semblar que ella ho entenia.

Cada cop més sovint, després de les classes, l'acompanyaves un bon tram camí de casa. En teoria, t'havia ensenyat una ruta millor per tornar a la pensió del carrer de Bailèn amb Consell de Cent, encara que en realitat per coincidir amb ella feies més tomb. Us acomiadàveu a dues cantonades de casa seva i després seguies el periple. Ja feia setmanes que compartíeu aquella ruta quan la Maria Rosa et va deixar anar que un dia et convidaria a pujar a casa seva.

—Així coneixeràs els meus pares —va dir en un to ingenu que et va desarmar.

—Ah, bé —et vas limitar a respondre, taciturn.

—Si penses recitar-me l'alfabet, sàpigues que ja me'l sé... —se n'havia rigut ella— de, efa, ge, hac, i, jota, ca!

I vinga a riure. Vas quedar clavat com una estàtua a la cantonada dels adeus, mut i afalagat. L'estil directe d'aquella noia t'agradava. Que així podries conèixer els seus pares, s'ho havia fet anar, en comptes de dir que els seus pares et coneixerien a tu. Aquell vespre vas reprendre la marxa tan despistat que encara vas fer més marrada. La seva veu et ressonava com una cançó de moda i l'eufòria et pinçava les galtes enlaire. Vas arribar a la pensió més tard del compte i, mentre et ficaves al llit, vas provar d'imaginar-te com seria el dormitori de la Maria Rosa.

L'oferta va trigar uns quants vespres a reaparèixer.

—Vols pujar a casa? —et va demanar quan ja no hi pensaves gens.

Després de tantes hipòtesis i especulacions, les seves paraules van adquirir un grau d'urgència i d'obligatorietat absoluta.

—Ara?

—Avui, sí.

No vas dir ni que sí ni que no amb la boca, però et vas deixar arrossegar per la mà decidida d'aquella filla de casa bona i ben aviat et vas trobar canviant el volum d'un minúscul ascensor per la vasta cambra de revelat que et semblà el rebedor de can Seix, de sostre altíssim i dos panys de paret emmirallats que multiplicaven per l'infinit la fondària de l'espai. Abans de pujar, just quan entràveu al vestíbul, una veu va cridar fort el seu nom i et vas sentir agafat en falta, com si el plebà de Montblanc t'enxampés entrant en un prostíbul la tarda de Nadal. Paralitzat com una estàtua de pedra, no vas gosar girar el coll fins que no vas sentir que era el Víctor, l'hereu de la casa. Això et va relaxar. Vas esbufegar alleujat i et va saludar com si no fos el primer dia que trepitjaves les rajoles del món privat de la noia que t'agradava, just abans de conèixer-ne els pares.

Amb el Víctor ja havíeu coincidit més d'una vegada. Era simpàtic i es feia amb tothom. Res a témer. Encara bo que no havies topat d'entrada amb els pares, vas pensar mentre pujaves entaforat entre els dos germans a l'ascensor. Una manca de distància tan radical des del primer moment no hauria estat gaire recomanable, sobretot perquè de seguida que els vas conèixer et van semblar habitants d'un altre planeta.

—Passa, noi —et va dir la mare—, *enchanté*!

Tot i que no t'esperaven, els Seix es van comportar com si no els agafés per sorpresa. Et van acollir amb gran efusió i, de cop, et vas trobar instal·lat davant d'una copa de conyac que no havies demanat, amb la Maria Rosa asseguda a una hora lluny, i sotmès a un interrogatori exhaustiu per part del cap de família. El senyor Joan Seix insistia a repassar el teu currículum des que havies arribat al món a la noble vila de Montblanc fins que havies tingut el privilegi de conèixer la seva estimada filla.

El Víctor entrava i sortia de la conversa i del menjador amb desimboltura d'hereu i la Maria Rosa callava i somreia tant que la tibantor de les galtes va degenerar en un rictus de passatger previngut en un trajecte ple de sotracs.

Vas passar de puntetes per totes les preguntes que el senyor Seix et va fer sobre diversos aspectes de la teva família i només et vas sentir còmode quan us vau posar a parlar de pintura. Com que les parets de la sala estaven plenes de quadres i detectaves una lluïssor admirativa als ulls del teu amfitrió, et vas estendre en les idees estètiques que et ballaven pel cap i vas deixar anar algunes de les teves dèries.

—És absurd que ens esforcem a crear un art modern —li vas dir, convençut—. Només que intentem viure el present l'art ja serà un fet.[4]

Quan el senyor Seix et va demanar pels professors de Belles Arts, alguns dels quals ja coneixia per boca de la seva filla, vas repetir una de les teves idees que havies detectat que feien més gràcia.

—Un autodidacte sempre serà un artista incomplet, però els que no sàpiguen sortir de les acadèmies no val la pena que hi entrin.[5]

La riallada de l'amo va ressonar per tota la casa. La Maria Rosa es va posar vermella. Asseguda a tres metres dels homes, no sabia si sentir-se'n orgullosa o avergonyir-se'n, i va decidir aprofitar el renou per anar a l'excusat. Així és com en deien els senyorets de la casa, i ella havia estat educada per ser una senyoreta.

Quan et vas quedar a soles amb els dos Seix, pare i fill, vas percebre un ball de mirades de complicitat que no vas saber com valorar. En el teu fur intern, et vas preparar per a un interrogatori sobre les teves intencions amb la pubilla. Et vas neguitejar abans d'hora i et vas posar a buscar maneres d'expressar el que senties per la Maria Rosa sense dir-ho obertament, per transmetre confiança sense comprometre't a res en concret, per entomar les preguntes d'aquell senyor de Barcelona que, de sobte, t'omplia el cap de teranyines. Aclofat a la butaca, el veies com un pare larvari en procés de transformar-se en sogre crisàlide i, potser, quan la pell de la pupa trenqués, acabar avi.

Van ser instants crítics amb la textura dels moments decisius. Tres homes sols al menjador de can Seix en franca companyonia, a l'espera d'algun senyal que us permetés obrir les portes del cor i posar-vos a parlar del futur compartit cordialment. Un convidat i dos amfitrions, pare i fill, dues de les muralles medievals que la família havia construït per protegir la poncella més pura de la casa, dos guardians petris que combinaren un incòmode silenci amb comentaris insubstancials mentre tu esperaves i esperaves i et desesperaves amb l'estranya sensació d'estar esperant una sentència que no arribava ni potser arribaria mai. Vas témer haver entrat en un bucle insidiós que percudia com una gota freda sobre la teva autoestima de jove artista estarrufat a cal sogre. Aquell malson interminable va durar fins que la pubilla no va tornar de l'excusat. La seva entrada va ser l'avís que clou l'entreacte i la comèdia va experimentar un canvi de llums sobtat que tornava a transformar aquell ambigú ambigu en l'escenari de la funció.

—De què parleu els homes quan les dones marxem? —va preguntar, innocent, la Maria Rosa.

Els rostres de tots tres es van esblanqueir com una pàgina de cortesia, però cap de vosaltres no li va saber respondre.

5402

La Maria Rosa t'explicava que a Barcelona els tramvies portaven cobrador i les parelles carabina. Gairebé sempre anàveu a peu i ja havíeu aconseguit de poder sortir sols sense haver de fingir que us acompanyava el seu germà, però continuaves fascinat amb aquestes figures ciutadanes inexistents a la vila de Montblanc. El cobrador i la carabina.

—Però nosaltres tenim plebà —vas presumir un dia, ple d'orgull.

La pubilla dels Seix es va afanyar a avançar-se unes passes i es va tombar amb les mans enlaire.

—Que teniu què, a Montblanc?

Passejàveu pel passeig de Sant Joan, camí de la Ciutadella.

—Plebà. Si vols conèixer un plebà, a Montblanc has d'anar!

Després de la presentació en família, us havíeu acostumat a quedar sense plans definits. Caminàveu per la ciutat. Passàveu per molts llocs, però gairebé mai no us aturàveu enlloc. Només així et senties segur de no ficar gaire la pota. Els ambients que sovintejava la família Seix t'intimidaven. No t'hauries atrevit a acompanyar-la a la llotja del Liceu i cada vegada que saludàveu algun conegut pel carrer et fixaves en les sabates que portava.

Caminar per la ciutat et donava una sensació de seguretat

molt tranquil·litzadora. Sobretot quan passàveu just per sota de l'arc de Triomf i aixecaves els braços com un ciclista victoriós mentre cridaves el nom del teu admirat Anquetil o algun altre dels herois de la bicicleta.

—El plebà és un personatge més important per a nosaltres que l'arquebisbe de Tarragona —li vas dir—. Quan vinguis a Montblanc te'l presentaré.

La Maria Rosa va riure afalagada.

—No m'enredis. T'ho inventes!

Les plebanies, antigament, eren les parròquies més importants, però en ple segle XX l'únic rector de Catalunya que mantenia el títol de plebà era el de la parròquia de Santa Maria la Major de Montblanc.

Vau travessar la calçada en direcció al parc de la Ciutadella perseguint-vos com dos estudiants enamorats. T'havies preocupat d'informar-te bé de tots els llocs de Barcelona on podies portar, per pocs diners, una noia de casa bona i els deixaves caure com qui no vol la cosa.

—T'agraden les bèsties del zoo? —li vas demanar tan aviat com vau posar els peus als jardins de la Ciutadella.

Va negar amb el cap.

—Em fa pena veure'ls engarjolats.

Et va explicar que, de petita, hi havia anat moltes vegades amb la minyona.

—La tata ens hi portava. Deia que els animals la distreien molt. Al meu germà li encantaven els micos i ens passàvem hores al costat del seu fossar, veient-los fer figueretes i moneries pels tubs metàl·lics.

Mentre passejàveu pels camins que portaven a l'estanyol i el quiosc, va començar a evocar els records desagradables que conservava d'aquells temps.

—Feien pudor —va inspirar fort—, com totes les bèsties,

suposo, però aquells micos més, perquè es passaven el dia tocant-se el cul i el tenien enrogit i molt inflat, com si se l'haguessin fregat amb paper d'estrassa. Em feien fàstic, tots aquells micos, tan semblants a nens petits. Suposo que per culpa seva em va deixar d'agradar.

Tu anaves esborrant de la llista mental totes les opcions que ella descartava. A banda del zoo, entre les activitats que costaven un preu assequible ja havien caigut les golondrines del port i les atraccions del Tibidabo, en tots dos casos per por del mareig. Cada cop se t'escurçava més la llista que havíeu fet amb l'ajut de la model Pepa Melendres, coneguda a Barcelona perquè la seva cara s'assemblava molt a un munt d'estàtues que el consistori havia escampat recentment per la ciutat.

Sense poder anar a veure animals i descartades també totes les activitats que podien provocar un cert mareig, només et quedaven plans que trobaves massa atrevits, com anar a la solitària escullera del port, on es deia que les noies anaven a perdre la flor, o massa avorrits, com ara desplaçar-se a una zona de l'Eixample amb l'únic propòsit de veure les obres de la Sagrada Família.

El petit estany de la Ciutadella era una opció plausible. Vas haver de gratar-te la butxaca per convidar-la a fer un passeig romàntic en barca, però va tenir els seus moments divertits, sobretot quan vas calcular malament a l'hora de submergir un dels rems i vas estar a punt de perdre l'equilibri.

—Una mica més i acabem amb l'aigua al coll —va riure.

Tu també vas riure, bàsicament per espolsar-te la por del damunt. No ho admetries ni sota tortura, però no sabies nedar i en un instant vas prendre consciència del que podia haver passat.

—La Pepa em va explicar que, un dia, hi va venir amb un xicot i se'ls va tombar la barca —et va confessar.

—Quina Pepa? —vas dissimular, en un atac de gelosia preventiva que et feia ocultar el contacte que hi havies tingut, com si el mer fet d'haver-li demanat llocs on festejar hagués d'engelosir la Maria Rosa.

—Quina Pepa vols que sigui? La Pepa Melendres, la model de l'escola.

—Ah.

L'incident de la barca bolcada il·lustrava a la perfecció el teu malson de remer maldestre que no sap nedar.

—Diu que en van sortir tots xops —va rematar, petant-se de riure—. Mira, veus, són aquelles barques. Hi pugem?

La travessia circular per l'estany va ser plàcida, però vas anar amb rems de plom. Montblanc no té mar, et repeties. Era la primera vegada que governaves una embarcació i hi vas posar els cinc sentits.

Després de completar un parell de voltes vau tornar la barca per seguir passejant per la Ciutadella. Els barcelonins remaven, xerraven i feien cua en un quiosc de xurreria que treia més fum que una màquina de vapor. La Maria Rosa tenia ganes de menjar xurros, però no va trobar la manera de fer-t'ho saber. No estava ben vist que una senyoreta com ella prengués la iniciativa i li va fer vergonya haver-te de suplicar que la convidessis. Mirà d'insinuar-ho afluixant el pas, però de seguida va veure que si no t'ho deia clarament no se'n sortiria.

Et tenia per una mica sapastre. S'ho havia ensumat el dia que et vas treure l'americana i la vas estendre damunt d'un tram enfangat perquè passés sense embrutar-se les sabates en un gest cavalleresc que una passera de fusta a pocs metres feia inútil. S'hauria volgut fondre, però no et va voler posar en evidència i va calcigar la teva millor americana sense dir ni piu. El delit dels xurros també se l'hauria d'empassar, però aquesta vegada, en comptes de callar, va verbalitzar el desig d'una manera indirecta.

—Una tarda d'aquestes tornes a venir a casa i berenarem xocolata amb xurros.

Et vas quedar blanc. Feia mesos que no trepitjaves can Seix. De fet, després de ser formalment presentat hi havies tornat a pujar molt poques vegades. Ella, tement haver estat massa directa, es va embolicar a explicar les variacions possibles de berenar que gastaven a casa seva, incloses tota mena de dolços i altres llepolies de pastisseria, i d'allà va saltar a la filla del pastisser, una amiga seva que havia marxat a París a aprendre l'ofici i que, des de llavors, només parlava de croissants, xuixos, lioneses i altres gormanderies del que ella en deia *boulangerie*. Va pronunciar tots aquests mots francesos amb una golafreria encantadora abans de saltironar cap a mil altres temes amb una vèrbola riallera que pessigollejava els teus timpans d'acompanyant orellacaigut i ja no vas tornar a badar boca, atrapat en els cercles concèntrics d'infinites combinacions que havia format el berenar promès en les teves circumvolucions cerebrals.

5601

Després d'acabar Belles Arts, et vas començar a veure les orelles. Vas mostrar obra en diverses exposicions i ja vas vendre'n amb regularitat. Llavors vas deixar la plaça que havies guanyat per oposicions a l'Institut de Previsió i et vas dedicar a la pintura en exclusiva. No va ser una decisió fàcil, però et calia sentir-te en moviment perquè al teu voltant tothom es movia. Ta germana Maria del Carme i el seu marit Ramon, que vivien a l'Espluga de Francolí, van tornar a Montblanc. La mare s'havia fet gran i no es podia refiar gaire de la Nativitat per portar la botiga del carrer de Riber que havia muntat el pare abans de la guerra. De primer, era una espardenyeria, però quan el 38 va morir l'espardenyer de casa la mare es va posar a vendre-hi fruita i verdura, la vostra dieta obligada durant els primers anys de postguerra.[1] La Maria del Carme i la mare hi despatxaven sempre, però la Nativitat i tu no hi posàveu gaire els peus. Ella, esquerpa de mena, perquè espantava les clientes; tu, que tenies entre cella i cella que series artista, perquè et vas posar a estudiar com un boig per passar oposicions i portar diners a casa.

Les fruites i verdures donaven tan poc que el teu cunyat, un sant baró, havia acceptat de renunciar a la seva vila natal per mirar de revifar el migrat negoci familiar. Se n'havien anat a viure al carrer de Santa Tecla, molt a prop de la casa pairal de cal Francí, i havien canviat els enciams i les escaroles per rotllos de tela al major i al detall. T'ho van dir a la Fonda dels Àngels un dels diumenges que pujaves a Montblanc. El Ramon deia que tornaven al lloc del crim, perquè s'havien conegut allà mateix, entre naps i cols, quan el Ramon hi anava a comprar xocolata i sempre mirava d'esquivar les hores que atenia la mare o els minuts terribles que se'n feia càrrec la germana gran. Estaves segur que la Maria del Carme era un reclam molt més poderós que els tomàquets que venia.

A Barcelona, la majoria de companys de Belles Arts tenien uns pares que els havien pagat els estudis i ara podien combinar els coneixements artístics adquirits amb alguna feina més o menys còmoda que els garantís un bon sou. N'hi havia que feien passanties en despatxos d'advocats d'algun familiar i d'altres que despatxaven en botigues de tota mena, però la majoria intentava mantenir-se dins del gremi de les arts gràfiques. A primers dels cinquanta els cartells publicitaris van experimentar un gran auge. Molts artistes s'hi dedicaven per poder-se finançar els materials que els calien per pintar altres obres. Els encàrrecs dels fabricants de productes diversos donaven una gran seguretat econòmica a molts bons professionals.

Tu no buscaves cap seguretat d'aquesta mena, però l'èxit de les primeres exposicions individuals et va omplir el cor d'esperances i les butxaques de bitllets. Com que l'habitació de la pensió al carrer de Bailèn era poca cosa, vas llogar un estudi espaiós al carrer de Girona,[2] a tocar de la Diagonal, i et vas posar a pintar cada dia, amb l'esperança de vendre molts quadres. Només llevar-te, tenies el costum de dibuixar un colom d'un sol traç en un full volant petit, com qui fitxa a la feina a l'inici d'una nova jornada. Després d'esmorzar a la pensió, passejaves fins a l'estudi i et posaves a pintar olis. Girona va ser el teu refugi. El Josep Maria Rull, que ja havia acabat enginyeria, et va ajudar molt en les qüestions logístiques, però tampoc no et calia gran cosa. Llum, pintura i bona ventilació. Amb això ja feies per anar produint. Sorties poc i no rebies gaires visites. Algunes tardes la Maria Rosa et portava el berenar, però mai no s'hi quedava gaire estona. En teoria, per deixar-te treballar, i en la pràctica perquè havia descobert que els veïns del costat eren amics dels seus pares i no volia haver de donar explicacions.

Ella feia uns horaris més estrictes i es posava en marxa més d'hora, de bon matí. De seguida que vau acabar els estudis va trobar feina de grafista, una de les primeres dones que es professionalitzava en aquest ofici d'homes. Va tenir la fortuna que son germà Víctor i un amic que es deia Carlos Barral acabaven de refundar el Taller Estudi Gràfic Seix i Barral, creat l'any 1911 per fusió de les empreses Litografia Seix y Barral Hermanos. Treballaven molt en tots els camps de les arts gràfiques, però el seu projecte era fundar una editorial per publicar bona literatura. Els dissabtes, quan passejàveu per la Ciutadella, la Maria Rosa t'explicava tots els seus avenços amb una il·lusió que t'estimulava l'enveja. Volies creure que l'única diferència entre els seus projectes i els teus era que els seus li venien de fora i els teus et sortien de dins. Un dia us vau discutir per això.

—Treballar per encàrrec és igual d'artístic —sostenia ella—. L'únic que canvia és que has de complir unes condicions que coneixes prèviament. El tema i el temps que tens per fer-ho.

—Jo només pinto el que em ve de gust —vas assegurar, taxatiu—. Mai no acceptaria un encàrrec.

—I si algú t'encarrega que li facis un retrat?

—No. Primer pinto i després venc, jo. De fet, si m'ho pogués permetre, mai no vendria res del que faig.[3]

La discussió es va enverinar. Et va posar exemples cada cop més compromesos que et van treure de polleguera. D'ençà que havies començat a exposar tenies unes sensacions molt estranyes quan et desprenies d'una de les teves criatures, encara que fos per un bon preu. No sempre ho vivies de la mateixa manera. Depenia molt del dia i, sobretot, de qui ho comprava. T'afectava molt que el comprador no et caigués bé. Hi havia gent a qui no li hauries venut mai res.

—Però la història de la pintura en va plena, d'encàrrecs.

—Tant me fa, la història de la pintura!

Al final, et va fer una pregunta que et va deixar sense paraules.

—Si el meu pare, per exemple, t'encarregués un retrat per l'aniversari de la seva única filla, també li diries que no?

Te la vas mirar amb angoixa creixent. Vas aixecar la mà oberta i la vas moure a dreta i esquerra, en un simulacre de negació. Et va venir al cap el vespre que havies conegut el senyor Seix, allà asseguts amb el Víctor, sense saber gaire de què parlar. Vas reprendre la marxa per no haver de respondre, però et costava avançar. La força de la gravetat havia augmentat d'intensitat i el terra era ple de vidres trencats que et travessaven la sola de les espardenyes. Quan ja tenies la sensació que la sang et rajava per les plantes dels peus vas sentir la veu que et renyava.

—Maties, madura!

En un primer moment vas entendre que et demanava mà dura, però quan ja estaves a punt de demanar-li el perquè, vas tancar els punys i et vas retenir.

5701

Ja feia tretze anys que vivies a Barcelona quan la Maria del Carme et va demanar si no tornaries mai a Montblanc. N'havíeu parlat altres vegades després de la seva tornada, però aquell dia et va semblar que t'ho deia amb més vehemència. Li vas demanar si la mare no es trobava bé i al final vas deduir que no hi havia cap novetat remarcable. Només semblava crispada perquè s'havia tornat a discutir amb la Nati. Un cop més. Tu li vas respondre que no pensaves tornar.

—Ara em puc dedicar plenament a l'art —vas dir orgullós.

Ja feia tres anys que havies deixat la plaça a l'Institut de Previsió i continuaves venent prou pintures per viure i encara et sobraven diners per enviar-ne als de casa.

—Vas fer molt bé d'anar a Barcelona —et va dir somrient, es va acostar manyaga i et va fer un petó preventiu a la galta—, però quan te'n vas anar vam plorar.

Ja ho sospitaves, però no t'ho havien dit mai amb totes les lletres, perquè la mare sempre havia actuat com un para-xocs, convençuda que series un gran artista. El nen això, el nen allò, paraules de cotó que t'embolcallaven d'ençà que, als vuit anys, et vas salvar d'aquella fumera infernal i vas dir que havies de sobreviure per ser un gran artista.

—Vau plorar?

Les úniques llàgrimes que havies vist vessar mai als de casa eren les que us va provocar la mort del pare, en plena guerra. Després, cor fort i barres serrades.

—Sobretot perquè la mare i jo ja et vèiem a l'oficina de Correus, aquí a Montblanc.

Et revenen aquells dies de dubtes i dilemes, després d'haver fet la proesa de guanyar les dues oposicions a les quals et vas presentar. La de Correus, que t'hauria permès treballar a Montblanc o la rodalia, i la de l'Institut Nacional de Previsió, que va ser la palanca ideal per marxar a Barcelona sense mala consciència.

—Ara ja ens hi hem acostumat, però ens va costar.

Recordes el moment, tres dones soles a Montblanc i tu cap a Barcelona, seguint el rastre olfactiu de la tinta, resignat a fer de pixatinters cada matí per poder-te tacar les mans a l'Escola de Belles Arts cada tarda. Picant pedra de manera figurada i literal, tirant endavant el somni infantil que t'havia mantingut viu entre les flames, l'art com a capa ignífuga, motor creatiu com a única font d'oxigen.

—Sempre us he tingut presents.

La culpa, la teva grandíssima culpa expiada al Montepio del temps, llevant-te ben d'hora per complir amb les obligacions del bon funcionari que obté la seva recompensa cada final de mes i, tal com la rep, la trosseja i n'envia la part del lleó cap a Montblanc perquè a la mare i les germanes no els falti mai de res encara que la botiga no passi pel millor moment.[1]

—Ja ho sé, Macià! Ho sé!

La Maria del Carme es va acostar somrient a amanyagar-te.

Encara bo d'ella i del teu cunyat espluguí, amb qui des del primer moment vas congeniar. Com que era una mica més gran que tu li va tocar perdre la guerra al front i a l'exili, però tots sou del mateix bàndol. Tots hi vau perdre d'una manera o una altra. Vosaltres vau perdre el pare, mort el trenta-vuit d'un atac de cor després d'haver aconseguit aturar la crema de l'església de Santa Maria la Major per part d'un grup d'exaltats. El teu cunyat no només va perdre al front de l'Ebre i al camp de concentració d'Argelers, sinó que després encara va haver de continuar perdent a Tànger. Tu te'n vas salvar pels pèls que ara ja comences a perdre, com tots els de la teva lleva, perquè teníeu quinze anys quan va esclatar la guerra i vau anar veient com cada cop mobilitzaven nois més joves fins que van arribar als que només tenien un any més, la Lleva del Biberó.

—Estic tranquil perquè sé que us cuideu de la mare, Carme —li vas dir—. Amb la Nati no s'hi pot comptar gaire, però el teu Ramon és un sant baró!

Més culpa, més grandíssima culpa per no haver lluitat a la guerra, mesos emboscats amb les dones de casa al mas d'uns amics, entre Montblanc i Prenafeta, amb el cos encès i el cor revoltat, mentre el que anys després seria el teu cunyat es jugava la vida primer al front, després a l'exili i, per acabar-ho d'adobar, a Tànger, no vols caldo, tres tasses. Encara bo que en va tornar a temps per enamorar-se de la teva germana lluminosa, el pal de paller de la família.

—Però ara que has deixat de treballar...

Et va quedar clar que el pal de paller t'enyorava.

—No he deixat de treballar —li vas replicar—. Pinto més que mai.

Et vas estalviar de recordar-li que els continuaves enviant calés i us vau posar a discutir una estona sobre si podries pintar igualment des de qualsevol lloc del món, inclòs Montblanc. Li vas dir que n'havies fugit per recordar-lo, que et calia prendre distància per poder-lo veure millor. Només et vas callar una cosa, que potser et calia ser a Barcelona per poder triomfar en el món de l'art.

—Però ara que has acabat els estudis a Belles Arts... —va insistir.

Vas objectar que mai no s'estudiava prou, que les acadèmies estaven bé però no ho eren tot i unes quantes coses més de les que et sortien quan no sabies gaire què dir. En el teu fur intern sabies que la Maria del Carme tenia raó. De poder, podries fer el mateix aquí, a Montblanc, que a l'estudi del carrer Girona. Ta germana et va parlar del que es deia de Picasso a Horta de Sant Joan.

—No em diràs que la llum de la Conca no sigui ben especial.

Vas titubejar una mica abans de respondre. Anaves a repetir que Montblanc el pintaves millor amb els ulls tancats, de memòria, però el record de la llegenda de Sant Jordi et va fer obrir una altra finestra.

—És que he conegut una noia.

Els ulls de la Maria del Carme es van encendre i apagar en un instant. La il·lusió de saber-te enamorat guspirejà en el seu rostre expressiu, però de seguida deixà pas a una certesa de plom. Si hi havia alguna força humana que et pogués allunyar definitivament de Montblanc era l'amor. Ella mateixa n'havia marxat per casar-se i sabia l'esforç que li havia costat corregir el moviment per tornar.

—Ah, l'enhorabona! —et va felicitar amb la boca petita—. I qui és, l'afortunada?

Li vas parlar de la Maria Rosa amb una prudència que va despertar els seus dubtes.[2] Et tenies per un home romàntic, però a l'hora de parlar de la teva estimada vas ser conscient de trobar-te entre la Nativitat i la Maria del Carme. Tenies part de la llum de l'una i moltes zones de foscor, com l'altra. Calia ser un llosc per no adonar-se que el teu tarannà tenia la tara d'anar d'un extrem a l'altre. De sempre. D'ençà que havies sobreviscut a la fumera que la llum dels teus ulls era intermitent.

—Quan ens la presentaràs?

No ho sabies. Ni t'ho havies plantejat. No sabies si mai els presentaries la Maria Rosa, si gosaries fer-la entrar a l'antiga espardenyeria del pare al carrer de Riber, ara colonitzada per metres i metres de tela. No vas obrir la boca, però et van passar pel cap un munt d'imatges inquietants. No estaves gaire segur de si t'avergonyiria portar-la a cal Francí, però tenies claríssim que, ara per ara, la grafista titular de la flamant editorial Seix Barral estaria totalment fora de lloc a la botiga. Continuaves en silenci quan et va passar pel cap una imatge que et va esgarrifar més que els avions italians durant la guerra. Et vas imaginar la teva germana Nativitat al menjador de can Seix.

5801

De seguida que els vas començar a tractar, et vas adonar que les reunions familiars sovintejaven a can Seix. Qualsevol pretext era bo per convocar-ne una. Ningú no podia sospitar que aquell dinar de dissabte a la casa de camp tenia el secret propòsit de prendre una decisió que hauria d'afectar les vides de la Maria Rosa i la teva d'una manera tan radical. De fet, van completar la llista de convidats després que declinessis assistir-hi amb el pretext que pujaves a Montblanc.

—Ell sempre diu que baixa a Barcelona i puja a Montblanc —els va aclarir, després d'excusar la teva absència.

El grup de convidats era prou nombrós perquè els Deffontaines no destaquessin. El marit era conegut del Víctor i dirigia l'Institut Francès des de feia uns anys.[1] La dona era de la quinta de la Maria Rosa. Tot i que no es coneixien gaire, simpatitzaven amb aquella discreta atracció que fa canviar de cadira a l'hora del cafè després d'un àpat compartint taula.

La casa de camp dels Seix era gran i acollidora. El servei feinejava perquè tot estigués a punt. Tenien l'habilitat de transitar pels espais que ocupaven els convidats sense interferir-hi, com presències translúcides que servien copes i retiraven cendrers plens amb la subtilesa d'un esperit boscà. Els homes de la família solien reunir-se, després dels àpats, en una cotxera que exercia de sala de fumadors. S'encenien els toscans i prenien aiguardent asseguts en cadires metàl·liques de jardí amb coixins que amorosien el contacte de culs i esquenes.

Després de la sobretaula, el patriarca de can Seix i el germà de la Maria Rosa només van convidar el director de l'Institut Francès a fumar, com si cap altre dels convidats no apreciés els plaers ardents del tabac. Quan van estar instal·lats tots tres a la cotxera amb una copa d'armanyac i els cigars encesos, li van plantejar obertament la qüestió.

—Mira, Pierre —va obrir foc el Víctor, després d'exhalar un núvol de fum dens—, et volíem demanar si ens pots ajudar en un afer familiar una mica delicat.

El francès es va incorporar, sorprès pel canvi de to.

—Us escolto.

—Ens consta —va dir llavors el pare Seix— que a l'Institut convoqueu unes beques per a estades artístiques a París.

El Pierre va fer un glop d'armanyac i va intuir per on anirien els trets.

—En efecte —va assentir, encara amb el regust d'armanyac a la llengua—, però en principi no estan pensades per a il·lustradores sinó...

El Víctor va aixecar les mans, mostrant els palmells amb els dits ben estesos.

—No, no, Pierre, no! —va riure—. No es tracta de ma germana, home!

Deffontaines es va adonar que s'havia precipitat i va voler iniciar una disculpa, però es va quedar amb la boca oberta.

—Sí que es tracta de ta germana, Víctor!

Un retret pronunciat amb duresa granítica. L'intercanvi de mirades posterior entre pare i fill va deixar el francès fora de joc, bocabadat. No s'esperava assistir a cap picabaralla familiar.

—Bé, sí, però de manera indirecta —va admetre el Seix fill, abaixant el cap—. Vull dir que no volem demanar cap beca per a la Maria Rosa.

—No, això no.

—Ah.

El fum dels cigars embolcallava cada síl·laba amb un efecte aïllant que en dificultava la comprensió.

—És per a un a, mic —sil·labejà entre bafos de fum el Víctor—, un amic seu.

—Ah.

Una mirada implorant de l'hereu va decidir el patriarca a agafar el toro per les banyes.

—Fa uns anys, la nena es va encapritxar d'un company de classe que pintava.

—I no ho fa malament —va afegir el Víctor.

El seu pare li va tornar a clavar una mirada censuradora, un ara-calla en tota regla.

—Ara s'hi dedica professionalment. Es diu Maties, Maties Palau Ferré. I el meu fill té raó, se'n surt prou bé. Ensenya-li el diari, Víctor.

El Víctor va treure un exemplar d'*El Correo Catalán* doblegat estratègicament per una pàgina on havia encerclat la frase que t'havia dedicat el crític després de l'exposició del Palau de la Virreina.

—Palau Ferré llama la atención de los inteligentes[2] —va llegir el Víctor.

El director de l'Institut Francès no el va ubicar, tot i que el nom no li era del tot desconegut. Pel seu càrrec, rebia tota mena d'invitacions a actes culturals i era un habitual dels vernissatges. Les exposicions d'art eren, de llarg, les més ben servides en qüestions de menjar i beure.

—Ah, sí, Palau Fegué —va afirmar amb la mateixa seguretat que hauria exhibit si li haguessin parlat de Toulouse-Lautrec—, un artista molt prometedor.

Els Seix es van mirar, il·luminats per una espurna d'esperança com les que encenen el foc de l'atreviment.

—És un bon noi, però...

Més volutes de fum.

—Ve d'un poble molt bonic...

La següent pipada es va menjar el però. No calia. El Pierre, fill de pagès, era prou viu, viscut i viatjat per entendre que la jove promesa pictòrica no era prou per a aquella família de patricis barcelonins.

—No li coneixem la família, però...

Més fum.

—Me'n faig el càrrec —va dir Deffontaines, molest per tants punts suspensius fumats, tip d'haver de completar mentalment les frases dels amfitrions, rics i educats, tous i agres com un rot de pagerol empiocat, cagadurs i melindrosos a l'hora de dir sense comprometre's gaire que el pintoret en qüestió els semblava poca cosa per a la pubilla, que sense pedigrí genealògic ni antecedents venials no es podia entrar a la família, que què s'havia pensat que faria amb la nena, el pelacanyes aquell, que fins aquí podien arribar.

—Me'n faig el càrrec —va repetir, una de les primeres frases fetes que havia après a dir en català—. Vol allunyar-lo de la seva filla, oi?

El vell Seix no va dir res. Va deixar anar una voluta de fum espès mentre assentia amb petits moviments de cap que van afectar l'aspecte de la figura de fum ascendent.

—La meva germana és molt jove i inexperta, Pierre.

—Ja estava mig compromesa amb el fill d'uns amics quan va començar a rondar-la aquest pintoret i ara...

—I ara aniria molt bé que guanyés una beca per anar a París —va somriure Pierre Deffontaines.

—¡Dicen que la distancia es el olviiido! —va arrencar a cantar el patriarca, alçant la copa d'armanyac.

—Pero yo no concibo esta razóóón —va seguir el fill, per congraciar-se amb el pare— porque yo seguiré siendo el cautivooo...

Una nova mirada de reprovació va tallar l'expansió lírica. Hi havia dies que el Víctor pensava que res del que fes no plauria a son pare. El senyor Deffontaines se'ls va mirar encuriosit. Sabia que el seu govern donava beques per a estudiants i, finalment, es va comprometre a fer els possibles per trobar una residència a la Cité Internationale Universitaire de París.

—Però no garanteixo res —va balbucejar al final de la promesa, sabent que ja no l'escoltaven.

—Salut —va respondre l'amfitrió, amb veu alta i clara—. Ja ho trobarem.

Els tres homes van brindar entre somriures una mica forçats, amb la certesa absoluta que s'havien entès. Així va ser com es va decidir el futur sentimental de la Maria Rosa i l'inici de la teva carrera internacional, Maties.[3] Entre fum, rialles i armanyac.

5901

La Maria Rosa esperava notícies teves des de l'endemà mateix d'haver-vos acomiadat a l'estació de França amb un petó d'andana, tan efusiu i desesperat com els dels soldats que van a la guerra. Va aguantar tres dies sense piular, però el quart ja va començar a posar-se nerviosa. El primer, al despatx de l'editorial, abordant el Víctor per veure si podia esbrinar el teu domicili a París, perquè abans d'anar-hi només tenies l'adreça on t'havies de presentar i vau quedar que tu series el primer d'escriure per dir-li on viuries. El que no sabíeu, ni ella ni tu, era que els Seix s'havien confabulat per interceptar les teves cartes,[1] per tal que la pobra Maria Rosa es quedés sense notícies teves i tu tampoc no en rebessis de seves.

Per la teva banda, vas trigar més dies del compte a escriure, però quan finalment li vas enviar la teva adreça postal del Boulevard Jourdon[2] la carta no va passar de la porteria de can Seix. Et va estranyar no obtenir resposta immediata, però els primers temps a París eren plens de descobertes i, llevat de quan dibuixaves el colom matutí d'un sol traç, els dies et passaven sense que pensessis gaire en ella. Tot l'enyor l'havies deixat al tren d'anada. Les jornades eren llargues i plenes d'estímuls. Les classes, les passejades, l'entregent i, a partir d'un cert moment, el Semita. No hi havia gaire espai per a la Maria Rosa.

Ella, en canvi, es desesperava per si t'havia passat alguna cosa. Es feia creus de no tenir cap dada teva. Una adreça, una escola, un nom, un telèfon, qualsevol fil del qual estirar. Anava ullerosa a la feina i se sincerava amb el Víctor, sense sospitar que us havia traït. Perquè son germà no només participava de l'operatiu per interceptar qualsevol missatge teu, sinó que a més va aprofitar la confiança fraterna per començar a sembrar dubtes sobre el teu interès a mantenir la relació. Fins i tot va fingir unes gestions a l'Institut Francès per passar-li una presumpta adreça postal teva a París.

Les cartes que et va enviar en aquella adreça inexistent, cada cop més amargues i desesperançades, van ser degudament retornades al remitent pel servei de correus francès. Com que te les escrivia amb el paper timbrat de l'editorial, per evitar que els pares la poguessin enxampar, el Víctor en tenia un control absolut. Tampoc s'estava de llegir-les. Va dubtar abans d'obrir la primera. El seu soci li deia que allò era una violació de correspondència i la paraula li va semblar prou gruixuda per rumiar-s'ho una mica, però de seguida va trobar el pretext ideal per satisfer la seva tafaneria. Per poder influir més sobre sa germana, li convenia conèixer les seves cabòries de primera mà.

T'hauries enfurismat si haguessis sospitat que el teu amic Víctor espiava les efusions sentimentals que sa germana et dedicava, però no vas trobar a faltar cap de les cartes perdudes fins que no en vas rebre una de la Maria del Carme amb notícies de la mare i de Montblanc, i en una postdata inesperada et demanava per la teva xicota, sense ni dir-ne el nom, o perquè no el sabia o perquè l'havia oblidat. Llavors sí que et va estranyar no haver rebut resposta de la Maria Rosa. Et va passar pel cap que potser no havies posat prou segells al sobre i la teva carta havia quedat bloquejada a la frontera, just allà on els trens canviaven l'amplada de via, en un racó humit amb un sac oblidat de cartes que mai no sortirien del sobre. Paper mullat.

Aquella imatge de la teva lletra extraviada et va perseguir tot el dia, de manera que vas decidir escriure'n una altra de més llarga que la primera. Et vas esforçar a incloure-hi una descripció detallada de les teves primeres impressions a París. Vas guixar tres fulls per davant i per darrere explicant les classes al taller d'en Szabó, les matèries addicionals que cursaves a l'Escola Italiana d'Art i, sobretot, la perspectiva engrescadora de participar en una exposició a la galeria Paul Cézanne. Quan la vas tenir escrita vas anar a l'oficina de Correus per assegurar-te que aquesta vegada la franquejaves amb tots els segells que calien i just allà, en comprar un d'aquells sobres americans de correu aeri que duien el perímetre guarnit amb els colors de la bandera francesa, vas pensar que potser no era una bona idea tornar-l'hi a enviar a l'adreça de casa.

Tot d'una, et vas imaginar el senyor Seix obrint la porta al carter, engrapant el sobre tricolor i, després de llegir el teu nom al remitent, cremant la carta amb el mateix encenedor amb què escalfava la pipa. Vas pensar en les poques vegades que havíeu coincidit i et vas refermar en el convenciment que no li queies gens bé, que no li agradaves com a futur marit de la seva pubilla, que devia considerar que no eres prou bo per a ella, com els havia passat a tants altres pares abans i els passaria a tants altres després, com potser havia fet ton pare, vas especular, davant d'alguna pretendent de ta germana Nativitat quan tu eres massa nen per recordar-ho, i d'aquí plorava la criatura que no havia tingut ni mai no tindria.

Palplantat a l'oficina de Correus, amb el cap ple d'imatges desagradables, vas decidir comprar un segon sobre de contorns tricolors i vas estripar el que portava escrita, en la teva cal·ligrafia més acurada, l'adreça de can Seix. La idea d'enviar aquesta segona carta a una adreça alternativa va poder passar del pensat al fet perquè traginaves un exemplar de *Las afueras*, de Luis Goytisolo, que acabava de guanyar el primer premi Biblioteca Breve, i vas buscar l'adreça de l'editorial a la pàgina de crèdits. La vas copiar al dors del sobre amb una sensació d'alleujament, sense sospitar que la teva carta més llarga i sentida arribaria a la seva destinació de Barcelona el mateix dia i en el mateix sac que la tercera carta retornada que la Maria Rosa t'havia enviat des de la mateixa editorial a la qual l'escrivies per evitar, tant l'un com l'altre, que el pare Seix la pogués interceptar.

El fill Seix va interceptar les teves missives i les seves, però el silenci plumbi de les pregàries desateses va anar refredant els vostres cors enamorats, tal com havia previst el pare Seix. Després d'un primer trimestre sense saber l'un de l'altre la temperatura dels vostres cossos es va estabilitzar a la baixa, els neguits es van apaivagar i una certa sensació de fracàs es va apoderar dels vostres esperits. Tu encara vas intentar telefonar-li a la feina, però la secretària de l'editorial tenia ordres estrictes de desviar totes les trucades cap al seu cap. El Víctor, amb la diplomàcia que el caracteritzava, et va insinuar que un altre grafista la rondava i que, per fas o per nefas, sa germana havia perdut l'interès per tu.

Aquella va ser la primera vegada que li vas trucar. També l'última. Les conferències costaven un ull de la cara i, a més, les centraletes no sempre permetien connectar amb el número desitjat. Aquesta decepció telefònica va coincidir amb la teva primera exposició. Continuaves començant els dies dibuixant un colom d'un sol traç però, d'ençà que havies conegut la dona més pintada, cada cop pensaves menys en la Maria Rosa. El seu silenci no admetia rèplica i et vas començar a acostumar a pensar-hi com un record del passat.

Després de la tercera carta sense resposta ella també va començar a combatre el regust amarg de l'abandó. Aliena al fet que les seves súpliques desesperades reposaven, tancades amb clau, en un calaix del despatx que son germà compartia amb el Carlos Barral a la sala del costat, va començar a imaginar-te als cabarets de París, pintant les vedets més belles, i sortint cada nit amb una de diferent. La més descarada. Els malsons de la teva presumpta vida bohèmia vora Montmartre li van durar mesos, durant els quals la Maria Rosa es va concentrar en la seva feina de grafista a l'àrea editorial de material escolar, amb especial predilecció pels mapes, i es va oblidar de la resta de possibilitats que li oferia la seva vida de noia de casa bona a la Barcelona de finals dels cinquanta.

La teva primera beca es va renovar per art de màgia, sense que haguessis mogut ni un dit, però no et va estranyar gaire perquè eres conscient que te la mereixies. No havies perdut ni una classe i la teva producció començava a ser visible. Les poques vegades que tornaves a visitar la família pensaves que, entre tren i tren, et podries escapar un moment per veure la Maria Rosa, però el primer cop et va semblar que el camí feia pujada i cada vegada que et passava pel cap trobaves que era més costerut fins que, al final, vas trobar que era un mur vertical i ja no t'hi vas veure amb cor. La Maria del Carme va deixar de demanar-te per ella i, a última hora, les dones de casa no li coneixien ni la cara. El seu record va quedar cada cop més diluït. No vas abandonar el costum matinal de dibuixar el colom d'un sol traç,[3] però cada cop el vas desvincular més d'ella. Ho feies d'esma, com qui pren un suc de taronja abans d'esmorzar.

La segona renovació de la beca també et va agafar per sorpresa, i va donar pas a l'època més intensa de la teva estada a París. En poc temps, et vas enamorar de la dona més pintada i vas participar en tres exposicions, al Museu d'Art Modern, la galeria Tedesco i el Grand Palais.[4] Els Seix, pare i fill, estaven pendents del seguiment escrupolós que el senyor Deffontaines feia de la beca concedida. Te la van renovar dues vegades perquè t'ho vas guanyar, i si haguessis pogut assistir a les reunions d'avaluació t'hauries regalat les orelles amb el gran nombre d'elogis que suscitava el teu aprofitament de l'ajut.

Sempre que podia, el Víctor refregava els teus èxits pels morros de sa germana, sabent que així feia més profunda la ferida provocada pel teu presumpte silenci. Si triomfaves a París, no tenies cap excusa per amagar el cap sota l'ala. La decepció que la Maria Rosa sentia per tu ja era molt gran el dia que li va ensenyar un dossier de premsa que recollia una entrevista llarga que t'havien fet en una revista d'art. Els titulars especulaven sobre el teu estil pictòric, definit com una barreja de romànic català amb cubisme picassià. En una de les fotos sorties de perfil davant del primer quadro que havies exposat a París, la dona de la síndria. La rojor del quadro la va sacsejar. Sense saber que havies pintat, ple d'enyor montblanquí, una coneguda del poble no especialment agraciada, s'ho va prendre com un senyal que t'havies enamorat d'algú a París i la va assaltar la certesa que t'havia perdut per sempre.

7501

Davant dels jutjats de Reus hi ha una certa expectació. L'home de gris que fa guàrdia a la porta de la comissaria contigua observa amb inquietud com un parell de fotògrafs preparen les càmeres. S'han situat a la plaça que hi ha davant de l'església de Crist Rei per tenir una bona perspectiva. La salut de Franco penja d'un fil i els periodistes no són de fiar. Enrique Rubio ha estat un dels primers d'arribar. Els contactes que té als jutjats li han filtrat els horaris. El jutge ha citat primer Palau Ferré per comprovar que porta tot el material pictòric que estableix la sentència i, una hora més tard, el Peirats. El lletrat Morales, en representació de Palau Ferré, ha arribat una mica abans d'hora però l'artista fa tard. A dins, mentre el jutge conversa amb l'advocat, el secretari i un uixer comproven que tot estigui a punt a la sala triada per poder peritar les pintures. Hi ha cinta mètrica, claus, ganxos i una escala, perquè la idea és mesurar-les en pla i després penjar-les a les parets. Ningú no creu que l'artista s'hagi gastat ni cinc per emmarcar-les, però fins que no vegin com les porta no sabran si ja fan amb els materials que han preparat. Mentrestant, tenen poques coses a fer, una situació que no amoïna gaire els dos funcionaris.

Palau Ferré dona senyals de vida quan ja fa vint minuts que l'esperen. El Rubio adverteix el seu fotògraf que comenci a disparar en veure l'escut de l'Ajuntament de Montblanc en una furgoneta força atrotinada que s'acosta pel carrer de sota. Una Avia blanca d'una sola peça, amb la part del darrere opaca. Després d'algunes gestions infructuoses, el condemnat ha aconseguit que un dels tècnics de manteniment de l'enllumenat públic de la vila comtal de Montblanc es presti a exercir de transportista. En els cotxes d'en Lopas o altres dels seus xofers ocasionals no hi cabien els llenços pintats a l'oli. Gairebé tots fan dos metres d'alt i més d'un metre i mig d'ample. No s'ha preocupat de mesurar-los, però ha tirat llarg calculant de pintar els metres quadrats establerts amb una quinzena de quadros. Mentre no els ha mogut del taller rai, però a l'hora de la veritat són tan aparatosos que ha suat tinta per trobar transport. L'Avia municipal, abonyegada pels tragins d'anys dins i fora muralles, té un interior prou diàfan per dur aquestes baluernes amuntegades.

L'ambient és fred. Gener als cossos i a les ànimes. El guàrdia urbà que vigila la zona fa sonar el xiulet per agilitar el pas de dos vehicles que impedeixen a la furgoneta d'arribar a lloc. La distingeixen abans els periodistes que ell, però quan veu que els fotògrafs comencen a disparar reacciona. Coordina amb energia la bufera que aplica al xiulet amb el moviment circular continu del braç dret, com una descàrrega elèctrica que activés la circulació de l'Scalextric urbà. És una acció que el guàrdia té tan incorporada a la coreografia professional que li surt d'esma, com caminar o respirar.

Quan el vehicle s'atura davant dels jutjats i els dos fotògrafs desplaçats s'hi acosten corrents per disparar des de més a prop, una parella de grisos surt de la comissaria contigua i s'afanya a interposar-se entre els periodistes i la furgoneta.

—Quants quadros porta? —crida el Rubio tan aviat com Palau Ferré trepitja el carrer—. Ha comprovat que sumin la superfície requerida?

Dos periodistes més també interroguen l'artista, però no n'obtenen cap declaració. El secretari judicial i l'uixer surten de l'edifici per ajudar a entrar els quadros, obren la porta posterior del vehicle i el xofer els demana que hi pugin des de dins. L'artista entra als jutjats amb les mans a les butxaques. Se'n desentén i els altres homes han d'encarregar-se de descarregar el fato de la furgoneta. Treuen els llenços lligats amb cordills i embalats amb els llençols de tela que Palau Ferré ha agafat de la botiga familiar. Ni el Rubio ni cap fotògraf poden clissar res del que ha pintat per imperatiu legal en els últims mesos. Un cop dins de les dependències judicials, el Morales li presenta el jutge, que el saluda amb cordialitat no exempta d'una certa admiració. Els indica la sala on podran procedir a mesurar les pintures i a penjar-les.

—I ara, si em disculpen, els deixo una estona —s'acomiada.

Queda clar que de la feina efectiva se n'ocupen el secretari judicial i l'uixer. L'advocat, el condemnat i el seu xofer ocasional es queden a la sala observant com els tècnics desembalen, mesuren i pengen la quinzena d'obres.

Mitja hora més tard, encara abans de l'hora que consta a la citació, compareix el primogènit del Peirats acompanyat d'un dels artistes que el seu pare apadrina al Mas Carpa.[1] El demandant s'ha volgut estalviar el tràngol de recollir en persona la indemnització que li deu el demandat i ha decidit enviar-hi el seu fill Josep, que és el gran dels quatre però només té vint-i-pocs anys. El xiquet arriba fumant, en companyia de l'escultor Ortiz Serra, a qui el Rubio ràpidament reconeix i interroga. D'entrada, li demana què hi ve a fer.

—Només acompanyo el senyor Peirats —se l'espolsa l'escultor.

Els altres periodistes fan preguntes al jove a qui l'escultor ha anomenat Peirats, però totes les respon Ortiz Serra. Li fa d'escut.

—És un simple tràmit administratiu —al·lega—. El senyor Peirats ha atorgat uns poders al seu fill Josep i jo he vingut per fer-li costat.

No el treuen d'aquí. Nega que vingui a valorar artísticament les obres que Palau Ferré entrega a la justícia. Assegura no conèixer les clàusules del contracte ni cap detall de la sentència. Falten cinc minuts per a l'hora de la citació quan s'acrediten i entren al jutjat, deixant-ne fora els periodistes i alguns curiosos que comencen a congregar-s'hi. Conscient de l'expectació que ha suscitat la sentència, el jutge ha disposat que l'acte de lliurament es faci en privat.

Aquests últims mesos han estat un malson per a les dues parts. D'ençà que el Tribunal Suprem va confirmar la condemna tothom ha gosat dir-hi la seva. L'enrenou que suscita l'afer als mitjans de comunicació només és la capa exterior d'una ceba que irrita els ulls de tots dos contendents. Des del mateix moment que es va fer pública, demandant i demandat han hagut d'aguantar les opinions bel·ligerants d'amics, coneguts i saludats. En el cas del pintor, una processó d'automòbils que s'acostaven al taller per donar-li el condol i, tot seguit, aconsellar-li tota mena de trampes per emmascarar la derrota judicial i poder cantar les absoltes del seu demandant. El catàleg de fraus suggerits és variat, des de guixar els llenços de qualsevol manera fins a fer servir materials que es malmetin amb el pas del temps, reactius que provoquin una podridura en diferit, que desprenguin ferums insuportables o que continguin larves de corcs malignes.[2] L'imaginari de la picaresca en tota la seva esplendor.

La pluja fina de consells no sol·licitats ha erosionat tant el demandat com el demandant, fins al punt d'afectar-los la salut. Palau Ferré s'ha passat part de l'estiu i tota la tardor tancat al taller, pintant sense desig el que, en altres circumstàncies, haurien pogut ser els quadres d'una exposició tan extensa com l'última de la Biblioteca Nacional. El Peirats, que pateix del cor, no tolera haver quedat com el dolent de la pel·lícula que el seu demandat s'ha preocupat de produir en tecnicolor, de cara a la galeria. La victòria judicial li ha deixat mal gust de boca, li ha soscavat la moral i li ha desinflat el pit. Avui, lluny d'assaborir la victòria, ha decidit refugiar-se al Mas Carpa amb la seva dona i els seus rosers, delegant la responsabilitat de la recepció en el seu fill Josep i l'escultor Ortiz Serra.

Després d'acreditar-los, els fan entrar a la sala, on els tècnics ja han penjat la quinzena de pintures, com si fos una exposició. Només travessar-ne el llindar i veure l'artista amb cara de set sous, Josep Peirats maleeix ser el fill gran, com li passa sovint quan ha d'exercir de representant del seu pare. En moments així, se sent vulnerable, a camp obert, sense cap protecció rere la qual parapetar-se, pendent del que té al davant i al darrere. Al davant, ara mateix, un artista ressentit que ve a lliurar, a contracor, un fotimer de quadros que mai no hauria pintat si un jutge no l'hagués obligat a fer-ho. Al darrere, son pare, que l'espera a casa amb un ganivet a les dents i un humor de mil dimonis, disposat a demanar-li explicacions per qualsevol detall que no li quadri.

El primer cop d'ull, però, és positiu. Tots els llenços, enormes, pengen de les parets fixats a unes bastides que els mantenen en tensió. El Peirats fill es relaxa. S'ho havia imaginat pitjor. Es veia havent d'enrotllar les pintures com si fossin catifes després d'estirar-les i estirar-se a terra per mesurar-ne la superfície pintada. L'encarregat de l'enllumenat públic de Montblanc no es mou del costat de l'artista. Ell els ha portat i sap que no se'ls haurà d'endur. Ja ha acabat la feina, però dues raons el retenen encara a la sala. D'una banda, vol assistir a l'imminent acte de signatura dels quadres, però el motiu de més pes és l'altre: sent un plaer indescriptible sabent que ara mateix té la furgoneta aparcada en un lloc vedat, sota un senyal de prohibició claríssim. A Montblanc això no tindria cap gràcia, però aquí a Reus el fa sentir el rei del mambo.

Palau Ferré està decebut per l'absència del Peirats. El seu Peirats. Ho considera una humiliació inesperada que s'afegeix a les desfetes del dia. Es reté d'interpel·lar el primogènit, a qui veu massa jove i poc disposat a replicar, però ho comenta en veu baixa amb el Morales. Palplantats al mig d'aquesta sala d'exposicions ocasional, tots plegats esperen que algú prengui el comandament de la situació mentre baden com si les pintures que encatifen les parets els interessessin. Hi ha cadires arrambades als racons lliures i un moble bufet exiliat al costat de la porta. Tots els llums estan encesos. Fan una llum groga que enfosqueix les pintures i n'emmascara els colors. El secretari judicial i l'uixer s'han esmerçat a dignificar l'espai més enllà del que requeria la situació, però la sala fa un efecte estrany. Té un aspecte híbrid, entre museu municipal rural i sala d'espera de dentista.

El magistrat que ha de supervisar l'entrega ja no és el mateix jutge rubicund que va dictar la primera sentència que donava la raó a la demanda presentada per Miquel Peirats. El d'ara és més jove i té un interès genuí per l'art, de manera que li ha fet una certa gràcia haver-se'n d'ocupar. Per això ha disposat que el compliment de la sentència del Tribunal Suprem es faci amb els quadros penjats a les parets, en unes condicions més pròpies d'un vernissatge. L'artista s'ho pren com un esdeveniment i no pot evitar alguns comentaris sarcàstics. Fa com si els adrecés a l'advocat Morales, però a la sala tothom els pot sentir. El jove Peirats serra les barres i s'escura la gorja, incòmode. L'escultor Ortiz Serra demana que cridin el jutge per procedir d'una vegada i l'uixer va a avisar-lo que tot està a punt.

Quan la màxima autoritat dona l'ordre, Palau Ferré agafa una paleta i l'empastifa amb tinta blanca. Després es planta davant del primer quadre, hi suca un pinzell i el signa a la part inferior dreta. La P inicial sembla més que mai una B, com si digués 3alauFerré, però ningú no se'n queixa. Josep Peirats esbufega. Tanta comèdia per estampar un autògraf, pensa, i compta els quadros que encara li falten per signar. L'artista es pren tot el temps del món. Recarrega la paleta més vegades de les que caldrien. Li agrada sentir-se protagonista, encara que sigui en una sala de jutjat, en unes circumstàncies més aviat galdoses.

El jutge admira el seu estil, tot i que aquests quadres, d'unes dimensions molt majors que les habituals, li semblen més foscos, com si l'estat d'ànim provocat per la sentència els hagués privat de la llum esclatant que solen desprendre els seus quadres acolorits. Ningú no se'n penjaria cap d'aquests al menjador de casa, pensa el jutge mentre Palau Ferré els va signant amb tota la parsimònia. No sé com collons ens ho endurem, tot això, pensa mentrestant Josep Peirats, que avui només ha de signar els papers legals que acrediten la recepció del pagament. El seu pare li ha dit que és com firmar un albarà, però abans ha hagut de gastar-se els calés en un tràmit legal per atorgar-li uns poders que, paradoxalment, no el fan sentir gens poderós.

Si algú veiés l'escena sense conèixer-ne els detalls jurídics, pensaria que el pintor que signa quadros amb posat triomfal ha guanyat el judici i aquest noi jove que signa papers capcot és el representant de la part perdedora. Això es fa més evident quan Palau Ferré completa l'última signatura, fa dues passes enrere fins a plantar-se al centre de l'estança i gira sobre els talons per passar revista a totes les obres que queden penjades a les quatre parets d'aquesta sala d'exposicions improvisada dels jutjats. Observa la seva feina dels últims mesos i després crida un «ja està» ben sonor que rebota pertot sense obtenir cap rèplica. Josep Peirats continua signant tots els papers que el secretari judicial li posa sota el nas i s'esforça per esquivar la mirada del pintor. El silenci s'allarga uns segons interminables fins que el conductor de la furgoneta Avia demana si ja poden tornar cap a Montblanc.

Quan Palau Ferré, el Morales i el xofer surten al carrer encara hi troben tres periodistes, un d'ells Enrique Rubio, però els fotògrafs ja han marxat. La imatge que volien captar l'han aconseguida fa una hora llarga, quan descarregaven els embalums del vehicle per entrar-los al jutjat, i la que els falta ja no l'obtindran, perquè l'absència del veritable antagonista de Palau Ferré els en priva.

A dins, el secretari judicial acorda amb Josep Peirats que, a partir de demà, son pare pot enviar algú a recollir els quadros.

—Encara els deixarem penjats unes hores per assegurar que les signatures s'assequin, no fos cas que es malmetessin.

El jove Peirats es mira els quadres i pensa que segurament la signatura és l'única cosa que té valor, però es limita a dir que sí, que li sembla molt bé i que ja els trucarà son pare.

7502

—N'estàs segur, Maties?

La Modesta et mira amb ulls de no creure-s'ho. Amb els anys, s'ha acostumat a les teves extravagàncies, però això que li proposes ara...

—Del tot —li repliques, somrient—. Ho tinc molt pensat.

Després d'unes setmanes de silenci, li has tornat a demanar que vingui al taller. L'endemà de pagar el deute, quan les teves pintures encara seguien penjades a la sala dels jutjats, vas desaparèixer. Ningú no sabia on paraves. Van tornar a circular remors, rumors i murmuris, com els que, temps enrere, asseguraven que t'havies volgut suïcidar. Ara, com llavors, tes germanes entomaven les preguntes de la gent amb cara de pomes agres i els escopien que te n'havies anat de viatge.

—Quan la Maria del Carme m'ha dit de venir em pensava que seria per buidar el taller —et confessa—, perquè ja no hi tornaria.

T'ho diu amb una veu tan adolorida que et sents estimat. L'absència de la dona més pintada és tan aclaparadora que qualsevol gest d'afecte et sembla manyac.

—Per què? Com vols que no torni?

—Ah, no ho sé, per tot això que ha passat amb el judici —respon, nerviosa—. Tothom deia que te'n tornaries a París.

Si se'n diuen, de coses! Estàs a punt de dir-li que ja no se t'hi ha perdut res, a París, però t'ho repenses perquè no és veritat. Potser sí que hi hauries de fugir per tornar a començar. A última hora, l'única condemna no és pas la dels jutges del Tribunal Suprem. Aquí t'han condemnat al fracàs. Et sents a l'infern dels enganyats, dels incapaços de girar el cap sense que els traeixin, dels condemnats a vagarejar per aquest món en estat d'alerta perquè no els enredin. Potser sí que hauries de tornar a París a buscar el que no tens en comptes d'acceptar que et facin membre d'honor del club dels que viuen atemorits pel que diran i de què es riuran.

—Doncs no —et limites a dir—. He estat unes setmanes fora, sense pintar, però he tornat per quedar-me. Que no has vist el rètol?

Assenyalcs el «Torno tot seguit» plastificat, ara penjat per dins a la porta d'entrada. Quan la furgoneta Avia de l'Ajuntament et va deixar aquí al taller, tornant dels jutjats de Reus, el vas penjar per fora i te'n vas anar tres setmanes. Un «tot seguit» una mica llarg. Gairebé tot el mes de febrer.

—Tot seguit —diu la Modesta, acostant el cul a la llar de foc per escalfar-se.

Encara fa cara de sorpresa pel que li acabes de proposar. Aquest final d'hivern fa un fred sec.

—Volia descansar una mica, després d'allò —t'excuses—. Ara ja puc començar una nova vida. Foc nou.

Tots dos busqueu les flames amb la mirada, induïts per les teves paraules. Ho has rumiat molt i és aquí mateix que se't va acudir. Mirant la llenya que espetegava a la llar de foc com si fos un mirall.

—Si em punxen, no em treuen sang —s'exclama la Modesta—, perquè aquesta sí que no me l'esperava. Segur que ho vols fer?

—Ningú no s'ho espera! —dius amb convenciment.

La cara de la Modesta és un poema. Et fan gràcia les arrugues que se li formen al front quan aixeca les celles i recordes quan la vas pintar de memòria, a París, al costat d'una síndria que contenia tot Montblanc. Aquesta expressió ja la feia de nena, quan la vas conèixer.

—Doncs gràcies per la confiança —li minva la veu—. Qui, qui més ho sabrà? Ho sabrà algú?

Te la mires amb admiració. La Modesta és la persona més discreta que has conegut mai, i ara la deu amoïnar haver de mantenir un secret. Un altre.

—Aquestes coses sempre s'acaben sabent —dius, com si fos una fatalitat impossible d'eludir—. El foc sempre fa fum.

Ni tu mateix no saps si vols que no se sàpiga o tant te fot. Només saps que vols fer-ho.

—No, ja —dubta la Modesta, abaixant la mirada al foc—, però no voldria ser pas jo qui... D'aquesta boca no sortirà.

Somrius, afalagat. No tot està perdut. Al món encara hi ha persones lleials, que actuen guiades per l'estrella de la bona fe. La Modesta et torna a mirar al fons dels ulls i estrafà un somriure, com si agafés embranzida per fer-te una confessió. Inspira i obre una mica la boca.

—Se sabrà —li talles les ales, conclusiu.

Ara l'observes de més a prop. Les guspires del foc es reflecteixen en els seus ulls marrons, corrents, intercanviables, sense que cap espurna els faci mudar de color.

—Però ningú no ho entendrà —s'exclama, contrariada—. Ningú no entendrà els teus senyals de fum.

Et fa gràcia la imatge. Et veus com un d'aquells indis que sempre perden a les pel·lícules de l'oest que tant t'agraden.

—Tant me fot, Modesta. Ho he de fer. No puc deixar de pintar ni puc tornar a exposar! —escups.

Aviat és dit. Ja t'ho has tret de dins. Encara bo que tens a prop algú que t'escolta.

—Però, per què? —balbuceja la Modesta.

Per què? La pregunta. La gran pregunta que ningú no pot respondre de manera acceptable. La humanitat sencera no n'ha estat ni n'és ni en serà mai capaç, per més que aplegués tot el talent humà en una aliança contra natura entre la bondat i la maldat. Mai no sabrem el perquè de tot plegat. Mai.

—Perquè no vull —simplifiques, resolutiu, abans de vomitar una justificació que encara mastegues mentre intentes assegurar que la tens ben meditada, ben païda—, perquè no em dona la gana d'alimentar aquest circ en què els pallassos porten toga. L'art no els importa una puta merda. Només el volen per presumir, per mirar-se al mirall i veure's més bonics, més bons, més rics. Ells són el centre del món i la resta els importa una puta merda.

Ho dius amb veu de tro. Els teus crits retrunyen pel taller i, quan calles, els espetecs del foc es transformen en un ressò que esquinça el silenci forçat fins que la Modesta gosa destorbar la quietud del naufragi.

—Però tu ets un artista pur, Maties.

Més espetecs.

—Doncs per això mateix em veig obligat a fer-ho, per no deixar de ser-ho —sentencies—. Ja saps que, a la llegenda de Sant Jordi, els pobres habitants de Montblanc prenen una decisió dràstica quan el drac ja s'ha menjat totes les provisions amb què l'havien anat peixant. Què ho recordes? Cada matí, per sorteig...

—Triarien una nena, perquè així aquell drac tan lleig tragués el ventre de pena —recita d'una tirada, ella que ha fet tots els papers de l'auca a les representacions de la llegenda—. Com vols que ho hagi oblidat? Vam créixer amb aquesta llegenda!

Un esclat de colors us inunda la memòria. Somrieu, rejovenits pels records de tots els cops que heu recitat la llegenda de la vila.

—Doncs ara seràs tu qui farà el paper de l'atzar —li dius—. Vull que m'ajudis a triar les pintures que aniran al foc, començant per la primera. Avui.

La Modesta torna a posar cara d'esglai.

—Déu del cel! I per què jo?

Els perquès.

—Ens coneixem de petits, Modesta. Ningú com tu no em pot ajudar a expiar l'error d'haver estat un babau que firma coses a la babalà —et sinceres—. Només amb tu no passo vergonya.

La Modesta abaixa la mirada, primer al foc i després a terra. No sap si se sent afalagada per la confiança o menystinguda per la insignificança.

—Quina responsabilitat! Jo no sé si...

Li poses la mà al bescoll i li acaricies la pell amb el tou del dit gros, tot movent-lo de manera lenta i suau.

—Tranquil·la, Modesta. Tu només m'hauràs d'ajudar a triar-la. Seré jo qui la llenci al foc.

Abaixes la mà coll avall, cap a l'espatlla i l'avantbraç. Notes que tremola i aixeques la mà per donar-li tres copets tranquil·litzadors.

—Au va, per on comencem? —li dius amb veu animosa—. Vine.

L'agafes de bracet i la portes fins a l'altre punt del taller on tens uns quants quadres amuntegats a la paret. Com que últimament no has rebut visites, en tens pocs de penjats i gairebé cap d'emmarcat.

—Què tries, per al primer dia? Un dels de les muralles, una síndria, un gall, un toro, un gira-sol?

Passegeu una estona. De mica en mica, la Modesta perd la vergonya i es posa a remenar els quadres. En separa uns quants, els acara i al final escull un dels retrats de dona ullverda, la dona més pintada.

—Aquest?

T'agafa per sorpresa. Li dius que aquest és una cera amb tinta xinesa.

—Per què no agafes un oli, que cremarà millor?

Però la Modesta s'hi fa forta.

—Aquest ja va bé. A més, en tens molt de semblants, amb aquests mateixos ulls verds. És ella? —et demana a cremadent.

—No és ningú —fas, agafat en falta—. Una model.

—Doncs deu ser la teva model més pintada.

Saps que recorda perfectament qui és la dona més pintada i que no ho diu per incomodar-te, però tot i això el seu comentari t'incomoda. Penses en l'últim cop que la vas veure, a París, ja deu fer gairebé deu anys. Al principi encara li vas enviar alguna carta, fent de Casa Castelucho la vostra *poste restante* tal com havíeu convingut. T'esforçaves a explicar-li coses perquè el teu francès no es tenyís de desesperació. Però mai no va respondre. No ha donat senyals de vida. Després de l'exposició a la Biblioteca Nacional de Madrid vas desistir d'escriure-li i et vas concentrar a pintar-la obsessivament. El Semita sempre deia que les paraules servien per mirar endins de les persones i les imatges per mirar enfora. A tu, escriure-li només et servia per sentir-te més sol. En canvi, cada cop que la pintes et fa companyia. Ara agafes el llenç que la Modesta ha destinat a la foguera amb una certa vehemència. Abans de llençar-lo al foc, en fas un manyoc. Llavors, amb un moviment sobtat de canell com el que fan els jugadors de cartes quan reparteixen, llences la dona més pintada al foc.[1] L'esfera es bada com una mà clement. Les flames se li enfilen per les galtes. Les ceres es consumeixen molt ràpidament i canvien el so dels espetecs que fins ara feia la llenya. El matisen. Us ho mireu embadalits.

—I això ho farem cada dia? —et demana la Modesta.

7503

Després de publicar el reportatge sobre el lliurament dels quadres als jutjats de Reus, Enrique Rubio ha volgut estirar més fils del conflicte. Segueix sense haver pogut fotografiar cap de les pintures amb què Palau Ferré ha complert la sentència i tampoc no ha pogut recollir les reaccions dels interessats, perquè ni demandant ni demandat no li han tornat a concedir cap entrevista. Després de la tempesta, tant l'un com l'altre són a la panxa d'un parell de bous que qui sap en quin prat paren, penedits d'haver alimentat el conflicte durant els tres anys llargs que ha durat el procés judicial. El Rubio se sent una mica frustrat. Sempre li costa abandonar els afers que investiga. Té moltes carpetes obertes del que anomena «temes propis», encara que en aquest cas un munt de mitjans se n'han fet ressò i algunes plomes il·lustres[1] també hi han ficat cullerada. Tot i això, el Rubio es veu amb cor de defensar que ningú no ha anat tan a fons com ell.

No sap per què, però en el litigi entre promotor i artista hi ha alguna cosa personal que l'estira i el magnetitza. La seva carpeta Palau Ferré està plena de papers. Notes, reportatges, entrevistes, fotos i retalls d'altres diaris. D'entre aquests últims, n'hi ha un que ara li crida l'atenció d'una manera especial, potser perquè en el seu moment li va passar per alt, en un descuit que troba inexplicable. És una entrevista al número de setembre de la revista *Ama*, pocs mesos després de la sentència del Tribunal, just quan se suposa que Palau Ferré s'havia reclòs al taller per pintar quaranta metres quadrats a l'oli. A l'entrevista afirma que va passar una depressió nerviosa i que es va intentar suïcidar. Concretament, parla d'una ingesta de verí, sense especificar quin, i declara literalment que «la mala qualitat del producte, que estava passat i havia perdut força, va fer que no morís».[2] També diu que es va passar setmanes al llit. En realitat, ell diu «mesos», però si la sentència es va conèixer el 17 de maig i la revista és del número de setembre el Rubio troba que no hi ha gaire marge.

La descoberta d'aquesta al·lusió a un intent de suïcidi coincideix amb unes primeres notícies confuses sobre la seva salut mental. Per Montblanc ha començat a córrer l'espècie que s'ha tornat boig perquè ara crema els quadres que pinta a la llar de foc del taller. Encara ningú no ho ha pogut comprovar, però circulen les primeres fotos de la fumera incessant que desprèn la seva xemeneia. El Rubio és conscient del poc interès informatiu d'aquestes imatges. Una xemeneia que treu fum, ves quina gran notícia! Sense cap prova empírica que demostri la naturalesa artística dels materials en combustió allò no val res, i les especulacions d'alguns veïns xafarders sobre els canvis de color del fum que en surt són pur fum, en redundància literal que s'empesca el Rubio mateix.

En canvi, el fil del suïcidi li sembla més prometedor, potser perquè està acostumat a l'escabrositat d'alguns dels casos criminals que regularment investiga. Troba que potser encara farà sort i en podrà treure un reportatge a *El Caso*. Això l'anima a tornar a trepitjar Montblanc per buscar informació, tot i que la vila comtal no li permet practicar el seu mètode d'investigació al complet. Només li ofereix una de les tres vies que acostuma a explorar. Descartats els porters i els taxistes, concentra els seus esforços en la taverna que més freqüenta el pintor. S'instal·la a la barra del bar España i desplega els seus dots de seducció. Una hora i tres cerveses més tard, comença a tenir unes quantes dades sobre la vida quotidiana del presumpte suïcida.

Sap que, durant llargues temporades, ve a esmorzar cada matí al bar i allarga el cafè fent un solitari amb les cartes. Els parroquians més fidels de l'España no semblen tenir-li un gran afecte, però en parlen amb el respecte que ens mereixen les coses que no entenem. Només un d'ells es mulla sobre el possible suïcidi quan, després de molts circumloquis, decideix treure el retall de l'entrevista on Palau Ferré en parla obertament.

—Tot això és comèdia —assegura l'home, davant la cara de sorpresa del periodista—. Tots aquests artistes són tallats pel mateix patró. La qüestió és fer-se notar per vendre quadros. Igual com ara amb el fum.

El Rubio, que es parapeta rere un bloc de notes per documentar què li diuen els parroquians però també per impressionar-los, li demana pel fum i llavors l'home li relata la versió ampliada del rumor sobre la seva nova dèria incendiària.

—Es veu que cada nit crema tot el que ha pintat durant el dia —afirma mentre xarrupa la cervesa.

El periodista està a punt de fer un comentari sobre la Penèlope de l'Odissea, però al final es mossega la llengua. Ara no li convé semblar pedant.

—Qui amb xics es gita, pixat s'alça —diu un client valencià que parava orella—. Açò sempre ho deia la güela.

—Però si els crema d'amagat i no ho veu ningú —s'exclama el Rubio—, ja em dirà quina manera de fer-se notar és, aquesta!

L'home que acusa Palau Ferré de ser un comediant calla, s'encén un Ducados i aclucа els ulls amb la primera pipada, abans de mastegar amb seguretat el que per a ell és una certesa absoluta.

—Aquestes coses sempre s'acaben sabent.

—Açò del foc ja ho sap tothom!

El Rubio surt del bar España amb el cap com un timbal i sense certeses. Les cerveses tampoc no l'ajuden gaire a aclarir-s'hi. Ha demanat pel camí fins a la botiga de la família de Palau Ferré, però s'embolica una mica pels carrers de Montblanc i ha de preguntar dues vegades. Ja li va bé que li toqui una mica l'aire.

La botiga és molt cèntrica. Des de la mort de la mare, ara fa deu anys, la porta la Maria del Carme. La Nativitat només hi va a fer-se càrrec del taulell quan sa germana petita ha de fer gestions o té algun compromís inajornable. La Nati és coneguda a Montblanc pel seu mal geni. Una conca que té el do de la inoportunitat i un tarannà brusc, com si en qualsevol moment et pogués mossegar. La gent ho nota i la defuig.

El Rubio no ho sap, tot això. Desconeix que la dona amb aspecte de gàrgola que hi ha rere el taulell és la germana llunàtica de l'artista i l'aborda amb una de les seves històries d'engalipador canallesc.

—Bona tarda, necessitaria deu metres d'una roba basta i prou forta per aguantar un pes mort —fa una pausa dramàtica—, és que ha de fer de mortalla.

La Nati no s'immuta. Es tomba cap als prestatges que té al darrere, tria i remena una estona llarga i, finalment, agafa un rotllo de roba de color beix, sense cap gràcia, i el deixa caure damunt del taulell. El cilindre fa un rebombori notable, rebota endavant i no cau a terra perquè el periodista l'empara amb les dues mans.

—Què li sembla, aquesta? —gruny la dependenta, sense moure un dit.

El Rubio fa rodar una mica la roba per desplegar-la i en comprova la resistència fent una estrebada amb una mà mentre la reté damunt del taulell amb l'altra. És un narrador amb una certa habilitat per crear plantejaments suggestius, però li costa una mica avançar pel nus i els seus desenllaços solen ser catastròfics.

—Prou bé —diu mentre torna a estrebar-la.

La idea que porta al cap és que la mortalla sigui per a un presumpte suïcida que no pot ser enterrat en recinte sagrat. Quan se li ha acudit, fent cerveses a la barra del bar España, li ha semblat una bona història, però ara que l'hauria de desenvolupar no li surt. Palplantat davant dels morros premuts de la germana sorruda del presumpte suïcida fallit, arriba a la conclusió que és una merda de pretext i que més aviat l'allunyaria de la informació que busca sobre les tendències depressives de Palau Ferré. Decideix canviar de tàctica.

—M'han dit que aquesta botiga és de la família del gran pintor Palau Ferré, oi? Vostè és la germana gran? —li demana, acostumat com està a rectificar sobre la marxa—. Quants germans té?

La Nati se sobresalta. Entén que li demana quants anys té. Aquest passavolant ha entrat demanant mortalles i ara li pregunta l'edat.

—No n'ha de fer res! —li replica, abrupta.

El Rubio no s'esperava un tallafoc tan sobtat. Si ja l'ofèn que li demani pel nombre de germans poca cosa en podrà treure. No sap per on tirar. S'encalla amb les mans aferrades al cilindre de roba beix. La mortalla.

—Per què ho vol saber? —insisteix la Nati—. Què s'ha pensat!

—Vostè perdoni —recula—. Em pot dir, sisplau, en què l'he ofesa?

Just quan la guillotina de la Nati és a punt de caure a plom sobre el coll del periodista, algú empeny la porta amb força, el Rubio fa un pas enrere i entra esperitat un home canut que només mira endavant.

—Bon dia, Nati! Saps on para, el Macià?

La dependenta ocasional aferra amb les dues mans el cilindre de roba beix que el seu client impertinent ha abandonat i no sap si respondre a l'un o l'altre. El nouvingut és el doctor Domènech, el metge que ha tractat sempre la família i probablement l'única persona de tot Montblanc amb una ascendència clara sobre la Nati. El periodista se'l mira encuriosit per la familiaritat amb què ha entrat a la botiga, i alleujat per la treva que la seva entrada li ha regalat.

—Ah, doncs no ho sé, deu ser al taller cremant pintures —respon la Nati, que opta pel savi conegut i es desentén del boig de la mortalla.

—Sí, no sé pas què li ha agafat, ara —fa el doctor—. Ahir vaig parlar amb la Modesta per veure si en sabia res.

—Ah, aquella —deixa anar la Nati, amb menyspreu.

El Rubio fa un altre pas enrere i para orella. Acaba d'entendre que parlen de Palau Ferré. El tal Macià deu ser el Maties. Si ara pogués prendre un elixir màgic que el tornés invisible seria l'home més feliç del món.

—Primer no me'n volia dir res, però es veu que sí, que ara es dedica a fer de fogainer.

La Nati agafa el cilindre beix amb les dues mans i aixeca el cap.

—Doncs així, senyor, quants metres m'ha dit que en vol?

El doctor Domènech tomba el cap i s'adona de la presència d'un altre client.

—Ai, disculpi, no m'havia adonat que...

El periodista encara no ha piulat que la porta del carrer es torna a obrir.

—Ah Maria! —crida la veu cantaire de la Maria del Carme.

—La Maria ets tu —replica la Nati, seca com un bacallà.

És l'inici guionat que les dues germanes insisteixen a repetir cada cop que la Maria del Carme entra a la botiga entonant la cantarella mariana. Quan qui entra és la Nati mai no diu ni piu.

—Doctor Domènech, quina alegria!

La germana més familiar i el metge de la família es petonegen mentre intercanvien salutacions rituals. El Rubio ho aprofita per recular una altra passa, fins a quedar camuflat al racó més fosc de la botiga.

—Ara li deia a ta germana que fa setmanes que no veig el Macià. Saps si està bé?

—Ha estat fora uns quants dies —respon la Maria del Carme.

La Nati decideix anar a la seva. Desa el rotllo de roba al prestatge d'on l'ha tret i se'n va cap a la porta. Només quan és a l'altura de sa germana es digna a badar boca.

—Me'n vaig a casa —diu, i clava un cop de porta de por.

—Està com sempre —diu llavors la Maria del Carme.

Cap dels presents no sap si parla del germà absent o de la germana absentada. El periodista torna a acostar-se al taulell.

—Ai, disculpi, no l'havia vist. Que l'estava despatxant? —li demana la Maria del Carme quan s'adona que sa germana ha deixat penjat un client en un racó de la botiga.

—No pateixi, no tinc cap pressa, ja pot despatxar aquest senyor...

El doctor Domènech li agraeix la deferència, però els diu que no ha de comprar pas res, que només venia a interessar-se per la salut d'un familiar.

—Així no en farem ni cinc de calaix —bromeja la Maria del Carme.

El doctor fa el gest de voler-se acomiadar. El Rubio obre la mà, com si li cedís el pas.

—Doncs m'alegra saber que ja ha tornat i que està bé —diu el doctor, amb una mà al pom de la porta—. Quan pugui ja passaré pel taller, a veure si és veritat que està tan incendiari. Apa, siau. Bon dia tinguin.

El Rubio es queda petrificat a la porta. Voldria sortir amb el metge, encalçar-lo fins al taller de l'artista piròman i colar-s'hi. Li passen pel magí tot d'idees més absurdes que la mortalla. Fingir una lipotímia perquè el doctor Domènech se l'emporti a la consulta i aprofitar l'ocasió per tafanejar l'expedient mèdic de Palau Ferré, a veure si mai li han receptat medicació forta. O fer-se passar per un parent llunyà de la tal Modesta per extreure-li informació. Mentre li passen pel cap tot d'idees encara més absurdes, sent que la Maria del Carme li crida l'atenció. S'ha situat rere el taulell i està disposada a despatxar-lo.

—Doncs així, vostè dirà.

7504

La sala de plens de l'Ajuntament de Reus és mig buida. A la part davantera, que correspon a les autoritats, no s'hi cap, però les cadires que els uixers han disposat per al públic general no s'han omplert. N'hi ha més de buides que no pas d'ocupades. El pany de paret que protegeix les espatlles de la presidència està folrat per quatre grans pintures de dos metres d'alt per un i mig d'ample. Quatre quadres signats amb quatre grans 3alauFerré en tinta blanca i segellats per darrere amb el timbre oficial del jutjat de primera instància de Reus. Fa poques setmanes que els van signar i segellar, a pocs carrers d'aquí, quan Palau Ferré va saldar comptes amb la justícia lliurant els quaranta i pocs metres quadrats pintats a l'oli que li exigia la sentència del Tribunal Suprem.

El beneficiari d'aquesta gran superfície artística, el senyor Miquel Peirats Fenollosa, en lliura avui gairebé una quarta part a la beneficència. Concretament a l'autoanomenada Concejalía de Beneficencia de l'Ajuntament de Reus.[1] Aquests quatre llenços enormes que ara presideixen la sala de plens sumen, aproximadament, deu metres quadrats. La decisió ja estava presa abans de rebre'ls, perquè el Peirats té antenes i de seguida es va adonar que la seva victòria judicial provocava reaccions adverses que el feien quedar com un malvat. Home d'acció com és, ha posat fil a l'agulla ràpidament, començant per la ciutat on resideix d'ençà que va poder tornar al país, després de la guerra. No li ha costat gens convèncer l'alcalde perquè el consistori hostatgés l'acte solemne de lliurament.

La premsa afí ha estat convocada per fer-se'n ressò de manera adequada. Com que tot s'ha organitzat d'un dia per l'altre, només hi són els mitjans que convenen, el *Diario Español* i Radio Tarragona. L'acte congrega la gent de l'olla, representada en l'àmbit assistencial per una mena de secció femenina de la beneficència que s'articula en diverses organitzacions de noms molt dignes. El Peirats seu a primera fila, al costat del seu fill gran i de l'alcalde, però qui pren la paraula per donar la benvinguda a tothom i anar introduint els diversos parlaments és la regidora de Beneficència, la senyoreta Maria Asunción Rodón, filla d'un peix gros. En un castellà florit, l'Asun es congratula pel teló de fons incomparable que componen els quatre quadres de Palau Ferré que justifiquen l'acte, dedica un elogi ditiràmbic a la generositat del donant Peirats Fenollosa i adverteix la migrada audiència que ara passarà la paraula a tres grans dames de la societat reusenca que representen tres entitats fonamentals de la ciutat perquè puguin expressar l'agraïment que senten per la donació i informar sobre tot el que pretenen fer amb els recursos obtinguts.

El públic reacciona a les paraules de la regidora amb uns aplaudiments de compromís que decauen ràpidament quan dona pas a la primera de les oradores, una senyora de moviments enèrgics i formes cantelludes a qui presenta com donya Josefa Briansó de Llevat, presidenta de l'assemblea local de la Creu Roja. La senyora Briansó s'expressa en català, amb la vehemència pròpia dels voluntaris que ocupen les garites de la Creu Roja a les entrades de la vila. Reitera els agraïments i desgrana una llarga llista de necessitats que a l'assemblea local li aniria molt bé de poder cobrir. És clara, breu i prou espontània per despertar una onada de simpatia a la sala que es tradueix en una ovació més intensa i sostinguda que l'anterior.

La regidora torna a avançar fins a l'únic micròfon de la sala i presenta la següent oradora.

—Y ahora les dirigirá unas palabras Doña Herminia Rayo de Olesti, presidenta de la Asociación de Lucha Contra el Cáncer.

La senyora Rayo s'adreça als assistents en castellà, repeteix els agraïments i es limita a dir que el càncer és un enemic tan poderós que qualsevol ajuda és sempre benvinguda, la seva frase comodí.

L'oradora que tanca els parlaments es diu Mari Carmen Serrano de Cabré i presideix una associació que s'autoanomena En Favor de los Niños Subnormales. La seva intervenció encara és més breu que l'anterior. Diu que parlar l'última comporta que ja estigui tot dit i, en efecte, no afegeix res de remarcable a aquest lloc comú. Els tímids aplaudiments que obté remeten de seguida i troben la regidora sumida en un mar de dubtes.

Troba que tot plegat ha durat menys del previst i tot d'una pensa que, perquè l'acte no quedi deslluït, potser hauria de fer parlar el senyor donant. Llança una mirada de pànic a l'alcalde i, davant el que interpreta com un gest afirmatiu, convida a intervenir el senyor Peirats Fenollosa, que no s'ho esperava i reacciona declinant l'oferiment amb un gest enèrgic de negació amb les mans obertes que s'allarga prou temps per deixar ben clar que avui no desitja cap protagonisme.

Tres minuts més tard, mentre els assistents degusten avellanes de la terra i una copeta de garnatxa, el periodista de Radio Tarragona li enregistra una petita entrevista amb una gravadora atrotinada, mentre al seu costat les tres presumptes beneficiàries de la donació discuteixen com s'ho podrien fer per transformar aquelles quatre baluernes monumentals de tela en tot el que els convé, que bàsicament són diners.

—Haurem d'organitzar una subhasta —diu la de la Creu Roja—, a veure què se'n pot treure.

—¿I qui lo comprará? —demana la del càncer, que en privat barreja castellà i català—. ¿Qui es penjarà algo tan enooorme a la salita?

—Algun ricatxo, dona.

—Segur que els ha pintat así de gordos pa fastidiar.

—Se'ls hauria de quedar l'Ajuntament —opina la dels subnormals—, que té moltes sales com aquesta amb sostres alts.

—I qui posa el preu?

—Naltros, ha, ha, ha!

—El preu de sortida hauria de ser el que va marcar el jusgat, no? —la dels subnormals s'ha mirat els números—. Deu mil peles per metre quadrat.

Les tres dames de la beneficència s'han anat separant de mica en mica del grup d'autoritats.

—¿Y cuántos metres quadrats son, cuatro cuadros? ¿Cuatro por cuatro?

—No, ni quatre per quatre ni quatre per quadre —replica la de la Creu Roja—. Si cadascun fa dos metres d'alt per un i mig d'ample, són tres metres quadrats de superfície per quadre.

—¿Dos por uno te da tres?

—Per un i mig d'amplada fan un metre i mig, Herminia!

—Pues así, da nueve metros, no?

—No siguis cateta —li engalta la dels subnormals—, tres por cuatro doce. Són dotze metres quadrats.

—La regidora m'ha semblat que deia deu —la corregeix la de la Creu Roja i després fa broma—, i ja sabeu que quan la nostra concejala diu alguna cosa... allò va a missa.

Són amigues. Es troben als mateixos saraus benèfics i a la mateixa perruqueria. Els seus marits estan tots col·locats en algun organisme oficial. El de l'Herminia a les oficines de la Guàrdia Civil, de paisà, i els altres dos als jutjats.

—Bueno, pues al final la idea és que són deu metres per deu mil peles, oi? —resumeix la dels subnormals.

Les altres dues assenteixen i fan cara de càlcul. Totes tres mental, perquè cap d'elles no piula fins que la Maria Josefa s'exclama.

—Diez por diez son cien —recita amb una mica de cantarella, però de seguida canvia de to—. Cent mil peles! No fem gran cosa, tampoc.

—I encara ho haurem de dividir entre tres, xiques!

La regidora ha parat orella mentre feia veure que estava per l'alcalde i el Peirats pare, que fumen satisfets un parell de caliquenyos al davant mateix d'un dels quadros fins al punt d'amagar la imatge ullverda rere la fumarada. Quan la regidora s'adona que han advertit la seva proximitat, agafa el Peirats fill pel braç i se l'endú a l'altra banda de la sala amb l'excusa d'ensenyar-li una curiositat de la decoració.

Com que el piscolabis és més aviat magre, la poca gent que ha vingut per gust comença a desfilar. A banda dels participants, només s'hi queden els càrrecs del consistori, els familiars de les dames de la beneficència i un grupet de busca-raons i cercafavors que, de mica en mica, es dissolen en el capvespre reusenc.

—La feina que tindran per vendre'ls —diu Peirats Fenollosa al seu fill tan aviat com pugen al cotxe.

Passen tres segons, el temps just d'arrencar el motor, abans no esclaten a riure com si els acabessin d'explicar l'acudit del segle.

—La veritat és que són enormes —admet el fill, encara enriolat, enfilant cap al Mas Carpa.

—Potser no trobaran ningú que els en doni res —diu el pare—, però demà nosaltres sortirem al diari.

El fill assenteix.

—O et pensaves que només hi podies sortir tu, eh, Maties? —crida el pare, parlant amb el parabrisa, i ho repeteix dues o tres vegades, cada cop cridant més, fins que queda ben descansat.

7505

La Modesta et resulta imprescindible. D'ençà que vas començar a cremar quadres, pràcticament és l'única que trepitja el taller. El neteja, s'ocupa de la intendència i t'ajuda en tot el que et cal. També a atendre els periodistes o les poques visites que encara et venen a veure. Avui t'ajuda a embalar unes ceres que has venut.

—Per a qui són, aquestes? —et demana.

—Per a uns amics del Miquel i la Maruja[1] —li dius, sense entrar en detalls—, convé que estiguin ben embalades perquè han d'anar en cotxe fins a Solsona.

—El matrimoni que va venir l'altre dia?

La Modesta no perd pistonada. Sembla que no hi sigui, però pren nota de tot.

—Sí, són bona gent. Els passaran a buscar demà.

Us passeu una estona en silenci, doblegant el paper d'embalar i passant cordills per estrènyer una mica i que no ballin les teles.

—Els hi has venut? —sents que et demana.

—Sí —admets—. Bé que hem de menjar, no?

Marques la primera personal del plural perquè s'hi senti inclosa. Ha de tenir clar que si tu no menges, ella tampoc.

—És que em pensava que amb això de cremar-los ja no en venies.

Mi-te-la, ella. Li aclareixes el que vas dir públicament sobre no exposar mai més ni treballar mai més per a cap marxant, però subratlles la forma del verb en plural quan repeteixes que bé heu de menjar.

—Oi que vols que et pagui per venir?

La Modesta assenteix i et demana disculpes mentre feineja a l'aigüera. Només hi ha quatre plats i gots bruts, però es refugia en la feina perquè no sap estar sense fer res.

—Et puc fer una altra pregunta? —sents que et diu, mentre esbandeix l'últim got—. Com t'inspires quan et poses a pintar una dona sense tenir la model davant?

Et fa gràcia que t'ho demani, perquè poques vegades parleu de pintura. Li dius que t'inspires en totes i en cap, en les dones que has conegut, en les que t'agradaria conèixer, en les models amb qui has pogut treballar... Admets que sempre has necessitat tenir dones a prop, potser perquè vas créixer envoltat de dones. La mare i dues germanes.

—La dona, Modesta —sentencies—, és el principi essencial de la Creació, la continuïtat de la vida, la...[2]

—A mi no cal que em parlis com a tots aquells periodistes —et talla—. A mi em pots dir la veritat.

Garratibat, li respons que tot això que li has dit era veritat, que tu mai no menteixes.

—Tu pregunta, Modesta, pregunta el que vulguis i ho comprovaràs. De vegades puc no dir el que penso, però mai diré el contrari del que sento, i a tu encara menys. Què vols saber?

T'hi encares com si fos un llenç en blanc, amb els ulls ben oberts i les mans tancades, preparat per entomar alguna pregunta personal sobre la teva vida sentimental, però en comptes d'obrir la boca per llançar-te cap dard o amoreta es posa a tossir i encadena un accés rere un altre. T'afanyes a omplir d'aigua un dels gots que ella mateixa ha netejat i n'hi fas beure. El xarrupa, entre estossecs, però no ho supera. Sembla una tos nerviosa.

—Què anaves a dir? —li demanes quan la veus més calmada.

—No, que... —comença a dir, avergonyida—. Res, que et volia demanar si no et fa una mica de por que tot això del foc acabi sent un, un espectacle.

Torna a estossegar i tornes a oferir-li aigua, però no li respons. La seva pregunta et fa pensar en la carta que has rebut del museu de Harrisburg amb la petició formal de fer una exposició amb cendres dels quadres que cremes.[3] Et mires la Modesta, tan en concordança amb el seu nom, i et demanes què li deu passar pel cap. Fa molts anys que la veus i no t'has aturat mai gaire a mirar-la.

—Doncs jo també et vull dir una cosa, una cosa important.

I li deixes anar que ja has pres una decisió sobre l'oferta que t'han fet els americans. Li expliques que, posats a exposar cendres, millor que no siguin les d'un quadre qualsevol, encara que després no es pugui apreciar gaire, perquè el que compta és el camí, més que no pas la destinació. La Modesta segueix les teves elucubracions amb interès, com si li calgués concentrar-se molt per entendre-les.

—En definitiva, que ja sé quin quadre vull cremar perquè n'exposin les cendres a Pennsilvània —conclous—. Un que encara no he pintat, i aquesta vegada vull que m'ajudis.

—Això rai! —respon ella, alleujada—. Ja te n'he vist cremar molts.

Somrius satisfet i, abans d'obrir la boca, allargues la pausa amb molt de plaer. Et sents poderós perquè estàs a punt de sorprendre-la amb una informació que no podria endevinar mai de la vida, i aquesta sensació és imbatible.

—Ara serà molt diferent, Modesta —li dius—, perquè aquesta vegada, abans d'ajudar-me a cremar-lo, també m'hauràs d'ajudar a fer-lo.

Obre els ulls, la boca i els braços alhora mentre demana com.

—Vull que posis per a mi —li dius.

La deixes bocabadada al mig del taller, amb cara de no haver-ho entès bé, i veus claríssim que heu de començar ara mateix.

—Has fet mai de model? Au, vine.

L'agafes per les espatlles com si la traguessis a ballar i la mous per la sala fins que trobes la llum adequada.

—Aquí! Quieta aquí, Modesta, no et moguis. Mirant cap allà.

—Però no... —reacciona—. No deus pensar retratar-me així, oi?

—Així com?

—Sense arreglar.

Et poses a riure, la titlles de presumida i li recordes que d'aquí poques hores el retrat dels seus parracs cremarà al foc etern. Ja tens un llenç en blanc al cavallet, de manera que l'única cosa que has de fer és preparar les ceres. Serà ràpid. Li demanes que no es mogui, que només és un moment. Hi tens traça.

—Saps què? —comences a dibuixar-la sense deixar de parlar—. Et diré un secret. A París, abans de tenir cap model, et vaig pintar unes quantes vegades de memòria! Recordava molt bé la teva cara de quan fèiem la llegenda de Sant Jordi, amb el Joan de cal Semita. Érem uns nens, però encara fas la mateixa cara. Allà, sol a París, vaig recordar aquells temps feliços i et vaig pintar. Sempre a l'oli i del color de les síndries, ben roja. Els professors de Belles Arts m'havien dit que no fes servir el color vermell, que era molt difícil, i jo da-li que da-li sense por de fer-me sang. Només havia de tancar els ulls per recordar-te. La meva veïna Modesta, l'amiga, la princesa de la llegenda que l'atzar va fer anar a parar a la gola del drac.

La Modesta es pensa que t'ho inventes per quedar bé, però t'escolta sense moure ni un múscul. S'imagina que fer de model implica una immobilitat tan absoluta que gairebé no la sents ni respirar. Al cap d'una bona estona et demana amb un filet de veu si pot parlar.

—Sí, dona —li dius, rient—. Ja fa estona que t'he dibuixat la boca. Parla tant com vulguis!

—No, que volia dir-te que tinc els ulls marrons.

Aquesta no te l'esperaves! Li dius que ja ho has tingut en compte i la convides a comprovar-ho tan aviat com donis per enllestit el retrat, que no falta gaire estona, tampoc. Amb les ceres tot és sempre molt més ràpid que quan pintaves a l'oli.

Uns minuts més tard, observa el retrat que li acabes de fer.

—Què et sembla? T'agrades?

—Sí, no, no ho sé. Em veig estranya, així tota de roig.

—Però els ulls són marrons.

—Sí, això sí.

S'hi està molta estona, com un operat de la vista davant d'un mirall, i no pots deixar de comparar aquesta minuciositat extrema de la Modesta amb el desinterès gairebé insultant que en el seu dia et va mostrar la dona més pintada, tan feridor com inoblidable. Els ulls marrons semblen més interessats en els afers propis, mentre que els ulls verds es fixen més en els afers aliens.

—Aquest el cremarem d'una altra manera —li dius—, a veure si fa una cendra gaire diferent. En comptes d'estripar-lo per escampar-ne els trossos, l'enrotllarem com un canut i mirarem de cremar-lo dret per mirar que les restes no es volatilitzin tant. Au, fes-li una última mirada, que ja no el veuràs més!

—Però les cendres no són totes iguals? —et demana.

—No, de cap manera! Les cendres que faria el *Guernica* mai no serien iguals que les que sortirien del meu *Guerblanc*! En el *Guernica* Picasso retrata la bèstia que destrueix l'home, mentre que jo en el *Guerblanc* vaig pintar l'home que domina la bèstia i es posa a construir.

—El *Guerblanc* també l'has cremat?[4]

—No, dona. És un exemple.

El treus del cavallet d'una revolada, l'enrotlles i li demanes que l'agafi.

—Au, aguanta aquí, que li poso una goma elàstica, i guarda'l un moment —li ordenes—, que surto a buscar més llenya.

Tan aviat com travesses la porta, la Modesta treu la goma i desenrotlla el retrat per tornar-lo a mirar. Dubta un instant, fins que agafa un altre retrat dels que hi ha recolzats a les parets, un dels molts que representa la dona dels ulls verds, el desprèn del bastidor, l'enrotlla ràpidament i li passa la goma elàstica per fer el canvi. Llavors no sap on amagar el seu. Busca un amagatall per tota la sala i a l'últim moment, quan ja sent que tornes, l'intercala entre les làmines de paper d'embalar que sempre tens a prop de la llar de foc per quan cal embolicar alguna obra venuda. No l'enxampes de ben poc. Entres, aliè al seu tripijoc, t'acostes a la xemeneia, hi aboques la llenya i encens el foc. Entre els sarments, uns quants branquillons i el diari del dia, de seguida aconsegueixes una bona flama que ja trobes suficient per a la crema. Per això agafes la càmera de fotos i li dones instruccions.

—Au, que ja ho tenim. Va, posa la pintura dreta al mig, així, molt bé.

Però a l'entaforar-hi el cilindre, la Modesta aixafa els branquillons i, com que els sarments encara són tendres, la flama no prospera gaire.

—Vaja, l'haurem d'ajudar una mica —dius, amb la càmera a la mà—, que saps si tenim més paper de diari?

La Modesta pentina amb la mirada tot el taller i després se'n va a la part del darrere, entre els llenços que s'acumulen a terra. Durant una estona busca diaris o revistes infructuosament.

—Calla —t'il·lumines de cop—, fotem-li paper d'embalar d'aquest.

Et penges la càmera al coll, n'agafes un grapat i comences a arrugar-lo amb les mans.

—Nooo! —brama la Modesta des de l'altra punta de la sala—. No cal que en gastis, que després el trobaràs a faltar!

—Per què no? —li repliques, despreocupat, amb la càmera pengim-penjam—. No pateixis que a la botiga en tenim molt, i ara en gasto menys. Per un quadre que venc de tant en tant...

L'acabes d'arrugar, n'estripes alguns trossos, sense adonar-te que també esparraques el retrat que la Modesta havia camuflat entre les làmines de paper d'embalar, i els vas llançant a poc a poc a la llar de foc perquè la flama revifi.[5]

—Aaara, ara sí que crema... —crides, tornant a agafar la càmera, eufòric—. Aquest foc sí que farà bones cendres! Au, ja hi pots tornar a posar el tub amb el teu retrat.

La Modesta obeeix i observa, esverada, com les flames llepen el cilindre amb unes llengües de foc que semblen alimentades per petroli. Sent el disparador de la càmera del pintor que crema els seus quadros i es posa les mans al cap. Dos parells d'ulls cremen al foc que expia els pecats d'un artista. Els uns són verds i els altres marrons.

7506

Enrique Rubio estira fils. Ha fet mans i mànigues perquè els protagonistes del litigi li concedissin una entrevista, però ni Palau Ferré ni el Peirats no hi han volgut tornar a parlar. L'artista continua desaparegut però el promotor, després del xàfec de columnes a la premsa lamentant que el Tribunal Suprem li hagi donat la raó, ha decidit contraatacar exhibint una generositat en actes benèfics que desmenteixi la seva presumpta perversitat. Fa poques setmanes, just després de Reis, va protagonitzar un acte a l'Ajuntament de Reus, presidit pel senyor alcalde, durant el qual va fer donació de quatre de les pintures rebudes en seu judicial. El Rubio se n'ha assabentat llegint la crònica. El text i, sobretot, la foto que l'il·lustra li han fet entendre que si hi hagués assistit hauria tingut accés al Peirats, perquè segur que davant de les autoritats no se l'hauria pogut treure del damunt tan alegrement. Les operacions d'imatge tenen aquestes servituds.

Ho ha llegit a la pàgina d'anuncis oficials del *Diario Español*, al costat de les farmàcies de torn, els telèfons útils i els centres culturals. També li ha cridat l'atenció un anunci curiós de l'Asador Gure Kabiya de Cambrils, imprès a peu de pàgina, sota la crònica, pel contrast entre el cos de lletra enorme de títol i subtítol, «Su única especialidad: chuletón de ternera o buey a la brasa», i una informació en un cos de lletra força més petit que el Rubio només ha entès quan ha relacionat l'última paraula amb l'especialitat de la casa: «Comunica a su distinguida clientela y amigos que durante el tiempo de Cuaresma, este establecimiento cerrará, como fiesta semanal, los VIERNES».[1] S'ha imaginat tot de sàtrapes menjant mitjanes de bou els divendres de Quaresma a porta tancada i s'ha posat a riure sol.

Tal com insinua la crònica de l'acte de Reus, la donació de quatre de les pintures lliurades per la justícia no serà l'única. El Peirats sembla decidit a desprendre's de bona part del botí obtingut per via judicial i el Rubio ha aconseguit assabentar-se a temps de l'acte de lliurament de dues pintures més que se celebra avui a l'Ajuntament de Vila-seca. Una hora abans de la convocatòria oficial, pren un suau molt a prop de l'Ajuntament. Des de la cafeteria en pot veure l'entrada. Plovisqueja a Vila-seca i el cambrer no en sap res, de l'acte que s'hi ha de celebrar.

—Quin pintor diu? —li demana quan el Rubio tira la pedra i amaga la mà—. Palau què?

El retall del *Diario Español* que li ensenya no el fa caure de la figuera. S'hi veu l'alcalde de Reus, acompanyat per dos senyors encorbatats més, davant d'una de les quatre pintures donades. La tela recolza a terra i ultrapassa l'altura dels tres homes. Deu fer dos metres d'alt i sembla una cortina, un teló de teatre davant del qual actua el trio. Com que la foto és en blanc i negre, i al diari surt petita, els contorns de la figura femenina que presideix el quadre no es distingeixen gaire bé.

—Quin d'aquests és el pintor? —demana el cambrer.

El Rubio li aclareix que el pintor no hi era, i intenta explicar-li a grans trets l'enrevessada història dels quadres que ha hagut de pintar obligat per un jutge després que es negués a seguir pagant una casa que comprava amb les seves pintures. El cambrer no en té cap notícia i fa cara no entendre res fins que el Rubio no esmenta el cognom de Peirats.

—El Peirats? —reacciona, sobtadament interessat—. Hi està ficat el Peirats, en aquest embolic?

Quan el Rubio li aclareix que justament és ell qui va guanyar el judici i qui ara fa la donació, el cambrer torna a agafar el retall de diari i l'examina amb interès creixent.

—Ah, sí, mi-te'l, ell! —el reconeix—. Aquest, el Peirats, és un fletxa!

Parla amb tant d'entusiasme del promotor que el Rubio comença a burxar-lo amb les paraules justes per extreure'n informació. L'experiència acumulada durant anys d'exercici periodístic li permet endevinar quan cal esforçar-se molt a munyir una font per obtenir quatre gotes d'informació i quan n'hi ha prou d'obrir l'aixeta perquè les dades caiguin a raig. El cambrer vila-secà resulta ser una deu termal en temps de desglaç. Diu que el Peirats ha esmorzat moltes vegades aquí i sempre li ha deixat propina, un comentari que dispara ullcluc.

—El Peirats ha treballat molt aquí, a Vila-seca —reitera, obrint els ulls—, pràcticament ha fet sencer el barri de la Formiga.[2]

S'estén en elogis a la seva figura i els conclou amb el que l'home considera la prova irrefutable de la bondat del promotor, tot un senyor que, un cop l'any, convida el personal de l'Ajuntament de Vila-seca a sopar al Sol-Ric de Tarragona, i afegeix que ell això ho sap de bona tinta perquè el seu cunyat hi treballa.

—A l'Ajuntament? —li demana el Rubio, amb l'esperança d'obtenir-ne un contacte.

—No, al restaurant.

La conversa no s'allarga gaire més perquè, des de la seva posició a la barra, el Rubio observa que ja comença a arribar gent i no se la vol jugar, convençut que la sala de plens de l'Ajuntament s'omplirà de seguida. Però s'erra. S'afanya a entrar-hi, però un cop dins s'adona que a la sala hi ha més cadires buides que no pas ocupades.

Les autoritats encara no han fet acte de presència i a la zona frontal només hi ha un funcionari que custodia els dos quadres monumentals que avui són objecte de donació. Dos retrats, una dona estilitzada i una espècie d'arlequí androgin, que deuen estar recolzats sobre la taula presidencial de la sala, arrambada fins a la paret per guanyar espai. El Rubio decideix seure davant de tot, amb la intenció de fer-se veure i tenir alguna opció de parlar amb el Peirats.

La gent entra de mica en mica, però la sala no s'omple del tot i els protagonistes es fan esperar. El Rubio no reconeix cap col·lega de la premsa i només hi veu un fotògraf, que resulta ser el de l'Ajuntament. Quan entren les autoritats n'apareix un altre, com si vingués al darrere de l'il·lustre senyor alcalde, Don José Malapeira Satruch. Així el presenta una mena de camarlenc municipal, sil·labejant molt a poc a poc els dos cognoms del batlle. Després, però, es limita a despatxar els altres compareixents a tota velocitat.

—Acompanyen el senyor alcalde —diu, assenyalant amb la mà els quatre homes que també són davant del teló format pels quadres—, el primer tinent d'alcalde de l'Ajuntament de Vila-seca, senyor Garriga; l'arquitecte municipal, senyor Tarragó; el senyor Tous, i, naturalment, el senyor Peirats, sense la generositat del qual aquesta important donació mai no hauria estat possible.

Només prenen la paraula els senyors Peirats i Malapeira, donant i receptor dels quadres de Palau Ferré. El Peirats s'omple la boca amb l'efecte benèfic de l'art, fa una abrandada defensa del sistema judicial i acaba justificant la seva decisió en nom de la sensibilitat humanística. S'ho porta ben après. És un parlament breu i emocionant.

—La meva lluita ha estat únicament per garantir el compliment d'un contracte —assegura amb veu ferma—, i en cap cas per interès material o pel desig de posseir aquestes obres d'art meravelloses, que actualment obtenen unes cotitzacions cada cop més altes.

El senyor alcalde s'allarga una mica més. Comença per explicar l'origen de les pintures, mostra que estan degudament segellades i registrades pel jutjat de primera instància de Reus i després també s'omple la boca de bones paraules.

—Volem agrair la generositat del senyor Peirats, a qui aquest consistori reconeix un gran mèrit en el creixement de la Vila-seca moderna, i assegurar que els diners obtinguts per la venda d'aquestes dues obres d'art es destinaran íntegrament a les causes benèfiques que la nostra vila consideri oportunes.

Quan acaba el discurs, els dos fotògrafs presents demanen que ningú no es mogui per poder fer unes fotografies dels cinc notables que presideixen l'acte amb les pintures de teló de fons, com si fossin murals. Tots cinc es queden immòbils com estàtues. Aprofitant el silenci general, el Rubio segueix el seu instint periodístic i formula en veu alta la pregunta que molts assistents a l'acte tenen al cap.

—Si m'ho permet, senyor alcalde, ja que aquí s'ha parlat de cotització elevada, ens en podria donar una xifra aproximada? Quin valor econòmic poden tenir aquestes dues obres?

L'alcalde no s'ho esperava i li passa la pilota al Peirats, que reacciona tal com havia imaginat el periodista. Exposat a l'escrutini públic de la ciutadania, incloses les autoritats locals, el donant no es pot refugiar en el silenci i es veu obligat a respondre, encara que només sigui per confirmar la seva reivindicada generositat.

—Fa de mal dir, però podríem estar parlant de mig milió de pessetes —aventura el Peirats—, que serviran per aconseguir els bons fins als quals han estat destinats.

El Rubio se'l mira amb posat sorneguer. Ha llegit la llarga sentència del Tribunal Suprem i sap que mig milió era el preu en què va taxar la casa de Reus que ha provocat tot el conflicte. També sap que per cobrir aquest preu Palau Ferré va haver de pintar dotzenes de quadros com aquests dos. És a punt de fer algun comentari sobre la multiplicació dels pans i els peixos, però se n'està. Calla i somriu. Mentre observa com, després de les fotos i la seva pregunta inesperada, els prohoms encaixen davant l'atenta mirada dels dos retratats gegantins de Palau Ferré, el seu cap de periodista inquiet ja maquina un possible reportatge que cada cop imagina més llarg.

El Peirats, que ha contestat la pregunta evitant d'establir contacte visual amb el Rubio, se'n va de la sala sense saludar-lo. La gran complicitat que ha detectat entre el promotor i les autoritats locals eleva la posició de la mosca collonera a l'altura del seu nas d'ensumapets. I si el Peirats, en comptes d'exercir la beneficència més benintencionada, pagués favors amb aquestes pintures? I si hagués fet el mateix a Reus, fa uns quants dies? I si les convidades al Sol-Ric que li ha xiulat el cambrer van més enllà de la gentilesa? I si l'última modalitat de tràfic d'influències que ha posat en pràctica el Peirats es paga, en comptes de bitllets, amb aquests llençols que Palau Ferré ha pintat a contracor? De fet, l'alcalde Malapeira, en el seu discurset, li ha reconegut un gran mèrit en el creixement urbanístic de Vila-seca. En l'àmbit de la construcció hi ha un mercat molt viu de favors, influències i voluntats, s'empatolla el Rubio mentre surt de l'Ajuntament sense parlar amb ningú, cada cop més decidit a investigar a fons les activitats del Peirats.

Aquestes últimes setmanes ja havia començat a visitar alguns hospitals del camp de Tarragona per si trobava cap rastre d'un possible tractament de desintoxicació de Palau Ferré en les dates aproximades en què situa el seu intent de suïcidi. Ara veu que hi afegirà els ajuntaments de Reus, Vila-seca i els que puguin rebre més donacions dels quadres de la sentència. Com a mínim, si assisteix als actes podrà fotografiar els quadres i potser fer més preguntes a boca de canó. El Rubio sent que hi ha algun detall ocult que l'espera al fons d'algun registre, una sensació que experimenta poques vegades en l'exercici de la seva professió, però que l'empeny a deixar tota la resta de banda per concentrar-se en la història que el persegueix. La de l'artista i el promotor comença a ser una història llarga i complexa, que té molts aspectes dignes de suscitar l'interès periodístic i acabar a les pàgines d'un diari, no necessàriament totes a la mateixa secció.

7507

Després de l'acte de Vila-seca, el Rubio segueix atentament els passos del Peirats. Amb el temps, ha establert una xarxa de contactes al Camp de Tarragona que inclou cambrers i taxistes, però també col·legues de professió que treballen per a mitjans locals i se senten atrets per l'agenda de contactes que el Rubio ha anat llaurant a Barcelona i Madrid. En el cas dels primers, les propines generoses són un incentiu infal·lible. Amb els segons cal ser més subtil a l'hora d'ensenyar la poteta deixant caure noms, perquè les recompenses sempre són hipotètiques i es conjuguen en futur. Però, per una banda o per l'altra, la informació flueix i no li torna a passar per alt cap moviment del Peirats. Els de Palau Ferré són més previsibles. N'hi ha prou de tenir un parell de corresponsals fiables a Montblanc per resseguir-li els moviments, i ja els té. S'ha fet amic de l'amo del bar i del Lopas, el xofer manetes de l'artista, i el següent pas serà agafar prou confiança amb el doctor Domènech.

El promotor és més imprevisible, però continua amb la seva peculiar tasca divulgadora de l'obra confinada de Palau Ferré. No cal ser periodista per presumir que tanta generositat no pot ser de franc. El Rubio en recela. Sospita que rere cada donació hi ha una concessió i rere cada nou tracte un contracte per a l'empresa Arcapesa, però per més registres públics que regira no hi troba res concret que pugui vincular el Peirats amb un intercanvi de favors. Al Sol-Ric de Tarragona li confirmen que, en efecte, n'és un bon client i troba traces de sopars de grup reservats al seu nom, però tot el que es menja es caga. La qüestió és que el Rubio s'assabenta a temps dels nous actes benèfics. Després de perdre's el de Reus i assistir al de Vila-seca, presencia actes consemblants que el Peirats protagonitza als ajuntaments d'Alcover i de Valls. El guió sempre és el mateix. Una delegació del consistori presideix l'entrega en un acte solemne amb banderes i discursos, i després comunica el mètode establert per transformar aquelles teles enormes pintades a desgana per un artista deprimit en diner líquid. Només així la donació podrà adquirir un benefici social, a través de la Creu Roja o qualsevol altra entitat benèfica.

El Rubio hi assisteix amb algun company fotògraf per deixar constància de les pintures lliurades, i aprofita per abordar el donant, amb qui ha anat llimant diferències ara que els moments més àlgids del conflicte han quedat enrere. L'acte de Valls és una mica més lluït.[1] El Peirats, que hi assisteix acompanyat del seu fill gran, ha estat un dels promotors del polígon industrial vallenc i encara forma part de la Junta de Compensació. L'alcalde fa una abrandada defensa de la cavallerositat del promotor, després d'haver hagut de passar pel penós procés judicial que l'ha tingut amoïnat durant dos llargs anys. El delegat de Beneficència, Don Nemesio Ortega, encara és més abrandat en defensa del Peirats. Alerta de la campanya contra el promotor que han desplegat molts mitjans de difusió, fins i tot a l'estranger, i reivindica que el senyor Peirats Fenollosa simplement ha complert el que estipulaven els contractes lliurement firmats. Després dels parlaments, el Rubio parla una estona amb l'Antoni Galimany, un col·lega de la premsa local que ha fet de mestre de cerimònies i després també en farà la crònica al *Diario Español*.[2] Queda clar que aquí, a Valls, el promotor juga a casa. El veu content i decideix aprofitar-ho.

Al caliu del vermut que se serveix després de l'acte, entaula una conversa informal amb tots dos Peirats, pare i fill. La presència del primogènit ho facilita. El Rubio li recorda el dia que Palau Ferré va portar els quadros als jutjats de Reus i el fet de saber que el periodista hi era desperta l'interès del Peirats pare, que aquell dia es va quedar a casa amb un rau-rau, per no veure el blanc dels ulls del pintor. El Rubio és un mestre en l'art de l'afalac. La conversa s'anima i acaben parlant de la dona ullverda que apareix en tants retrats de l'artista, de vegades emmascarada en altres fesomies. Pare i fill són del parer que a París el pintor devia perdre el cap per una model i, amb la copa de vermut a la mà i l'ampolla a prop, la conversa va pujant de to.

—És com si l'hagués pintada una vegada al natural i després l'anés replicant de memòria —aventura el periodista—, com en una fantasia eròtica.

—Ja deu anar per aquí, ja —riu el Peirats fill.

—Quan el vaig conèixer me'n va parlar —confessa el Peirats pare—. Em va dir que era una model tan bonica que fins i tot l'havia retratada Picasso.

El Rubio és un expert estirallengües i el Peirats un llengua-llarg feliç de tenir audiència. Aflora la història de la dona més pintada tal com la recorda el comprador de molts dels seus retrats secundaris.

—Es veu que tot París la venera, i amb això no vull pas dir que sigui venerable —riu el Peirats pare—, perquè més aviat me la imagino venèria.

El Rubio pren nota mental de tot el que sent. Ara mateix trauria la llibreta per transcriure-ho tot amb més fidelitat de la que li garanteix la memòria, però se n'està. No vol tallar la vèrbola del seu informador.

El Peirats s'anima. Recorda detalls curiosos de la model que li havia comentat l'artista quan encara eren amics. Cul i merda, diu. El fill calla. Ell també ha sentit històries truculentes, però no va viure gaire de prop els temps de relació més pròxima entre son pare i l'artista, transformats pel conflicte jurídic en enemics acèrrims i fa tot l'efecte que irreconciliables.

—Em va explicar que dos homes s'han suïcidat per ella —culmina el Peirats—, l'un es va llençar d'un pont i l'altre es va fotre un tret al cap en un restaurant.

—Per la mateixa model?

—Sí, per la mateixa que ha fet perdre el cap a Palau Ferré —riu—. Es veu que el de la pistola abans de suïcidar-se va disparar contra ella i per sort va fallar.

Tal com ho explica sembla exagerat, però el Rubio comença a creure que Palau Ferré va perdre el cap realment per una model i que, a partir d'aquí, va començar a actuar de manera il·lògica. Tornar-se boig per amor és una idea simple que al Peirats li serveix per entendre-ho. Ho podria cantar amb lletra de tango. Els homes perden el cap per les dones boniques i comencen a fer coses estranyes. Els homes escapçats no pensen amb claredat. Roben i maten.

—Encara bo que Palau Ferré només em va voler robar —conclou.

El Rubio arrufa el nas. Alguns detalls que el Peirats explica de la dona més pintada li sonen d'haver-los sentit explicar sobre altres persones. Històries que corren de boca en boca, canviant de protagonista. Rondalles. El Peirats segueix embalat. Relata el dia que es van conèixer, al taller de Palau Ferré a Montblanc.

—Només entrar-hi vaig veure aquell retrat de la rosa al pit i me'n vaig enamorar —diu amb emoció genuïna—. Si vaig començar a comprar les seves pintures va ser per culpa d'aquell retrat, que mai no em va voler vendre.

Explica que després d'allò va comprar-li tota mena d'obres, però moltes més dones ullverdes, tantes com va poder.

—Per això t'ho puc assegurar, perquè li vaig dir que ho volia saber tot d'aquella dona i, amb el temps, me'n va explicar unes quantes coses.

—Ah, sí? —s'hi interessa el Rubio, cada cop més a prop de treure la llibreta.

—Sí, és una mica més gran que ell i ha tingut una vida tan intensa com el color verd dels seus ulls —poetitza el Peirats—. Es veu que a Ucraïna totes les dones tenen els ulls verds.

—És d'Armènia, pare —el corregeix son fill.

Mirada paterna assassina i ulls filials per terra. Silenci incòmode que no es desfà fins que el Peirats pare reprèn la xerrera, sense fer cap comentari sobre l'origen nacional de la model. Els altres detalls ja no semblen tan transcendents, però el Rubio burxa tant com pot per obtenir tota la informació possible. És una fura.

L'alcalde de Valls interromp la conversa amb la impunitat que dona l'autoritat. El Rubio és el més prescindible dels convidats que encara romancegen al saló de plens i queda despenjat dels grupets que s'acomiaden.

De tornada a Barcelona, es preocupa de comprovar documentalment el que ha sospitat a Valls. La majoria de detalls que el Peirats ha atribuït a la model ullverda de Palau Ferré els han protagonitzat altres models. L'anècdota del suïcida que es fot un tret al restaurant és molt semblant a la història que Manolo Hugué va explicar a Pla sobre Germaine Gargallo, la dona per qui es va suïcidar Carles Casagemas a París durant un sopar de comiat al qual assistia Hugué mateix. Pla ho va escriure en primera persona a l'*Homenot* que li dedica, però el Rubio no té gaire clar que el Peirats se l'hagi llegit. Més aviat ho deu haver sentit explicar.

Altres anècdotes semblen extretes del repertori de Pepa Melendres, la model oficial de nu a l'Escola de Belles Arts Sant Jordi, on Palau Ferré va estudiar amb artistes com Subirachs o Grau Garriga. Les anècdotes escampades per Barcelona sobre les diverses estàtues de nu femení que comparteixen cara són menys dramàtiques i també provoquen malentesos graciosos que s'assemblen força a algunes de les coincidències atribuïdes pel Peirats als retrats de dona nua amb els ulls verds que haurien proliferat per París. El Rubio troba una entrevista a Pepa Melendres on la model explica algunes reaccions dels homes de la família per haver posat nua per a Josep Clarà, Josep Llimona o Frederic Marès.[3]

El Rubio es debat entre dues possibles conclusions. O bé el Peirats té molta inventiva quan s'entusiasma amb un tema o bé la invenció ja li ve inspirada per Palau Ferré i ell n'és simple corretja de transmissió. Sigui com sigui, la identitat de la model ullverda cada cop li queda més difuminada. Després d'Alcover i de Valls, els informadors del Rubio encara l'adverteixen d'una nova cerimònia de donació, en aquest cas a la imperial Tàrraco, amenitzada amb la seva característica veu aflautada pel Maginet Pelacanyes, un personatge popular de la ràdio des de finals dels anys cinquanta, acompanyat del seu creador, el senyor Tarrasa.

Aquesta vegada, l'ambient és més distès perquè en Maginet fa de les seves i perquè les organitzadores l'aprofiten per anunciar un seguit d'actes benèfics destinats a recaptar fons. La donació s'inscriu en una campanya de promoció assistencial organitzada per la Junta de Damas.[4] En Maginet fa bromes blanques amb els cognoms de la presidenta, donya Marina Marín Merino, viuda del doctor Zamora. La dama de les tres emes, sota l'atenta mirada del governador civil de Tarragona, senyor Antonio Aigé Pascual, anuncia el programa d'activitats recaptatòries, que inclou proves d'habilitat al volant, sagaçment batejades amb el nom d'Habili-auto, la representació de la sarsuela *La del soto del parral* al cine-teatre Tarragona per part del grup líric de La Salle i un final de festa extraordinari amb la intervenció de la popular Mary Santpere que inclourà una subhasta benèfica d'objectes com ara televisors, tocadiscos o gerres decoratives. La dama de les tres emes acaba el seu discurs admetent que encara no saben què faran amb els dos quadres de Palau Ferré que constitueixen la donació del Peirats. Dubten entre fer un sorteig o posar-los a subhasta.

El Rubio no hi falta, però aquest cop no ho pot aprofitar per acostar-se a Miquel Peirats perquè una grip inoportuna l'obliga a fer llit i hi ha enviat el seu primogènit. Sense la presència intimidatòria de son pare, Josep Peirats es deixa retratar somrient entre els senyors Tarrasa i Aigé Pascual, aguantant un ninot rosset i galtavermell que representa en Maginet Pelacanyes.

Abans de marxar, el Peirats li fa un gest al Rubio, que s'hi acosta sol·lícit.

—No era ucraïnesa —li diu—, sinó armènia.

El Rubio assenteix, somrient.

—L'has vista mai?

El Peirats somriu per tota resposta.

1979

Són més de dos-cents nord-americans els que et visiten, entre professors, estudiants i família. La seva arribada a Montblanc, en una corrua de quatre autocars, revoluciona la vila.[1] Venen de Harrisburg, a Pennsilvània, encapçalats pel Jaume Ferran, que hi exerceix de professor. Després d'haver-hi exposat el *Guerblanc* en l'aniversari de Picasso, la teva figura els és familiar, però el detonant que ha fet esclatar les seves ganes de viatjar a Europa ha estat el foc. La notícia de la teva protesta piròmana s'ha escampat de les aules a tot el campus i d'allà a la ciutat sencera. Després d'un viatge llampec a Cervera per un afer familiar, el Jaume va tornar a Pennsilvània amb el número de la revista *Lecturas* on surts cremant un dels teus quadros.[2] Les fotos en color del reportatge van causar sensació i la notícia es va escampar com la pólvora just en el moment que havien de decidir la destinació europea del viatge de fi de carrera. En qüestió de dies, la decisió estava presa i només han passat unes quantes setmanes que ja els teniu tots a Montblanc.

Són tanta colla que revolucionen els carrers de la vila medieval, amb el seu brogit de cridaners més xisclaires que els mediterranis. El consistori no els ha ofert cap recepció oficial, però el regidor de turisme els ha volgut saludar a la plaça de la vila, que pràcticament omplen, i la neboda més eixerida del Lopas, que parla anglès, els fa de guia. La segueixen per bona part del perímetre emmurallat i després tornen a pujar als autocars per enfilar cap al teu taller. L'excitació que desprenen t'arriba abans que ells. El seu deambular bulliciós agita l'atmosfera pausada de Montblanc com si un estol d'estornells se n'hagués apoderat. Els sents arribar i els surts a rebre a la carretera, però els quatre autocars no tenen prou lloc per estacionar sense ocupar-la i van descarregant els passatgers per torns. Després fan mitja volta i tornen a aparcar a l'esplanada del camp de futbol.

Tens un anglès més precari que el francès, però et fas entendre. Els dius que hauran de fer grups perquè a dins no hi caben tots. Entre trenta i quaranta cada vegada, calcules. El Jaume es queda fora per organitzar-ho amb l'ajuda d'altres professors i tu entres amb el primer grup. A la taula, la Modesta t'hi ha deixat un grapat de capses de bombons, però de seguida veus que has fet curt. Els mostres les obres que tens visibles, unes quantes penjades i la majoria a terra, recolzades a la paret, però notes que totes les mirades queden xuclades per la llar de foc, que ara tens apagada, amb un parell de tions envoltats per les cendres de l'última crema.

El primer grup surt del taller amb un cert grau de decepció. Les pintures els han semblat bé, però no han trobat res d'excepcional en una foguera apagada.

—No te n'hi caben més, cada vegada? —et demana el Jaume, a la porta—. No pot ser de cinquanta en cinquanta?

Amb les xifres que li has donat ha calculat que caldria fer mitja dotzena de torns i mira de fer-ho més àgil.

—Provem-ho, sí.

Els que ja n'han sortit o s'esperen per entrar omplen tot el camí i alguns encara trepitgen l'asfalt de la carretera. Hauran d'enllestir abans que es faci fosc per evitar perills.

En el segon grup, més nombrós, un jove et demana si les cendres se t'acumulen i què en fas. Intentes explicar en anglès que de moment no en fas res. Quan la llar de foc se n'omple les poses en un sac amb una paleta i te les emportes al torrent del darrere per llençar-les.

En cada grup hi ha algú que demana alguna cosa diferent, però gairebé tots volen saber quants quadres has cremat fins ara. Com que no portes el recompte, improvises una xifra. Una vuitantena d'olis, dius, convençut de no equivocar-te de gaire. Aquí al taller ja no en queda pràcticament cap, de pintura a l'oli. Les que tens són totes a cal Francí, per a únic gaudi vostre, teu i de la Nati. Ara pintes a la cera sobre paper. Trobes que els colors llueixen més i, a banda, et permet combinar-los amb la tinta xinesa.

Quan el Jaume entra amb el darrer grup et sents fatigat. Els ha organitzat amb eficiència, però ja has perdut el compte de les vegades que has repetit les mateixes coses sobre els quadros penjats i els cremats. La pregunta més repetida és, també, la que trobes més espantosa: el perquè. Per què ho fas? Per què els cremes? Amb variants i derivades: què hi guanyes? Fins quan penses seguir-ho fent?

En aquest últim grup hi ha una noia d'ulls verds que et fa perdre el fil d'una resposta. La mires i la remires amb avidesa. Et resulta familiar. Hi veus la model armènia que has somiat sempre, de jove. La fesomia és clavada i li veus gestos calcats, però el que més t'impressiona són els seus ulls verds. Els trobes idèntics als que recordes, somies i has retratat tan sovint aquests últims anys de malvestats. Dos punts de llum esperançadora en la foscor. Quequeges perquè no te'n saps avenir i a mitja resposta saltes de l'anglès al català.

—Jaume —li demanes—, qui és aquella noia del vestit blau?

El Jaume es gira per mirar-se-la.

—És una alumna, però no és del meu grup. Em sembla que és d'origen europeu. —Fa una pausa i somriu—. És guapa, eh?

La noia s'adona que passa alguna cosa. Li fa l'efecte que parlen d'ella. No vol quedar petulant, però està acostumada que els homes la mirin. Aprofita la pausa en les explicacions per fer una petició que fins ara ningú no s'ha atrevit a formular, però que està segura que tots els altres expedicionaris compartiran.

—Senyor Palau Ferré —et diu en anglès—, li podria demanar una cosa?

Assenteixes complagut, i a última hora frenes l'impuls de dir-li que t'anomeni Maties.

—Seria tan amable de cremar un dels seus quadres davant nostre? Segur que molts de nosaltres, que estudiem Història de l'Art, ens farem una idea més aproximada del que busca amb aquesta acció si ho experimentem.

La majoria assenteix en silenci. Tothom et mira expectant. El Jaume tampoc no bada boca, a l'aguait de la teva reacció.

—Per què no? —dius en el teu anglès, marcant molt el diftong de *why* i oblidant de pronunciar la te de *not*.

El grup prorromp en una sonora ovació enriquida amb xisclets celebratoris. El renou traspassa les parets del taller i la porta s'obre, empesa pels que ja n'havien sortit, encuriosits ara per aquest sobtat esclat d'alegria. N'entren uns quants més, empenyent com passatgers en un tren de rodalia, fins que els límits físics del taller aturen el flux. Corre la veu que correrà el foc. Molts dels de fora ja entenen que hauran de renunciar a veure la crema en primera instància, com a mínim fins que no s'organitzi un canvi de torn, i s'hi resignen, però la porta del carrer queda oberta i un bon nombre de visitants s'amuntega a prop per mirar de quedar dins del camp visual de les flames anunciades.

Aquest esclat d'expectació t'immobilitza fins que et ve al cap Dalí i mires d'imaginar què faria en una situació com aquesta. Un pessigolleig damunt del llavi superior et provoca un ampli somriure, com si un titellaire t'estirés el bigoti que no tens. Dalí, aquí, se sentiria com un peix a l'aigua, penses, i actues com si fossis ell.

—Atenció! —crides en una barreja idiomàtica indesxifrable—. Atènxion!

T'acostes a la llar de foc a pas de bou, exagerant cada moviment, i hi llences un grapat de branquillons engegafocs. Després agafes un exemplar d'*El Correo Catalán* i en fas uns manyocs de paper que escampes entre branquillons i tions.

—La premsa sempre crema molt bé —dius en català.

Mentre encens un llumí i l'acostes als papers arrugats de diari, el Jaume ho tradueix a l'anglès. Les riallades dels americans coincideixen amb les primeres flamarades.

Llavors, empès pel pessigolleig del bigoti dalinià invisible que tant t'acosta a l'esperit del Semita, assenyales la noia ullverda que t'ha demanat la crema i li dius en anglès que triï quin quadro vol cremar entre tots els que hi ha a la vista, penjats o a terra, recolzats a les parets.

La noia somriu, avança amb seguretat fins que es posa al teu costat i llavors, sense notar que el teu cor s'ha desbocat i batega molt més de pressa que fa quinze segons, assenyala un quadre que tens penjat al fons de l'estança. L'únic, entre tots els que ara són a la vista, que representa una dona ullverda.

—That one! —diu amb un somriure triomfal.

La gent torna a aplaudir, entre uaus i xisclets. T'han de fer lloc perquè puguis travessar fins al fons de la sala per un passadís diagonal que obre en canal la marea humana més nombrosa que ha ocupat mai el teu taller. Recorres el trajecte a pas lent, amb una parsimònia imposada per la processó d'imatges ullverdes que ara mateix et passa pel cap com una projecció estroboscòpica.

De vegades, en els moments més foscos, has pensat que abans de morir a tu no et passarà la tòpica pel·lícula amb imatges de la vida a càmera ràpida sinó totes les imatges que has plasmat amb els teus pinzells sobre una superfície plana. Ara no és un d'aquests moments, però. Ara estàs desconcertat per l'aparició d'aquesta noia idèntica a la dona més pintada entre aquest grup extravagant de nord-americans esperonats pel teu fidel Jaume Ferran a creuar l'Atlàntic per buscar el foc mediterrani.

Despenges l'enèsim retrat de la dona més pintada, sempre la mateixa i sempre diferent, i la deixes damunt la taula per treure-la del bastidor on vas fixar el llenç perquè es mantingués ben tibada. Deu ser una de les últimes teles que tens aquí al taller. Ara la majoria de ceres les pintes sobre paper amb una nova barreja de materials. Mentre treus la tela del bastidor mires els ulls de la dona per retenir-los. En tots els teus retrats de dones ullverdes l'únic element invariable és la mirada, sempre penetrant, fins i tot quan les dibuixes colltortes. En canvi, els ulls foscos cada cop et surten més tristos.

—Please, help me —li dius a la inductora de la crema.

Li fas aguantar el llenç que llençareu al foc per comparar-li la cara amb el rostre pintat. I sí. Són idèntics. La noia ho capta i hi juga. Agafa la tela que li passes amb les dues mans i l'alça davant seu per cobrir-se, com si s'amagués rere una bandera. Després l'abaixa de cop i fa un tat.

—That's me! —crida, enriolada, entre l'aplaudiment general.

Tothom riu i tothom colla perquè el cremeu ja, però a tu aquesta semblança et clava una punxa al cor. D'on deu haver sortit aquesta criatura?, et demanes.

—That's her! And now that's me! —segueix jugant a fer tats la noia.

A tot això, les flames dels papers arrugats de diari han colonitzat els fràgils branquillons i ja llepen amb voracitat la solidesa dels tions. És el moment de llençar la dona més pintada al foc.

Li dius que ho fareu junts.

—Three, two, one... —crideu, i tothom ho coreja.

Un *oooh* rodó de longitud interminable reverbera en totes les boques, travessa la porta i forada les parets d'obra vista. La mirada verda pintada es consumeix entre flames rogenques que s'ennegreixen xemeneia amunt per projectar, al cim del cilindre, una fumarada molt celebrada pels dos centenars llargs d'estudiants, amics i coneguts que han travessat quilòmetres i quilòmetres d'aigua per anar a caure a les brases. Els de dins aplaudeixen el foc i els de fora el fum.

—Fumata bianca! —crida un italoamericà.

7902

Mentre endreça el taller i recull les deixalles de la visita multitudinària d'ahir, la Modesta s'entreté a mirar els quadres del Macià. Sempre li diu així, quan hi parla imaginàriament, com quan era petita i compartia amb el noi de cal Francí les representacions de la llegenda. A la vida real, ja no. D'ençà que treballa per a ell, li diu Maties en privat i senyor Maties en públic. Pot semblar una nimietat, però aquests detalls els cuida. S'hi fixa. Sempre ha estat una dona detallista. Quedar-se sense pares tan jove li va augmentar la capacitat de concentració. Encara bo de la tieta florista, que va acollir les dues germanes, però aviat va descobrir que ningú no podria suplir la mare i que, per més que els donés un sostre, estaven igual de desemparades. La Modesta i, sobretot, sa germana petita, que anava encara més perduda que ella. No n'hi havia prou, que li fes de germana gran. Li havia de fer de mare, de pare i d'Esperit Sant, sobretot d'això últim, perquè el plebà de Montblanc els havia explicat que la mare de Déu va quedar en estat de gràcia per l'influx de l'Esperit Sant, i quan la seva germana va quedar embarassada la Modesta va haver de buscar quina fila feia, l'esperit en qüestió. Encara bo del doctor Domènech, que sempre l'ha ajudada en tot, i de les amigues invisibles que va descobrir gràcies al seu Macià.

El primer dia que va venir a netejar el taller l'atzar va voler que el trobés dormint amb la model que inspira els retrats de les dones ullverdes. Potser per això, poc temps després ja va arrencar a parlar amb les pintures. En el fons, aquestes dones li fan molta enveja perquè està convençuda que el Macià les desitja com mai ningú no es delirà per ella. També parla amb els joves unicorns que de vegades pinta, amb els animals i fins i tot amb les flors. Per això es va emocionar tant el dia que la va retratar. Per un moment, es va imaginar parlant amb ella mateixa davant d'un mirall que la millorava. Llàstima que al final, per més que intentés evitar-ho, va acabar al foc. No pot entendre què busca el Macià amb aquesta destrucció tan absurda. No n'és capaç amb cap d'aquests quadros tan bonics que pinta, i encara va ser més amarg haver d'assistir a la crema del seu mirall sense poder fer-hi res. Mentre neteja sempre divaga, com ara, però per fer-ho necessita adreçar-se a algú. Se sent incapaç de parlar sola si no sap amb qui parla, si no té davant del nas alguna imatge que li serveixi per imaginar un interlocutor. És una dona concreta, com el Macià. Per això a cap dels dos no els agrada l'art abstracte.

S'atura davant d'un retrat de dona colltorta, amb el plomall a la mà. Torça el coll per imitar-ne la posició i acosta el nas a l'altura dels seus ulls per comprovar que són verds. I sí que ho són, de verds, d'un verd maragda, tot i que no tan visibles com en els retrats que fa amb les dones condretes i colldretes. A un pam del seu nas es posa vermella, més per la posició que per la indignació que sent, però li surt de dins engegar-la a dida, a aquesta i a tota la resta de precioses models que s'imagina posant-s'hi bé perquè les retratin els artistes. Es redreça i continua netejant el taller, convençuda que totes les dones ullverdes són la mateixa, en el cap del Macià, per més que després prenguin fesomies diferents. La mateixa dona que va passar la nit aquí amb el Macià fa tants anys i que, pel que sembla, no s'ha dignat a tornar mai més, pobre Macià.

Uns cops insistents a la porta l'enxampen discutint amb una síndria sobre la dèria del Macià pel color verd. Després, una veu femenina la treu de cabòries. La sent cridar un *ho* sostingut rematat amb un *la* i li respon amb un *un*, un *mo* i un *ment*. Després, mira a banda i banda com si li calgués amagar alguna cosa i crida *endavant*, allargant molt l'última síl·laba. Però la porta no es mou. Crida dos *endavant* més i, al final, va a obrir. Davant seu hi ha una noia ullverda d'una bellesa rotunda, que somriu i li demana d'entrar en un castellà molt boterut. La Modesta pensa que no deu haver entès el seu *endavant* en català i la convida a passar amb un *adelante*. La noia li explica com pot que forma part de l'expedició que ahir va visitar el taller. La Modesta està temptada de demanar-li si no és la noia que va fer cremar el quadro, però se n'està. També li costa una mica expressar-se en castellà i no es vol encallar. La nouvinguda diu que s'ha quedat a Montblanc mentre la resta del grup visita les restes romanes de Tarragona perquè ahir va perdre una cosa important durant la visita al taller, però l'amfitriona no n'acaba de treure l'aigua clara. Sona a excusa. Després d'una bona estona de silenci incòmode, diu el seu nom i li ofereix la mà, com si tot just acabés d'entrar. La Modesta no ho acaba d'entendre. Pensa que potser al seu país d'origen abans de donar el nom cal fer una mica de prospectiva, però reacciona tan de pressa com pot.

—Maria Modesta Calbet, para servirla —diu, i encaixen.

Quan ja fa una estona que parlen la noia li confessa que, en realitat, ha tornat perquè voldria parlar amb l'artista després que ahir cremés una pintura que se li assemblava molt. La Modesta se la remira bé i troba que té raó. Si tingués vint anys més, podria ser tranquil·lament la dona més pintada, però és massa jove. És una criatura, una mossa de la primera volada, que potser encara els ha de fer, els vint anys. Li diu que el senyor Palau Ferré no té previst de venir, avui, després que ahir s'hi passés el dia. No s'immuta. La conversa no va enlloc. La noia alaba les flors que la Modesta ha escampat pel taller i es fixa que algunes apareixen també a les pintures. S'interessa especialment per una de blava just sota del quadre on apareix, agafada amb fermesa per una dona d'ulls marrons. L'amfitriona l'informa que és un esperó blau i que totes les que surten als quadres les porta ella. Diu que es va criar a la floristeria dels seus tiets i que li encanten les flors. La noia ullverda assenteix somrient. No sembla que tingui ganes de marxar.

—¿El señor Palau Ferré tiene esposa e hijos? —demana.

La Modesta diu que no, que el Maties segueix solter i viu aquí, al poble, amb una germana soltera. La noia sembla tan interessada en el tema que es permet fer safareig local com només faria amb una forastera, fins allà on sap. De mica en mica, troba que el castellà li flueix cada cop més còmodament. Li explica que, fa molts anys, el pintor festejava a Barcelona amb una noia de casa bona fins que va guanyar una beca per anar a estudiar a París i la distància va segellar l'oblit. Afegeix que quan es va instal·lar aquí, a Montblanc, tornant de París, la va contractar. Després somriu, convençuda que ja ha explicat prou.

—¿Puedo servirla en algo más? —deixa anar, conjugant un verb que faria per a ella en qualsevol llengua.

La joveneta fa l'orni amb mètodes diversos. Li demana si Palau Ferré no l'ha retratada mai. L'enxampa encara dolguda per la crema de l'únic retrat seu pres al natural, però li respon que no. Per treure ferro, afegeix que abans es posarà a retratar un gall o una síndria que no pas a ella, i just quan li remarca que no té els ulls verds torna a constatar que la noia sí que els hi té, verds i ben verds. Dignes d'una model. L'al·lusió al color de l'esperança les empeny a encetar una partida de ping-pong dialèctic. D'entrada la jove diu, en un to que a la gran li sembla commiseratiu, que tots els colors d'ulls tenen el seu què. Això sol ja ofèn la Modesta, però encara ho empitjora quan assegura que una pagesa també pot tenir el seu atractiu. La noia diu *campera*, que deu ser la paraula que associa al camp en el seu castellà boterut però fluid. La Modesta, *campera*? Això sol l'encén. Replica que de camperola no en té res, que l'única cosa que ha collit a la vida són flors i que potser una nord-americana com ella no sap apreciar el grau de civilitat que això representa. S'hi esmerça per fer servir paraules entenedores en castellà i li sembla que se'n surt prou bé, però llavors l'ambiciosa jove li torna la bola amb un cop sec que la Modesta no sap com entomar. Assegura que ella de nord-americana no en té res, que l'únic vincle amb el grup és que aquest curs s'ha matriculat a primer a la Universitat de Harrisburg i que coneix bé el valor de les flors perquè s'ha criat molt a prop d'un cementiri.

Queden en silenci una estona, processant les seves respectives respostes, i la Modesta aprofita per demanar-li d'on és. La jove esbufega contrariada, com si li demanessin l'edat a una duquessa emèrita, i es limita a dir que va néixer a França, però que la seva família prové d'una nació molt antiga, que ha perdut tota l'esplendor. La Modesta té la temptació de fer algun comentari sobre el poble català, però al final tira pel dret. Li demana de què volia parlar amb el senyor Maties i observa com dubta. Dubta sobre si l'hi ha de dir i també sobre com dir-l'hi, però al final es decideix a obrir l'aixeta i li aboca que sa mare i el senyor Palau Ferré s'havien conegut, fins al punt que la va retratar, i que conserva algunes cartes d'ell. Cartes.

Només acabar-ho de dir es queda petrificada, quieta com una estàtua capcota. Aquella immobilitat tan flagrant provoca en la Modesta la certesa irracional que aquesta joveneta és filla de la dona més pintada. No sap si riure o plorar. No sap què dir-li ni com posar-s'hi, i reacciona com no hauria imaginat mai. S'hi acosta i l'abraça. La noia es deixa fer, desconcertada, plena de dubtes ineludibles.

—Em fa molta il·lusió coneixe't —li diu la Modesta en català—. Després de tants anys de veure ta mare pintada per tot arreu.

Després de l'abraçada totes dues s'eixuguen quatre llàgrimes que no saben si són pròpies o alienes. La jove diu que ha vingut perquè volia parlar amb el Maties de les cartes. Les treu de la bossa, lligades amb una goma elàstica. No sembla que n'hi hagi gaires. Potser mitja dotzena. La Modesta pensa que l'escriptura mai no ha estat el fort del Macià. A més, veu que són en francès i pensa que encara li devien costar més d'escriure. Els ulls de la jove s'il·luminen quan parla de sa mare. Explica que mai no la va arribar a conèixer perquè va morir en el seu part i que ella s'ha criat a Clermont-Ferrand, a casa de l'àvia. El dia que va fer divuit anys, l'àvia li va lliurar un bagul ple de coses que havien estat de la mare: dibuixos, figuretes, poemes, papers de tota mena. D'aquell bagul n'ha sortit aquest plec de cartes d'amor escrites en un francès peculiar. Li diu que se les ha llegides tres vegades, amb la sensació que es perdia alguna cosa, i que fins a la tercera lectura no s'ha adonat que no porten data ni a l'encapçalament ni al final, després de la firma. La Modesta es fixa que als sobres hi figura de remitent l'adreça de cal Francí, aquí, a Montblanc, però que el Macià les va enviar a una adreça de París, sempre la mateixa. Llavors, la noia ullverda li fa notar les dates dels mata-segells, que costen una mica de veure, i assegura que només n'hi ha una d'anterior al seu naixement. Diu que totes les altres van arribar quan la mare ja era morta.

—Nunca las leyó —conclou.

També diu que sa mare no va saber mai que, d'entre tots els pintors que l'havien retratada en la seva vida de model, aquell se n'havia enamorat. Ni tampoc que havia decidit comprar-li una casa perquè finalment tingués un domicili per primera vegada en la seva vida, i menys encara que aquell rampell hagués tingut unes conseqüències tan desastroses per a la seva carrera i per a la seva vida.

—Vi el primer cuadro de Palau Ferré en Harrisburg, a principios de este curso.

El seu professor a la Universitat de Harrisburg els va ensenyar un reportatge d'un pintor que cremava els seus quadros i entre les obres que hi sortien fotografiades hi havia el retrat d'una dona que li va cridar l'atenció per com anava vestida. Aquell vestit també era al bagul i la història d'aquell pintor li recordava les cartes d'amor adreçades a la mare. Va tenir clar que s'apuntaria al viatge de fi de curs, i està molt contenta d'haver vingut. Confessa que quan ahir va veure que cremava el retrat va estar a punt de llençar les cartes al mateix foc on ja es consumia la cara de sa mare. A la nit va decidir que avui tornaria les cartes a qui les va escriure i que sigui ell qui ho decideixi. Fa el gest d'oferir-les a la Modesta perquè les hi doni ella mateixa. Li diu que ara quan tornin de Tarragona pujarà al bus i se n'anirà. A més, admet que se sent alleujada per no haver-lo trobat perquè un artista que crema la seva obra, diu convençuda, demostra ser un home superb que vol fingir humilitat.

Quan se'n va, la Modesta seu a taula i es posa a llegir les cartes. No li resulta gaire complicat desxifrar el francès de pa sucat amb oli en què estan redactades. Les llegeix amb avidesa perquè responen moltes de les preguntes que s'ha fet durant tots aquests anys, amb la veu secreta de l'única persona que té les respostes. Hi descobreix un Macià diferent, molt més agosarat que el que ella coneix, molt més directe en la seva desesperació per la falta de rèplica. Li sembla un altre home. Algú que vol ser respost i correspost. Ho demana, ho exigeix i ho suplica, però mai no somica. Parla de tot i de tothom. Li parla de la Maria Rosa, que tampoc no responia les seves cartes, de la mort de la mare, de les germanes i del conflicte amb el Peirats. A la Modesta li fa un bot el cor quan descobreix que també li parla d'ella, «ma chérie Modesta». *Chérie*. Se'n fa creus. Asseguda al taller de l'artista, es descobreix estimada pel gran home en un francès vacil·lant transcrit amb cal·ligrafia enrevessada. La destinatària d'aquestes lletres, a qui només ha vist una vegada a la vida en aquest mateix taller, mai no les va poder llegir.

Quan acaba de llegir les set cartes busca algun retrat de la dona més pintada entre els quadros que fan cua al corredor de la mort per incineració. N'hi ha uns quants de recents, tots pintats a la cera, i en tria un que recupera el costum de retratar-la amb una rosa. Aquest cop la porta a la mà i les punxes es perfilen. La seva mirada verda travessa la Modesta quan l'agafa i el trasllada al damunt de la llar de foc, a la paret d'obra vista que presideix la xemeneia. El penja a l'altura dels ulls i es posa a parlar-hi com si la tingués al davant.

—El Maties s'ha fet un tip de pintar-la —li diu, evitant que soni com un retret—. Totes les dones que pinta tenen la seva cara, no em dirà que no s'hi ha fixat...

—Mai no miro els retrats que em fan —sent que li respon.

—Suposo que per això li agrada tant, perquè no li fa cas.

—És que no els hem de fer tant de cas —li sent dir, i pensa que deu parlar amb els ulls, perquè està segura que la boca de la dona retratada no s'ha mogut en cap moment.

—Vostè rai, que deu tenir homes a cabassos. Segur que tots volen pintar aquests ulls verds tan grossos que té, però les que gastem ulls marrons no es pensi que ho tenim tan fàcil. Al seu país, tothom té els ulls verds?

—Jo no tinc país. Me'l van prendre abans de néixer. Van agafar el meu pare i la meva mare va haver de fugir amb mi.

—Tothom té país.

—Benaventurats els que en teniu, perquè us hi podeu revoltar. Jo m'he passat la vida fugint sense saber gaire de què fugia, saltant d'una casa a una altra, sense tenir mai domicili. La paraula que més odio és do-mi-ci-li, don't be silly! És molt trist, no tenir casa.

—Però vostè rai, que tothom la vol acollir a casa. El Maties fins i tot n'ha comprat una que no necessitava!

—El Maties és com tothom.

—Sí, aquesta és la idea que n'ha quedat, que per ser artista és un home molt normal, com tothom, però jo trobo que...

—El Maties és un home molt normal, sí. Per això pinta les dones tal com les somia i no pas tal com som.

—Però no m'ha dit que mai no es mirava els retrats que li feien?

—Els homes es creuen els inventors de les dones. Se'ns han inventat. Som com ells han pensat que hem de ser, la imatge exacta dels seus desitjos, que en realitat són molt simples i relativament fàcils de satisfer. Per això mai no miro els retrats que em fan.

—Doncs així com ho sap, que no són fidels?

—No em cal mirar-los per saber-ho. Ja els ho veig als ulls mentre em pinten. Són tan transparents! Se'ns inventen. No existim si no som com ells volen que siguem quan ens miren amb desig i també quan se'n cansen.

—Vol dir que una mica no som com ens pinten? Jo la veig bastant igual.

—No som com ens pinten. Ells hi veuen cossos sobre els quals disseminar les seves pors en forma de dominació i quan se n'adonen s'espanten com criatures, els agafen tots els mals i, segons com són per dins i per fora, ens peguen o ens expliquen el sentit de la vida.

—Ep! Això sí que no! Jo no deixo que em posin la mà a sobre. Pobre d'ell, qui s'hi atreveixi!

—Doncs alguns dels que no peguen encara són pitjors, perquè es dediquen a omplir-nos el cap amb paraules que emmascaren les seves ganes de dominar-nos.

7903

Surts de casa empès per una premonició. És un neguit diferent dels que normalment et fan travessar la porta i sortir a passejar pels mateixos camps de sempre a la recerca de noves llums que matisin els colors de la teva infància.[1] S'hi afegeix el borinar constant de la Nati, que sempre ha estat una companya un xic carregosa, que et torba i et destorba amb el seu tragí colossal. Quan està nerviosa no para quieta i el millor és escampar la boira. Avui surts de casa sense dir-li res, amb una excusa absurda al pap per si t'ho demana, però no et cal badar boca. Tan aviat com trepitges el carrer penses en els teus amics casats que senten la necessitat imperiosa de fugir de casa, segons et confessen sovint. Són els que omplen bars, casinos i prostíbuls arreu. Un món d'homes que sempre volen marxar d'allà on són, fugitius d'un món que ells mateixos han escollit. Hi ha dies que els enveges i altres que els compadeixes. Saps que mai no has estat un d'ells i dubtes que mai puguis formar part del seu equip. Mentre enfiles cap al taller, atret per una força oculta, penses que ets un home insatisfet, i això et satisfà profundament. Crees i cremes, o això és el que has fet creure a tothom, que ets el pintor que es dedica a crear i cremar, i t'enorgulleixes dels teus actes. Ets un home satisfet d'experimentar la insatisfacció permanent que et fa pintar tot allò que pintes, començant pels ulls verds que, anys enrere, et van tenyir el cor amb el color de l'esperança. T'hi reconeixes, en aquest estat permanent d'esperar sense arribar mai a desesperar.

Quan t'acostes al taller el neguit augmenta. No és el pessigolleig habitual a les puntes dels dits que et sol advertir de les ganes de transformar en colors vius el que acabes de percebre mentre passejaves. Avui la sensació és tan especial que, per un instant, imagines que ha tornat el Semita i que, només de travessar la porta del «Torno tot seguit», tornaràs a tenir al davant l'expressió en què t'havies emmirallat durant tants anys.

—Ah, Mariaaa! —se t'acut de vociferar quan t'adones que la porta és oberta, com si entressis a la botiga de les teves germanes.

—Hola, senyor Maties —sents que et respon la veu de la Modesta, en to de sonsònia, i aquesta alenada de vida quotidiana fa miques la gerra de l'encanteri, fins que t'adones que t'ha dit *senyor Maties* i llavors els trossets de porcellana esmicolada es recomponen com en una màgica animació de Disney, perquè quan et saluda amb el tractament de senyor vol dir que no està sola.

El teu silenci sorprès et permet sentir un altre *hola*, un eco pronunciat amb un deix extravagant, com si fos una actriu de doblatge. Hi ha pocs elements en les síl·labes d'un *hola* per detectar orígens dialectals, però et sona estrany, forà, emès més enllà de l'horitzó primer.

—Ho, hola —dius.

Al costat de la fidel Modesta descobreixes el rostre bell de la noieta ullverda que tot just ahir et va demanar de cremar un quadro. Una jove de figura esvelta que ara mateix està a punt de provocar-te un atac de pànic.

—Li presento la Marik.

La noia us mira amb mitja rialla. S'adona que tots dos hi reconeixeu algú altre. La Modesta ja n'estava pràcticament segura, però li faltava que els teus ulls ho corroboressin. I sí. Desxifreu les vostres mirades de reconeixement com ho farien dos amants. O amo i minyona. Si et tingués més confiança, aprofitant que la noia no entén el català, la Modesta ara et confessaria que conserva un record inesborrable d'aquell matí llunyà, que va entrar al taller i et va trobar despullat, ajagut fent la cullera amb aquella model que ara tots dos reconeixeu en les faccions d'aquesta jove. Tu no sabries dir amb exactitud quant de temps ha passat des d'aquell dia, però ara t'adones que la Modesta el té molt present. La discreció de minyona fidel que va mostrar quan va agafar l'escombra per sortir a netejar el pati del taller com si calgués fer-hi un pícnic no treu que es fixés en tots els detalls. Recorda l'escena del seu primer dia de feina com si hagués estat ahir. Tu ara també et sobresaltes. Creies que havies cremat aquell record llunyà, com tantes altres vivències, però tot es reactiva perquè la fidel minyona us mira com si us veiés despullats. Tu i aquesta Marik ullverda que és la versió vint anys rejovenida de la dona més pintada.

—Hola —repeteixes, incapaç d'anar més enllà.

—Va venir ahir amb el grup d'americans —t'informa la Modesta—, i diu que porta una cosa que et voldria tornar.

T'intenta posar en antecedents, t'explica que també parla castellà amb un accent una mica estrany i encabat vol traduir les seves paraules perquè la Marik l'entengui i s'embolica. Tot plegat, només aconsegueix enfilar quatre frases inconnexes en el seu modest castellà que desemboquen en el veritable motiu de la visita.

—Tiene cartas que tú enviastes...

—Enviaste —la corregeixes, aixecant el dit.

—Que tu li vas enviar a la seva mare —remata.

La paraula *mare* l'activa, tan propera a *mère* com a *madre*, i et saluda amb una certa efusió. La Marik demostra una loquacitat notable en castellà, però de seguida s'esbrava com una ampolla de cava destapada. Parla de pressa i quan no sap una paraula tira pel dret. El seu entusiasme juvenil t'aclapara. Somrius i et parapetes rere el posat d'artista reconsagrat que vas construir amb l'ajut de l'enyorat Semita i que habitualment només exhibeixes quan t'enfrontes a les preguntes dels periodistes. Agafes una de les ceres amb tinta xinesa de dona colltorta i l'uses de mampara per protegir-te d'una certesa cada cop més parapsicològica: és com si la dona més pintada s'hagués venut l'ànima al diable per no envellir ni un minut en els últims vint anys. Fas tats juganers amb el quadro mentre t'hi acostes i quan la mires de més a prop te'n convences. És ella, idèntica, clavada, tan jove com quan la vas conèixer. Una bessona congelada de sa mare.

Després de la primera foguerada, la Marik es posa a parlar en francès i t'adones que la Modesta inicia la retirada. Llavors t'ensenya les cartes. Et tremolen les mans quan reconeixes la teva lletra, aquell traç nerviüt que mirava de dissimular la teva desesperació del moment. La jove ullverda i la lletra serpejant del teu puny semblen sortides d'una càpsula del temps. Veus de cua d'ull que la Modesta es retira amb la mateixa discreció que ho va fer anys enrere. Quan va ser testimoni del teu amor clandestí amb la dona més pintada, es va endur l'escombra al camí d'accés, com si anés a agranar la carretera o el bosc sencer. Avui la situació és una altra, però el grau d'intimitat també l'exclou. S'autoexclou.

Quan us quedeu sols t'interesses per com està la seva mare i et surt amb un ciri trencat. La Marik et diu que és morta. Penses que no t'ha entès i ho atribueixes al teu francès rovellat, però quan repetiu pregunta i resposta t'alarmes.

—No la vaig arribar a conèixer —assegura.

Diu que va morir fa divuit anys, el dia del part, i que els mata-segells no enganyen. Tu no les vas datar, igual com no ho has fet mai amb cap quadro, però les oficines de correus hi van estampar la data al sobre i, segons això, la seva pobra mare només va poder llegir la primera. La resta són totes posteriors al seu naixement.

—La mare ja no les va poder llegir —diu la Marik en francès, i et costa assumir que aquesta *mère* en la seva boca és la dona més pintada.

Mentre l'escoltes com canta les excel·lències de l'àvia, que es diu Marik com ella, penses que ara podries demanar-li com es deia la teva Beatriu, però te n'estàs. Fa molts anys que la somies ullverda, anònima i colltorta. Escoltes com garla aquesta filla que sembla la seva bessona congelada, calcules mentalment quants anys fa de l'última vegada que la vas veure a París i, per més sapastre aritmètic que et sents, arribes a un resultat. En fa quinze o setze que la Modesta us va enxampar aquí mateix, al taller, i tres menys encara que te la vas trobar a la pollancreda subterrània del metro de París, la nit feliç del Rivoli. Això vol dir que fa tretze anys que no la veus i vuit o nou que no li escrius.

Però la Marik continua amb el seu relat d'òrfena criada a casa de l'àvia, i tu no vols pas contradir-la, perquè a última hora qui ets tu per canviar la idea general que té sobre la seva vida aquest viu retrat de la dona més pintada? T'ho demanes en silenci. Qui ets tu? Qui?

—I com és que les tens tu, aquestes cartes? —la interromps, finalment, en el francès peculiar que usaves amb la seva mare.

T'explica que només les té des que ha fet els divuit anys.

—L'àvia guardava un bagul ple de coses de la mare per donar-me-les el dia que arribés a la majoria d'edat. També hi havia un retrat amb la seva firma i uns quants dibuixos d'ocells.

Coloms. Els collons de coloms que t'havies acostumat a dibuixar cada matí a l'hora d'esmorzar, com una rutina gimnàstica.

Les cartes sense resposta les enviaves a l'adreça de Casa Castelucho, a Montparnasse, i ara veus que algú les posava en un sobre més gran i les reenviava a Clermont-Ferrand. Et demanes qui ho devia fer i per ordres de qui. La nit del Rivoli et va parlar del seu pare, desaparegut, però ni de la mare ni d'aquesta filla que ara mateix resplendeix en tota la seva ullverdor davant teu. Fa tretze anys, a París, vau visitar l'església armènia en l'aniversari de la desaparició del pare. Ara estires el fil de la tendra memòria de la Marik i comproves, entendrit, que la teva pronúncia del francès li provoca les mateixes reaccions facials que a sa mare.

Li expliques com us vau conèixer i et recrees en la confusió entre Montblanc i el Mont Blanc que va tenyir de rialles una de les vostres primeres trobades. La Marik també riu. Et diu que, de nena i durant anys, ha tingut un mateix malson. Te l'explica.

És a l'escola. Acaba la classe, surten de l'aula, enfilen un llarg passadís fins a la porta del carrer i allà troben una mestra que regula el trànsit i una pila de mares esperant les criatures. Com en un joc, la mestra saluda una dona i crida una nena, però el nom mai no és Marik. Ella va quedant relegada a l'última posició de totes les files, esperant en va el moment que diran el seu nom, de manera que cada cop queden menys nenes al passadís i menys dones davant de la porta, cada cop menys gent, només quatre i quatre, només tres i finalment, quan ja només en queden dues, ella es fixa molt en les dones que queden per mirar d'endevinar quina de les dues li agradaria que fos la mare, i això passa un dia i un altre, cada nit el mateix somni descartamares, cada cop un parell de mares diferents, les dues últimes de totes les files, de fesomia gens agradable, segons com una mica repulsiva, mares vicàries que, a l'hora de la veritat, mai no arriben a recollir-la perquè el somni sempre s'acaba just quan estan a punt de dir el penúltim nom i ella es queda sense saber quina mare li ha tocat, el somni s'estronca sense culminar mai amb els petons i les abraçades que totes les altres nenes han rebut davant dels seus nassos.

El relat del malson t'impressiona, però encara et colpeix més quan t'explica que no l'ha deixat de tenir fins fa pocs mesos, just l'endemà que l'àvia li donés el bagul i, al costat d'aquestes cartes que avui t'ha portat, aparegués el retrat de la mare que la Marik veia per primera vegada, com qui s'enfronta a un mirall, perquè de seguida s'hi va reconèixer, potser amb els ulls una mica més esbatanats del compte, sorpresa de trobar-se davant per davant del seu rostre ullverd. Des d'aquell dia que no ha tornat a somiar el mateix, però el malson no s'ha esvaït. Només ha canviat per culpa del retrat i, sobretot, de les teves cartes, que guarden secrets amargs, al·lusions a trobades en dates molt posteriors al seu naixement, senyals inequívocs de la seva existència. El nou malson és tan angoixant com l'anterior, et diu, o més encara. La mare, amb la cara del retrat, sempre figura entre les primeres de la fila, però la mestra no crida mai cap Marik i la mare sempre s'endú una altra criatura. L'abandona.

—De veritat que la meva mare és viva? Saps on és? —suplica.

No saps què dir. Tu també t'ho preguntes. Admets que han passat dotze o tretze anys des de l'última vegada que la vas veure, a París.

—Fes el càlcul, Marik, si ara en tens divuit, en tenies cinc o sis.

—Però la teva última carta és de fa nou anys —et retreu—. Vas perdre l'interès?

Ara tota la verdor de la seva mirada es projecta en dos raigs verds que no saps si són llamps després de la posta o anuncien la sortida d'un sol abrasiu.

—La teva mare mai no contestava les cartes —et defenses—, i vaig pensar que la millor manera de parlar amb ella seria pintar-la a l'oli.

Recordes l'última carta que li vas enviar, just abans de l'exposició de Madrid, amb tots els neguits que comportava i una espècie d'ultimàtum dissimulat en la broma dels triennis. El seu silenci, que vas trobar tan feridor, s'ha perllongat en el temps fins ara, que t'apareix tan rejovenida.

—I no teníeu amics comuns a qui poguessis preguntar?

Penses que no li pots parlar del Semita. No ho entendria. Ni tu, no ho entens, o potser sí.

—Coneixia a tothom però ningú no sabia mai on era —li dius, sobtadament entristit—. Vaig remoure cel i terra per trobar-la, sense èxit. Tenia la virtut d'amagar-se i reaparèixer quan li convenia. Fins que no va reaparèixer més.

—Així pot ser perfectament que ara ja sigui morta?

Tanco els ulls per intentar recordar la seva cara enyorada i només sé veure els retrats que n'he fet, que en faig, que en faré.

—Podria ser —admets amb un pes al cor, i intentes rebellar-te—. I la teva àvia no te'n pot dir res?

—No. Sempre diu que no he tingut mare i no la trec d'aquí.

Encara no has aconseguit refer-te del cop d'imaginar-te-la morta que la Marik ja te'n clava un altre.

—Tu saps qui és el meu pare?

El silenci s'espesseeix amb la saliva que t'empasses.

S'adona de la teva torbació i et diu que l'àvia tampoc no n'hi ha dit mai res, com si no hagués existit mai ningú que fecundés el ventre de la mare. Abans d'obrir la boca t'assalta una certesa. El pare d'aquesta noia ullverda és el Semita. Això explicaria molts silencis, tot i que potser no prou el seu abandó. Però no l'hi pots dir. Què li expliques?

—Vine, posa't allà, que et faré un retrat.

L'agafes per les espatlles com si la traguessis a ballar i la mous per la sala fins que trobes la llum adequada. La Marik es deixa fer, ingràvida com un maniquí en trànsit. Esperava una resposta i només rep una proposta, però no s'hi rebel·la. Fa el que li dius quan completes les instruccions perquè segui en la mateixa posició que vas tenir la seva mare quan la vas retratar a l'apartament del pavelló neerlandès de la ciutat universitària de París. Avui no hi és el Semita i ets tu qui li poses una rosa al pit amb delicadesa. L'agafes dels gerros florals que sempre disposa la Modesta. El vestit ha canviat de color, però la poca llum és la mateixa que dues dècades enrere i, per primera vegada en anys, tornes a pintar a l'oli com solies fer abans dels judicis i la crema final, tornes a plasmar la dona més pintada al natural, hi tornes. Fas lliscar el pinzell per la tela per empastifar-la amb un esclat de colors que és pura joia. Ella riu i tu plores.

7904

—Saps què faria, jo? Salvar trossos de pintura del foc i vendre'ls a tots aquestos americans que el venen a veure!

—El món està ben girat.

—No volen fum, doncs tres teies!

—A última hora, si les deixes cremar, totes les pintures deuen fer la mateixa cendra.

—Bona llenya, bona cendra.

—Som pols d'estrelles.

—Jo de tu socarraria el quadro que tens al menjador i au! Segur que així te'n donarien més.

—Qui, jo? Però si no en tinc cap!

—L'un els crema i l'altre els regala, on s'és vist?

—Que no em vas dir que n'hi havies comprat un d'amagat?

—Amb jutges i frares, poques paraules.

—Jo l'he vist. És una dona amb unes bones mamelles.

—Però si el tinc desat a la gorfa![1]

—Ho veus!

—És que ens va dir que l'havia fet pensant en mi.

—Tampoc crema tots els que pinta, com diu.

—Doncs ja em perdonaràs, però no t'hi assembles gens.

—D'alguna cosa ha de viure, l'home.

—No que em pintés a mi, que el va pintar pensant en mi.

—Aquest pelacanyes sempre diu el mateix. La sap molt llarga.

—És un vividor!

—No serà tant. S'havia de fer famós, però no acaba d'arrencar.

—Tothom li va comprar quadros a deu, pensant que aviat valdrien vint, i ara resulta que no passen de cinc.

—És que això de l'art és una bona mandanga.

—Doncs a mi quan pinta toros m'agrada.

—Calla, tu!

—És raret, raret. Tan aviat saluda com no.

—No és d'ara, això. Sempre ho ha sigut.

—Si no li passa pel magí, no dona la mà.

—Com sa germana, l'esquerpa.

—Pinta bé, però sempre pinta el mateix.

—És un pesat.

—Et ven una pintura i et regala una escena.

—Dones amb uns ulls que semblen mussols.

—Un realista empíric.

—Un pesat empíric! Només diu mamarratxades!

—Tant fer-se el milhòmens i a la primera l'han ensarronat.

—S'ha quedat conco perquè no sap fer res més que pintar.

—És que l'altre és del totxo, i aquests sí que la saben llarga.

—Tu sí que ets un totxo.

—A veure com acabarà la cosa.

—I com vols que acabi? Ja pot anar cremant el que pinta, ja, que acabarem tots fent pudor de socarrim.

—Diuen que el van voler atropellar.

—Qui ho diu, això?

—Aquella amiga seva que viu a Aranjuez. Pels carrers de Reus amb una furgoneta, tu!

—Sí, aquella que fins i tot sap qui va matar el general Prim! Au, ves!

—La seva il·lusió sempre havia sigut coure peces al forn, però es veu que els ulls...

—Els ulls i l'espinada. El que no li agrada gaire és treballar.

—Cada matí bé que ens ho diu.

—Si d'ençà que han posat aquella màquina al bar, ara fa els solitaris a la tragaperres.

—Es diu escurabutxaques![2]

—Que en diguin com vulguin, però de tragar, traga tot el que li tiren.

—No sé per què li feu tant de cas, si és un pobre home.

—Home, pobre pobre, tampoc...

—Un pelacanyes.

—Però té molt de món.

—Sí, això sí.

—Doncs ja veus de què li ha servit.

—De vegades et gira la cara i de vegades no te'l pots treure del damunt.

—Això tu, que et va al darrere!

—Pel que en sé, mitja comarca està entrampada amb els seus quadros. A vere, quanta gent coneixeu que en tingui algun a casa?

—Tot cristo!

—Vols dir que els seus compradors no són forasters?

—Ens convé a tots, que pugin de preu.

—Per això callem.

—Sabeu qui té quadros seus? Aquell actor dels xupa-xups.

—Qui, el Cruyff?

—No, home. Un actor. Un actor calb.

—Ell sí que calbeja!

—Aquell que feia de detectiu?

—El Colombo?
—No, home! Calb!
—El Kodak!
—Kooojak, el Kojak, sí.[3]

7905

Enrique Rubio pren cafè a la terrassa on, fa dotze anys, es van citar per primera vegada el Peirats i Palau Ferré. Fa setmanes que els periodistes treballen en ebullició permanent. El país viu immers en una campanya electoral perllongada. El dia 1 de març els col·legis es van omplir de votants per a les segones eleccions generals de la restauració democràtica, que tampoc han guanyat les banderes més vistoses de l'esquerra sinó els centristes de Suárez. Abans-d'ahir, gloriosa diada de Sant Tornem-hi, es van celebrar les primeres eleccions municipals de la democràcia. Només ha passat un mes i quatre dies des de les generals, però en aquestes la participació ha baixat molt. Hi ha una certa sensació de ressaca ambiental. Massa urnes en poc temps. A més, després d'una època constituent carregada d'expectatives revolucionàries, molta gent d'esquerres va caure del cavall fa dos anys, en les primeres eleccions, i ja no s'hi ha tornat a enfilar. A les municipals la sopa de lletres encara és més variada, perquè cada terra fa sa guerra i molts grups locals moderats han convergit en candidatures noves. El Rubio s'ha informat a la premsa local dels fets més destacats. Llegeix que a Valls, socialistes i comunistes van entonar plegats *Els segadors* a la plaça del Blat, entre crits que demanaven ocupar l'Ajuntament aquella nit mateix. Aquí, a Reus, diuen que el cap de llista socialista i alcalde *in pectore*, el senador Carles Martí, se'n va anar a dormir a quarts de dotze perquè els resultats eren tan clars que ja ningú no li podia fer ombra. No el van poder ni entrevistar els de la ràdio local, i prou que se'n queixen.[1] Dos dies després, al Camp de Tarragona la principal incògnita és qui presidirà la Diputació, perquè els convergents han aconseguit més regidors a tota la demarcació, però se'ls han escapat les grans ciutats. El dia és rúfol a la plaça del Mercadal.

El Rubio ha vingut a Reus seguint el fil d'una de les històries per a la *Timoteca Nacional* que l'han fet popular, oportunament avisat per un cambrer de nom gens plebeu que segueix totes les seves col·laboracions als mitjans amb fervor. El Patrici és un dels múltiples contactes que va establir a la zona durant el litigi entre el promotor i el pintor. Ja fa quatre anys que es va executar la sentència, però Palau Ferré continua cremant els seus quadros i el periodista té la sensació que el més calent és a l'aigüera. Sempre que s'assabenta d'alguna novetat dedica un article al tema, però encara que no tingui notícies cuida tant com pot les fonts que es va treballar, conscient que en periodisme una cosa porta a l'altra. Ahir li va trucar el Patrici per comentar-li un fet remarcable que havia succeït durant el recompte de vots de la mesa que li havia tocat presidir, aquí, a Reus. Tan remarcable que en va aixecar acta la policia que vigilava el col·legi electoral. En un dels sobres, en comptes de la papereta electoral, hi va aparèixer un bitllet de mil pessetes guixat i un retall de revista. Una dona despullada de cos sencer amb la cara tapada per una altra cara retallada.[2] Segons el seu informant, que sembla molt documentat, el retall a tot color és d'un reportatge de Susana Estrada a la revista *Lib* i el pedaç que li tapa la cara de manera matussera el rostre retallat de la senyora esposa de l'últim alcalde franquista de Reus. La policia va intervenir el retall i el bitllet.

—Però ara diuen que és fals —fa el cambrer.

—Ah, sí? Seu, cony, que em poses nerviós!

El Patrici no entra a treballar fins d'aquí a mitja hora, però li fa cosa seure a la terrassa que es passa el dia servint. L'incomoda.

—Vols que anem a la barra? —li ofereix el Rubio.

—No, no cal.

Dit i assegut. L'empenteta que li feia falta per posar el cul a la cadira.

—Què vols prendre? Va, que et convido a una cervesa.

Alça dos dits victoriosos i fa el gest circular de demanar dues cerveses més. Ara viu un bon moment. Fa pocs mesos que ha publicat un llibre de viatges. L'hi va presentar José María Gironella a la Casa del Libro[3] i, des de llavors, encapçala les llistes de més venuts en la categoria d'assaig. La gent el coneix i l'aprecia, sobretot pels casos delictius que recull a la *Timoteca Nacional.* Les seves aparicions regulars a la ràdio i a la televisió li han obert moltes portes, però la seva activitat principal continua sent l'escriptura. S'ha especialitzat tant en delictes que la gent el para pel carrer per demanar-li consell sobre estafes.

—I qui t'ho ha dit, que el bitllet és fals?

El Patrici coneix tothom. Passar-se el dia servint cafès a la plaça del Mercadal comporta parlar amb molta gent i veure'n més encara. Un policia li ha dit que han arxivat la investigació perquè el bitllet és fals i, per tant, no hi pot haver delicte d'alteració de moneda en curs.

—Què hi havia escrit? —li demana, mentre obre el bloc de notes.

No recorda com anava exactament, però li assegura que hi havia la paraula puta. Encabat s'embolica a descriure els pits de la Susana Estrada, perquè està del tot convençut que el cos de la foto era d'ella.

—Jo aquells pits els tinc molts vistos.

—Creus que aquest policia amic teu parlaria amb mi?

El Patrici s'arronsa. La seva admiració té els límits que marca una por atàvica als uniformes, però li ofereix una alternativa. No el vol deixar tirat.

—Ves a l'Ajuntament i demana per la Coia de part meva —diu—. Treballa a la consergeria des de fa molts anys. La coneix tothom.

El Rubio no sap pas què podrà treure d'una funcionària veterana de l'Ajuntament, per més gent que conegui, però el Patrici l'hi aclareix. Fa dos dies van compartir mesa.

—Jo era el president, però ella era vocal i, durant el recompte, li va tocar treure el bitllet del sobre.

Li demana nom i cognom. El sorprèn que el nom real de la dona sigui Misericòrdia. No sabia que Coia en provenia ni n'havia conegut mai cap. Quan acaba d'apuntar-ho busca algun mòbil que justifiqui el vot nul.

—I l'últim alcalde franquista es presentava per algun partit?

—No, el Paco ja va sortir escaldat de les primeres generals.

El Patrici li explica que el 77 Paco Llevat es va presentar per la Unió del Centre i la Democràcia Cristiana de Catalunya, però que no va sortir escollit i ara es dedica als negocis. En plural. Parla d'una farmàcia, però també d'importacions i exportacions de tota mena de productes.

—La gent encara recorda el desastre de l'aparcament que va fer sota la plaça de Prim quan era alcalde!

Al periodista li fa gràcia que li digui Paco i fa broma sobre l'altre Paco, que tot just fa quatre anys que és mort i enterrat al Valle de los Caídos.

—Ui, no! —se'n fot el Patrici—. Però si ara el nostre Paco és un demòcrata dels de tota la vida!

La conversa s'allarga fins que el cambrer mira el rellotge i diu que s'ha d'anar a posar l'uniforme de treball. El Rubio paga i camina els pocs metres que el separen del vestíbul de l'Ajuntament, al número 1 de la mateixa plaça. S'atura un moment a l'entrada i rumia com s'ho manegarà. Dubta si ha de demanar per la Coia o per la Misericòrdia. Abans d'abordar algú, sempre assaja mentalment les primeres paraules que dirà. És un hàbit de periodista que ha elevat a la categoria de superstició. Si la primera pregunta entra bé, tot flueix.

—Busco la senyora Coia —diu, finalment, quan estableix contacte visual amb el policia local que fa guàrdia a la porta—, de consergeria.

L'uniformat el remet a un conserge, que li demana que el segueixi al pis de dalt. Hi ha molt de tràfec. Només fa dos dies de les eleccions municipals i els funcionaris semblen il·lusionats davant de la nova etapa. El futur alcalde Martí encara no ha pres possessió, però els regidors provisionals del consistori que han dirigit la ciutat els dos últims anys ja buiden el despatx. Camí de les dependències on han de trobar la Coia, es creuen amb un home calb que s'atura de cop i li demana una cosa al conserge. Per no xocar amb els funcionaris, el periodista s'ha de desplaçar una mica cap a la dreta i queda a prop d'una porta entreoberta. Sense aquesta aturada tècnica li hauria passat per alt la mirada inquietant d'uns ulls descomunals que s'amaguen rere la porta.

De seguida assumeix que aquells ulls, amb la seva característica forma ametllada, només poden ser els de la misteriosa model que escalfà el cap de Palau Ferré abans que el foc li esclafés la carrera. Mentre els dos funcionaris intercanvien impressions, el periodista recula discretament dues passes i encabat s'acosta una mica més a la porta entreoberta per corroborar que, efectivament, aquella mirada surt d'un quadro de Palau Ferré. Un dels que el Peirats va donar fa anys a l'Ajuntament. La sala deu tenir els porticons tancats, perquè el quadro està tan a les fosques que només pot intuir les formes de la cara. Abans no pugui veure si n'hi ha més, el conserge s'acomiada de la seva romeguera i l'estira cap a l'altre extrem del passadís.

—Coia, aquest senyor és periodista i vol parlar amb tu —recita el conserge només obrir una porta de fusta mig corcada, i abans de desaparèixer completa la informació—. Ve de part del Patrici.

La Misericòrdia és una senyora rabassuda, amb els cabells tenyits d'un to granatós. Porta un vestit amb un estampat alegre de roba massa fina, per ser abril. Treballa asseguda davant d'una taula de fusta tan corcada com la porta, a contrallum, però quan el veu entrar s'aixeca i li demana si vol seure.

—Gràcies, no l'entretindré —li entra el Rubio, com si no volgués seure, però tot seguit el seu cul el desmenteix—, vinc de part del Patrici per una cosa que els va passar en el recompte de les paperetes abans-d'ahir, però abans, si m'ho permet, voldria demanar-li per un quadro que m'ha semblat veure.

La dona torna a seure mentre el periodista li explica que en una de les sales d'aquell pis acaba de veure un dels quadros de Palau Ferré que el senyor Peirats va donar a l'Ajuntament per beneficència. La Coia no en té notícia. Sap que per tot l'edifici hi ha quadros a les parets, però no s'ha preocupat mai de saber qui els ha pintat ni per què.

—No m'agrada la pintura —sentencia—. Això potser l'hi podrà dir el Bages, que es fixa en aquestes coses.

Ho diu com qui es treu un pes de sobre, però no fa cap gest que indueixi a pensar que, de manera imminent, aixecarà un telèfon o el cul de la cadira per acompanyar-lo fins a la posició del tal Bages. El periodista esbufega. Ja veu que haurà de desplegar totes les seves armes de seducció si vol vèncer el tòpic *vuelva usted mañana*.

—Ah, doncs, és llàstima, perquè segurament seria interessant fer-ne un reportatge per a la tele.

—Vostè surt a la tele?

La paraula *tele* activa la funcionària. Quatre detalls després ja és una altra. De primer el confon pel Mario Beut, però de seguida que el periodista parla de la *Timoteca Nacional* l'identifica.

—Sí, home, sí! L'Enrique Rubio! —crida amb entusiasme—. El segueixo molt.

Al Rubio li fa l'efecte que la dona menteix, però ja li va bé perquè s'alça com una daina i prou feina té per seguir-la a correcuita, desfent el camí que tot just acaba de fer, cap a la planta baixa de l'edifici consistorial, que és on hi ha el despatx del tal Bages. Quan passen per la porta entreoberta que dona accés al quadro, el Rubio assenyala cap dins, però la Coia tira pel dret. Queda clar que no li agrada la pintura. A mitja escala es creuen amb un regidor sortint que ara entra. La dona l'atura.

—Ramon —li diu mentre li posa la mà al braç—, aquest senyor surt a la tele i vol saber coses d'uns quadros que tenim aquí dalt. Potser a tu et sonarà.

El regidor immobilitzat escolta les explicacions del periodista amb la mà mig estesa, com si no sabés si ha de saludar-lo formalment. De seguida l'arronsa i se la fica a la butxaca per dissimular. El gest l'obliga a dreçar l'esquena i, tot plegat, projecta un to de veu seriós, de comunicat oficial, en el qual li diu que ho hauria de consultar amb l'alcalde en funcions, el senyor Miquel Colàs, a veure si en sap alguna cosa.

—Però vostè no ho recorda? —insisteix el Rubio—. Teòricament, l'Ajuntament els havia de subhastar per aconseguir diners per a la Creu Roja i altres entitats.

—Quant de temps en fa, d'això?

El periodista enceta un compte enrere en veu alta fins que troba un punt de referència incontestable.

—L'any que va morir Franco —diu—, al gener.

El regidor esbufega, alleujat.

—Ah, doncs així no. El Miquel encara no era alcalde. El Paco ho va ser fins al 77.

Tornem-hi, amb el Paco. Més tard el Rubio comprovarà que el gener del 75 ja feia dos anys que el senyor Paco Llevat havia accedit a l'alcaldia, pel mateix sistema de designació digital que tots els alcaldes durant el franquisme. Per tant, ell va ser qui va presidir l'acte de lliurament amb què el Peirats va inaugurar la gira de donacions. El regidor sortint té pressa per acabar d'entrar. La Coia, que ha aguantat pacientment, l'acomiada i reprèn la marxa escales avall. El Rubio la segueix en silenci fins que arriben a una sala contigua a la consergeria, inici i final del trajecte circular.

—David! —crida, mentre empeny la porta—. Aquest senyor surt a la tele i vol saber coscs d'uns quadros que tenim aquí dalt.

El David Bages fa molts anys que treballa a l'Ajuntament i és un arxiu amb potes. Se'n recorda perfectament de la donació del Peirats i confirma que tots quatre olis encara són a la sala de dalt.

—Els van posar allà perquè té el sostre molt alt —assegura—, i no ha vingut ningú ni a mirar-los. Suposo que l'Ajuntament devia donar diners a la Creu Roja i avall. La directora era cosina de l'alcalde.

El Rubio pren nota dels cognoms de la senyora Briansó de Llevat, que capgiren els de l'alcalde, Llevat Briansó, i demana de veure les pintures de la discòrdia. La Coia, encantada en el seu paper de cicerone, l'hi acompanya refent el camí que abans el Rubio ja ha fet i desfet. Només entrar, obre els porticons de la sala on dormen els quatre quadros que Palau Ferré va pintar per imperatiu legal. Com que les finestres han estat molt de temps tancades, fa calor i l'àvida mirada del periodista topa amb dues ametlles verdes que li entren pels ulls com qui entra en un paradís i ja mai més no és capaç de trobar la porta per sortir-ne. Comença a comprendre com és que el Peirats se'n va enamorar i es demana si Palau Ferré les pinta perquè n'està enamorat o ja només són rèpliques d'una obsessió. La Coia, per contra, es referma en la seva idea que no li agrada la pintura davant de cadascun dels olis. Troba que els ulls són desproporcionats i que no hi ha dones així a la naturalesa. Entre una cosa i l'altra, tots dos obliden el motiu que els ha congregat. El periodista torna a Barcelona amb el bloc ple de notes sobre el cas Palau Ferré i la *Timoteca Nacional* es queda sense notícies sobre la presidenta de la Creu Roja amb pits de Susana Estrada.

8001

Fa anys que Enrique Rubio rep trucades de desconeguts a les redaccions on treballa. Sobretot a les que ha dirigit, com *El Caso* o *Por Qué*, però també a *La Vanguardia*, encara que només hi faci columnes. El Rubio va començar de dibuixant, però amb els anys s'ha especialitzat en fets delictius. Ara és més reservat. Mai no dona ni el telèfon personal ni l'adreça postal a cap dels seus contactes. Només el número de la redacció, que té telefonista, o l'apartat de correus que fa servir per gestionar els afers més delicats. Ja feia anys que les seves seccions periòdiques a la ràdio i a la tele l'havien anat fent popular, però últimament casos com els de les falses litografies de Dalí a la denominada *Timoteca Nacional* l'han catapultat a la fama.

De tant en tant, algú aprofita un dia que està en directe a la ràdio i truca a l'emissora. La televisió té més filtres, però els telèfons de les emissores de ràdio són molt accessibles. En casos així, el Rubio només accedeix a posar-s'hi en directe. Quan li truquen fora d'antena demana als responsables del programa que anotin el nom, el número de telèfon i el motiu de la trucada. Si li sembla interessant després els truca des d'un telèfon públic. S'ha passat tantes hores a les cabines telefòniques que en fa broma. Sempre diu que Mercero l'hauria hagut de trucar a ell i no a López Vázquez per protagonitzar el telefilm *La cabina.*

El missatge del senyor Ribera també li arriba a la ràdio, però de viva veu, després d'un programa especial sobre les falsificacions d'art a Ràdio Barcelona. El Rubio hi va a parlar dels seus reportatges sobre les falsificacions de Dalí. El senyor Ribera[1] hi té una intervenció més discreta, en el seu paper de propietari d'una casa de subhastes a la Via Augusta. Les falsificacions són una de les qüestions més espinoses del mercat de l'art. En alguns casos, els certificats d'autenticació expedits per alguns experts són cars. El locutor explica que diversos tribunals han requerit el poeta Palau i Fabre, a qui Palau Ferré va tractar a París, per certificar que alguna obra de Picasso era autèntica.

El programa ha estat entretingut, i ha tingut el seu punt àlgid en una trucada a un pintor anònim que, sense desvelar gaires detalls, afirma haver-se guanyat molt bé la vida copiant quadros de Casas, Rusiñol i altres noms de la pintura catalana més apreciada per la burgesia local. En el seu torn ha aportat anècdotes sucoses i el Ribera ha admès que de vegades ha subhastat obres que podien despertar dubtes sobre l'autoria. Surten junts de l'emissora al carrer Casp.

—El convido a un cafè, senyor Rubio —diu el Ribera, assenyalant l'establiment contigu—, voldria comentar-li un afer que li pot interessar.

El Rubio és un client tan habitual del Cafè de la Ràdio que els cambrers ja li coneixen els gustos, de manera que el saluden amb un retòric *lo-de-sempre?* Ell assenteix, complagut, i el seu acompanyant aixeca dos dits per afegir-s'hi, en un acte reflex de mandrós no exempt de risc. Abans que els dos tallats amb llet condensada arribin a taula el Ribera ja hi ha posat al damunt el motiu de la trobada.

—Em consta que vostè coneix bé el cas de Palau Ferré.

El Rubio fa que sí amb el cap. Sempre que es posa en guàrdia deixa anar les paraules amb comptagotes.

—El Picasso Dos que crema els seus quadros —especifica el Ribera.

—Ja fa anys, que els crema.

—Sí, més de cinc. D'ençà que va perdre aquell judici que...

L'arribada dels cafès l'interromp.

—Els seus bombons —diu el cambrer, que és de Xàtiva.

El Ribera, que s'ha quedat amb la paraula a la boca, fa una cara estranya.

—Els valencians, que són més dolços que l'orxata —li aclareix el Rubio—, aquí a Barcelona del cafè amb llet condensada alguns en diuen biberons.

Al Ribera li costa una mica entendre que no hi ha de posar sucre, perquè ja és prou dolç. Xarrupen alhora, capcinegen aprovadors i entren en matèria.

—Que Palau Ferré cremi els seus quadros és molt amarg —sentencia el Ribera—. Un drama. Caldria fer alguna cosa per convence'l de deixar-ho.

El Rubio no sap què pensar. Per un instant creu que té al davant un amant de l'art que pateix sincerament pel drama personal del pintor a qui més admira. Li sembla fascinant que hi pugui haver gent així. Ell és un humil fill de ferroviari que ha prosperat en el complicat món de la premsa gràcies a les seves habilitats innates, primer com a dibuixant i ara com a periodista. La seva principal preocupació ha estat sempre la subsistència. Això és el que el mou.

Després d'anys de carrera, ha après a plantejar una pregunta clau per entendre qualsevol acte humà: què l'ha mogut a fer-ho? La majoria de les vegades la resposta és poc exemplar. La vilesa domina la condició humana i, en general, com més hàbil, més vil. La seva aclamada *Timoteca Nacional* és només una modesta collecció extreta de la vasta immensitat de les vileses humanes. Si no una gota d'un oceà, un got.

—Som molts els interessats en la seva rehabilitació pública com a artista —segueix el Ribera, amb el bigotet emblanquinat per la llet condensada—, naturalment perquè apreciem el seu talent i no volem veure'l patir en silenci mentre les seves obres d'art cremen a la foguera, però també perquè...

Una adversativa rere la qual surt el motiu real de la trobada.

Només sentir pronunciar aquest però, el somriure del periodista s'eixampla mil·límetre a mil·límetre per la satisfacció incomparable que dona la realitat revelada del món quan s'ajusta al prejudici que te n'havies format. La fe indestructible en la misèria humana que ha anat forjant en anys d'ofici periodístic es confirma en els veritables arguments que el Ribera esgrimeix per rehabilitar Palau Ferré.

—Represento un grup de col·leccionistes dels seus quadros que han viscut amb una tristor immensa el camí autodestructiu que ha agafat.

Rere la fullaraca espessa que forma aquesta vèrbola bonhomiosa apareixen les punxegudes raons que alarmen els col·leccionistes de Ribera. Resulta que la majoria han començat a comprar PalauFerrés a partir de l'any setanta, quan l'exposició de Madrid, degudament amplificada per la premsa, el va projectar a la categoria d'esperança blanca de l'art espanyol.

Com més s'escarrassava a combatre la conya del Picasso Dos, més cos prenia. La nova alineació estel·lar de la Via Làctia de l'art espanyol, en el deixant del malagueny, parla català amb Miró, Dalí i Palau Ferré.[2] El Ribera n'és testimoni de primera mà perquè ha subhastat molts quadros seus a preus que s'han enfilat fins a les set xifres. Cotitzacions que han arribat a afegir dos zeros a la dreta de les deu mil peles per metre quadrat que constaven als contractes de la discòrdia.

D'allà havia començat a plorar la criatura.

—Però si ara els crema l'obra que sobrevisqui valdrà més, no? —aventura el Rubio, per temptejar el terreny.

El Ribera es posa les mans al cap. Ho nega en rodó. Ironitza sobre les notícies que parlen de l'interès nord-americà per exposar-ne les cendres i verbalitza el quid de la qüestió.

—El problema és el prestigi —assegura—. Els diners els paguen els col·leccionistes, però els preus els posen els museus.

S'estén en una diatriba contra els nous galeristes, que responen a càrrecs tan policials com el de comissari. Malparla de l'abstracció, les *performances*, els *happenings*, el *body art*, el *land art*, l'*arte povera*, la postmodernitat, l'art conceptual, les computadores i enquadra la figura de Palau Ferré en el terreny del salobre, allà on l'aigua dolça entra en contacte amb la salada.

—Com que no exposa, no existeix —sentencia—. Si encara exposés el que no crema! Però no, ell ho ven d'amagat, a cap preu, i això en rebenta la cotització.[3]

El Rubio entén perfectament el punt de vista del Ribera. La sensació és que l'artista mateix ha punxat la pilota i ara els seus col·leccionistes ja no hi poden jugar. Si continua cremant els quadros que pinta esdevindrà un pintor secret, amb una obra immensa escampada pels menjadors, sales i dormitoris de la bona gent que gaudeix dels seus colors, alguns dels quals l'han comprat per plaer i d'altres per invertir en un valor que algun dia valdrà tants diners que resoldrà el futur dels seus nets, com ha passat amb qui tenia algun Picasso.

—Si no aconseguim rehabilitar la seva figura, els museus no faran mai el pas de posar-lo a la llista d'artistes que s'estudien als llibres de text.

El comentari fa somriure el periodista. Això dels llibres de text sempre li ha semblat un pleonasme absurd. De seguida entén que aquest home no vol que Palau Ferré figuri al costat dels reis gots, Zurbarán o Picasso. El que vol és que la cotització dels quadros de Palau Ferré pugi prou per poder vendre, de tant en tant, un oli seu a la seva sala de subhastes per un preu que li permeti anar de vacances al Brasil.

—Hem pensat que vostè, per la seva experiència als mitjans de comunicació, ens podria ajudar a organitzar algun esdeveniment que el convencés de tancar aquesta etapa del crematori i tornar a cotitzar al mercat de l'art.

Un esdeveniment? El Rubio comença a ensumar la inequívoca flaire dels diners. Anys d'arrossegar-se per les redaccions l'han dotat d'un nas molt afinat per a la pecúnia. L'instint el va fer sortir de l'estació d'Alcázar de San Juan i pujar als trens que el seu pare veia passar des de l'andana amb la bandera alçada. L'experiència ha musculat aquest instint. Només li costa dues preguntes arribar a concretar que la tasca és remunerada. A la tercera ja parlen de xifres. Descartats els percentatges que li proposa el subhastaire, pacten un preu fix final per al dia que Palau Ferré anunciï públicament que deixa de cremar els seus quadros i un avançament generós per posar-se a treballar l'endemà mateix de cobrar-lo.

Després de segellar l'acord amb una encaixada vigorosa, intercanvien targetes. La del Rubio, amb l'adreça i telèfon de la redacció de *Por Qué*. La del Ribera, la de la casa de subhastes. Llavors, en un atac sobtat d'honestedat, el periodista informa el seu nou client que Palau Ferré es va enfadar amb ell i no li vol concedir cap més entrevista.

—És un home de caràcter.

—No s'amoïni. Tampoc cal que el convenci directament —fa el Ribera aixecant les mans—. De fet, no cal ni que sàpiga que vostè hi està ficat. La qüestió és que pugui parlar amb gent propera capaç d'influir en la seva decisió.

Treu un bloc i busca una pàgina. L'arrenca d'un cop sec de canell i la posa sota el nas del seu nou col·laborador. Hi ha una llista llarguíssima que inclou gent del poble, crítics d'art, periodistes favorables, admiradors il·lustres i còmplices habituals de Palau Ferré des de molt abans que esclatés el conflicte amb el Peirats. Gent, com el seu amic Jaume Ferran, que durant tota la seva carrera han parlat bé del seu art i l'han ajudat.

—Parli amb tants com pugui, a veure si aconsegueix muntar algun homenatge que li sembli espontani i li toqui la fibra —diu Ribera com qui apuja el preu en una subhasta—. Si aconsegueix que s'acabi aquesta tortura del crematori tindrà una recompensa ben sucosa.

El suc, de moment, es redueix a un talonari que surt de l'infern de l'americana i es desplega damunt la taula com una papallona amb les ales esteses. El Ribera torna a furgar a l'infern i en treu una ploma. Després, delicadament, cal·ligrafia en xifres i en lletres la quantitat acordada per a l'avançament. La rúbrica fa un sorollet diferent, com un pessigolleig encomanadís. El so sec del taló arrencat resseguint la marca del paper perforat completa la transacció.

El Rubio pren el xec, li fa un cop d'ull i el doblega per la meitat amb la part escrita cap endins. Se'l guarda a la butxaca de l'americana amb satisfacció.

—Ja convido jo —fa el Ribera.

El Rubio sap que, a partir d'ara, la curiositat periodística ja no serà l'única resposta quan es pregunti què el mou a continuar ficant el nas en els afers de Palau Ferré.

8002

El Rubio sent la veu inconfusible de Palau Ferré per la ràdio mentre condueix. Avui l'entrevisten perquè Amnistia Internacional li ha encarregat un cartell.[1] Tan aviat com va transcendir que cremava els seus quadros, els mitjans de comunicació s'hi van abraonar. Un artista piròman dona titulars xocants. És l'home que mossega el gos. A totes les redaccions es van fregar les mans. Associar creació i destrucció és llaminer, art i barbàrie. Encara ara li plouen les peticions d'entrevista. Les informacions publicades sobre el llarg litigi amb el Peirats s'han transformat en mers entrants davant del plat fort periodístic d'un pintor que crema els seus quadros. Però Palau Ferré és selectiu. Igual com ha fet sempre amb els clients, també tria els periodistes que el poden entrevistar i s'hi esbrava. Tota la ràbia acumulada d'ençà que va perdre el judici es transforma en èpica d'artista maltractat. Reivindica que el seu art el consumeixi el foc per criticar la societat de consum. S'erigeix en defensor dels drets dels artistes i declara que d'ara endavant només treballarà per a organitzacions no governamentals que els respectin. Com que de l'encàrrec d'Amnistia Internacional n'ha sortit un cartell reivindicatiu, l'entrevistadora li demana si s'ha fet sindicalista. El Rubio somriu al volant mentre escolta la seva abrandada defensa de l'artista.

—No soc cap sindicalista —sent que diu—. Només soc un treballador de l'art, és a dir, un artista, i penso reivindicar la necessitat de l'art per davant del comerç perquè cap artista no torni a ser mai explotat. Que no té ulls, un artista? Que no tenim mans, òrgans, dimensions, sentits, afectes o passions? Que no mengem el mateix que els marxants que s'enriqueixen amb les nostres obres? Que no ens fereixen les mateixes armes? Que no ens afecten les mateixes malalties i ens guareixen els mateixos remeis? Que no tenim fred a l'hivern i calor a l'estiu, igual com els marxants? Si ens punxen, no sagnem? Si ens fan pessigolles, no riem? Si ens enverinen, no morim? I si ens enganyen, que no tenim dret a venjar-nos? Doncs jo em venjaré així. Només penso treballar per a gent sense ànim de lucre.

El seu soliloqui shakespearià fa que el Rubio es peti de riure. Deixa anar el volant perquè no pot evitar posar-se a aplaudir, sorneguer, com si fos al teatre i està a punt de sortir de la carretera. L'encàrrec del Ribera ha transformat Palau Ferré en un dels seus principals objectius i la negativa sostinguda del pintor a concedir-li cap entrevista encara ha encès més el seu delit. Ja fa dies que maquina alguna estratègia per aconseguir accedir-hi. Mentrestant, intenta estar al cas de les aparicions del pintor piròman als mitjans de comunicació i recopila tota mena d'informació sobre la crema. Això li ha permès adonar-se que les xifres que l'agreujat pintor escampa per aquí per allà no quadren. Un dia parla de crema diària des del mes de juny del 1975. L'endemà afirma haver cremat els setanta-cinc millors olis entre els tres-cents que conservava a finals de 1974. Les quantitats semblen aleatòries. En una de les primeres entrevistes fumades diu que ja ha cremat 225 teles i dos anys després només parla de 126.[2] El Rubio, acostumat a tractar amb estafadors, troba que tot plegat fa pudor de socarrim.

No pot ser un error puntual perquè en els últims temps

l'han entrevistat per tele, mar i ràdio. En un reportatge televisiu la veu en off afirma, cal deduir que a partir de la informació que els ha facilitat l'interessat, que Palau Ferré crema un quadro cada aniversari de la sentència. Potser és una estratègia per donar valor a les imatges de la crema, però se sobreentén que aquell és el quadro cremat aquell any i, esclar, això redueix dràsticament el nombre total de teles cremades. Aquestes xifres tan canviants desconcerten el Rubio, però no per això deixa de treballar per aconseguir l'objectiu de l'encàrrec.

Aprofita una de les anades a Madrid per demanar audiència amb Josep Melià. Sap que el periodista mallorquí, amic de Palau Ferré durant anys, ha fet el salt a la política i ara és un alt càrrec governamental. Suárez l'ha nomenat secretari d'Estat per la Informació després que la seva candidatura al capdavant de la Unió Autonomista de Balears no aconseguís cap representació a les eleccions del 77. La veritat és que el Rubio no tenia gaires esperances que el rebés. Els periodistes que escriuen sobre crims diversos van pel món impregnats per l'olor dels delinqüents i la ferum s'ensuma d'una hora lluny. Deu ser el nom de Palau Ferré, calcula, el que li ha obert les portes del despatx ministerial. Abans de travessar-les, però, el Rubio ha de recórrer un munt de vestíbuls, passadissos i ascensors que transformen el periple fins a la porta del secretari d'Estat en tota una excursió. Un cop dins, la cosa canvia. Entre periodistes el tracte és proper, encara que només es coneguin de nom. El Melià, que abans de fer el salt a la política ja feia de cronista, ha vist el seu visitant a la tele però no ha llegit mai cap peça seva de la *Timoteca Nacional* i el Rubio no ha tingut mai a les mans cap exemplar dels seus llibres més apreciats, com el recent *Els mallorquins*. Tots dos es respecten des de la distància i troben admirable la feina de l'altre perquè cap dels dos no seria capaç de fer-la. De fet, el Rubio abomina dels polítics i al Melià li fan por els delinqüents.

Però Palau Ferré no és ni una cosa ni l'altra.

—Sempre m'ha semblat un pagès del Camp de Tarragona, que és la pura essència de la catalanitat[3] —pontifica el secretari d'Estat abans que el Rubio li pugui insinuar el motiu real de la visita.

De seguida s'adona que, com tots els homes que ocupen posicions de poder, el Melià fa ús de la paraula sense limitacions de temps. Li explica que, en la seva vida anterior, Palau Ferré el visitava al diari sempre que venia a Madrid, com si no tingués res més a fotre, i que l'havia entrevistat un munt de vegades. A banda de pagès, l'anomena corredor de fons i viatjant de vetes i fils.

—No hi ha manera de saber si és un tímid o un pesat —sentencia—, perquè va a la seva i tira pel dret.

Les preguntes aparentmcnt intranscendents que el Rubio fa servir per trencar el gel a les entrevistes aviat desvelen que la seva relació amb el pintor és cosa del passat. Si esperava trobar un còmplice incondicional, ha errat el tret. D'ençà que, el 74, va ser nomenat procurador a les Corts que no l'ha tornat a veure. Diu que abans el visitava aquí, a Madrid, un parell de vegades l'any, sobretot per primavera. En recordar-ho, es posa líric. Assegura que cada cop que el pintor entrava al seu despatx del diari el contagiava de la primavera de Montblanc i el feia renegar de les servituds del periodisme i de la vida urbana. L'envejava.

—S'emprenyava perquè deia que no l'escoltava amb atenció —riu—, sense adonar-se que els periodistes treballem amb l'actualitat, que mai no descansa. Però ell, encara que sembli una persona normal i corrent, és un geni.

El Rubio decideix que és el moment d'anar al gra. Treu el bloc de notes per posar-se en mode professional i li explica que representa un grup d'amics que voldrien, i s'hi inclou, treure'l del pou perquè tornés a exposar.

—Vostè que el coneix bé —l'afalaga—, qui creu que el podria convèncer perquè deixés de cremar el que pinta?

—No en tinc ni idea —s'espuça el secretari d'Estat, força acostumat a esquivar peticions—. L'última vegada que el vaig veure encara no hi havia sentència ferma, però és un home tossut. Si s'ha encaparrat amb tot el que va passar, costarà treure'l d'allà.

S'esplaia amb calma mallorquina sobre la relació de dependència que l'artista manté amb Montblanc. Diu que el seu cor no se n'ha mogut mai i que el considera el punt mitjà d'una espiral que cobreix les teulades, les muntanyes i fa la volta al món. El Rubio es mossega la llengua. Coneix bé aquest discurs enfarfegat de la importància de la terra i de les arrels com a única garantia d'autenticitat. PalauFerré mateix ho proclama a tort i a dret cada vegada que parla en públic. Ja s'adona que pica sobre ferro fred, però no renuncia a treure'n alguna cosa.

—I no se li acut ningú que tingui prou influència per fer-lo tornar a exposar?

—Potser si la gent de Montblanc l'hi demanés ben demanat —proposa el Melià, tirant pilotes fora—. Sempre deia que les úniques exposicions que visitava eren les seves, i encara perquè no hi havia més remei. Si ja no li agradaven abans de tot l'embolic, no crec que ara sigui fàcil fer-lo canviar d'idea.

No calla. Deu intuir que el Rubio li vol demanar diners per muntar algun acte i aplica l'estratègia de la loquacitat desfermada per evitar-ho. Li explica que Palau Ferré ja odiava els galeristes abans de posar-se a cremar obra, i que preferia dir que pintava per als burgesos i les cabareteres, els uns perquè li compraven obra i les altres perquè l'inspiraven. Després ataca la professió i busca la complicitat del seu visitant amb un ús estratègic de la primera persona del plural: «sempre deia que els periodistes li complicàvem la vida». El Rubio aprofita la breu pausa respiratòria que es permet després de dir-ho per insinuar-li que l'ha vingut a veure perquè voldrien fer-li un homenatge.

—Aquí, a Madrid, té molts amics, oi? —li demana—. Vostè va estar present a l'exposició de la Biblioteca Nacional?

La pregunta l'agafa a contrapeu.

—No, no, al final no vaig trobar el moment per anar-la a veure —respon, mig avergonyit—, i el Maties no m'ho va perdonar. Fingia que no passava res, però en el fons em va fer creu i ratlla. L'hi veia a la mirada, que ja m'havia cantat les absoltes en qüestions de cultura.

—Així no em pot ajudar a trobar algú que el pugui convèncer?

—Li puc donar el telèfon d'un col·leccionista mallorquí molt entès, de Felanitx, que es diu Miquel Pons,[4] però no sé si hi podrà influir gaire. El Maties sempre ha pintat per a la gent que li agrada el que fa, i no pas per als que volen presumir de la seva signatura. Jo, que l'admiro, no tinc cap obra seva perquè quan el tractava no m'ho podia permetre.

El Rubio nota l'ús del passat en el temps verbal i pensa que ara, amb el sou de tot un secretari d'Estat, no hauria de fer pas el ploricó. Llavors s'adona que ell tampoc no té cap peça original de Palau Ferré i li passa pel cap que potser una bona manera d'acostar-s'hi seria mirar de comprar-n'hi una, ara que deuen haver baixat de preu.

—Potser si algú li explica bé que quan deixi de cremar els seus quadros els preus de les seves obres pujaran...

El Melià torna a riure. Sona el telèfon que comunica la taula del despatx amb la seva secretària. Abans d'agafar-lo, el secretari d'Estat vol recordar-li l'estrany concepte de la sinceritat que practicava Palau Ferré.

—Sempre deia que per ser sincer no hi ha cap necessitat de dir tot el que pensem, però que calia no fer mai res que fos contrari al que sentim[5] —despenja el telèfon, fa tres grunys que passen per afirmacions i el torna a penjar—. Però no em faci gaire cas, perquè ara fa molt de temps que no hi parlo i quan parlàvem sovint tampoc no l'acabava d'entendre.

Els moviments cap a la porta del secretari d'Estat són inequívocs. S'ha acabat el temps. El Rubio el segueix, se n'acomiada i desfà el llarg i tortuós camí fins a la porta del carrer amb la cua entre les cames.

8101

Has admès en públic que cremes el que pintes i t'has deixat fotografiar calant foc a algun dels teus quadres, però trobes que les fotos no et fan justícia perquè les imatges en blanc i negre d'unes flames que devoren alguna de les teves dones ullverdes tenen molt poc contrast i no s'aprecien els estralls. Per això, accedeixes a la proposta de Televisió Espanyola de fer un reportatge filmant una de les cremes a tot color. Han passat quinze anys d'aquella vegada que van venir de Madrid. Llavors cotitzaves a l'alça, però la tele era en blanc i negre. Ara venen de més a prop. Quan veus arribar dos vehicles logotipats amb la te, la ve baixa i la e notes una excitació que no experimentaves des dels dies més agitats del judici, quan vas fer una roda d'entrevistes com si fossis una estrella de cinema. Aquella barreja de plaer i de por et transporta al plató on vas emmudir davant les preguntes que, sobre el litigi amb el Peirats, et feia el mostatxut Íñigo. Ara et penses revenjar d'aquell mal gust de boca. La noia que t'ha trucat semblava angelical i et sents preparat per revertir aquell silenci, com si aquest reportatge al circuit català de TVE fos la continuació d'aquella entrevista de fa uns quants anys en horari de màxima audiència.

Vistos des de la petita finestra que et serveix d'observatori, els dos vehicles semblen sortits d'una pel·lícula. En baixen mitja dotzena de persones i els sents descarregar amb una banda sonora de percussió que inclou una completa partitura de clics i cloncs i cops de porta. Abans no truquin ja t'aixeques per anar-los a rebre i, sense adonar-te'n, camines pel taller acoblant els teus passos al ritme dels seus copets. Saltironeges en la intimitat de pura alegria fins que arribes a la porta. Abans d'obrir-la, però, fas un últim saltiró per espolsar-te l'esperit semític que et fa ballar i aparèixer d'una peça, com el gran artista que representa que ets.

—Bon dia i bona hora! —els crides.

Concentrats en la seva logística, no et senten. El camí d'accés al taller és estret i cal aparcar darrere de la construcció. Mentre t'hi acostes, ara amb pas gairebé marcial, fas el recompte. Hi veus tres noies joves, dos homes panxuts i dos de més prims. Els dos xofers se'n van a fumar a la carretera, com si no volguessin saber res de descarregar material.

—Bon dia —repeteixes quan ja ets a tocar.

La noia més ben vestida, que va de blanc, et ve a l'encontre.

—Senyor Palau Ferré?

Trobes absurd que t'ho pregunti. Qui es pensa que pots ser? El teu majordom?

—Jo mateix, encantat —respons oferint-li la mà.

—Soc la Maria Teresa Salanova[1] del programa *Punt de reunió*.

La noia encaixa i cedeix a la lleu pressió amb què l'estires. Us feu dos petons i, després d'agrair-te que els hagis concedit l'entrevista, et presenta l'equip. Les altres noies són la realitzadora i la seva ajudant, els panxuts són el càmera i l'il·luminador i abans que et pugui presentar els altres dos en reconeixes un. És l'Enrique Rubio.[2] El temps ha apaivagat la tírria que li vas agafar en els moments més calents del conflicte judicial, però no has oblidat que va ser el primer periodista que va donar veu a l'enemic. I no només això, també va voler fer de mediador entre vosaltres, com si les responsabilitats estiguessin al mateix nivell. En guardes tan mal record que estàs a punt d'engegar tot l'equip a dida.

—A vostè ja el conec —et limites a dir-li.

Ell, que fins ara s'havia mantingut rere el capó d'un dels vehicles, s'acosta amb la mà estesa.

—Sí, senyor Palau. Fa uns quants anys va tenir l'amabilitat de rebre'm aquí mateix.

—I aquest altre senyor qui és? —fas bruscament, tombant el cos en direcció al setè component del grup, com si no t'adonessis que deixes el Rubio amb la mà estesa i un pam de nas.

La Maria Teresa et diu que és el tècnic de so. Penses que la televisió és una indústria cada cop més especialitzada i el saludes alçant el braç. Has estat a punt de donar-li la mà per fer més evident el contrast, però les té ocupades traginant el magnetòfon. La presència del Rubio t'ha sobtat, però de seguida recordes que sortir a la tele et pot afavorir. Una filmació en color d'una flamarada voraç que faci desaparèixer per sempre una de les teves pintures acolorides pot causar molt d'efecte.

—Doncs si són tan amables —els dius, i fas un gest perquè et segueixin.

Encara que no hi ha gran cosa per veure, els fas una visita guiada, començant per la llar de foc. De seguida t'adones que la realitzadora porta la veu cantant, però és el teu detestat periodista qui mana.

—Aquesta paret està molt despullada —diu la realitzadora assenyalant el frontal de la xemeneia, d'obra vista trinxada—. No hi podríem posar alguna cosa? Potser allò?

Assenyala un marc de fusta dins del qual vas instal·lar l'escultura d'un querubí fixada a una peça de roba vermella que no cobreix tota la superfície interior. Et sorprèn que no t'ho demani a tu i encara bo que, potser per regraciar-se, l'Enrique Rubio té la delicadesa de demanar-te l'opinió.

—Endavant —els dius, magnànim—, disposin l'espai com creguin convenient.

L'ajudant de realització s'afanya a despenjar l'angelet emmarcat. T'adones que si hi ha cap cadena de comandament al grup, ella és la que ocupa l'esglaó més baix. Tampoc l'entrevistadora fica gaire cullerada en res, però com que va vestida de gala, està exempta de qualsevol activitat susceptible de provocar taques. A la taula hi ha moscatell i pastes. És mig matí, però no sabies com rebre'ls i la Modesta t'ha preparat una barreja entre vermut i esmorzar.

—Si volen prendre alguna cosa —els ofereixes, hospitalari—, quan acabem tenim taula per dinar a l'Hotel Ducal.

Veus que, de moment, van per feina. Rubio i els panxuts ja campen pel taller buscant localitzacions, aliens a cap més consideració. L'il·luminador ha portat quatre llums de quars de vuit-cents watts i el tècnic de so treu un micròfon que sembla una botifarra negra. Ara també es passeja, amb les orelles cobertes per uns auriculars enormes, com si busqués sons desapareguts. Les tres noies són les úniques que et fan cas, cosa que t'afalaga, perquè són joves i de seguida et venen ganes de pintar-les. Va més arreglada la que t'ha d'entrevistar, però trobes més atractives les dues que porten texans i samarreta, i els demanes com es diuen. La realitzadora, Marta, i la seva ajudant, Pilar. Aquesta és la més joveneta de les tres.

—Han de localitzar una mica el local —et diu la Pilar, i quan s'adona de la redundància us poseu a riure tots dos—, vull dir que cal trobar els millors llocs per fer cada conversa.

—Farem quatre blocs —t'avança la Marta.

D'entrada, et costa una mica d'entendre de quina mena de blocs parla, però quan els enumera ho captes.

—El primer —arrenca animosa, abans de fer una pausa i aixecar un dit com qui obre un parèntesi—, que segurament gravarem l'últim, és la presentació del cas. Però aquí no ens caldrà la seva presència, perquè la idea és fer una introducció per explicar els fets que han desembocat en la seva decisió de cremar tot el que pinta.

Sents que diu «tot» i no la contradius perquè ja et va bé. Ningú no n'ha de fer res, de les excepcions que puguis fer. A les Falles també indulten algun ninot.

—Però els altres blocs sí que són amb la seva presència, en format entrevista. La Maria Teresa li preguntarà per aspectes de la seva obra, com el *Guerblanc*, que va exposar als Estats Units, i també si té previst deixar de cremar l'obra algun dia.

—De moment no, gràcies —la talles.

—Bé, esclar —diu la Maria Teresa—. Per això hem vingut! De fet, la part més interessant del reportatge la farem al final, quan cremi la pintura, tal com hem quedat.

La noia parla amb una veu dolça que et recorda la de la Maria del Carme. Al seu costat, la realitzadora sembla una mica neguitosa perquè encara no han muntat els focus.

—Hi ha prou llum, Pep? —demana.

—Massa i tot, per ara. Fins que el sol deixi d'entrar per aquella finestra més val que fem altres coses.

El tècnic de so ha col·locat el magnetòfon Nagra a la taula, al costat del moscatell. Diu que no podrà fer servir la girafa perquè els cotxes que passen per la carretera entren massa, i que els haurà de microfonar.

—Ara sortirem aquí al caminet per fer-li unes imatges de recurs entrant al taller —ordena la realitzadora—, com si acabés d'arribar.

Sortir per tornar a entrar? Això de la tele és un joc d'ous, penses, però t'ho calles i obeeixes.

—Però a fora encara se sentirà més, el soroll dels cotxes! —s'esvera el tècnic de so.

—Doncs el filmem sense àudio, cony —replica el Rubio—, i després ja hi posarem veu en off. No pateixis que gravarem les decles aquí dins.

Abans de sortir demanes què són les *decles*. L'entrevistadora somriu i diu que són les teves respostes a les preguntes que et farà. Trobes que parlen de manera molt estranya, aquests de la tele.

Sortiu i et fan refer cinc vegades el curtíssim tros de camí que separa la carretera de la porta del taller. Només has de passar per davant de la càmera sense mirar-la, anar fins a la porta, treure el cartell que sempre deixes entre les reixes superiors, a l'altura dels ulls, i obrir-la. Quan ja et sembla que heu acabat, canvien de lloc i has de tornar a començar. Filmen amb setze mil·límetres i només hi ha una càmera, però ha de semblar que n'hi ha una a fora i una altra a dins, de manera que a la segona tongada de repeticions, cada cop que obres la porta te la trobes de cara. L'única instrucció important és no mirar a l'objectiu. La resta és *freestyle*, sents que et diu la veu cantant de la realitzadora.

Fa dues tongades de cinc repeticions cadascuna. Tres per raons tècniques, però a la penúltima tot va bé fins que obres la porta i et quedes clavat mirant la càmera interior com si t'acabés d'aparèixer una marededeu armènia. La cinquena és la bona. T'asseguren que a partir d'ara ja no us moureu de dins. Abans de continuar, els vols mostrar els quadres que conserves sense signatura.

—Aquests són de quan encara li pagava amb pintura —dius abans que us posin els micros—. No els vaig signar per esquivar el comerç.

—I aquest senyal? —et demana el Rubio, que ha aixecat el

llenç per mirar què hi havia al dors i hi ha trobat la marca de tinta d'un tampó.

—Ah, això, pfff —esbufegues—, el seu segell. Com podeu veure, tampoc no me'ls hauria pogut vendre.

—Ep, això és molt bo —crida el Rubio—. Filmeu-ho, nois.

El càmera s'acosta i et fan repetir tres vegades el gest de doblegar el llenç per mostrar el segell del Peirats a càmera. L'ajudant de realització pren nota de tot en un quadern d'espiral.

—No porta micro, encara —els avisa—. Voleu que ens ho expliqui?

—No cal, n'hi ha prou de tenir les imatges —fa el Rubio—. Ja ho explicarem amb veu en off. Ara els microfonarem, però primer decidim on fem cada bloc.

Mentre et posen el micròfon, l'entrevistadora treu uns papers i els contrasta amb els altres membres de l'equip. Per a la primera tongada de preguntes us fan posar drets just sota una de les teves dones colltortes, però quan ja creus que han començat a gravar el càmera diu que ho troba pobre i la Pilar s'escarrassa a omplir un prestatge que hi ha a sota amb figures de ceràmica de les que tens escampades per tot el taller. La filmació es fa llarga i carregosa. Abans de xerrar, la Maria Teresa i tu heu de fer comèdia, ara tu arribes i ella et saluda, ara camineu una mica mentre xerreu, ara arribes tu sol primer i després ella. T'has de concentrar tant en la coreografia que quan et toca parlar t'encalles. T'allargues més del compte i no acabes de trobar les paraules justes. Encara bo que l'entrevista és en català, penses, i que no ho has de traduir mentalment. Enfiles un reguitzell de raons que giren al voltant de la llibertat, la voluntat i l'art. Ella et deixa parlar. Et mira amb ulls de voler-ho entendre i assenteix amb capcinades, però a mitja explicació et tallen.

—Molt bé, gràcies, amb això ja fem —vocifera el Rubio,

picant de mans amb fals entusiasme—. Passem al bloc següent. Allà, al costat d'aquella finestra.

L'ajudant de realització t'acompanya les quatre passes que et separen del nou emplaçament, com si et poguessis perdre. Han fet unes marques amb guix a terra. Arriba l'entrevistadora i, trepitjant les seves, se situa just davant per davant teu, com si volguéssiu ballar un vals. Algú crida «acció!» i la teva balladora assegura que reps moltíssimes cartes i postals d'arreu del món amb la petició d'aturar la destrucció. No saps d'on ho treu, això, perquè sí que n'has rebut alguna, però tampoc tantes ni de tan lluny. Fa una cara molt seriosa i et demana si t'has plantejat fer cas de totes aquestes peticions i, si hi has pensat, quan arribarà la bona notícia. En diu notícia.

—No puc renunciar a la llibertat de cremar la meva obra ni com a artista ni com a ésser humà —et cures en salut, i t'inspires per dir el que tenies al cap de dir des del principi però tanta ballaruga t'ho havia impedit—. Persegueixo una finalitat reivindicativa. Per això vull donar a conèixer la meva protesta. La societat només prospera amb el sacrifici i els artistes contribuïm a mostrar la bellesa i a engrandir el patrimoni cultural d'un país. Lluito per aconseguir que la legislació protegeixi els nostres drets laborals com a artistes, que puguem obtenir la seguretat social com qualsevol altre treballador. A Espanya, les tres úniques destinacions possibles per a un artista són la presó, el manicomi o l'hospital.[3]

Això la fa somriure. Et quedes ben descansat. Després et fa parlar de la significació de Picasso, a qui sempre dius que admires perquè va haver de destruir la tradició anterior, a diferència de tu, que construeixes. Et demana si no és una paradoxa que ara destrueixis l'obra que havies construït i te'n surts com pots, parlant del *Guerblanc* i de les diferències que té amb el *Guernica*.

—Alguna vegada ha dit que els seus quadres són com els fills que no ha tingut. Per què els destrueix?

—Sí, són com fills. Sempre ens dol perdre el control sobre els nostres fills. Potser per això Saturn els va devorar. Jo ara els cremo, però abans ja m'agradava poder triar qui se'ls quedava.

Quan seieu a taula et demana sobre la teva afició a retratar dones.

—No hi ha cap dona lletja —li dius amb un somriure—, i un pintor el millor que pot fer quan es troba davant l'agradable bellesa femenina, com em passa a mi ara mateix, és plasmar-la en un quadre.

La Maria Teresa no somriu per la floreta, però ho atribueixes al fet que deu estar concentrada en l'entrevista. Et demana pel color verd dels ulls de la majoria de les teves dones retratades i li parles d'esperança. Intentes ser convincent i seductor, però ella no t'hi ajuda, amb el seu rostre d'esfinx. Penses que les noies de realització, que són més rialleres, ho haurien fet millor. El que més t'atabala, però, són les interrupcions constants a què us sotmeten els tècnics. Et cansa haver de repetir i, de fet, mires de dir coses diferents a cada represa.

La pitjor coreografia és la de l'última conversa. En teoria heu d'entrar tots dos caminant en paral·lel a un pany de paret, tu davant d'ella, fins que arribeu a l'altura d'un quadre. Tu el sobrepasses i llavors fas mitja volta com un ballarí fins que t'hi encares i recolzes una espatlla a la paret. Així, mantenint prou distància perquè la pintura que flanquegeu entri en pla, heu de començar el diàleg. La maniobra és tan forçada que l'heu de repetir. Tres vegades et pregunta el mateix i tres vegades comences a respondre amb paraules diferents abans que alguna veu us interrompi. Quan no és l'il·luminador és el de so. A la quarta, el Rubio fa un gest magnànim i et deixen acabar l'explicació.

—Cremarà tots els seus quadres?

—La idea és cremar-los tots, sí —respons amb rotunditat perquè t'adones que l'entrevista s'acaba—. Vull cremar totes les naus. Si només cremés una part de la meva obra pensaria que enganyo la gent. De moment en guardo més de dos-cents per seguir vivint, però si sabés que demà és el dia de la meva mort, avui mateix els cremaria tots.

El reportatge culmina amb les imatges que li donen sentit, les que han vingut a buscar. Ja heu concertat que filmarien la crema d'una de les teves obres. La tens plana damunt d'una taula. Un retrat de dona morena que sosté un ram de flors vermelloses sobre un fons tot roig. Té els ulls marrons, i podria ser una de les Modestes espectrals que vas pintar a París, però aquelles eren a l'oli i aquesta és una de les ceres que pintes últimament. Els dius que de ceres en guardes més perquè els contractes draconians que no et deixaven viure només s'aplicaven a les pintures a l'oli. Ho especifiques amb l'esperança que en prenguin nota, perquè ara ja aneu sense micròfons, preparats per a la dansa del foc. Penses que si la veu en off arriba a explicar tot el que els has dit quedaràs ben satisfet.

Mentrestant, el Rubio reclama l'atenció de tot l'equip, els adverteix que aquesta presa no es podrà repetir i comença a explicar com s'ho manegaran. El càmera se situa cobrint un bon angle de la llar de foc, presidida pel querubí emmarcat que t'han traslladat a la paret frontal. La Pilar s'ha dedicat a farcir la base de llenya que havies preparat amb un munt de papers de diari arrugats i tot està a punt per a la crema.[4]

—Si li sembla bé, l'estripa més o menys per aquí —t'alliçona amb peus de plom el Rubio, constituït en líder natural del grup— i, després de tirar-hi els bocins i d'encendre els papers per dues o tres bandes, quan vegi que la flama ja comença a prendre s'asseu aquí, en aquest banc de cara al foc, procurant de no ajupir-se per no entrar en el *tiro* de la càmera i se'l queda mirant fins que l'avisem. I llavors tu, que estaràs aquí asseguda en segon pla, comptes fins a cinc, avances fins al banc i t'hi asseus en aquesta banda, procurant de no moure't gaire de la punta per no tapar-nos el foc.

Tots dos assentiu. No sembla una comèdia gaire difícil, però tornes a sentir un pessigolleig. Ja fa estona que tens l'estranya sensació de transformar-te en Alain Delon. A París el vas conèixer.[5]

—Acció!

Agafes la pintura de sobre la taula i et deixes endur per un accés de ràbia interior que es manifesta en una estrebada que l'estripa per la meitat i, encabat, superposant els fragments irregulars que t'han quedat a les mans, tornes a deixar sortir la fúria i la tornes a esparracar dues vegades més fins que els bocins de la cera són de la mida d'un full holandès, els escampes per damunt del manyoc de diaris arrugats, et treus de la butxaca la capsa de llumins i la sacseges com una maraca abans d'extreure'n un, una torxa bonsai de fusta que passeges ben encesa pel sotabosc de paper que coronen els branquillons i la llenya. La flama pren de seguida. Foc. Foc d'encenalls d'un pam que arriba als bocins rojos de la pintura a la cera. Abans de seure al banc, tal com et marca el guió, t'ajups a recollir un dels trossos de cara del retrat que ha relliscat a zona segura, fora de l'abast de les flames, i el tornes a llençar al foc. Foc. Un cop acomplerta la missió, t'asseus al banquet convençut de fer-ho amb l'elegància d'Alain Delon i et poses a observar les flames amb una mirada tan perduda que fins i tot et sembla distingir-hi la fesomia del Semita, asfixiat entre el fum que desprèn la superposició de branquillons, papers de diari rebregats i trossos de pintura a la cera esquinçats. Obnubilat pels records i pel fum, ni t'adones que l'obedient entrevistadora vestida de blanc ja ha comptat fins a cinc i ha posat el cul a l'altre extrem del teu banc.

El Rubio allarga el moment perquè el càmera pugui anar tancant el pla del crematori fins a aconseguir la infernal imatge del rostre morè d'ulls ametllats devorat per les flames.

N'estàs molt content. Abans d'anar a dinar regales una litografia a cada membre de l'equip. Un colom.[6]

8201

Han quedat avui aquí de manera clandestina. Ha estat la Modesta qui ho ha proposat l'endemà que l'Enrique Rubio li truqués per telèfon. Ell l'ha citada al cafè Cugat de Reus quan la dona li ha dit que dimarts seria a la plaça del Mercadal a fer uns encàrrecs sense saber que, en realitat, s'ho inventava per no haver de quedar a Montblanc amb un periodista famós i que els sentissin parlar del Maties. Sap que, tard o d'hora, tot el que diguessin del pintor li arribaria, encara que fos a través de les seves germanes. Al final, però, el cotxe de línia s'ha endarrerit i la Modesta arriba cinc minuts més tard de l'hora acordada. El periodista ja és dins, assegut a una taula no gaire llunyana, i la veu pel finestral. Com que li fa l'efecte que està nerviosa perquè mira el rellotge i després a dreta i esquerra com si dubtés d'entrar o esperar-se fora, s'aixeca i surt del cafè per fer-la entrar. Se saluden amb les mans toves i seuen a taula. Tots dos saben que aquesta trobada és possible perquè el doctor Domènech ha fet de mitjancer. El Rubio va entendre de seguida que el metge seria un home clau per tirar endavant l'encàrrec que li havia fet el senyor Ribera. Per això un dia li va demanar hora simulant tenir un problema de salut i, un cop a la consulta, li va confessar que no es volia visitar sinó parlar de Maties Palau Ferré.

—He pensat una estratègia per rehabilitar-lo i que deixi de cremar el que pinta. Em consta que vostè el coneix bé i que ell també l'aprecia —li va dir, per ensabonar-lo—, i per això volia demanar-li que m'ajudi.

El Rubio li va exposar la idea de posar d'acord un grup nombrós d'amics i coneguts per organitzar-li un homenatge. Es tractava de començar mostrant interès per la seva pintura per anar-se'l guanyant. Li va remarcar la importància de fer-ho en un to prou espontani i esglaonat per evitar que sospités de cap pla organitzat al darrere. El doctor Domènech de seguida s'hi va posar bé i això li ha obert moltes portes, com la de la Modesta. Si quan va rebre la trucada del periodista no hagués sentit el nom del doctor Domènech potser, tímida com és, no s'hauria avingut a venir a parlar sobre la possibilitat d'acabar amb la dèria de cremar el que pinta. Ella mateixa n'és pacient, com gairebé tothom a Montblanc, i sap que el doctor Domènech mai no escatima esforços per ajudar els seus pacients. Sentir el seu nom ha estat decisiu perquè hagi accedit a parlar d'aquesta dèria incomprensible de cremar el que pinta. Ara que hi és, veure que el cafè Cugat està ple de gent la tranquil·litza. Li treu l'angoixosa sensació de cita clandestina que arrossega des de bon matí. Tot i això, va amb peus de plom. Ha sentit el Macià malparlar tant dels periodistes que tem ficar la pota a cada resposta.

El Rubio nota que la Modesta està tensa perquè, un cop asseguda, mira a banda i banda, com si temés reconèixer algú i, sobretot, ser reconeguda. Se l'haurà de guanyar. Ella busca elements on aferrar-se. La fesomia d'aquest periodista li sembla agradable. Parla molt bé i amb tres comentaris ben fargats ja se la fica a la butxaca. Tenen més coses en comú del que es pensaven, perquè els perdedors de la guerra s'ensumen com els gossos quan es troben pel carrer. No els cal dir res de gaire explícit per adonar-se'n. Desprenen una fragància especial, feta amb gotes d'ànsia, de por i de dignitat. Fins avui no havien parlat mai ni pràcticament havien coincidit, però es cauen bé de seguida. Xerren de Montblanc, de les riuades recents, de la botiga de teles.

—Quan hi ha la Nati, no hi poso els peus —confessa ella una mica avergonyida—. És una mica especial i xoquem.

—Tothom ho diu —contemporitza ell amb posat de foraster desitjós d'integrar-se—. Potser està gelosa.

Alça la vista, sorpresa, i aixeca les celles.

—No veig per què.

El Rubio no vol semblar descortès i improvisa una explicació que no l'alarmi més. Ella l'escolta amb interès. No està gaire acostumada al protagonisme.

—M'han dit que mai no ha fet cap retrat de la Nati, i en canvi a vostè l'ha pintada unes quantes vegades.

La Modesta s'esvera, aclaparada per un munt de preguntes. Que ho sap? D'on ho deu haver tret? Com ho sap, si diu que no ha parlat amb el Macià des d'abans? Mira a banda i banda, per si hi ha algú al cafè que els pugui sentir.

—Posant jo, només m'ha retratat una vegada —admet, fent veu de missa—, i va ser un dels primers quadros que va cremar.

Per compensar la confidència, el periodista li explica el reportatge que va anar a filmar al taller de Palau Ferré amb un equip de televisió espanyola i li descriu com va cremar una pintura a la cera d'una dona d'ulls marrons sobre fons roig. De seguida s'adona que aquest relat la tranquil·litza. La dona l'escolta amb atenció. Li fa l'efecte que si aquest periodista ja ha presenciat una crema no li pot fer vergonya parlar-n'hi, com quan algú destapa l'aigüera i l'aigua bruta s'escola.

—De debò crema tot el que pinta? —dispara el Rubio a boca de canó, amb la veu que imposta quan, a la ràdio, reprodueix algun diàleg figurat d'un dels personatges de la *Timoteca Nacional*.

La dona no respon ni que sí ni que no, coqueta. Deixa passar uns instants sense dir res amb la boca, però nega amb la mirada. A bon entenedor, breu parlador. El Rubio ho entén com una invitació a l'exercici del periodisme i la burxa en nom del bé major, que en aquest cas seria la desitjable fi de les incineracions. La mareja, li fa preguntes de distracció abans de tornar a centrar-se en el tema i torna a intercalar qüestions laterals abans de repetir la pregunta clau, tot demanant el mateix de maneres diferents. El resultat final d'aquestes maniobres dialèctiques és una resposta que s'assembla molt a una confessió.

—Fa molt de temps que no exposa i, esclar, bé ha de menjar!

El periodista decideix no insistir més per aquesta via. Tampoc cal. Li consta que ja n'havia venut d'amagat quan, en teoria, només pintava per pagar la casa, per més històries que expliqués davant de càmera el dia del reportatge sobre els quadres marcats al dors amb el segell del Peirats. D'ençà que el Ribera li va fer l'encàrrec d'organitzar un homenatge ignífug ha parlat amb uns quants col·leccionistes que tenen obra de l'època fosca i s'ha fet un tip de veure quadros que en teoria eren cendra penjats en rebedors, sales d'estar i dormitoris de Valls, Vila-seca o Solsona.

Tant se val, això, pensa la Modesta mentre valora si es queda callada més estona. Voldria admetre que amb això de cremar tot el que pinta amaga l'ou, però tampoc no voldria perjudicar-lo. A última hora, és indemostrable perquè Palau Ferré mai no ha datat els quadros i, per tant, fa de mal dir si aquest o aquell el va pintar quan no podia, si l'ha indultat entre els que pinta ara o si ja el conservava d'abans. Al final es limita a dir-li, mig atabalada, que només l'artista pot datar els quadros que pinta.

—Me'n faig el càrrec —conclou el Rubio, sense saber gaire com canviar de tema perquè la Modesta no es tanqui en banda.

Passa un àngel.

—De vegades la necessitat ens fa amagar una mica l'ou —diu ella, per dir alguna cosa, espantada perquè durant uns instants ningú no ha dit ni piu en tot el cafè Cugat, com si tothom els estigués escoltant.

El Rubio la sent parlar d'amagar l'ou i li fa gràcia que no gosi parlar obertament de mentides. Si li és tan lleial és perquè se l'estima de debò, i d'aquesta placidesa espiritual en sorgeix una idea ben poc plàcida. Pensa que potser ara és un bon moment per aproximar-se a un assumpte tan delicat com l'intent de suïcidi del qual Palau Ferré ha parlat en alguna entrevista.[1] Ja ho ha intentat d'investigar als hospitals de la rodalia, però el secret professional ha estat un mur de mal franquejar.

—La sentència del Tribunal Suprem el devia entristir molt, oi? —li diu, intentant trobar una via d'accés als pous més insondables—. És veritat que es va tancar durant setmanes al taller?

La Modesta se'n malfia. No sap on vol anar a parar.

—No, no —es treu les puces de sobre, tensa—, se'n va anar de viatge.

No ho sap del cert, però és la versió oficial que sempre han sostingut les germanes i troba que no és ningú per qüestionar-la. Tampoc no n'ha tingut cap necessitat, fins ara. Està convençuda que va marxar, segurament a París. Sempre que no sap on para el Macià se l'imagina a París. Amb ella.

—I així, li va donar vacances?

La Modesta somriu. Aquest senyoret periodista es deu pensar que aquí les coses de cada dia passen totes per cal notari. Potser a ciutat sí que ho fan així, però aquí tot és més senzill i clar, perquè la gent confia en la gent i l'únic que arriba per escrit és l'engany, escrit en llargs contractes carregats de paraules d'advocats, com el que va provocar la desgràcia del pobre Macià.

—Jo només hi vaig a netejar el taller els dies que m'ho demana —conclou—, faig la feina i no faig preguntes.

Quan el Rubio interroga algú és molt ràpid interpretant quins fils pot estirar i quins no, i ara entén que per aquesta banda no avançarà. Decideix treure el santcristo gros.

—El doctor Domènech m'ha explicat que ha passat per una depressió —diu abaixant la veu, com si pronunciés el nom d'un mal lleig—, i que per ajudar-lo el primer que hem de fer és que en sigui conscient.

De seguida comprova que la carta té un efecte immediat. Els recels s'esvaeixen i la Modesta es gira com un mitjó, convençuda que aquest periodista va de bona fe. Si ho diu el doctor Domènech ha de ser veritat, pensa. A Montblanc tothom sap que es desviu per la gent que tracta.

—El doctor Domènech és un home bo que acompanya la gent en els moments més difícils —diu, i tot seguit se sincera—. Va ajudar molt la meva germana quan es va quedar embarassada.

La Modesta explica que d'entrada la Mila volia avortar sense dir res a ningú, però que el doctor la va ajudar tant que al final es va convèncer de tirar-ho endavant i ara és una mare feliç.

—Sort del doctor Domènech, que li va buscar una casa a Barcelona perquè hi anés a servir sense que ningú fes preguntes sobre la criatura.

El nas periodístic del Rubio detecta alguna peça que no rutlla. Recorda bé la història de la germana.

—Que no se'n va anar a Portugal amb el pare de la criatura?

—Amb aquell penques? No! Això és el que es pensa tothom —diu la Modesta, amb un somriure picardiós que no gosaria fer mai davant d'un montblanquí—. El doctor Domènech no volia enraonies. L'estranger és molt lluny i Barcelona massa a prop. La gent de poble és molt tafanera. No ho haurien entès.

El periodista assenteix somrient, complagut que la dona vulgui compartir un secret d'aquest calibre. L'instint li diu que ara és el moment de resoldre el dubte més delicat.

—Li volia fer una pregunta una mica incòmoda —li entra—. El Maties li ha parlat mai de quan es va voler llevar la vida?

—Nooo! —replica la dona amb immediata rotunditat, amb una mitja rialla defensiva que sembla una ganyota—. És un comediant! Va dient aquestes coses als periodistes, ja em disculparà, per esverar-los. Moltes vegades quan retallava els diaris per guardar les entrevistes que li havien fet deia que l'hauria d'haver dita més grossa. Diu que el rei dels escàndols és el Dalí. L'admira.

—L'admira? Però si sempre en malparla!

—Per això mateix!

El periodista es queda parat per la franquesa de la minyona. Encara que hagi declarat unes quantes vegades que es va intentar suïcidar no n'ha trobat cap prova per enlloc i ara una de les persones que el coneix més de prop li assegura que tot és comèdia. Creu que no en traurà res de contradir-la i decideix canviar de tema.

—Vostè sap qui és la model dels ulls verds? La coneix?

Touché. Aquesta no se l'esperava. La Modesta aspira profundament, com si anés a donar una altra resposta taxativa. Un sí o un no tan rotund com el del suïcidi, sense mitges tintes. En canvi, tot l'aire que inspira el torna a treure en un esbufec que camufla un agudíssim xiulet, i no diu res.

Asseguts a la taula del cafè Cugat, tots dos s'aguanten la mirada una estona llarga, en silenci.

—Digui'm, com a mínim, si és armènia o ucraïnesa.

—Això no l'hi sé dir.

Això. La repregunta està servida.

—Doncs què me'n sap dir?

Més silenci.

—La vida privada del senyor Maties no m'incumbeix.

Senyor Maties, incumbeix, registra el Rubio mentalment en la seva llista de detalls significatius. És un sí, troba. És discreta, entén, i potser està una mica disgustada pel tombant que pren la conversa, quan en principi només es tractava de salvar el seu senyor del vici nefand de cremar el que pinta. N'està secretament enamorada, intueix, especula o inventa. El periodista s'atura aquí perquè no sap quin verb s'ajusta més al que li passa pel cap i rumia una repregunta que li permeti afinar el verb correcte, però no la troba i ho deixa estar.

Quan, en una entrevista, totes les portes semblen tancades té poc sentit allargar l'agonia del serraller. El Rubio mira el rellotge i tira la cadira enrere, com si volgués aixecar-se. La Modesta s'hi afegeix, alleujada. S'aixequen tots dos. El Rubio deixa un bitllet a la taula i no espera el canvi per evitar que ella faci cap gest. Surten al carrer en silenci i s'aturen a dos metres de la porta, a l'espera de quin camí pren cadascun. Una botzina activa una última pregunta.

—I aquell amic íntim de París? Encara es freqüenten? Potser ens podria ajudar a convence'l.

—Qui? —demana ella, sorpresa.

El Rubio li explica el que ha anat recollint per aquí per allà sobre un amic inseparable dels anys de París, el que li havia presentat Picasso i l'acompanyava a totes les exposicions.

—El Josep Maria?

—No, el Rull ja el coneixia d'abans. Vull dir un català que va conèixer a París, que deu ser un exiliat, perquè me n'ha parlat el Peirats i altra gent. Li deien el Semita, em sembla, o una cosa així.

—Semita? —repeteix la Modesta—. Aquí, a Montblanc, hi ha els de cal Semita, sí, i el noi de la casa era el millor amic del Maties, malaguanyat.

Li explica la desgràcia que va commocionar la vila comtal quan el Macià tot just tenia vuit anys. Una colla se'n van anar de campaments a la serra de Prades amb quatre tendes i dos monitors, però la segona tarda va caure una tempesta de neu i a la nit va glaçar tant que uns pagesos els van deixar dormir en dos pallers. Van haver d'improvisar unes estufes perquè no passessin fred, amb tan mala sort que la que hi havia al paller on dormien el grupet del Macià va desprendre uns gasos tòxics que provocaven asfíxia. Eren quatre, i dos es van salvar perquè havien sortit a pixar, però els altres dos es van quedar a dins i van perdre el coneixement mentre dormien abraçats per no tenir fred, el de cal Semita i el de cal Francí.

—Va ser un miracle que el doctor Domènech aconseguís reanimar-lo —diu la Modesta atribolada, i s'empassa saliva—. Al principi se sabia que només se n'havia salvat un, però no se sabia quin dels dos. Els pares del Semita no ho van poder suportar i van marxar de Montblanc.

La Modesta se'n fa creus, ennuegada per l'emoció. Tants anys després, el relat del doctor Domènech segueix viu a totes les llars montblanquines, fins i tot entre els que per edat no ho van viure directament.

—El nen de cal Semita era el seu millor amic —conclou, després d'empassar-se la saliva—, i el Macià el va veure morir asfixiat.

La història impressiona tant el periodista que li passa per alt que la Modesta anomeni Macià el Maties. S'acomiaden de pressa. Com a professional de les notícies truculentes, el Rubio pren nota mental que voldrà investigar-la més a fons. Potser quan ho faci es fixarà més en els noms. Els que difereixen i els que coincideixen. Macià i Semita.

8301

D'ençà que el Ribera el va contractar per aconseguir acabar amb la crema, el Rubio té obertes diverses línies d'investigació sobre Palau Ferré, cada cop més conegut com el pintor que crema els seus quadres. Amb aquest encàrrec segueix el mateix mètode de sempre: porta la història a la recambra mentre fa les peces del dia a dia. Sempre ha estat un periodista de carrer, dels que surt a buscar les notícies, però sovint no les persegueix. Les espera. Hi ha molts llocs que poden ser una sala d'espera de notícies i aprofita qualsevol circumstància propícia per ficar-hi la banya. Una cosa porta a l'altra. En alguns casos fins i tot se serveix de l'ofici periodístic com a pretext ideal per investigar en les condicions adequades sense que ho sembli. Creu que el periodista no ha de ser mai un guionista que guiï la notícia pels camins argumentals que li interessen, però en canvi troba que pot fer d'escenògraf. Si el context és bo la notícia pot saltar en qualsevol moment. De vegades fins i tot planteja reportatges amb segones intencions molt clares. Ho fa tan a consciència que els guarda a la carpeta *MacGuffins*. És el cas del que ha decidit fer sobre la figura de l'editor Víctor Seix, aprofitant el quinzè aniversari de la seva tràgica mort, atropellat per un tramvia durant la Fira del Llibre de Frankfurt l'any 1967. El publicarà al setmanari *Por Qué* (*sucesos y actualidades)* i no li caldrà convèncer el director.[1] Només s'haurà de mirar al mirall i acceptar la proposta.

El Rubio troba que és un pretext ideal per acostar-se a la il·lustre família d'impressors barcelonins amb qui s'hauria pogut emparentar Palau Ferré, a veure si els suma a la causa. Fa temps que estira fils, i cada cop veu més a prop el dia de l'homenatge. Concerta una entrevista amb el senyor Joan Seix, ja jubilat, i una altra amb la Maria Rosa, germana del difunt i primer amor del Maties, sense amagar que els vol parlar d'ell. Ara ja no és aquella noieta que es desesperava perquè no rebia carta de París, sense sospitar que no li arribaven per control parental. S'ha casat amb un altre il·lustrador i és mare de dues criatures. Ella és l'única de la família que encara manté un vincle laboral amb l'empresa d'arts gràfiques que van fundar el seu avi Victorià i l'avi del Carlos Barral. Hi continua treballant d'il·lustradora. Tres anys després de la tràgica mort del Víctor, el Carlos va deixar Seix Barral i a l'impressor Joan Seix ja feia temps que li havia arribat l'edat de jubilació. L'editorial on la Maria Rosa treballa d'il·lustradora manté el nom, tot i haver-se fusionat amb Edicions Ariel. En aquests moments està immersa en el procés d'absorció per part de la gegantina editorial Planeta, però encara no ha canviat de seu social.

La Maria Rosa cita el Rubio a la seu de l'editorial, al carrer de Provença, li ofereix un cafè de benvinguda, escolta pacient la seva petició i respon que li sembla molt bé que entre tots plegats muntin algun homenatge que faci sortir el Maties de la negativitat incineradora en la qual sembla instal·lat. Dit això, també deixa entendre, amb suavitat i finesa, que no té cap ganes de veure'l.

—M'he permès convidar a la reunió la persona més indicada per ajudar-lo. Ja ens espera al despatx que havia estat del meu germà —li diu, sense desvelar-ne el nom, i afegeix amb posat enigmàtic—, i li he de confessar que gràcies a la seva trucada hem aconseguit que torni a posar els peus en aquesta casa, que havia estat la seva. Feia més de deu anys que no venia.

Van a un despatx proper i li presenta Carlos Barral, de qui el Rubio ha sentit a parlar força perquè s'ha llaurat un nom en el món editorial fora de l'editorial que porta el cognom del seu avi. Al fons d'un dels calaixos d'aquest despatx desocupat potser encara hi trobarien alguna carta de les que el Víctor va interceptar fa més de vint anys. Però ella ni les ha llegides ni té notícia de la seva existència. Una sensació inexplicable l'envaeix cada cop que entra al despatx que va ser del seu enyorat germà, ara transformat en sala de reunions amb autors i proveïdors. No el trepitja mai si no és estrictament necessari i, quan ho fa, sempre procura que la visita no s'allargui gaire. Tampoc ara. Després de presentar-los i de posar-los en antecedents del que l'un espera de l'altre, els notifica que es retira i se'n torna a la seva taula de dibuix.

El Rubio no té cap problema per resoldre els dubtes que li planteja Barral sobre les intencions del grup d'amics, coneguts i saludats del Maties. El Carlos és un home dinàmic i ple d'intuïcions creatives. Per això s'entenia amb el Víctor, que en pocs anys va muntar una xarxa de distribució de llibres per tot Iberoamèrica. De seguida que el periodista acaba les explicacions s'afegeix al carro de l'homenatge. Diu que la idea el rejoveneix i li explica tota la colla d'intel·lectuals que van acomboiar Palau Ferré en la seva triomfal exposició de fa dotze anys a la Biblioteca Nacional.

—El nostre home ha de ser Jaume Ferran —sentencia.

El Rubio no el té gaire situat, però de seguida que n'escolta el currículum se'n convenç. Incorporar Barral a la causa encara li sembla millor, sobretot quan l'editor el convida a dinar a Casa Leopoldo.

—Pensa que va arribar a organitzar una expedició de duescentes persones que van venir de Pennsilvània per, entre altres coses, visitar el taller de Palau Ferré a Montblanc —diu l'editor mentre es cruspeixen unes favetes amb pernil, bolets i botifarra negra.

El periodista pren bona nota de la necessitat de contactar amb Jaume Ferran i ajustar la data de l'homenatge al calendari escolar de la universitat americana on fa classes. Barral li fa veure la llum. A l'hora dels cafès comencen a fer una llista d'altres possibles còmplices prou influents per convèncer Palau Ferré de no cremar els quadros que pinta. Els en surten un gavadal, molts d'ells creadors notables.[2]

—El Jaume sempre ens avisava perquè anéssim a fer-li costat. La primera vegada que va exposar a Madrid hi vam anar amb el Jaume, el Gabriel, el José Agustín i el Jaime[3] —rememora—, i l'Alfons al final no sé quin problema va tenir que es va quedar a Ginebra. Quan, pocs anys després, va inaugurar l'exposició de la Biblioteca Nacional alguns hi vam tornar a anar. Me'n recordo perquè tot just acabàvem de publicar l'antologia de Castellet dels *Nueve novísimos* i m'hi vaig presentar amb els primers exemplars sota el braç. Encara no havien arribat ni a les llibreries.

S'emociona. Fa pocs anys, d'això, però el llibre ja s'ha convertit en una referència i Barral en un editor de culte que ara s'enfila a descriure el moment amb la passió imaginativa de la nostàlgia. Els records enriquits per l'emoció el porten a explicar que el carrer Serrano semblava Montmartre perquè la inauguració va estar plena de francesos. El Rubio dreça les orelles de perdiguer i l'interromp per demanar-li si eren amics dels que havia fet a París en els tres anys que s'hi va estar.

—No, em sembla que la majoria eren enginyers de l'empresa on treballava el Rull, aquell amic seu que viu a Aranjuez.

—I no va venir, el Semita? Ni ningú de Casa Castelucho?

—Quin semita? —li demana Barral, sorprès— No crec que el Maties sigui antisemita, però tampoc em consta que tingui amics jueus.

Es posen a riure dins d'un núvol de fum que les riallades mig desfan. El Rubio li dona més detalls sobre l'amic català amb qui s'havien fet inseparables durant els anys parisencs.

—Doncs no n'havia sentit mai a parlar —respon l'editor—. Potser l'hi podríem demanar a la Maria Rosa.

El periodista repeteix per enèsima vegada tots els detalls que ha recollit d'aquest misteriós Semita que ara ningú no sembla recordar. Procura no deixar-se'n cap d'important. La majoria de coses que en sap van sortir de la boca del Peirats quan encara no li havia aplicat la llei del silenci, però el Rubio recorda perfectament que també Palau Ferré s'hi va referir en alguna de les entrevistes que li ha fet. Ho té present perquè li va cridar l'atenció l'anècdota de buscar catalans a la boca de metro, tan singular que havia corregut per Montblanc de boca en boca.

Havent dinat, després d'acomiadar-se amb petons i abraçades de la Rosa, mestressa de Casa Leopoldo, l'editor acompanya el periodista a prendre cafè a casa dels Seix. El Rubio seu a la mateixa cadira que va ocupar Palau Ferré dècades enrere, abans d'anar a París, i departeix plàcidament amb el senyor Joan Seix, l'òrfil[4] del Víctor. Barral els acompanya des de la butaca on acostumava a seure el malaguanyat hereu de la casa. El dia de la presentació del Maties com a aspirant a gendre, el seient més allunyat l'ocupava la pubilla, nerviosa per la situació. Ara, en canvi, la butaca està buida perquè la noia ha volat del niu i en aquests moments deu recollir els seus fills a l'escola per portar-los cap a casa.

El senyor Joan Seix tampoc no té notícies de cap Semita ni li sona ningú amb un nom o pseudònim similar en el món de l'art. És gran, però té memòria, i la tossudesa és un dels seus trets característics, de manera que després d'encendre's un montecristo despenja el telèfon i fa una llarga ronda de trucades als seus amics de París per desvelar el misteri del Semita. Han passat els anys i alguns contactes estan fora de combat o molt atrotinats, però Casa Castelucho encara és oberta a Montmartre i, després de tres intents, aconsegueix parlar amb la seva amiga Rosa-Antonieta Castelucho. Tampoc no li sona cap Semita. Li diu que està a punt de fer vuitanta anys i que es planteja anar a viure a Reus, però li actualitza uns quants telèfons d'amics de l'època. Més benzina. Joan Seix salta d'una branca a l'altra i en totes hi troba noms que ha conegut. La xarxa dels exiliats republicans a París és com un petit veïnat trasplantat a una selva. Amb l'únic que no hi pot parlar, perquè és sord com una tàpia, és amb Josep Palau i Fabre, que ara viu a Barcelona. Un montecristo i tres copes d'armanyac després, el patriarca de can Seix penja el telèfon per última vegada, amb un sol convenciment:

—El tal Semita no ha existit mai.

O això, matisa, o només va existir en la portentosa imaginació de l'artista, perquè tots els testimonis de primera mà del seu periple parisenc amb qui ha parlat li han assegurat que durant els tres anys que va estudiar becat a París, Maties Palau Ferré no va tenir cap amic íntim. Cap ni un.

—Tothom el recorda deambulant sol pels carrers de París —assegura taxatiu—, arribant sempre sol a les classes i als cafès, fent-se amb la resta d'estudiants, però sense intimar-hi mai.

Els testimonis amb qui ha parlat l'home que va maniobrar per evitar que el Maties fos el seu gendre són unànimes. El Rubio només hi pot oposar les paraules del Maties mateix o de gent que no era a París en aquella època.

—Desenganyi's —li diu el senyor Seix, sentenciós—, si cap de les persones amb qui ha parlat no va conèixer cap Semita és que no n'hi va haver cap. Tants caps, tants barrets. Li asseguro que tanta gent no es pot equivocar, ni té cap sentit que amaguin l'existència d'algú de qui només en sabem un pseudònim.

Carlos Barral assenteix en silenci i el Rubio comença a creure que potser busca un espectre. Surt de can Seix aclaparat, amb el posat d'un marit enganyat. S'acomiada de l'editor i deambula pels carrers de l'Eixample sense rumb. Acaba d'assistir a una desaparició sobtada, com un d'aquells trucs en què el mag fa entrar algú en un armari amb rodetes, el fa giravoltar com si fos una parella de vals, i quan torna a obrir la porta ja no hi ha ningú. El truc de l'armari, ideal per a adúlters caçats in fraganti. Però Palau Ferré no és cap adúlter. És un conco solitari.

Quan se n'adona, el Rubio ha travessat mig Barcelona i s'ha plantat a la plaça Eivissa. Caminar sempre li aclareix les idees. Si mai ha intentat córrer o anar en bicicleta ja no pot pensar de la mateixa manera, però caminar sí, li esperona les neurones, pas a pas, ara afluixo ara m'aturo a badar, mentre la ment llisca d'una idea a una altra. Quan arriba a Horta totes les idees el porten a la mateixa persona. Entra al bar Quimet, demana una cervesa i deixa que els engranatges del cap acabin d'encaixar. Clac. Admirat per la gran quantitat d'ampolletes de licor que folren les parets del bar, busca monedes per fer una trucada a la cabina de plàstic verd que hi ha al final de la barra. El Rubio es troba bé, però demana hora al metge. Per demà. A Montblanc. Amb el doctor Domènech, medicina general.

A la sala d'espera de la consulta hi ha una pila de revistes del cor i les parets estan encatifades amb quadros originals de Palau Ferré. Olis, ceres, tintes xineses, dibuixos. I un càntir decorat. La infermera crida el seu nom.

—He vingut perquè em fa l'efecte que ens ha enganyat, doctor —li diu el periodista, abans de seure—, però se'm fa difícil imaginar per què. No sé per què havia d'inventar-se l'existència d'algú, ni què amagava ni què en treia.

El doctor Domènech assegura que els nostres actes no sempre tenen un perquè, però és una afirmació preventiva d'abast general, pròpia d'un metge que es cura en salut, perquè tot just després de dir-ho comença a donar perquès força sòlids i entenedors. Com a mínim no abusa de la terminologia científica i al Rubio li sembla que els entén.

D'entrada, evoca l'episodi terrible de la mort per asfíxia del nen de can Semita quan el Maties tenia vuit anys.

—Jo tot just sortia de la facultat, i va ser una de les primeres vegades que vaig veure la mort tan de prop —li diu, tanca els ulls i inspira fondo—, i aquestes coses mai no s'obliden. Han passat molts anys, però a Montblanc encara ho recorda tothom.

D'aquí, el doctor Domènech va desgranant el periple vital del Maties des de tots els punts de vista, també el psicològic.

—No es pot dir que no ho hagi superat, però aquell episodi ha influït decisivament en el seu comportament.

Sense revelar res que qualsevol observador mínimament atent no veuria, el doctor Domènech descriu un estat mental variable que comporta estats d'eufòria al costat d'altres períodes de gran abaltiment. El periodista s'imagina un Palau ciclotímic i, per deformació professional, intenta etiquetar-lo amb algun titular.

—Vol dir que és bipolar? —li deixa anar—. Com en diuen, quan algú parla sol? De nit és somnàmbul, però quan ho fa de dia quin nom té?

El doctor Domènech aixeca les dues mans.

—Calma! Deixi els diagnòstics per als equips mèdics!

—Però, així, podem parlar del Semita com del seu alter ego? La personalitat oculta que ha guiat la seva carrera d'artista?

—No faci interpretacions de periodista, senyor Rubio —li diu rient—, com menys complicat s'ho imagini, millor. Pensi en un amic imaginari, i ja farà el fet.

—Entesos.

Però el Rubio ja ha engegat la màquina d'interrogar i aprofita la inèrcia per treure el tema de la presumpta temptativa de suïcidi. El doctor Domènech ho descarta taxativament.

—Igual com es pot inventar un amic invisible sublim per combatre la solitud pot inventar un fals intent de suïcidi —dictamina amb la seguretat dels facultatius—. Per què es pensa que encara crema algunes de les criatures que pinta? Si volem que surti d'aquest pou hem de fer que se senti acompanyat.

Al tren de tornada, el Rubio cau de la figuera. Li ve al cap el famós anagrama que André Breton va dedicar a Salvador Dalí per criticar el seu afany de lucre quan, recombinant les dotze lletres del seu nom i cognom, va compondre una frase inequívoca en llatí macarrònic: Avida Dollars. Molt més senzill li sembla adonar-se que les sis lletres de Maties, degudament recombinades, també poden formar el nom del Semita.[5]

8401

El febrer és fred a Madrid, però vas ben acomboiat i et porten en cotxe a tot arreu. El Rull Royce no estava disponible, de manera que has hagut d'acceptar la invitació del doctor Domènech i has vingut a Madrid en el Renault CX del teu metge, instal·lat al seient davanter que t'ha cedit amablement la senyora Domènech. Quan, ara fa un mes, et va avançar que t'organitzarien un homenatge vas trigar molt a fer-te'n el càrrec. No és la mena de temes que es toquen a la consulta del metge, per més que sigui de confiança, i menys quan t'han fet treure la camisa per auscultar-te. No t'ha agradat mai anar a la platja i et neguiteja despullar-te davant d'algú, per més que sigui metge. De primer et va semblar que no ho havies entès bé, però quan et va repetir que no t'ho prenguessis com un homenatge solemne perquè només seria un dinar d'amics et vas estar una bona estona encallat en la paraula *homenatge*, assegut a la llitera capcot, repetint mentalment home, natja, home i natja, home i natges... Te'n recordes ara que et fixes en les de l'acompanyant d'un periodista famós de televisió, un tal Plaza, que s'ha presentat al dinar amb una senyoreta espectacular que contrasta amb l'edat mitjana de la resta de comensals. Pugen l'escala just davant teu, de manera que et resulta impossible no fixar-t'hi. El restaurant La Bastilla, malgrat aquest nom tan revolucionari, és al costat dels jardins del palau de Liria i té un aspecte més aviat conservador. A la consulta, el doctor Domènech es va adonar del desconcert que et causava la proposta i va aprofitar per començar a auscultar-te. Et va fer estossegar mentre t'explorava la pell de l'esquena amb el cercle glaçat del fonendo. No vas deixar de pensar en culs fins que no et va fer pronunciar tres vegades trenta-tres. Encabat, va fer la broma del tres per tres noranta-nou per fer-te riure i no te'n va tornar a parlar fins a l'hora de les receptes. Allà et va vèncer. Després de receptar-te les pastilles habituals, va agafar un altre paper timbrat i t'hi va escriure les coordenades de la proposta: 10 de febrer, dinar a Madrid, Aules d'Art Iberoamericanes. Faltaven quinze dies però ja ho vas donar per fet. Si t'ho receptava el doctor Domènech, no t'hi podies negar. Des d'aquell moment tot ha fet baixada.

Ara mateix, mentre contemples embadalit les natges en moviment de l'acompanyant de José Antonio Plaza, no tens ni idea de qui trobaràs dins del saló. Només saps del cert que els Rull no hi podran ser per un compromís laboral. Ja no viuen a Aranjuez, però el teu amic Josep encara treballa per a la mateixa empresa francesa i t'ha trucat per dir-te que no s'ho podia combinar. L'única trucada que has rebut. Tota la resta és sorpresa. El doctor t'informa que abans de seure a dinar se serveix un còctel en un saló contigu que et sembla il·luminat de manera estrafolària fins que t'adones que l'excés de llum blanca prové d'un focus. Un equip de televisió espanyola cobreix l'acte.[1] Ocupen un dels extrems de la sala. Quan t'hi acostes veus que al racó que il·lumina el focus hi ha el crític Carlos Areán i el president de les Aules d'Art Iberoamericanes, el senyor Ramon Torrente. Els coneixes de fa anys, però ara et fixes que l'un al costat de l'altre fan una parella ben peculiar. L'un sembla David Niven i l'altre Alfredo Landa. Parlen amb un tercer home que et dona l'esquena. Ningú no te n'ha informat, però suposes que si els volen entrevistar és perquè són els organitzadors del dinar. Quan el tercer home surt de la zona dels focus el reconeixes. És l'Enrique Rubio. Et sobresalta que també sigui per aquí, però t'imagines que deu cobrir l'acte per a algun dels diaris en els quals col·labora. Se'n va cap al fons de la sala, on els cambrers comencen a servir un aperitiu.

—¿Dónde está el señor Palau Ferré? —sents que demana el periodista de Televisió Espanyola.

Com que el doctor Domènech i esposa també s'han esmunyit cap al fons a picar alguna cosa, fas veure que bades amb els quadros que hi ha penjats a la paret lateral del saló, però no et serveix de gran cosa. Els quadros són teus i tot de dits t'assenyalen.

—Benvingut, Maties —et diu una veu que de seguida identifiques.

És l'Amadeu Lladós, un periodista terrassenc que ara ocupa una de les subdireccions de l'agència EFE. Fa anys que no el veus i no t'havia passat pel cap que te'l trobaries aquí. L'Amadeu es desfà en elogis mentre t'acompanya fins a la llum del focus per presentar-te el redactor de televisió que t'ha d'entrevistar. Tot canvia quan entres a la zona il·luminada, com si les partícules de llum acceleressin la realitat. El periodista que branda el micròfon desprèn nerviosisme, es discuteix amb el càmera sobre on posar-te i gairebé no et deixa saludar David Niven i Alfredo Landa, a qui manté arraconats fora de l'abast de la llum, a l'espera d'entrevistar-los després del protagonista, que ets tu.

—Entrevista con el señor Matías Palau Ferré, pintor —sents que diu, mirant a càmera, i després et deixa anar mig embarbussat que Picasso va dir de tu que eres l'únic pintor actual que creava obres d'art, però que ara les destrueixes.

El corregeixes. El que creus que Picasso va dir de tu, especifiques, és que ets l'únic pintor capaç de tirar endavant la construcció artística del que ell estava destruint, i llavors t'enfrontes al tema de la destrucció abans que no te'n parli ell, i ho fas en el teu castellà traduït que ja ni t'esforces per millorar.

—Quemarlas así de pronto es por una serie de daños del pasado de los que no quiero hablar porque todo lo del pasado es basura y la basura huele mal, y así llegó el setenta y cuatro con la sentencia del Supremo. Entonces, como que no estoy de acuerdo con ella, me creí marginado en problemas que se llevan mucho pero que es verdad, en plan de conseguir unos derechos, unas posibilidades para los artistas futuros para que tengan un mínimo de dignidad humana, llevo esta protesta y entonces, esta es mi obra y por eso la quemo.

El periodista aprofita la teva pausa per parlar de les tintes xineses que s'exposen avui aquí, al La Bastilla, i et demana si no tornaràs a pintar olis. Li aclareixes que vas començar a pintar tintes xineses durant el conflicte amb el teu rival, de qui t'esforces a no dir mai el nom, perquè ell tenia dret a quedar-se tots els olis que pintessis i vas buscar una altra tècnica de pintura que fos potent perquè... El periodista t'interromp. Et demana perdó i et deixa a mitja frase. El càmera li diu alguna cosa que no entens, però el fet és que talla l'entrevista i, tot seguit, torna a començar sense advertir-te'n, just quan reapareix l'Enrique Rubio amb una copa a la mà.

—Entrevista a Matías Palau Ferré, pintor —sents que torna a dir mirant a càmera.

I torna a esmentar Picasso, la construcció i la destrucció, com si no ho acabés de dir no fa ni dos minuts. L'engegaries a dida ara mateix. Te'l mires de reüll per intentar evitar l'insult, però també t'esforces per evitar la mirada del Rubio i quan sents que et torna a preguntar per què cremes el que pintes respons d'esma. Diferent.

—Simplemente para lograr esta construcción en bien del arte y del artista porque yo me encontré con un asunto, con una sentencia que no estaba de acuerdo, me sentí marginado y para los artistas en un futuro que tuvieran unos derechos y unas posibilidades y una serie de condiciones que nosotros no teníamos y crear un arte más fuerte, es un poco iluso, quizás, y un poco extraño porque al fin y al cabo el único perjudicado soy yo, pero era una necesidad de que el arte sea más potente y a los derechos del artista.

I calles. Notes que el Rubio et mira mentre el locutor torna a esmentar les tintes xineses i l'oli, però ara li respons que no pots deixar de pintar o de dibuixar cada dia, perquè és una força vital, una necessitat, i pronuncies «necesidad» amb dues esses a consciència, cada cop més fart de la necessitat de parlar en castellà per a algú que no t'escolta, com ara et resulta del tot evident perquè mentre parles només mira al càmera i fa ganyotes indesxifrables. Tu també l'ignores. Xerres i xerres amb la vista fixa en un dels teus quadros. De tant en tant, passeges la mirada per tota la sala amb l'únic propòsit de comprovar si el Rubio encara et mira fixament, però la segona vegada que ho fas veus que buida la copa d'un glop i gira cua, probablement per anar a reomplir-la. Ja en tens prou. Abans el locutor antipàtic t'ha deixat amb la paraula a la boca i tu ara escurces la resposta amb mala idea. Estronques una frase abruptament per enxampar-lo a mitja ganyota, patapam. Com que acabes tan en sec triga tres segons a reaccionar, però encara té esma de ferte una última pregunta sobre els amics que intenten pressionar-te perquè deixis de cremar els quadros. És clar que només els interessa això. El foc. L'espectacle. Però no et sents preparat, encara, per donar cap resposta. Mires al fons de la sala. Vols una copa. Tu venies a dinar i aquests nois de la tele t'han enxampat amb la gola seca i la panxa buida, a peu dret, de manera que finalment li respons vaguetats sobre la teva il·lusió de tornar a creure en la humanitat i no concretes res sobre el foc.

—Muchas gracias —et despatxa—, ahora vamos con el señor crítico.

I, en comptes de deixar-te marxar, et fa passar al racó d'on rescata David Niven, el professor Carlos Areán, a qui el locutor només demana una anàlisi de la pintura de Palau Ferré. Ni més, ni menys.

—¿Nos podría brindar un análisis de la pintura de Palau Ferré?

L'escoltes amb interès, a veure per on surt, i no et sorprèn. Amb paraules precises i sintaxi clara enumera els mateixos tres elements fonamentals de la teva pintura que sempre destaca. L'herència del cubisme sintètic; la tradició del fauvisme català, completament diferent del francès, aclareix; i finalment la qualitat del grafisme, que Areán compara amb la pintura de l'Extrem Orient. És un professional. Et fa gràcia que quan descriu el fauvisme a Catalunya diu que és diferent del d'altres països i llavors alguna alarma interior li fa afegir un oportú «o regiones».

—Todos estos elementos —acaba Areán— no están inconexos en la obra de Palau Ferré, sino que forman una unidad que es lo que hace su pintura inconfundible y aumenta su calidad, contando siempre con su buen hacer. Gracias.

Gràcies, diu, i se'n va. L'avia. El deixa amb el micròfon estirat, com volent dir que no li pregunti res més perquè ja ha dit tot el que havia de dir. Trobes admirable la gent que sap parlar en públic, com el teu David Niven, que ara travessa la sala amb grans gambades en direcció a la zona on hi ha la beguda. Enveges la seva desimboltura i et sents petit, aquí clavat al costat d'un Alfredo Landa que ara sembla ansiós per enllestir amb el micròfon. Voldries seguir-lo, però t'adones que la teva posició t'impedeix marxar sense passar per davant de la càmera.

—Entrevista a Ramón Torrente —sents que diu el periodista, com un autòmat—, director de las Aulas Iberoamericanas. ¿Por qué este homenaje?

Et fixes que torna a fer el mateix que t'ha fet a tu. Deixa anar la pregunta, estira el micròfon i aparta la mirada, com qui tira una pedra i amaga la mà. El president de les Aules s'embala. Parla d'un cas de justícia i de desgreuge nacional. Nacional. Notes que s'envalenteix. Et mira de reüll mentre s'omple la boca amb tot de virtuts que t'adjudica en una torrentada d'elogis que et fa envermellir. Ets molt a prop, però per fortuna just fora de l'abast dels focus. Després de glossar la teva importància artística entra en detalls. Ja veus que no mira prim, perquè diu que vas haver de pintar quaranta metres de llenç per obligació fa catorze anys, tot i que només en fa deu, i continua cada cop més envalentit assegurant a càmera que el deute que havies de saldar tot just eren sis-centes mil pessetes, tot i que n'eren cinc-centes, i que els teus quaranta metres quadrats de llenç llavors ja valien quaranta milions. Quaranta milions? Collons, en Torrente! Estàs a punt de dir-li que ja t'hauria agradat, i per primera vegada penses que potser sí que hauries de tornar a pintar olis.

El president landista de les Aules parla en nom de l'organització per dir que l'objectiu de l'acte és cridar l'atenció de l'Administració perquè et donin suport i et sobresalta quan, en el seu afany per valorar-te, afirma que Picasso et va nomenar el seu delfí. Mai no has entès com és que els espanyols anomenen delfins els prínceps hereus francesos, però el Torrente és un home animós i monàrquic convençut.

—Y todo por un simple problema jurídico que fue una locura —se sincera al final de la seva resposta—. No es por criticar al poder judicial, pero fue muy negativo desde el punto de vista que un juez no es poeta y no puede concebir que una obra de arte se pueda valorar así, con mucha alegría, ¿no?

L'entrevistador aguantamicros reacciona com si li haguessin punxat el braç. L'arronsa per enretirar el micròfon i demana a Torrente que repeteixi la resposta perquè parlar de bogeria, en al·lusió al poder judicial, no li sembla una cosa gaire correcta de dir per la tele. Alfredo Landa se'l mira, astorat, acota el cap com qui busca inspiració als peus i hi torna, sense mirar-te.

—Bueno, pues Palau Ferré es uno de los pintores españoles con mayor proyección universal —arrenca—, es un pintor a quien Picasso calificó como su delfín en su día.

I s'embranca en nous elogis que ara inclouen visites d'universitats americanes i compradors japonesos que arriben a Montblanc en helicòpter. Torna a fer els comptes del Gran Capità i aquest cop eludeix referir-se al poder judicial però, a canvi, concreta la petició a l'Administració en la figura del ministre de Cultura, Javier Solana, subratllant que ja està fent grans coses. Li demana que ajudi a promoure les tintes xineses com les que avui exposen perquè, entre tots, t'animin a tornar a pintar olis. Al final et mira obertament, i acaba la intervenció dient que el teu ostracisme és un cas lamentable i que cal posar-hi remei.

Després de gravar-vos, el càmera i el periodista discuteixen, Torrente t'abraça i aneu a fer un vinet. El Rubio se t'acosta amb la mà estesa i et felicita a boca de canó. Entomes l'enhorabona sense fer preguntes, però just quan tens un per què a punt de sortir del pap el periodista escup una disculpa i salta al grupet del costat per saludar el televisiu Plaza, que ha forjat la seva fama des de la corresponsalia de Televisió Espanyola a Londres. Abans de seure a les taules, et fan voltar per la sala per contemplar tots els quadros que hi han penjat. El càmera, que va per lliure, exerceix de cicerone i arrossega un bon grup a seguir una ruta per la vintena de tintes xineses que decoren el saló gran del La Bastilla. Veus com filma els teus peixos, els teus pebrots i gira-sols, els trios d'unicorns siamesos, les parelles colltortes i les dones desaparellades, una mare florejada amb el seu fill amb cara de gat que t'agrada molt, una altra de colltorta sota una lluna amb un bol del qual pica un ocell blau i encara una altra que llueix una flor verda al cap.

Hi ha vuit taules de sis persones i la jove acompanyant del periodista Plaza no seu a la teva. Tampoc el doctor Domènech ni la seva amable esposa, voluntàriament exiliats a una de les taules del fons, on també veus que hi ha l'Enrique Rubio. Et posen al davant d'un escalador, un tal César Pérez de Tudela, bon conversador, però també et toca compartir tovalles amb David Niven i Alfredo Landa, que rivalitzen en la pesantor verbal des de dos estils antagònics igual de plumbis en privat que en públic, perquè per més inri són els dos encarregats de fer els discursos a l'hora dels cafès i, poc o molt, diuen el mateix que ja els has sentit dir primer davant de les càmeres de la tele i després en petit comitè durant el llarg dinar. Els seus parlaments, que et ressonen llargs i tediosos per tercera vegada en poca estona, precedeixen el teu.[2] Perquè, com ja t'imaginaves, al final de tot et toca prendre la paraula. Els agraeixes la presència i no saps gaire què més dir. Només els promets que reflexionaràs.

8402

Rei, sota, cavall.

Ahir vas arribar de Madrid amb ganes de tornar a la vida quotidiana i de bon matí ja has vingut al bar España a fer el solitari. Ara et solaces amb els ressons dolços del sopar d'homenatge que et van organitzar les Aules d'Art Iberoamericanes.

Tres, dos, set.

Mentre escampes les cartes per la taula recordes les tovalles de Madrid, acaronades per una sòlida representació del món cultural i polític amb un sol objectiu: demanar-te que deixis de cremar els teus quadros. Tots al restaurant La Bastilla, demanant l'absolució per a la teva obra. Periodistes de premsa com Lladós, Piñol, Hermida, Rubio o Poveda i professionals de la tele tan solvents com Sánchez-Ocaña o Plaza.

Cinc, vuit, sis.

Després d'un dia assolellat passejant per Madrid, vas trobar les parets del gran saló folrades amb una vintena de les teves tintes xineses. Abans del sopar et van entrevistar per a Televisió Espanyola a peu dret, amb una bateria de preguntes entre insòlites i insolents. Vas seure a la taula presidencial amb el sol·licitat alpinista César Pérez de Tudela, disposat a animar-te a fer el cim d'una vegada. La solució de la foscor no la trobaràs en la llum del foc, et va dir en veu alta l'alpinista més famós d'Espanya, sinó en la llum del sol.

Cinc, set, rei.

També el crític Carlos Areán, en l'elogi públic que va llegir, va assegurar que les teves tintes xineses remeten al país del Sol Naixent. La situació et va sollevar i va crear un caos,[1] entotsolat com estaves en els teus principis de destruir tot el que pintes. Però també vas sentir complagut com els organitzadors sol·licitaven al diputat Javier Solana que fes alguna cosa per promoure la teva obra. A l'hora del cafè, vas voler agrair l'esforç solidari de tots els presents, i vas prometre que reflexionaries sobre la teva decisió.

Dos, sota, cavall.

Saps que l'oli del gresol s'esgota i és evident que tots els astres s'arrengleren perquè apaguis el foc destructor. Les cartes del solitari t'empenyen a considerar-te afortunat, amb el seu gotejar constant que transforma la taula del bar en un plovisqueig sòlid d'estalactites i estalagmites. L'alineació solidària de totes les cartes de la baralla en les quatre columnes de cada coll representa la victòria final. Ho celebres amb un gest discret, però l'amo del tros es posa a aplaudir perquè tots els parroquians se n'adonin.

—I ara què, Maties —et demana com sempre—, a treballar una mica?

Podries ignorar-lo i no badar boca, com tantes vegades has fet en aquests últims anys, però avui estàs de bona jeia i decideixes cobrir les expectatives.

—Només treballa qui no sap fer res més!

Després surts, convençut que l'alineació sobtada de les cartes del solitari és un senyal. Avui mateix deixaràs de cremar el que pintes.

Epíleg

La novel·la s'acaba així. Aquí. El 10 de febrer de 1984 les Aules d'Art Iberoamericanes organitzen a Madrid un dinar d'homenatge a Maties Palau Ferré. L'únic objectiu de l'acte és treure-li del cap les ganes de cremar el que pinta. L'àpat se celebra al restaurant La Bastilla, al costat dels jardins del palau de Liria, a pocs metres del Museu d'Art Modern. Les parets del saló parlen, decorades amb olis seus de gran format. Una exposició efímera destinada a recordar-li qui és. Entre la seixantena de comensals que assisteixen a l'homenatge, destaquen celebritats de l'època com l'alpinista César Pérez de Tudela o els televisius Ramón Sánchez-Ocaña i José Antonio Plaza. Enrique Rubio no hi assisteix. Si surt al dinar de la novel·la és per exigències narratives de la ficció. En el dinar real, un dels oradors que pren la paraula és el crític d'art Carlos Areán, exdirector del Museo Español de Arte Contemporáneo, a qui veig un cert aire de David Niven. Areán lloa l'obra de Palau Farré i en destaca els tres aspectes que considera cabdals en tots els escrits que va dedicar al tema, que no són pocs: la capacitat de reinterpretar el cubisme de manera innovadora, el fet de mantenir el fil del fauvisme català amb els colors d'arrels franceses i l'aportació d'una nova tècnica de grafisme amb tinta xinesa. Segons recull el seu renebot Francesc Marco-Palau a *El pintor que cremava els seus quadres*, les últimes paraules de l'homenatjat fan pensar als organitzadors que han aconseguit el seu propòsit: «Després de tot això... —diu l'artista— penso recapacitar una mica. Gràcies!». És a dir, que es deixa estimar i es compromet a pensar-s'ho, però encara es resisteix a donar una resposta definitiva. El desenllaç no es fa esperar gaires setmanes. Maties Palau Ferré s'ho repensa i, poc temps després, fa oficial que deixa de cremar els quadres que pinta.

La novel·la s'acaba aquí. Així. Trio tancar la ficció amb aquest dinar a Madrid perquè forma part del relat oficial sobre la seva trajectòria artística. La clausura de l'època incineradora tanca el litigi que em va motivar a escriure la novel·la. A partir del 1984, la llar de foc del seu taller no crema cap més oli i el pintor absent torna a l'activitat, tot i que amb una variació tècnica important. Mai més no tornarà a pintar olis. Ja només treballarà amb tinta xinesa i unes ceres elaborades segons una fórmula personal que teòricament en garanteix una gran perdurabilitat, com si volgués assegurar-se la posteritat.[1] La piromania també té els seus matisos. En realitat, Palau Ferré no va cremar mai tot el que pintava. Resulta gairebé impossible fer una cronologia dels seus quadres perquè no els datava, però he parlat amb diversos testimonis que li van comprar olis que semblaven recents entre el 1974 i el 1984, quan teòricament els cremava. Olis que van sortir del taller per anar a pisos particulars de Montblanc, Reus, Vila-seca o Solsona, on encara els he pogut veure penjats.[2] Onze anys és molt de temps per viure de l'aire, i bé que havia de menjar. Palau Ferré es vantava de triar els seus clients i els col·leccionistes escollits li van seguir comprant de sotamà. El relat periodístic ja s'ocupava de mantenir encesa la flama, mai millor dit. La solvència del periodisme per crear relats paral·lels és prou contrastada.

Tampoc cal atribuir la fi del foc només al dinar d'homenatge. L'orwellià any 1984 va succeir un altre fet que un novel·lista no pot passar per alt. El 24 de març de 1984, un mes i catorze dies després de l'oripellat dinar de Madrid, va morir el promotor Miquel Peirats Fenollosa. L'antagonista de l'artista, l'enemic públic número u, el culpable de l'eclipsi sobtat de Picasso Dos, segons el criteri de la cohort d'admiradors de Palau Ferré. Que l'artista montblanquí no tornés oficialment a l'activitat fins just després de la mort del seu antagonista pren tot el sentit en la lògica de la ficció novel·lesca. La vida és un pur atzar, però en una novel·la basta desplaçar U a Dos per transformar les casualitats en causalitats, i viceversa. El cert és que Palau Ferré va viure els setze anys que van del 84 al primer de gener de 2000 en una espècie d'expiació perpètua pels pecats comesos. Va prometre que no tornaria a exposar en cap galeria comercial, tot i que va fer algunes exposicions a instàncies de col·leccionistes,[3] i es va dedicar al sector de la solidaritat fins a esdevenir un Bob Geldoff de les arts plàstiques, sempre disposat a col·laborar amb entitats com Amnistia Internacional o Mans Unides.[4] També es va erigir en defensor dels drets sindicals de l'artista i va estendre el seu apostolat a tots els espais des d'on pogués blasmar el comerç artístic. Fins i tot va mudar la iconografia. Va canviar els retrats femenins, els bodegons i els paisatges montblanquins per coloms pacífics, llegendes emblemàtiques i pòsters transatlàntics.

Els seus retrats d'un sol traç criden l'atenció per l'enginy del repte tècnic, però l'aspiració de posteritat ampliada que va dipositar en la fórmula secreta dels materials no ha estat acomplerta. Aquest procés d'expiació de les obres solidàries fa pensar en el que va viure el seu antagonista mitjançant l'altruista mètode de regalar els olis que havia guanyat als tribunals. La premsa del tardofranquisme reflecteix cada donació sense grans escarafalls, de vegades amb una simple fotonotícia, i els quadres de la condemna encara avui romanen en poder dels ajuntaments de Reus, Valls, Salou i Alcover. Alguns testimonis em van assegurar que Palau Ferré els havia pintat a correcuita, de qualsevol manera, però no semblen de qualitat gaire diferent de la del gruix de l'obra. No la desmereixen. Una amiga molt propera al pintor sosté que Peirats va contractar un tècnic japonès per comprovar que no hi hagués cap engany.[5] Palau Ferré li va explicar, diu, que l'especialista nipó rascava els quadres lliurats per tastar-ne la pintura. Per què?, li demano. Per comprovar que no hi hagués barrejat sucre, em diu. Sucre? Em ve al cap una brama que corria pels Salesians d'Horta: van posar sucre al dipòsit de benzina de la moto d'un profe i es va fer malbé. La meva font octogenària canvia la benzina per l'oli. Si hi poses sucre, les pintures es fan malbé amb el pas del temps, em diu amb un somriure trapella. Ah. La imatge és tan novel·lesca que em sembla una fantasia del pintor per expulsar els mals esperits de la frustració, però no vaig tenir manera de contrastar-la fins que no vaig poder localitzar un testimoni del bàndol contrari i me la va desmentir. Ja hi arribarem d'aquí a unes quantes pàgines. Abans hem d'agafar embranzida.

Vaig descobrir la figura de Maties Palau Ferré a Lleida, exercint de jurat del premi d'assaig Josep Vallverdú. Un dels originals duia per títol *El pintor que cremava els seus quadres* i la història em va captivar. Vint anys enrere havia començat a escriure una novel·la sobre la destrucció d'una obra d'art, en aquell cas una escultura de vidre, que m'havia de permetre explorar des de la ficció la construcció del valor artístic, un dels misteris místics d'aquesta religió laica anomenada art. Aquella novel·la va quedar inacabada, però va suscitar una experiència interactiva amb quinze desenes de lectors que em van proposar finals diversos l'estiu del 2003 a *La Vanguardia* i, al capdavall, va ser el germen d'un altre llibre més extens que en feia la crònica sense renunciar a contenir la novel·la que l'havia generat, finalment acabada. Vaig publicar crònica i ficció en un sol volum capiculat, que té dues portades i dos sentits de lectura.[6] En termes generals, parlar de com es construeix la valoració d'una peça artística apel·la a la formació de les creences, però en el cas de l'art, el profà i el sagrat es barregen en proporcions variables segons les èpoques i les cultures. Les inquietuds que, en el passat, m'havien dut a empantanegar-me en aquella novel·la (in)acabada reapareixien en la història de Maties Palau Ferré relatada pel seu renebot historiador.

El més cridaner era la crema contumaç de l'obra pròpia, en una versió pictòrica del mite de Penèlope. El relat que ha perviscut és que aquell montblanquí cremava cada nit el que pintava de dia, dia rere dia, durant deu anys. El seu renebot explicava que la causa d'aital suïcidi artístic sostingut va ser el litigi amb algú que, a primer cop d'ull, passava per un marxant sense escrúpols. La pulsió autodestructiva del foc purificador em va semblar un acte desesperat d'expiació dels pecats comesos. Vaig trobar que, tot plegat, feia per a un artista catòlic com Palau Ferré. El litigi no semblava gaire embolicat des del punt de vista jurídic. Hi havia uns contractes signats, en teoria sense coacció, i un posterior incompliment denunciat per una de les parts. La sentència, malgrat tots els recursos, era justa i clara, per més que tant l'opinió publicada com la valoració social de l'art es decantessin per donar suport al bàndol perdedor. Res de sorprenent, tampoc, en un artista català. Ho sap tothom i és profecia, que ens perd l'estètica. Els catalans som un poble vençut de guanyadors morals. Un protopaís.

La pregunta més rellevant que el renebot biògraf es deixava al tinter era el perquè. Per què va firmar el pintor aquells contractes? Per què hi va estampar la signatura, segurament sense llegir-los? Hi havia altres preguntes, esclar, però només aquesta ja em va fer venir ganes de començar a escriure. Escriguera, vaja, que en diria madò Mesquida. I m'hi vaig posar, desordenadament com mai abans, començant cinc vegades la novel·la, fent parlar els personatges, tant els reals com els inventats, fins a escriure'n una versió teatral que al final no té gaire a veure amb la novel·la. A primers de l'any 2020 la van llegir un director amic i un productor conegut, però just llavors va arribar la pandèmia i tot es va congelar. Ara ja tinc unes quantes respostes a aquell perquè. Qualsevol lector atent que hagi arribat fins aquí se'n pot imaginar alguna, però no penso explicitar-ne cap, perquè justament les novel·les que més m'interessen són les que obren interrogants, no pas les que els tanquen.

La qüestió és que *El pintor que cremava els seus quadres*, aquell text que m'havia resultat tan inspirador, no va guanyar el premi

Vallverdú. No cal dir que jo el vaig defensar amb ardor durant la deliberació, però vaig perdre. Un jurat literari és una suma de subjectivitats que dona una xifra senar, cinc en aquest cas, per evitar empats. El meu entusiasme per aquella història que acabava de descobrir no va passar el filtre. Després del meu fracàs com a jurat *influencer*, vaig començar a estalquejar l'artista a la xarxa. Hi vaig descobrir unes quantes dades viquipèdiques, com ara que va morir la nit de Cap d'Any que canviàvem les quatre caselles del marcador 1999 per la xifra rodona 2000. També vaig trobar un munt d'imatges de la seva àmplia obra pictòrica. Durant la lectura tu també deus haver fet una ullada a Google Imatges, oi? Segur que hi has trobat retrats de dona i t'han sortit altres pintures de Palau Ferré a internet. A mi em van fascinar els retrats de rostres femenins, sobretot els d'ulls verds, però també les dones colltortes, que em van provocar una angoixa inesperada i em van incitar a imaginar històries una mica truculentes, o com a mínim estrambòtiques. Em va arribar a les mans un volumarro de gran format sobre Palau Ferré editat per Diccionari Ràfols el 1997 amb centenars d'obres reproduïdes a tot color i un text il·legible de Josep Vallès Rovira. El meu volum és robat, o manllevat, de la biblioteca del Columbia College, al 600S Michigan Avenue, Chicago, IL 60605. Encara hi duu un codi de barres i la fitxa de préstec 759.972 P154v, on consta que hi va entrar el 2 de juliol de 1998 i en va sortir el 19 de desembre de 2002. No hi tornarà. La qüestió és que vaig fotografiar amb el mòbil un munt de cares, la majoria ullverdes, i durant l'agost del 2019, mentre estava de vacances a l'altra punta de món, vaig penjar cada dia un d'aquests retrats femenins de Palau Ferré al meu perfil d'Instagram associant-los a personatges de ficció que m'anava inventant sobre la marxa, de vegades en relació amb els comentaris que la gent deixava sota els meus apunts, encara visibles avui.[7] D'aquell joc innocent en va néixer la dona més pintada. Poc em podia imaginar que rebria un missatge privat i que un dia no gaire llunyà la tindria al davant en carn i ossos. Però no avancem esdeveniments. Ja hi arribarem.

M'agraden els retrats de Palau Ferré. Me n'agraden els colors, sobretot, i aquesta sensació de serena desesperança que desprenen. Passo més de pressa pels bodegons i altres temàtiques. Gladiols, gira-sols, coloms, síndries i galls no em criden tant l'atenció. El seu art religiós, valga'm Déu, no m'interessa gaire.[8] També m'agraden els trens i els paisatges de Montblanc, però són els retrats els que m'han portat fins aquí, i sobretot el rostre recurrent de la dona més pintada, de la qual, en el decurs de l'escriptura de la novel·la, vaig fer descobriments fascinants. Ja m'havia enamorat de les dones que pintava aquest conco recalcitrant quan es va produir un altre esdeveniment sense el qual mai no m'hauria posat a escriure aquesta novel·la. A Sotheby's van subhastar una imatge emmarcada de Banksy que s'ha fet famosa perquè duia un mecanisme autodestructor ocult. Algú el va activar en el moment just de la subhasta i el món va assistir a una performance de conseqüències mercadotècniques. Com és sabut, al final el mecanisme es va encallar i la nena del globus roig va quedar esquarterada a serrells. Només de veure-ho al *Telenotícies* el cas del pintor que cremava els seus quadres em va esclatar al cervell en forma de columna, i vaig escriure aquest article, que va sortir publicat a *La Vanguardia* el 13 d'octubre de 2018:

Banksy Palau Ferré

El més remarcable del *happening* que Banksy es va marcar a la sala de subhastes Sotheby's és el mecanisme. Evoca els autòmats i la màgia sobrenatural de ginys com l'escarabat mecànic amb què Guillermo del Toro va debutar el 1993 a *Cronos*. La imatge de la nena amb un globus mai no ens hauria quedat fixada a la retina sense la lenta retallada en columnes regulars que pengen com els serrells de la jaqueta de Daniel Boone. La presumpta subversió de Banksy contra el mercat de l'art esdevé, en realitat, una argúcia mercadotècnica digna de Dalí. Després de la ultraexposició del *happening* retallador, reproduït als noticiaris i viralitzat a les xarxes, s'ha disparat el valor de *Girl with Balloon* amb serrells a mig retallar (la trituradora no va completar pas la feina). Sortia a subhasta per tres-cents mil euros, es va adjudicar per un milió dos-cents i ves a saber què pagarien ara per aquesta nena triturada a columnes amb globus incòlume.

Posats a transgredir, Banksy podria haver fet com l'artista montblanquí Maties Palau Ferré (1921-2000), conegut com el segon Picasso. Coetani de Xavier Valls, Palau Ferré va ser un artista cotitzat que va triomfar a Barcelona, Madrid, París, Londres i Nova York, però el que li va fer obrir noticiaris arreu del món va ser l'amarga decisió de cremar els seus olis. Instal·lat a Montblanc, va cremar les obres que creava des de 1974 fins a 1985. Per més indults que li demanaven, ell no deixava de pintar i cremar, fins al punt que als Estats Units van arribar a exposar cendres dels seus olis. La seva croada crematòria contra la vessant crematística de l'art tenia una motivació més clara que les que pugui tenir l'anònim Banksy. Palau Ferré es va emprenyar amb un mecenes que el va engalipar amb un contracte (firmat sense llegir-se'l). Anys seixanta. L'artista viu tranquil a Montblanc. Pinta, els col·leccionistes el visiten i ven. Un empresari, admirador dels seus olis acolorits, li proposa un contracte de venda de dues cases amb terreny a Reus, a canvi d'obra. A Palau Ferré, que no té ni cotxe, no li cal cap casa a Reus, però hi accedeix afalagat. La notícia transcendeix i la premsa el lloa: l'art és la seva moneda. Però passa el temps, Palau Ferré li va lliurant quadres i la premsa investiga com és que encara no es formalitza la venda. El 1971 surt un article a *El Alcázar* i una sèrie de reportatges a *Solidaridad Nacional*. Entrevistat per José María Íñigo a *Estudio Abierto* de TVE, Palau Ferré no en vol dir res, però el cert és que una clàusula del contracte valora els quadres de Palau Ferré a deu mil peles el metre quadrat de tela. La contraposició amb el valor dels immobles és desproporcionada. Abusiva. L'artista se sent enganyat. L'acusen d'ingenu i li suggereixen que faci obra mural de qualsevol manera per sortir del pas. S'hi nega. Compleix el contracte. Després, deprimit, tira pel foc purificador. Crec que va ser Monterroso qui va escriure que, en l'afer de la carta al pare de Kafka, ell estaria amb el pare. Banksy, aquí, estaria amb l'empresari.

Ara quan el rellegeixo hi trobo un parell d'imprecisions que em recaria no assenyalar, però que no vull esmenar al text de l'article per no quedar retratat a l'hemeroteca. L'època incineradora va ser del 1974 al 1984, de manera que poden ser onze anys si ho comptem amb tots dos inclosos. La segona errata és per un excés d'entusiasme. Sí que li van plantejar d'exposar cendres dels seus olis cremats als Estats Units, però l'exposició cendrosenca mai no es va arribar a concretar. Aclarit això, avancem.

La publicació d'aquest article va tancar un cercle. Després de presentar-se al premi Vallverdú sense èxit, Marco-Palau havia mogut el text i abans del Sant Jordi 2019 estava a punt de publicar-lo a l'editorial Gregal, amb la col·laboració de la Diputació de Tarragona. Vaig rebre un correu electrònic de l'editorial demanant-me permís per incloure l'article com a pròleg del llibre. Hi vaig accedir. De franc. També els vaig explicar com era que coneixia el text inèdit i vam quedar amb l'autor. Maties Palau Ferré no va tenir cap fill reconegut, però una de les seves germanes sí que va tenir descendència i d'aquí provenen els dos renebots, en Francesc i la seva germana Maria de les Neus, historiadora de l'art. En aquests últims temps tots dos s'han dedicat en cos i ànima a catalogar, historiar i promoure l'obra del seu besoncle amb resultats encomiables, atesa la dispersió de l'obra i els laberints institucionals dels museus. La mala astrugància va fer que el centenari del naixement de l'artista (1921-2021) coincidís amb un mar d'onades pandèmiques, i alguns dels actes organitzats per celebrar-lo van quedar deslluïts. Tot i això, es van inaugurar una vintena d'exposicions en llocs tan diversos com l'Institut Francès de Barcelona, el Museu d'Art de Girona, els Tinglados de Tarragona o el Museu de la Vida Rural de l'Espluga de Francolí. Totes elles han generat díptics informatius, microcatàlegs, fullets i una àmplia varietat de documentació acuradament preparada pels germans Marco-Palau.

De fet, quan em vaig començar a interessar pel seu besoncle, el Francesc em va lliurar un extensíssim dossier de premsa sobre la repercussió de l'obra de Palau Ferré. El buidatge d'aquestes fotocòpies en DIN A3 va començar a alimentar la desena de llibretes plenes d'anotacions que he guixat aquests últims anys abans de posar-me a mecanografiar aquestes pàgines i a reescriure-les, esmenar-les, retocar-les, esmicolar-les, ampliar-les o reduir-les. No hi ha cap paràgraf de tota la novel·la que no hagi tingut una versió cal·ligrafiada, per allunyada que finalment hagi quedat de la versió ara impresa. D'aquell tou de retalls de diari, em va impressionar el tractament que la premsa dels setanta atorgava al nostre artista, barrejant el seu nom amb els de Picasso, Dalí i Miró. En l'apèndix extirpable amb què acaba aquesta ficció anotada documento les principals columnes, entrevistes i reportatges dels quals he extret, sovint literalment, les paraules que poso en boca del PalauFerré de la novel·la. D'aquelles fotocòpies de premsa també en va sorgir la figura d'Enrique Rubio, un conegut periodista de successos que ha acabat sent un personatge clau de la ficció novel·lesca. Rubio es va especialitzar en crònica negra, i concretament en estafes. El recordo en intervencions radiofòniques i televisives durant els anys vuitanta, per exemple a l'*Àngel Casas Show*. El cas és que va publicar a les pàgines de *Solidaridad Nacional* una sèrie de reportatges que són la millor aproximació periodística al litigi entre Palau Ferré i Peirats Fenollosa. La crònica de la seva visita al Mas Carpa inspira molt directament la seva primera aparició a la novel·la. Després d'aquella sèrie, va publicar alguna altra columna sobre el cas, però totes les investigacions que li faig fer aquí són producte de la portentosa imaginació del novel·lista (PIN). Si tens un periodista amb vocació de mitjancer l'has d'aprofitar. No pots malbaratar un recurs narratiu tan útil. D'aquí que el Rubio de la ficció hagi acabat sent el principal aliat del lector que es preocupa pels secrets de la trama.

Quan ja tenia la novel·la força avançada vaig descobrir el web *timotecanacional.com*, que presentava un documental sobre la vida de Rubio signat per un nebot seu anomenat Tomás Sastre Rubio (Tarragona, 1973). M'hi vaig posar en contacte i li vaig explicar que feia una novel·la inspirada en fets i personatges sobre els quals Rubio havia escrit cròniques. Em va respondre de seguida molt amablement. Em va dir tres coses: que el documental mai (o encara) no havia passat de projecte, que havia heretat del seu tiet alguns quadros de Palau Ferré i que li interessaria molt llegir el meu article. Li vaig tornar a escriure per puntualitzar que no n'estava fent cap article sinó una novel·la, en la qual Rubio sortia fent d'ell (vaig estar temptat d'afegir «as himself» perquè vaig veure que Sastre Rubio havia cursat estudis audiovisuals a Madrid), però vaig remarcar que era una novel·la amb elements inventats i vaig proposar-li de veure'ns un dia. Llavors va trigar una mica més a respondre. Em va dir que tenia poca disponibilitat per motius familiars però que m'enviava via WeTransfer alguns retalls de premsa de Palau Ferré amb Rubio i diverses fotografies de pintures, una de les quals em va impactar perquè mostra un dels retrats de dona cremant a la llar de foc del taller, amb les flames que li surten dels ulls. Després he descobert que és una de les fotos que van il·lustrar un reportatge sobre la crema de quadros a la revista *Lecturas*.[9]

L'aclaparadora documentació aportada per Marco-Palau, així com la seva amabilíssima col·laboració en facilitar-me accés a obres, persones i informacions relatives al seu besoncle, em va fer arribar al convenciment que havia de localitzar altres fonts d'informació alienes al seu influx per contrastar el relat oficial. No em va costar gaire trobar gent que hagués tractat el protagonista, però en canvi em va costar Déu i ajut localitzar alguna veu autoritzada que em pogués parlar del seu antagonista. Semblava com si ningú no hagués tractat mai Peirats. De fet, al llibre *El pintor que cremava els seus quadres* s'explica el conflicte sense esmentar-ne ni el nom ni el cognom, com si el mer fet de desvelar-ne la identitat pogués reobrir velles ferides. Era evident que aquella batalla judicial havia deixat seqüeles. Vaig arribar a una conclusió: si realment volia ferme una idea cabal del que va passar abans de bastir la meva ficció, era imprescindible que parlés amb algun familiar, amic, conegut o saludat de Miquel Peirats Fenollosa.

La primera pista em va arribar a través de l'estimat Oriol Comas. No satisfet d'exercir de mer personatge de ficció a les novelles ludocriminals que pensem plegats, va passar a l'acció. Va contactar amb el seu amic Marià Vila d'Abadal i, com qui no vol la cosa, em van adreçar a una benzinera de Prades on, en teoria, treballava o havia treballat un fill de Peirats. Mediatitzat per hores i hores de ficció audiovisual nord-americana, em vaig imaginar un fill en edat de prejubilació omplint dipòsits en una recòndita benzinera després que el seu pare, tot i guanyar el litigi contra el pintor, s'hagués acabat arruïnant, mal vist i arraconat per tothom per haver abusat d'un indefens artista que només era culpable d'ingenuïtat extrema. Mentre conduïa cap a la benzinera, el primer estiu de la pandèmia, sospesava com havia de comportar-me davant les possibles reaccions adverses que pogués suscitar el nom del pintor en un descendent del seu antagonista. Quan el GPS marcava que la meva destinació era a menys de dos quilòmetres se'm va acudir que aplicaria l'anòmia i no pronunciaria en cap moment els cognoms ni Palau ni Ferré. Em limitaria a dir-li que feia un reportatge sobre el seu pare, de qui, en aquells moments, només sabia el que havia escrit Rubio després de la seva visita al Mas Carpa. M'imaginava que intercanviaria quatre paraules amb Peirats júnior mentre m'omplia el dipòsit per preparar el terreny i llavors, just en el moment clau de pagar, amb un somriure seductor, li demanaria a quina hora sortia de treballar i si li faria res que el convidés a una cervesa, com un pixapí que tira la canya a un maduret interessant de comarques. Caldria ser audaç, però en aquells moments vaig pensar que ja me'n sortiria.

Va ser una gran decepció que em sortís a servir una quarantina de cabellera rossa platí, més encara quan vaig descobrir que s'ocupava de la benzinera en solitari. Mentre m'omplia el dipòsit vaig haver de reconstruir el pla d'atac a correcuita. Entre urgències i retrets. Com és que no se m'havia ni acudit la possibilitat, d'altra banda tan probable, que no fos Peirats júnior qui em servís? Els litres de dièsel es van escolar molt de pressa, però abans de pagar ja havia aconseguit recuperar la iniciativa. Li vaig demanar si hi treballava cap Peirats, allà. La rossa tenyida m'ho va fer repetir tres vegades, la tercera en castellà. No en sabia res, de cap Peirats. Ni de ningú. Només feia quinze dies que hi treballava. Vaig somriure com un estaquirot enamorat, mut i a la gàbia del vehicle. Un cop la benzinera va quedar enrere, no vaig saber per on seguir. Ni vaig tenir esma d'anar pels bars i les botigues de Prades demanant per un tal Peirats, que és el que hauria fet un periodista de raça com Enrique Rubio. La pandèmia era una excusa excel·lent per emmascarar els atacs de timidesa. Em vaig retreure ser tan retret, però aquell juliol del 2020 vaig marxar de Prades amb la mascareta per sota del nas i la cua entre les cames.

Va passar molt de temps fins que no vaig fer el primer avenç en aquesta línia d'investigació. Quinze mesos. El 15 d'octubre de 2021, en la primera sortida de la Secció Filològica de l'IEC des de l'inici de la pandèmia, un bon nombre dels seus components ens reunim a Tortosa. Allà, després de la recepció a l'Ajuntament, tinc el gust de compartir taula amb l'admirat Quim Mallafrè, entre altres col·legues, i se m'acut de comentar-los que treballo en una novel·la sobre Maties Palau Ferré, però que no aconsegueixo localitzar ningú que hagués conegut bé el seu antagonista, el promotor Miquel Peirats Fenollosa. L'esposa del Quim, l'emprenedora Carme Buxeda, sempre activa en el món cultural reusenc, diu que li sona un amic comú que esmorza sovint amb el fill gran de Peirats. L'atzar.

Dit i fet, en vint-i-quatre hores, via el senyor Benet Oriol, obtinc el telèfon del primogènit de can Peirats, en Josep. Dos dies més tard em cita a Reus, davant del cafè Cugat. Portaré una cinta vermella, em diu primer. Doncs jo *La Vanguardia* sota el braç, li responc per seguir la broma, però dues fotos enviades per WhatsApp fan inútil el joc fetitxista de la indumentària. Ens trobem a la porta del Cugat, ple a vessar. Tampoc hi ha gaires taules lliures al del costat, el Roslena. Els deixem enrere i anem a un altre establiment menys concorregut, vint metres més enllà.

La trobada, cordial, serveix per equilibrar una mica la balança. Després de tantes opinions favorables a l'artista, sovint emeses des d'una postura incondicional, per fi sento una veu favorable a l'antagonista. Un testimoni de part, en tots dos sentits del mot. El seu fill Josep. L'hereu. És una evidència que Miquel Peirats Fenollosa va guanyar la batalla jurídica però va perdre la mediàtica. La mala premsa és perversa. Un conflicte públic com el litigi entre un artista i un empresari genera dosis massives de mala premsa. Aparèixer com el dolent de la pel·lícula davant de l'opinió pública resulta difícil de revertir. Passa encara en l'era de les xarxes socials, però abans d'internet els silencis eren molt pesants i els oblits esdevenien plumbis sota la llosa de les versions oficials. Maties Palau Ferré, amb la seva sobreinterpretació piròmana del dolor, va guanyar la batalla del relat després de perdre el judici, per més que Peirats s'esforcés a muntar cerimònies d'expiació lliurant parts del botí obtingut als diversos consistoris de la zona.

També se m'havia acudit que aquelles donacions tan altruistes podien ser moneda de canvi. I si Peirats, fent gala de generositat, només buscava que l'ajuntament de torn requalifiqués algun solar? Era factible que, igual com havia venut pams de terreny per metres quadrats de pintura a l'oli, també hagués comprat contractes amb la mateixa moneda? La idea era novel·lesca. De fet, quadrava tant que només podia ser falsa. Vaig mirar els quatre municipis que havien rebut les donacions i, gràcies a la intermediació de l'amic Xavier Graset, vaig passar un matí al registre municipal de Vila-seca. Allà, tant en Josep Papió com la Ivana Aylagas em van facilitar molt la feina. Vaig poder comprovar que el nom de Peirats apareixia en relació amb les obres d'urbanització del barri de la Formiga, però les dates eren anteriors. Ja feia anys que tot estava dat i beneït quan el febrer del 1975 el nostre home va fer l'acte solemne de donació de dos quadros a l'Ajuntament que llavors era de Vilaseca-Salou. La portentosa imaginació del novel·lista (PIN) de vegades ha de recular. Vaig arribar a la conclusió que les donacions només eren operacions d'imatge per tenir bona reputació i vaig desistir d'anar a escorcollar els registres dels altres tres municipis.

Al cafè mig buit de Reus on ens reunim, el fill primogènit de Peirats vincula el litigi i la mort del seu pare, tot i que es produís deu anys més tard. Assegura que el conflicte amb Palau Ferré va deixar son pare molt tocat anímicament i, encara que la sentència li va ser favorable, ja mai més no va aixecar el cap. Fa de mal dir, però no costa d'imaginar. Cada cop que devia veure una notícia del pintor cremant una de les seves obres es devia posar malalt. I la comèdia del foc va durar onze anys. Tants com la vida de Peirats. Onze anys durant els quals la política espanyola va fer un gir lampedusià, del tardofranquisme crepuscular del 1974 a la majoria absoluta del felipisme que va teixir el règim del 78, navegant per un calendari ple de dates inoblidables, com el 20N o el 23F. Mentre la dècada anava del cant al desencant, Palau i Peirats allargaven la seva rabiosa rivalitat des de la distància. Me'ls imagino tots dos enfadats, taral·lejant insomnes la cançó de l'enfadós. L'un cremant i l'altre cremat, el primer concedint entrevistes i el segon donant quadros. Segurament avui parlaríem del victimisme de l'artista i de la crisi reputacional de l'empresari. De fet, l'animadversió de Peirats contra els periodistes, començant per Enrique Rubio mateix, va ser tan ferotge que el seu fill encara la manté.

No soc periodista, li dic, ni faig cap llibre sobre el cas. Només escric una novel·la. De ficció, preciso, sense acabar de verbalitzar que penso inventar-me coses, com es fa a les novel·les. Em sembla que ho entén i que això el relaxa. Li regalo un exemplar del *Tirant lo Blanc* i l'escolto. Son pare era del 1916, cinc anys més gran que l'artista, amb arrels a la Vall d'Uixó. Quan el defineixo com a constructor em corregeix. Ell no construïa, em diu, sinó que urbanitzava i després venia els solars. Promotor, per tant. M'explica que anava a fer el polígon industrial de Reus, però que algú al Casino de Reus li va fer la traveta per estroncar l'operació i llavors ell, en desgreuge, se'n va anar a Valls i allà sí que va fer el polígon industrial.[10] Li demano pel Mas Carpa i em parla de la granja de pollets i conills de la seva infància, dels quinze anys de reformes i dels tres-cents rosers que hi havia, amorosament cuidats per la mare, que es deia Dolors Causadies Monteys i havia nascut a Sant Adrià de Besòs el mateix any que Palau Ferré, el 1921. Em parla també de la primera urbanització dels terrenys de la Masia Crusells, que avui veig que és un restaurant, i de l'edifici d'Arcapesa, l'acrònim de la societat que contenia la pe del cognom Peirats. Tot és llunyà i imprecís fins que li demano pel moment de la sentència. Fa poc que m'han parlat del tècnic japonès que tastava la pintura per si portava sucre, però ell fa un relat molt més sobri del dia que la sentència es va fer efectiva. El pare no va voler ni ser-hi present, em diu, de manera que li va tocar anar al jutjat, on ara és el CAP de Llibertat. Després ho miro a Google Maps i comprovo que els actuals jutjats són en un altre lloc, però també veig que al costat mateix hi ha una comissaria de policia i ho relaciono. Tant se val.

La qüestió és que me'n relata el lliurament. Ell hi va en representació del seu pare, en principi sol. A l'hora establerta apareix el condemnat, però les pintures ja són dins, penjades. Un pèrit les mesura per comprovar que sumin la superfície que figura a la sentència judicial. Després, quan Peirats fill dona el vistiplau en nom del seu pare, el condemnat firma els quadros un per un en seu judicial i se'n va. M'ho explica amb les paraules justes, sense ornaments ni japonesos que busquen sucre. És un record esmorteït, perquè han passat quaranta-sis anys, però el seu relat encara transmet tensió. Intento endevinar si ho ha explicat moltes vegades abans o si, per contra, ha hagut de triar les paraules per construir el relat per a l'ocasió. No s'encalla en cap moment, però tampoc no sembla que repeteixi formulàriament una lliçó apresa. No posaria la mà al foc per cap de les dues possibilitats. Sigui com sigui, el trobo convincent.[11] Des que hem entrat en aquest cafè mig buit que em demano si corro el perill de patir una síndrome d'Estocolm. Estic predisposat a simpatitzar-hi perquè fins ara tothom m'ha parlat malament del seu pare i d'ell mateix, mentre que les opinions sobre Palau Ferré estan més repartides. Vull pensar que, a banda dels fets, hi influeix el prestigi social tan diferent que tenen els dos oficis: un promotor immobiliari i un artista. Qüestió de prejudicis.

Ens acomiadem després d'una hora de xerrera cordial. Només en trec quatre notes a la llibreta i més confusió al cap. Al pàrquing, de sobte, veig d'esquitllentes algú amb una piga prominent a la cara que em recorda un familiar vilanoví que es dedicava al sector immobiliari. Una mena de Peirats que es deia Pere. Ma mare, que n'era parenta política, m'hi va fer barallar dues vegades per un embolic de pisos a Vilanova. Una operació de compravenda d'un apartament sense ascensor a primera línia de mar amb posterior permuta per un altre amb ascensor a l'edifici del costat. Tot plegat, amanit amb malentesos entre ells que em rebotaven a la cara i al clatell. Jo devia tenir disset anys, però ma mare ja em feia servir de representant familiar amb l'excusa que era l'únic que tenia estudis. A mon pare ja li anava bé. Era un home afable que defugia els conflictes tant com podia. La conversa amb l'hereu Peirats em retorna la pel·lícula d'aquell tràngol. Exercir d'ambaixador merdapotenciari d'una virreina inflexible com ma mare és molt frustrant perquè mai no aconsegueixes la totalitat dels objectius. Qualsevol negociador sap que tancar un acord satisfactori amb la part contrària és més senzill que no pas aconseguir que després els teus el donin per bo. Al mercat de la Mercè de Nou Barris coneixien ma mare com la senyora Virreina perquè havia fet prosperar una sabateria a la plaça Virrei Amat que duia l'inequívoc nom de Calçats Virreina, en una època que les dones necessitaven la signatura d'un home per poder obrir un negoci. Per la seva sang hi corria un còctel d'intuïció, passió i empenta que li va permetre obrir-se pas en un món de pantalons. Li agradava manar. Abans de tenir divuit anys, ja m'ordenava que fes d'agent en les seves transaccions: comprar un pàrquing, un apartament, una torre... El nen té estudis, deia, i encara no havia ni trepitjat la universitat. Em vaig trobar batallant amb usuaris del cafè, copa, puro i diner negre. Una mica a les fosques, com tot adolescent. Potser això explica que al cafè de Reus senti un corrent de simpatia pel Peirats fill. Me l'imagino rebent els quadros de Palau Ferré en silenci, aguantant la mirada oprobiosa de l'artista i potser alguna crítica feridora. Exercint d'efígie, de persona interposada, d'ase dels cops, que hauria dit ma àvia. Tot plegat sabent que després li tocarà explicar-ho a son pare.

Tan aviat com surto del pàrquing poso la ràdio per anar fent via i enxampo un programa musical que repassa la trajectòria dels Genesis. Sona «Follow you, follow me» i la veu vellutada de Peter Gabriel em retorna a Vilanova, a una altra topada amb el meu Peirats particular, el Pere galtaplè de la piga a la cara. Aquesta vegada amb un dels seus fills, el meu cosí segon Xavier. Records que em remouen a la sortida de Reus. Trepitjo gas i la nit canvia de segle. «Follow you, follow me» em fa recular fins a una tèrbola nit de dissabte al despatx que el Pere de la piga tenia a Vilanova. Escoltem «And then there were three» en bucle. No sé quantes vegades hem passat de la cara A a la B quan s'obre una porta i apareix el Pere pare amb posat d'ogre. Ens enxampa in fraganti escoltant «Follow you, follow me» a tot drap, cegos de maria. L'ogre s'acosta a l'equip de música i l'apaga. El record d'aquell silenci plumbi s'imposa al confortable habitacle del cotxe. De sobte tinc por de tenir un accident. Sortir de la carretera i estampar-me contra algun mur que em retorni al silenci sobtat d'aquella nit. M'aturo al voral, trec la llibreta i em poso a escriure la glaciació del Tibidabo. Fins ara no havia sabut com abordar a la novel·la el presumpte intent de suïcidi de Maties Palau Ferré que ell esmenta en diverses entrevistes i sobre el qual ningú no té cap notícia documentable. Aparcat al voral d'aquella carretera, escoltant Genesis, una glaciació sobtada afecta el Camp de Tarragona i jo entro en combustió per combatre-la. Escric el capítol del Tibidabo d'una tirada, allà tirat.

Els veritables suïcides no parlen mai dels seus intents perquè són infal·libles i ja no en tenen ocasió. Maties Palau Ferré va declarar en unes quantes entrevistes que s'havia intentat suïcidar. Ho va expressar de manera molt clara, en èpoques diferents, de vegades en to d'amenaça, com si fos una mesura de pressió perquè el món li fes cas, a voltes com una manera de culpabilitzar el seu antagonista. La qüestió és que arriba a descriure un presumpte intent de llevar-se la vida per intoxicació amb medicaments que no van acabar de funcionar perquè estaven en mal estat.[12] No és una narrativa gaire creïble ni n'he trobat cap rastre per enlloc, més enllà de les entrevistes. Quan ho situa en el temps no quadren les dates i tots els testimonis directes amb qui he parlat ho desmenteixen, de vegades amb un somriure, com si parléssim d'un donjoan acostumat a explicar sopars de duro sobre les seves conquestes amoroses. Potser sí que tot això del suïcidi va ser comèdia, però els seus canvis d'humor fan que em sembli agosarat descartar-ho taxativament. Molts montblanquins que el van tractar adjectiven el seu tarannà amb termes com ara raret o estrambòtic i per explicar alguns episodis inexplicables del seu procedir, acudeixen al clàssic ja-saps-com-són-els-artistes.

Aquella nit a Vilanova el pare del meu cosí duia un puro a la boca i nosaltres ens passàvem un porro. Ens va fer fora de la sala amb el gest d'esbandir el fum de marihuana com qui caça mosques just abans de tornar a empudegar-ho tot amb el del seu caliquenyo. Fum bo que desplaça el fum dolent. Can Fums. Ell tenia la clau i els duros, nosaltres només érem passavolants. Ell tenia les paraules de reprovació i nosaltres el silenci. Ves a saber què li va passar pel cap en veure'ns, però segur que era molt més trist, gris i eixarreït que el castell de focs artificials que ens il·luminava el cervell després d'hores de conversa, música i marihuana. Ell controlava la situació i nosaltres ens repetíem mentalment la lletania oxigenada del jo-controlo que et fa estar alerta quan saps que vas molt col·locat però no prou per perdre el capteniment ni el cap. Ens privava dels Genesis i no sabíem si ens els canviaria pel Deuteronomi. No m'ho invento ara, vam fer la broma bíblica en veu baixa amb el Xavier després que son pare ens hagués clavat un sermó fora del despatx. Aquella facècia va ser l'única rèplica. Recordo que vaig fer molta marrada abans de tornar al segon apartament de la discòrdia que els meus pares finalment s'havien quedat al passeig de Ribes Roges. La meva deriva sense rumb d'aquella nit, com la de tantes altres de l'època, es projecta en l'influx del Semita a la novel·la. Un espectre. Per més informació que he pogut atresorar sobre Miquel Peirats, en el meu cap sempre té la fesomia del Pere Raspall, el cosí de ma mare. En canvi, no em veig gaire capaç de reconstruir la cara del meu cosí segon Xavier. De les poques vegades que ens vam veure només en recordo aquella nit. La resta són els episodis que s'explicaven a la família amb la boca petita, com que de nen va fer descarrilar un tren posant pedres a la via. Després d'aquella nit de la marihuana no el vaig tornar a veure, però sé del cert que no va tenir una vida plàcida ni llarga. En teoria havia aconseguit deixar l'heroïna, però un mal xut se'l va endur per sempre. L'escena del Tibidabo glaçat que vaig començar a escriure al voral de la carretera, sortint de Reus, neix del seu record difús. Salut a la memòria del Xavier i un petó a les seves adorables germanes Elisabet i Núria. Un respecte per les ovelles negres de totes les famílies.

No ho dic pas pel Josep Peirats, que no fa la pinta ni d'ovella negra ni d'haver contradit gaire son pare. Són dos germans i dues germanes, com els meus cosins Raspall, i en el seu cas tots quatre encara són vius. El Josep diu que, entre tots, conserven alguns quadros de Palau Ferré, sobretot la seva germana Pilar, però no ho concreta. Una de les germanes va regentar una botiga d'antiguitats a la plaça de Sant Pere, però la va haver de tancar. Diria que la càrrega del judici que va arrossegar el pare durant els últims anys de vida també ha llastat les existències dels fills: Pilar, Josep, Dolors i Miquel. El cognom Peirats tenia mala premsa. La majoria de gent amb qui he parlat els té pels dolents de la pel·lícula. Segur que el vell n'era conscient, i d'aquí les donacions altruistes dels quadros, que no van aconseguir equilibrar la balança.

Abans d'escriure la novel·la no tenia cap partit pres i ara que l'he acabada tampoc. Em malfio de tanta unanimitat favorable al pintor i em fa gràcia el que diu Augusto Monterroso al seu llibre de memòries *La letra e*, quan tanca la crònica d'un acte literari amb una idea brillant. Ho vaig insinuar a la columna de *La Vanguardia* fundacional d'aquesta novel·la, sobre Banksy, però ara ho vull reproduir sencer: «Finalmente aproveché una pregunta del público para declarar en serio, y creo que hasta con énfasis, que en el pleito de Kafka contra su padre yo estaba de parte de este último». Kafka és l'artista, esclar. Perquè quan llegeixo sobre l'embolic dels contractes, penso que en el plet de Palau Ferré contra Peirats estic de part d'aquest últim. Però en el procés d'escriptura he canviat de bàndol unes quantes vegades. També he simpatitzat amb el periodista Enrique Rubio quan fa de mitjancer, tot i que l'últim adjectiu que li adjudicaria és *altruista*. A mi em sembla que es mostra equànime i m'estranya que el Josep Peirats no hi estigui d'acord. Però, després de la trobada, m'envia per WhatsApp un retall del *Por Qué* del 17 de gener de 1975 i entenc el perquè. Rubio dirigia aquest «semanario nacional de sucesos y actualidades» i aquell dia hi signa la crònica del lliurament dels 42,460 metres de pintura a l'oli. L'última frase és: «Nuestra enhorabuena a Matías Palau Ferré». El Peirats també em passa documentació sobre les dues vegades que el seu pare va denunciar Rubio per difamació, després de llegir sengles reportatges del periodista en els quals es va sentir maltractat. Cap d'elles no va prosperar. Són casos habituals contra la llibertat de premsa provocats per trepitjades als ulls de poll, però quan ara Josep Peirats al·lega que Rubio «burxava en les misèries dels altres» li he de donar la raó.

Dec la primera lectura de la sentència del Tribunal Suprem a l'estimada Cristina Barellas, l'advocada que em porta des del 1986 les qüestions d'Hisenda, sempre complexes per a un autònom multitasca com jo. A través dels seus contactes professionals va localitzar un document de 31 pàgines i me'l va enviar en format PDF. L'encapçalament llueix el codi TOL4.253.457, apel·la a la jurisprudència i porta una capçalera que cap editor no admetria de títol: «Venta de cosa ajena. Cumplimiento del contrato. Otorgamiento de escritura pública de compraventa». No m'enfrontava a un text tan desconcertant des del *Finnegan's Wake*. La trentena de fulls que segueixen són il·legibles, escrits en un estil putrefacte, pleonàstic i hiperbatònic, amb fórmules retòriques que espremen la continuïtat dels gerundis sense solta ni volta, farcit de cacofonies insofribles i anàfores gratuïtes. Una lectura entrebancada, incòmoda, que expulsa el lector del text tres vegades cada paràgraf. Una gasòfia pretensiosa amb efectes devastadors per al lector al·ludit per culpa de la seva funció performativa, en el reialme inapel·lable del dit i fet que en última instància esdevé irreversible. Glossolàlia dels déus togats.

Sota l'encapçalament hi ha un llarg *considerando* i després aquesta fitxa tècnica, que reprodueixo literalment:

> PROCESAL: Reconvención. Tacha. Proceso en rebeldía
> Jurisdicción: Civil
> Ponente: ANTONIO CANTOS GUERRERO
> Origen: Tribunal Supremo
> Fecha: 16/05/1974
> Tipo resolución: Sentencia
> Sección: Primera
> Numroj: STS 2595/1974
> Ecli: ECLI:ES:TS:1974:2595

El mateix dia que me la passa m'endinso en la lectura del PDF buscant, sense gaire èxit, de treure'n l'entrellat. Fins que m'adono d'un fenomen paranormal: els fets referits són els del litigi entre Palau Ferré i Peirats Fenollosa que ja conec però en la sentència demandant i demandat han canviat de nom. Aquí el litigi és entre «don Luis Enrique, mayor de edad, casado, del comercio y vecino de Reus, contra don Jesús Ángel, mayor de edad, soltero, pintor y vecino de Montblanch». La resta de detalls són idèntics als que puc comprovar. Hi figura el «Grupo Arcapesa, de Reus», del qual el tal Luis Enrique és soci, tot i que no lligui la inicial. Truco a la Cristina, alarmat, i em confirma que per motius de protecció de dades les sentències es fan públiques amb els noms canviats. Qui deu triar els noms ficticis que substitueixen els reals? Un comitè de novel·listes contractats pel Ministeri de Justícia? Un algoritme? Luis Enrique em sembla un nom connotat pel futbol i Jesús Ángel per la religió. *Panem et circenses* i angelologia. Ja s'entén que el poder judicial vulgui conjuminar la informació que permet crear jurisprudència amb el respecte a la privacitat de les dades, però em sembla una quadratura del cercle absurda que hi surtin adreces, noms d'empresa formats amb les inicials dels noms eliminats o aposicions tan particulars com «el pintor de Montblanch». Quin sentit té una llei que no permet divulgar el nom de Mariano Rajoy però el substitueix per M. Rajoy?

Dino amb la Cristina a la Bacardina d'Horta amb la sentència impresa per anar-la llegint i comentant entre plat i plat.[13] Allarguem la sobretaula. La guixem, la glossem, en reescric frases amb el zel d'un corrector d'estil desesperat, me'n tradueix paràgrafs sencers destil·lant-ne el sentit en una sola frase, en ratllo les repeticions, insultem els redactors... A la novel·la, les reaccions a la sentència dels interessats són semblants a les que tenim amb la Cristina. A la nit passo a l'ordinador totes aquestes accions i em queda un document de nou pàgines en una prosa encara putrefacta, de mal llegir, però útil perquè un llec en el burocratès fossilitzat de la prosa jurídica pugui entendre què va passar als tribunals. S'hi afegeix que la judicialització de la vida plana en l'ambient. Analitzem aquest esguerro verbal poc després del judici als presos polítics independentistes al mateix tribunal que el 1974 redactava aquella aberració suprema. Ens resulta difícil abstreure'ns del que hem seguit durant els últims mesos amb una indignació creixent que es vessarà tumultuàriament a l'aeroport de Barcelona el dia que es fonen Hong Kong i King Kong. Els novel·listes explorem les maneres d'explicar el món. Els redactors de sentències en practiquen una de ben pútrida, abstrusa i oprobiosa. La literatura togada del

Tribunal Suprem està escrita en una llengua morta plena de sarcòfags retòrics que acullen arcaismes asemàntics i els relacionen amb una sintaxi de l'acumulació. Sense justesa verbal la justícia justeja i és capaç d'ajusticiar-nos de manera incomprensible.

Dinou mesos després, gràcies a l'amabilitat de Josep Peirats, rebo sengles còpies simples tant de la sentència que va emetre el tribunal de Reus el 10 d'abril de 1972 com de la sentència final del Suprem, emesa el 16 de maig de 1974, firmada pels magistrats Don Mariano Gimeno Fernández, Don Julio Calvillo Martínez, Don José Beltrán de Heredia Castaño, Don Antonio Cantos Guerrero i Don Manuel González-Alegre Bernardo. El llenguatge és el mateix, però el text de Reus resulta una mica més comprensible. Fa bo el principi de Peter: en una organització les persones que fan bé la seva feina són promocionades a llocs de més responsabilitat una vegada i una altra fins que arriben al seu nivell d'incompetència.

El text de la sentència publicada del Suprem és un antídot a la relectura. Després de fer-ne l'autòpsia n'extrec les qüestions que permeten entendre el veredicte i em quedo amb l'anècdota *post mortem* del canvi de noms. L'únic procés filològic que la posteritat ha afegit a la patètica redacció del text de la sentència és la transformació de Palau Ferré en el tal Jesús Ángel i de Peirats Fenollosa en Luis Enrique. És una operació molt semblant a la que practiquem els novel·listes quan transferim trets i fets d'una persona real a un personatge de ficció. També els biògrafs canvien noms, ni que sigui per protegir-se, de vegades substituint-los per unes simples inicials quan entren en terrenys pantanosos de la privacitat. La vida sentimental de Maties Palau Ferré és un llibre en blanc que algunes fonts omplen d'hipòtesis amb noms i cognoms que em disposo a revelar tot seguit. En canvi, em reservo els noms de les fonts, perquè no vull repartir carnets de tafaner, però si algun descendent em denuncia per delicte contra l'honor cantaré. No els caldrà arribar a la tortura provocant-me pessigolles als peus amb una ploma. Els novel·listes no ens escudem en el secret professional ni fem escarafalls a l'hora de verbalitzar la realitat segons el punt de vista d'un narrador, igual com fa qualsevol persona que pretén passar per objectiva, sincera i veraç.

Em parlen de les dues filles d'una família d'Almeria que es va instal·lar a Montblanc, la Maruja i la Carmen González. La filla d'uns bons compradors dels olis de Palau Ferré m'insinua que el pintor estava enamorat de la Carmen i que molts dels rostres agitanats que va retratar s'hi inspiraven. La meva font em diu que en va ser testimoni directe, però quan miro de concretar una mica més no passem de la rumorologia entre la seva colla d'amigues de Montblanc. Quina edat teníeu?, li demano. Deu o dotze anys. L'única dada significativa que n'obtinc és que la Carmen era més jove que el pintor, que ara és molt gran i potser ha tornat a Almeria. La germana també pinta i viu a Girona, amb el seu marit jubilat. Sembla que no ha tingut mai els ulls verds, de manera que hi perdo interès. Tampoc els tenia verds la seva veïna Mercè Jover, botiguera del mateix carrer amb qui m'asseguren que el Maties festejava de manera ostensible. Visitava la botiga molt sovint i li buscava les pessigolles. El veí que m'ho explica no fa servir el llenguatge figurat. Diu que literalment es feien pessigolles l'un a l'altre i reien com dues criatures enjogassades a la vista de tothom. També m'asseguren que si la cosa no va prosperar va ser per la ferma oposició de la Nati, que potser temia ser desnonada. A més, dos detalls del seu aspecte m'impedeixen que em fixi en ella com a possible model de la dona més pintada: pesava cent quilos i tenia els ulls marrons. Tampoc els tenia verds la Maria Mercè Jàvega, de qui m'ensenyen un bell retrat de Palau Ferré on apareix amb un colom a la mà que il·lustra el recordatori de la seva defunció. Hi diu que va morir a Prades el 3 d'abril de 2017 a l'edat de noranta-cinc anys, de manera que era un any més jove que ell. De tota manera, aquí la meva font es limita a dir-me que van ser molt bons amics. No com una altra font molt propera al pintor, que apunta a la il·lustradora Maria Rosa Seix, sis anys més jove que Palau Ferré, però companya seva a l'Escola de

Belles Arts Sant Jordi. En aquesta hipòtesi la meva font s'hi fa forta. Diu que n'havien parlat moltes vegades amb el Maties i assegura que mai no la va oblidar. Tota la part de la novel·la que exposa la seva història parteix dels comentaris d'una amiga íntima del Maties, però a partir d'aquests fonaments construeixo l'edifici de la ficció sense plànols. Hi entra en joc la portentosa imaginació del novel·lista (PIN).

Palau Ferré va fer pocs retrats que no fossin de models professionals. El del polític montblanquí Antoni Andreu i Abelló el va pintar en agraïment per l'acollida dispensada entre els cercles d'exiliats quan va anar a París. Gràcies a ell, Palau Ferré va conèixer els artistes que sovintejaven la rebotiga de Casa Castelucho, un negoci de pintures regentat a Montparnasse pel barceloní Antoni Castelucho Diana, on l'any 1937 van encarregar el *Guernica* a Picasso. El retrat l'ha heretat el seu nebot Josep Andreu i Domingo, arqueòleg, polític i alcalde de Montblanc durant dècades. Gràcies a l'hospitalitat del Josep i la Dolors l'he pogut veure al menjador del mas familiar on resideixen als afores de Montblanc. En aquesta mateixa casa, damunt d'un antic molí, el retratat va complir l'ordre de desterrament de Montblanc amb què el franquisme el va sancionar quan va tornar de l'exili a París. Per pocs centenars de metres, però l'ordre d'allunyament es complia i el retratat, un dels fundadors del Front Nacional de Catalunya l'any 1940, hi podia residir sense que li busquessin les pessigolles. Hi vaig anar el 22 d'abril de 2022 aprofitant que feia una conferència a Montblanc sobre la subtil presència d'una desconeguda donzella de Montblanc entre les serventes de Carmesina al *Tirant lo Blanc*. Abans, però, aquell mateix matí vaig exercir de Plaerdemavida entre dos descendents dels grans antagonistes d'aquesta novel·la. Va ser un dia llarg.

De bon matí, aplego un Montague i un Capulet a l'hostal Fonoll, la cafeteria que hi ha davant per davant del Monestir de Poblet. Gairebé mig segle després del conflicte entre Palau i Peirats, es troben Josep Peirats Causadies i Francesc Marco-Palau, fill i renebot dels protagonistes de la disputa. Actuem com vells companys d'escola. Ens fem un *selfie* i creem un grup de WhatsApp que es diu Palau & Peirats. Veig que, amb el pretext de la novel·la, tots dos mostren tan bona predisposició a retrobar-se que els emplaço a una nova trobada pacificadora cinquanta-dos anys després de l'esclat del conflicte. El que es trenca en mig minut pot trigar mig segle a refer-se. Pe s'ofereix a mostrar-nos documents i fotos dels quadros que havien passat per les seves mans. Pa mostra un interès genuí per catalogar-los i tornem a quedar.

Cinc setmanes després, Josep Peirats arriba a la cafeteria de l'hotel NH de Reus carregat amb un maletí ple de papers. Hem quedat a la ciutat de Pe perquè li sigui més còmode, però Pa viu a Tarragona, de manera que jo soc l'únic que matina. Mentre esperem Pa parlem de la tercera generació Pe. Els fills del Josep semblen una mostra de *yin* i *yang*. L'un ha voltat pel món i ara exerceix d'empresari a Miami. L'altre dirigeix una oficina bancària a Tarragona. Quan arriba el representant de la tercera generació del bàndol Pa comencen els prolegòmens. Demanem uns entrepans de fuet, aigua i cafès. L'atmosfera és cordial, però detecto al pap de Pa preguntes mai formulades sobre Pe. Em consta que els relats familiars de l'enfrontament sostenen versions oposades, com sol passar quan algú prova de carregar-se de raons. La cordialitat menja fuet i xarrupa cafè abans d'entrar en matèria. Deglutim l'espera. El Josep fa netejar la taula, obre el maletí i comença a treure'n papers.

D'entrada, ens regala dues còpies simples de la sentència del jutge titular del jutjat de primera instància número 2 de Reus, senyor Don Vicente Conde Martín de Hijas. Després treu dues còpies més, aquesta vegada de la sentència final del Tribunal Suprem. El seu pare en va fer unes quantes còpies, en el seu afany de demostrar que els tribunals li havien donat la raó. Cinquanta anys després, amb els papers esgrogueïts i les grapes rovellades, són un testimoni mut de l'estat d'ànim amb què Pe devia encarar la seva victòria judicial. La necessitat de tenir-ne còpies per repartir-les demostra que la va viure com una victòria pírrica. M'imagino, en un despatx del Mas Carpa, una pila de còpies idèntiques a aquestes que ens facilita el seu fill. Del maletí en surten moltes altres coses. Jo m'apodero de la carpeta que conté els contractes de la discòrdia, altres papers de caire judicial i una muntanya de retalls de diari.

Pa es fixa sobretot en un àlbum de fotos amb desenes i desenes de quadros del seu besoncle, fotografiats en un cavallet que Pe va instal·lar al jardí del Mas Carpa abans de repartir-se'ls amb els seus germans i després vendre'ls. En algunes, la gespa fa de paspartú. De sobte, el temps s'atura i m'aïllo de tot. Fullejo emocionat el primer contracte mecanografiat en un paper groguenc presidit per un segell vermell de tres pessetes que conté un escut amb l'àguila. El giro i contemplo dos gargots fets amb tinta blava. Són les signatures de Pe i de Pa. La de Pe és nerviüda, les dues inicials ratllades pel mig. La de Pa és la mateixa que figura a tots els quadros: ɜalauFerré. Mentre penso que la cal·ligrafia em sembla una art antiga sento que els Pe i Pa actuals comenten els quadros del petit quadern. Pa insisteix a fotografiar-los un per un amb el mòbil, tot i que Pe s'ofereix a enviar-li les imatges digitalitzades per WeTransfer. Llavors hi penso. Demano permís per treure el mòbil i fotografiar els contractes. Deixo de prendre notes i entro en una febre capturadora. De sobte, tots els papers m'interessen: una cèdula de citació, l'acta del judici de Reus, la llista de testimonis de l'acusació, les preguntes preparatòries dels advocats de Pe... Ells comenten els quadros fotografiats amb admiració i jo em sento l'espia Garbo fotografiant documents secrets. Llàstima que la il·luminació de la cafeteria no em permet esquivar l'ombra del meu mòbil projectant la meva avidesa sobre les imatges, però això rai. En un moment donat, Pe confessa que li encanten les pintures de Pa, i la concòrdia envaeix la sala. També diu que li sap greu haver-se venut, en un rampell de ràbia, tots els quadros que li havien tocat per herència. A can Pe no hi volia res de Pa, en canvi ara se'n penedeix. Veig com Pa s'entendreix i ho aprofito per verbalitzar el que ningú no es devia atrevir de dir-li al seu besoncle: que es va equivocar i no va saber esmenar l'error, que es va encaparrar en la seva raó i es va tancar en banda, que va perdre perquè no va saber rectificar. Ho dic amb la sentència a la mà, repetint els comentaris que em va fer la meva amiga advocada quan vam analitzar la sentència. Noto com cruixen les certeses del relat familiar. Callo.

En aquestes trobades intento intervenir poc. Em fascina que hagin acceptat veure's per culpa d'una novel·la. Mesuro molt el que dic i el que deixo de dir. Quan hi penso una mica, no sé ben bé com anomenar el paper que hi faig: moderador, relator, intermediari, novel·lista? En tot cas, miro de ser transparent, perquè en aquesta història dels seus avantpassats el meu personatge no té cap títol ni targeta de visita. Potser ser escriptor és això. Ser un no-ésser que només és en el llenguatge. Un no ningú, que em van dir a casa, aterrits, quan els vaig dir que deixava els estudis de medicina per dedicar-me a escriure. Un no ningú que diu el que vol. Escolto, prenc nota i, de tant en tant, deixo anar alguna pregunta o aventuro una opinió. Assegut entre ells dos, m'assalta la sensació d'haver-me transformat en personatge de ficció. No és la primera vegada que em passa i m'he de repetir que no és el que sembla, perquè no em sento pas un autor que es col·loca entre els ninots dels seus personatges sinó un veritable ninot que en el passat va ser expulsat d'una ficció fantàstica per aterrar a un món presumptament real. El mateix vaig pensar el dia que vaig rebre un missatge privat a Instagram que, mesos després, em va portar a descobrir el gran secret de la dona més pintada. De seguida ho descric, però abans vull explicar les dues altres vegades que m'he sentit un personatge de ficció durant l'escriptura d'aquesta novel·la.

M'ha passat al fotografiar-me davant d'un retrat de Palau Ferré al costat de la persona retratada. Com que n'hi ha tan pocs, l'objectiu era assequible, més encara tenint en compte que davant del retrat de l'Antoni Andreu i Abelló m'hi vaig retratar amb el seu nebot Josep, perquè el retratat havia mort divuit anys abans que

Palau Ferré, el 1982. Però les altres dues retratades encara són vives i han tingut l'amabilitat de mostrar-me els seus retrats en edat núbil, que totes dues tenen penjats al menjador de casa seva: la senyora Carmina Solé, al seu pis al Pati de Valls, i la senyora Rosa Maria Bertran, a la casa familiar de Creixell, la vila on va exercir d'alcaldessa convergent durant molts anys. Totes dues accedeixen a mostrar-me els retrats, a deixar-s'hi fotografiar i a explicar-me el que recorden de les sessions en les quals van exercir de model. L'anècdota de la Rosa Maria és que va posar amb un raspall a les mans, en comptes del ram de flors que surt al quadro. La Carmina recorda que van ser deu sessions i que hi anava en taxi, però el que no ha oblidat és que un dia se'n va haver de tornar, perquè el Maties havia tingut una crisi amb el retrat i l'havia tacat tot amb puntets blancs, com si volgués esborrar-la del llenç. Ha passat mig segle, però encara ho recorda amb aprensió i m'ho explica amb molts detalls per si ho vull aprofitar per a la novel·la. Ara tothom fotografia tothom. Tothora. En canvi, hi ha molt poca gent que es faci retratar per un pintor. Hi penso quan em fotografio al costat de la Carmina Solé Soler just davant de la Carmina pintada.

Poc temps després, repeteixo l'acció al costat de la Rosa Maria Bertran davant del retrat de la Rosa Maria en edat núbil que Palau Ferré va exposar a la Biblioteca Nacional de Madrid. En tots dos casos, tinc l'absurda sensació de ser un personatge de novel·la que n'abraça un altre just davant de l'autora. Com més em miro aquestes fotos més em convenço que l'únic ésser veritable que hi surt és la figura del llenç. Ella sí que restarà immutable. Una altra cosa és que a les entrevistes Palau Ferré insisteixi a dir que les seves dones pintades «són models, no somnis», però cap de les dues models dels retrats que oficialment va fer per encàrrec no té els ulls verds. Tot i que no es coneixen, després de fer-nos la foto davant del retrat totes dues reaccionen de la mateixa manera. Com si fos un codi secret i s'haguessin posat d'acord, obren un calaix d'un moble proper al quadro i en treuen un sobre. A dins hi apareix la mateixa col·lecció de cinc postals amb cinc pintures de Palau Ferré rere les quals es forma un text de felicitació nadalenca manuscrit a llapis. Només prenc nota del que m'ensenya la Carmina, però diria que són idèntics: «Bon Nadal / i un feliç / any 1969 / et desitja / 3alauFerré». Quan, més endavant, entri en contacte amb Josep Peirats entre les fotos que m'enviarà per WhatsApp també hi ha les d'un altre joc de postals idèntiques, però en el seu cas l'any és 1967.

Les que m'ensenyarà una dona ullverda de la meva edat a Clermont-Ferrand són del 1966. Ho farà quan finalment pugui visitar l'adreça que rebo per missatge privat. L'estiu del 2019 proposo un joc des del meu perfil d'Instagram. Cada dia publico la imatge d'una dona pintada per Palau Ferré amb un paràgraf que sol acabar amb una pregunta. En el primer, el 31 de juliol, el text fa: «Qui soc? He perdut la memòria i m'agradaria recuperar-la amb el teu ajut. Com t'agradaria que em digués? Qui t'agradaria que fos? Durant tot l'agost, cada dia penjaré una imatge meva. M'ajudes?» I l'endemà: «M'apunto tots els noms que m'heu adjudicat, però voleu dir que soc qui dieu que soc? Avui us demano que em digueu d'on soc. Us miro expectant perquè em convé molt saber-ho». Molta gent respon. Quan escric aquestes ratlles l'aplicació diu que aquests primers apunts fa 158 setmanes que estan penjats. (Apunt per a la posteritat: quan ho llegeixis segur que seran moltes més, si és que encara existeix Instagram.) Ara les respostes de la gent encara són consultables. No és fins al tercer dia que no rebo el missatge privat. La tercera imatge ullverda que penjo duu una rosa a l'escot, entre els pits, acompanyada d'aquest text: «Gràcies a tots els que, aquest agost, m'esteu ajudant a recuperar la memòria. He sobreviscut a un incendi terrible, però m'he quedat en blanc i no sé res de mi. Tinc parella?».

El missatge privat que rebo transforma aquest joc narratiu en una altra cosa. Tres paraules en francès —*je l'ai rencontrée* (la vaig conèixer)— i una foto del mateix quadro, o el que d'entrada sembla el mateix, perquè després, quan l'amplio amb els dits, veig que té lleugeres variacions. En tot cas, un missatge sorprenent d'algú que potser juga. Però, si només és un joc, per què no respon en obert com tothom? La foto del quadro tampoc no permet arribar a cap conclusió, perquè la xarxa és una proveïdora infinita d'imatges. Durant tot l'agost no deixo de publicar un retrat femení de Palau Ferré cada dia i, com sol passar en aquests casos, l'acumulació d'hipòtesis col·lectivitza els sentits possibles fins a col·lapsar la majoria de línies narratives. Cada dia el joc ens porta d'aquí d'allà i al final se m'acaben les preguntes coherents, de manera que plantejo enigmes. El 31 d'agost m'acomiado amb el retrat de dues siameses colltortes amb els cranis enllaçats, una imatge molt palauferreriana. El text de comiat diu: «La resposta a l'enigma "L'arròs que combat l'individualisme" és CALDÓS, com dues han estat les protagonistes d'aquest joc d'agost, l'Olga i la Sol, encarnant totes les dones pintades pel montblanquí Maties Palau Ferré. Moltes gràcies a tothom pel seguiment i les aportacions #ladonamésspintada fascina. Això no acabarà aquí». No és fins a l'octubre que la meva corresponsal francesa torna a piular.

Aquesta vegada és més explícita. Diu que va reconèixer la dona de la rosa al pit i per això va tenir l'impuls d'escriure'm, però després no ha dit res més perquè volia consultar-ho. Això m'intriga. També diu que ha provat de seguir el joc dels retrats, tot i que no entén gaire el català, i que li agrada molt la pintura de Maties Palau Ferré perquè el va conèixer a París. Anem intercanviant missatges fins que en trec l'aigua clara, tot i la seva lentitud a l'hora de contestar. Més endavant sabré que la meva interlocutora és una dona gran que viu en una residència a Marsella i que només és capaç de fer anar Instagram els dies que la visita una neboda, però d'entrada el ritme de les nostres converses em sembla molt inconstant i els seus llargs silencis em fan imaginar causes aberrants. Després de setmanes elucubrant hipòtesis absurdes, producte de la meva portentosa imaginació de novel·lista (PIN), m'explica que ja té el permís per enviar-me un nom, una adreça i un telèfon. Només afegeix que aquesta dona és la propietària del quadro de la dona més pintada amb la rosa al pit. Res més. I que estarà encantada de rebre'm. Descarto trucar-li perquè el meu francès oral és lamentable i decideixo que li escriuré. Entre el Google Translate i la revisió d'algun amic traductor ja me'n sortiré, penso.

Però quan faig la prova de mirar si el número té perfil de WhatsApp veig que no. Tampoc no localitzo ningú amb el seu nom a Instagram. Deu ser una de les poques ciutadanes europees que no té ni WhatsApp ni xarxes socials. No és fins als volts de Nadal que m'hi poso. Redacto una carta que també explica el meu interès per la pintura de Palau Ferré, passo el text pel traductor automàtic i encara li demano a una amiga francòfona que la revisi perquè no contingui cap barbaritat. Entre que m'ho corregeix, ho imprimeixo, compro segells i busco una bústia ja som a finals de gener. Feia molt de temps que no enviava cap carta i encara més que no entrava en un estanc. Tan aviat com la bústia groga del passeig de Maragall s'empassa el sobre me n'oblido, però poques setmanes després em respon i la seva carta m'esperona a agafar el cotxe tan aviat com em puc comprar dos dies fora.

La qüestió és que a primeríssima hora del 7 de març del 2020, quan ja es comença a especular sobre les conseqüències imminents de la pandèmia que ha arribat de la Xina, condueixo adelerat les sis hores llargues que em separen de Clermont-Ferrand, localitzo la casa als afores que respon a l'adreça indicada i truco a la porta.

M'obre una dona ullverda.

—Je suis Màrius —em presento, aclaparat per la seva bellesa.

És clavada a la dona més pintada i diria que ronda la meva edat cinquantina. Es diu Malik. Li demano que no parli gaire de pressa, que el meu francès oral és molt precari, però no em cal fer-li repetir gairebé res. Seiem a fer un Pernod. Em parla de la seva família d'origen armeni i, sobretot, de l'àvia que la va criar, el seu far vital, de qui va heretar el nom i la casa on continua vivint després d'una existència relativament còmoda, com la meva. Compartim experiències de *boomer*. Tots dos som d'una generació d'europeus que no ha patit cap guerra en primera persona, com a mínim fins ara. La Malik em diu que ha tret l'energia de l'àvia, supervivent d'un genocidi que un segle després continua sent mig secret, negat en el vast oceà del negacionisme. La visita s'allarga. El Pernod m'aclareix la comprensió del francès i m'allibera la llengua. Durant l'escriptura d'aquesta novel·la ja m'he sentit personatge de ficció unes quantes vegades, però mai com ara. Escolto la Malik com si la seva casa de Clermont-Ferrand estigués construïda en el més enllà, sense sospitar que una setmana més tard tots plegats viurem en el més ençà, en un impensable confinament domiciliari.

Després d'una bona estona parlant de l'àvia, li demano per la mare. Em diu que no la va conèixer. Es va criar en la creença que havia mort en el seu part, però el dia que va fer divuit anys l'àvia li va regalar un bagul ple de cartes, pintures i objectes personals de la seva mare que n'hi van revelar la veritable història. Es deia Espérance, però quan va exercir de model a París es feia dir Nadia, que en antiga llengua eslava significava esperança. L'àvia de la Malik va ser mare poc abans de l'esclat de la gran guerra, als dinou anys, però de seguida va quedar vídua. La Malik em diu que no li agradava gens parlar de les vicissituds que havien hagut de passar mare i filla totes soles per sobreviure, primer en la repressió contra el poble armeni i després durant la guerra, fins a aconseguir arrelar en aquesta comunitat de l'Alvèrnia que ara és la seva. La qüestió és que l'Espérance se n'havia anat molt jove a treballar a París i ja mai no n'havia tornat. Només venia de visita. I en una d'aquestes visites va comparèixer embarassada de la Malik. Tenia vint-i-nou anys i poques ganes d'establir-se enlloc, però havia decidit que la seva mare vídua mereixia viure la maternitat que la gran guerra l'havia privada de gaudir amb ella, encara que fos fent d'àvia jove de la criatura que portava al ventre.

—Jo vaig néixer en aquesta casa el seixanta-u —em diu la Malik—, i hi he viscut sempre. Es veu que els primers mesos la mare em venia a veure, però no en tinc cap record. Després he sabut que va morir quan jo tenia cinc anys i l'àvia va decidir arrodonir la data cap enrere, fins al dia del meu part, per no haver de donar explicacions.

Tot el que la Malik sap de la seva mare ho ha recuperat de les cartes que va trobar al bagul. Em diu que hi havia el plec de Palau Ferré, però que també n'hi havia d'altres remitents.

—De Picasso també? —li demano.

—No, però d'altres pintors no tan reconeguts sí. La mare havia fet de model per a molts pintors i en moltes escoles. Es veu que va ser molt popular. Tothom devia saber que era un esperit nòmada i per això li escrivien a Casa Castelucho, amb l'esperança que tard o d'hora passés per allà. Però, pel que he vist, ella no només no contestava les cartes sinó que ni se les llegia. Quan vaig haver paït tot el que havia trobat al bagul, vaig anar a París i vaig poder comprovar que des d'allà reenviaven les cartes cap aquí. L'àvia sí que se les llegia i després les guardava al bagul. Gràcies a això sé coses del pare, perquè si m'hagués de refiar de les coses que li explicava ell en el seu francès de Montblanc...

—El pare?

No em vull repetir, lector. Si has tingut la bondat de llegir el capítol de la novel·la en què la Malik porta el plec de cartes de Palau Ferré al taller de Montblanc i has entès que el Semita era ell mateix, ja et pots imaginar com segueix la nostra conversa en aquest vell casalot. Estic temptat de treure la llibreta de notes, però prefereixo dedicar-me al Pernod. El temps s'atura quan li demano si guarda cap quadro de Palau Ferré i pugem al pis de dalt. La segueixo, escales amunt, amb una emoció que feia temps que no sentia. Arribem a un distribuïdor ple de coses, obre una porta lateral i acciona l'interruptor. Un retrat de la dona més pintada irromp des de la paret del fons. Esplèndida, amb la rosa a l'escot, els mateixos ulls verds que em van fascinar la primera vegada que en vaig veure el retrat, al costat de dos quadros més que són els primers nus que veig pintats per Maties Palau Ferré.[14] Quan ens acostem als retrats constato l'evidència. Són idèntiques. Naturalment, ara mateix els ninots som la Malik i jo, sols en aquesta habitació plena de quadros, i l'única presència real és la dona més pintada, immutable, la veritable causant d'aquesta novel·la.[15]

AFA: Apèndix ficció anotada

Un PIN de quatre xifres encapçala cada capítol d'aquesta novel·la de ficció anotada. Els lectors més perspicaços ja es deuen haver imaginat que és un codi temporal. Les dues primeres corresponen a les desenes i unitats de l'any del segle XX en què es desenvolupa l'acció. Les altres dues només indiquen quin ordre ocupa el capítol entre tots els que comparteixen any. L'ordre cronològic no coincideix amb l'ordre de lectura que proposa la novel·la però, per facilitar la consulta de les notes, en aquest apèndix reordeno els capítols segons aquest criteri. Per això hi consten en l'ordre aritmètic ascendent que marquen els pins.

Les notes documenten l'origen d'un nombre reduït però no insignificant dels fets i frases que formen aquesta novel·la de ficció anotada. No es tracta de posar a prova els límits entre la realitat i la ficció com en les obsessives notes que Marguerite Yourcenar va afegir a l'apèndix de *Memòries d'Adrià* ni tampoc d'inventar una biografia a la manera de Max Aub amb Jusep Torres Campalans, sinó de documentar l'origen de molts episodis tot mirant de suggerir que en tots els altres qualsevol dissemblança amb la realitat pot ser pura coincidència. És la segona novel·la que escric a partir de personatges que tenen biografia més o menys pública. La primera va ser *Plans de futur* (2012), protagonitzada pel matemàtic figuerenc Ferran Sunyer. Quan va sortir, molts lectors em van traslladar una pregunta recurrent. Tot i que l'aplicaven a episodis diferents de la novel·la, la pregunta sempre era la mateixa: «Això va passar realment o t'ho has inventat?». El dia de la primera presentació m'ho van preguntar tantes vegades que al final ho vaig transformar en un joc. Cada cop que en parlava en públic llegia fragments triats de la novel·la i demanava als assistents que votessin a mà alçada si creien que aquell episodi concret havia succeït en l'anomenada realitat o era fruit de la meva imaginació novellesca. Resultava força divertit perquè posava a prova, alhora, la versemblança narrativa i la credulitat humana.

Aquesta vegada em vull estalviar tot aquest trull. Per això incorporo la pregunta dels trons al text en forma de notes que qüestionen alguns fragments de la novel·la. Poden ser notetes fotetes o remissions irremissibles, però totes són certes. En aquest apèndix l'origen de cada fet anotat s'associa a una de les cinc fonts possibles que relaciono a cinc acrònims: ENT (entrevista amb un testimoni), DOP (document, tant públic com privat), HEM (hemeroteca o mediateca), BIB (bibliografia) o PIN (la portentosa imaginació del novel·lista). Qualsevol d'aquests acrònims pot conviure amb un sisè de ressons nabokovians (ADA), quan he adaptat un fet extret de la realitat documentada a la realitat fonamentada d'aquesta novel·la de ficció anotada.

Maties Palau Ferré va existir i aquesta ficció s'ajusta al que el va moure.

A partir d'ara, res del que figura en aquestes notes no és inventat.

Notes

5401

1. HEM. ADA. Entrevista de Màrius Carol per al dominical de *La Vanguardia*, 31/5/92. Palau Ferré hi parla d'un professor de Belles Arts en qui m'inspiro per inventar la rutina del colom: «Uno de los profesores que más influyó en todos nosotros fue Miquel Correa, quien nos decía que cuando acabáramos la carrera debíamos prescindir de lo que habíamos aprendido e ignorar a nuestros profesores, para encontrar nuestra manera de entender el arte».

2. BIB. A *El pintor que cremava els seus quadres*, Francesc Marco-Palau explica que la model de nu contractada per l'Escola Superior de Belles Arts en l'època de Palau Ferré era Pepa Melendres, de manera que «amb els anys, Melendres va acabar ocupant espais escultòrics en diferents indrets de l'entramat urbà barceloní, a partir de les obres que inspirant-se en ella farien alguns alumnes de l'Escola».

3. ENT. ADA. La relació amb la seva companya d'estudis Maria Rosa Seix parteix de les entrevistes el 20/10/21 i el 4/2/22 amb Rosa Maria Bertran al seu domicili de Creixell. Maties Palau i Maria Rosa Seix van superar l'examen d'ingrés a l'Escola Superior de Belles Arts el curs 1945-46, però a la novel·la ho endarrereixo al curs 1953-54 perquè desemboqui en l'etapa parisenca sense cap parèntesi.

4. HEM. «Picasso destruye; yo construyo» per Irma Deglané a *Pueblo*, 28/3/70.

5. HEM. «Conversación con Palau Ferré» per Josep Melià a *Diario de Barcelona*, 14/2/71.

5601

1. ENT. Entrevistes diverses amb Francesc Marco-Palau sobre la història familiar.

2. BIB. El pintor que cremava els seus quadres, de Francesc Marco-Palau (2019).

4. HEM. Programa recuperat a l'arxiu de TVE (gràcies a la diligència de Dolors Gonzalo), on figura retolada amb el nom «Panorama de actualidad. Entrevista al artista Matías Palau Ferré. 1/11/68». De fet, això mateix ho diu en moltes entrevistes i ho corroboren els col·leccionistes que van ser els seus clients.

5701

1. ENT. Entrevista el 20/7/21 amb la mestressa de l'Hostal dels Àngels de Montblanc.

2. ENT. Entrevista el 4/2/22 amb Rosa Maria Bertran al seu domicili de Creixell.

5801

1. DOP. ADA. El nom del director de l'Institut Francès sorgeix d'una carta del 26 de març de 1957 amb el paper timbrat de l'Institut Français de Barcelone (Av. Jose Antonio, 617, pral., Téléph., 21 14 62) dirigida a «Monsieur Matias Palau Ferrer, Bailen, 87, 1-2. EN VILLE» just abans de rebre la primera beca d'estudis a París. La carta fa així: «Mon Cher Ami, Je veux vous dire tout le souvenir que nous conservons ma femme et moi de la manière si sympathique et accueillante avec laquelle vous nous avez reçus en votre ville, si intéressante, de Montblanch. Grâce à vous, nous avons pu connaître des richesses d'art remarquables et aussi reconcontrer un ami non moins remarquable. Nous voudrions que vous nous préveniez quand vous venez à Barcelone, et nous aimerions vous avoir à déjeuner une prochaine fois chez nous. Croyez, Cher Ami, à toute notre reconnaissance et à nos sentiments bien dévoués». La signa: Pierre Deffontaines.

2. HEM. «Un pintor excepcionalmente nuevo», d'Àngel Marsà a *El Correo Catalán* el 26/7/53.

3. PIN.

5901

1. PIN.

2. DOP. L'adreça surt de diverses cartes rebudes a França que conserva la família. Per exemple una que envia ARS SACRA S.A. el 17/5/59 des de l'Avenida José Antonio, 660, pral. Teléfono 21 01 36. Barcelona (10) al remitent «M. Palau Ferre. 61, Boulevard Jourdon. Collège Néerlandais. Cité Universitaire. París (14) Francia» amb un segell de Franco de cinc pessetes.

3. PIN.

4. HEM. *Combat, Le Journal de París* per François Pluchart el 28/6/61.

5902

1. BIB. A *El pintor que cremava els seus quadres*, de Francesc Marco-Palau (2019), consten els diversos estudis que Palau Ferré cursa a París.

2. ENT. Conversa telefònica el 7/6/21 amb Andreu Mayayo (alcalde de Montblanc entre 1991-93 i 1995-99). Rememora un acte conjunt a Montjuïc de Palau Ferré amb Josep Palau i Fabre durant la dècada dels noranta.

3. ENT. Entrevista el 4/2/22 amb Rosa Maria Bertran al seu domicili de Creixell.

4. HEM. «Palau Ferré, pintor de la esperanza en la vida» de Julia Arroyo a *Ya*, 26/4/70. «Entonces fue hasta una boca de Metro y al paso de la muchedumbre que salía gritó: "¡Si hay aquí algún catalán que lo diga!" Allí había un catalán y Palau Ferré encontró su amable guía».

5903

1. BIB. *Germaine Gargallo. Cos, pintura i error*, de Cristina Masanés (2014).

2. HEM. Entrevista de Màrius Carol al dominical de *La Vanguardia*, 31/5/92. «Me ha interesado siempre Zurbarán, por su construcción, por su serenidad. Posiblemente es el único pintor de contenido cristiano que ha existido. Transmite una gran paz interior a través de la tela».

3. BIB. *Vida de Manolo contada per ell mateix*, de Josep Pla (1928).

4. HEM. «Picasso destruye; yo construyo» per Irma Deglané a *Pueblo*, 28/3/70. Declara: «Picasso es como un batracio, que en una puesta tiene miles de huevos; Dalí es como una gallina, que solamente pone uno, pero lo cacarea antes para que todo el mundo se entere». Les declaracions, repetides també en entrevistes de ràdio i tele, van provocar un cert escàndol. Dalí replica a *El Correo Catalán*, 10/5/70, dient: «Dalí no quiere ser menos que Picasso. Dalí habla de Dalí».

6001

1. BIB. ADA. A *El pintor que cremava els seus quadres*, Francesc Marco-Palau recull que el 1959 exposa a la galeria Paul Cézanne i el 1961 participa en tres exposicions col·lectives: al Salon de Terres Latines, celebrat al Museu d'Art Modern de París, a la Galeria Tedesco i finalment a la 72a Exposition de la Societé des Artistes Independants al Grand Palais dels Camps Elisis. Endarrereixo aquesta tercera al 1960.

6002

1. HEM. «Palau Ferré, artista de la continuidad» de José Piñol a AMA, número 355, setembre del 1974.

2. HEM. «L'empirisme de la realitat» és el seu lema i el treu a passejar en moltíssimes entrevistes ja des de l'època parisenca. Entre elles a *Combat (Le Journal de París)* amb François Pluchart, 28/6/61; *La Prensa* amb Ignacio Puche, 22/8/68; *Arriba* amb Fernando Ónega, 13/7/69 o *Diario Español* amb De la Fuente Torrón, 29/1/71. Les definicions van canviant, però sempre són igual d'etèries: «Creo que es un empirismo hecho realidad o una realidad empírica. Una cosa que no es real pero que podría serlo».

3. HEM. «Palau Ferré, un pintor que ya se codea con los grandes» per De la Fuente Torrón a *Diario Español* de Tarragona, 29/1/71.

4. HEM. «Conversación con Palau Ferré» per Josep Melià a *Diario de Barcelona*, 14/2/71. Hi diu: «No soy académico. Aquellas personas que no sepan salir de las Academias no vale la pena que entren en ellas. Pero las escuelas de arte son necesarias. Solo podemos prescindir de lo que conocemos».

5. PIN.

6. HEM. «Picasso destruye; yo construyo» per Irma Deglané a *Pueblo*, 28/3/70.

7. HEM. «Palau Ferré, un pintor sincero» per Javier Pedrol. Sense referència.

8. HEM. «El pintor Palau Ferrer, un momento en Madrid» per Violeta Hebe a *El Alcázar*, 28/6/69.

9. HEM. «Palau-Ferré: constatación de Picasso» de José Martí Gómez a *El Correo Catalán*, 10/8/71.

10. HEM. «Yo soy yo», un test de Millán Clemente de Diego a *El Alcázar*, 6/3/71.

11. HEM. «Palau-Ferré, el monje de Montblanc. "Cuando quiero enterarme de mi vida, leo los periódicos", dice el famoso pintor». Reportatge a *Pueblo*, 21/6/73.

6101

1. PIN.
2. HEM. «Picasso destruye; yo construyo» per Irma Deglané a *Pueblo*, 28/3/70.
3. HEM. «Un pintor excepcionalmente nuevo» per Àngel Marsà a *El Correo Catalán*, 26/7/53.
4. HEM. François Pluchart a *Combat, Le Journal de Paris*, 28/6/61.
5. BIB. *El pintor que cremava els seus quadres*, de Francesc Marco-Palau (2019).

6102

1. BIB. *El pintor que cremava els seus quadres*, de Francesc Marco-Palau (2019).
2. PIN. ENT. ADA. Entrevista el 20/10/21 amb Carmina Solé i Soler al seu domicili de Valls. A banda del seu retrat, conserva un altre oli de Palau Ferré que representa una dona amb crisantems. Em va explicar que, quan ja feia temps que l'havien comprat, el pintor es va presentar acompanyat d'un altre home amb la intenció de recomprar-lo, però ella i el seu marit s'hi van negar. En la mateixa entrevista em va explicar la història d'un accidentat dinar amb Palau Ferré en un restaurant d'Escornalbou. Després d'esperar molt els plats va arribar un cotxe de morts i van veure com s'enduien el cadàver del pare de les cuineres, que acabava de morir. Només llavors els van servir. L'associació dels crisantems amb el trist comiat del suïcida ve d'aquí.

6103

1. BIB. ADA. A *El pintor que cremava els seus quadres,* Francesc Marco-Palau explica que l'any 1956, tot just amb trenta-quatre anys, diu que en té quaranta-cinc. En altres fonts he trobat ambigüitats quan li demanen l'any de naixement, que oscil·la entre el 1921 i el 1924. Adapto l'edat en aquest capítol a les necessitats de la novel·la, però en realitat el 1961 Palau Ferré estava a punt de fer els quaranta.
2. HEM. «Palau Ferré, artista de la continuidad» de José Piñol a AMA, número 355, setembre del 1974.

6104

1. BIB. «Palau Ferré à Paris. La modernitat de l'art», catàleg de l'exposició de les obres franceses celebrada a l'Institut Français de Barcelona del 29/6/21 al 24/7/21. Quan l'any 2018 començava a interessar-me per la figura de Palau Ferré, el seu renebot em va enviar digitalment la imatge d'un dels primers quadros que havia pintat i exposat a París, la noia de la síndria o *Harmonie rouge*. Impressionat, en vaig escriure aquesta ècfrasi a cop calent. Vaig tenir l'oportunitat

de llegir-la el 29/6/21 davant mateix del quadro original en la inauguració de l'exposició de l'Institut Français amb el director Max Vasseur, Francesc Marco-Palau i Joan Maria Pujals.

2. PIN. ADA. És una adaptació de la frase d'Oscar Wilde «Els meus assumptes m'avorreixen sobiranament, prefereixo els dels altres».

3. HEM. «Palau-Ferré: el mago del color» de Javier de Montini, *Amanecer* (Saragossa), 6/5/70.

4. PIN.

6201

1. ENT. Entrevista el 7/10/21 amb Maria Granell al seu domicili de Vila-seca. Vídua de Ramon Maria Magrinyà, col·leccionistes i mecenes de Palau Ferré. Havien especulat sobre la semblança de la P amb una B de Beatriu, oberta com un 3.

6202

1. PIN.

2. HEM. ADA. Entrevista de Màrius Carol per al dominical de *La Vanguardia*, 31/5/92. Palau Ferré explica: «Sucedió que, con 10 años, me puse muy enfermo y tuvieron que operarme. Pronto me di cuenta de que mis padres y los médicos estaban muy preocupados y entonces les espeté: "tranquilos que yo no me puedo morir, porque debo convertirme en un gran pintor cuando sea mayor". Años más tarde aquel cirujano me diría que nunca había visto una mirada tan firme en su vida y que por un momento llegó a temblarle la mano». L'element luctuós que introdueixo a la novel·la neix de la mort de dos joves a l'Espluga de Francolí, ella montblanquina, ofegats pel fum d'una estufa el dia 1 de maig de 2021. Just quan amb la il·lustradora Roser Calafell acabàvem d'arribar a Montblanc a fer-hi una presentació de la sèrie de relats infantils *Les aventures de la Napeu* l'Ajuntament va suspendre tots els actes públics pel dol, i la desgràcia de l'incendi va entrar a la novel·la.

3. HEM. BIB. L'ècfrasi de les peces del via crucis policromat prové de les fotos i descripcions vistes en diverses publicacions, entre les quals «Un Via Crucis de Palau Ferré» per J. C. a *Destino* (14/5/50) i el llibre d'art *Maties Palau Ferré i el seu paradís* d'Antonio Salcedo Miliani (2011).

6203

1. BIB. *El pintor que cremava els seus quadres*, de Francesc Marco-Palau (2019).

2. HEM. «Palau-Ferré: el mago del color» de Javier de Montini, *Amanecer* (Saragossa), 6/5/70.

3. ENT. Entrevista el 4/2/22 amb Rosa Maria Bertran al seu domicili de Creixell. Al menjador de casa, a prop del seu retrat, té penjat el quadre de petit format recuperat per la finestra de la galeria tancada i en relata l'anècdota. També explica que durant la desena de sessions que va fer de model perquè Palau Ferré li pintés el retrat, en comptes de les flors que té a les mans al quadro havia d'aguantar un raspall.

4. PIN.

5. ENT. Entrevistes el 20/10/21 amb Enric Ribé al seu domicili de Valls i el 1/6/22 amb Joan Cartañà al seu domicili del carrer Riber de Montblanc, al costat mateix del domicili dels Palau.

6401

1. HEM. ENT. «Palau Ferré, una carrera en escalera de caracol» per María José Casado a *El Alcázar*. Ho corroboren diversos col·leccionistes, entre els quals el testimoni de Maria Granell, entrevistada el 7/10/21 al seu domicili de Vila-seca.

2. ENT. Entrevista amb Josep Peirats a Reus el 21/10/21.

3. HEM. El rètol «Torno tot seguit» surt a gairebé totes les entrevistes televisives i el transcriuen en diverses entrevistes en premsa. Jaume Ferran l'agafa com a títol en un text quan li demana que torni a pintar.

4. DOP. En la sentència del Tribunal Suprem del 16/5/74 els advocats de Peirats i Palau Ferré sostenen que la idea havia sorgit de l'altre. Tots els conflictes humans confronten relats que neguen haver llençat la primera pedra. El primer contracte privat entre Peirats i Palau Ferré és del 29/2/64, però el van rescindir el 3/12/65 i en van signar dos més el 8/3/68. En un d'aquests dos, que he pogut consultar gràcies a l'amabilitat de Josep Peirats, l'operació és titllada de «permuta». En l'altre, no.

6501

1. HEM. «Matías Palau y Ferré: un pintor y una anécdota» per Lluís Farré a *El Correo Catalán* (18/3/71) i «Reportaje sobre Palau-Farré en la TV» per Lluís Farré a *Diario Español* (7/11/73). Explica la mateixa anècdota d'un equip de TVE que no el creu.

2. HEM. Entrevista recuperada a l'arxiu de TVE (gràcies a la diligència de Dolors Gonzalo), on figura retolada com a «Entrevista al pintor Matias Palau Ferré en su domicilio de Montblanch», assignada a informatius «Noticias Nacional 1969» i datada com a produïda el 1/1/69, sense data d'emissió. La data suggereix que només devien entrar l'any a l'arxiu. Totes les citacions d'entrevistador i entrevistat que reprodueixo en castellà són literals i el relat mira de ser fidedigne.

3. HEM. «El delfín de Picasso Palau-Ferré» per Mauro Batista (EFE) a *Hoja del lunes* de Gijón el 9/7/73. Quan li demanen per Salvador Dalí diu: «Yo no puedo decir nada de él como pintor. Precisamente porque yo soy un pintor; no un crítico. Lo que me parece es que es una lástima que malgaste su extraordinaria inteligencia en exhibicionismos». Pam.

4. HEM. «Palau Ferré lleva a Madrid la Primavera de Montblanc», reportatge de J.S.O. a *El Correo Catalán*, 22/3/70. Hi diu: «en verano pinto de 7 a 10 de la mañana y de 4 a 6 de la tarde; en invierno, de forma continuada desde las 8 a las 4 de la tarde. Mi primera obra fue *Nit de Sant Joan* sobre el solsticio de verano, la pinté en 1947-48.»

6601

1. ENT. ADA. En trobades diverses l'escriptora Tina Vallès López, amb arrels a Montblanc i Vilaverd, m'ha parlat del seu avi matern, el murcià Eduardo López Lacasa, que regentava un establiment a Montblanc conegut per tothom com cal Lopas. En Lopas era molt traçut i arreglava tota mena de dispositius, des de rellotges fins a càmeres de fotos. Eren amics amb Palau Ferré i quan aquest últim volia visitar ermites li feia de xofer, fotografiava els frescos que interessaven el pintor i després revelava les imatges al seu establiment. L'adopto de xofer recurrent en alguns episodis de la novel·la.

2. HEM. Entrevista de Màrius Carol per al dominical de *La Vanguardia*, 31/5/92. Palau Ferré parla de la seva relació amb Picasso: «Mi conocimiento de Picasso es muy relativo, pero fue cuando yo expuse en París cuando él, tras ver mis cuadros, dijo públicamente que entre todos los pintores nacidos era el único que había sabido profundizar en su mismo camino para la destrucción del concepto tradicional del arte. De alguna manera pasaba a considerarme heredero artístico suyo, lo que le agradecí por venir el halago de quien procedía».

6701

1. ENT. Entrevista l'1/6/22 amb Joan Cartañà, veí i amic de la família, al seu domicili del carrer Riber de Montblanc, al costat de cal Francí.

2. DOP. Citacions literals extretes dels dos contractes mecanografiats en paper oficial número 9853538 i 9853536 amb dos segells d'una i tres pessetes el 8/3/68, amb signatura original de Palau Ferré i Peirats. Són les còpies que conserva Josep Peirats.

6901

1. ENT. Entrevista el 4/2/22 amb Rosa Maria Bertran al seu domicili de Creixell.

2. HEM. A «Pintura a cambio de chalets» a *El Correo Catalán* (16/2/73), José Martí Gómez recull les versions de demandat i demandant. L'advocat defensor del senyor Peirats diu «el contrato está reconocido y firmado por el pintor y en todo caso habrá que pensar que el señor Palau Ferré, que firmó un primer contrato el 11 de diciembre de 1967 y dos contratos más de las mismas características unos tres meses más tarde, es un incapaz mental que no sabe lo que firma».

3. HEM. «Palau Ferré, pintor mediterráneo de la vida» per Julia Arroyo. També s'hi manifesta favorablement Miguel Ángel García Brera a *El Alcázar*.

4. PIN.

5. ENT. Entrevista amb Josep Peirats a Poblet el 22/4/22.

6. BIB. «Palau-Ferre. Sala de exposiciones de la Biblioteca Nacional. Madrid. Abril-Mayo 1970». El catàleg de l'exposició reprodueix els vint quadres en blanc i negre.

7001

1. BIB. «Palau-Ferre. Sala de exposiciones de la Biblioteca Nacional. Madrid. Abril-Mayo 1970». Diverses citacions literals del text signat per «Jaime Ferrán. Syracuse University, 16 de marzo de 1970». L'al·lusió a Paul Hindemith reprodueix el primer vers del poema que Jaume Ferran dedicà a Palau Ferré l'agost del 1967, que comença «Amb paraules de Hindemith, / és a dir / amb estricta / correspondència de color i música / vaig voler un dia fixar el teu pas apressat / pel Madrid de la nostra / joventut...» i acaba «...la secreta harmonia / que ordena els teus colors, / a anomenar-te, / avui com abans, / Maties, el pintor». Reproduït sencer al catàleg «Estius d'art i literatura Palau Ferré i Jaume Ferran» (2021) del Museu d'Història de Cambrils.

2. ENT. Entrevista el 4/2/22 amb Rosa Maria Bertran al seu domicili de Creixell.

3. BIB. *Juventud en la ruleta*, de Miguel Ángel García Brera. Premio de Novela S.E.U. de Madrid, 1962. Cuenca. Imprenta Falange, 1962.

4. PIN.

7002

1. BIB. Don Pedro Huguet Ribas figura com a procurador en la sentència del Tribunal Suprem del 16/5/74, en representació de «don Jesús Ángel» (àlies de Palau Ferré).

2. BIB. Don Baudilio Pagés Quer figura com a notari de Reus en la sentència del Tribunal Suprem.

3. ENT. Controvèrsia mantinguda encara ara pels descendents de les dues parts en les reunions conjuntes a Poblet 22/4/22 i Reus 1/6/22.

4. ENT. Entrevista el 21/10/21 amb Josep Peirats a Reus.

5. HEM. «Un gran pintor en apuros», de Miguel Ángel García Brera a *El Alcázar,* 27/4/74.

7003

1. BIB. *Memòries de Ponent,* de Jaume Ferran (2001). Ferran explica l'episodi del Corvair que els va portar a comprar l'apartament de Cambrils. Tots els episodis biogràfics de Ferran, inclòs l'encàrrec de participar en l'homenatge nord-americà pels noranta anys de Picasso, surten de les seves memòries.

2. BIB. També la trobada amb Dalí. *Memòries de Ponent,* de Jaume Ferran (2001).

3. BIB. *El pintor que cremava els seus quadres*, de Francesc Marco-Palau (2019).

4. HEM. Aquesta entrevista fallida va fer vessar molta tinta. El corresponsal Lorenzo Contreras escrivia «Palau Ferre, noticia y expectación en Madrid» a *El Correo Catalán* el 26/2/71: «Con motivo de su presencia en *Estudio abierto* de televisión, se produjo cierto revuelo entre los periodistas en busca del notición, incluso, la entrevista iniciada ante las cámaras fue cortada inexplicablemente, de una manera brusca, al no prestarse Matías Palau-Ferré, uno de los prestigios nacionales de la pintura contemporánea, a ser objeto de especulaciones sensacionalistas al preguntársele de entrada sobre la incógnita de determinado contrato. De forma elegante, sin titubeos, declinó tratar del "misterioso" asunto en la forma planteada... y bajó el telón inesperadamente. ¿Qué pasó?» Tot i la recerca a l'arxiu de TVE, no he aconseguit localitzar la gravació d'aquesta entrevista que José María Íñigo li va fer a *Estudio abierto* el febrer del 1970.

7101

1. ENT. ADA. Entrevista l'1/6/22 amb el seu amic i veí Joan Cartañà al seu domicili del carrer Riber de Montblanc, al costat mateix del domicili dels Palau. També entrevista telefònica el 29/4/22 amb el senyor Joan Secall Colet, que li va servir l'esmorzar uns anys més tard al bar Miami. Diverses fonts m'han explicat l'hàbit que tenia el pintor de jugar a la màquina escurabutxaques del bar España, però això va ser deu anys més tard. He canviat les escurabutxaques per fer solitaris amb les cartes per conveniència narrativa i, sobretot, per no caure en l'anacronisme, atès

que el joc no es va legalitzar a Espanya fins al 1977 i les primeres màquines escurabutxaques no van arribar als bars fins un parell d'anys més tard.

2. HEM. ENT. «Palau Ferré y la promoción de la Conca de Barberà» per Josep Sabaté a *El Correo Catalán*, 31/10/73, recull aquesta frase de Palau Ferré: «Solo trabajan los que no saben hacer otra cosa». Que la frase era una ocurrència habitual de Palau Ferré ho corroboro en conversa telefònica el 7/6/21 amb Andreu Mayayo, alcalde de Montblanc entre 1991-93 i 1995-99.

7201

1. HEM. Sèrie de 5 reportatges publicats per Enrique Rubio a *Solidaridad Nacional* amb el títol «El periodista de "hombre bueno"». 1) «Un pintor cambia metros de pintura al óleo por metros de terreno, en Reus», 2) «Matías Palau-Ferré, pintor de categoría mundial», 3) «Palmos de tierra (a 15 pesetas), por metros de óleos (a 10.200 pesetas)», 4) «Solo el material empleado en mis obras entregadas, está valorado en novecientas mil pesetas», 5) Peirats Fenollosa: «Que me pague en dinero lo que resta y en paz».

2. HEM. *Solidaridad Nacional.* Tot el capítol segueix el relat que Rubio fa de la seva visita al Mas Carpa en el cinquè dels reportatges il·lustrats.

3. HEM. Retalls d'articles que podrien ser: «Palau Ferrer Número Uno» per Juan José Porto a *Arriba*, 2/5/1970; «Una obra hipotecada» per Aurora H. Siguero a *Arriba*, 28/4/74; «Palau Ferré, la angustia de un pintor hipotecado» per Josep-Francesc Valls a *El Correo Catalán*, 4/10/72; «El pintor hipotecado de Montblanc defenderá su plena libertad intelectual» per Enrique Rubio a *El Noticiero Universal*, 30/4/74; «Un pintor con su obra hipotecada por palmos de terreno» per Jesús de las Heras a *Tele eXpres*, 10/3/74...

4. PIN.

5. HEM. «Palau-Ferré: el mago del color» per Javier de Montini. *Amanecer* (Saragossa) 6/5/70.

7202

1. HEM. «Palau Ferré, un pintor que ya se codea con los grandes» per De la Fuente Torrón a *Diario Español* de Tarragona, 29/1/71.

2. HEM. «Palau-Ferré: el mago del color» per Javier de Montini. *Amanecer* (Saragossa), 6/5/70.

3. HEM. La idea de la publicitat persistirà. Catorze anys després, a «Palau Ferré, un pintor iconoclasta» Joaquín Santaella encara escriurà al dominical de l'*ABC*, 14/9/86: «Tantas veces contada en prensa, radio y televisión, esta verídica historia, seguramente no exenta de cierta, y no por ello insana, intención publicitaria, podría ser la de muchos pintores españoles de nuestros tiempos».

4. HEM. «Yo soy yo», un test de Millán Clemente de Diego a *El Alcázar*, 6/3/71.

5. HEM. «Palau Ferrer número uno» per Juan José Porto a *Arriba*, 2/5/70.

6. HEM. «Palau-Ferré: constatación de Picasso» per José Martí Gómez a *El Correo Catalán*, 10/8/71.

7. HEM. «Pintura a cambio de chalets» per José Martí Gómez a *El Correo Catalán*, 16/2/73.

8. DOP. El senyor Luis Colet Panadés figura a la sentència del Tribunal Suprem del 16/5/74 com a procurador, en representació de «don Luis Enrique» (àlies jurídic de Peirats), i els vuit paràgrafs següents són extrets de la sentència en traducció literal. En el judici final al Tribunal Suprem l'abril del 1974 l'advocat de Peirats va ser Don Santiago Segura Ferns.

7203

1. DOP. «Cédula de citación» original rebuda per Miguel Peyrats (sic) Fenollosa el dia 11/2/72 per «prestar confesión en juicio, bajo juramento indecisorio» a Reus el dia 23 a dos quarts d'onze del matí. Arxiu de Josep Peirats.

2. DOP. Citacions literals extretes dels dos contractes mecanografiats en paper oficial número 9853538 i 9853536 amb dos segells d'una i tres pessetes el 8/3/68, amb signatura original de Palau Ferré i Peirats. Són les còpies que conserva Josep Peirats. Les dues solucions que consten en aquesta clàusula *post mortem* és que els hereus a) haurien de cobrir el preu pendent amb obres que interessessin el senyor Peirats o b) haurien d'abonar el deute en metàl·lic.

3. DOP. Citacions literals i noms autèntics que figuren en diversos documents de treball del procurador Juan Torrents amb els testimonis que el denunciant Miquel Peirats va presentar al jutjat. Tot el capítol es fonamenta en la informació extreta d'aquests documents: llista de testimonis, plec de preguntes («posiciones») i transcripció de l'acta dels interrogatoris. Arxiu de Josep Peirats.

4. DOP. Inventari de les nou obres embargades preventivament, amb la fitxa tècnica, sobre la qual la part denunciant va fer uns càlculs a llapis amb quatre decimals per calcular la superfície total que suposen. D'aquí surt la xifra de la superfície que consta en la sentència. Arxiu de Josep Peirats.

5. DOP. Citació literal extreta de l'acta del judici que transcriu la declaració del denunciant. Arxiu de Josep Peirats.

7204

1. DOP. Don Pedro Huguet Ribas figura com a procurador a la sentència del Tribunal Suprem del 16/5/74 en representació de «don Jesús Ángel» (àlies de Palau Ferré). També a la sentència del 10/4/72 del tribunal de primera instància de Reus.

2. DOP. ADA. Don Adolfo Morales Vilanova figura com a procurador a la sentència del Tribunal Suprem del 16/5/74, en representació del «demandado» (Palau Ferré), sota la direcció del «Letrado señor Villalonga». A la vista al Tribunal Suprem, el 30/4/74, l'advocat de Palau Ferré va ser Don Joaquín Villalonga, i el defensor de Peirats, Don Santiago Segura Ferns. En la còpia simple facilitada per Josep Peirats tot consta igual, llevat dels noms substituïts de demandant i demandat.

3. DOP. A la sentència del Tribunal Suprem del 16/5/74 consta «Arcapesa» però la substitució de noms deguda a la protecció de dades els obliga a fer contorsionisme verbal per no revelar els cognoms: «siendo sus fundadores únicos accionistas y administradores don Javier, don Mariano y don Luis Enrique, quienes prestan a la sociedad las dos primeras letras de sus apellidos paternos». Les sis primeres lletres de l'acrònim són les dues primeres dels cognoms Aragonès,

Cabacés i Peirats. Luis Enrique és Miquel Peirats. En la còpia simple facilitada per Josep Peirats tot consta igual, llevat dels noms substituïts de demandant i demandat.

4. DOP. A la sentència del Tribunal Suprem del 16/5/74 consta que Huguet detalla tot el currículum del seu client.

5. ENT. Entrevista el 14/6/21 amb l'advocada Cristina Barellas i altres trobades posteriors. Les crítiques de Morales a la feina prèvia d'Huguet provenen de l'anàlisi que Barellas fa de la sentència.

7205

1. HEM. «Yo soy yo», un test de Millán Clemente de Diego a *El Alcázar*, 6/3/71.

2. HEM. «Conversación con Palau Ferré» per Josep Melià a *Diario de Barcelona*, 14/2/71.

3. HEM. «Conozca usted a Palau Ferre (el delfín de Picasso)», un test de Millán Clemente de Diego a *El Alcázar* el 6/3/71. A la pregunta «¿Cuál sería su principal alegato el día del Juicio Final?», respon: «Aceptaré las responsabilidades que me corresponden por los actos que realicé conscientemente».

4. HEM. «Palau Ferré, un pintor que ya se codea con los grandes» per De la Fuente Torrón a *Diario Español* de Tarragona, 29/1/71. Per hiperbòliques que semblin, totes les citacions són literals, en el seu rol de personatge entrevistat.

7301

1. DOP. Després de la sentència en primera instància de Reus (72) i abans de l'última instància de Madrid (74), el litigi va passar per Barcelona (73). A l'última pàgina de la sentència del Tribunal Suprem del 16/5/74, en relació amb la número 695 del 1973 dictada per l'Audiència de Barcelona, s'hi pot llegir: «Fallamos que debemos declarar y declaramos no haber lugar al recurso de casación por infracción de ley interpuesto por la presentación de Don Matías Palau Ferré contra la sentencia que con fecha veintitrés de marzo de mil novecientos setanta y tres dictó la Sala Primera de lo Civil de la Audiciencia (sic) Territorial de Barcelona; condenamos a dicho recurrente al pago de las costas, y a la pérdida del depósito constituído, al que se dará el destino legal; y líbrese a la mencionada Audiencia la certificación correspondiente con devolución de los autos y rollo de Sala que remitió».

2. ENT. Entrevista el 20/10/21 amb Carmina Solé i Soler al seu domicili de Valls. Té el record molt viu de la sessió que va haver d'interrompre perquè Palau Ferré va tenir una crisi estètica amb el seu retrat i el va repintar fins a desfigurar-lo. L'artista es va sobreposar a la crisi, van reprendre les sessions i al final va acabar el retrat, tal com vam poder comprovar trenta-vuit anys després gràcies a l'hospitalitat de la retratada.

7401

1. ENT.HEM. Entrevista el 20/7/21 a la Fonda dels Àngels amb la mestressa i família (família Sanahuja-Armengol). Un exemple curiós és l'article «Palau Ferré regresó con buen pie des-

pués de su triunfo artístico en la Biblioteca Nacional» per Lluís Farré Carreras a *El Correo Catalán* (7/7/70), l'esmenten tres vegades: en dues l'anomenen Macià i en una Matías.

2. ENT. Entrevista el 4/2/22 amb Rosa Maria Bertran al seu domicili de Creixell.

3. HEM. A «Una obra hipotecada» per Aurora H. Siguero a *Arriba* (28/4/74) declara: «Hay quien me ha dicho, en plan jocoso: "¿Por qué no embadurnas 42,42 metros cuadrados de tela y se los entregas a este señor?" En primer lugar, yo soy un pintor y la que firme tiene que estar logrado, y por otra parte, como Peirats se reserva el derecho de elegir, no me aceptaría la tela».

7402

1. HEM. «El pintor Palau Ferrer, un momento en Madrid» per Violeta Hebe a *El Alcázar*, 28/6/69. Li demanen: «¿Es usted orgulloso, pictóricamente hablando?» i respon: «Ser orgulloso es un pecado que pido a Dios me perdone, pero que me lo conserve, es la base de mi superación».

2. HEM. «Una obra hipotecada» per Aurora H. Siguero a *Arriba*, 28/4/74.

3. HEM. Enrique Rubio a *Solidaridad Nacional* en el primer reportatge de la sèrie «El periodista de "hombre bueno"», que porta per títol «Un pintor cambia metros de pintura al óleo por metros de terreno, en Reus» subtitula «el artista se negó a responder ante las cámaras de TVE» i explica: «Había causado expectación la entrevista concedida por el buscado pintor al programa de televisión *Estudio Abierto*. Todo el mundo esperaba que el bigotudo José María Íñigo lograría ampliar el asunto del cambio de metros de solar por metros de óleo; periodistas nacionales y extranjeros se aprestaron a aprovechar la ocasión y se mantuvieron alerta, en Prado del Rey, o simplemente en sus casas ante el televisor. Pero Palau-Ferré chasqueó a todos al rehuir el tema».

4. DOP. En la sentència del Tribunal Suprem del 16/5/74 Morales protesta pels testimonis inadmesos.

5. HEM. «Palau-Ferré» per Marino Gómez-Santos, obertura d'*ABC de las Artes* el 8/5/70; «Exposición de Palau-Ferre» a *Miss (semanario de actualidad)* núm. 164, 22/5/70, o un curiós article on el rebategen «Paul Farré en la Biblioteca Nacional» de Ramón Faraldo a *Ya*, 2/5/70.

7403

1. ENT. Múltiples trobades amb Francesc Marco-Palau.

2. HEM. «Óleos a tanto el metro» de Miguel Ángel Brera a *El Alcázar*. S'hi refereix Lorenzo Contreras a *El Correo Catalán* del 26/2/71, i cita «le gustaría mandar lo suficiente durante cinco minutos para poder ordenar que quien redactó semejante papel sea condenado a enjalbegar fachadas toda su vida a real el decámetro».

3. BIB. *El pintor que cremava els seus quadres*, de Francesc Marco-Palau (2019).

4. HEM. Sobre el seu presumpte intent de suïcidi, consulteu la nota 12 de l'Epíleg.

5. HEM. Arxiu de TVE. Com a mínim dos dels reportatges conservats, del 1969 i el 1984, mostren el rètol just abans d'entrar al taller. També és visible en moltes fotos i el recullen diverses cròniques.

7404

1. ENT. Visita a l'arxiu de l'Ajuntament de Vila-seca el 23/6/21, amb Josep Papió i Ivana Aylagas, per revisar els projectes d'urbanització del barri de la Formiga. Totes les dades que figuren al capítol són reals, incloses les de Peirats Fenollosa.

2. HEM. «Una obra hipotecada» per Aurora H. Siguero a *Arriba*, 28/4/74.

3. PIN.

7405

1. DOP. Citació extreta de la sentència del Tribunal Suprem del 16/5/74. Literal, com totes les altres citacions de la sentència que reprodueixo al capítol.

2. BIB. ADA. A *El pintor que cremava els seus quadres,* Francesc Marco-Palau expressa la indignació en aquests termes, cosa que m'indueix a pensar que el relat familiar venia inspirat directament per paraules molt similars de Maties mateix.

3. ENT. Després de la primera entrevista amb Josep Peirats, el 25/10/21 m'envia un missatge de veu per WhatsApp de setze minuts, que conservo, explicant-me que havia oblidat de parlar-me de l'experiència del seu pare al camp d'Argelers.

4. HEM. «Una obra hipotecada» per Aurora H. Siguero a *Arriba,* 28/4/74.

7406

1. DOP. Citació extreta de la sentència del Tribunal Suprem del 16/5/74. Literal, com totes les altres citacions de la sentència que reprodueixo al capítol.

2. ENT. Entrevistes amb Josep Peirats a Reus els dies 21/10/21 i 1/6/22.

7407

1. ENT. ADA. Vegeu la nota 6601-1.

2. HEM. Vegeu la nota 7403-2.

3. BIB. *Memòries de Ponent* de Jaume Ferran (2001). Sobretot en aquest volum de memòries dels tres que va publicar de gran, però també algunes al·lusions del tercer, *El cercle daurat* (2019).

4. HEM. ADA. «Montblanch: una joya en el camino de Tarragona» per Miguel Ángel García Brera a *El Alcázar* el 16/5/75. Un article descriptiu que em va portar a aquest viatge de suport moral que recull el capítol.

5. PIN.

6. ENT. HEM. Entrevistes els dies 20/10/21 i 4/2/22 amb Rosa Maria Bertran al seu domicili de Creixell. Bertran va assistir a la vista i, després de la derrota judicial, explica el suport de Miguel Ángel García Brera en els mateixos termes. En aquella època vivia a Aranjuez amb la família per raons laborals del seu marit Josep Maria Rull. El seu retrat va presidir l'exposició de la Biblioteca Nacional el 1970 i ara presideix el menjador de la casa familiar a Creixell, on ens va rebre amablement dues vegades i ens va obsequiar amb un dels seus mítics arrossos. El retrat de

Rosa Maria Bertran va il·lustrar moltes de les cròniques periodístiques de l'exposició, com per exemple «Paul Farré (sic) en la Biblioteca Nacional» per Ramón Faraldo a *Ya*, 2/5/70.

7. PIN. ADA. Homenatge a la família Clapés d'Horta, Ton Clapés i Eulàlia Arfelis, que en el seu dia van voltar pel món amb una furgoneta Volkswagen clàssica amb els seus fills Andreu, Maria, Mercè, Joan i Pau.

7409

1. ENT. Entrevistes amb Josep Peirats a Reus el 21/10/21 i a Poblet el 22/4/22.

7501

1. ENT. ADA. Entrevista telefònica amb Josep Peirats el 21/3/22 per rememorar el relat complet de l'acte de lliurament dels quadros que complien la sentència, al qual Josep va assistir en representació del seu pare. Pel que en recorda quaranta-set anys després li sembla que hi va anar sol, però hi afegeixo l'escultor Ortiz Serra, present a l'entrevista que Enrique Rubio havia fet a Miquel Peirats al Mas Carpa tres anys abans.
2. ENT. Entrevista el 4/2/22 amb Rosa Maria Bertran al seu domicili de Creixell.

7502

1. HEM. «Un pintor catalán quema sus cuadros a diario», d'Eliseo Albarrán a *Lecturas* (Extra Verano 1980). La portada obre amb la foto d'una dona pintada cremant a la llar de foc, amb el peu de foto «Los lienzos del pintor arden en la chimenea de su casa. "La quema de los dibujos es el primer concierto agradable de cada mañana", dice Palau Ferré». A l'interior diu: «No llevo el control de los dibujos que he echado al fuego. Son una infinidad. Y óleos ochenta y cinco». A «¡¡Quema todo cuanto pinta!!» R. L. Torrente Legazpi reprodueix a *Diario de Burgos*, 16/7/80, la notícia que devia escampar l'agència EFE i que després apareix en multitud de mitjans.

7503

1. HEM. «Conversación con Palau Ferré» per Josep Melià a *Diario de Barcelona* (14/2/71) o «Pintura a cambio de chalets» per José Martí Gómez a *El Correo Catalán* (16/2/73).
2. HEM. Sobre el seu presumpte intent de suïcidi, consulteu la nota 12 de l'Epíleg.

7504

1. HEM. ADA. «Donación de cuatro obras de arte con destino a instituciones benéficas locales» a *Diario Español*, Tarragona (24/1/75). Tots els intervinents hi van ser en representació de les entitats esmentades, però la recreació és lliure.

7505

1. ENT. Entrevista amb Lluís Villaró, Núria Capdevila i Maria Dolors Villaró el 10/1/20 al seu domicili de Solsona, ple de quadres de Palau Ferré, alguns dels quals socarrimats per un petit incendi domèstic.

2. HEM. A «Así es Palau Ferrer» a *La Gaceta Regional* el 29/3/70 declara: «Yo siempre he necesitado la presencia de una mujer, porque es como el principio esencial de la creación, la continuidad de la vida». Són moltes les entrevistes on parla de la dona en aquests termes. Per exemple a «Palau-Ferre: el mago del color» per Javier de Montini a *Amanecer* (Saragossa) el 6/5/70 diu: «Dicen que estoy obsesionado con las mujeres. Sí, es posible. Pienso que sería muy triste el mundo sin el adorno de la mujer. Como serían aburridos los campos sin los colores de las flores».

3. HEM. «En Pennsylvania quieren exponer las cenizas de los cuadros de Palau Ferré» a *El Alcázar*, 4/6/80. «Naturalmente hasta ahora no he guardado las cenizas —dijo a *Efe* Palau Ferré—, pero pienso conservar las del cuadro que más me guste de los próximos que pinte y enviarlas, porque es emocionante». Sis mesos després, a *El Periódico* (22/1/81) encara en parla: «He pensado largamente sobre esta petición y he decidido pintar un cuadro especialmente. No. No quiero decir la fecha en que lo quemaré. Quizá sea un acto íntimo».

4. HEM. «Vuelve *Guernica*, ¿Donde está *Guerblanc*?» per Jaime Ferrán a *El Correo Catalán*, 2/3/80. Especula sobre on para el *Guerblanc* exhibit el 1971 als Estats Units per reivindicar la figura de Palau Ferré i intentar rescatar-lo del desencant.

5. PIN.

7506

1. HEM. «Cuadros de Ferre Palau al ayuntamiento de Vilaseca-Salou. Donados por el Sr. Peirats, el producto de su venta será destinado a Beneficiencia» al *Diario Español*, Tarragona (5/2/75). La reproducció de l'anunci és literal.

2. DOP. HEM. ENT. Arxiu de l'Ajuntament de Vila-seca. Diversos expedients sobre els plans d'urbanització de la finca Formiga obtinguts el 23/6/21 gràcies al bon quefer de Josep Papió i Ivana Aylagas. També «Construcción de apartamentos en Salou y viviendas de protección oficial en Vilaseca» al *Diario Español*, Tarragona (10/1/73).

7507

1. HEM. «Don Miguel Peirats dona dos cuadros de Palau Ferré a la Beneficencia Vallense» a *Joventut de l'Alt Camp (Doctrina del movimiento)* el 18/4/74.

2. HEM. «D. Miguel Peirats dona al Ayuntamiento dos cuadros de Palau Ferré. El importe que pueda obtenerse de su enajenación será destinado a beneficencia» per A. Galimany al *Diario Español*, Tarragona (18/4/75). A banda de fer la crònica amb tota la informació, Galimany contextualitza el conflicte que ha precedit la donació i expressa una opinió favorable al donant. Per altres cròniques sabem que va participar en l'acte exercint de mestre de cerimònies.

3. HEM. En un apunt del blog *Tot serà oblidat* (6/4/2016) trobo una referència a Pepa Melendres que no he pogut localitzar a l'hemeroteca: «En una entrevista concedida a *El Periódico*

el 1983 explicava que es considerava afortunada per haver pogut tirar endavant la seva carrera com a model: va posar per alguns del millors escultors catalans del segle xx, com Josep Clarà, Josep Llimona o Frederic Marès».

4. HEM. «Tarragona identificada con la Campaña de Promoción Asistencial. El 26, zarzuela y fin de fiesta con la intervención de Mary Sampere» per David Castillo al *Diario Español*, Tarragona (20/2/75).

7901

1. HEM. ADA. «300 turistas made in USA de Nueva York a Montblanc», a *El Noticiero Universal* el 2/8/72 o «Journey to Spain» per Alfred Dalberto a *The Berwick Enterprise* (2/8/72). La multitudinària visita de 315 nord-americans al taller de Palau Ferré a Montblanc va ser tot un esdeveniment i va fer vessar molta tinta. La va organitzar el Departament de Llengües del State College de Bloomsburg, encapçalats pel professor Alfred E. Tonolo i també van visitar Poblet i Cervera, vila natal de Jaume Ferran. A la novel·la l'endarrereixo uns anys per fer-la coincidir amb la proposta de fer una exposició als Estats Units amb les cendres dels quadros.

2. HEM. Vegeu la nota 7502-1.

7903

1. HEM. «Conversación con Palau Ferré» per Josep Melià a *Diario de Barcelona*, 14/2/71.

7904

1. ENT. La *gorfa* és una variant col·loquial de les golfes. El registre lingüístic de Montblanc i rodalia que apareix en aquest capítol i els altres dos que juxtaposen comentaris de vilatans anònims ha estat revisat durant l'abril de 2022 per la lingüista Maria Rodríguez Mariné, natural d'Alforja. Vull agrair-li la gentilesa.

2. ENT. Trobada amb Marina González Ruiz a Montblanc el 1/5/21, que el recorda jugant a les primeres escurabutxaques que hi va haver al poble.

3. ENT. Telly Savalas, Kojak, apareix en una entrevista amb Lluís Villaró, Núria Capdevila i Maria Dolors Villaró el 10/1/20 al seu domicili de Solsona, ple de quadres de Palau Ferré, alguns dels quals socarrimats per un petit incendi domèstic.

7905

1. BIB. *Periodisme radiofònic i transició política a Reus*, per Josep M. Martí i Martí (Cossetània, 1998).

2. PIN.

3. HEM. *La Vanguardia*, 7/10/78. Crònica de la presentació de *De Pretoria a Moscú* per part de José María Gironella a La Casa del Libro.

8001

1. ENT. ADA. Entrevista amb Enric Ribé al seu domicili de Valls el 20/10/21. A banda de col·leccionista, a mitjan anys setanta va regentar una sala de subhastes a la Via Augusta de Barcelona. Ell inspira el personatge de Ribera.

2. HEM. «Palau Ferré, un pintor que ya se codea con los grandes» per De la Fuente Torrón a *Diario Español* de Tarragona, 29/1/71.

3. HEM. Vegeu nota a l'Epíleg-2.

8002

1. HEM. BIB. «Palau i Ferré dona una obra a l'abadia de Vallbona», d'Antoni Guasch al *Diari de Tarragona* (16/4/87), il·lustrada amb la donació del quadre a la mare abadessa al claustre del monestir. A «Maties Palau i Ferré, una obra artística al servei de la humanitat» a la «Revista» del *Diari de Tarragona,* 17/1/87, Antoni Guasch revisa el vessant solidari del pintor. L'il·lustra amb una foto del pintor mostrant el pòster que va dibuixar per a Amnistia Internacional. El peu de foto és: «En Palau Ferré mostrant una de les moltes obres cedides en pro dels que pateixen». Més exemples en dos dels catàlegs de l'any Palau Ferré 2021: «Palau Ferré, compromís social» (Museu d'Història de Catalunya) i «Palau Ferré, art i drets humans» (Amnistia Internacional).

2. HEM. En cada referència les xifres varien. Tres exemples: «Un pintor catalán quema sus cuadros a diario», d'Eliseo Albarrán a *Lecturas* Extra Verano (1980) declara: «No llevo el control de los dibujos que he echado al fuego. Son una infinidad. Y óleos ochenta y cinco». Quatre anys després, a «Diez años quemando sus cuadros», *Ya* (3/6/84) Cristina Gil escriu: «Ciento veintiséis obras ha quemado el fuego de su chimenea desde entonces y las cenizas han emprendido viaje por las aguas de un arroyo cercano a su casa». Dos anys després d'haver deixat de cremar el que pintava, a «Palau Ferré, un pintor iconoclasta», Joaquín Santaella dona a entendre que en cremava un cada dia al dominical de l'*ABC* (14/9/1986): «...decidió Palau entregarse a una diaria labor pictórica seguida de una nocturna, más bien, labor iconoclasta: cuadro que pintaba, cuadro que destruía, entregándolo a las llamas de su chimenea, en un rito sabático que incluía una especie de autopsicoanálisis y que llegó a ser grabado por Televisión Española, algo antes de que en 1984 ésta transmitiera la quema de su mejor lienzo, *Mujer en rojo*». També exagera el període de temps. A l'entrevista de Màrius Carol al dominical de *La Vanguardia* (31/5/92) declara: «He estado catorce o quince años desde la última sentencia de 1974 quemando los óleos que hacía. Es más, de vez en cuando quemaba alguno de los anteriores coincidiendo con el aniversario de la sentencia del Supremo».

3. HEM. ADA. «Conversación con Palau Ferré» per Josep Melià a *Diario de Barcelona,* 14/2/71. Adaptat al càrrec polític que exercia Melià l'any 1980, secretari d'Estat per la Informació nomenat per Adolfo Suárez. Totes les citacions en boca de Melià són literals, sorgides de la seva ploma.

4. HEM. BIB. «Les cendres de la pintura de Palau-Ferre» per Miquel Pons a *Hoja del lunes* (28/7/80): «Des del fons de la nostra amistat, i de la meva admiració, li recoman un canvi de decisió, un oblidar el mal que li feren i curar la nafra. Que reconsideri la seva afirmació "La vida és com una escala de caragol que no pot sapiguer el demà i si mires llunyà es fa negatiu" i que de bell

nou, pinti i pinti i pinti i no deixi de pintar i tot ell renesqui, com l'au fènix de la seva pintura, de les cendres». També el llibret: *Conversacions a Montblanc amb Palau Ferré*, de Miquel Pons (Ed. Ramon Llull, Felanitx, 1977).

5. HEM. «El artista en su taller. Matias Palau Ferré expone en Sala Gaspar» per Carlos Rojas a *Momento*. Año VI. Núm. 270. Barcelona, 17/5/56.

8101

1. HEM. ENT. Reportatge de disset minuts a l'arxiu de TVE. El programa *Punt de reunió*, segons l'arxiu, o *Berenar a Sant Cugat* del 1984 segons entrevista telefònica amb Pilar Granero el 5/5/22, ajudant de realització. Hi figura una data de producció de l'1/1/84 (cosa que suggereix que potser només van entrar l'any a l'arxiu) i una data d'emissió del 19/9/84. L'equip que consta a la fitxa és: Maria Teresa Salanova (redactora), Marta Fernández (realitzadora) i Pilar Granero (ajudant de realització). M'ha estat impossible localitzar Maria Teresa Salanova, tot i l'ajut inestimable de l'arxivera Dolors Gonzalo. El capítol relata de manera fidedigna el reportatge.

2. PIN. Enrique Rubio no formava part de l'equip.

3. HEM. Totes les declaracions de Palau Ferré són literals.

4. ENT. ADA. Entrevista telefònica amb Pilar Granero el 5/5/22, ajudant de realització en la gravació de l'entrevista per a TVE l'any 1984. L'escena del foc la van rodar a la tarda, havent dinat a l'Hotel Ducal, però aquí ho compacto tot en la mateixa sessió. La realitzadora encara recordava que, abans de cremar el quadre, van brindar amb xampany i Palau Ferré va llançar la copa de vidre contra la paret.

5. ENT. Entrevista el 4/2/22 amb Rosa Maria Bertran al seu domicili de Creixell. Explica que Palau Ferré la invita a acompanyar-lo a París a casa d'Alain Delon i fa broma que el seu marit, Josep Rull, no l'hi va deixar anar perquè Delon era massa guapo. Palau Ferré sí que hi va anar.

6. ENT. Entrevista telefònica amb Pilar Granero el 5/5/22. Palau Ferré va regalar una litografia d'un colom a tots els membres de l'equip.

8201

1. HEM. «Palau Ferré, artista de la continuidad», de José Piñol a AMA, número 355, setembre de 1974, declara: «Cuando perdí hace unos años mi ilusión por la pintura, agobiado por mi problema personal, intenté dejar de vivir. No es tópico. Decidí poner fin a mi vida. La suerte de un producto que había perdido fuerza fue mi salvación, aunque pasé cuatro meses en la cama, gravemente enfermo». Piñol reprodueix exactament la resposta a «Diálogo con Palau Ferré», publicat al *Diario de Barcelona-Dominical*, 9/6/74.

8301

1. HEM. ADA. Enrique Rubio va dirigir *Por Qué (semanario nacional de sucesos y actualidades)* i Víctor Seix va morir atropellat per un tramvia durant la Fira del Llibre de Frankfurt el 1967, però no he trobat que Rubio en fes cap reportatge.

2. HEM. *Castellana Magazine*. Novembre del 1982. «Desde estas páginas le hacemos un llamamiento público a la esperanza y a la ilusión. No podemos permitirnos los amigos ni el silencio ni la abstención en la vida artística española actual. El *Guernica* hace ya un año largo que cuelga en los muros del Museo del Prado. Palau Ferré pintó un Guernica al amor, a la esperanza, a la libertad. Su cuadro es también un alegato contra la guerra».

3. BIB. *El pintor que cremava els seus quadres*, de Francesc Marco-Palau.

4. BIB. A la novel·la *Diario de un viejo cabezota (Reus, 2066)* (2021), Pablo Martín Sánchez especula que el DRAE de 2066 recull el terme *huérfilo-a* per a referir-se al pare o la mare que perd un fill. Ho adapto a òrfil perquè en aquestes cinc lletres les nostres vides conflueixen.

5. PIN.

8401

1. HEM. ADA. Reportatge no editat recuperat a l'arxiu de TVE (gràcies a la diligència de Dolors Gonzalo). Material en brut del reportatge que es va fer del dinar d'homenatge. La fitxa de l'arxiu porta per títol «Comida homenaje a Matías Palau Ferré organizado por las aulas de arte iberoamericanas», el sumari fa «Entrevista a Matías Palau Ferré, pintor, sobre su pintura, sobre la destrucción de su obra», l'adjudiquen a «Informativos» i està datat en concepte de producció l'1/1/84, però clarament és una data d'arxiu per defecte. Devien entrar-hi només l'any. No hi ha data d'emissió. Tots els noms dels assistents i les declaracions de Palau Ferré, Carlos Areán i Ramón Torrente són literals, incloses les incoherències pròpies de l'oralitat en castellà de Palau Ferré. El capítol ressegueix la seqüència d'imatges conservades de manera fidedigna, tant del dinar com dels quadros exposats a les parets del restaurant La Bastilla. L'única adaptació a la realitat novel·lada és la presència d'Enrique Rubio, que no hi va ser.

2. HEM. «Palau Ferré, un homenaje con segundas» a *ABC*, 8/3/84. La crònica diu: «Elogios, discursos contundentes y breves y la lectura de las adhesiones (desde los duques de Alba a Luis Yáñez, pasando por los embajadores hispanoamericanos)».

8402

1. HEM. «En España, el artista está explotado y desprotegido» per José Antonio Olivar (EFE) a *El Comercio* (30/3/84). Palau Ferré admet que l'homenatge de Madrid l'ha fet canviar d'idea o «mejor dicho, ha creado un caos en mí. Por un lado están mis principios de afán de destruir lo que pinto como protesta. Por otro lado está la duda de la continuación. Ya veremos qué surge o qué queda de todo. Pero, a fin de cuentas, lo más importante es luchar por que no se repita lo que conmigo sucedió. Para ello hay que crear las condiciones de libertad mínimas para el artista, unas leyes que le protejan. Por eso quiero luchar ahora».

Epíleg

1. HEM. «Palau i Ferrè (sic), home senzill, artista excepcional i català universal» per Antoni Guasch a *Diari de Tarragona*, 9/10/86. En diu: «Una tinta que no es passa ni s'ha de restaurar, on

els colors es mantenen a pesar del sol i la calor. Per aconseguir això, Palau i Ferré va partir de la tinta xinesa del mercat, això sí la de millor qualitat. Fruit de les seves investigacions va ser el descobriment d'uns reactius "el secret dels quals guarda gelosament" amb els que ha canviat la naturalesa base de la tinta xinesa, que obté en tota la gama de colors».

2. HEM-ENT. Entrevista de Màrius Carol al dominical de *La Vanguardia*, 31/5/92. Palau Ferré admet haver venut olis quan en teoria els cremava: «Sobreviví desarrollando otras técnicas. Aunque si tengo que ser sincero, algún óleo vendí a escondidas, por dos razones, porque tenía que sobrevivir y porque deseaba situar en lugares muy especiales cuadros míos». Ho corroboro visitant col·leccionistes: Lluís Villaró, Núria Capdevila i Maria Dolors Villaró a Solsona (10/1/20), Maria Granell a Vila-seca (7/10/21) o Enric Ribé a Valls (20/10/21).

3. BIB-ENT. L'exposició que Palau Ferré va fer a Solsona, del 18 al 27 de març de 1994, va partir de la col·lecció de la família Villaró-Capdevila. Només s'hi van exposar tintes xineses, escultures i ceràmiques. El 10/1/20, Lluís Villaró, Núria Capdevila i Maria Dolors Villaró em van mostrar algunes de les obres de la col·lecció al seu domicili de Solsona i em van regalar el catàleg editat per la Fundació Francesc Ribalta amb el suport del Consell Comarcal del Solsonès. El pròleg és de Màrius Carol. El dia 11/2/22 va morir el senyor Lluís Villaró i vaig decidir afegir elements no estrictament informatius a aquestes notes. Des d'aquí vull expressar el meu condol.

4. HEM. «Núria Feliu, madrina de una campaña benéfica de Ayuda en Acción para apadrinar a niños tercermundistas» a *Pronto*, núm 766, 10/1/87. Peu de foto: «Núria Feliu posa junto al pintor Palau Ferrer (sic), autor del poster de la campaña benéfica».

5. ENT. Entrevista el 4/2/22 amb Rosa Maria Bertran al seu domicili de Creixell.

6. BIB. *De com s'escriu una novel·la / Monocle, novel·la (in)acabada*. Edició per separat a Empúries (2004) i LaVanguardia-Mòbilbooks (2003). Edició compacta i capiculada a Labutxaca (2012), seguint la maqueta de la traducció al castellà d'Isabel Lacruz a El Funambulista (2011).

7. HEM. Trenta-dos apunts al meu perfil d'Instagram @mariusserraroig des del 31/7/19 al 31/8/19 i tots els missatges que van suscitar.

8. HEM. «Redescobrir el pintor Maties Palau Ferré a Lliçà de Vall» a *Vallesos*, 4/5/19. El 3/5/19 vaig participar, amb Francesc Marco-Palau i Julieta Sunyol, en la presentació de les obres religioses que Palau Ferré va fer l'any 1963 a la capella de la Masia Can Coll, amb l'arquitecte Jordi Bonet i l'escultor Josep Maria Subirachs.

9. HEM. Foto de portada a *Lecturas* (Extra Verano 1980) sense acreditar-ne autoria. Reportatge d'Eliseo Albarrán: «Un pintor catalán quema sus cuadros a diario». Peu de foto: «Los lienzos del pintor arden en la chimenea de su casa. "La quema de los dibujos es el primer concierto agradable de cada mañana", dice Palau Ferré».

10. ENT. Ho corrobora Enric Ribé, entrevistat al seu domicili de Valls el 20/10/21.

11. ENT. ADA. Per donar fluïdesa al relat, ho incloc en aquesta primera trobada amb Josep Peirats el 21/10/21, però en realitat en vam parlar per telèfon el dia 10/4/22 just quan m'enfrontava a l'escriptura del capítol corresponent.

12. HEM. Sobre el presumpte suïcidi: «Palau Ferre, la angustia de un pintor hipotecado» amb Josep-Francesc Valls a *El Correo Catalán* el 4/11/72: «Por encima de las circunstancias de la vida que la hacen buena o mala está el afán de vivir; la creencia en la vida misma es lo único que salva la propia vida; hace 7 u 8 años intenté suicidarme y me percaté aún más de ello». Les dates del 1964-1965 coincideixen amb l'inici de les relacions contractuals amb Miquel Peirats, de manera que podria ser que tot l'afer del suïcidi fos llenguatge figurat relatiu a la signatura dels contractes. Però dos

anys més tard, després de la sentència, va més enllà i dona detalls de l'intent. A «Palau Ferré, artista de la continuidad» a *AMA* (núm 355, setembre de 1974), José Piñol escriu: «en una ocasión, debido a la depresión nerviosa, intentó suicidarse ingiriendo veneno. La mala calidad del producto nos libró de esta pérdida irreparable. Largos meses, debatiéndose entre la vida y la muerte». Més avall, transcriu les declaracions de Palau Ferré: «Cuando perdí hace unos años mi ilusión por la pintura, agobiado por mi problema personal, intenté dejar de vivir. No es tópico. Decidí poner fin a mi vida. La suerte de un producto que había perdido fuerza fue mi salvación, aunque pasé cuatro meses en la cama, gravemente enfermo». Piñol reprodueix la resposta a «Diálogo con Palau Ferré» publicat al *Diario de Barcelona-Dominical*, 9/6/74. Vuit anys abans de morir, en l'entrevista de Màrius Carol al dominical de *La Vanguardia*, 31/5/92, Palau Ferré manté aquest relat: «A mí la filosofía cristiana me ha interesado siempre, porque los mandamientos son una norma de vida inmejorable. Lo que ocurre es que ni siquiera este convencimiento impidió que intentara suicidarme. Es decir que sí estuve a punto de cometer lo que usted llama un disparate. Un buen día, muy serenamente, pedí perdón a Dios y decidí que me marchaba; así que tomé un preparado muy fuerte y esperé el final. Pero por lo visto el veneno no era suficientemente asesino como para acabar conmigo, aunque estuve varios meses hospitalizado». Cap de les fonts primàries no li dona credibilitat.

13. ENT. Dinar el 15/5/21 amb l'advocada Cristina Barellas a La Bacardina d'Horta.

14. ENT. Visita el 22/4/22 al domicili de Josep Andreu i Domingo als afores de Montblanc. Després de mostrar-me l'original del retrat que Palau Ferré va fer del seu oncle Antoni Andreu i Abelló, ell i la seva esposa Dolors em mostren reproduccions digitals d'un quadro amb una dona nua amb corona de roses i vel blanc de núvia entre dos minotaures.

15. PIN (T) ADA. La Marik és filla de la portentosa imaginació novel·lística i tota la història que explica és inventada. El seu nom i nacionalitat provenen de la novel·la *Quadern d'Aram* (1997), de Maria Àngels Anglada, però la dona més pintada prové de totes les dones que va inventar Palau Ferré perquè no volia conviure-hi. Cristina Masanés escriu a *Germaine Gargallo. Cos, pintura i error* (Llibres del Segle, Girona, 2014): «Els romàntics inventen una dama per no sortir d'ells mateixos i l'omplen d'atributs per no veure-la». Em va resultar una idea molt inspiradora per imaginar què movia el Maties. Un Maties tan real com el Semita. Volia que les seves invencions fessin sentir els lectors personatges de la seva ficció igual com jo me n'he sentit cadascuna de les moltes vegades que he parlat de Palau Ferré amb algú que l'havia conegut. *Conversacions a Montblanc amb Palau Ferré* (Edicions Ramon Llull, Felanitx, 1977) és un llibret del seu admirador mallorquí Miquel Pons ideal per acabar aquest punt, el set i el partit. En una de les converses, a cala Figuera de Santanyí, el mallorquí intenta descriure la dona més pintada: «La dona creada i multiplicada pel pintor, sempre la dona del subconscient del pintor. Els ulls verds-expressius-grans de la dona, que habita dintre el pintor: la dona del gira-sol, la dona de la coloma, la dona de la síndria, la dona del gladiol i aquella de les roses i l'altra dels tulipans, la dona i el brau, la dona de la bandúrria, la dona del cavaller Sant Jordi, la dona de la finestra, la dona...». Després d'escoltar-lo, el Maties es transforma en Semita, es posa davant del mateix mirall de narcís on es va mirar tota la vida i rebla: «La vida és real, crea una realitat dintre l'altra. Crea una realitat empírica cercant la realitat íntegra de la veritat quotidiana». Prou.

Índex de noms a les notes de l'apèndix de ficció anotada